广西壮族自治区成立60周年
文学创作征集活动获奖作品选集

开满鲜花的土地

◎小说 ◎报告文学

◎广西作家协会 编

漓江出版社

图书在版编目（CIP）数据

开满鲜花的土地：小说　报告文学/广西作家协会编. —桂林：漓江出版社，2018.11（2021.3重印）

ISBN 978-7-5407-8571-0

Ⅰ.①开…　Ⅱ.①广…　Ⅲ.①中国文学—当代文学—作品综合集　Ⅳ.①I217.2

中国版本图书馆CIP数据核字（2018）第263906号

KAIMAN XIANHUA DE TUDI XIAOSHUO BAOGAOWENXUE

开满鲜花的土地·小说　报告文学

编　　者　广西作家协会

出 版 人　刘迪才
策划编辑　何　伟
责任编辑　黄　圆
助理编辑　李瑞华
装帧设计　陈　凌
责任校对　苏子新

出版发行　漓江出版社有限公司
社　　址　广西桂林市南环路22号
邮　　编　541002
发行电话　010-85893190　0773-2583322
传　　真　010-85890870-814　0773-2582200
邮购热线　0773-2583322
电子信箱　ljcbs@163.com
网　　址　http://www.lijiangbook.com

印　　制　三河市天润建兴印务有限公司
开　　本　787 mm×1092 mm　1/16
印　　张　24.25
字　　数　400千
版　　次　2018年11月第1版
印　　次　2021年3月第2次印刷
书　　号　ISBN 978-7-5407-8571-0
定　　价　69.00元

目录

001 代序：紧扣时代脉搏 讴歌大美广西 / 容本镇

小 说 编

003 红枫女人“莫老爷”/ 唐丽妮
029 越鸟 / 小 昌
058 她的山 / 梁 勇
075 瑶老同的幸福生活 / 宋先周
101 乡里 / 梁 勇
135 扶贫故事 / 蒙福森
138 守鱼 / 韦孟驰
144 协警老五 / 黎建南
155 宝根 / 赵先平
184 月亮的守候 / 盘文波

报告文学编

221　豚跃三娘湾 / 吴世林

254　挺进大石山 / 朱千华

280　红日端端照瑶乡 / 何正文

292　筑梦工匠 / 唐玉兰

323　面朝大海，玉铁花开 / 梁晓阳

359　巴兰土地的褐色秘语 / 覃秋林

367　附录：广西壮族自治区成立60周年文学创作征集活动获奖作品名单

代序 ◎ 文／容本镇

紧扣时代脉搏　讴歌大美广西

——广西壮族自治区成立60周年文学创作征集活动获奖作品述评

2018年是广西壮族自治区成立60周年。为展现广西60年发展巨变，激励广西各族人民为实现中华民族伟大复兴"中国梦"继续团结奋进，广西壮族自治区党委宣传部、广西壮族自治区文联联合组织举办了广西壮族自治区成立60周年文学创作征集活动，面向全国征集优秀作品。在8个多月时间里，共征集到原创文学作品574篇。其中中短篇小说及小小说199篇，散文209篇，诗歌142首（组），报告文学24篇。基于公平公正的原则，在整个初评、复评过程中，全部作品均实行盲评。在复评阶段，外省评委占比60%。经专家评审组评选，共评出中短篇小说一等奖2篇，二等奖3篇，三等奖5篇，优秀奖10篇；散文一等奖3篇，二等奖5篇，三等奖10篇，优秀奖20篇；诗歌一等奖3首（组），二等奖5首（组），三等奖10首（组），优秀奖20首（组）；报告文学一等奖1篇，二等奖2篇，三等奖3篇。（获奖名单见附录）

这次征文活动受到广泛关注，作者来自全国各地，分布于各行各业，他们中有知名作家、大学教授、中小学教师、工程师、军人、警察、编辑、记者、医生、基层干部、企业高管、公司职员、一线工人、农民、打工者、自由职业者、大学生等。总体上看，所有征文作品，无论是广西本土作者还是区外作者，基本上都是以表现现实题材、展示八桂新貌、讴歌大美广西为主题和主要内容。尤其是获奖作品，都是贴近时代、贴近生活、贴近人民，思想性与艺术性俱佳的优秀之作，这些作品从不同侧面抒写和赞颂了广西的生态之美、文化之美、历史之美、建设之美、发展之美。这次征文活动，是一次以文学名义向广西壮族自治区成立60周年致敬的艺术庆典，也是一场面向社会、面向时代、面向人民的文化盛事。

小说：紧贴时代，关注现实

《红枫女人“莫老爷”》和《越鸟》是两部叙写时代风云、聚焦人物命运的中篇小说，也是具有较强艺术性和审美价值的优秀作品。唐丽妮的《红枫女人“莫老爷”》，主人公是“我”的奶奶。抗战期间，凶残的日本人到处扔炸弹，紫荆城的人惊恐地往外逃命，幼时的奶奶被遗弃于战火中的小城，成了一个流浪街头、随时都面临死亡危险的小乞儿。但她凭着坚韧强悍的生存能力活了下来。二十世纪八九十年代，目不识丁的奶奶率领居委会大妈们在改革开放大潮中把握先机，白手起家，持续创下了回报丰厚的产业。奶奶成了远近闻名的致富带头人，还被称为“莫老爷”。鼎盛时期，她们的小旅馆发生了一场人为的大火，奶奶和大妈们痛心、愤怒，但当奶奶了解到纵火者一心求死的真实情况后，不仅没有怨恨他们，反而捧出自己所有积蓄，救助这户陷入绝望境地的大山里的贫困人家。城市在快速发展，她们当年历尽艰辛创下的产业被一一拆迁。大妈们寄希望于奶奶能够阻止拆迁或尽量多争取一些补偿款。只剩下五颗牙齿的奶奶在大妈们的簇拥下来到拆迁现场，但她并没有阻止拆迁。她病倒住院了，最后在她钟爱的红枫叶的陪伴中平静地逝去。小说刻画了一个在乱世中求生、在盛世里开花的女人，一个强悍、有胆识、有爱心而令人感佩的女人。作者唐丽妮是一家国有企业的普通职员，对小说中的城市环境、生活习俗和语言习惯十分熟悉，因此写来得心应手，地域特色鲜明突出，人物形象栩栩如生。

小昌的《越鸟》是以一个叫罗安的北方年轻人的视角展开叙述的。罗安最初来到南方之南，误入传销迷局，后经神秘的中年女人詹红英施救脱困，得到她的收留，在海边的一栋木房子里照顾一个叫巴叔的老年痴呆症患者。罗安住在詹红英楼下，每天晚上他都会听到楼上詹红英必打的一通电话。罗安对詹红英语焉不详的通话内容充满好奇，为她动听而迷人的声音深深着迷。一栋僻静的海边木屋，一个美丽的身份不明的女人，一种朦胧的神秘氛围，作品顺着罗安一窥谜底的好奇心和探寻目光，一步一步地揭开悬疑的面纱和历史迷雾，把一个有着传奇经历而又孤独寂寞的中年女人丰富细腻的内心世界敞露出来。微妙复杂的人性和人情，波谲云诡的时代风云，引发人们对生活和生命的深沉思考。

韦孟驰的《守鱼》是一篇富有童年情趣而又温暖的作品。在贫穷的童年时光，“我”和哥哥为了改善伙食，傍晚去村庄附近的水潭放鱼钩，但第二天却发现钓竿不见了。为了寻找真相，“我”和哥哥开始在夜里守鱼，却什么也没有发现。“我”帮年老体弱的秦阿婆挑水，却不经意间看见她水缸里的鱼和旁边的钓竿，心里明白了。但想到秦阿婆孤苦一人，生活不易，便没有把事情挑破。“我”对秦阿婆说，以后需要挑水的时候，可以喊“我”过来帮忙。小说满溢着底层穷苦人之间纯真而美好的情感。盘文波的《月亮的守候》围绕一家影视公司筹拍纪念红军长征胜利80周年电视剧《月亮的守候》展开故事。小说构思别致，真实与虚构、现实与往事，交叉叙述，相互映衬，在峰回路转的叙述中反映了坚定执着、不屈不挠的红军精神和军民之间的鱼水深情。黎建南的《协警老五》写了一个现实感很强的人物，表现了一个特殊群体以高度责任感日复一日地履行自己的职责，默默地守护一方平安的可贵精神。

反映偏远山区的现实生活，关注农村和农民问题，是这次征文作品的一个重要主题。梁勇的《她的山》讲述了发生在一个偏远山村小学的日常故事，表现了几位平凡小人物不同的人生态度和生活追求。“她的山”，明指的是幽蛊山，实际上是几位年轻女性的山：窦豆前女友因惧怕而逃离的山，小学教导主任毛晔雨下乡“镀金”的山，当地瑶医少女姚瑶喜爱而留恋的山。最后却变成了众人的山：年轻支教教师窦豆决定留下来，和坚守多年的小学校长郭渝、瑶医姚瑶等一起，共同为改变山区的贫困落后状况尽自己的一份微薄之力。宋先周的《瑶老同的幸福生活》以白裤瑶山寨的发展变化为背景，以扶贫干部的工作经历为主线，描述了莫干村瑶老同从悲苦到幸福的变化过程，展示了白裤瑶独特而斑斓多彩的文化习俗。蒙福森的《扶贫故事》讲述了母子两代人接力扶贫，为让贫困群众过上好日子兢兢业业、鞠躬尽瘁的感人故事。赵先平的《宝根》真实地反映了转型时期农民们的期盼、焦虑和农村工作的复杂性与艰巨性。

散文：家国情怀，质朴真诚

一批实力派作家的积极参与，在一定程度上提升了这次征文的质量和水平。著名作家东西的散文《血脉里的村庄》是一篇眼光独到、见解深刻的精品力作。这篇散文对壮民族文化和心理品格的透视和感悟，对汉壮文化的差异性与共生性的揭示和阐释，别开生面，不同凡响。作品一开篇就用寥寥数语对自己的家族背景和居住环境做了交代。在那个物质匮乏、生活贫困的年代，“我”作为一个住在高山上的汉族孩子，对山下壮族人家的一切都感到新鲜、好奇和向往。“这个民族的文化有情有趣，大胆开放，它让我在禁欲的时代看到了人性，在贫困的日子体会富裕，在无趣的年头感受快乐，而更为重要的是我在与壮族人的交往和对比中，发现了真正的人，看到了天地间无拘无束的自由。”这是一个族群意识极强的民族，也是一个有胆识的民族，一个正直、坦诚、开放、包容的民族。因为开放，异质文化容易进入；因为包容，外族文化可以共生。壮族文化对后来成为作家的“我”产生了深刻的影响。“如果排序，壮民族文化无疑是我身体里的第一个异质文化，它在我恐惧的心里注入胆量，在我自闭的性格中注入开放，在我羸弱的身体内注入野性……”作者的叙述亦庄亦谐、举重若轻，感性而不失严谨，幽默而不失稳重。

蒙飞的《奋斗者》描写的是一个新型农民群体的励志故事。三叔和堂弟凭着自己灵活的头脑、吃苦耐劳的精神和农民式的智慧，大胆地从贫困偏远的山村，来到首府南宁贩卖水果，一步步把生意做大。他们过上了城里人的生活，又牢牢地守住了家乡的祖居地，城市的繁华喧嚣与家乡的乡情乡音交织在一起，构成了一幅社会转型期斑斓多彩的城乡风俗画卷，展示了一代新型农民的生活图景和精神风貌，同时也昭示了“唯奋斗者进、唯奋斗者强、唯奋斗者胜”的道理。反映农民脱贫致富和农村巨变的作品，还有莫景春的《站在路中央的牛》、何秀萍的《阿旦挂职》等。

相较于乡村，城市的发展速度更快、现代化水平更高。广西首府南宁是著名的绿城，生态建设成就斐然。朱千华的《白鹭·野水·人家》采用对比的手法，记述了南宁心圩江湿地公园整治前后的巨大变化，从一个侧面反映了南宁市建设生态宜居城市的成就与风貌，展示了人与自然和谐相处的美丽图景。柳州是一座被河流三面环绕的现代化城市，也是一座桥梁城市。廖超栋的《一座用桥丈量风云的城市》以“桥之殇”“桥之重”“桥之尊”“桥之悦”为小标题，讲述了柳州市四个不同年代的桥梁故事，讴歌了城市发展的辉煌成就。交通建设成就是广西60年来沧桑巨变的一个缩影。杨合的《能往前走便是幸福的》从著名作家巴金抗战期间因交通堵塞滞留河池期间发出的“能够往前走的人便是幸福的”这句感慨着墨，回顾了当年桂西北山区交通落后、出行艰难的状况，反映了中华人民共和国成立后特别是新时期以来广西道路交通建设翻天覆地的变化以及融入“一带一路”建设的美好前景。

颜晓丹的《细歌绵绵》记录了一群新时代白裤瑶青年为挽救白裤瑶文化而做出的不懈努力。生活在大山深处的白裤瑶是瑶族的一个重要支系。千百年来，他们隐居深山，很少与外界来往，世人对他们知之甚少。他们沉默的背影和神秘的文化，让世人充满好奇和着迷。白裤瑶曾被联合国教科文组织认定为民族文化保留得最完整的族群之一。随着时代发展和社会进步，白裤瑶的村寨连通了外面的世界。以白裤瑶老乡长陆朝金、白裤瑶女大学生黎夏为代表的新一代白裤瑶年轻人，以强烈的族群意识和历史责任感，会同各民族的有识之士，自觉肩负起了保护和传承白裤瑶文化的重任。他们在保护和发展上寻找契合点和平衡点，大力推动白裤瑶在保护好传统的基础上走向现代文明，走向共同富裕。杨合《故乡山河》、苏宇宁《路·城市·母亲》、熊晓庆《古树承乡愁》、罗有彪《“洞里人”的“越野梦”》、李成连《回家乡的路》、庞华坚《在广西》、卢大任《壮乡三镇》、蒋锦璐《走向蔚蓝》、黄祖松《西江缘》等，都是贴近生活、内容扎实、情感真挚的优秀作品。

这次征文的一大亮点，是一批来自企业一线和农村基层的作者获奖。除前面提到的唐丽妮、韦孟驰等作者外，还有侯志锋和梁一直等农民作者。侯志锋的《群山苍茫》娓娓地讲述了大山里一家人艰辛的生活和温暖的亲情，讲述了壮族人家快乐而多彩的节日习俗，讲述了一座座山岭独特的名字及所承载的含义。梁一直是一位年过七旬的老农民，他的《三月三絮语》以朴实的笔触记述了对外婆的深情回忆和怀念，表达了对当下幸福安宁生活的珍惜与喜悦，作品于浓郁的乡土气息中渗透出了一种岁月的沧桑感。

诗歌：大美八桂，深情咏唱

实力派诗人石才夫的《开满鲜花的土地》是由24首诗作组成的系列组诗。作品从广西常见的凤凰木、鱼尾葵、绿萝等几种普通花木着笔，进而对八桂大地的山川风物和人文历史进行吟咏歌唱。各首诗之间看似松散独立、互不关联，但实际上却有着紧密的内在联系，都由一条主线贯穿在一起，那就是对故乡故土的深情回望，对乡情乡愁的难忘记忆。“那些青石板/也够硬了/山村的每个夜晚/都被笃笃敲碎过/但岁月更硬/把它们的棱角慢慢磨平”“伤痕累累的土地/野花一定会开/黑夜的尽头/黎明一定会到来/沉默的钢轨/有列车驶过/年老的故乡/会变成青春的山脉”。在诗人的心目中，八桂大地的一草一木、一山一石都是有灵性的，都有着鲜活的生命和自己独特的秉性。作者善于观察事物，裁剪素材，注意捕捉和表现细节，语言朴实而简约，情感内敛而丰沛。组诗以小见大，窥斑见豹，多维度地呈现了八桂大地缤纷多彩的现实生活和昂扬向上的时代风貌。

组诗《站在修辞上的广西》的作者姜华是一位北方诗人，他以一个“他者”的眼光观察广西，自有其独到的发现和感受。“广西。我必须仰起头来，提前透支几十年光阴/去看你，怎样在一个春天转身。去看/一棵幼树，瞬间长成森林的神话……/此刻，我会把手尽量往南伸，去触摸/辽阔版图上，一朵盛开的民族自治之花”。《站在修辞上的广西》以饱满的热情、纯真的感悟和新颖的手法，多角度地描述了广西的过去与现在，赞颂了自治区成立60年来神话般的巨变与蓬勃发展的生机。

“80后”诗人陆辉艳的《光照进来的地方（组诗）》，对蝶变中的现代乡村风貌进行了厚重而明快的诗意呈现，对乡村自然生态及精神生态进行了本质性还原，凸显在现代文明进程中人的生存境遇、敏感的心灵和梦想，描绘出了一幅现代乡村的风俗画卷。陈科成是一位“90后”自由职业者，他的《山与水（组诗）》，借山水的名义表达了对时空、生命和历史的哲理性思考，把激情与理性融于一体。面对浩瀚的时空和永恒的山水，我们会感悟到人类的渺小和生命的短暂，会自觉地端正人生态度，珍惜美好时光。卢悦宁的《还有一个南方（组诗）》以广西多姿多彩的风物为创作元素，始终保持一种南方意识和南方情怀，试图在诗歌中构建属于广西的“南方形象”。吉广海的《果壳里的村庄（组诗）》对南方的荔枝情有独钟。“车队在荔红时节进村……/在装满车厢的荔枝运出村时/它们和他们/以同样的行动/迅速往村子里退/一直退回到/一个一个数钞票的场景/不曾来过的人/无福享受/这进出村庄最高礼仪”。

胡游、覃才是两名年轻的在校大学生。胡游的《在广西（组诗）》把广西的山歌、螺蛳粉、摩托、铜鼓、瑶族神话、东兰神仙山和拜石习俗等，化为一个个诗歌意象呈现在我们面前，带有一种淡淡的魔幻色彩和朦胧意境。覃才的叙事长诗《花山壮人》围绕“花山”展开叙述，在穿越时空的探寻与求索中，对壮族、壮人、壮族文化生生不息的历史根源，以及这个南方民族伟岸、强壮、美丽的形貌与特性进行揭示和阐释。作品构架宏大，意蕴丰厚，颇具阳刚之气。

报告文学：记录生活，山海作证

2004年新年伊始，一大群海豚出现在钦州三娘湾海面跳跃嬉戏，一时成为广西乃至全国一大新闻。两个月后，一位来自北京的年近七十的动物学家风尘仆仆地来到三娘湾。这位被称为“熊猫之父”“白头叶猴教授”的著名珍稀动物研究保护专家一到三娘湾，就被这里活跃的海豚群和良好的生态环境所吸引，他和他的科研团队在三娘湾设立了中华白海豚研究基地，把三娘湾海域当成了自然保护的露天实验室。“我一定要动员整个社会的力量，把地球上最后一群年轻健康的中华白海豚保护下来。钦州湾、北部湾的经济发展和自然保护一定要取得双赢。这就是我最终的目标。”潘文石教授的决心和承诺掷地有声！吴世林的报告文学《豚跃三娘湾》就是以潘教授及其团队研究和保护中华白海豚为主线，全方位记述了潘教授和钦州当地党委、政府及社会各界携手合作，秉持绿色发展理念，共同保护中华白海豚，积极探索走出一条“让白海豚与大工业同在”的绿色发展的双赢之路的动人故事。这部作品不仅生动地表现了潘文石教授的忧患意识、科学态度和敬业精神，而且涉及动植物、地理、气候、海洋、环境、野生动物保护等多方面的科学知识。换言之，这部报告文学实际上也是一部出色的科普作品。

唐玉兰的《筑梦工匠》记述和刻画了一位为抢救和保护古民居建筑痴心不改

的民间工匠。他把因湘桂高铁扩建而要拆除的精美建筑群抢救下来，花了8年时间异地复建。他建起了“全州县思源民俗博物馆”，对社会免费开放。他为此花掉一生的积蓄，但他无怨无悔，他认为这些都是社会的财富，理应回馈社会，等到适当的时候，他会把它无偿捐献给国家。这位被许多人视为“行为古怪”的老人，让古建筑在现代化进程中焕发出熠熠光辉。朱千华的《挺进大石山》也是一篇以写人为主的报告文学，作品讲述了一位失去双手的扶贫干部带领贫困村脱贫致富的传奇故事。黄立温15岁时因炸鱼失去双手，被鉴定为二级肢残。经过一段时间的苦闷、彷徨之后，他重新振作起来。他以惊人的毅力学会了在没有双手的状态下独立吃饭穿衣等生活技能。他重新拿起课本，继续中断的学业，终于成为广西民族大学的一名大学生，毕业后回到上林县残联工作。他主动请缨驻村扶贫，克服正常人难以想象的困难，身体力行，吃苦在前，带领村民们因地制宜，修道路，找水源，挖鱼塘，养桑蚕，养野猪，开网店，一步步走上脱贫之路，创造了全国扶贫工作的一个传奇。

何正文的《红日端端照瑶乡》是一曲新时代精准扶贫的赞歌。南丹县在实施“千家瑶寨·万户瑶乡”易地扶贫搬迁旅游开发项目过程中，以宏大的气魄、超常的速度，按时完成了异常艰巨的易地扶贫搬迁任务，让党中央和自治区党委的重大决策部署在桂西北山区变成了活生生的现实！梁晓阳的《面朝大海，玉铁花开》引领读者如临其境地领略了一条新建出海大通道的畅达与美丽，对决策者的战略眼光、建设者的艰苦奋战、玉铁高速公路建成后的重要意义等做了生动的描写与阐述。覃秋林的《巴兰土地的褐色秘语》在一个“褐”上做文章。巴兰坡是一块褐色的沉寂已久的土地。“这片贫瘠的土地本来是憔悴的黄色，是因为诞生了很多保家卫国的英雄，所以才沉淀成了深沉的褐红，因为遇到当代绝好的发展机遇，而蜕变成了欢腾的褐色。”褐色土地上的秘语是沉重的，更是欢快和喜悦的。

最后，借获奖者姜华的诗句结束这篇述评：“故事发生在/华南西部一个叫/八桂的地方……//讲述一个地名怎样把民族抱成团/然后拉动一块版图崛起/讲述一个国家努力改变行走方式/让一个民族高举梦想走向富裕/60年后，这个故事还在续接、铺开、拓宽/一百年，一千年，甚至一万年。”

开满鲜花的土地

小说编

红枫女人『莫老爷』

◎文／唐丽妮

一

奶奶那颗老牙掉下来的时候，天上打了一个旱雷，苍凉的夕阳抖了一抖，很快就又恢复了平静，薄薄地铺在紫荆城火车站改建工程的拆迁现场上空。那时候，铁锈黄的推土机在小菊旅馆门口举着铁胳膊，做出要砸下来的势头。

小菊旅馆身处一片废墟的中央，像高崖上唯一的老松树。奶奶坐在这棵老松正中的树丫，外围的老枝上还挂着几个花花绿绿的老女人。那是奶奶的老部下，昔日的居委会大妈。她们挤在窗口，看奶奶与一台推土机打擂台。她们看见门外戴黄色安全帽的推土机操作手把他的大墨镜拉到鼻子下面，用下巴压住脖子，翻起眼皮瞪奶奶，他屁股下那坨像臭屎墩的铁家伙也沉着一张大饼脸。推土机右侧还站着三个“安全帽”，他们和操作手一样把眼白翻上来瞪奶奶。大妈们看见奶奶挺着胸走过推土机，一眼不看“大墨镜”和他的臭屎墩还有“安全帽”们，她把他们当作傻大个了，径直走过他们的面前。风把奶奶黑色的裙子扑棱棱地翻动起来，黑裙就在暮色的夕阳里映射出晚霞的光彩。她们还看见奶奶慢悠悠地走进小菊旅馆，把椅子往门口一摆，大屁股一坐，从黑裙口袋里掏出她的越南牛角牙签，慢悠悠地剔她仅存的五颗牙齿。大妈们长舒一口气，相视一笑，有人暗暗地抚了抚胸口。她们知道，但凡“莫老爷”做出这个姿态，事情基本就能拿稳了。虽说小菊旅馆必拆无疑，但多争几角补偿款是没问题了，把“莫老爷”请出山真的是请对了哩。

可谁晓得，就在这希望降临的一刻，奶奶突然站起来，大甩手，大踏步，走了。经过推土机的铁臂下时，她手搭凉棚与夕阳对视片刻，又转过头对着操作手笑了笑。大妈们赶紧追上去：

哎哎……怎么就走了呢？

就让他们拆了吗？

太便宜他们了吧？

奶奶停下来，随手一抛，手中那颗老牙在霞光的薄黄里闪了闪，就在断砖碎瓦中消失了。

奶奶咧嘴一笑。大妈们感觉“莫老爷”的笑有点怪邪，定神一看，这才发现“莫老爷”那珍贵的五颗牙只剩下四颗了，就像天将亮时的星星，一眨眼就消失一颗。接着，她们就听到奶奶说：

命数。

大妈们围在奶奶的病床四周，调动了七张嘴和八根舌头，再次向我讲述拆迁当天的情景。而在这之前，她们讲过不止一次了。此时，距离那天已是三个月了。奶奶在病床上也躺了三个月。大妈们刚刚完成了一场广场舞的操练，大红大黑的花衣裙，叽叽喳喳，像一群老麻雀。

她们说，我们再来看看“莫老爷”。

接着她们又说，她怎么还没醒呢？！

我保持微笑，点头，请大妈们坐。病房里两张病床，两张椅子，一张病床上躺着呼呼大睡的奶奶，另一张病床上躺着一位患脑瘤的大婶。大婶是上星期住进来的，原先在那床上躺着的老婆婆已经驾鹤西去了。我和大婶的女儿张姐同时让出陪侍的椅子，也坐不下这七八个大妈。我注意到，大妈当中，没有多奶奶。多奶奶是我奶奶的老闺密，她们从小就爱用嘴巴贴着耳朵讲体己话。我也很愿意听多奶奶说说往事，但她此刻正在奔赴北京香山的旅途中，奔赴她向往多年的燃烧了半边天的红枫林。

窗棂响了一下，一阵秋风吹进来，有点萧瑟。

去关窗之前，我掖了掖奶奶的被子。

奶奶安安静静地躺着，像一个睡得很熟的孩子。

此时，那两个满脸疤的人还没有在门口出现，奶奶的床头柜上也只有热水瓶、水杯以及“心相印”纸巾盒，那束火红的枫叶还没有被多奶奶带回来，奶奶的枕边也还没有那张红枫叶制作的明信片。

病房的底色是白墙白被子白灯光，空空的，看上去有点苍茫。

二

奶奶的外号叫“莫老爷”。很多人都知道。大院里的人也都这么叫她。

奶奶名英秀，姓黄，不姓莫。叫她“莫老爷”是因为人们最爱看的电影《刘三姐》中觊觎刘三姐美色的财主老爷，姓莫。最重要的是，奶奶就是一个“财主”。她爱钱，贪钱，为了钱连头都可以割去。坊间有很多关于她的传说，都是别人告诉我的，那时我还很小。

奶奶，你的头割去了，还会再长一个出来吗？我曾经摸着奶奶的颈子忧心忡忡地问。

太阳只有一个，月亮只有一个，头又不是韭菜，当然也只有一个！奶奶说。那天天空飘着细雨，云很厚很沉。我摸到奶奶的内衣口袋里有硬硬一大卷钱。奶奶不准我把钱取出来锁到抽屉里。她还骂我：

蠢妹仔！有钱怕卵！没钱才会挨割头咧！

奶奶告诉我说，她小时候就是因家里没钱，好几次都差点被炸出白脑浆。

奶奶说那时的日本人特横，到处扔炸弹，把中国人当作小白兔耍。一有风吹草动，紫荆城的人就往外逃，有钱人雇车拉上全部家当全家一起逃，没钱的人也逃，但只能有选择地带人带物逃。奶奶的父亲是一个开小杂货铺的，谨慎得像一株投错了地方的小草，战争一炸响，就萎了，携妻带着儿子们，跟着逃亡大军，慌慌张张也逃了。年幼的奶奶就像一只小野猫似的，被扔下了。起先，奶奶躲在小杂货铺里，每日啃几口母亲走前偷偷留给她的几盒桂花糕填肚子。一个晚上，年幼的奶奶正在梦里大口撕扯着一个大鸡腿，一颗炮弹摸着黑轰了过来。奶奶从昏迷中醒来时，阳光明晃晃地刺人的眼。奶奶爬出炮灰堆，看到周围的糖果铺、烧酒铺、五金店，还有柳州螺蛳粉店，全不见了。她家的小杂货铺也像只死狗似的趴在地上，全身都碎了，她睡觉的小床也被砸塌。奶奶之所以没被砸碎，全靠了她梦中滚跌到床底下啃大鸡腿去了。

年幼的奶奶没了家，没了桂花糕，晚上躲在桥洞里或者别家的屋檐下，白天在街上到处觅食，当然有时也会去“掠夺”，从一个小乞儿的手里强行掰下一小角糕，又或者一小丁面包。她想尽了一切办法，耍出了各种能耍的手段，去填充饿成一条藤的小肚子。她最大的梦想，就是吃饱，喝足，夜里躺在厚厚软软的大棉被里睡一个安稳的大懒觉。假如能过上一天那样的好日子，奶奶说就是死了，她也愿意。她那时做梦也没想到，多年后自己竟能盖起旅馆，供别人抱着大棉被睡懒觉。

奶奶的第一个好朋友多奶奶就是在那时结交的。多奶奶跟着她的哥哥到处讨饭。奶奶有时候跟他们一块出去，有时不跟。

凑在一堆难讨得吃的。奶奶说。

奶奶还说，在炮火乱蹦的街道上，她曾经亲眼看见，一个干瘦的母亲抱着她的一对双生仔，东躲西藏，哪一处都不安全，更要命的是，她怀里那两块肉哭闹个不停。他们又惊又饿。在一阵激烈的炮火之后，街道渐渐安静了下来，一些人出来寻儿、寻女、寻母、寻父或寻点吃食。这个母亲，一脚高一脚低地乱走，终于耗尽了最后一丝力气，一屁股坐在街边，把心一横，敞开两只干瘪的大乳房，让俩小饿死鬼吮吸个够！年幼的奶奶躲在一截断墙的后头，从墙缝里露出一只眼睛，紧盯着他们。奶奶在心里想，就是一颗炸弹慢吞吞地扔过来，这个女人也起不来了，跑不动了，也就只能那样搂紧她的心头肉坐着等死了。奶奶那时候甚至想到，如果一头撞过去，这个女人定会像稻草人一样闷声倒地，再弄开那两个小人，那大乳房里头的奶水就是自己的了。

那破街上是死样的静，一堆一堆冒着烟的焦木头焦墙头，偶尔有点火光，偶尔有残存的炮弹远一声近一声地炸，不多的几个人像木偶一样走过来走过去，没有人说话，紫荆城像是被埋在了沙漠底下。奶奶紧紧地趴在破墙缝里，伸出舌头，不停地去舔自己翻起无数焦白皮的嘴唇。那时奶奶在心里想，他们在演木偶戏吗？

做人不讲良心会被雷公劈的。奶奶对着我的眼睛说。那阵子我正听到紧张处，嘴巴还没有合上。奶奶接着又说：

当时我只比你大一点点，在那破墙后蹲得两脚发麻，正想换一个地方躲，一颗炮弹就往我们这边扔来了。

奶奶说那时她已站起身了，正要跑掉，就那一瞬，只听得轰的一声，地板猛烈一震，黑压压一层灰尘扑过来。奶奶就昏了过去。等她醒来一看，周围一个人也不见，连太阳也都沉到城外的山下去了，黑压压的暮色正在不断向这个灾难中的南方小城跌落，而那女人坐着的地方已成了弹坑，那三个命连着命的人不知去向。一股黏糊糊的液体从头上流淌下来，奶奶伸手一摸，扯下一张皮，斑斑的血迹下惨白惨白的，中间有一颗红枣大的突起，紫黑色！

呀——年幼的奶奶失声尖叫，如见到鬼魂一般，被惊骇住了。

奶奶双腿软塌塌的，站不起，只好跪在那张乳房皮的面前，哭得昏天黑地。

奶奶讲这故事已是很多年前的事了。她没有讲述当时她脑子里在想些什么。

我猜，奶奶遭遇炮轰后残存的那点小魂魄，定是被眼前惊悚的一幕吓得钻到地里去了。她脑子里白茫茫一片，梦一般游荡在生死交界地带，任由一种未知的神秘力量把自己摁在那里，为那个死去的母亲哭丧，为一场罪恶的战争尖叫。我猜想奶奶当时应该是混沌的，绝望的，失魂落魄的。

我离那个年代太远了，我与奶奶之间仿佛横亘着一个大大的黑洞，我无法想象一个六岁的小女孩是如何在枪炮的夹缝中独自生存下来的。我觉得，奶奶的运气真的不太好。好在，她到底还是等来了她的好时候——二十世纪八十年代。一九八〇年的春草刚冒尖，被冻了一冬的奶奶立刻就感觉到暖意了，就像落井的人忽然摸到了打捞的竹篙似的，一把攥紧不撒手。

钱多不会咬手，没钱才是最可怕的事！懂没[①]懂？蠢妹仔！

奶奶讲完故事，就用她那卷硬硬的钱拍拍我的脑袋，依旧又收到内衣口袋去了。

事隔多年，我仍然清晰地记得那个细雨纷飞的早晨，我闹着要跟奶奶去居委会和李小多玩耍，奶奶却说她要做工赚钱没空管我。最后当然是奶奶赢了，她背着我去幼儿园，我趴在她的背上举着奶奶的黑雨伞。我们穿过老厂大院的雨幕，榕树上滴落的水珠嘀嗒嘀嗒地打在我们的伞上，奶奶黑亮的头发有点湿，一下一下扫到我的脸。我的脸痒痒的，很舒服。

那个时候，小菊旅馆还没有盖，那地方还是一块菜地，但居委会的其他产业已经在大把地赚钱了，女“财主”莫老爷的名声像正午的太阳般明亮，谁也没有想到多年后的今天会有拆迁这种事情。

三

大妈们看望奶奶的三天后，多奶奶从北京香山回来了，同她一起来到病房的，就是那一束红艳艳的枫叶，以及那张红枫叶做的明信片。枫叶束放在床头柜上“心相印”纸巾盒的旁边，明信片放在奶奶洁白的枕边，奶奶的脸上立刻被映上了一层红，病房里消毒药水的气味也立刻被铺上了一层淡淡的枫叶清香。邻床的大婶不停地咂嘴抽鼻子说：

---

① 没：方言，相当于“不”，表否定意。

几[1]好看几好看!

几好闻几好闻!

她最衬红色了!多奶奶说。多奶奶退休后，去老年大学学过美术的。

你奶奶就是一张枫叶，经霜才红，越冻越红。多奶奶说。她的皱纹柔和，眼神也柔和。我有点怀疑，多奶奶偏在此时去北京，其实是为了带回红枫叶。

午后的阳光从窗口涌进来，洒在这一对老姐妹的脸上身上。这是住院大楼的第十二层，离天空很近，阳光纯净得像湖水。

多奶奶告诉我，二十世纪八九十年代，对于奶奶来说，肯定是最好的年华。她四五十岁的人了，早不是小草籽儿了。奶奶就是一山坡的枫叶，熬过了六七十年代，熬过了“文化大革命”，在人生的秋天里，她蛰伏多年的能量瞬间大爆发，嘭的一下，红得满山满坡了。奶奶的事业，在那些年月里，如芝麻一般拔节。我出生那年是1984年，如一小粒黑芝麻，正好飘落在奶奶事业高峰的某一个节点上，而且是一个女孩，又不是能传接香火的心肝宝贝，自然不受奶奶看重。她拥有整整一棵芝麻树，甚至是一大片芝麻地哟。我的父亲竟然幻想让她专注于照顾其中的某一粒芝麻，这怎么可以？肯定是不行的。屈才嘛。

怎么说呢？奶奶二十世纪八九十年代当上老厂大院里的居委会主任，而且干出了一番傲人的业绩。居委会上面不单有老工厂，还有街道办事处、城区政府、市政府，然后才是省政府。我觉得，此时期我的奶奶是一个孤胆英雄，有胆识有才干，在合适的时辰，她张满了的弓，嗖地射出一支穿云箭，把富婆的名声射到省里去了。

从省表彰大会回来，胸前一朵大红花把奶奶照得一脸灿烂。在多奶奶动情的描述里，我仿佛看到奶奶两脚轻飘飘，一副踩在云朵上的样子走进居委会的大门，走上通往二楼会议室的楼梯，差点没摔下来。奶奶看到满天的火烧云在大厂的上空悠悠地飘，大厂是红霞色的，大门口的“岑溪红”大理石装饰墙前面两只大石狮的白毛变成红毛了。奶奶还看到最后一个工人下班后，自动电子闸门被缓缓关上，穿制服的门卫转眼就消失在晚霞之中。此时，雷大妈把奶奶推进会议室，娘子军们布置的庆功会已经开始了。

庆功会结束，夜幕撞了撞奶奶的前额。一个猛烈的激灵之后，奶奶的脑袋冷静下来，她把大红花扯下，压到樟木箱箱底。

不能够拽，哪个晓得还割不割“尾巴”呢？奶奶对多奶奶说，二十世纪

① 几：方言，意为“很”。

六七十年代那阵打击投机倒把冷而硬的风仍然在她骨头里窝着。

凡事都小心些。奶奶又提醒自己一句。

然而，那个时候，“大富婆”的名声已在云端上飞，压不住了。

碰巧，被摘去“大毒草”帽子的电影《刘三姐》又火了起来。刘三姐是许多人的偶像。三姐俏，山歌甜，谁不爱呢？爱是需要恨来陪衬的。大财主莫怀仁就是跑出来招人恨的，他那么坏，又霸占那么多钱财。这恨里头，还夹杂着那么一点羡慕，甚至忌妒。二十世纪八十年代，谁不想当上万元户呢？致富之心堂堂正正，用不着遮着掩着。有钱人浑身发光，是被人看重的、羡慕的、忌妒的，或者还有那么一点点恨。

她那么有钱，那么会弄钱，当然是财主了，当然是莫老爷了。这是别人对我说的。

你奶奶名头那个响啊，当当的！多奶奶咂巴着嘴巴说，像回忆一粒水果糖的甜似的，连眼神都发腻了。

八十多岁的老人，牙没一粒了，声音竟然还那么清脆甜美，不像我奶奶那粗粗的大嗓门。我奶奶的性子还急，呼呼地，忙来忙去，走来走去，把风刮过来刮过去。我恼她把我做手工用的蒲公英刮了一桌子，又欺负她不识字，就嚷嚷：

奶奶是疯（风）婆——婆！

奶奶到底忙些什么呢？无非就是张家长李家短，吵架斗殴，找人修路修灯修下水道，还有菜市里卖菜卖果那些鸡零狗碎的事情，两脚不沾地，跟摇摆鼠笼里的小白鼠一样忙。有一次，十五区一栋两家人在吵架，因为三楼湿答答的鞋垫子挂在阳台外的晾衣竿，把二楼的棉被淋湿了，弄脏了。她们谁都说是自己先晒的。要是在别个楼栋，不难办，三楼给二楼道个歉，二楼认个倒霉，就过了。可这两家是宿怨，两个主妇也都是骂架能手，吃不得一点亏，凡事都要争一口气。那是雷奶奶管的片，她去劝架，反被奚落得像刚从煤堆里爬出来似的。奶奶袖子一卷，胸脯一挺说，我来！她就抻着个脖子，三步并两步，冲到十五区大榕树下的大草坪一看：呵，黑压压一圈人围了个满，闹哄哄，乱糟糟。

看什么看？滚！奶奶突然从人群背后发出一声粗吼。

看热闹的人转身一看，哟嗬！一张怒脸像钢板一样硬，正是惹不起的莫老爷。

你们这帮野仔，没起哄你们会死？！

奶奶撵鸭子一样把众人轰散，可她自己并不劝架，而是坐在榕树浓荫下的大石头上，跷脚，袖手，歪头观“龙虎斗”。

丢你妈！

丢你全家！

你去吃屎！

你全家去吃屎！

六月天，一丝风没有，太阳热辣辣，喉咙冒白烟，两个吵得正旺盛的女人忽然被众人遗弃在草地上，可她们一时又收不起气焰，两窝乱发硬撑撑，口水沫在空中乱飞，完全失去了方向。

此时，奶奶变魔术似的从口袋里掏出一筒薄荷糖，一人一片，塞进那两人嘴巴里。然后，她两手一摊一钩，示意两人继续吵。两个吵架能手嘴里嚼着糖，喉咙凉凉的，你见我头发散了，我见你扣子少两粒，都像掉毛的鸡似的，忍不住，“扑哧”一喷，都笑了。

处理这种事情对于奶奶来说，随手一掐就办妥。她还有大量的精力做更大的事。这个穷怕了的寡妇，她要赚钱，过好日子。她再不要把肚子饿成一条藤，再不要回到四处觅食的日子。好容易等来了能挣钱过活的好时代。事实上，不止奶奶自己发了，跟着她的大妈们也都跟着发了。

没得钱就是缺手缺脚！奶奶说。

那时拿钱拿到发怕！多奶奶附着我的耳朵说。她的声音都是颤抖的。在此之前，她还警惕地四周察看了一下，好像怕人家晓得她挣了钱似的。邻床大婶被推去核磁共振室做检查了，白色的病房就只有我们三个人，还有奶奶头上嘀嗒嘀嗒的吊瓶，当然还有红枫叶。

根本不敢想啊！哪里敢想？七几年，六几年，五几年，解放前就更加不要想了。这都是那些打领带穿皮鞋坐汽车的人才考虑的事情哟！多奶奶毫不掩饰对奶奶的崇拜。

那年月大伙儿吃穿都紧巴巴的，都急需钱，又都不敢当出头鸟。多奶奶伸伸舌头，又缩了缩脖子，又说，但你奶奶跟我们不一样。

有钱大家一起赚！干！

一九八〇年初春的一天，在居委会二楼小小的会议室里，奶奶啪地一拍桌子。只见她把袖子一卷，又一卷，呼地转身，一把拉开窗帘。阳光飞溅进来，扑了奶奶一头一脸。

就是这儿！起楼，搞厂！奶奶一手叉腰，一手指着楼下。楼下是一片空空的荒地。

七八个大妈跟在奶奶的身后，你看看我，我看看你，不知说什么好。她们看见窗外的阳光白花花银子似的从天上倒下来，可两只拳头又攥不住一丝一缕，她们的心头就像被猫抓似的难受。可干点什么吧，又怕政策有变。面对这一片好春光，她们心里乱，有点慌。奶奶把两只胳膊抱空一环，做成一个漏斗，金色的阳光水一样漏进来。奶奶说：

莫要乱，莫要慌，莫要抓太紧！放宽，放空，钱财自然会流进来。

这能行吗？不会出事吧？多奶奶心中忐忑，私下里在奶奶的耳朵边细声地表达了她的担忧。她是被“文革”的这派那派吓破了胆的。何况当年多奶奶和奶奶曾被红卫兵剃去半边头发，弄成人不人鬼不鬼的样子强押着去游街，就因为她们替医院里的病人家属拔鸡毛赚了两分油盐钱。

那时大部分人都是一样的心理。政策才刚刚放开，冲锋在前是容易陷阵的。撑死胆大的，饿死胆小的。回忆起往事，人们都这样讲。奶奶的胆子估计是被幼时那些炮弹轰大的。

怕个卵！风向转了！现在猫都没分颜色了！老鼠就那么几只，你没捉人家就捉了去。到时你只有吃空气！奶奶说。

多奶奶说她那天看到明媚的春光打在奶奶的脸上，像给奶奶镀了一层金。

四

你奶奶早想好了，办一个食品加工公司，酸厂，粉厂，饼干厂，什么都可以做。多奶奶说。

此时邻床大婶和她的女儿张姐还没有回来，主治医生刘大夫进来查房，他看见了奶奶床头柜上那束夺目的红枫叶，没有让我把它们拿出去。他是一个专业而严厉的医生，他认为花粉过敏风险大，反对在病房里放置花束。然而这天他说：

枫叶很好！颜色和气味都有利于病人恢复。

说完他还拿起了奶奶枕边那张枫叶明信片看了看，然后照样子摆放回去，走了。

这大夫好！你奶奶能醒的！多奶奶说。她不断点头，目送刘大夫微胖的背影走进了对面病房，然后接着讲述。

她说奶奶是急脾气，一刻钟也等不得的。那天开完会，奶奶立马带领她的“娘子军”攻城略地，从二楼冲下来，分头张罗各自负责的业务。

大妈们各去摆弄自己的绝活。腌酸菜，多奶奶有特殊手艺，好吃得让人连舌头都想一起卷进肚子里。她首先拿下了酸菜部。雷大妈做的面点是一绝，当然要“霸占”面点部。另外还有做米粉的、做酱油的。

我的奶奶掌管全局，管联络，把控主攻方向，首先是要弄下一栋楼。

有窝才好办事。这是奶奶认定的理。

没有现成的，那就建呗。就楼后那块荒地。

先下手为强，后下手遭殃。奶奶扛上锄头走到楼后，撅起大屁股就挖，按照她脑子里的构想挖一大圈浅沟，又插上界牌，这块地就算是她们的了。奶奶这种做派，往大里说，类似西方十四、十五世纪的圈地运动；往小里说，就是她小时讨饭那会儿领悟到的那种乞儿式霸地盘，或者说像狗呀兔呀撒泡尿以宣示自己的领地一样。

没经意钻了空儿。奶奶后来常常自嘲。

奶奶起初只想着圈点地盖间房，弄点奖金好给大伙儿买食买衣，小菊旅馆还没进入她的规划，她更无法预知火车站扩能改建这等遥远的事情。

地圈好了，砖石也好不容易从大厂的废旧机房和旧厕所拆下拉回来了，钢筋和水泥的配额却申请不到。这才是最难办的事情。这些材料换在今天想要多少有多少，只要数得出钱，就没有要不到的理。

那时这样是没得的。得按国家计划来。人家先认批条，然后才认钱的！多奶奶说。

多奶奶还说，那时她们的那点钱付人工费都不够的，就算是分到了配额，大概也没钱给人家。

那年春天暖得快，青草长得也特别快，艾草，鬼针草，一点红，酸咩咩……草们兴兴头头蹿起来高起来。可杂草长得有多快，奶奶的苦恼就长得有多快。奶奶站在小城的街头，春风不辨方向地把她的头发吹得跟杂草一样乱。

那怎么办啊？我问。我很替奶奶着急。

怎么办？讨饭咧！多奶奶说。

我的思维就一下跳到七十多年前那条炮火乱蹦的街道，我年幼的奶奶身上挂几片破布，光脚，捧一个破碗，到处觅食、争食、讨食，遇见面善的人就眼巴巴地盯着人家说：好心的阿爷阿奶，阿妹两天没找到一口吃的了。不过，一九八〇年的奶奶年华正茂，捧的不是破碗，而是居委会那边沿齐整却清寡的木碗。

话说当时我的奶奶终于打听到一个电扇厂收着一批建材，据说是加建厂房剩下的。我奶奶蹲了三天三夜的门口，终于逮住了电扇厂厂长。

那天早晨，天还没亮，奶奶就在电扇厂门外蹲着了。头天夜里下了雨，门前的桂花树、草坪，还有奶奶的头发和鞋子都是湿的。好冷啊！奶奶在心里说。她在乍暖还寒的春风里跺了跺脚，抱了抱胳膊，然后就看到了几缕晨光从东边的龙虎山上泄下来，接着眼前忽然晶亮亮一片，到处都是露珠，电扇厂厂长秃着一颗光脑袋就出现这一片晶亮之中，活像一颗巨型的大露珠。奶奶笑了。电扇厂厂长也只好勉强咧咧嘴，表情十分不好看。

奶奶走进厂长室，不坐，不喝，不说话，却把腕上的金手镯捋下，把脖子上的金项链摘下，又从包里掏出一只木碗，一一摆在厂长的办公桌上。

你……贿赂？！威胁？！厂长又惊又气，要把我奶奶赶出门。

莫急，莫慌！李厂长。奶奶此时却自己坐下了。那是一把两用的木沙发，坐板和靠板都是活动的，它们一面是光滑平整的木板，另一面垫了整板的海绵，海绵上还加了一块青布，青布上印满了红枫叶。坐在枫叶上，奶奶觉得屁股暖烘烘的，后背也是暖烘烘的，舒服得不行。后来奶奶对多奶奶说，那沙发上的枫叶红得真舒坦，我一坐下心就稳了！

这是我的老母亲死前留给我的。奶奶坐下后指着金手镯对厂长说。

这是结婚时婆婆给我的，她前年也死了。这说的是金项链。

这木碗，是上一届居委会主任送我的。我平时会放一把水果糖，哄一哄来居委会的老人孩子。

厂长把眉皱起来说，你的东西，跟我有什么关系？

有关系有关系，我抵押啊！奶奶说完后眨眨眼睛，狡黠一笑：

我的宝贝全押在这儿，我要什么你晓得的。但是我会还的，一年之内，你要物我还你物，你要钱我还你钱。奶奶接着又说。

厂长又想了想，就说，借建材的事，我一个人说了不算。

一九八〇年早春的那天，奶奶看向窗外，看见龙虎山上一大束金色的晨光投到前面那座新厂房的白墙蓝顶上，咣啷当四面闪光。奶奶又一次笑了。

我晓得，其他的人我找过了，他们都说只要李厂长同意他们就同意。奶奶说。

钢筋水泥用得着时就金贵，用没着时就是废物，还占地方，你们厂近几年又没有盖房打算，借给我还得份人情不是？奶奶又补上一句。

最后，钢筋、水泥、沙子要到了，奶奶那三样宝贝也一样不落地回到原处。当然，奶奶也果真在一年内还清了那批建材的款。

半年后，食品公司挂牌成立了。

公司成立后的一个月，奶奶就给大伙儿发了第一笔奖金。

多奶奶说，有些大妈捧着奖金时，都哭了。特别是张细妹，把脸都哭糊了，她家里婆婆瘫、老公傻，她儿子又还小，那些年把亲戚们都借怕了！

奶奶办食品公司那会儿，我家的情况也不好，奶奶早就是一个寡妇了，我父亲谈对象的钱还没着落，我当然还是一个负数。

有了奖金的激励，大妈们的胸腔就变成了鼓风机，风越吹劲越大，她们加工的食品，很快就渗透到城里的大街小巷、大百货小商店。人民币雪球一样，骨碌碌地滚。她们接着又搞了一栋楼，办饭店；再搞一栋，办一个旅馆；还继续搞，办文印部什么的，还有出租给人家坐收租金的。那个时候，奶奶就是一只老鹰，吊着俩大眼睛整日盘旋在小城的上空，瞅准了，一俯，一冲，一扑棱，管它是鼠还是蛇，能夺几个是几个。别看小打小闹的，可归拢在一起，会计的算珠子噼里啪啦雨点般拨得欢快。钢镚纸币哗啦啦水一样灌进了居委会的金库里，把一个小小的居委会喂得胖嘟嘟的。

在多奶奶的讲述中，我脑海里出现这样的画面：年轻的奶奶手挥大刀跨骑战马，指挥千军万马在冲锋陷阵。在战争的间隙，奶奶迎风立在唯一的红枫的前面，风把奶奶的头发抛起来，把她腰间的红绸带也抛起来，把她整个的人都抛了起来，也把她身后的一树红枫吹得抛起来。那时刻，整一座山都是她的战场，整一个城市都是她的战场，整整一个世界也都是她的战场。奶奶抚了抚头发，面对夕阳，轻轻地抿起了嘴角。

我怀疑，奶奶并不是为了赚大钱，或者说不仅仅是为了成为一个“财主”。那她是为了什么呢？她知道自己内心深处的渴望吗？在那美好的年华，除了收获钱财，她还收获了什么呢？而今天这个结果，她曾经想过吗？

五

我奶奶像是一个谜，我对多奶奶说。仍是在病房里，仍然是那天午后，我靠着床尾，斜坐在奶奶的脚边，抬眼就看到奶奶头上那束红烈烈的枫叶。

之前，我们沉默了一段时间。

多奶奶坐在椅子上点点头。她说她有时也看不透奶奶的心思。

老文盲一个，只认得“一”字，加个竖钩，奶奶就不识得这是“丁”字了。然而，她到城区开会，到市里开会，甚至到省里开会，不管是什么会议，讲的什么内容，却全听明白了。回来跟大伙儿一说，竟然毫厘不差。弄下的事情，常让人眼前一亮。当年建的那些楼房，那些罐头厂、食品公司，后来的文印部、饭店、旅馆，招招都出彩。

多奶奶说小菊旅馆就是奶奶最用心血的作品。那时我才三四岁，刚从托儿所转入幼儿园。

妹仔屎，懂个鬼。多奶奶说我。

据说那地方当时不是如今这高楼连着大厦的现代城市模样，还荒凉得很，冷清得很，伶仃的几间小屋子，小马路，茅草满坡地疯长。火车站就两个候车室，木头椅子，伶仃的几个客人，过夜的人宁愿住桥洞也不肯花一块钱住旅馆。对于在这里建旅馆，居委会的大妈们担忧、反对、困惑。菜地边上的一块地，哪里会有客来住？建个小纸厂倒还合适。然而，奶奶有她自己的思路，她不识字，看不懂城市规划图，可她脑子里有自己的规划图。只见她左一卷袖子，再右一卷袖子，左臂撑住桌子，右手伸进她的大茶盅里一蘸，水津津地就在桌子上画。画一条河，画一个小火车站，画两个国营旅馆，又画了附近一个批发市场。点，点，点，说纸厂不能搞，这是上游，脏水排到下游岂不害死人？又点点点，画上小鞋小衣服小玩具，又画上几个火柴小人。小人们背着巨大的包裹行走在批发市场与火车站之间的道路上。边上就是奶奶酝酿在胸中的小菊旅馆。

他们，就是我们小菊旅馆至高无上的太上皇！奶奶指着那些小人说。

奶奶那时习惯傍晚到火车站转悠，她看见赶不上火车的人守着一堆包袱，坐在站前的台阶上，一脸疲惫望夕阳，薄薄的夕阳就在他们的眼前表情麻木地沉下去。然后，他们在暮色里背起大包小包，步行到国营旅馆，进去，又垂着头出来，夜色很快就贴上了他们的脑门。奶奶还看到他们在路边粉摊随便吃一碗米粉，就卷进桥洞里去了。

奶奶幼时做梦也没想到会有盖旅馆的一天，但当她萌生盖旅馆的念头时，一定想到了流浪街头时梦中的那一床棉被，想到了那死狗一样趴在地上的小杂货铺吧？我猜。

然而，小菊旅馆开业快一年，情形却不那么喜人，住夜的客人像细细的溪水似的，在枯水期还会断流。某天一个客人也收不到，也是有的。居委会的气氛便渐渐有点冷。

大妈们私下里议论说，莫老爷这一招失手了！

地是好地，只是时辰未至。奶奶只说这一句话。

奶奶饭后没事仍然去火车站转一圈，看看那些背着行囊的人，看看落日，再看看附近这一带建筑的变化，最后回到小菊旅馆。奶奶常在红砖墙前那棵枫树底下悠闲地坐着。夏天她摇一把葵叶扇。冬天的时候，她就抱一个火笼坐在树下，她头上是一树像火一样的枫叶。多奶奶说到红枫时，我就想到，红墙，红枫，穿枣红棉袄的奶奶，薄薄的霞光从西天边海水一样淹过来。

接着我就听到多奶奶说，后来，那两个人就来了。

哪两个人？我诧异地问。我隐隐感觉，这两个人跟我们家有着某种关系。

多奶奶告诉我，那两个人像堆杂草似的搀扶着来到小菊旅馆的时候，那年的冻雨已是下过两场了。那年冬天来得特别早，特别冷，枫叶也就特别红，像小菊旅馆在它的红砖墙前烧的一炉火。多奶奶说小菊旅馆还没盖，枫树就在那儿了。

你奶奶最爱它在冬天里的威风。多奶奶说。

那天傍晚，奶奶穿着厚厚的枣红棉袄，交代服务员给每一个客人加一条棉被后，仍然搬一把小竹椅来到枫树下坐下来，安静地看进进出出的人。大概因为冷，住夜的客人这段时间多了起来，他们在寒风中缩着脖子把自己搂得很紧，一路小跑，一头撞进小菊旅馆的大堂，跟服务员要铺位，要滚水，还要一盆热水泡一泡冻得像坨冰一样的腿脚。进了门，他们就不肯再迈出门口半步了，喷着热辣辣香气的柳州螺蛳粉店就在两三百米远处，可他们觉得像天边一样遥远。他们宁愿用滚烫的开水泡两饼方便面或者烤一烤从家里带出来的糯米糍粑，等泡暖了脚，再把半个身子盘在暖和的棉被里，慢慢地享用这简单的晚餐。

奶奶看到楼上的窗口一个个亮了，又一个个黑了。奶奶知道，楼上在寒风中奔波了一整天的人，他们得到放松的疲倦此时像湖水一样漫淹全身。

奶奶打了一个哈欠，正要回家也睡一个大暖觉，就看到了那两个人。

寒风中，那两人搀在一起，从昏黄的路灯下像堆枯草般被吹过来。

是三十多岁的一男一女。男人说他们是夫妇。女人的嘴巴闭得很紧，一声不吭。男的瘦得像一根草，女的更像一根草，枯草。他们被风吹进小菊旅馆之后，那男的立即把他的小妇人扶到大堂的木沙发上坐着，然后才过来登记。他说他老婆身体不好，睡不稳，想要一间小的，就他们两个人住。说的时候，他就看他的女人，眼神温柔而凄苍。

得！我们五楼有一间小间。奶奶说。

小间比大间贵点。总台阿妹站在柜台里说。

男人张张嘴，就低下头去，一双瘦手在裤子上局促地摩挲。他的焦枯的头发乱糟糟，灰色的衣服皱巴巴，脸色是灰青的。他拿眼睛瞟瞟奶奶，又瞟瞟沙发里的女人。那女人早瘫在那里了，像堆烂泥，面色纸一样白，神色散乱。

就按大间的通铺算吧。奶奶对总台阿妹说。

我……我们……一毛钱也没有。男人说。说完他就一把捂住脸，蹲到了地上。奶奶就听到了眼泪吞进肚子里的声音。奶奶不说话了，只叫阿妹取钥匙，带他们上楼。奶奶自己去打开水，提热水。

临了，奶奶顿了一顿，问，还没吃夜饭吧？

男人不出声。

那软泥似的女人却突然在铺位上支起半个身子冒出一句细弱的尖叫：

饿死，活该！

奶奶心头猛然一震，转身下楼，一会儿端来两碗热腾腾的方便面。然后奶奶就发现小屋子里多了一个炭火烧得通红的火盆。男人说是跟隔壁的大间借的。奶奶听见寒风把窗棂敲得咚咚响，就看一眼卷在被子里抖得像筛糠似的女人。

奶奶对男人说，这屋里木床木桌子的，睡着之前要黑掉这盆火！

奶奶心里掠过几丝担忧。

六

大火在小菊旅馆里烧起来的时候，奶奶正走在回家的半路上，街边的霓虹灯一闪一晃的让人头晕，然后她就在风中闻到了焦煳的气味，正是从小菊旅馆方向吹来的。奶奶回身就跑，像一股逆流的旋风跑向冬天的深处，她仿佛又看到了战火，听到了枪炮，幼年那张血迹斑斑的乳房皮变得无比巨大，从天空上黑压压地罩下来。

多奶奶告诉我，奶奶那段时间的脸色很不好，压着一层乌云。

这对好了一辈子的老姐妹，她们彼此深知对方。如果不是多奶奶带回了红枫叶，谁还会想起十多年前奶奶在一树红枫叶底下的样子呢？因为小菊旅馆那棵枫树在奶奶退休后就被挖走了，被一个小超市取而代之了。

那年的案情极简单，火是那枯草一样的女人烧的，她想把自己和男人一起烧死。他们从大深山里来，借了一笔钱，进城治女人严重的妇科病。两岁的小女儿跟了来，家里还有两个女儿。刚下车，就发现钱全部被偷走。男人找不到出路，竟偷偷把睡着了的孩子丢弃在一个桥洞里，回头找也找不着了，身心俱伤的女人就不想活了。深夜里，冷了心的女人冷冷地盯着房中那盆炭火。她等到疲惫的男人睡去，就点燃了棉被。

奶奶气喘吁吁爬上小菊旅馆五楼的时候，看见走廊上挤了一堆救火的人，他们连外衣都来不及穿，还有人只穿一条短裤，他们手里抄着桶、盆、碗、口盅、水瓶，所有能装水的家伙全用上了。火刚刚被扑灭。西头小间的浓烟被湿漉漉的水汽拽着，散得很慢，那一男一女的铺位被拦腰烧断一截，头尾两端像大黑狗的两排黑牙齿，而那两个刚刚吃过两碗方便面的人一点影不见。奶奶第二天告诉多奶奶说，她当时感觉他们是被一只大黑狗吞掉了，而她自己的心也像被大黑狗吞掉了一般，空空地往下坠。

奶奶后来在一楼大堂看到了那两个人。他们像两条痛苦的大虫子，正被一群蚂蚁撕咬着扛过门口。当时两个人被放在奶白色的木沙发上，扭曲而僵硬，衣服被烧得到处是洞，被火烧伤的脸脖上血肉模糊。奶奶看到总台阿妹蹲在沙发旁抓着喉咙在干呕，面色惨白。沙发旁还有四五个女人给他们敷冰块，敷得很轻，仿佛敷的是一触即破的彩色大泡泡。奶奶还听到男人哑着喉不断地发出瘆人的惨叫。枯草女人没有叫，她在笑，笑声又尖又薄，在寒冷的冬夜里飘浮。奶奶的心就很疼，像被一把手术刀冷冷地插进心脏最尖的地方。她又一次想起了小时候炮火乱蹦的街道上那个干瘦的母亲，一屁股坐在街边，把心一横，敞开两只干瘪的大乳房，让俩小饿死鬼吮嗦个够！奶奶感觉自己仿佛又一次躲在那一截断墙的后头，从墙缝里露出一只眼睛，紧盯着他们。不同的是，现在这只眼睛里，不再清澈如水，而填满了风霜。

枯草女人一边凄厉地笑，一边用尖薄的声音骂为她敷伤口的女人：

滚……没要管我……让我死……

女人尖细的骂声孤零零地飘在小菊旅馆弥漫着冷湿烟雾的夜空里，显得特别无助，特别凄清。旅馆里没有人说话，大家都在默默地等待救护车。

奶奶用眼睛对着枯草女人的眼睛，一字一字地说：

第一，你的命不是你的，是你男人你三个女儿的！

第二，这旅馆是我们居委会的，你没权利烧！真烧坏了，你要坐牢的。

第三，我会帮你找到小女儿。我说到就能做到！不要怀疑！

接着救护车就到了。

路灯的黄晕中，奶奶看到，红枫被夜色压上了一层暗影，在同样压着一层暗影的红砖墙上，投放了一个神秘深沉的树影子。奶奶接着看见，一片枫叶打一个旋，然后飘落在从树下抬过的女人怀中。

在车上，奶奶看一眼沉默下来的女人，又说：好好养伤，好好治病。钱的事你不用管。凡事往好里想！

一个月后，男人和女人出院的那天，奶奶也终于在一对老夫妇的家中把他们家的小女孩找到了。回山里的长途汽车开动的时候，奶奶对车窗里的女人说：

回去好好过，种好田，把女儿养大。那些钱不用还。

然而，做完这些事情，奶奶多年的积蓄便一分不剩了，说好的集资房泡了汤。

多奶奶告诉我，你爸都翻脸了！

一段黑色的阴影便从我的记忆深处浮上来：模糊的吵闹中，出现爸爸黑着的脸，妈妈尖厉的洗碗声，还有奶奶反复说的一句话：命比钱值钱，比房子值钱！这情景是我最初记事的记忆了。原来是为了这山里的一户人家。

当时居委会的姐妹们都说奶奶脑子进水了，她们说他们有女儿的啊，女儿长大可以还钱的嘛！

哪一步该怎么走，是有命数的。不顺着坡走，就扭，就过不去。奶奶对她的姐妹们说。说话时，奶奶用手指着窗外的天。天是蓝的，白云顺着风在飘。

那时她们正在小菊旅馆五楼那间被烧焦了的西边小间里，用石灰水粉刷墙面。

把最后一块黑墙刷白，把刷子放入浆桶，奶奶站在门口打量了一下新装修的房间。

命数是天定的！奶奶最后说。

多奶奶告诉我，奶奶是对的，人还是要信命的。

就是从那场火之后，小菊旅馆就开始呈现旺相。那时火车站改建过一次，每天坐火车的人忽然多了很多，贩鞋贩衣服的，贩糖贩玩具的，还有一些出差办事的人，赶不上车了，就到这里来住上一宿。他们说一两元钱一夜，还管开水，还管洗澡水，实惠，方便，不耽误事。这些从苦日子里走出来的小生意人、小职员，他们说他们不敢贪图奢华，不敢求享乐。他们脸上在六七十年代里被腊干了的皮色才刚刚恢复亮度，嘴唇也刚刚润起来。他们不肯去住国营旅馆。

贵，服务员又傲气，是出公差的人住的。他们说。他们好像忽然才发现了小菊旅馆的存在似的。

多奶奶说，也不懂得怎么搞的，那时候紫荆城做生意的人越来越多，道路楼房也越建越阔气了，地皮见天就长，小菊旅馆大把大把地赚钱，我们的荷包也都跟着吃饱了饭。

我说这个我晓得的。小菊旅馆的好，被那帮花大妈们在奶奶的病床前说过好几回了。她们说：

这样能赚钱的旅馆怎么就拆了呢？

拆也不能太轻松了啊！

我们这帮老家伙还指靠着小菊旅馆养老咧！

奶奶后来还建了一个大坡旅馆，比小菊旅馆大了一倍多。但奶奶仍然最喜欢小菊旅馆。晚饭后，她就像一只忠心耿耿的老家犬，在小菊旅馆门口蹲着，还时不时里里外外巡视一番。更多的时候，她坐在旅馆前那棵枫树下，安静地看住夜的客人进进出出，安静地看楼上的灯火从一个一个窗口亮起来，又悄无声息地从各个窗口渐次暗下去。然后鼾声隐隐传来，夜就静了，凉了，满天星斗，奶奶这才踩着月色回家。

奶奶在这条道路上，一走就是七八年，直到她退休。

七

我告诉多奶奶，我在十六岁那年发现奶奶忽然像变了个人似的。

那年是二○○○年，当时我在紫荆城一所三流的高中念高一。

以前奶奶只管一心赚钱，把我交给风交给雨，谁晓得一夜间，她忽然就盯上我了。

我说，那时我感觉自己像是一条胀满了血的血管，奶奶就是那烦人的蚊子。

多奶奶就笑了，她说，因为你奶奶刚退下来。忙惯的人，让她闲是一下子闲不下的。

奶奶像多长了十个化身似的，家里无处不是她的影子，只只影子都往我身上压。奶奶规定我几点看电视几点吃饭几点写作业几点洗澡几点睡觉几点起床几点上学，在我耳边叨个不停，吃饭时一个劲儿往我碗里堆鸡肉牛肉，写作业她要坐在旁边赶蚊子，上学时她必然要送到路口，有时候还跟着我到公交站，然后盯着我上车，盯着公交车闷声闷气地离去。奶奶要拾回她曾经忽视的祖孙情感，而我很快就察觉到了同学们异样的眼神。

有一天放学，突然下大暴雨，夏日里的蝉鸣霎时熄了火，学校门口却瞬间被嘻嘻哈哈的嬉闹声掀翻了天。我和几个同学掏出所有的零花钱，在煎饼、辣条、豆腐泡、麻辣烫等各种零嘴摊的太阳伞下窜来窜去，玩得正畅快，她们却忽然收住了嬉闹，像急刹车似的。我顺着李小多努嘴的方向看去，看到了大雨深处的奶奶。雨水哗啦啦地落，道路早已变成了小河。奶奶蹚着小河走过来，撑着她的破黑伞，把我的小花伞递给我。我回头看看我的同学，她们都在看着我和奶奶，眼神怪怪的，还有人捂着嘴哧哧地笑。我没有接伞，只拿眼瞪奶奶。雨太大了，雨伞根本挡不住。奶奶浑身湿答答的，一头花白的头发也湿哒哒地贴在脑门上，样子十分难看。奶奶的黑发什么时候夹上白发的，我不知道，我只知道我不喜欢这种不清不楚的关系。我只喜欢纯粹，要么黑，要么白。我记得我恶狠狠地盯着奶奶那头关系暧昧的东西，眼里灌满了泪水，然后一把拨开奶奶的手，一头就扎进那场夏雨里，往奶奶来时的深处奔去，我还扔下了一句白眼狼样的号叫：

谁让你来的？！谁让你送的？！

那天我一个人跑到河边，让大雨淋了很久，回家就发了一场烧。

打那件事以后，奶奶再也不给我送伞，再也不送我上学，她常常一个人站在窗前，这一站就是十几年光阴。

我那时年少，并不懂得关注这些细节，也有可能是故意逃避，我像只鸟一样扑向外面的天空，高中，大学，工作，恋爱，结婚，生子，直到近年父亲母亲相继去世，我才猛然惊觉老寡妇奶奶的孤单与寂寞。奶奶成天一个人坐在家里，不出门的，像传说中那只年老的鹰，孤独地守在高崖上，在岩石上摔碎自己的老喙，用新喙钳出自己的指甲，用新指甲拔光自己的老毛，老鹰于是获得重生。

然而，奶奶会获得重生吗？没有人知道。

于是，为给奶奶解闷，我常带小辉仔回去。谁晓得，奶奶寂寞了十几年，真是闲得慌了，一下就盯上我的小辉仔了，竟要我把她四岁的曾外孙交给她带，跟她吃跟她睡，给她解闷。唬得我赶紧把小辉仔扯过来。

奶奶您以前不管我，现在干吗要管我的儿子？不给！我嚷道。

奶奶便谄媚地笑了。

您跟多奶奶去旅游，跟雷奶奶去徒步，到广场跳舞，走齐步走啊，样样都可以解闷的。您不要老把自己闷在家里。扔下这话，我就快快地把小辉仔抱回家去了。

先撇下我和我先生的不放心，就说小辉仔的爷爷奶奶，孙子就是他们的命根子。若是把小辉仔交给他独居的曾外祖母，估计他们会把我剥皮剐肉再扔到乱坟岗的。

多奶奶告诉我，奶奶每次都站在窗口望着我的背影远去，她长长的目光跟西天的斜阳一样惆怅和落寞。

而现时这一刻，涌入病房的阳光亦是偏西，从这对老姐妹的脸上，慢慢移到了我的脸上，光线变黄了变弱了，我仍感觉到有点刺眼。我偏开脸去。

我把视线从奶奶头上那束红枫叶移向病房门口。

然后就看到了那一男一女两张怪异的脸。我的目光顿时就被冻住了。

我无法描述两张烧伤过的脸，那里趴着一道道没有毛孔的红褐色疤痕，蚂蟥似的叮在他们的脸上，脖子上也叮着几条，手背上也有。一长一短两堆白头发在秋风里凄惶地晃动。他们看到奶奶皱纹松弛，躺在床上一动都不动了，面对他们悲苦的丑脸连眼皮也不能抬一下了。两人的双膝就软了下去，哑着嗓，捂着嘴，眼里哗地涌出四条长河。

他们同时拉身后的人。然后我才注意到还有一个二十多岁咬着嘴唇的女孩站在他们身后。

恩人啊，小菊大了！得用了！在村小学教书哩！疤痕女人说。

恩人，小菊和她两个姐姐一辈子不敢忘记您的好！疤痕女人又说。

疤痕男人只是不停地点头，鸡啄米似的。

女孩说他们刚从山里来，得了信就往城里赶，下了长途汽车就来医院。她说两个姐姐都嫁人生娃了，在家种田。我们这一家能全活下来，是托了莫老爷婆婆的恩！

我读书也都是莫老爷婆婆资助的，她不让我告诉别人。女孩说。我看到她盯着床头柜上红枫叶的眼里有泪水在打转。

直到三个人离开，奶奶仍然安静地躺在病床上，仿佛他们没有来过，不曾相识。但多奶奶说她晓得奶奶一直放不下这家人，信也是她托人报给他们的。但他们的到来，并没能唤醒沉睡的奶奶。

奶奶对我们都失望透了。我说。然后我就看见窗外的夕阳在空空地往下落。

我是奶奶在这世上唯一的亲人。她这样躺着不理我，正如平日我不理她一样。我们之间有一条看不见的银河。

我十分沮丧，有些话在肚子里滚来滚去，又无从说起。

我用手去揪奶奶的嘴唇，想揪上来，做出生气发怒的样子，但我一松手，她的嘴唇就又平静地回到原处。

我的泪就滚了下来，在奶奶雪白的被子上留下了几个暗色的水渍。

傻丫头，这些事与你无关。多奶奶说。

我摇摇头。

多奶奶就把我搂过去说，这也是小菊旅馆的命！也是你奶奶的命！命是逃不掉的。就像人老会掉牙一样。再说了，也许她明天就醒来，有你孝顺的时候咧！

我往多奶奶怀抱深处靠了靠。我觉得，多奶奶身上有奶奶的气味。

八

奶奶出事那天，多奶奶在几千公里外的北京香山上散步，我正在几公里外的一间写字楼里为一个PPT课件焦头烂额。火车站扩建改造的项目是全城皆知的，我们当然早就知道了，也早就猜到了小菊旅馆面临拆迁，一帮退休的居委会大妈在闹，我们也知道。

别掺和这件事。我们对奶奶说。

好！奶奶一口答应。多奶奶邀奶奶一起去北京，奶奶不肯去。多奶奶就自己和多爷爷去了。她就是担心一旦被大妈们找上门来难以推托。

那到我家住一段好不好？我对奶奶说。

我自己有家。奶奶说。

你们放心去做你们的事吧。奶奶接着又说，腿长在我的身上，难道她们还能拖我去不成？去吧去吧。

既然如此，我们不知道大妈们几时会来，又不能总守在奶奶这里，就只好走了，去做自己的事了。

那天阳光白烈烈的，像烧喉的高度酒那样把人的皮肤灼得热辣辣的，让窗里的奶奶都感觉到了逼人的热度，提醒着奶奶2017年的夏天跟往年不同。

奶奶当然没有出门，她从窗口退回到她的木摇椅上，如往日一样在屋子里独自枯坐。日常的打扮，一条黑底暗花的裙子，胖身材，脸庞虽大却不太显臃肿，仍然有棱有角。她其实是短头发，虽然在我的想象中，为了与我潜意识中的孤胆女英雄的美相匹配，我赋予了她一头可以迎风飞扬的长发，但我又不得不承认，我现实中的奶奶是短头发。

奶奶似睡非睡之时，门被嘭嘭地敲响了。

防盗电子锁的锁舌刚一拉开，花花绿绿一群大妈就涌了进来。奶奶这帮昔日的娘子军轰轰烈烈地挤进来，骂咧咧的，铁铮铮的。

你们喝茶吗？奶奶问。

大妈们相互看了看，没有人说喝，也没有人说不喝，然后雷大妈就说：

莫老爷，这是我们最后一块肉了！

我们那些年盖的楼，全拆光啦！另一个大妈接着说。

我这里有今年新炒的三江明前茶，孙女昨天送来的。奶奶又说。她还举起我送的那盒茶晃了晃。

他们要拆小菊旅馆，就得补给我们钱！第三个大妈紧跟着。

对！我们要快点去！推土机堵到门口了！第四个。

你们口没干吗？热死人了！奶奶看见窗外的太阳像火炉一样，说，我给你们都泡上一杯吧。接着她就去弄茶杯茶具。第五个大妈急了，一把拦住奶奶说：

莫老爷，我们去吵过几次了，都没有用。这事你不去搞不定啊！

就是啊！莫老爷，你再不去，没到一碗饭工夫，小菊旅馆就是一片平地了！第六个大妈也赶紧抓住奶奶的手。

第七个大妈，也就是第一次拿到奖金哭糊了脸的张细妹，轻轻地走到奶奶的面前，慢慢地抬起头来，老脸上竟然挂着两行浊泪，她说：

我儿子，昨天也被厂里减员了。

奶奶就一下子静下来，陷入她的摇椅里，闭上眼睛。

让我想想。奶奶说。

大妈们便立即噤了声。屋子瞬间寂静，静到能听到外面阳光毕剥燃烧的声音。大妈们看看奶奶没有表情的皱脸，看看外面无云的晴空，又相互用眼神或手势交流了一下，甚至动用了唇语，谁也不敢发出声音。正等得心慌，奶奶呼地站了起来。

走！

奶奶说走就走，把对我和多奶奶做的承诺抛到九霄云外去了。

奶奶手一挥，脚一迈，率领她的老娘子军，一头就扎进白烈烈的烈日底下去了。那阵仗，仿佛她是杨家将中百岁挂帅的佘太君，正率十二寡妇西征一样。

请奶奶出山这一段，是多奶奶从雷大妈那里打听来的。

多奶奶叹气说，我自私了，我该陪着你奶奶的。

即使您陪着，她还是会去的。我说。

事情可以做一千种假设，但奶奶的选择只能是一种。我们都知道她只会走她想走的那一条道。

火烈烈的夏日，蠢蠢欲动的推土机下面，小菊旅馆里的奶奶跷起二郎腿，慢悠悠地剔着她最后的五颗牙齿，门牙三颗，犬牙两颗。剔着，撩着，牙床忽然传来一阵空空的疼，一颗牙掉了下来。

奶奶望望门外的推土机，还有推土机背后的天，天很蓝，没有云，阳光晒得到处白花花的。进来的时候她已经看到了，这一片快拆光了。当年小菊旅馆初建时，这里到处是荒草。后来，草没了，一栋楼接着一栋楼冒出来，挨挨挤挤的，像不整齐的牙齿似的。而现在，楼又一栋接着一栋地消失了。而更多更高更大更威的新楼房正在齐刷刷长出来。

奶奶仿佛瞬间领悟到了天意，站起来就走，她把她那颗老牙抛给碎砖瓦砾。奶奶走得很快，大步流星。众大妈像一群花豹般追上来，她们问：

为什么走了呢?

命数！奶奶说。

哎呀，莫老爷，你都还没跟那几个人谈！她们指的是推土机操作手和右侧那几个“安全帽”。

奶奶不再说话，她走得很快，步履坚定地走在高高低低的废墟上。

大妈们扯住奶奶。她们踩在满地的阳光里，踩在零碎的砖瓦上，踩在那颗老牙消失的地方。

你没能够走!

你走了，我们怎么办?

你是我们的主心骨啊!

穿着大红大黑衣裙的大妈们激动地嘶叫起来。

雷大妈后来告诉我们，那天她们快被太阳烤煳了。莫老爷又一直望天不说话。她们这一群人没有办法，只好自己去找推土机旁边那几个戴安全帽的人理论。等她们理论结束，早不见了莫老爷，就以为她自己先回家去了。谁晓得哟，她们经过那个破台阶的时候，发现莫老爷竟晕倒在地上了。不晓得她是被太阳晒晕的，还是不小心被砖头绊跌的，也有可能是被野狗撞的，有人说那天曾看到一只黑色的野狗在拆迁地窜来窜去。

我和我先生去过现场，那个台阶并不太高，半米的样子。原先上面应该是谁家的小天井，下面应该是一条小路。大妈们说奶奶的头撞到水泥礅了。我们看到了那个水泥礅，不高不大，但很硬，可能是人家用来搁花盆的。其余就是不规则的断砖头碎瓦片和水泥块，跟所有的拆迁现场没什么差别。

我们还去找了负责拆迁的机构，找到当天的操作手和工作人员。他们说，那天他们准备要开工，突然跑来一群花花绿绿的老太太。现场都用隔离网围起来了，也不晓得她们是从哪里钻进来的。他们看到一个穿黑裙的高个子老太太从推土机下面走过去，走进那个孤零零的破房子里坐下来剔牙，其他的老太太则站在窗口下。也不晓得为什么房里那老太太后来又突然走了。一句话不说，走的时候还冲他们笑了一下。莫名其妙的。

黑裙老太太走的时候，其他的老太太就跟着追过去了。

他们说他们晓得这个房子之所以留到最后，就是因为有麻烦。那天上头通知说可以拆了，他们才把机器开过去的。但看到老太太冲过来，他们就停止了操作。

还是我把那黑裙老太太送去医院的呢。推土机操作手说。说的时候他把大墨镜从鼻子上摘了下来。他还很年轻。

那天我站在拆迁地的出口，向小菊旅馆曾经所在的地方望去，什么也没有，除了平展展的地面，就是白烈烈的阳光，但我仿佛看到了奶奶。

大妈们围起一个圈，奶奶在里面，阳光在外面。奶奶一直不说话，她抬头看天，像是要把天空看穿。无人知道她看到了什么，也许她看到了天空背后的命数，也许她看到了自己短暂而漫长的一生，也许她在遥远的天空看到了她的父亲母亲。奶奶把脸正对着天上的阳光。那天的太阳真的很烈，把人间晒得像太上老君的炼丹炉一样。奶奶用她的眼睛紧紧盯着这一炉火，好像没有听到大妈们说的话。她仰着脸，向上天舒展开每一条皱褶，像秋天的夜空，是一种苍凉过尽的宁静。

九

想晓得你奶奶背后那块疤的故事吗？

太阳快要落山时，多奶奶忽然问我。见我一脸诧异，便努努嘴。

我掀起奶奶的衣服，奶奶就坦荡荡地躺在夕阳的晚照里。有那么些时刻，我怀疑奶奶已是西去。我忽然感觉鼻子有点酸。

我轻轻抚过奶奶的每一条皱褶，夕阳最后的余晖跟着我的手指爬过来，也很轻。

在右后腰，一块疤赫然出现在我眼前，比拇指大一些，皱巴巴地往中间窝进去，像在背后又长了一个肚脐眼！

小日本的枪打的！多奶奶说。

奶奶去打仗？打鬼子啦？！我惊叫起来。

她抢日本小孩的桂花糕了！多奶奶说。

真没想到，这个像案板上的鱼一样的老太太，曾经有过那样离奇的壮举。我眼前便有些恍惚，仿佛看到病床上的奶奶变瘦了，皱纹浅了，光滑了，还在不断地缩小，变成了一个七岁的女孩，又瘦又小又黑又脏，衣服到处是补丁，头大眼睛大。她从床上爬起来，走出去。

她走上一九四二年冬天的街头。灰白的街道，两边骑楼，旧照片似的，是硝烟欲来的色调，看着却是冷清，偶尔有行人走过，有穿长衫的，穿大衣的，也有短衣长裤的。一个拉车人，坐在地板上，脑袋与他的帽子歪在半旧的人力车上，睡着了。我七岁的奶奶饿得肚皮扭成一股绳，眼睛发出淡绿的光。她捂着肚皮摇摇晃晃地到处觅食。从昨夜到这天的下午，还没有一丁点食物落到她的肚子里，哪怕是一颗黄豆，一口汤水。

突然，年幼的奶奶在糕点铺门口，发现了一块糕。糕被一个穿呢大衣的富家男孩捏在手里。他比她略高一些。他手里拿着那糕，却并不吃，他用手挤、搓，把糕弄得像烂泥巴。他好像在生气。不知道为什么，他竟然一个人站在那里。

他一个人！

他手里有糕!

一阵桂花的香气飘入奶奶的鼻孔，还夹带着红糖的甜气。是桂花糕的味道！奶奶用力地吸起鼻子。盯着那块被糟蹋的桂花糕，奶奶的心都碎了，肠子瞬间紧成了一团。

他一个人！

他手里有糕！

第三次闪念出现的时候，奶奶没有犹豫，小兽似的冲过去，夺下一口糕泥，边跑边往嘴里塞。只听到背后“砰”一声响，奶奶口里含着那口糕泥扑倒在地上。

一九四二年，南方古城，灰白街道上，一个七岁的小女孩背后中了枪，躺在地上，胸口里只剩最后一口气吊着。附近一个药材铺的老板救了她。有人说那人是地下党，把这个孩子救活后，他就调到别处去执行任务了，不再回来。

救命之恩，奶奶至今无法回报。

前些天，我出差坐高铁回来，发现紫荆城火车站的扩建工程已完成了大半了。火车站前，就是小菊旅馆待过的地方，据说这里要建一个阔气的广场，每天将会有几万人从此处走过。这个小城与其他大小城市一样，几十年里，新鲜事物一咕嘟一咕嘟地冒出来，一九四二年那肃杀的破败气象早已荡然无存。“万达”“保利”“恒大”这样的字眼随处可见，楼房齐刷刷排在天空下，最高的地王大厦三百多米，走上去，就是走上青天了。

奶奶黄英秀是一周后在医院里停止呼吸的，距她倒数第五颗老牙掉下来的那天刚好九十九天。停止呼吸的时候，她还剩下四颗牙齿，门牙三颗，犬牙一颗。我用奶奶最喜爱的两面针牙膏仔细地把她的每一颗牙都清洗干净，使它们像雪花一样白。接着，我又把奶奶的每一条皱纹擦干净，把衣服的每一寸皱褶也都抚平，把她的一双手相叠搭在腹部。然后，我拿起她床头柜那一束仍然火红的枫叶，轻轻地放在她的怀里。而枕边那张明信片，则被我连同奶奶的遗像一同装裱进相框里，挂在墙上。

最后，我把奶奶交给了上天。

这时刻，秋日晕黄，夕照铺满西山。

越鸟

◎文/小昌

一

在一张方凳上放一张更小的方凳。罗安这样做时唯恐发出一点点声音，生怕打扰到楼上像老鼠咬噬花生皮似的说话声。他站在小方凳上，半弯着身子，尽可能地向那缠绵的声音靠拢。为了保持平衡，他又找了晾衣竿做拐杖，这让他更像个踩高跷的人。他精心于每一步，整个过程更像是个庄重不容轻慢的仪式。这种仪式感似乎让他忘记了为什么这么做。有时，他会觉得这是种无声的反抗，是对白天那个沉默恭顺一口一个夫人的罗安的不屑。他更喜欢这时候的自己，摇摇欲坠又激动不已。

他迷上了她的说话声、哽咽声，还有呻吟声。这么说也不确切，他只是迷上了这一刻的所有声音。那是一通漫长的电话，是她打给一个叫小嘎的人。有时罗安会感觉她不是打给那个莫须有的小嘎，而是打给他的。她自说自话，是为了让他听到。可她又没任何理由这么做。她在电话里一口一个小嘎，小嘎怎么会不存在呢，这只能是罗安毫无依据的臆想。

她会一直说下去，慢吞吞地，没完没了，声音甜腻，带着一丝犹豫和疲倦。怪不得罗安猜测她有可能是自说自话。她说了那么多话，又似乎什么都没说，她说的都是一些极琐碎的日常，没话找话。她有时也会停下来，在这个沉默的间隙里，罗安渐渐证实小嘎确有其人。她正在倾听，听电话那头的小嘎说话，她有时还会附和一声。这样的沉默也能让罗安放松下来，不用努力分辨她究竟在说些什么。

她也许慵懒地半躺着，想怎么躺就怎么躺，或者像少女似的俯着身子，双腿弯曲顽皮地上翘，和白天的她大相径庭。白天的大部分时间她都在打坐，双腿交叠，活脱脱一尊菩萨。罗安想象不出晚上的她会像撒娇的少女那样，越是难以想象，罗安越是难以自已。她比他妈妈还大一岁，不过她看上去并没那么老，也许是那双灰眼睛的缘故，水汪汪的，有一抹深邃的幽蓝。有传言说她有超异的移情能力，能知道别人在想什么，正在经历什么。她吃斋念佛多年，那些传言极可能是真的。罗安深信不疑，不过他不是因为这个才对她言听计从的。他由衷地感激她，是她把他从生活的深渊里救了出来，不过他不愿提起那些往事。

罗安对她忠心耿耿的另一个原因是，其他人对她也忠心耿耿。

房子是木质结构的，她不可能不知道罗安能听到她每晚十一点必打的这通电话。除非她出门了，不在这里住。不过她很少出门。即使这样，罗安也很少在白天看见她。她终日在三楼的佛堂里。佛堂的门整日紧闭，没人知道她躲在其中都干些什么。佛堂还连通着个二十多平方米的天台，从天台上放眼望去可以看见那片海。罗安来这里有一个多月了，只去过一次。站在天台上遥望那片海，感觉那片海更像是一小块脏抹布，不是他想象中应该有的样子。不过那个不大不小的佛堂倒还是让他吃了一惊。他惊讶于世界还有另外一种可能。他蹲坐在她旁边，看她默默读经，这让他体验到从未有过的释然。即使他只是她雇来的一个男保姆，他也感觉他和她是一起的，不分贵贱。那一刻，他忘了自己是干什么的了，不过这感觉倏忽而逝，从佛堂中走出来，那种由心底升起的美妙就荡然无存了。他还是他，是她雇来照顾那个老人的。他只属于那个老人，他要帮他洗澡穿衣，要将手伸向他的大腿深处擦拭，这时候他会假装在给一条狗洗澡。他想，很多时候人是连条狗也不如的。

她又和小嘎说起了那只鸟。她叫它越鸟，越鸟的意思大概是越南的鸟，这里离越南那么近，这只鸟很可能和越南有关，这只是罗安的猜测。那通电话里是不能没有越鸟的。它是只黑色的鹩哥，说到它，她和小嘎似乎就心领神会，像是在说他们共同的老朋友。那只黑色的鹩哥于她别具意义，甚至会等同于那个老人。罗安第一天走进这栋木房子时，她就说过，要像照顾他一样照顾它。当时她指着那只尖叫着“恭喜发财”的黑色鹩哥，罗安紧张不安，对那只鸟频频点头。鹩哥也和他一样旋转脑袋。那是只聪明的鸟，双目传神，似乎猜得出别人在想什么。她郑重地说，我把他们交给你了。

越鸟似乎很老了，像那老头一样老，也许更老一点。脖子上的毛被它自己啄光了。它也许感觉到了时间的漫长，实在无事可做，才会一根根啄光自己的毛。这让它显得更加丑陋，不过也更像人了。它看着罗安，就像是有个人在凝视他。罗安不太敢看那只鸟。相比于那只鸟，那个总嚷着要去船上开工的怪老头似乎更好对付一些。他得了脑萎缩，记忆正在一点点丧失，他已经不知道自己是谁了，可他还记得要去船上。他总是说，我们一定要在还来得及的时候离开。从哪里离开，要去哪里，永远是个谜。他喊罗安“满仔”。大多时候，这栋木房子里只有他俩。罗安会故意模仿一个叫满仔的人逗他开心，尽管他根本不知道满仔究竟是谁。到最后，那老头也许连满仔都忘了。什么样的满仔根本不重要，这让罗安感到人生虚妄。他有时会摸罗安的脑袋，像父亲的爱抚。罗安竟体验到了作为满仔的幸福感。

在电话里，她说到那些漂亮的羽毛是被它自己啄光的，让它看上去像个老头子。她开始哽咽，这没什么好大惊小怪的。她每天晚上都会哭上一阵子，只要打那通电话她总是会找到理由哭上一场的，哭的理由千奇百怪，这次她哭的是那只越鸟。断断续续的哽咽声叫人心碎。罗安很好奇她伤心的模样，白天的她那么端庄大气，到了晚上彻底变了，和罗安一样，他们都有个不一样的自己，在这夜凉如水的深夜变成了另外一个人。

罗安也怀疑，她是否真的在意那只鸟，也许这只是她想哭一场的借口。那只鸟的自残是能将她和小嘎的对话持续下去的救命稻草。这么说，罗安是有根据的，这么多天他从没见她逗过那只鸟，甚至都懒得看它一眼。那只鸟只属于他和那个怪老头。她哭的不是那只鸟，是她自己，是她每天不得不打的这通电话。

她哭着哭着声音就变了，罗安屏息凝听。最让他激动不已的一刻终于来临了。手中的晾衣竿也随着他手臂的颤动而抖个不停。那声音从哀伤转至缠绵，她渐渐开始享受那哽咽的哭腔。他惊奇于她对声音的把控能力，那缠绵就像是从哀伤中生发出来的。为了接近那声音，他感觉到自己的耳朵正在向上生长。她嘴上开始说着，我要我要。她想要小嘎，想得发疯。她说，我想吃了你，连皮带骨头。电话那头的小嘎也许正像罗安似的沉醉其中。他能感觉自己像灌满风的帆，膨胀，膨胀，直至那声音渐渐小了，没了。

这栋房子毗邻那片海湾，海涛声会让罗安平静下来，也宣告着这一天就要结束了。他仿佛从来就属于这里，尽管他才来了一个多月，他想，她可能知道他在偷听，可她似乎无所谓。对于她而言，罗安这个人有什么要紧呢，除了会说“好的夫人”，近乎哑巴。他笨笨的一张马脸，让人感觉他什么都不在意，在意了也不理解，像他这样的人到了十一点早就呼呼大睡了。有时罗安也会感觉到自己的一无是处。他会对着镜子里那张毫无生气的马脸吐唾沫。

二

新的一天又开始了，和平常没什么两样。罗安早早起床，要帮那老人穿衣洗漱。他喊他巴叔，是她让他这么叫的。不过他很少这么叫那老人。听她说，喊他巴叔是为了让他想起那些过往，想起他曾经在大海之上威风凛凛的年月。

巴叔一大早就会喊，我们一定要在还来得及的时候离开。他什么都会忘，就这句忘不了。罗安重复一句，我们一定要在还来得及的时候离开。他说，满仔你这个卵仔[①]，学老豆说话。老豆是老爸的意思，罗安是知道的。巴叔是从马来西亚来的，普通话说得不错，不过也夹杂着岭南的海边方言。罗安恍然有所悟，满仔果然是他儿子。他看着巴叔的脸，那张脸一片空白，面无表情。他除了将罗安误以为是满仔之外，像是什么都知道。罗安牵着他颤抖的右手去晒太阳。路过那只越鸟，鸟叫了一句，早上好。巴叔也附和一句，早上好。

她穿了条浅绿色的新裙子，从楼梯上走下来，因疾走而线条凸显，胸脯、瘦腰、若隐若现的小腿，罗安透过余光早就看见了。她像是从空中飘下来的。罗安假装没注意到她的翩然落下。她今天很不一样，像是着意修饰了一番，她从不这样。她从来都是一身素朴又素面朝天的。罗安发现她还涂了红嘴唇，只是一点点，可他确定她涂了。罗安开始想象夜晚那一声声缠绵的轻轻呻吟，他激灵了一下。

她大声叫住罗安，说今天有人来访，让他给巴叔换件新衬衫，打上领带，让他精精神神的。他们这栋木房子从来没有过访客，不过罗安也才来没多久，他并没感到诧异。罗安说，好的夫人。他喊她夫人是有些古怪的，这是她的司机嘱咐他这么说的。她说，喊我詹姐，或者詹姨，你喊我夫人，就像是在嘲笑我。罗安急于辩白，说，没有人敢嘲笑您，詹姐，我更不会。他喊了詹姐，语速很快，“詹姐”更像是一个叹词。这句话说得如此之快，也是在说他从来不是个唯唯诺诺的人，即使别人都这么以为。

巴叔和詹姐究竟是什么关系，一直是个谜。不过罗安并不以为意，该知道的时候总会知道的。詹姐也许就是因为这一点才将他留在身边的。她给他的报酬不菲，罗安求之不得。像他这样没文凭又没什么特别技能的外地人还能干什么呢？他初中没毕业就辍了学，工厂里干过磨床，幼儿园里当过保安，还学过理发，因

① 卵仔：方言，犹言“小子”“笨蛋”，在不同语境中有不一样的感情色彩。

剪发时走神戳破了别人耳朵，而被痛揍了一顿，他在老家真的是走投无路，是传销让他突然血脉贲张，感觉时来运转迎来了新生，没想到又给他当头一棒。

这个海边小城传销猖獗，不少怀揣着发财梦的人聚集到这里，罗安也是其中之一。当时他们所在的团伙被打击传销的突击队端了窝，一群人被赶到了沙滩上，双手交叠抱着脑袋呈半蹲的姿势，一个个接受盘查，罗安走在人群中，突然大声号啕起来，哭得撕心裂肺。那天詹姐也去了，本来是承一个远方朋友所托，去找一个落魄的女画家的。她没找到她想找的那个人，却看见了罗安，他在缓慢行进的队伍中哭得像个迷路的孩子。詹姐和他四目相对，或许是突然想到离家出走的儿子也和他一样。她和那些人说这年轻人是她的亲戚，詹姐有个表哥是这突击队的副队长，他们很给她面子，她签字画押就将罗安领了回去。从此他就跟定了詹姐，詹姐说什么他就干什么。他是被骗来的，来到这千里之外的异域他乡，不过詹姐说，骗来的也终究是个缘分。他像相信那片海似的相信詹姐。

詹姐走过来了，满面含笑，看来她心情不错。也许是来访的人让她感觉这是美好的一天。三个人站在太阳下，这似乎是从来没有过的事。詹姐为巴叔系领带，老是系不好。巴叔表现得极其不耐烦，眼神直勾勾盯着额头上冒汗的女人，满含敌意。他像是根本不认识眼前的人，想要让她早点走开。他喊着，满仔，满仔。罗安说，我来。詹姐退后，向罗安歉意地一笑，说，在你眼里，我是不是特别没用？说到没用，她神色忧伤。这句话不是玩笑话，她似乎真的感觉自己无用。

罗安并不愿意将昨天晚上那个女人的声音和詹姐联系在一起。可她说自己没用的时候，她们分明就是一个人。想到这里，他有点胃痉挛。

詹姐让他们去天台上吹吹风。罗安领着巴叔上楼。巴叔很听“满仔”的话。他似乎有点怕“满仔”。他们一起上楼梯，罗安还在想昨天晚上那女人的声音，对他来说那更像是一场梦。他回头看了一眼，詹姐正望着他们的背影发呆。她似乎没想到他会回头，猛地一惊，像是瞬间想起什么来。詹姐说，让越鸟也去透透气吧。她转而疾走几步面向那只鸟。她很少这么慌里慌张，罗安早就看出来了，她是在掩饰什么。她盯着他们的背影大概是触景生情，想到了过去，而那段过去又让她难以面对。罗安说，詹姐，你先忙你的吧，我等会就下来带它上去。罗安说到那只鸟就像在说一个人，詹姐对他笑了笑，似乎是在感激他。

他们必须穿过那个佛堂才能到达天台。佛堂的门是洞开的。他们走进佛堂，巴叔说了一句，她是谁？罗安知道她问的是詹姐。不过他还是问了一句，哪个她？巴叔时好时坏，今天的他不像得了脑萎缩。罗安想，这个病真是个怪病，要是他罗安得上了，就去找辆火车撞死。为什么会找辆火车，罗安只觉得那种死法很酷。可气的是，听说一旦得上这个病连把自己弄死的想法也想不起来。罗安说，她是詹姐。巴叔说，詹姐是谁？罗安知道这么说下去，会是个死循环。他不说话了，故意不理他。他们穿过了佛堂，罗安让巴叔坐在椅子上，说，别动。他下去拎那只鸟上来。

木楼梯被他踩得咚咚响。到了一楼客厅，他发现詹姐仍在面对着那只鸟。那只鸟叫着，小嘎，小嘎。这是头几天罗安教它的。他以为这只笨鸟学不会的，没想到它却突然对着詹姐一声声急促地喊着小嘎。罗安木在那里，僵在詹姐身后。那只鸟似乎看见它了，要向他邀功似的，仍叫个不停。这栋房子里除了他罗安也许没人知道小嘎的秘密。詹姐回过头来，竟假装什么都没发生似的，对他笑笑。她说，它在说什么？罗安说，我也不知道，听着像是叫小嘎。詹姐说，你教它的？罗安说，没有，我没教过它。他第一次对詹姐撒了谎。詹姐没再说什么，坐在那张红木椅子上开始念经。手里的念珠像条蛇似的游走。

罗安提着鸟笼又咚咚地上楼了。

三

有辆越野车远远地蜿蜒而来。罗安远眺，突然意识到这栋木房子也许是为了巴叔才依山而建的。他的好奇心陡增，迫切地想知道有时连厕所也忘记在哪里的怪老头究竟是詹姐什么人。他们很少单独在一起，詹姐好像有意躲着巴叔。她看他的眼神也怪怪的。他不像是她的长辈，更不像她家的先生。据给他们做饭的赵姨说，詹姐的先生还在马来西亚做生意，开了家很大的公司，是个顶大的老板。据罗安猜测，他可能是詹姐先生家的亲戚，如果是这样的话，晚上十一点时的那通电话很可能是詹姐的先生打来的，是詹姐的先生叫小嘎。不过他倒更希望小嘎另有其人，而不是让他备感失望的詹姐的先生。

罗安回头问正在发呆的巴叔，詹红英是谁？詹姐就叫詹红英。那老头面向他，说，詹红英就是詹红英呀。罗安又想继续问，那老头却颤颤巍巍站起来，说，满仔，快到船上去。罗安看了看那片海，那些渔船小得像越飞越远的海鸟。

越野车里钻出两个人来，一男一女。罗安向下张望，想要看清他们是谁。他不可能认识他们。他只是想知道来的人中有没有个叫小嘎的。他想发现另外一种可能。那一对男女似乎正在热恋中。女的挽着那个男的，还彼此凝望了一眼。罗安有些失望，感觉那个男的不可能是小嘎。

詹姐的朋友从未来这里看望过她。这里是她的秘密之境。她在另外一个世界突然消失，没人知道她去了哪里。罗安未曾想过詹姐的那个世界，赵姨说，她去过詹姐的另一个家。当然，赵姨也有可能是在吹牛。她总试图说明她和詹姐更亲近一些。

这也让罗安想到自己，他是离家出走的，家里人都不知道他去了哪里，但他写过一封信，就是为了证明他还活着。知道他还活着，他们就放心了。有时罗安甚至想，他死了，他们会更放心。不过当他想到妈妈在他生父坟头大哭的时候，他就觉得还是要写一封信。那封信写得很短，他在信里告诉他妈妈说，他已经十八岁了，想走自己的路，他也祝他们幸福。罗安其实很想家，想那一望无际的北方田野，蜿蜒得像秤钩似的小河，他想知道那里发生的一切，比如他的妈妈嫁给那个杀狗的男人后究竟过得怎么样。这也是他离家出走的原因之一，他又有了另一个父亲，这让他感到羞耻。那个中年男人身穿露着棉絮的破旧军大衣四处游荡，佝偻着身子，像一条癞皮狗。他一只手揣在大衣兜里，会对着汪汪叫的狗扔出吃食，没过多久，那条狗就会一脑袋栽在地上一命呜呼，罗安能想象得出这个男人见状后龇牙咧嘴的兴奋表情。那个男人就是以偷狗杀狗为生。接下来他会想到他妈妈和这个野蛮的杀手围在一张小圆桌旁一起愉快地啃食煮熟的狗肉的场景，想到这里他就会胃痉挛，像是有人不停地冲他的肚子出重拳。

不过他死也不会回去的。

那一男一女和詹姐相继拥抱，他们彼此之间很亲密，似乎是手牵着手向木房子里走去。三个人消失在罗安的视线里。罗安回头去逗弄那只鸟。越鸟又一次叫着，小嘎，小嘎。这只鸟的脖子光秃秃的，很像个小老头。他也跟着越鸟重复，小嘎，小嘎。詹姐也许真如那些人所说的有超异的移情能力，她早就知晓了罗安的窃听。可她面对越鸟时又表现出一无所知的迷惘。他正想着，他们三个人已穿过佛堂，来到这天台之上了。赵姨在后面跟着，搬了一张藤椅。

罗安表现出他那惯常的羞怯不安。他知道，他这样做反倒让那些人放松下来。那个男的体形偏瘦，面色忧郁，又想尽力表现出喜悦来。他说，詹姐，这就是你说的罗安？罗安，你好。罗安根本不知道詹姐还和别人说起过他，他一直觉得自己无足轻重。他也宁愿如此。詹姐会怎样说起他呢，他倒很想知道。

那人走过来要和他握手。罗安局促不安，忙擦了擦手，说了一句，你好。坐在藤椅上的巴叔张口说话了，你们好。他这么一说，把那个男的吓了一跳。他说，你还记得我们。巴叔眯缝着眼，像是在思考。他有一张孩子气的脸。巴叔的过去该是他喜欢的样子，直率爽朗，可能还喜欢捉弄人。巴叔回答，我当然记得你们。那男的说，我是谁？巴叔说，你们这些人呀，别把我当成傻子，谁不知道你就是小嘎呀。罗安心头一紧，瞥了一眼詹姐。詹姐也回看了他一眼。她并没表现出他以为该有的那种慌乱。詹姐说，他是小嘎，你是谁呀？巴叔被詹姐的气势吓到了，说，我是，我是，我是谁呀？他哆哆嗦嗦地要站起来。那男的忙上前安慰说，您老好好坐着。等他复又坐下，所有人不再说话。越鸟突然打破了沉默，尖叫着，恭喜发财。

那男的似乎对罗安很有好感，老偷偷打量他，这让罗安心怀不安，总想找机会溜走。他不想引起别人注意。后来罗安得知他是对他的那段传销经历极为好奇，想知道他们那些人是怎么度过每一天的。詹姐说他是个诗人，正在写当地人的故事，而传销又是最引人注目的。他的笔名叫不安，人都喊他安哥。詹姐这么告诉罗安的时候，才突然发现罗安也有个“安”字。詹姐说，你们真是有缘。

詹姐喊他安哥，安哥喊她詹姐，两个人相视一笑，被罗安发现了。罗安想，他们这些人总是能特别机警地处理一切，那么游刃有余。他不知道怎么才能拥有这种能力。

他们说到那天的沙滩，所有人排着长队迎候检查。安哥说，难以想象。他果有一张诗人的脸，会突然拧着眉头，陷入忧郁之中。他坐在藤椅上，跷着二郎腿，望着那片像块旧抹布似的大海，接着说，那你为什么哭呢，罗安，不就是被人驱逐出境吗，又不用坐牢，根本不值得那样哭。罗安一直站着。他觉得自己没什么资格和他们坐在一起。他早就想溜走了。詹姐不让他走，他背靠远处的大海，斜着身子倚在半人多高的墙上。

能找到罗安这样的人照顾巴叔，让詹姐颇为满意。她想让他们知道他。

罗安说，我一无所有，我不想回老家。詹姐说，你当时可不是这么和我说的。安哥问，他当时说啥？詹姐说，他说就像一朵花还没开就枯萎了。罗安，你是不是这样说的？安哥激动不已，说，罗安，你真是这么说的？罗安低着头，轻描淡写地说，我忘了。安哥的女朋友一直不说话，突然笑起来，说，你也是个诗人呀。

安哥的女朋友叫越小越，也就比詹姐小几岁，但看上去要比詹姐小好多。她扎着马尾，脸色苍白，嘴唇很薄，擦着橘黄色的口红，亮晶晶的。也许是她说话的样子让她显得年轻，一说话就眉飞色舞。不过她倒是很少开口，一直托着腮听他们说话。罗安疑惑这个世界上怎么还会有姓越的人，估计也是个笔名。詹姐没说，像是她叫越小越天经地义，无须解释。

詹姐想拿一本旧画册上来，说他们的话让她想起曾经过往的年月，她想让他们看看三十年前的大海。安哥说他也下去，去车里拿一本书来，是他的诗集，想送给罗安。他们一前一后离了天台。天台上只剩下巴叔、越小越还有罗安，当然还有老是在倒空翻的越鸟。天台上骤然变得很安静，他们很长时间没说话。罗安扭头看海，用来掩饰无话可说的尴尬。越小越起身走过来，紧挨着罗安，和他一起远眺那片海。越小越突然说，安哥头两天来过吗？罗安摇摇头。越小越接着说，之前来过吗？罗安说，之前不知道，我才来一个多月。越小越说，你不要骗我。罗安不说话。越小越又说，詹姐常住在这里吗？罗安说，我不知道。涉及詹姐，他不想多说话，他怕说了不该说的话。对于詹姐来说，不少话都是不该说的，这一点他罗安是知道的。越小越说，那你知道什么。这句话是在谴责他，已经充满敌意了。罗安歪过头，回看坐在藤椅上一动不动的巴叔。巴叔像是突然想起什么来了，转瞬又忘了。他的脸阴晴不定，罗安很难感同身受，难以弄懂这个老头正在经历什么。他说，请您不要为难我。他们不再说话，风吹着帐篷噗哒噗哒响。

罗安想去看看詹姐怎么还没上来。也许他们正如越小越猜测的，有什么见不得人的私情。想到这里，他开始同情越小越。她那么瘦，趴在那堵墙上，正向远处看。罗安说，詹姐不常在这里住的。越小越侧身凝视他，冲他挤眼睛，惊奇于他的态度转变之快。她腰肢柔软，长发顺滑，侧过头来的样子很迷人。她很有女人味，罗安想，那夜晚诱人的低语应该出自她口，而不是厚嘴唇高颧骨素面朝天的詹姐。詹姐没法和她比，她们也没得比。罗安是不相信那个叫不安的诗人会背着越小越去找詹姐的。

越小越问，罗安，你有女朋友吗？她也许在挑逗他。罗安说，没有，没有过。越小越说，从来没有过？罗安点头。他开始咬拇指。这也是他的老毛病。她说，你多大了？罗安说，二十。他虚岁才二十。他想说二十三的，他不想她看扁他。越小越说，我二十岁的时候，交了好几个男朋友了。罗安没说话。接着她问起了罗安是哪里人，为什么跑这么远来到这天涯海角。罗安没撒谎，他实话实说，说他离家出走。他没告诉过詹姐，不过詹姐也没问过他。说到这里，越小越也叹了口气，说，我还不如你呢，我是个孤儿。

四

午饭过后，罗安搀着巴叔回房休息。巴叔说，我们这是要去哪里？罗安说，去您的房间。巴叔说，哪里有我的房间？罗安没说话，回头看他们三个人。安哥说，等你回来。他是对罗安说的。他想和他聊聊。

巴叔的房间在二楼，就在罗安的隔壁。巴叔颤颤巍巍走进去，不知置身何处，惊讶地环顾四周，问罗安，这是哪里。但他对自己好像没有丝毫的怀疑，罗安想象他的脑袋正在一点点缩小，被弥漫的白色物质一点点侵吞。

罗安帮他解领带，说，你喜欢这条领带吗？这是上一个护工教给罗安的办法，当巴叔执着于纠缠一个问题的时候，就顾左右而言他，他的注意力像一岁半的孩子，轻而易举就被转移了。罗安这么一说，巴叔低头开始观察那条仍旧挂在脖子上的领带，说，好看。他早就忘了他在哪里了，更忘了他还问过他在哪里这样的问题。有时候，罗安会很羡慕他，说忘就忘。那些忘不了的往事总在折磨着他，等他差不多再也想不起来的时候，又会在梦里闯进来，捉弄他。

巴叔已经躺在床上了，一躺下就显得更加苍老，双颊凹陷，眼神空洞地盯着天花板。罗安嘱咐他，让他好好睡觉。罗安转身想走。巴叔说，别走，我怕。他像个孩子。罗安回头看他凄楚的表情，很难想象他曾做过一阵子海盗，在这片南海之上横行无忌。

这一个多月，对于罗安来说极其漫长，除了漫长就是不可思议，他就像是闯入了另外一个世界，这个世界和他从前的世界毫无瓜葛。不过他并不觉得难熬，反倒喜欢这里。他从前感觉有钱人是无所不能的，这也是他离家出走又误入传销组织的原因，他想变得有钱，更有钱，无比有钱。可看到詹姐这个有钱人过的日子，他感到灰心丧气，就像是一朵花还没开就枯萎了，除此之外，他还看到一个英雄的衰老，这个英雄正一副可怜相地求他别离开。罗安的视线转移到那张照片上，那似乎是罗安目力所及的巴叔唯一的照片了。照片里的巴叔叼着大雪茄，斜倚在船舷上，一脸困惑，像是有什么人正惹他不高兴。罗安突然感觉人生就是黄粱一梦，转而对巴叔说，乖，闭上眼睛。他会对他说乖，估计詹姐也想不到。不过这声“乖”很管用，他闭上了眼睛，不多久就鼾声大作。罗安起身，想到诗人还在等他，感觉一切没什么大不了的。人活着，就该想笑就笑想哭就哭。

这种情绪一直持续着，罗安像是换了个人，主动和安哥攀谈，说他其实很想念那段干传销的日子，人人互相鼓励，每天都精神振奋。像是这么说还不够，罗安低头沉思，接着说，每一天都是新鲜的。安哥听罗安说出这些话，难掩激动，像是终于找到自己想要的了。他喜形于色，说今天真是没白来。詹姐说，还以为你们是来看我的呢，没想到是来看罗安的。越小越一只手搭上了罗安的肩膀，没人发现她在暗暗用力，只有罗安明白，可他不明白她为什么这样。他不曾注意她是怎么一步步溜到他身后的。

越小越问罗安，要不要詹姐再把你送进去？他们知道是詹姐把他签领回来的，是她救了他。安哥像是突然醒悟过来了，指着罗安说，你们没发现他像谁吗？詹姐说，像谁？詹姐一直盯着安哥，安哥说，总觉得他像一个人，又想不起来是谁。

越小越出去接了个电话。她走路的样子妖娆极了，就像是故意让他们看她扭扭捏捏的背影。詹姐手心里的念珠一直在滚动，和他们聊天的时候，她也不忘做日常功课。罗安不知道詹姐所说的功课是什么，据他猜测就是每天必须念诵经书。白天的她让他感到恍惚，一脸虔诚和慈祥，又像是对什么都不在意。越小越接完电话，招手示意詹姐出去。她有话和詹姐说。詹姐起身。她已经换了上一身素服，那条浅绿色的裙子不知何时已不见踪影。罗安怀疑早晨见到的那条裙子只是他的错觉而已。还有另外一种可能，那就是她没想到越小越会来，那条裙子是为诗人不安准备的。这是最大的可能了，罗安想到这里感到兴奋。安哥很可能就是詹姐夜里叫个不停的小嘎。小嘎，小嘎，我要你，我要吃了你，连皮带骨头。这些话想来仍让罗安脸红，除了脸红，还有一股激流自上而下在他胸腹内窜涌。

詹姐出去了。安哥说，你知道你像谁吗？罗安说，我不知道。安哥说，你像詹姐从前的男朋友，太像了，你们都有一张马脸，说完诡异地一笑。罗安不说话了，他不知道该怎么回这句话。他想走了，感觉继续待下去，他会发疯的。他起身想走。安哥呵斥一声，你别走。他复又坐下。罗安没想到他变脸这么快。诗人是难以想象的一种人，罗安从没想过诗人还是一种职业。他讨厌这一类游手好闲的人。他说，你想干啥？他这句话硬生生的，他只是想表达他也不是好惹的。这是他面对那些欺负他的人时的一贯反应。他小时候没少被人欺负，见人变脸后，他总是习惯性地这么说。他的心脏怦怦直跳，耳膜都能感到那种冲击。所有的恶意到最后都有可能变成落在他身上的拳头。其实他已经害怕了。他只是硬撑着。

安哥说，詹姐是我的。他这句没头脑的话，让罗安想作呕。罗安说，这和我有什么关系？其实安哥根本不关心他说的那段传销经历。他接着说，你不要装了，我知道你就是小嘎。罗安说，你才是小嘎呢，我叫罗安，罗安。他又重复一句罗安，以示他只是罗安，谁也不是。他也只想做他的罗安。安哥恶狠狠地说，我警告你，别想从我手里抢走詹姐。罗安不知道他在说什么。他回了一句，你不是有她吗？越小越猜得没错，他和詹姐有见不得人的私情。那他是小嘎吗？罗安还不敢断定。

詹姐和越小越回来了，一前一后，看不出她们有什么异样。越小越又站在了罗安身后，一只手自然地落在罗安的肩膀上。看上去她喜欢他。罗安身子缩着，詹姐意识到他的别扭。詹姐说，罗安，放你半天假，你出去转转吧。每周六他被允许休息半天，可以出外走走。詹姐说过，回来得晚一点也没关系。不过他总是会提前回来。可今天根本不是周六，罗安没有说话，起身向外走。越小越侧身闪开，罗安和她擦身而过。越小越似乎看出了罗安的情绪变化，问安哥，你们在聊什么？安哥说，罗安，我们在聊什么呢？罗安仍旧不说话，急匆匆往外走。安哥接着说，我们说詹姐是我们所有人的活菩萨。詹姐满面含羞，说，你们又在嘲笑我。罗安看了詹姐一眼，心想詹姐对他真是宽容。这让他突然有了和那家伙一较长短的想法。

五

罗安出去了，把那栋海边的白房子甩在了身后。他回头看了一眼，像是再也不回来了。这种假装的诀别让他重新思考詹姐和这座白房子究竟有何意义。他很少这样看这里的一切，对于他而言，他仿佛从来就属于这里，尽管他才搬来一个多月而已。他对于詹姐最初说过的那些话记忆犹新。詹姐说，我相信你。她说得很慢很轻，就像是可说可不说，现在想来罗安还会记起听到这句话时的惊心动魄。极平常的话在詹姐的口中说出就变得字字千钧。詹姐是在给他信心，当然更是警示，她是在说这里的一切不准告诉任何人，他该把听到的看到的一股脑烂在肚子里。除了惊慌，罗安也觉得兴奋，詹姐将他当成了自己人。他会为了这份信任，一丝不苟地干下去。他知道自己不够聪明，不聪明的人就该更认真。

他无处可去。这个城市除了詹姐他不再认识其他人了。那些曾经和他住在一起的“志同道合”的传销圈里的“朋友”大部分被驱逐了，就是能留下来的，也走散了。他一点不想找他们。他说给安哥听的那些话，是为了气他，不过后来感觉像是在讨好他。那一张张因想要发展下线而亢奋的脸让他感到悲哀和厌倦。

他去了沙滩上，近距离面对那片海。那么多人为这片海着迷，他走在其中却一直在想詹姐为什么支走他。那个叫不安的怪诗人，也正如他的笔名，总处在焦虑不安的状态里。他怀疑罗安是小嘎，这就说明他不可能是小嘎。詹姐漫不经心的样子，也似乎在证明她和安哥不可能有什么私情。再说了，也正如安哥所说，詹姐就是一尊活菩萨。这并不是玩笑话，比如像巴叔这样的老年痴呆，和她并非亲属关系，她竟然这么无微不至地照顾他。当然不止如此，她对好多人都有求必应。

不过罗安还是弄不明白活菩萨到底为了啥。

罗安突然想到给巴叔洗澡的场景来了。他不愿想下去，可还是不可遏制地想到了那个人的赤身裸体以及他那令人作呕的私处。其实罗安可以不必这么做的，或者说不必这么认真。可能是他信了那些人的鬼话，说詹姐通灵。也许詹姐正附在那老头身上，正疑惑地望着他罗安呢。看詹姐双眼低垂，嘴唇像鱼似的张张合合，谁也不知道她究竟在念什么咒语。那栋白房子只住着他和那个老头，可罗安感觉詹姐的目光随时都在注视着那里的一切。

被猝然一阵叫喊声吸引，罗安转身看见一群人乌泱泱向他斜后方跑去，大喊着救命。人越来越多，他不知道究竟发生了什么。罗安很瘦，不顾一切地向前挤。他站在了一个袒胸露背的女孩背后，目睹了那一幕惨状，因紧张的颤抖不小心贴上了她的后背。那女孩白了他一眼，躲开了，离他远远的，避之唯恐不及。

滑翔机撞在椰子树上，撞了个七零八落，一男一女像滑翔机零件似的散落在其中。男的穿沙滩裤，不过已经褪下去一截子，私处袒露；女的脸部朝下，屁股光裸向上撅着，让人不由起疑，他们在滑翔机上是否正如旁人所言，是因为情绪过于激动，才致使滑翔机操作失灵一脑袋栽了下来。有人还在嬉笑，说做鬼也风流。还有人说他们肯定是一对野鸳鸯，家里人很快就会知道，可有热闹好瞧了。后来急救医生和警察都慌忙赶来，人群被驱散。罗安一直向天上看，想象那个男的是如何在滑翔机上进入那个女人身体的。他并没有对那两人的死有丝毫动容，这很不像他。海风吹拂着他，像是在吹着一面风帆。

罗安离开沙滩，漫无目的地走。他没等到太阳落山就回去了。快到那栋白房子的时候，他远远看见了安哥和越小越在树林里争吵，还相互拉扯。他们没看到罗安。罗安也不愿被他们发现，躲在一株榕树后面偷看。距离有些远，他根本听不到他们在说什么。越小越给了安哥一巴掌，扭头要走，又被安哥一把抓住。罗安猛地想到詹姐，就顾不上看他们吵架了，忙跑向白房子。一走进房门，只见詹姐和巴叔正坐在一起。他们彼此对坐，像是已经沉默了很久。是罗安的突然闯入，让他们在这死一样的沉默中缓了口气。詹姐缓缓地说，你怎么这么早就回来了？说完叹息一声，仿佛松了口气。她的嗔怪是责难，责难罗安怎么才回来，不过这责难也有见到罗安的欣喜，他终于回来了。她缓缓起身，想要离开这半明半暗的屋子。每周六的后半天詹姐也许就是这么度过的。她得替出外走走的罗安照顾巴叔，监视他，让他不要乱走。

罗安急不可待地想要和詹姐说那架滑翔机，说那一男一女的惨死。他因为过于激动而吞吞吐吐。他想要说的其实不是他们的惨死，他也不知道自己想说什么。后来他只准确表达了那对男女死于非命。

他这么快回来，在詹姐看来，也许只是因为恐惧。可罗安知道事情并非如此，他一点也不害怕。他是想告诉詹姐，一切没什么大不了的，每个人都用自己的方式在活着。

詹姐连说阿弥陀佛。这是她的习惯。她对很多事的评论不过就是一句“阿弥陀佛”，像是这样可以应付一切。阿弥陀佛也许真的能够应付一切。

罗安又想起在树下吵架的安哥和越小越，就说，我看到他们了。詹姐说，他们看见你了吗？罗安说，没看见。詹姐似乎还停留在那一对男女惨死的哀伤情绪中，或者说她因此想到什么，想到自己的过往。

他接着说，他们究竟是谁？他问的不是那对惨死的男女，而是不安和越小越。詹姐知道他在问谁，慢吞吞地说，我也想问他们是谁呢。罗安笑了，詹姐有时会说一些怪话，赵姨说修行的人都这样，和我们这些凡人不一样的。她也想跟詹姐念佛，早晚念一通经，心神安宁。不过听詹姐说她们不一样，赵姨是真信，她是假信。她信了这么多年，连她自己都迷惑了，自己有没有在信，在信什么。她说她不信的时候，让罗安感到惊恐。詹姐说完那句话又一笑，罗安这才释然，他知道她在开玩笑。

罗安感觉詹姐是向着他的，他才这么说。他想把他知道的全部告诉她。他说，那个安哥说詹姐是他的。说出来他又后悔了。他以为詹姐会大惊失色。没想到她像是早就猜出来他会说什么似的。詹姐笑着说，你们都把我当成活菩萨了，抢着供起来。罗安不明白她在说什么。他的意思其实不是想告诉詹姐真相，是想探究真相，想知道詹姐怎么看他们俩。他没能得逞。詹姐接着说，这是在嘲笑我，你们所有人都喜欢这样，不过我已经习惯了，你不用担心我。罗安感到惭愧，他是想看热闹的。他还想说什么，被詹姐打断了。詹姐让他去问问赵姨，饭做好了吗。

巴叔喊着，我要吃饭。他茫然地看着罗安，一双眼睛像两个空洞。

六

晚饭吃到一半的时候，越小越哭了。她在毫无征兆的情况下突然哽咽不止。等她意识到自己的失态以及所有人从惊慌转而想要安慰她的时候，她又摆摆手笑了。她说，我想我爸爸了。她从没见过她的爸爸，说竟然毫无来由地想他，还因此想到他的模样和神态，栩栩如生。海风吹进来，窗帘摇曳，似有人影。罗安感觉气氛悚然，像是越小越正在言说的那个战斗英雄真的随海风闯进来了。她爸爸是个烈士，死在那潮湿酷热的南方森林里了。他们家得了一笔抚恤金，他爸爸的名字也刻在了烈士陵园的墓碑上。越小越成了烈士遗孤，她这个名字是她成年后给自己起的，用来纪念那场战争以及在战争中死去的像他爸爸一样的人。战争结束后，她妈妈跟随一个北方人去了北方，再也没回来过。她从小跟着爷爷奶奶过日子，对妈妈的离家出走毫无感知，她都不记得生命中还有过这么一个女人。这都是爷爷奶奶后来说给她听的，他们恨她，那个女人在他们的叙述里是个披头散发的疯女人，也许这只是他们哄人的把戏。她不知道命运对那一对曾经的年轻人做过什么，随着爷爷奶奶的相继离世，她再也无从得知了。

说到这里，罗安突然问，你妈妈再也没回来过吗？越小越似乎预料到他有这么一问，说，她也许被人贩子给害了，死在荒郊野岭了，我老是做这样的梦，梦见我妈妈从一个很小的山洞里爬出来，一身脏兮兮的，满脸无辜地望着我，像是根本不知道她为什么会这样。罗安扭过头，去看那扇半开的窗户，窗外墨黑。他胸腹剧烈起伏，正极力制止自己的悲伤情绪。他竟然强烈想念自己的妈妈，那个被人贩子拐来的女人，也是来自这南方之南。他知道，他妈妈和越小越说的那个女人不可能是同一个人，但在他的感觉里，她们就是一个人。他妈妈总是想要走，想要离开，可从没离开过那个北方村庄。他就在这一刻，突然弄懂了那个嫁给杀狗男人的南方女人。他想听到她的声音，接着告诉她他有多么想她。罗安做了深呼吸，又转头凝视正在说话的越小越。

那个叫不安的诗人，有些坐不住了。他说他和越小越的相识也是因为她的一场痛哭。那是在老兵联谊会上，他也去了，那时候他还不叫不安。越小越说，他叫黄永强。他们因为这个平凡而普通的名字不约而同地笑了。黄永强继续追忆他们的相识。他说，她哭得停不下来，我就一直拍她的背，那是我们第一次亲密接触。越小越打断了他，说，我那次哭，根本就不是哭我的爸爸，阿弥陀佛。她也说阿弥陀佛。她像是在学詹姐，詹姐被她逗笑了。黄永强说，那你在哭谁？她说，我失恋了，我在哭我怎么会这么惨，那个甩掉我的家伙是个彻头彻尾的大浑蛋，和你一样。说完她面向黄永强，耸了耸肩。黄永强大叫一声，他妈的。詹姐双手合十，念阿弥陀佛。越小越说，那天我才突然感觉自己是个真正的孤儿。

她沉吟了很久，猛地抬头说，我爸爸不是死于他们说的榴弹袭击，而是死于自己的同情心，这是我爸的战友亲口告诉我的，他救了那个陌生女人，她却趁他不注意，开枪击中了他。她说不下去，泣不成声。她又摆摆手，说，对不起，是罗安说到那架滑翔机的事，才让我想起他，可恶的同情心。她不想再说下去了，托着腮陷入沉思中。

巴叔也为这个故事动容了，他竟然在流泪，泪光闪闪。他说，囡囡，快点跟我上船，再不走就真的来不及了。他是对着詹姐说的，那么詹姐就是他眼里的囡囡了。她僵在那里，说不出话来。罗安就坐在正对面，能感觉到詹姐的慌乱，她的嘴角一直在颤动。这似乎是他第一次见识到詹姐的惊慌失色。他不想放过她表情的每一个变化，他期待着什么。詹姐逼视着正在盯住她看的巴叔，像是不相信他会叫她囡囡。她终于伸出手，猛地搭在巴叔的手上，轻轻抚摸，充满爱意。她说，好的，我听你的，小嘎，我这就跟你上船。她的小名竟然真的叫囡囡，他认出了她。他还记得她。更不可思议的是，那个她口口声声叫着的小嘎竟然是巴叔。

巴叔说，囡囡我等你。詹姐说，小嘎，你要去哪里？巴叔说，我要回船上去，满仔，跟我走。罗安慌忙起身，绕过那个大餐桌，站在巴叔旁边，搀他起身。他走到楼梯处的时候，问罗安，你知道这条路怎么走吗？罗安点头。巴叔说，我已经忘了，可我知道他们都在等我。他嘴角的哈喇子落在了罗安的手臂上，像条毛毛虫似的一直在耸动。罗安又犯胃痉挛了，他想把肚子里的东西全吐出来。

詹姐跟过来了。罗安回头看，她像个小女孩似的步步生莲。她抓住罗安的手臂说，他竟然认出我了，他还记得我，阿弥陀佛。罗安不相信面前的詹姐会像个小女孩似的，摇晃他的胳膊。罗安说，功夫不负有心人。他惊诧于自己会这么说。他在安慰她，他竟然在安慰她。詹姐点头，略带哭腔地说，好好照顾他。他们向楼上走。那哽咽的低语又一次在罗安脑海里回荡。

回到巴叔的房间，巴叔又把这一切给忘了。他不知道为什么回去。罗安让他吃药，让他早点睡。他躺在床上，像个孩子似的不住张望。罗安拿着玩具枪，对着他，说，再不好好睡觉，我就开枪了。这招屡试不爽。他怕死，下巴一直颤抖着。他闭上了眼。罗安嫉妒他，像他这么老了，还有詹姐这样的女人深爱着他，把他从马来西亚接过来亲自服侍他。除了嫉妒巴叔，罗安还滋生了对詹姐的崇敬之情。詹姐不仅慷慨仁慈，更重要的是她懂得爱，不求回报的爱。想到这里，他丝毫不愿把那个一到晚上十一点就绵绵低语的女人和詹姐等同。可他知道，她就是她。

罗安想回到那个餐桌上，听听他们在聊什么。等巴叔睡着了，他急不可待地下了楼。他们仍旧像原来那样坐着，只是谁也没说话，一片沉默。他们在听音乐。那音乐时而低沉，时而铿锵，像是描述战争年月。罗安不懂，但他能感觉到音乐里的气势，像是有成千上万的人扛着枪正奔赴战场。他走路没声，他的突然出现，打破了他们的沉默，让越小越惊呼，说他怎么像鬼一样。詹姐轻声细语地问罗安，他睡着了吗？她就像在问一个婴孩。罗安回应，睡着了。

罗安不知道他走后这些人说过什么。也许詹姐将她和巴叔的旷世绝恋已经说给他们听了，罗安错过了。巴叔才是詹姐的小嘎，真正的小嘎。他惋惜不已，不过仍尽量表现得漫不经心，只是远远靠着冰箱看着他们三个人。詹姐说，不如去天台吧。他们悄无声息地从一楼爬到了三楼，接着推开佛堂的门，一阵风穿堂而过。

天台之上，他们谈到了詹姐的修行，谈论她食素多年为什么又酒肉穿肠过了。罗安未曾想过这个问题，对他来说这根本不重要。詹姐说，酒肉穿肠过，佛祖心中留。她低眉沉思，不再言语，她的样子就是一尊菩萨，却轻而易举地否定了自己二十余年青灯古佛的生活。越小越揪住不放，说，詹姐，你吃素这么多年，突然又吃肉，是什么感觉？詹姐正在远眺，海岸线的那条白边像是一动不动，罗安知道那是海浪，一浪又一浪，消逝又出现，仿佛从没有消逝过，也没有出现过。詹姐回头和他们说，有一天我突然想吃肉了。她这么说，没能让他们满意。罗安想，越小越就是想让詹姐出丑，他开始讨厌这个女人了。

詹姐说，不如我们跳舞吧。这更是他们想象不到的，不过纷纷赞成。罗安听了詹姐的吩咐，去佛堂搬音响。

天台上乐声四起，詹姐说，来，罗安。罗安说，我不会。詹姐说，我来教你。詹姐扑面而来。他和詹姐从未这么亲近过。詹姐的腰很软，罗安的手轻轻搭着。她身上的佛香味悠悠而来，罗安微仰着头，想要避开那种气息。他瘦高，比詹姐高整整一头。詹姐的脸正对他的脖颈，他能感觉到她呼出的气息。罗安的屁股向后撅着，不敢向前。

一曲终了，他们换了舞伴。越小越和罗安在一起跳，罗安踩了越小越的脚，她嗔怪了一声。越小越跳开了，说不跟罗安跳了，要和詹姐跳。她不会跳男步，詹姐会。她们在天台上转圈，罗安站着看，黄永强坐着抽烟。越小越说，我们完蛋了。罗安离得近，他听到了。她们转过来了，罗安能听得更清楚了。她们像是故意让他听到。詹姐说，为什么，你们那么好。越小越说，我打算和你一样准备出家。詹姐说，别和我开玩笑了，我可不想出家。越小越说，你撒谎，你这么说，对得起佛祖吗？她们又转到另一侧去了。罗安没听到后来她们说什么，反正是一起笑了，就像出家是个笑话。黄永强喊罗安过去，罗安便过去了。黄永强递烟过来。罗安说不会，黄永强执意让他抽。他就接过来点上。他像是抽过多年烟的老手，像模像样。

黄永强说，我和詹姐认识十几年了，你知道吗？罗安说，我不知道。他接着说，我发现她变了，她从前不这样。罗安不说话，不知道说什么。他不想卷进去。他猜得出这群人关系混乱。他从小就学会了置身事外，只有这样他才能保护好自己免受其害。罗安不想和他聊下去，转而去关注跳舞的女人们了。她们搂抱在一起，轻轻摇摆旋转。黄永强没放过他，接着说，咱们不能让詹姐这样。罗安更不知道他在说什么了。别忘了，他是个诗人，罗安这么劝自己。

越小越下楼上厕所，詹姐让罗安陪她跳，罗安说，还是别跳了，老踩你的脚。黄永强说，我来。詹姐和黄永强一起跳。黄永强说，没有我，你就这样自甘堕落吗？詹姐说，过好你的日子就好了。黄永强说，我当初拒绝你，不是因为越小越，是因为你，你怎么就不明白？詹姐说，阿弥陀佛，再也不要提那些旧事了。黄永强仍不罢休，猛地紧紧搂住詹姐，说，我不让你跟这个小浑蛋在一起。罗安估计自己就是他说的小浑蛋。詹姐说，你放心好了，你想要的我都会给你的。黄永强说，我的活菩萨，说完就放手了。越小越上来了，坐在佛堂正中央，喊了声，罗安。罗安走过去。她把剪刀递过去，让罗安把她的长发剪了。罗安摇头。越小越趁着酒劲，大喊一声。罗安不知所措。越小越说，求求你。罗安在佛堂里把她的长发给剪了。她对罗安说，从今天开始，我就不叫越小越了。她们到了天台上，继续跳舞。黄永强和詹姐对她的长发变短发并没感到惊诧，像是早就预料到了。詹姐说，短发好看。

这时候，巴叔端着玩具冲锋枪冲过来了。那把玩具枪在他手里哆哆嗦嗦的。他说，你们这对狗男女，还不快滚，再不滚我就开枪了。巴叔的突然出现，让他们三个人惊慌失措。明知道那是把玩具枪，罗安还是从他手里夺了过来。巴叔嚷道，你们给我滚。他气势汹汹的样子，让罗安想到了他的过去。詹姐过来了，抓住巴叔的手臂说，小嘎，别这样。巴叔一把搂住詹姐，说，囡囡跟我走，他们都是吸血鬼。詹姐真的跟他走了，穿过佛堂，又接着下楼。罗安也跟着下去了。过了没多久，楼下那辆车就开走了。

七

到了后半夜，罗安醒了，他以为天色已经大明，没想到窗外仍是一片墨黑。他听到了楼上的响动，詹姐可能还在打那通没完没了的电话。似乎又不像，他听到了另一个男人的声音，难道是黄永强又回来了？他像往常似的把小方凳放在大方凳上，对那个天花板探头探脑。他已经知道怎么做更能听清楚楼上的声音。他不想放过任何一句话。

詹姐说，我不管你，你也别管我。

那个男声说，我怕你吃亏，你这个人一直在吃亏。听上去声音扁扁的，像是刚过变声期，看来是个年轻人。

詹姐说，我不知道什么叫吃亏，也从没想过，好多事都有它的前因后果，不是我们能算计的。

那个男声说，我不知道你是怎么想的，你到底想要什么，难道你就是想让别人说你是活菩萨吗，还是你真的相信那西天的佛祖？

詹姐说，我说过，不想让你来这里找我。

那个男声说，我是来看他的，我想他了。

詹姐说，这可不像你说的话，你不是一直想撵他走吗？

那个男声说，我说过了，我不是想撵他走，我的意思是那些人太不要脸了。

詹姐说，你是不是缺钱了？

那个男声说，没有，你怎么总把我往坏里想？

詹姐说，我给你钱花天经地义，我没把你往坏里想。

那个男声说，我讨厌你对人这么好。

詹姐说，你也讨厌我对你这么好吗？

那个男声说，他们把你抢走了。

詹姐说，没人能从你手里抢走我。

那个男声“切”了一声说，从我手里抢走你的人就是他，他是个废物，你知道吗，他连你都不认识，那群人得逞了，他们就是欺负你，我一想到这里，我就恨他，更恨你。

詹姐说，你不会明白的。

他们沉默了很久，罗安一直在想这个男的究竟是谁。他和詹姐似乎很亲密。

那个男声突然说，她怀了我的孩子。

詹姐说，那是你的事。

那个男声哭着说，黄永强的事是你的事，越小越的事是你的事，甚至罗安的事也是你的事，就我的事不是你的事，我怀疑我是不是你亲生的，他们都说你是活菩萨，你真的是吗？只有你自己知道，你对人有求必应，事实上你比谁都冷漠。

罗安一惊，这人原来就是詹姐那个离家出走的儿子。他回来了，而且是半夜回来了。记得詹姐说过他叫乐乐，和罗安同岁。

詹姐说，你把别人老婆的肚子搞大了，还有脸说我，我可从没哭着找过父母，你根本不知道那时候我是怎么过来的。

乐乐说，你不要告诉我，你根本不知道他有家室。

詹姐说，你打算怎么办？

乐乐说，我不知道。

詹姐说，要是你够胆量，那你就去当着她老公的面，说那孩子是你的。

乐乐说，二十年前，你怎么不当着他老婆的面，说孩子是他的，你的胆量呢？

詹姐不说话了。罗安知道乐乐口口声声说的“他”正是巴叔。

乐乐接着说，我感到吃惊的是，你听到她怀孕的消息怎么一点也不吃惊，难道你已经知道了吗？

詹姐说，我不知道。

乐乐说，我回来就是想告诉你，你马上要当奶奶了。

詹姐说，乐乐，你想让我怎么做，我听你的。

乐乐说，我想带她走，远走高飞。

詹姐说，她愿意跟你走吗？

乐乐说，她肯定会愿意跟我走的，她很爱我。

詹姐说，你不是想知道我为什么没去马来西亚找他吗，没当着他老婆的面承认你就是他的孩子吗？我来告诉你原因，如果他爱我，我就觉得那是勇气，他要是不爱我，连我自己都觉得我无理取闹，是个泼妇，你懂吗？

乐乐说，你是怎么知道他不爱你的？

詹姐说，那是因为我突然发现我也不爱他，我对他在马来西亚的生活毫无兴趣，他究竟有没有家庭，我根本不在乎，就像他对我那样，他丝毫不关心我在这里的一切。

乐乐说，那你还对他那么好，满仔送他来的时候，你应该拒绝的，他们要了他的一切，你却只得到一个老废物。

詹姐说，你能不能别老是一口一个废物，他是你爸爸。

乐乐说，他知道有我这个儿子吗？他根本不是我的爸爸，我还想问你呢，你确定我是他的儿子吗，是不是连你都无法确定？

詹姐说，我在机场见到他的时候，他向我走过来，和原来一样，他和我打招呼，只不过他再也不知道我是谁了。我想扭头就走，那时候我就想到了你，想让你知道父亲是谁，你应该知道他，了解他，即使他现在连我也不认识了，这样一想，我就觉得他特别亲切，他是我的亲人，更是你的亲人，他昨天认出我来了，你知道吗？

乐乐说，我见到满仔了，他假装不认识我，他这个浑蛋，来了也不过来看看他爸爸。

詹姐说，你们都觉得他只是个废物，是个累赘，可我以为他是我的佛，他坐在那里一动不动多么像佛呀，我从来没觉得他这么好过，随你们怎么想，我就是要养着他。

乐乐说，你这个活菩萨。

詹姐说，我怎么生了你这个魔头。

乐乐说，妈妈，她让我滚，滚得越远越好，我是从她那里跑回来的，她让我问问你，问问你，这孩子要不要。

詹姐说，乐乐，你先去睡觉吧，好好睡一觉。

接着罗安就什么也听不到了。詹姐和乐乐也许睡在一张床上了，这让他想起和自己妈妈睡在一起时的场景来。窗外天色发白，天就要亮了。

一大早，罗安搀着巴叔出去遛鸟。那只鹩哥显得很兴奋，在笼子里空翻个不停。詹姐和乐乐都在房间里睡觉，也许詹姐已经起床了，在佛堂念经。他们到了海边，面对海上初升的太阳，巴叔又一次激动地说不出话来。他也许连想说的话都忘了吧。阳光将巴叔的脸映得绯红，罗安打量着眼前的怪老头，猛然意识到他竟是詹姐的男人，更重要的是他还是乐乐的亲生爸爸。他开始想象巴叔皱瘪的下体如何进入詹姐的身体，詹姐又会怎样迎合地呻吟。

巴叔叫喊着向大海冲去。他常有令人匪夷所思的举动，让罗安措手不及。巴叔已经走进海里了，浪头劈面而来，打湿了他的衣服。他拍打着海里的水，说着罗安听不懂的海边话。罗安起初是站在岸上无动于衷，他就那么眼睁睁看着巴叔向大海深处移动。海水已经没胸了，罗安还在岸上等待。他自己也不知道为什么等待，只是觉得有些事已经不可避免地发生了，他正在期待转机。巴叔消失在茫茫大海里了，罗安才意识到自己是在谋杀。他慌了，不过他仍站在原地。他现在想的是放了笼子里的那只越鸟，自己一个人沿着海岸线一直跑下去。

大海还是一如既往，既平静又疯狂。也许是詹姐那句他是她的佛，才让他有了杀机。他一屁股蹲下来，盯着巴叔消失的地方。

巴叔又从海里钻出来了，像一个海妖。他一步步从海里走出来，变得焕然一新，罗安感觉他像是从过去穿越而来。他曾是个水手，伟大的水手，詹姐说起过，他曾驾驶着一艘渔船救了那个小岛上的所有人。那里的人正躲在岩洞里避难，是越小越说过的那场战争让他们流离失所。

巴叔上了岸，发现了仍旧蹲在地上的罗安，像是发现了一个闻所未闻的陌生人。他惊奇于岸上竟有一个年轻人坐在那里。他向他挥了挥手，意思是等也没用，别等了。巴叔神情沮丧，嘴上不停嘟囔着，船呢，船呢，船呢？他想离开，他想回家。罗安说，我们回家。巴叔说，没有船我们怎么回家？

八

罗安正给那只越鸟洗澡，这也是罗安最开心的时候。他看着越鸟跳进水盆里抖动翅膀，又很快飞出来，落在高处张望着，尖叫着，小嘎小嘎。那只鸟起初是紧张兮兮的，它其实很怕水，可似乎又极其渴望水，它叫着小嘎，一次次掠过水面，后来慢慢放松下来，停在水中的时间越来越长。这只鸟在水里张开翅膀，小脑袋转向罗安，双眼凝视，罗安感觉不可思议，也许果真如詹姐所说万物有灵。

他被人猛拍了一下，肩膀随之一沉。在这个地方从没人会这么粗暴地对待他。他怒火中烧，回头一看，有个像熊一样的年轻人已经站在眼前了。罗安知道他就是乐乐，詹姐和巴叔的儿子。他并不像他们中的任何一个，而是给人感觉恶狠狠的，丢下一句“跟我来”扭头就走了。他看也没看他一眼。他不会把罗安这个人放在心上的。

罗安弓腰驼背跟着乐乐向外走，像个犯过错的人。这让他想起从前上初中的时候，也有一些人总欺负他，那些人就是乐乐这样的人，身上花花绿绿的，文满了奇怪的符号，走起路来摇摇晃晃。罗安似乎比他更像詹姐的儿子。走到木房子的门口，乐乐停住了，回头勾住了罗安的肩膀，向他脸上吐着热气，说，我想和你聊聊。乐乐胳膊粗壮，曾跟人学过摔跤，孔武有力。罗安被紧紧箍着，像是被绑架了，心脏狂跳不止，手脚也跟着颤抖。这有什么好怕的，他不可能对他怎么样的，罗安这么劝自己。

他们出了门，乐乐松开了他，让他上车。那是辆灰色的越野车，像辆坦克。乐乐说，车上聊。罗安不得不上车。他坐在后排，一直在观察乐乐右胳膊上到底文了什么。他对文身的人感到费解。

乐乐车技非凡，快速驶向海岸大道，一路疾驶下去。罗安说，我们要去哪里？乐乐说，带你去兜兜风。罗安说，巴叔没人照顾，我们还是回去吧，有话你就直说。乐乐说，你知道我是干什么的吗？罗安说，不知道。他想说他为什么要知道呢。罗安坐在后排，乐乐回头看他一眼。乐乐说，你到底是谁？罗安没想到他会这么问，说，我是罗安。乐乐说，我知道你是罗安，那你他妈的到底是谁？罗安明白了他要问什么，他也像黄永强似的在问他是不是小嘎。乐乐说，我妈说她已经把那栋房子留给了你，等我爸死了，那栋木房子就是你的了，你说你是谁。罗安不敢相信，他瞠目结舌，惶惑地说，我不知道。乐乐说，我带你来这里，就是想让你知道，你他妈的不配。

车子拐进了一个荒废的船厂里，猛地停住了。乐乐让他下来，罗安还在想詹姐竟然把房子留给了他，他是不能要的，也是不会要的。

眼前有艘巨大的船搁浅了。罗安从没想过一艘船竟然这样巨大。他向上张望。乐乐站在旁边说，我妈有没有告诉过你，她是干什么的。罗安说，我不知道。乐乐说，你他妈的除了不知道你还会说什么，你这个窝囊废，不知道我妈看上你哪一点了。乐乐像是要对罗安挥拳头。

罗安说，我真的什么都不知道。他装可怜，他讨厌自己装可怜，可装可怜已经是他的条件反射了。他面对乐乐，很想和他干一架，让他知道他才是个杂种。不过罗安仍旧是那个罗安，唯唯诺诺，低头哈腰，接着说，我不会要那栋房子的，你放心，我觉得她在开玩笑。乐乐似乎对他的回答很满意，说，你比我想象的要讨人喜欢，跟我来。

船体上垂下来一根晃动着的扶梯，自上而下。乐乐向上爬，让罗安也跟着爬。他们一上一下，罗安很担心他会一脚把他踹下去。

罗安从没登上过这么巨大的轮船，大得让人沮丧。他们靠着船舷向远处眺望，似乎可以看见远处的那栋木房子。它小得像个飞虫。乐乐说，这就是他们第一次相见的地方，就在这艘船上。他说的“他们”毋庸置疑是詹姐和巴叔。乐乐说，这是他的船，他凭着这艘船救了很多人，当然也赚了很多钱，他把那些难民运到香港，我妈妈就是其中之一。罗安根本不知道那段历史，不过他假装知道，不想让乐乐洞悉他的好奇心。罗安在听他讲述的过程中，也发现乐乐并不是他以为的那种人，他只是假装恶狠狠的，其实内心温柔善良，这一点很像他的妈妈。

乐乐从他兜里掏出一个怪东西，说那是罗盘，是他爸爸用了多年的罗盘。他打算送给罗安。罗安说，我不能要。不过他还是接了过来。这个泛旧的罗盘究竟意味着什么，罗安不知道，可他清楚这对乐乐很重要，他必须接过来。乐乐说，他把一个十二岁的小女孩送到了香港，又给送了回来，你别看我妈慈眉善目像个活菩萨，她从小就天不怕地不怕，那时我爸爸可是个海盗，名副其实的海盗，她却一点也不怕他，后来又和他交上了朋友。罗安兴致渐浓，问乐乐那时候究竟怎么回事。乐乐说，战争来了，海上到处都是流窜的小渔船，没人知道将来会发生什么，人心惶惶，不过我妈不是因为这个才上那艘船的，你知道因为什么她才离家出走的吗……乐乐还没说完就扑哧笑了，这还是罗安第一次看见他笑。乐乐说，她想去见邓丽君。说完猛拍罗安的肩膀，他笑得前摇后晃，罗安也跟着他笑了。罗安很少笑，几乎不会真的笑，所有的笑都显得假惺惺的。乐乐接着说，你说好笑不好笑，她为了去见邓丽君，就上了那艘运送难民的渔船，她假装成了一个无家可归的难民，其实她出身于干部家庭，我外公是接待并安置那些难民的领导，不过要不是她的出身，她也不可能知道还有渔船能去香港。罗安开始想象三十岁的巴叔听到一个十二岁的小女孩说要去香港见邓丽君该是什么样子，作何表情，这让他想到巴叔床头柜上的那张照片。

乐乐又说到十五年后两个人的戏剧性相逢，也是在轮船上，那是一艘从海城开往三亚的客轮，詹姐竟然认出了巴叔，那个十五年前的海盗。乐乐说，他们中任何一个倘若一念之差没上那艘船，就不会有我了。那时巴叔已经是个马来西亚人了，他告诉詹姐他仍旧单身，事实上他已经育有一子一女，那个儿子就是巴叔口口声声喊着的满仔。詹姐并不在乎他是否单身。乐乐说，我妈就是那种义无反顾的人，那时候她刚跟一个叫小嘎的人分手。罗安听到小嘎这个名字心头一惊，世界上又多出一个叫小嘎的男人。他很想问那个小嘎究竟是谁，不过他还是没说出口。这一切和他无关，也不该和他有关。

后来詹姐和巴叔就在一起了，乐乐很快出生了，不过他们仍是两地分居，隔海相望。乐乐说，他们每年只见一次，我小时候对我爸没印象。罗安说，为什么？乐乐说，我也不知道，他们都想这样活着，谁也不管谁，不过他们又很相爱，我爸原来信上帝，后来就跟着我妈信佛了。罗安想起乐乐和詹姐的对话，说到他们之间的爱情，似乎和乐乐现在告诉他的稍有出入。乐乐像是想起什么来了，说，我们该走了。他们一起望着那栋白房子，久久没说话。

他们下了船，罗安不知道乐乐为什么带他来这里，并说了詹姐和巴叔的历史。难道他只是想警告他不要接受那栋房子吗？上了车，乐乐若有所思，说，罗安，谢谢你帮我们照顾他。罗安觉得羞愧，没说话，看着车窗外破败的船厂。他从没来过这里，这些渔船让他开始想象乐乐所说的海上飘荡的生活，乐乐说过，有的人一辈子都没下过船。

他们很快回到了家，乐乐并没打算下车。他说，别和我妈说，我带你出去了，她不想我去船厂。罗安点头。四目相对，像是还有不少话没说。乐乐又说了句，本来我以为你是他的野仔呢。乐乐竟以为他是巴叔的另一个私生子，而詹姐又独揽过来养在身边。罗安知道，假设乐乐的话是真的，詹姐会这么做的，这很像她的行事作风。

罗安下了车，乐乐猛打方向盘，说了声再见，一溜烟就消失了。罗安看见了巴叔，他正在房前晒太阳。他一坐就是大半天，面对着那片林子和远方的大海。他像是一直在沉思。罗安有时候会觉得他是个智者，大智若愚。他坐在房前仿佛等鱼儿上钩。

罗安在他旁边坐下来，紧挨着他，这让他感觉自己像条狗。夕阳西下，海风吹得树叶簌簌作响，他觉得一切都变了。他比任何时刻都想家，想他妈妈吃狗肉的样子。那个来自南方之南的小女人究竟经历过什么，他也许一辈子也不可能知道了。他将脑袋塞进了臂弯里，轻声抽泣。他也不知道自己为什么哭，但哭能让他舒服。这时，一只大手竟在抚摸他的后脑勺。罗安知道那一定是巴叔的大手，这大手张开，就像个铁锚。罗安想，它曾经多么结实有力。巴叔嘟囔着，满仔别哭。他还在惦记那个已经将他弃之不顾的儿子呢。

罗安擦干眼泪，去找詹姐。在厨房的赵姨走出来告诉罗安，詹姐出去了。赵姨说，她让你好好照顾巴叔和那只越鸟。罗安问，还有别的话吗？赵姨甩甩手，说，没有了。詹姐出去从不让别人给他传话。罗安问，难道她不回来了吗？赵姨说，她没说，我也不知道。见不到詹姐，让他感觉失魂落魄。他跑上三楼，竟发现佛堂的门开着。他冲进佛堂，看到一个光头的尼姑正在坐禅。那人抬起头来看罗安，双眼空洞，嘴角漾着嘲弄的微笑。没错，她是越小越。

九

越小越说出家，真的就剃光了头。不过光头的她怎么看都不像个出家人，长发如瀑的詹姐倒更像一些。不过越小越说，你这个笨蛋，那是假发。她说詹姐的头发是假的，这让罗安大惊失色，连说不可能。他这么惊讶，倒让越小越放下心来。可能她意识到詹姐和罗安之间并没黄永强以为的那种瓜葛。

越小越着一身麻黄的素袍，别有一番韵味。她更楚楚动人了。罗安想象楼上打电话的女人该是她这副样子，慵懒地半倚着，漫不经心地说话。她问，罗安，你知道詹姐去哪里了吗？罗安说，不知道。越小越说，那我就在这里等她。罗安问，你等她干什么？越小越说，追随她，她去哪里我就去哪里。罗安看了一眼她的光头，没说话。越小越接着说，好多人都说出家是走投无路，他们都错了。

天台上的光黯淡下来，天马上就要黑了，罗安该伺候巴叔吃晚饭了。罗安下了楼，在下楼之前又看了一眼越小越，他很想回转身疾跑过去，紧紧抱住她。她像只受伤的小羊。罗安别过头来，咚咚咚下楼了。

吃完饭，巴叔早早睡了。罗安无事可做，又去了三楼佛堂，发现越小越还像原来那样坐着。她似乎一直没动。罗安看着灯光下的光头，难以想象詹姐也和她一样。罗安说，她要是再也不回来了呢？越小越说，不可能。罗安说，她告诉我让我好好照顾巴叔，她的意思是可能再也不回来了。越小越说，她要不回来，我就一直在这里坐着。罗安说，你让我想起传销圈里那些人。

佛堂里香气弥漫，罗安那颗悬着的心放下了。他能听到天台之上草虫的叫声。

罗安问，你说的那些故事都是真的吗？他想问她说过的那场战争，还有她死于同情心的父亲，更重要的是他想问她那个一走了之并一去不回的母亲。越小越说，我也希望那些都不是真的，只是你说的故事而已。罗安接着就说到他的妈妈。他不知道妈妈的故乡，很可能就是广西某个偏远的小山村，和越小越的妈妈一样，也经历过很多。罗安说完问越小越，她们不会是一个人吧？他知道自己这么问很幼稚。越小越笑了，说，也许就是一个人，如果这样，我就有了你这个亲弟弟。罗安不说话了。越小越说，阿弥陀佛。

越小越接着问，你给詹姐打电话了吗？罗安说，我不知道她的手机号码，我也不能问，詹姐嘱咐过我，和我无关的什么都不要问。越小越沉默下来，过了好久，她说，黄永强说你很像詹姐曾经的男朋友，听他说，她为那个男的生过一个孩子，不过那孩子没活下来。她忙捂住嘴，佛门清净，她觉得不该在这样的地方说这些话。她不再说了。罗安说，然后呢？越小越说，没有然后了。

这时，天台外一道光一闪而过。罗安冲到天台上，发现有辆车开过来了。起初他以为是詹姐，没想到是黄永强。黄永强在楼下喊越小越，让她回家。越小越置之不理，后来他就上了楼。他扯住她，拼命撕扯她，说她真是丢人现眼。越小越却不顾他的撕扯，死死盯着佛堂廊檐下的那只越鸟。她对罗安说，我告诉你，它就是那孩子的转世。她说的就是那只越鸟。詹姐信佛，信轮回。罗安一下子醒悟过来。那只鸟似乎知道是在说它，尖叫着“恭喜发财”。罗安说，该说晚安，晚安，晚安。越鸟很快附和，晚安，晚安。

黄永强连拉带拽把越小越拖下了楼，并将她拖上了车。他自始至终都没看罗安一眼。黄永强的粗鲁让罗安感到吃惊，他和之前那个叫不安的诗人判若两人。罗安感觉也许他们本来就是两个人。

他们开着车离开了。罗安回了屋，周围突然死寂得可怕。仰躺在床上的罗安手里摆弄着那只泛旧的罗盘，脑子里一直想着那只双目炯炯的越鸟，小脑袋会旋转着看罗安。罗安弄懂了，这鸟就是小嘎和詹姐死掉的那个孩子的转世。想到这里，他感觉芒刺在背，第一次感觉到詹姐的可怕。他极力摆脱这样的想象，猛地意识到这栋木房子也许就是那艘风浪中的船，詹姐和巴叔曾经相识又相逢的那艘船。他将自己置身在大海之上，周围全是黑压压的水。他想象一个十二岁的小姑娘踏上那艘周围全是陌生人的大船，甲板上到处都是人，她在人群里穿梭，后来她就见到了那个三十多岁的水手，倚在船舷上，满脸困惑地望着她。

终于挨到晚上十一点了，楼上仍旧没有任何声响。不过要是倾耳细听，就会听到巴叔的鼾声。那鼾声和远处的波涛声混杂在一起。罗安似乎一直在期待那通电话。他感觉这也许是他来这里照顾一个老年痴呆患者的全部意义。那些声音抚慰了他，他多么需要这种抚慰。没有那些声音，他一刻也待不下去，感觉有什么东西在他体内燃烧。他变得无精打采。

罗安仍像往常似的，在一张方凳上放一张更小的方凳，一步步爬上去，站在小方凳上，歪着脑袋侧耳倾听。他这么做似乎不是为了听到什么，而是在回想他曾经听到的。就在他还停留在对往昔的怀恋中时，电话铃声猝然响起，慌得他从凳子上一跃而下。

罗安复又躺在床上，听铃声尖叫。没人接，铃声消停了一会儿又再度响起。铃声回荡让这栋木房子尤为可怖。罗安猜测，小嘎是真有其人，这电话应该是他打来的，詹姐的另一个小嘎。罗安对打电话过来的小嘎极度好奇。他在想象那个人。后来铃声戛然而止，楼上一片静默，不过感觉静默背后有乱糟糟的窃窃私语。罗安想，这大概是他的幻觉，他太想听到那一声声缠绵的低语了。

第二天生活如常，巴叔半躺在房前晒太阳，一躺就是多半天。巴叔似乎有意注视着那蜿蜒而上的柏油小道。他也许正在等他的囡囡回家呢。罗安像条看门狗似的蹲坐在他旁边。鸟笼子被挂在廊檐的铁丝上，鹩哥似乎更活跃了，偶尔会说几句“恭喜发财”，或者“小嘎你好”。罗安还意外地发现它脖子上的毛又长出来了。他不再把它当成一只鸟。他怕它，怕得要命，给它洗澡的时候，罗安一直在心中默念阿弥陀佛。它会像个小孩子似的望着罗安。

第三天、第四天也是一样。对罗安来说，日子平淡如水，他有时会想到黄永强和越小越，还有给过他警告的乐乐，他渴望见到他们，可他们也和詹姐一样消失了。只有夜里十一点准时响起的电话铃声能给罗安一丝安慰，让他感觉他和巴叔没有被遗弃。

到了第五天，电话仍旧顽固地在夜晚十一点响起。罗安按捺不住，决定接听这个电话。他爬上了二楼，推开了詹姐卧室的房门。他从没进过詹姐的卧室。一开门，就是扑面而来的佛香。他拿着手电筒小心翼翼地走进去，卧室里的光景令人意外，并没罗安想象中那样奢华。在他看来，像詹姐这样的有钱人该是不惜重金地铺张自己那张床的，从詹姐四散家财不把钱当回事的行事作风来看。恰恰相反，卧室里的布置比罗安的房间更为简陋，只是一张小床，小小的床头柜上的那只红色的电话一直在响。罗安去摸电话的手一直在颤抖。

罗安拿起电话，轻声说了句，你好，请问你找谁？他期待着一个叫小嘎的男人用圆润的男低音说一句，我找詹红英。电话那头没人说话。罗安又问了一句，你找谁？还是没人说话。他猜测那人见不是詹姐，就不想说话了，或者没必要说。他刚想挂电话。听筒那边传来一个熟悉的声音，罗安，是你吗？罗安忘不了这熟悉得让他发狂的声音，漫不经心又极富感染力。罗安的心脏怦怦直跳，说，夫人，是我。他又说了夫人。詹姐慢悠悠地说，别喊我夫人，你怎么老是记不住呢，你这个小家伙。她从没这么叫过他，突然叫他“小家伙”，这让他感到头皮发麻。罗安说，詹姐，你去哪里了？詹姐说，别问我在哪里，我就想问你，有没有想我。罗安惊慌失措，感觉詹姐可能弄错人了，可她分明知道他是罗安呀。詹姐见他不说话，说，你不想我，我可想你，他们都还好吧？“他们”说的是巴叔和那只越鸟。罗安说，他们都好，巴叔盼着你回来。詹姐说，撒谎。罗安说，我没有，他一直看着那条路，我知道他在等你。詹姐说，越鸟呢？罗安说，脖子上长了新毛。詹姐似乎哽咽了两声，说，你怎么才接电话？她在埋怨他头几天没接电话。

罗安猛地一惊，詹姐找的是小嘎，而她要找的小嘎，不是别人，却是他罗安。他一屁股坐在床上。让他感到意外的是，他并没感到害怕，他是她的小嘎这个新发现，反而让他莫名亢奋。那一声声撩人的情话竟是说给他听的，自始至终都是。他想哭，放声大哭，并想让电话那头的女人听到，在他想来，那个人根本不是詹姐，也不可能是她。他感觉那个慵懒半躺着给他打电话的女人应该是一身麻黄衣服的越小越。

她的山

◎文/梁勇

一

从那够味的小班车下来，窦豆和郭渝校长就步行，拉藤攀树上瑶山了。郭渝道，得在太阳落山前赶到寨子，怕迷路，没带手电筒。其实也没路，走哪儿算哪儿。磨了两个多钟头，天黑前两人赶到了寨子。在郭渝家吃饭，在木楼的堂厅中央吊着一口鼎锅，滚炖着一锅油晃晃的熏肉，加辣子、豆腐、几苗葱蒜。家里就郭嫂和小小子，介绍过了，洗手洗脸，吃。

吃完，郭渝带窦豆到板樵叔家借住。板樵叔家就得他一老人，老伴过世了，孩子在外头闯；他家离学校近。郭渝交代了，便回去。窦豆给板樵叔一包烟，老人拿出吹烟筒，别了一支，拔出烟丝，放在吹烟筒上抽，不时皱眉闭眼，不讲话。抽完坐一阵，就回屋睡了。窦豆洗过澡，也歇息。山里空气好，听溪水活络、山间蛙虫鸣响，窦豆睡得很沉，没有梦，脑子就像水洗过的荷叶，纯净。

第二日，窦豆醒来，板樵叔已出门，灶头小锅煮了芋头。听到窗外鸟叫，窦豆喜悦不已，洗刷完就出来了。寨子背倚青山，溪流绕转，林木下的草坪连着叠叠的梯田，稻苗已抽穗，稻香四溢。寨子的人家就零落地隐在山窝，似垛垛蘑菇，幽然奇葩。各家木楼的底楼大多拴了牛，哞哞叫唤；往里头看，还蹲伏着鸡鸭鹅。学校就在寨子的脖颈，不远处有两株奇特的龙鳞松，相伴参天。

窦豆正转悠，郭渝寻来了，说："吃了？"窦豆还没应答，郭渝又说："去学校咯。"窦豆跟着郭渝进了校门，见几瓦屋子，角落那儿立一柱子，飘着一面褪了色的红旗。郭渝领窦豆进了校长办公室（也是教师办公室，柴房改成的），一女子起身倒茶，郭渝接过茶，递给窦豆，说："窦老师啊，喝过这杯木叶茶，你就暂且是我们登龙小学的一员了。”窦豆捧着茶，点点头。

郭渝又说：“对了，介绍一下，这位毛眸雨老师是我们小学的教导主任，全乡最年轻的教导主任啊！等下她会安排你的课程。我没空，要去乡里开会。”说完真就走了。

窦豆喝了口茶，突然笑着问：“毛毛雨？”

毛眸雨瞪了窦豆一眼，说：“我姓毛，名眸雨，回眸的眸。”

“哦，我叫窦豆，请多指教。”窦豆和她握手，感觉冰冷，说，“你的手有点冷。”

毛眸雨把手撤回，说：“谁像你，烫手山芋！跟我来，去教室。”

窦豆跟毛眸雨出门，看见那边偷看的学生缩回了教室。毛眸雨边走边说：“学校6个年级、37名学生，3间教室，1间办公室。1间宿舍，我住。你新来，教两个年级的语文、算术、图画和音乐。”

窦豆说：“哦，不开体育课吗？”

毛眸雨忽而停住，回头瞪着窦豆，说：“山里头的学生都活蹦乱跳的，还用开体育课？”

窦豆吓了一跳，闭嘴了。

二

没到一个月，窦豆俨然适应了。

窦豆教一、二年级，学生总共13人。课程也不难，语文、算术教基础的，就是学生的发音五花八门，让他不禁暗笑。画画课，在讲台上摆个碗、瓶等什物。窦豆最乐意上音乐课，教娃娃们唱歌，唱《闪闪的红星》《爷爷为我打月饼》《歌唱二小放牛郎》。有时，还插教一两首BEYOND的摇滚歌曲《海阔天空》《光辉岁月》，逗得娃娃们很欢闹。窦豆问，好听吧？娃娃们哈哈大笑，一嘴快的娃头叫好，好像牛叫一样。低年级的课本简单，窦豆教了几周，课本就弄了一半，回头问毛眸雨：“这学期，还有新课本吗？”气得毛眸雨一下黑了脸，毛毛雨转为雷阵雨。

此外，窦豆也逐渐把这里的情况摸出了个轮廓。毛眸雨是全乡最年轻的小学教导主任，下乡来锻炼的，上边有人，期满要提拔进县里；所以她住校，教3个年级，包括毕业班。郭渝校长只教四年级，寻常就到寨子各家去喝酒，动员大家都把娃娃送学校去，不送不行，犯法的咧！原先，学生最少时就剩下十几人了，上边考虑把学校撤掉。郭渝顶住，不给撤，就这么喝着，就把学校留住了。这么些年，郭渝的算盘就一种打法：巩固入学，保住学校。

这事挺可行。

有一天早上，窦豆到办公室，里边坐着一汉子，跟郭渝校长理论什么。原来，这汉子是一学生的家长，不想让他的娃上学了，说跟他去贩牛宰牛吧，书读了五六年，懂得写名字就够了。郭渝自然不让，理论起来，口水都溅了一地，也没让汉子转意，看见窦豆进来，就指着他说："新来的窦老师，从城里来的，不信你就问他，不送娃娃上学犯不犯法？"窦豆莫名其妙点了点头，汉子竟有点抖。郭渝接着说："你先回吧，放学哥俩再到你那儿喝酒，别碍事，学校要升旗了。"那汉子摇摇头，只得背着手走了。

放了晚学，郭渝果然带上窦豆到汉子家喝酒。照样在厅堂中央吊一鼎锅，炖熏肉，加些豆子，沸滚着吃，酒就喝自酿的红薯酒。这酒窦豆喝着没什么感觉，边喝边听郭渝宣传，不时配合他点头应是。喝了好久，汉子"投降"了，答应让娃娃读到毕业。回到半路，风一吹，窦豆的酒意上头，翻江倒海地吐了。

第二日，窦豆竟满身长痘，抓愈痒，痒愈抓，要成"蜂窝"了。上课时，窦豆站不住，猴子似的在讲台上蹦来蹿去。熬到下课，窦豆跳出教室，娃娃们哈哈笑，一娃头却跑出来，拦在他前边说："窦老师，你血热起痘，你准我回家拿药茶，保证帮你治好！"窦豆抓挠脖颈，苦笑着答应了。

窦豆泡了娃头拿来的药茶，喝了两回，热痘果真消退了。窦豆问娃头："哪儿来的药茶？"娃头笑嘻嘻地说："向我姑姑讨的，寨子的人得了病全都找她。"

三

窦豆在登龙小学待满两个月后，还是忍不住向毛眸雨提出请求，希望每个年级每周至少开一节体育课。可因地制宜，教学生拔河、引体向上、爬竹竿或树干，也可以教踢毽子、青蛙跳、单脚斗牛，甚至简单的散打。体育老师就由窦豆独自担任，他拿过几块体育方面的奖牌。此外，据窦豆调研，体育课还是很受学生欢迎的，上回拿药茶给他消痘的娃头，就是想跟他套近乎，然后跟他学学散打，最好能练双节棍。

窦豆讲了几回，毛眸雨也有点烦，一日放晚学，便召集郭渝、窦豆召开全校教师会议，讨论这事。窦豆讲了一通开体育课的必要性和可行性，毛眸雨不以为然，还是反对：“山里的娃娃腰好腿脚伶俐，活蹦乱跳的，比城里喝牛奶的孩子还健壮，用不着开体育课；倒是要花心思学习，把成绩搞上去。”

窦豆见此计不行，就探源历史、引经据典道，东汉时期华佗就创制、推广五禽戏，让人强身健体；此外，我们的教育方针也都强调“德智体美劳”全面发展，可见体育课很重要。窦豆还想举例论证，却被毛眸雨插嘴抢白：“那样的话，你就回东汉去当老师吧！”

窦豆见毛眸雨不讲理，用眼神求助一旁一直都没讲话的郭渝。郭渝也不知在琢磨些什么，看看毛眸雨，又看看窦豆，沉吟一下，开口道：“等会儿，还得去老宋家喝酒。这么吵下去也无益，不如实名投票来决定。”窦豆和毛眸雨也道好。

第一轮投票：反对（开体育课）1票，毛眸雨；赞成1票，窦豆；弃权1票，郭渝。一比一，再投。毛眸雨强调不许弃权。第二轮，反对2票，赞成1票；体育课暂且先不开了。

去喝酒的路上，窦豆埋怨郭渝说：“你怎么投反对票，怎么不站在男同胞一边？”

郭渝笑笑，望向远山，说：“等毛眸雨教导调进县城，还得请她跑点经费回来修缮修缮学校呢，这教室的屋顶东缺西漏的，总不好让娃子们在水淋日晒下读书。窦老弟啊，忍一忍，等支教完毕，你回城了，就把这些统统都忘记吧。”

窦豆直摇头，说：“读读读，别读（毒）死才好！”

四

秋意渐浓，山里到了夜晚也有点冷了。窦豆眼见秋风萧瑟、稻波涌起，有时会独自发呆，心里有点凄凉，仿佛村野间袅袅的炊烟，也不张扬，却很显眼。

有一晚上，板樵叔在厅堂的灶边烤火，熏白日里叫人宰的一头土猪的肉，窦豆给他点吹烟筒，老人抽烟，窦豆默默看火苗。过了一会儿，窦豆问：“叔，您今年八十多了吧？”

板樵叔磕了几下吹烟筒，鼓起嘴一吹，从烟筒嘴儿喷出一小段水柱，说：

“八十六。”

窦豆说：“您觉着，人活着这么累，到底图不图点什么？”

板樵叔收起吹烟筒，望着火苗，说：“底楼就剩两只猪了，宰来吃完也到过年啦。日子一日是一日，有肉吃，有烟吹，就不管了吧。人倒腾多了就累，累了就损，损了得灭。你就看这柴火，你看它烧得旺，等到灭了，有炭也有灰呢。”

窦豆呆呆地看着灶坑里的柴火，柴火很旺，火苗像一枚舌头，柔和地舔着属于它的“领地”；窦豆忽然觉得，他之前都没这么用心看过火。

这日，窦豆改完作业，在办公室发呆。毛眸雨在备课，郭渝在一本子上画来画去，好像在算什么账。窦豆忽而说：“校长，我们学校搞一回秋游野炊吧？”郭渝抬头望窦豆，窦豆满脸写着恳求，又望望毛眸雨，毛眸雨仍旧备课，不理睬两人。

郭渝就问：“教导主任，你觉着怎么样？”

毛眸雨这才抬头，说：“什么怎么样？”

窦豆说：“搞一回秋游野炊，不然等入冬，天一冷就不好活动了。”

毛眸雨说：“郭校长，你觉着怎么样？”

这回，轮到窦豆、毛眸雨盯着郭渝了。郭渝好像贼笑了一下，好像又没有笑，让人觉察不到。一会儿，郭渝才说：“按惯例，民主集中，投票决定。”

投票，郭渝收票统计。窦豆忐忑地等待结果，这时候，毛眸雨瞄了一眼窦豆，吓得窦豆的心都要跳进胃里了！惹得毛眸雨嘴角一翘，似乎蕴含些许得意地笑。

结果2：0通过了，窦豆、郭渝赞成，毛眸雨弃权。时间定在这周的星期六，师生自愿参与，食物和餐具自带，学校出两口大锅，早上六点半在学校集中，点过人头就出发。

傍晚，去老刘家喝酒，一路上窦豆很欢快，攀着郭渝的胳膊，举起拇指哥说：“渝哥这回可谓大义凛然，力拔山兮气吞河！”

郭渝腼腆地笑了笑，说：“其实你没看出来，毛眸雨教导也赞成的，她弃权只是为了顾面子，星期六准少不了她。”

窦豆说：“哦，那你怎么也赞成？”

郭渝又笑起来，说：“山里的冬笋冒出来了，整日喝酒，没得空闲去挖，趁这一趟让娃子挖一批，晒干了挑去圩集卖，下学期的粉笔就有着落了！”

窦豆连拍郭渝的肩膀，说：“渝哥，您真乃我登龙小学护校大将军啊！”

五

星期六一大清早，窦豆比平日早起了半个钟头，可等他赶到学校，那里已聚集了许多娃子，像挨捅了的马蜂窝，闹哄哄的。娃子们大多背着圆竹篓，装上自家的糍粑、熏肉、蒸包，还有南瓜、豆子什么的，甚至还有带了糯米甜酒的。有的大个子还拎着短柄小锄头，是郭渝校长吩咐了，带去挖冬笋的。窦豆喊娃娃们排成几队，点人数，到齐；又点东西，该拿的拿了，不该拿的也拿了一些。“好，郭渝校长一来就出发。”

就在这时，毛眸雨从宿舍出来，扎马尾，穿着浅蓝的运动衫裤，增高登山鞋，青春得有点逼人。窦豆笑嘻嘻望着她，毛眸雨解释道，校长喊她去看管学生，保证安全。窦豆仍旧笑嘻嘻地说，“毛主任，你今日与平日不大一样呢。”毛眸雨心情大好，竟害羞地笑了一个：“没什么不一样啊。”窦豆这才发觉，原来毛眸雨也是一个蛮有味道的女子呢。等了一刻钟，郭渝到底来了，提着两口叠起来的大锅，背一大竹篓，篓里装着几只麻袋。如此，队伍就欢乐地向目的地马脊谷进发了。

搞秋游野炊实在比上课听老师念经有趣，娃娃们的顽猴的脾性全蹦出来了，那活泼的劲，就像大闹天宫。大家到了马脊谷，把东西放下，就兵分三路：郭渝带一队挺进竹林挖冬笋；毛眸雨领一队寻摘野菜山蒜蘑菇；窦豆则坐镇大本营，指挥留下的娃娃们搞野炊的准备事项。窦豆得意又威风，东逛西窜，手脚挥动，让娃子们挖土灶、洗东西、捡柴烧火。窦豆腿脚不停，嘴上也直嚷：“麻利点。捡柴火的麻利点，都要火烧屁股咯；洗东西的麻利点，别把水里的鱼虾蟹洗进锅去；挖灶的麻利点，大锅饭大锅菜等着点火来煮了；还有那些小个子娃娃，把竹篓的东西掏出摆好来……总之都麻利点，野炊野炊，野起来，炊起来……”

转悠时，窦豆碰见给他拿药茶的娃头姚柱子，他和两个娃子一起挖土垒灶，额头冒汗了，窦豆一拍他臂膀说：“唔，都不错，继续挖，挖个大灶出来。”姚柱子一声吼，应：“我们——保证完成任务！”窦豆又拍他臂膀，点头赞许。姚柱子忽然想起来，就报告窦豆，他姑姑姚遥今日也到马脊谷来采草药。窦豆记得，他姑姑就是寨子的医女，就说：“她带吃的没有？等会儿喊她来一起野炊。”姚柱子却说：“不知找不找得见咧。”

窦豆应一声“哦”，又往山溪那边转悠，就有两娃子急急跑过来，喘着大气说：“不、不好啦，窦老师，不好啦，毛老师不好啦，快、快——”

窦豆有点气恼：读嘛读嘛，死读书嘛，遇到个事都讲不清，是窦老师不好还是毛老师不好？窦豆让较大点的娃子好好说，那娃子才说了一个大概：毛眸雨那边遇到蛇了。窦豆令营地的娃子们继续干活，不许乱跑，违令的过后处罚。然后，窦豆让那两娃子带路，赶去救毛眸雨。

窦豆和两娃子赶到那里时，只见毛眸雨躺在草丛间，围在一边的娃娃有哭闹有抹泪的，有两三个女娃子就叽叽喳喳报告刚才的情形：大家一起采野菜、找蘑菇，忽然“啊”的一声大叫，毛老师踩到了蛇，猛踩猛跳，猛跳猛踩，跳出几米远，鞋都跳脱了，人一软，倒地昏过去了。大家惊慌大乱，哭啼喊叫，过了一会儿，才想起派人去找老师。窦豆检查了一遍毛眸雨，并没被蛇咬的痕迹。再看不远处草垛里的蛇，已被踩得血肉模糊了，依稀辨得出是一条常见的无毒花蛇，而毛眸雨跳掉的登山鞋也沾了些零落的血迹和汁液。窦豆断定毛眸雨没有被蛇咬到，只是受惊吓昏厥。窦豆弯下腰，探了探毛眸雨的脉搏，想给她做人工呼吸，又觉为难。正犹豫不定，身后传来一个声音：“哎，让我来吧！”

窦豆回头一看，是一背竹篓的女子，竹篓里装了半篓草药。有娃子认得她，喊她“姚姑”。窦豆也就知道了，她是寨子的医女姚遥。医女把竹篓摆地上，弯腰给毛眸雨压肚子，掐几处穴位，人工呼吸，按捏手脚，捣鼓好一阵，毛眸雨竟悠悠然醒了。围观的窦豆情不自禁鼓掌，娃子们也噼噼啪啪跟着鼓掌。医女淡淡一笑，笃定地从竹篓里找水给毛眸雨喝，那韵果然就像一朵幽兰，你欣不欣赏，她都淡然绽开。毛眸雨喝了水，医女又给她按摩了一阵，人也就稳定了。

医女给毛眸雨按摩时，窦豆悄悄把毛眸雨的登山鞋捡回来，用草和叶子擦拭掉血迹和汁液，装进一塑料袋里。然后，窦豆把自己的鞋脱给毛眸雨，头也不回赤脚步向大本营，边走边自笑：赤脚大仙重现江湖了。

野炊也算圆满，有惊无险，收获不少。

六

或许窦豆“赤脚大仙”的形象和回校路上对毛眸雨的照顾打动了她，在新的教师会议召开时，她准许增开体育课，并由窦豆担任体育老师。此外，会议还讨论决定，在入冬前召开一回大型的家长会，让家长们更深入了解登龙小学发展的难处、潜力及前程，全力支持学校的发展，开创学校的美好明天。

深秋，山里逐渐冷起来，登龙小学却到处弥漫着喜悦的氛围，似乎引燃了炭火，热辣辣的篝火就烧起来。家长会准备召开了。

这日，窦豆和郭渝在学校贴完新的手工制作的标语，有点倦了，就没去喝酒。回到住处，窦豆也没吃东西，就窝在木床上被窝里打瞌睡。秋风从木窗的缝隙刮进来，他感受到了漂浮在房里的凉意，那冷气像要刮进骨头里去。窦豆想起了好多事，想着想着，还想到了和医女姚遥的那一次见面，医女那淡淡的一笑，那从容言行、安详气场、幽兰气质，让他觉得有点熟悉，仿佛在哪儿遇见过。不过一转念，又肯定此前未曾见过她，只是把好些以往的印迹叠在她身上罢了。窦豆又再想想，就迷糊睡着了。

周末，郭渝喊窦豆跟他一起下山，到乡里买些杂货，开家长会用。正好窦豆也想剪剪头发，到山里几个月，头发长得有点像文艺青年了。

郭渝背一大竹篓，窦豆也背一竹篓，走山间的捷径。窦豆感觉有点新奇，有时前边好像没路了，拨开草丛或藤蔓，那边又是另一片天。走了将近三个钟头，到了乡里集市，郭渝轻车熟路，按单子拾掇好了要买的物件，把两人的竹篓都装满，就已近午。郭渝问窦豆肚子饿不饿，窦豆自然饿。郭渝领着窦豆绕过市场，穿过一条巷子，来到一间食店，招牌就简单的几字："阿芩油茶店"。店里摆设简单，但挺干净，除了打油茶，还有黑米粥、竹筒饭、烤嫩玉米、烤粑粑等，桌上摆了油炸花生、萝卜干、腌蕨菜、米花、竹笋、香菇、木耳等配菜。

窦豆跟郭渝进去，老板娘看见郭渝，轻道一声"来了啊"，郭渝点点头，又指着窦豆说："这是学校新来的窦老师，同样给他来一份饭食，酒就不喝了，等下还得回寨子。"老板娘就给两人打油茶，摆竹筒饭，并捧上两碟配菜，零碎错落，七八个样式。郭渝一脸满意的笑容，得意地说："吃吧，原汁原味，喷香喷香的！"窦豆就咧嘴吃起来，不够，又添一筒竹筒饭、半碟配菜。郭渝吃好了，从竹篓里掏出一包半干的竹笋，说："阿芩，新出的冬笋，再晒晒就能收藏了。"老板娘就接过来，郭渝不小心搭到她的手，立刻又挪开了。

窦豆也吃饱了，咕噜几口油茶，觉着有点霸道，就放下碗，说："我去剪个头发，然后再转一转集市，回头找你。"郭渝应答："也好，我帮老板娘劈点柴火，要入冬了。"

窦豆出了店，在街上寻了一间理发店，洗好了，剪了一小平头，感觉轻松了许多，似乎剪的不只是头发，还有别的什么东西。

回去的路上，两人默默走了大半程，窦豆也没问，郭渝自己讲起了好些往事。阿芩跟郭渝是小学同学，小时候一起上学，一起放学，拿奖也一起；后来还一起读了半年初中，之后阿芩就辍学了。郭渝初中毕业，接着去读师范学校。郭渝读师范的第二年，阿芩嫁人了，嫁给乡里集市上的一户人家。郭渝得知这事，气得不行，一气之下，师范没毕业，就跑到外边去闯……几年后，郭渝回来当代课老师，熬啊熬，就熬成了校长。前些年，阿芩老公因犯案潜逃，不知藏到哪儿去了。阿芩有三个娃子，她独自持家，难。平时郭渝到乡里开会，开完了就去店里探望，能帮点忙就帮点……

郭渝讲着竟溢出几滴热泪，慌忙抬手掩饰、抹干，在薄雾袅袅的傍晚，在寂寥的山林间，这背着竹篓的“老人”显得那么悲凉。窦豆也不禁唏嘘起来，暗暗叹息：言君几落寞，不少同路人。

七

离开家长会的日子愈近，登龙小学似乎愈“变化无常”了。在郭渝校长的鼓动下，不少人家都来学校捐赠些东西，有的拿凳子来，有的搬来陈年老桌，有的“贡献”木梯子（还叮嘱不用的时候要放好来，别淋坏了），有的就来看看热闹……寨子的人都很好奇这家长会怎么开，好像在期待原子弹氢弹试爆一样。

傍晚，窦豆、郭渝、毛眸雨检修教室屋顶，毛眸雨跟郭渝报告，近段时间县教育局有人下来送温暖，事前提个醒。郭渝还没应答，窦豆就抢嘴插问：“送温暖，送棉衣啊，晚上睡觉有点冻呢。”不料毛眸雨莫名发火，白皙的脖子抽动着，胸膛起伏，顶了一句：“冻死了事！”吓得骑在屋梁上的窦豆都不敢看她了。

这日，学校来了一青年，背着一个鼓鼓的帆布袋，清秀中透着厚实，厚实里夹着点狡黠，不像山里人。那人进了办公室，就见窦豆一人在，便问：“请问一下，毛眸雨教导主任——”

窦豆点点头，说：“在上课咧，你是？”

那人说：“哦，来送东西的。”

窦豆还想问什么，毛眸雨却赶来了，还让窦豆去看班。窦豆走到教室边，回头看，毛眸雨已把那人引进她宿舍了。直到快下课，两人才从宿舍出来，毛眸雨满脸笑容把那人送出校门，又在那儿挥手，站了好一会儿，才折回来。

放学，娃子们回家了，窦豆赖在办公室，愣愣地望毛眸雨改作业，人还那样，得意的笑容挂稳在脸上了。窦豆望够了，忽而说："日里来的，你对象啊？帅的哦！"

毛眸雨抬头瞪了窦豆一眼，却也不恼火，说："瞎乱猜。是我表哥，叫达显，县教育局预算股股长，送温暖，送大喇叭广播筒来。他还道，家长会那天要是得空，就来给大家鼓鼓劲。"

窦豆嘻嘻笑，说："是股长啊，股长鼓掌的劲很大的哦，这么大的领导要演讲多久啊，事前可得提醒一下，我们也好练习鼓掌，做好配合！"

毛眸雨狠狠瞪窦豆一眼，这回是火了，说："要你管，找郭渝喝酒去！"

窦豆一下跳出办公室，又回头说："校长去开会了，我自己不知去哪家喝好，不如就到股长夫人家喝酒咯！"毛眸雨拎起一块擦黑板布飞砸过去，窦豆嘻嘻笑着溜走了。

八

登龙小学的家长会如期召开，来凑热闹的人真不少，学校感觉有点挤了，树上骑着人，围墙脚也站满了人，黑压压的像窝密集的黑蚂蚁。大多是妇孺，有的穿着过节才穿的银装，戴银首饰，日头一照，也挺刺眼晃人。

家长会分两大半进行，上午就讲话、做报告。毛眸雨的"鼓掌"表哥没空来，但录了半个钟头的录音，用大喇叭广播播出来，声腔圆润，主要讲上学交清学杂费的意义，强调不交清的后果。

接着是郭渝校长做报告，题目为"百年大计，送娃上学"，讲了三个多钟头——也难怪，据说他准备了大半年的。先从黄帝时期讲起，那时候就有启蒙教育，主要训练扔砸石头，学习打猎；又讲诸子百家，讲秦王嬴政"阉"了教育的"命根"，到西汉一个喊作董仲舒的书生给"命根"做了手术，把"根"续上了……

半途，郭渝嘴巴和体力有点不支，就歇息一阵，回办公室喝几盅红薯酒。喝好了重新登台，接着讲改革开放后的教育发展以及这发展对山村小学的影响，最后讲到登龙小学，小学的过去、现在与明天，总之不容易，娃子该送来的就都送来学校吧。等郭渝宣布报告结束，会场响起雷鸣的掌声，像火药仓爆炸一样，久久不绝，郭渝的脸到底嫣红欲滴了。

之后，由毛眸雨教导主任做重要讲话。毛眸雨以自己为例，阐述了教育的重要性，例子就摆在这里，毛眸雨的美就是读书读出来的，幸福日子也是读书赠予的。毛眸雨讲话不长，大家反响不错，好多家长开始考虑娃子的明天了。

毛眸雨讲完，窦豆想抢广播筒过过瘾，郭渝却宣布歇息、吃午饭，下午继续。午饭都自带，但学校提供野鸭山蒜汤，由寨子的医女姚遥亲自熬炖，加了些草药，喝了可增进耐力。日头有点毒，上午昏了两三人，还好事前喊来了医女姚遥，抢救醒了安排在教室里，隔着门窗看开会。下午，大家把头上的银器拿下，戴上就地取材编成的草帽，整体看去，就像一支隐秘起来、准备伏击进村鬼子的游击队。

下午，先是学生文艺表演，唱唱歌跳跳舞，模仿猴子走路吃香蕉，还有学鸟叫的口技表演……节目不新奇，但大家看着自己的娃子就觉得亲，就是不表演，在台上转圈或站木桩，也觉得极好。老师也上节目，郭渝打了一段天津快板，打得跟狗不理包子似的；毛眸雨领着高年级的女娃子串烧朗诵《静夜思》《春晓》《清明》等十八首古诗；窦豆则表演散打，伴着《中国功夫》的节奏，在上边比画，打拳踢脚，也像那么回事，最末，窦豆暗暗运气，猛地一喝，左脚一踢蹬，就蹬断了一条朽木长凳，下边又鼓掌又夹些喝彩声。窦豆很得意，向前迈两步一抱拳，想退场，下边却有人呜呜喊。窦豆听不懂，郭渝翻译，大家想看窦豆踢一条新长凳。窦豆笑道，得了得了，留得长凳在，不怕没功夫。

接着，搞亲子互动。有猜谜语，袋鼠跳，摸摸鱼，对歌，滚球砸瓶，蒙眼踩气球，骑马马摘果果，高抛接花生仁，真心话大冒险……再接着是发奖状，奖学生“五好少年”，奖家长“教育之家”。最后是家长、学生、老师大联欢。大喇叭播恰恰舞曲，大家跳竹竿舞。竹竿舞跳欢了，又转为普及交际舞，老师与医女做示范，大家跟着学。姚遥选郭渝搭档，窦豆只好跟毛眸雨搭档。窦豆一边担心毛眸雨踩自己，一边寻望医女的迷人身影，心和脚步都有点乱了。大家一直闹腾到入夜，大喇叭都烧哑了，才背上竹篓、捧着奖状，意犹未尽，慢慢散去。散会前，郭渝喊窦豆烧了一挂爆竹，宣告家长会圆满结束。

九

家长会开过后，窦豆莫名其妙地病了，四体莫名其妙地痛，还腹泻拉稀，拉得人都快要虚脱了，恹恹的，提不起精神，熬了两三天，到底顶不住了，窦豆只得去寨子的卫生室找医女姚遥。刚进卫生室的门口，就闻到独特的中药味，苦里含了丝丝甜味。卫生室由两间相连的木屋组成，门诊与处理室用珠帘隔开来。窦豆觉着这帘子有些奇特，仔细再看，却是一幅图画，蝴蝶花间戏。之前没有患者来，姚遥便在处理室内煎药。

窦豆喊一声，姚遥出来了，窦豆把情况讲了个大概，姚遥就给他把脉，望闻问切一番，然后边划药单边说："你问题不少啊，汗黏体虚，脾胃燥热，代谢变异，筋骨郁结，心肌梗死……"

窦豆很觉惊讶，说："莫不是，还要报废了？"

姚遥忽地笑了笑，说："早成废柴了，劈开来当柴火烧，可直接做肥料。"

窦豆才知道是姚遥戏弄他，不由摇头，说："医女啊，不被你治死，也要被吓死，我平日常锻炼，还练散打，也没觉着有什么。"

姚遥却说："你的毛病属于积疾，就像陷进了泥沼潭，愈挣扎愈陷得深，锻炼也不能顶事。而且练武有讲究，风险也不小，练得好强身健体，练得不当也极损身，霍元甲、李小龙就是例子，正当年说走就走了。"

窦豆这才明了，姚遥不大喜欢他教她侄子姚柱子学散打的。窦豆正不知如何应答，这时候就进来两位看病的大婶，姚遥让窦豆到处理室里等着，她先给两位大婶看。窦豆进了处理室，却从珠帘缝隙偷看姚遥忙活，这医女做起事来就是专注、从容，显得格外可爱迷人。窦豆偷看竟着了迷，魂魄都出壳了。

许久，窦豆忽闻一阵扑鼻幽香，猛地打了个喷嚏，姚遥已进屋来了。姚遥对窦豆一努嘴说："脱掉你的衣衫。"窦豆一惊："啊？"姚遥又说："脱了就趴那竹床上去。"窦豆又一惊："啊！"姚遥不耐烦了，说："啊什么啊，快点脱，我给你刮痧拔罐。"窦豆才"哦"一声，脱了上半身衣衫，乖乖趴竹床上，也不敢回头看医女。姚遥拿出罐子等一应器械，准备了一阵，就点火，拔起罐来。窦豆先觉肩臂一阵灼痛，火辣辣的痛，不由轻哼几下，接着辣痛与灼热就蔓延开来，爬满了全身，之后又闻阵阵奇香，窦豆就迷糊睡过去了。

等窦豆悠悠然醒来，回了魂，筋脉畅通了，身子似乎轻了好多。姚遥就给他看药单。药单不看还好，窦豆一看，他的肚子就叽咕叽咕闹起来了：药单竟写着枸杞炖鸽汤。窦豆嘿嘿笑，说："你的药单惹得我肚子闹饿，对了，你这儿管饭吗？"

姚遥说："虚汗多就炖汤补。给你治病还管你吃喝，你打算付多少药费？"

窦豆说："刚才两大婶给多少？"

姚遥指着角落的一只竹篮，说："都在这儿，十来只鸡蛋，几斤米，还有些熏肉、晒竹笋。"

窦豆说："行，我照样给，折回钱算。"

姚遥摇摇头，笑说："你是城里人，得体现出城里人的身份来。"

隔两日，姚遥给窦豆施展针灸治疗。不多久，窦豆就被扎成一只刺猬了。窦豆起先呀呀喊痛，逐渐觉得好些，才安分了。等待中，窦豆就向医女打听一座山——幽蛊山，听闻这山的瘴气很重，蚊虫大如碗。窦豆也向郭渝打听过，郭渝却含糊不清，只劝他别好奇惹这山。姚遥有点意外，却平和应答他："幽蛊山是寨子人眼里的禁山，传闻寄居了不少孤魂，有不少是殉情的，双双对对地去，魂魄却还不能在一起，怨气极重。"这么一说，窦豆也觉有点寒意绕身了。

等拔完了针，姚遥又让窦豆坐在一口大铁锅里浸泡，她边往锅底加柴火边问窦豆水温，直至锅里的药水吱吱冒烟，窦豆有点慌神了，问姚遥要浸泡多久，觉着有点烫呢。

姚遥又加一小把柴，说："你得顶住，烫点好，烫点药力才够效，你就当泡温泉，可得顶住了，别破费我的草药！"

窦豆皱起眉头，说："我怎么感觉你是在拿我来试验呢，拿捏准点，要是把我医没了，欠你的账就没人还了。"

姚遥说："就你那厚实的糙皮，烫不烂你啦！开家长会那日，你老想抢广播筒，脸皮厚得赛大象了，那大喇叭就是你捣鼓烧掉的。"

窦豆的脸红烫起来，抓头搔脑，就转了话题："那全都是郭渝校长的'功劳'。对了，问个事，那日跳舞你怎么就找郭渝校长搭档，不理睬我呢？"

姚遥说："我喜好成熟稳重的，要你管啊？"

窦豆嘻嘻笑，说："我懂了，你恋父情结严重。"

姚遥不答话，又往锅底加柴。过了一阵儿，窦豆嗷嗷叫喊："嗷，烫，烫爆啦！"慌忙从锅里蹦跃出来。姚遥也忍不住捂嘴，扑哧一笑。

十

入冬以后，山里逐渐冷了。窦豆两手都长冻疮，握起拳像两只被灼伤了的熊掌。学校就有学生烧火盘了，把木柴放进盘去，点燃了，抓紧钓线抡圈，呼呼轮转，一会儿火苗就旺了。

毛眸雨怕出问题，集中训话了两三回，禁烟禁火禁火盘，违者重罚。窦豆却不大在意，也不大管束，结果他上课，有火盘的学生就马掌踏穿——马蹄露出来了：好家伙，一教室里窝着六七个火盘咧，呼呼燃起火苗，还烤点米糕、糍粑、小鱼干什么的，味道还是挺不错的。自然，烤好了有时也向窦豆老师“进贡”一点。

后来，有一名五年级的学生把课桌的一条腿刨下烧了，收到告密信息的毛眸雨很愤怒，严厉批评了一顿窦豆，责怪他玩忽职守，并罚他自掏口袋赔一张新课桌。窦豆想辩驳：我把课桌的腿修好就得了嘛，我懂木工活的咧！但见毛眸雨气在火山口上，也不敢吱声了。窦豆回头找到那刨桌腿烧的学生，竟与自己同姓，是本家，又够机灵，烧了一条腿也没让老师觉察，不可多得的人才啊。于是窦豆一挥手，不罚他了，让他喊别的火盘手也来，把那缺一腿的课桌砸碎、烧掉了。

这个事又让毛眸雨获知，她更是气炸了，好比向旺火的灶头浇了一大桶汽油，非得把窦豆这顽猴的毛刺给“烧”光了不可。原来，毛眸雨打算用缺腿的课桌改成放洗脸盆的木架子，正好摆放洗脸盆和她表哥寄来的“康美之恋”洗面组合——窦豆竟然把它给烧了！

总之，窦豆的“冬天”是真来了，只要碰面，就被毛教导连绵“教育”，搞得他连申辩的心思都没了。破坏九年义务教育啊，影响四个现代化建设啦……又大又黑的锅扣下来，窦豆几乎都被砸趴下了。毛眸雨又决意要跟窦豆“割席而坐”，不准他和她同一办公室备课、改作业。郭瑜见此情景，也不敢求情，窦豆只好搬出柴房，在屋檐下“现场办公”了……

毛眸雨和窦豆的冷战若隐若现地持续，就这样僵持着，时间不知不觉到了冬至。冬至大过年，郭瑜校长决定继续放假，在去年的放两日的基础之上，再增加一日。放晚学前集队，郭瑜校长宣布放假消息，师生们欢呼雀跃，连毛眸雨的脸上也有了一丝难以觉察的笑容。

学生走完后，郭瑜喊住窦豆，说：“明早，上我家杀猪、喝酒，早点来帮忙。我也喊了毛教导，到时候你服服软，和好来，男子汉嘛，屈得才能伸，斗气没好日子。”

窦豆摇头，又点头，说：“好，好，全听瑜哥的，我就低到尘埃里去，看她满意没有。这段日子过得，我都快被憋没了。”

十一

冬至前一日，窦豆早早就到了郭渝家，郭渝已把杀猪刀和钩子等家伙磨好了，郭嫂在用大锅烧水，劈柴燃得旺，郭渝的小小子却还在睡觉。

窦豆扛来一只书柜，准备等毛眸雨来了，当郭渝的面向她赔不是，书柜里的书，她看也行，借给学生也可。喝了茶，窦豆问："杀猪的还没有来？"郭渝笑道："来了，等水烧好，再等个人帮忙就动手，今日要杀的猪不大，不到百斤，总不长，杀了省事。"一会儿，果然来了一汉子，几个人就一起吃了点东西。

吃完，郭渝就拿着家伙，领着窦豆和那汉子下到木楼的底楼，在猪圈前摆一条大长板凳。郭渝道，等下他把猪从圈里钩出来，三人合力把它扳上长板凳，他就动手。同时提醒他们要小心，别让它咬到或踢着。窦豆原以为那汉子是杀猪的，没料到他也是帮手，由郭渝握刀，窦豆不由得有点紧张起来。但郭渝已踏进猪圈里边，很快就听到猪的凄厉嚎叫，郭渝握紧钩子柄，把猪拖出猪圈外。那汉子碰碰窦豆的手背，示意动手，两人就抓住猪脚，和郭渝一齐把猪扳上长板凳，再翻成侧卧状，按牢实了，任凭猪号叫。只见郭渝弓着身子，杀猪刀对准猪咽喉用劲一插，插进去，顿了几下，拔出来，猪的号叫更为凄厉，血喷涌而出，流得极快，血柱子似的……郭渝一脚拨过一只脸盆接血，盘里事先放了盐水，郭渝又用杀猪刀搅动，让血加速凝固；猪血接得大半盆，猪的号叫已很弱了，不久就停了下来。

接着，浇沸水，刮猪毛。刮完毛，开膛破肚，取出猪内脏，又是一番忙活……

等差不多弄得了，郭渝让郭嫂和那汉子做收尾的活。毛眸雨来了，郭渝趁此上去喝杯茶，同时让窦豆和她和解了。喝着茶，郭渝就讲窦豆知错了，还送书柜赔不是，和解吧。窦豆却道，今日看郭渝校长杀猪，才知道他的厉害；同时也明了，不守纪律，这猪的下场就是教训，十分惨烈啊！

毛眸雨扑哧一笑，说："谁要杀你这只'猪'了，讲校长是杀猪的，教导主任也是杀猪的，全校老师都是杀猪的了。"这就好了，屋外的天亮了，屋里也敞亮起来了。

毛眸雨心情一敞亮，也下厨房帮忙做菜，没想到她炒的酒糟粉肠味道很是不错咧。窦豆则做了捶打肉丸。先把肉切细，再用锤子打成肉酱；然后洗干净手，抓起大团肉酱，挤成一只只小肉丸，下锅，水煮一滚，就好了。捶打肉丸韧劲足，闻肉香，嚼有劲，吃不腻，煮汤最合适。

窦豆还建议郭渝做些“蜜汁叉烧”，这是他老家的一道风味菜。剖一些瘦肉或五花肉（去皮），切成小长条，抹酱料香料，日晒干爽，油炸、晾干，酥一酥，蜜汁拌匀，好了，保证香甜可口！

那顿饭大家都吃得很香，土猪肉毕竟原汁原味，猪长得慢有它长得慢的道理；酒菜好，心情又好，自然吃得快活。

十二

放寒假前的一个周末，登龙小学来了几位客人，带着几袋衣物和一些文具，道是“雨露助学社”的，想找窦豆老师。毛眸雨赶去板樵叔家，板樵叔说人已经出去了。毛眸雨又转郭渝家，也不见人，就和郭渝一起赶回学校。回到学校，窦豆已经在那里招呼客人了，寨子的医女姚遥也来了。

原来，窦豆也是助学社的成员，他向助学社反映了登龙小学的情况，直到这一日才把人给盼来了。衣物是各方爱心人捐赠的，希望能给山里的娃子们一点温暖；来探望的几位成员则集资买了些文具。而他们更重大的任务是核实登龙小学的实际情况，计划新建几间教室，并用其中一间做校医室，服务学校，也可服务寨子；希望学校方面尽快做好详细的方案交给助学社，待助学社做好有关规划，等学校放寒假，就尽早开工……

事情交接完，郭渝热情邀请助学社的客人去他家里吃饭，却被拒绝了，客人道自带有干粮，不给大家添麻烦，然后就真下山去了。

客人走后，郭渝嗷嗷叫起来：“今晚大家都得去我家吃饭，一定要去，我有几坛埋了很久的好酒，今晚就要挖一坛出来喝，喝！”毛眸雨、姚遥和窦豆都呵呵笑了起来。

大家一喝，果真好酒。但喝着喝着，人醉了也不知道。郭渝竟最先不胜酒力，一碗就醉了，醉了呜呜地哭了，边哭边嚷嚷起来。他道杀猪并不特别，当了几十年老师，朝起五点半，晚睡三更夜，与杀猪佬也算“同行”了；窦豆看过他杀猪后，觉得他很厉害，但郭渝自己觉得，窦豆比他厉害，厉害十倍百倍；他喝酒喝了大半辈子，学校还这么不死不活的，可现在，看来真换样子了……

窦豆摆摆手，说：“我哪里厉害，一个人能多厉害啊？大家合力起来才厉害。再说了，我再厉害，也没有教导主任厉害啊！”

毛眸雨也喝了酒，脸上红润红润的，嘟起嘴说：“我以后不乱发你的脾气了，保证！”

……

从郭渝家出来，三人先回学校，安顿好了毛眸雨，窦豆又送姚遥回家。

照着冬夜的弯月，姚遥和窦豆一前一后行走，但只相隔两三小步。这情形窦豆想象了许多回，却没料这一晚上实现了。

走着，姚遥突然回头问窦豆：“放寒假，你不回去吗？”

窦豆笑说：“不回，守工地，当工头，我的这半年的工资也都投进去了，能不操心吗？”

姚遥说：“那好，有事你就找我。”

窦豆却说：“开工前，我想去一回幽蛊山。”

姚遥说：“怎么老提要去那座山？”

窦豆说：“就想去看看，看看她的山。”

姚遥说：“她的山？”

她就是窦豆的前女友，窦豆和她在大学相恋，恋了三年，最后她却跟另一个人出国了。她走的时候，跟窦豆讲，如果他去过她的家乡，去过她的山，他就会明白，她为什么要走，为什么会离开他——她再也不想回去了……

窦豆两眼含住泪水，说：“我想去看看，看看她的山；她的山，是我的结，我的心结。不是讲，到冬天，瘴气也要冬眠的吗？”

姚遥望着窦豆，望了好一会儿，忽而说：“我陪你去。”

瑶老同的幸福生活

◎文／宋先周

一

阳春三月，来到莫干，彻底颠覆了我对春天的记忆。这里狰狞的石头、摇曳的房舍、破漏的粮仓、干涸的水柜……一切都那么苍凉。而我帮扶联系的贫困户何老三、莫林、何老四、何老六、兰弟他们五家苦涩无奈的脸庞被莫干初春的清风吹出寒冬萧瑟的惆怅。

我模糊了春天的模样。

原本，我和何老三他们是八竿子也打不着的，是那种猪肝不粘猪板油的关系。我原来扶贫的联系点不是莫干，而是王乐村。在王乐村，原先核定的十户贫困户通过近三年的努力，都已经富裕起来了，其中有两户现在的生活状况，连我都羡慕嫉妒。他们的住房很宽很高也很靓，客厅摆放的液晶电视比我家的大几十寸，双开门的电冰箱，可以装下一整头牛。

但是，莫干大不一样，莫干和王乐相比，天差地别。

至今，我还记得第一次去莫干的日子。那天早上，天空阴沉。冬的寒意尚未褪尽，有风吹来，我打了个寒噤，加厚衣服，驾着二手小奇瑞载上文联的全体帮扶人员上路。原本答应陪同带路的湖里乡驻村干部黎均因临时事务脱不开身，我们只好一边问路一边前行。当我们把车摇摇晃晃地开到半山腰一个叫“锅底”的村子时，屯级道路突然断了头。我们不得不背着扶贫表卡册，扛着预备的油盐菜米，步行赶往莫干。

今天，和我同行的除了蓝燕和雨桐两位女同事，另外就是腿脚勤快的小伙子覃永和摄影师军伊，我们都要到莫干认亲戚结对子。覃永把我们准备的午餐菜品接过去挑在肩上，走在前面探路。这是个凹下去的山，像一口大锅头，难怪取名叫“锅底”。走了约莫半小时，在锅底村深处，一大片粘膏树闯入眼帘，那些粘膏树像一只只盛满美酒的瓶子，劈头盖脸地甩过来，我们被这一大片粘膏树林撞击着。蓝燕、雨桐惊叹地举起手机拍个不停。我也为扎堆的粘膏树扑面而来的架势陶醉。在锡都，有粘膏树的地方，一定是白裤瑶同胞居住的地方，粘膏树就是白裤瑶村寨的标志。

时近正午，我们爬上一个小坡，往下一望，几间木瓦房和几间草屋毫无规则地闲散在山沟里，这就是莫干了。

走进莫干，清冷，萧瑟，死气沉沉笼罩着整个村庄。这里住的是清一色的白裤瑶，一个屋里住着几家人。我们走进其中一个房屋外观相对好一些的人家，这家人火塘边有床，堂屋两侧用篱笆隔成的两个角落里也有床，楼上包谷堆旁边还是床。经打听，得知他们家姓韦，四兄弟都各自成家了，但是没能力再建新房，无法单过，只好挤在一起。家里就韦老大读过几年书，有些文化，他们几兄弟都不是我们的联系对象。一路跋涉，肚子也饿了，我们把带来的菜拿出来，请主人备饭。覃永和军伊留下来协助做午餐，蓝燕、雨桐和我出去寻找各自的联系户。

我遇见的第一个联系户就是何老三。我来之前，驻村干部黎均给何老三捎过口信，说帮扶干部要进莫干来认家门。那么远的路，何老三预计我们可能下午才到，所以一大早便上山砍柴去了。他刚从山上下来没多久，远远看见我们进了韦家，弄不清楚我们是不是帮扶他家的干部，就蹲在岔路口等着。他手里拿着户口簿、身份证，还有一张农村信用社银联卡。他又黑又瘦，白色的头帕有些泛黄，过膝的白裤子潦潦草草地耷拉着，一条淡绿色秋裤在膝盖以下完全暴露出来。

一见我，何老三问："同志，你们有哪个是姓石的吗？"

我说："我姓石。"

何老三说："黎干部跟我讲，有个石同志要来帮我脱贫。"

我问："老同哥，你叫什么名字？"

何老三依然蹲着，仰起头来看着我，说："石同志，你来就好了，我叫何老三，黎干部讲你来帮我。"说完，他慢慢站起来，拉住我的手。

我对何老三的第一印象不是很好：跟他说话很费力，他穿着太随意，不大注意形象，精神萎靡。

我问："老同哥，你现在家庭情况如何？"

何老三说："我一下也跟你讲不清楚，你看看这些本本。"

他把户口簿、身份证、银联卡一起递到我手上。户口簿里面有三个人的信息，除了何老三本人外，还有两个女儿，一个叫何秀华，一个叫何秀花。

"老同哥，你老婆呢？户口簿里面没见有她的名字？"

“老婆死了。”

他回答得很干脆，语气没有半点犹豫，脸上也看不出有半点忧伤。

此时，天空飘过一片乌云，正一点点往下沉。冰冷的细雨开始飘落下来。何老三领着我往他家的方向跑去。

何老三家在村尾，门前乱七八糟堆着柴草，石梯很高。我站在屋檐下凝视很久，屋顶上腐烂的茅草已经不规则，有几处茅草被油毛毡取代。用木棍围成的墙壁，四处通风。看着何老三的房子，我内心的隐痛慢慢升级。此时，雨水顺着茅草淌了下来，滴到我脸上，湿冷从脸上渗透到我内心，我感觉眼泪快蹦出眼眶了。

何老三一抓，把我拽进家门。

我一进门，何老三就弯腰递来一张木板钉成的小板凳。他刚直起身子，白色的头帕就撞到火塘上几只腊山鼠。黑黑的腊鼠干，像一串黑色的风铃在火塘上孤独摇摆。他抬起手，小心翼翼地摘下腊鼠干，抖了抖上面的扬尘，又用嘴巴吹了吹，然后捧到我面前。“一鼠当三鸡”，盯着熏得黑亮黑亮的鼠干，一股香味激活了我的味蕾。

何老三说：“石同志，你看看——野货，今天我们搞两杯。”

我移开“贪婪”的目光，说：“老同哥，我们带着菜来了，正安排在韦老大家那里加工，等一下我们一起去他家吃。”

何老三坚决不同意，他把锅头架到火塘的三脚上，舀了一瓢水倒进锅里，一边忙碌一边说：“石同志，这点野货，好像专门等你，我几次都想吃了，每次摘下来，心里头总有点欠欠的样子，究竟欠哪样？又搞不懂，反正就是下不了锅，挂上去了又取下来，取下来了又挂上去，这样搞过两三回了。但是今天不同，我摘下来，心里没有欠的感觉了，很自然，原来这几只老鼠真是要等你。”

何老三说话不紧不慢，朴实的话语让人不舍拒绝，他讲话很自然，样子也很自然。

我说：“老同哥，近来我肝火过旺，不宜大补，好意心领了。”

“石同志，心领有屁用！这个东西又不是用钱买来的，是我自己在山上抓的，吃了也不会上火，你既然联系我，以后我们就像一家人，还讲哪样两家话咧！”

何老三把鼠干放进锅里，又往火塘里加了一把柴火，火旺旺地烧了起来。

“石同志，你第一次来，不在我家吃饭，哪里讲得过去嘛！别人会笑话我。”

我说：“老同哥，不用麻烦，你还是把这些野货留着，等一下我们一起去韦家吃，顺便把其他联系户一起喊来，相互认识。”

何老三摆摆手，说：“不得不得，黎干部跟我讲了，你联系我们这里五户，莫林、何老四他们两家搬到外地住了，何老六是我弟弟，常年在外打工，兰弟一家投奔亲戚到烂棚去了，现在莫干只有我一家，你来莫干，就是我一家单独的客人，就算你去韦家那边吃了，也要到我家动动碗筷，要不然你等于没来过莫干，我也过意不去。”

我突然对这个家徒四壁的联系户心生好感，觉得这个瑶老同一下子变得很可爱。

何老三一边煮鼠干一边问我：“石同志，我还没懂得你的名字，以后哪样[①]喊你？老是喊石同志也不好啊！”

我说：“我名字叫石嗣，在家正好排行第四，以后你叫我石嗣或者叫老四都行。”

何老三说：“这样不好吧？不过你的名字蛮好玩，让我想起乡里黎干部的话来，他来我们莫干摸底调查，要我们填报家庭情况的时候，经常讲一句话，就是叫我们要‘实事求是’。我有点好奇，你是石嗣，你们家里是不是还有个弟弟，你弟弟是不是叫求是？”

说完，何老三笑起来。我也被他的话逗乐了。这个瑶老同还懂得“实事求是”，还会调侃人，他原本的木讷现在不见了。我们的谈话氛围一下子就轻松起来。

我说：“老同哥，你莫开玩笑，我的这个‘嗣’蛮难写的，不是你讲的那个‘事’，读音也不一样，你那个是事情的‘事’，我们讲桂柳话听起来和我的石嗣的‘嗣’一样，如果讲起普通话来，就不一样了，你的‘事’是翘舌的，就是要把舌头卷起来读，我的‘嗣’是平舌的，读起来不用卷舌头。”

“哎呀！石同志啊，你一来就给我上课，讲话还有卷舌头和不卷舌头的，我懂个屁嘛！我要是懂，也不在这山旮旯里了。”何老三顿了顿，接着说，“石同志，你是第一次来，又走那么远，一定饿了，我先整饭来吃，边吃边讲。今天我下野货给你吃，我心里是有哈数[②]的，你是主席，黎干部跟我讲过。”

何老三手上的活路没停，嘴上的话语也没停。

“哦！主席是多大的官，你懂吗？”我问何老三。

“我不懂你几多大的官，反正你是领导，你是有来头的，你联系我，是要带我脱贫的，我今后发财致富就靠你，我要尊敬你，我以后还是喊你石领导，或者

① 哪样：方言，怎么样。
② 哈数：方言，心里有底。

喊你石主席吧！”

我说：“看你户口簿，你年纪比我大，我叫你老同哥，你叫我老同弟，这样更加亲近。”

何老三说：“你这样讲来也蛮有道理，那就先这样喊，顺口，如果喊领导，我还不太习惯几多[①]。”

我笑笑，把目光从何老三身上移开。

二

何老三把我当成领导，我自己反而觉得有点难为情。

这才多大点官，小小的文联，没经费没项目，在锡都县直部门当中，我们也是贫困单位。在何老三面前，我想讲，谁倒霉到极致了，谁才被分配给文联干部帮扶联系。我们文联搞扶贫，不像有些单位带着资金来带着项目来，村里缺什么他们可以补什么。这些话刚到嘴边，我又把它们全都吞回去了。其实要说富有的话，我们确实也富有，只不过我们有的是精神食粮，我们可以给莫干带几本《锡都文学》来，那是我们编的刊物，在业内有一点影响力。如果可以，何老三他们还可以给我们送点稿件，在《锡都文学》上发表后，会有一点点稿费，可以买几包盐巴。只是，这些话我不敢说出来，我怕被何老三小瞧了。

何老三家里除了一只鼎罐、一口菜锅，还有两个比较大的物件，就是一个大灶和一口大灶锅。木楼上，堆放一些零零散散的包谷棒，值钱的物件没几样，我目光扫过的地方，恐怕一个背包可以把整个家装起来。

这时候，覃永、军伊跑过来喊“开饭了”。我叫何老三跟我一起过去，他甩着手上黑乎乎的污渍，说：“老同弟，你过去吃，吃少点，我在家搞野货等你，你留半边肚皮来我家。”

我说：“也好。”

我来到韦家，蓝燕、雨桐、军伊、覃永都把自己的贫困户集中过来了。我们一边吃饭一边了解情况。

韦老大端起一杯酒敬过喝完后，说：“领导干部同志们，”顿了一下，“我

① 几多：方言，多少。

们也不想在这里苦熬了，祖祖辈辈在莫干，也没有什么奔头，我们莫干有四大难，行路难，住房难，读书难，看病难。我们去最近的学校也要走两个小时，到乡里要走四个小时。以前，我们的娃仔都要到十二岁才开始读一年级。现在尽管有寄宿学校，但是孩子年纪小自理能力差，学校太远，每次往返不安全，他们也要到十岁左右才能去读书。原本县里、乡里计划修路的，关键是锅底有个叫袭大地的老同，木头脑瓜，一点都不好讲，他为自己菜园的一角跟县里乡里的干部顶牛，不退让，锅底就那一点点地方，修路无法绕开，所以至今都无法修通道路。路不通，材料运不进来，在莫干盖房子，要比在乡里多花三倍以上的价钱。就医看病就更加不用讲了，小病我们一般不出去，大病出山到医院也基本断气了。"

军伊的联系户莫金根第一个附和，他说："我们这里，就数韦老大文化最高，他读到初中一年级，一直是我们队长，他讲的话也是我们想讲的。"

雨桐的联系户明付补充说："我们这里还有两个'难'，一是吃水难，二是种地难。"

覃永的联系户说："莫干用的是望天水，下雨了，水柜就有点水，天干旱，我们就只能去两三公里外的一个岩洞里挑水，一个来回要大半天。种地也很吃力，地块太小，无法用牛耕作，只好用锄头挖，每年种那几亩包谷太累人了。"

我说："你们讲得很具体，对困难对问题的分析也很到位，这么多年了，你们就没想过要改变吗？"

韦老大说："我们怎么改？祖祖辈辈就这个样子，有时候穷惯了，也没脾气了。换成是你，在这个环境里，你又能做什么？"

我说："大家不能这样，中央既然要大家脱贫，而且派我们来联系你们，就是要齐心协力改变这个现状。你们看看还有没有遗漏，还有什么问题没讲出来的？"

一直坐在角落里不吭声的莫蓉蓉讲话了："莫干还有一个大难题，我在这里提一下可不可以？"

我说："什么问题，你讲出来。"

莫蓉蓉说："我们莫干讨老婆难。"

在座的瑶老同觉得莫蓉蓉现在讲这个问题，不太合适，因为这个好像不是帮扶干部能解决的问题，但又不好反驳。因为莫蓉蓉讲的也是事实，小小的莫干，四五十人中，竟然有九条光棍，有两个光棍汉今年都快六十岁了，连女人的气息都没闻过，估计这辈子也就这样了。

我在笔记本上记下了莫干七大难题："行路难，住房难，读书难，看病难，饮水难，种地难，娶妻难。"

三

黎大妹以不明身份走进何老三家的时候，正是我和何老三端起酒杯相碰的一刹那。这个低矮的女人背着一背篓猪草闯进来，我们的酒被碰洒了一小半。看见我们在喝酒，她便一声不吭地自顾忙着烧火煮猪潲。她一边剁猪草，一边斜眼瞅着我们。

这个女人和何老三不是一般的关系，我心里开始犯嘀咕。何老三不是说他老婆死了吗？为什么他家里还有别的女人呢？是他讲假话还是另有隐情？

我连忙招呼："老娅，过来一起吃饭。"

黎大妹一边传火，一边说："没忙先[①]，我要给猪先吃……"

我问何老三："你不是讲老婆死了？这个女人是哪个？讲话好损人，专门吃我们空子咧！"

何老三说："老同弟，我们瑶人没讲恁[②]多规矩，讲话不圆滑，讲得不大好听。我家猪圈有两头小猪仔，她怕它们饿了，先煮点猪潲给猪吃。"

我说："这个……也能把我们当猪对待啊！"

黎大妹听我讲话，蒙嘴巴偷笑。

"笑个屁嘛！"何老三凶了黎大妹一句，"平时你还讲我不会讲话，你看看你，明明看见我和石主席在吃饭，你硬说让猪先吃，你精明，你会讲多！"

何老三再次举起杯来，说："老同弟，懒得理她，婆娘的话，别记往心上，来，我们喝酒。"

我把酒杯举起，但是一点饮酒的欲望都没有了。

我说："老同哥，先把这个女人的情况讲清楚再喝。"

何老三送到嘴边的酒杯停了下来，他说："老同弟啊！才先[③]我在三岔路口不是跟你讲过嘛！那时你问起我老婆，其实老婆真的死了，而这个女人确实又是我老婆。反正我一下子跟你讲不清楚的，我们慢慢喝酒，你听我慢慢讲。"

我真的被何老三绕晕了，举起的酒没有喝，又把杯子放下来了。

我说："你先慢慢讲，讲完我们再慢慢喝。"

何老三也把酒杯放下来，跟我讲起了黎大妹。等他花了整整五分钟把情况讲

① 没忙先：方言，不忙。
② 恁：方言，这么。
③ 才先：方言，刚才。

清楚之后，我终于明白了，他原来的老婆死了，现在这个女人是他的新老婆。

我说："老同哥，你新老婆进家，为什么户口簿里没信息？"

何老三说："还没来得及进户口。主要是黎大妹那边的事没处理完。"

黎大妹生起火下完猪草后，也羞羞涩涩地坐到火塘边来。她拍拍手，想把手上的尘土撵走，但两手还是那么黑，指甲缝里填满染布时洗不净的蓝紫色污垢。她倒满一杯酒，端到我面前，说："同志，一看就懂得你是联系我们家的帮扶干部，因为很少有人来我们家，这段时间帮扶干部一个个来莫干认亲戚，听说来联系我们家的是个领导，我看你长得蛮雄头[①]的，一定就是那个领导了。"

何老三说："你这个老婆娘，还算有眼光，看出来石同志是领导，不过你一进家就得罪石主席了，讲出来的话，臭得很。先罚你一杯酒，算是跟石主席道歉。"

黎大妹喝完一杯酒后，又给自己满上一杯。她端着酒杯对我说："对不起石主席，我已经自罚一杯了，这杯酒我敬你。"

我不好意思再拒绝，端起酒杯，象征性地抿了一小口。

黎大妹说："我家以前有很多事情办不来，现在有你联系我们了，希望你能帮我们家办。"

我说："我尽量，这也是所有帮扶干部都应该尽量去办的事。"

黎大妹说："石主席，对于村寨来讲，主要的困难你可能也懂了，我家何老三不是很会讲话，我就跟你讲讲我们家的困难。我们自己家的困难主要是两个问题，一个是户口问题，二个是住房问题。户口问题又分两头来讲，一头是，我原来是没有户口的，我不是湖里乡的人，我原来在蛮缎镇那边住，还没上户口，我在那边生有六个子女，只有老大在我那个老公那边上户口。前些年，我在蛮缎实在过不下去了，就跑到湖里的亲戚家来，经过亲戚介绍，我就跟何老三过到一起了。我人是过来了，可是过得不自在，总是感觉自己是黑人黑户，像是被拐来的。另外一头，也是户口问题，就是何老三儿子的户口问题。"讲到这里，黎大妹把杯里的酒喝干，手里捏着空杯，继续说，"石主席，你可能觉得有点奇怪，因为你看过我们家户口簿，可能还搞不大清楚，我估计何老三也没跟你讲。石主席啊！何老三的户口簿里，是两个女儿，其实是不对的，何老三生的是一儿一女，老大何秀华是男仔，不懂为什么户口簿里把他搞成女的了，这个不改过来不行，现在娃仔大了，虽然还在读小学，但也不能男女不分吧！为了他的性别问题，我和何老三自己跑了好几次湖里派出所，但是没有办法改回来，我们苦恼

---

① 雄头：方言，有派头。

得很。石主席，至于房子的问题，就更不用多讲了，你自己看这个房子，都要倒了，你帮解决完这些问题，我们就会慢慢好了。这个地方真的是没有办法，天天早起，大年初一就上山，年三十晚上也在地里忙活路，但是总也不会富起来，条件太艰苦了。”

黎大妹慢慢把空杯放下来，脸上的无奈和悲苦泛滥，何老三脑袋低垂，喝酒的冲动慢慢淡化。

黎大妹讲出来的话真诚，条理也清楚，我听得很明白。

我又拿出笔记本，把黎大妹说的户口问题、房子问题记了下来，特别详细地记录她户口问题的两个层面。

之后我们又零零散散地喝了点酒，吃了几块鼠肉。等蓝燕、雨桐、覃永、军伊也各自走访完他们的联系户，我把两百块钱当饭钱硬塞进何老三手里，趁着天没黑，急忙往回赶。

四

第二天，我到湖里派出所协调解决黎大妹所讲的户口问题。

管户籍的是一个漂亮的女警察，她一见我进来，眼睛忽闪忽闪地放光，好像看见了大明星。女警察很激动地问我：“同志，你好面熟哦！你是不是石嗣？文联的？写文章的？”她的语气急促，神情有点激动。

我一下子感觉自己好牛气，像一个被人崇拜的明星一样，身板挺直，眼睑不再像原先那样低垂着盯着脚尖看了。

我的话不紧不慢，拿捏出明星一般的腔调，回答：“我是石嗣，美女怎么称呼？你认识我？”

女警察整理了一下自己的衣领，把胸前的警号正了正，语气开始趋于平稳。

她说：“我叫莫双双，是你们《锡都文学》的忠实读者，你的每篇文章我都看，我特别喜欢看石主席你的小说。”

在这里，在关键时候遇到文友，我想，应该是上天助我，大概我要办的事情八九不离十了。我接过莫双双倒来的白开水，边喝边跟她讲。

我说：“我今天是为我帮扶的贫困户来的，情况是这样的，我的贫困户何老三有个孩子叫何秀华，你们上户口的时候，把他的性别搞错了，明明是个大男孩，你们把性别弄成女的了。”

莫双双瞪圆大眼，惊讶地说：“有这事？太不应该了，我马上查一下！”

我说：“你查吧，莫干的，户主是何老三。”

莫双双打开户籍管理系统，看到何老三户口里的何秀华确实是女性。

我说：“这个是你们派出所弄错，赶紧帮人家改过来，你们不要让贫困户整天为户口的事跑，听讲何老三夫妇为这事跑了两年，都没办下来，现在这个孩子都快十六岁了，再不更正今后他怎么办？”

莫双双说：“石主席，现在户籍管理很严格，不是想改就能改的，没有依据，改不了，要通过户籍系统层层上报，由上面审定修改，如果我们派出所自己可以修改，那当然好办了，我立马给你办了。”

我看莫双双面露难色，问她：“那你看需要什么手续？我自己去跑跑。”

莫双双说：“石主席，我先去资料室查一下，看看原来上户口的相关资料，如果资料上有详细记录，是我们派出所出的问题，我直接上报修改就好了。”

说完，她直接上了二楼的资料室。半个小时之后，她下楼了，脸色阴暗，样子尴尬，我预感没有好结果。

莫双双说：“石主席，何秀华这个户口问题，可能是在贫困户认定的时候，紧急补上去的，是按照特事特办的方式落实的。当时录入估计是看到名字有点像女的，就录成女性了，现在要改，只能去医院开医学证明，证明他是男的才行。”

我想发火，但还是控制住了。

我说：“乡里卫生院出证明行不行？”

莫双双说：“只要有医院证明就行。”

我走出湖里派出所，又马不停蹄地赶到湖里卫生院，卫生院的卢院长很客气地对我说：“石主席，我们乡镇卫生院没有开这种证明的先例，也没这个资格，县一级医院才有资格出具这个证明。”

跑了一整天，什么事也没办成，原本以为户口问题是最简单的问题，哪知道办起来这么麻烦，我一身疲惫地赶回县城。

当晚，我吃完晚饭后，就给有过点头之交的锡都县医院的贾院长打了个电话，我说：“贾院长，我是文联的石嗣，我这边有个贫困户的孩子，在办理户口录入的时候，性别搞错了，本是男儿身，被人为地弄成女性了，现在要把性别改回来，但是需要一个医学证明。派出所讲，这个证明需要你们医院出具，你看怎么办？”

贾院长可能正在体育场散步，我听到他身边有点嘈杂的声音。

他说：“石主席，我当院长五六年了，还从来没碰见过这种事，按理说是公安部门搞错的，由他们自己纠错就行了。”

我说：“现在查不到原始资料，很难追根溯源了，为了能让联系户的儿子恢复男儿身份，我们就得想办法。”

贾院长说：“这要走程序的，程序有点复杂。首先你要带当事人到医院来，还要证明户口上的名字是他本人的名字，然后再到外科去，请医生检查鉴定。”

我说：“贾院长，你是不是在开玩笑？带人出来没问题，但是要我证明户口簿里的名字是他的名字，我真的没有办法，我也不懂找哪个部门来证明，我只知道他家人叫他这个名字，村里、学校里认识他的人也都叫他这个名字。”

贾院长听出我不大高兴，但还是耐心解释：“不是我不信，我们也是怕出事情，万一搞错怎么办？现在的医闹太多，我们不得不防。”

这跟医闹有半毛钱关系？

我强压怒火，但是我的声音没原来那么柔和了，我问：“贾院长，按你这样说，我是不是还得带当事人何秀华到省医院去呢？”

贾院长声音也强硬起来，他说：“你自己看着办，也不是没有这种可能。”

我挂断电话，差点没把手机扔出去。

早上醒来，我突然想起初中同学曾惠仪正好在锡都县医院外科工作，在绝望的边缘，我仿佛抓到救命稻草。只是好久没联系了，不懂找她行不行得通。我给曾惠仪打电话，详细讲了何秀华的情况，还特别提到贾院长要我证明“何秀华”是何秀华本人名字的事情。

曾惠仪说：“石嗣啊！你整天写东西，写昏头了，办事没那么麻烦，何况现在一切给脱贫攻坚让路，我们医院导诊台都已经挂出一块大牌子了，上面明明写着‘建档立卡贫困户优先’，你没看见？”

我说：“我没事老跑医院干吗？”

曾惠仪说：“石嗣，你们办事也不一定先从高层走起，很多小事，基层科室就可以办了，先找了上面反而麻烦。领导主要是怕担责，你把何秀华带来吧，让我看看，真是男的就开个证明给他。”

我说：“开完证明，贾院长不给盖章怎么办？”

曾惠仪说：“只要我签名，责任我担了，他会盖的，贾院长也是通情达理的人。”

因为跟贾院长通电话有点不愉快，我怕自己去办理这事再节外生枝，只好拜托蓝燕带何秀华去办理。何秀华来到县城，蓝燕带他到锡都县医院，几分钟就把事情办妥了。

五

有了这次更正户口性别信息的经历之后，帮黎大妹办理户口，我谨慎多了。我来到黎大妹之前所在的蛮缎镇，在镇长陈军的办公室里，直接把话说开了。

我说：“陈镇长，我的贫困户已经在你的地盘生育了六个子女，但是她本人和几个孩子都没户口，现在她在你们镇的婚姻散伙了，又嫁给我在湖里乡的联系户。她没户口，就办不了结婚证，没有结婚证，也进不了我联系户的户口簿，她的低保、医保、养老包括以后申请住房补贴都会受到影响，这是个大事件，扶贫工作不能耽搁，请你尽快派人落实。”

陈军和我原来在一个办公室工作，知根知底，我们讲话直来直去。

陈军听完后，没直接表态，他叫办公室小陆送来茶水之后，才不紧不慢挠着头皮跟我说：“石哥啊，你讲的这个事正是我最头痛的事情之一，我猜，你的这个联系户应该是瑶老同吧？”

我说：“是的。”

陈军说：“他们的情况有些复杂。现在脱贫攻坚进入关键阶段，没有户口是不行的。现在户籍管理很严格，要上户口只有两个办法，一是要有出生证明，二是要有医学鉴定。黎大妹肯定没有出生证，以前农村生孩子也很少到医院来。我得想想办法，看怎么处理。”

陈军品了一口茶，接着说：“石哥，我们去年给一个叫蓝堡的外来户办理户口，后来出现大麻烦，说出来可能你都不信。”

蓝堡有五个小孩，之前可能是担心超生罚款或者别的原因，他只给大儿子上了户口，另外四个孩都子没有户口。脱贫攻坚启动之后，上户口不再罚款了，他去给四个孩子补上户口，派出所要求他带着四个孩子去做DNA亲子鉴定，结果有两个孩子竟然不是蓝堡亲生的。蓝堡回到家后，把妻子打了个半死，逼妻子说出另两个孩子的父亲是谁，妻子死都不说，只说是赶场天回家路上被人强暴了，天黑，看不清脸。蓝堡无可奈何，从此很少回家，把家搞得乱七八糟。

我非常惊讶。我说：“陈镇长，为了家庭和睦，也为了办事方便、节省开支，我建议不要再搞医学鉴定了。可不可以请左邻右舍还有村干部出面一下，大家盖手印证明就行了，避免再发生类似的事故，你们镇是大镇，可以带个头嘛！”

后来，陈镇长采纳我的建议，为方便户口办理，一路绿灯，黎大妹以及她的子女们都上了户口。

黎大妹把户口从蛮缎镇迁出后，又跟何老三到民政局办理结婚登记手续。他们终于成为一对合法夫妻，发自内心的甜蜜微笑在何老三和黎大妹脸上舒展开来。黎大妹在外打工的大儿子韦汗专门从广东赶回来祝贺自己母亲再婚，还给他们送来一台28寸的液晶电视机。

其实，黎大妹也有苦恼，来到莫干这些年，一直没有唤醒何老三死去的心。何老三对前妻黎花菇念念不忘。他接纳黎大妹的一个重要原因：他再找老婆，也要找个姓黎的。

何老三是看着黎花菇在自己怀里慢慢干枯死去的，黎花菇咽下最后那口气的情景，他无法忘记。黎花菇喉咙“呃”的一声脆响后，身体便慢慢软下去，最后僵硬在何老三怀里。她的一双眼睛一直睁着，何老三用手抚了三次，黎花菇的眼睛才微微闭上。黎花菇死得很蹊跷，至今都找不到因由。生完何秀花之后，黎花菇身体渐渐消瘦，医院查不出病因，除了感觉到她体弱之外，身体各项指标都是正常的，医院开了一些药，黎花菇拿回家吃了一段时间并不见效，何老三按照白裤瑶民间习俗，请来魔公，一整套的敲锣打鼓之后，黎花菇的病情还是不见好转。魔公最后甩了几卦后，说一定是何老三得罪高人，所以黎花菇被别人下蛊了。何老三想不出自己得罪了什么人，而那个人又为什么给自己老婆下蛊。总之，黎花菇死了。

黎大妹的第一段婚姻其实很悲情，她前夫韦大明是个酒鬼，在家里除了和黎大妹做完夫妻那点小事情之外，其他时间都在喝酒。地里的活都是黎大妹一个人在忙。嗜酒也就罢了，韦大明还是个家暴狂，酒后，经常毫无由头地打老婆打孩子，把一个好端端的家打散了。老大韦汗，没读完初一，就被迫离家，外出找事干。黎大妹也不得已逃离家庭，她之前没户口，自然也没有结婚证。只是苦了她的六个孩子，她过来莫干组建了新的家庭，也没有带来自己的孩子，虽然大儿子韦汗自己立了户口，带着一个小弟，但是还有四个孩子跟着韦大明受苦。没多久，韦大明在蛮缎也混不下去了，就带着四个孩子远走黔南。

黎大妹心里的苦水，恐怕这辈子都倒不完。

但是，今晚不同于以往，黎大妹有了法律上的身份，她和何老三的婚姻得到了法律认可，何秀华恢复了男儿性别，压在心头的那块石头终于落地了，她觉得所有的事情将会变得美好起来。

六

水、电、路，是扶贫工作的重中之重。

早在2002年春节期间，莫干就通电了。通电那天正值白裤瑶的年街节。在这个盛大的节日里，所有的白裤瑶民都会聚集到湖里街欢庆：每一块石头，长满低矮茅草的山坡，松树下和草地上，都散发着喜悦的味道。然而，莫干的瑶老同这次注定是要错过年街节了，他们祖祖辈辈企盼的电灯将在年街节的晚上亮起来，这比起年街节更值得庆贺。

通电当晚，瑶老同宰杀了一条大黄狗，在寨子的空地上摆了整整五桌，喝了一百多斤包谷酒。整个莫干都醉了，大人小孩男人女人没有一个是清醒的，就连捡食醉汉们呕吐之物的猪啊狗啊的也全醉了，它们都睡在门楼边，你用脚去划拉，它们也懒得动一动。那晚，莫干出奇地安静，除了偶尔的鼾声，一切都在沉睡中。那晚，莫干不再是黑漆漆的，家家户户灯火通明。何老三在讲述通电的情景的时候，很骄傲，他甚至都很佩服自己，佩服莫干人。在一个没通路的地方，把那些很重很长的水泥电线杆，从远远的地方，一根一根抬进来，这绝对是一次壮举。

我没机会看到当年的情景，无法想象那样艰难的状况。但是莫干的水和路的问题还是得解决的，否则脱贫攻坚就只是空谈。我先跑到县委办找到戚常委汇报莫干现状，我说："老领导，我们按照县委统一部署，全力以赴冲在脱贫攻坚第一线，现在碰到最棘手的问题，就是通水通路的问题。请求戚常委帮助协调解决。"

戚常委很和蔼，听完我的汇报之后，他建议我先到相关职能部门走一走，先自己去汇报一下，他找个时间再召集相关部门开个协调会，尽快解决这些问题。从戚常委办公室出来，我又分别找到交通局、公路局、扶贫办、水利局、自来水公司、食品药品监督管理局，在这些部门一把手的办公室里，我又把莫干人民的强烈愿望和我自己的一些想法做了详细汇报。

四月中旬的一天上午，戚常委组织相关部门一行二十多人，步行到莫干实地考察，在莫干寨子中间那株大鸭脚树下，和瑶老同们一起开了个简短高效的会议，相关部门代表都在会上发表了各自意见，县扶贫办洪主任的讲话还赢得瑶老同的一阵掌声。

洪主任说："莫干的水和路，我们已经纳入整个扶贫项目库，很快会落实。"

听完洪主任的发言，韦老大带头鼓掌，旁听的很多白裤瑶同胞都鼓起掌来。

莫干瑶胞好像已经看到宽阔的水泥路通到家门口，看到清凉的自来水哗哗在流淌一样。

戚常委最后发话，他说："今天各单位主要领导都在这里了，大家还记得我们全市脱贫攻坚会上郝书记做的讲话吧！他最后重点强调了几句话：我们搞脱贫攻坚，要抓住重点，要关注特别困难的群众，扶持环境特别恶劣的村寨，对全市来说，锡都县是第一个要脱贫的县份，如何赢得开门红，打响第一炮，这个是我们重点要考虑的。郝书记当时还对我们锡都县委魏书记说：锡都脱不脱贫，关键是要看白裤瑶脱不脱贫，只要白裤瑶脱贫了，你们整个锡都县也就脱贫了，我们全市也就脱贫了，甚至全省也脱贫了。郝书记的话很明确，就是要特别关注白裤瑶群众。今天大家看到了，文联联系的莫干就是郝书记所讲的'环境特别恶劣'的村寨，我觉得只要莫干脱贫了，我们全县也就脱贫了。那么莫干怎么样才能脱贫？最基本的通路通水的问题都没有解决，脱贫将是空谈，而路和水的问题，不是帮扶联系单位自己能解决的问题，单靠全年只有三万块办公经费的文联，是不可能完成这一艰巨任务的。各职能部门要形成合力，先把路和水的问题解决好。"

说到这里，戚常委把脸转向洪主任。他问："洪主任，你们把莫干的水和路纳入最先一批要解决的项目中来，不要只是纳进项目库。今天相关业务部门也在，请大家回去后尽快研究，争取一个星期内动工。"

听完戚常委的话，洪主任说："马上动工是没有问题的，但是听说前几年规划道路时，要经过锅底裘人地家门口，裘大地是根擀面杖，两头不通风，他是扶贫退出户，没得享受多少扶贫政策，经常和帮扶他的档案局副局长白静华顶牛，进莫干的路要用到他家菜园的一个角，他死活不肯退让，所以修路的问题才被耽搁下来。"

戚常委当场安排，这个事由湖里乡薛书记和档案局想办法，必须搞通。

当天晚上，薛书记带领湖里乡领导和档案局的白静华副局长提着五斤五花肉和十斤土酒，来到裘大地家。他们先不谈工作，用酒开路，吃着喝着，大家都有点喝高了。

裘大地微闭醉眼，转脸问："薛书记，大家不要绕弯了，我懂你们来做什么，你们无事不登我裘家门，你们还是为我家那块菜地的事来的吧？我们瑶人不是你们想象的那么'山药'（笨蛋）。"

裘大地把话一挑明，薛书记他们松了一口气，薛书记拍着裘大地的肩膀说："老同哥，路通大家好，现在你出去赶街，走路费时费力，修通这个路对你对莫干都好，你把菜园让出来，你也算是有功德。"

裘大地说："不讲多，18万，给钱了，菜园你们随便用。"

裘大地好像是真醉了，18万是多大一个数字啊!裘大地这是在信口开河，瞎说一气。

薛书记也和裘大地开起玩笑，问："老同哥，18万，我给你，你得这钱之后，这条路修好，你不能走，你只能从空中飞过去。"

裘大地说："薛书记，你话不能这样讲，我家门口的路，我肯定是要走的。"

薛书记说："那你又漫天要价，瞎来一通？"

裘大地说："薛书记，我家其实也是贫困户，之前来调查核实的时候，我不在家，怎么打的分数，我们老同也不懂得，后来听说我家分数蛮高，去年就作为退出户处理了。你自己也看看，我家和那些贫困户没多大区别，我家房子也那么烂。前几年要修路，蹲村的黎干部来我家做工作，我开始准备同意了，正准备表态，我老婆就一柴火头丢过来，吓得我飙冷汗。大家都贫困，但是我家被退出；可以享受的扶贫政策，我们都没得，我们家是有意见有情绪的。我和老婆商量了，我们想在外面找个地方住，18万可以去湖里盖两层房子了，如果书记帮我解决房子问题，我可以把菜地让出来。"

薛书记知道，锡都县委正在谋划一个大项目，要把白裤瑶贫困户一起搬出去，他心里有了底，就转过头和白静华耳语了一阵，让白静华作为帮扶干部帮申请，解决裘大地的住房问题。他们在裘大地的面前表了个态。

裘大地一高兴，又和薛书记他们碰了一大杯酒，高高兴兴地说："薛书记你办事干脆，那我也同意了。"

三个多月后，一条蜿蜒的水泥路像一条亮丽的飘带飘进了莫干。水利部门则从三公里之外的地方找到水源，分两级加压后，清凉的山泉水也哗哗地淌进了莫干。

和十几年前通电一样，通路、通水这天，莫干白裤瑶民也来了一场庆祝活动。他们这次没杀狗，也没杀猪杀鸡杀鸭，他们把自己家里最好吃最昂贵的东西都拿出来，用大大的芭蕉叶铺在水泥路上。食物摆上去之后，大家身着白裤瑶盛装，聚拢过来。他们在这条新修的水泥路上摆了一次前无古人的长席宴。水泥路有多弯，这个长席宴也就有多弯，长长弯弯的长席宴成为水泥路上最漂亮的装饰。这天晚上，莫干的老同们又喝酒了，但是这次他们不像通电那天晚上那么放肆，他们在酒桌上有了节制，都喝得恰到好处。

莫干瑶老同家的水缸、水桶以及坛坛罐罐都装满了水，家家户户水龙头的水总也淌不完。祖祖辈辈没用过自来水，但这个晚上他们可以彻底地过一次有水的幸福生活，把多年没见过水的身子干干净净地洗一遍，同时也洗掉心中的烦恼。

锅底的钉子户袭大地和部分老同也专程赶来莫干庆祝。喝酒之后，他们又摆了一个小小的铜鼓阵，十八面铜鼓在水泥路上排成一行，大家轮流敲打。我带着醉意，也走进铜鼓队伍，我的鼓点有些凌乱，但是祝福却很真诚。铜鼓声震响整个山岽，大家欢呼雀跃。

第二天，我们起得有些晚。何老三一边生火烧洗脸水一边说："老同弟，通路之后，再有一辆摩托车，在莫干哪怕生病，我们也不那么怕了，如果黎花菇还在，估计不会死。以前路途遥远，我们生病了，除了用一些土药方之外，就听天由命，小病等走到医院也差不多好了，生了重病大病，等长途跋涉送到医院，病人也差不多咽气了。所以，医院很少赚到我们莫干的钱。"

何老三讲得轻松，但表情有些阴郁，我听得很悲恸。我叼着一根烟，坐在何老三屋头，屋顶透进来的阳光像一支利箭，狠狠扎进我的心脏。

七

关于何老三的住房问题，我起初是想利用危房改造政策，帮他申请补助资金，然后再找民政局申请一点倒房重建资金，这样一来，估计能有四五万块钱。一开始何老三也很有信心，他说路通了，运送水泥钢筋也没那么麻烦，同意了我的方案。但是我们慢慢测算，发现在莫干要新建一间60平方米的房子，单建毛坯房都需要七八万块钱。何老三扳着手指数啊数，还差三四万块，兴奋的表情瞬间黯淡下来了。何老三没有积蓄，他家除了楼上散乱的一些包谷棒，就只剩下猪圈里的两头小黑猪。

正在我为何老三这群莫干的瑶老同的住房问题一筹莫展的时候，锡都县委做出了一个重大决策，把原来成立的脱贫攻坚领导小组升级为锡都县脱贫攻坚指挥部，魏书记担任总指挥长。指挥部成立之后，锡都策划打一场没有硝烟的战役，实施"千家瑶寨·万户瑶乡"扶贫旅游开发项目，要新建一个瑶寨，让贫困的白裤瑶胞从深山里搬出来，摆脱贫穷的束缚，彻底拔掉穷根。

魏书记在四大班子领导列席会上动情地说："白裤瑶是全世界特有的极少数民族，他们定居在锡都，是锡都的一种荣耀，让他们摆脱贫穷是锡都干部群众的责任。白裤瑶原始古朴的民俗风情、独特神秘的民俗文化值得深挖和研究，这也是锡都打造全域旅游的一个亮点。多年来，白裤瑶的贫穷状况一直得不到根治，原因自然是多方面的，有历史因素，也有他们自身发展动力不足的因素。但是，生存条件恶劣，土地贫瘠、交通闭塞、饮水艰难、生态脆弱、通信不畅等客观条件才是他们贫穷的根本原因，现在，全国上下都在大搞脱贫攻坚，我们要借助这股东风，让白裤瑶胞们彻底脱下穷帽子。”

四大班子领导列席会后，全县干群拧成一股绳，为了把“千家瑶寨·万户瑶乡”扶贫旅游开发项目建成，大家主动作为，多方奔走，仅用了不到六个月时间，就快速完成锡都历史上搬迁贫困人数众多、建设规模庞大、时空压缩最短的伟大民心工程。

生存条件恶劣的莫干，很自然地作为整体搬迁的一个村寨，但是，要他们从寨子里搬出来还是颇费周折的，“金窝银窝不如自己的狗窝”，住惯的地方、熟悉的环境让莫干的白裤瑶胞难以割舍，也就很难接受到新的住地生活，最后，在一番苦口婆心的说服之后，他们终于对未来幸福生活有了新的向往和期待。

我给何老三申报新住房的报告，在这年的五月下旬审批下来了。

最初，何老三他们这些瑶老同对新家的期待值非常低，因为同意搬家的手续落实的那天，何老三、莫林、何老四、韦老大等瑶老同作为莫干的代表，来到新的安置点尚王看了一次，他们目光到达的地方，是一地荒坡，坡上布满荆棘，怪石嶙峋，看不到一点点建房的迹象。何老三他们心里一直悬着，他们想，或许莫干那些破败的茅屋，还得长久地居住下去。

到了破土动工那天，我把何老三和在外的莫林、何老四、兰弟他们一起接到奠基现场，让他们亲自感受锡都的决心，见证气势恢宏的施工场面。那天，魏书记的话语斩钉截铁：“同志们，大家在这里，不管是工程队，还是指挥部的干部，都要有‘养兵千日，用兵一时’的情怀，要敢于冲锋陷阵、迎难碰硬。要思考如何将这场仗打好，将工作抓好，将任务完成好。因为时间紧任务重，开局就是决战，起步就是冲刺，这一仗我们必须打赢、必须完胜。工程要强调速度决定进度、效率决定成败的思想，要敢于与时间赛跑，要敢于创造我们独有的锡都速度。”

锡都干群没有辜负上级的信任，没有让白裤瑶贫困同胞失望。

十一月底，一栋栋洋楼在尚王拔地而起。

何老三和莫干的瑶老同们，再次来到尚王的时候，他们感觉自己的眼睛不够用了，他们把眼睛瞪得很大，那些亮丽的洋楼，差点没让何老三他们的眼睛跳出眼眶。

他们感慨：“这就是魏书记说的锡都速度、锡都奇迹、锡都精神吧！”

何老三拉住我的手说："老同弟啊，这以后就是我们的家了？"

我说："是的，以后你们就可以住在这里了。"

瑶老同们在尚王安置点，从A区到E区一个片区一个片区地闲转，一间房一间房地细看。

这个幸福来得太突然了，何老三他们心里都没准备好。

我说："老同门，过一段时间，等手续完善之后，你们就搬过来住。来到这里，你们本民族的文化、习俗、特色，比如纺纱、粘膏画、百褶裙、细话歌、婚礼都要保持原貌，以后这些都是钱。有了住房，只是幸福生活的开始，你们不仅要搬出来，还要住得下。有发展，能致富，才是真正的幸福生活。"

他们把头点得像鸡啄米一样。

何老三突然自言自语："懂得有这么好的地方住，莫干修不修路，通不通水都不那么重要了，搞得有点浪费。"

我看到何老三的境界突然高了起来，心里为之兴奋。

我告诉何老三，我说："老同哥，尚王这里是旅游区，种养是没有办法搞的。你们的土地还在莫干，猪啊牛啊都还得留在莫干，通电通水又通路，在莫干种养就更方便了，哪怕是尚王这边遇到旅游淡季，你们也不怕没有收入。"

何老六兴奋地说："那大家以后可能都得学车，每家每户都要买一辆摩托车，以后我们莫干人恐怕是要做一个新型'走读农民'，晚上到尚王参与民俗演出、居住，白天就骑着摩托车到莫干务农。"

"老六说得对，就是要大家做一个'两促进、两不误'的新农民。不能再'等靠要'了。"

我朝何老六竖起拇指。

八

分房抽签交钥匙的前两天，我把在广东务工的何老六也叫了回来。何老六是何老三的满弟，帮扶联系他都快一年了，一直未谋面，所有的情况我都是和他电话联系确认之后，再由何老三代替他在帮扶手册上签字盖手印。

何老六乘坐的班车凌晨两点抵达锡都县城，我开着小奇瑞到车站迎接。何老六背着个双肩包，很俊朗，像个城里人。我们在锡都铜江河边的小吃摊上，就着一碗米粉、几根香肠，喝了两瓶啤酒。

何老六非常客气，我的提问和建议，他一般都喜欢用“是、是、是”和“对、对、对”来回答。

天微微亮的时候，我们往湖里乡赶，经过尚王时，何老六拍打着车窗叫道：“停车，停车，快停车。”

何老六问我：“石哥，我们的房子是在这里吧？”

我踩了个急刹车，何老六身子往前倾，头差点撞到了挡风玻璃上。

我说：“老六，你别乱拍，火急火燎的。是的，你家的房子就在这里，1300栋房子，全是天地楼，按人口多少来设计，你抽中哪栋，哪栋就是你家。”

何老六说：“石哥，我不是在做梦吧！”

“你不是做梦，这些房子就摆在你面前，我也摆在你面前，真实的。”

何老六惊叹：“太雄头了——实在太震撼了！石哥啊，我要怎么才能感谢你哦！我在广东经常看见这样的房子，他们说这样的房子叫作别墅，没想到我们白裤瑶也可以有别墅住了。”

何老六边说边把我的手死死地拽着，越捏越紧，他好像是怕松开我的手之后，这些别墅就跑掉一样。我的手被何老六那双长满茧子的手弄痛了。

我一边咧嘴一边说：“老六老弟，你先松开手，这些房子还在，跑不了的。”

何老六说：“是、是、是。”

我说：“老六老弟，你的手那么多茧子，你在广东究竟做什么工？”

何老六说：“我们没有文化，只能是做苦工了，只要得钱就做，根本不管什么工种。有时候一年换几个厂。石哥你也到莫干看过了，我的房子原来在我三哥家旁边，现在连一根毛都找不到了。”

我说：“别说你的房子，你哥哥的房子都快倒了，不过现在党的政策好，你们赶上了好光景。”

何老六赶紧又说了三个“是”，接着又自言自语：“只要有房子，我什么都不怕了。”

站在这群房子面前，我也难免感慨。我说：“老六老弟啊，不瞒你说，我自己在锡都县城买了一处套房，绝对比不上你们尚王的房子，但是我还得贷款二十八万，现在每个月要还款一千八百块，生活困难。现在和你们比起来，我才是地地道道的贫困户，恐怕你们得反过来帮扶我了。”

“石哥，你在和我们开玩笑了!”

“不是玩笑，风水轮流转，旅游开发搞起来，尚王这里会富得流油。”

说完我们都笑了起来。来到湖里街头，我之前通知的其他联系户也都到了。住在街上的莫林今天正好和他的一个亲戚杀了一头黑猪，摆在肉摊上卖。我直接在他的猪肉摊上买了五斤尾根肉，再到菜市上买了两斤酿豆腐和两斤茼蒿菜，一起拿到市场里的粉摊上加工。

我第一次和我的五户联系户同时围坐在一起。我感觉这种时候，我们更像是六个难兄难弟。

我说："老同们，现在房子建好了，过两天就要抽签分房，大家高兴吧?"

所有人都点头，满嘴的"感谢"。

我说："现在还不忙讲感谢的话，还有几个事要先跟你们讲清楚。"

大家突然就坐得端正起来了。

我说："第一个问题，就是抽签的时候，主要还是看大家的运气，你们原来自己去尚王走走看看的时候，估计有自己中意的房子了，你们之前很喜欢的那栋房子，如果刚好抽到了当然好，如果抽不到呢？你们想过没有？"

何老六首先表态，说："这个我们知道了，这么好的房子，抽中哪栋都一样。"

我说："老六老弟说的就是我要你们明确的问题，抽签也是有法律效力的，抽中就签字画押，你抽到哪栋就是哪栋，不能换！"

大家说："好好好，知道了。"

兰弟一边摩拳擦掌一边自言自语："好在这些天我都没跟老婆在一起。"弄得大家又一次大笑起来。

我问兰弟："兰弟，抽签和跟不跟老婆在一起有什么关系？"

兰弟说："石主席，你不懂。我们这边有个习惯，做大事要提前三天不跟老婆在一起，否则运气不好。"

我被逗笑了，说："这个我管不着，和不和老婆在一起是你们的自由。还有另一个问题，这是我今天集中大家到一起的重点。"我顿了顿，继续说道，"尚王的这些房子不是白送的，大家还要自己准备点钱。"

"准备钱？我们哪有钱？"何老四开始不满了，"难道尚王的这些房子是要卖给我们？"

我说："这跟房屋买卖没有关系，主要是要大家表个态，表示你们对这个房子有一点点贡献，否则你们住进去心里也不踏实。"

何老四问："那要怎么表态？"

我说："这要按房子大小定，每个平方米要大家出120块钱，也就是说，人口多的，房子大的，出的钱会多一点，人口少的，房子小的，出的钱也就少一点。我帮你们算过了，莫林要出九千元，兰弟要出得最多，一万四千八百元。反正都在一万元左右。大家看如何？”

兰弟紧皱眉头，莫林赶紧吸了几口烟，何老四两只手找不到地方放，一会儿挠头，一会儿抓背。只有何老三、何老六两兄弟默不作声。按每平方米120元购房的事，是锡都“千家瑶寨·万户瑶乡”项目开发之前，就确定下来的，所有贫困户都一样。这件事情，我前几次去莫干的时候，跟何老三讲过，何老三心里有数，所以他没有多言。其他人没在莫干住，在电话里很难跟他们讲清楚，所以，到今天他们才懂这件事情。不过，我心里有底，知道一万块钱对于我的这些贫困户不是多大问题，因为他们有了两年的贫困户入股分红，每年四千块钱，两年就是八千块钱了。何老四、何老六、兰弟三家有人在外务工，县里按人头给了就业奖励，多的有七千块钱，少的也有四千块钱。在家搞种养的莫林和何老三，他们也有一千八百块钱的产业扶持补助，这些资金刚刚划拨到他们的账户里，我刚帮他们把这些收入登记在帮扶手册里面，所以我不担心这个事情讲迟了。

沉默，长久的沉默，使我们的桌面有点冷清。恰在此时，粉摊的摊主杨大哥把饭菜端上桌来了。

我说：“杨大哥，把你这里最好的包谷酒上几斤来。”

我们就着热菜，猛灌了几口包谷酒。

酒量不怎么好的何老六被包谷酒烧红了脸。他坐在我右侧，原本挺直的身板，一下子有点歪了，几乎要靠到我身上来。他大着舌头跟其他几个贫困户说：“几个哥哥呀！你们在家待久了，人也变傻了，你们不懂外面的世界有多大，你们不要觉得凑万把块钱有多难，我觉得再难也要想办法凑齐，该凑多少就凑多少，一分也不能少。尚王的房子你们自己也看过了，你们哪个如果说不动心，说这些房子比不得我们莫干的茅草房，那你们一定是装假的，是不讲良心的。从我多年在外打工的经验来判断，这些房子放到市场上去卖，最少也值二十多万块钱。现在这个年代，在外面万把块钱真的不算钱了。”

何老六夹了块豆腐，放进嘴里，边嚼边继续说：“所以，大家要珍惜机会，过了这个村，绝对没那个店了，如果没有扶贫项目，你们想要房子，怕是要完全靠你们自己努力了。可是，你们如果有这个能力，那房子不是应该早就建起来了吗？我敢说，一万块钱，明年在尚王，连个茅厕都买不到，你们信不信？”

何老六又夹了一块猪肉放进嘴里，他也给我碗里夹了一块。他一边敲着我的碗一边说：“你们也不看看，石哥为了我们忙前忙后，他太不容易了。我在广东，他为了联系我，不懂花了多少电话费，没有他，我们不懂哪天才走得出莫干呢！”

何老六这番酒话，把何老三、何老四、莫林、兰弟他们几个说得一愣一愣的，或许是何老六的话起到了特效，也或许是大家自己想通了，他们原本紧锁的眉头渐渐舒展开来，酒也喝得特别自觉特别高兴，他们一个个轮流给我敬酒，我也来者不拒，一杯一杯往下灌，到最后大家都喝得东倒西歪。

九

签完住房合同，喜迁新居的日子就近了。袭大地本就是个急性子，白静华副局长帮他申请的房子也在尚王，他抽完签，签订合同后，就猴急猴急地想要成为尚王的第一个住户。仗着自己有一辆二手摩托车，整天没事就骑着车在尚王和莫干路段上奔跑。他领到房门钥匙的时候，那个片区的房子还在刮外墙，脚手架还没完全卸下来，帮扶联系他的白静华因为县里临时开会没有带他看完房就赶回县城了，袭大地就整天去工地上候着，认准了自己的房子。脚手架卸下来那天，恰好是袭大地找人测算的黄道吉日，他从湖里街买来床铺、餐桌摆好，又宰了一头小黑猪。他在新房门前点了一挂鞭炮，给白静华打了个电话报喜，他说：“白同志，我今天进新房了，你要过来喝两杯哦！”

白静华赶到尚王，来到袭大地抽中的B区209号房门跟前时，没有看见袭大地踪影。

白静华掏出手机，给袭大地打电话，袭大地正在翻炒黑猪肉，电话一接通，白静华还没开口，袭大地就先说话了：“白同志，你来了，我们准备开饭，赶快进来。”

白静华无奈了：“袭大地，你不要戏耍我，吃什么吃，我就在你新家门口，一个人影都没见。”

袭大地急忙丢开手里的锅铲，跑出门来，四处张望，但是没有看见白静华。

袭大地赶紧在电话里问：“白同志，你是不是走错了？我在门口没看见你。我家门口放了鞭炮，有一地鞭炮纸，红彤彤地洒满门口。”

白静华也觉得奇怪，一般情况下，袭大地是不骗人的，何况拿进新房这种事情来说假话欺骗人，也不是瑶老同的风格。

白静华急忙说："你说你家在哪里？"

"在D区209，要进里面来。"

白静华赶到D区209号门前的时候，袭大地已经在桌子上摆上了猪头，几个亲戚围坐在桌子旁闲侃着等待开饭。

白静华问："袭大地，你的钥匙呢？拿来我看看，试开一下你家门。"

袭大地说："白同志，这个房子什么都好，就是门不行，我领到的钥匙一直打不开门，我连续来看了三次房，都是爬窗子进来，然后从里面把门打开的。不过也不要紧，过两天我换一把锁就行了。"

白静华说："袭大地，你可能把房子搞错了，我记得你抽到的不是D区的房，好像是B区，要不我俩一起去B区209那边试试看？"

袭大地跟着白静华来到B区209号房前，一扭钥匙，门就开了。

袭大地呆立在门前，一遍遍摆弄钥匙，把B区209号的房门开了又关，关了再开。一边开开关关，一边自言自语："怎么搞的咧！怎么搞的咧！"

袭大地知道自己错得有点离谱了，忙碌这么长时间，胡打胡闹地帮别人家进火贺新房去了。好在D区209的房主不像袭大地那么猴急，否则这个丑怕是丢大了。袭大地像泄了气的皮球，满心的欢喜荡然无存，他蔫巴巴地返回D区，叫亲戚们帮忙收拾东西，饭也不吃就赶紧离开了。他说另找时间再来进自己真正的新房。

袭大地进错新房的事情，在湖里一带传开之后，我也心有恐慌，因为那天我和何老三刚看完他的新房，他送我到二级路边，返回去的时候，怎么都找不到原来的家，他打电话跟我诉苦。

何老三说："老同弟啊，这些房子家家都一个样，我实在是不懂哪栋是我家。"

我说："老同哥，你家边角上有一蔸苦楝树，你从苦楝树下到坎坎下面，头一家就是你家了。注意，要用钥匙开门，爬窗进去的不是你家。"

何老三被我逗乐了，说："我又不是袭大地。"

何老三讲完，我听到了他的笑声。

有了房子之后，看电视成了难题。有电视看是脱贫攻坚验收的一项硬性指标。为了解决电视机的事，我回单位召开了专题会议，想听听大家的意见。

会上，蓝燕说："我的四户联系户，目前有两户已经有电视机，另外两户都用智能手机，可以上网看视频，这个符合脱贫验收要求，电视问题算是解决了。"

雨桐说："我的两户估计连购买基本家具都会有困难，因为没钱，现在我正在帮他们收集旧床架和旧沙发，电视机的问题，有个外地文友同意赞助，尚在进一步联系沟通当中。”

军伊和覃永的贫困户都已经自己到锡都商场采购完电视机了。

他们几个的电视机问题解决了，而我的联系户状况比他们的更艰难，何老三那边，黎大妹的大儿子在他们领证结婚那天送来一台电视机，他算是有电视看了；何老六在外打工，自己买一台电视机不成问题；关键是其他三户，特别是兰弟，自筹的房款有四千是借亲戚的，绝对没剩余的现钱购买电视机。

我厚着脸皮来到东泰实业杨总的办公室，边喝茶边闲聊，我说：“杨总，我们小小的文联，全部人马5人，现在蹲点专门抓扶贫工作的去了三人，动用了60%的力量，留守在单位的两人，除了编发《锡都文学》，开展中心工作外，每月也要下去开展扶贫工作两次以上，县里给我们安排的经费是每人每年4000元，这点钱不到两个月就花完了。”

杨总一边给我斟茶，一边微笑着说：“石主席，不要拐弯抹角了，有事说事。”

我说：“杨总，什么都瞒不过你，企业家的眼光就是不一样。现在脱贫攻坚到最后冲刺阶段了，我们少三台电视机，你能不能帮忙想点办法？”

杨总问：“有规格上的要求吗？多大多宽？”

“这个倒没有，只要能看就行。”我回答。

“那好，我们东谋酒店刚换了一批电视机，老的电视机在库房，你自己选几台去，保证能用。”

腊月二十八这天，正好是锡都杀年猪的第二天，我通知我的联系户一起来到尚王。我用《广西文学》发给我的稿费，从何老三家的两头黑猪里，选了一头小的买来，杀完分成五份，送到我的五户联系户家里，为他们搞了一次进新房庆典。

因为居住比较分散，这次我们没摆长席宴，我的五户贫困户各自在家中安排了饭席。我一家一家地走，一家一家地道贺，一家一家地拉家常。每到一家，我就送给他们一副对联。我要他们把对联贴在大门上，我告诉他们，搬迁出来以后，火红的幸福生活就从大红对联开始了。

莫林是屠夫，我给他写的对联是：

上联：屠刀一挥，莫干贫穷成过去；

下联：妙笔一点，尚王富裕在未来。

横批：四季发财。

兰弟断断续续外出务工，我专门为他写了一副求财的对子。

上联：求财在外，多赚一块是一块；

下联：创业居家，少花一分是一分。

横批：兴旺发达。

我在何老三家待的时间长一些，现场铺开红纸，带着醉意，挥毫写下："苦难日子成过去，幸福生活已到来。"

我和何老三一起把对联贴上大门，手拉着手坐在一起，喝着酒吃着肉瞎侃。这时，黎大妹从二楼拿着一个编织袋下来，她打开袋子，一大堆的鼠干出现在眼前。

黎大妹说："石主席，你们吃慢点，这些是何老三在坡上守了一个月得来的，我弄点来给你们下酒。"

这次我没有拒绝，我甚至很期待，我说："老同嫂，你快点弄，有野货，你也不早讲，害我已经吃得快饱了。"

何老三和黎大妹都大笑起来。

山鼠肉上桌之后，黎大妹也坐拢过来了，我们嚼着香脆的鼠肉，喝着香醇的米酒。何老六、莫林、何老四、兰弟打发完自己家的亲戚之后，又一起聚拢到何老三家。我们围坐一桌，话比酒多，边聊边喝，最后都喝得语无伦次，喝得毫无形象。黎大妹摇晃着，上楼拿来一套崭新的白裤瑶男装，放在我面前。

黎大妹大着舌头说："石主席，老同弟，这是我按你的身材做的我们瑶人的衣服，你试穿看看，以后我们要像一家人一样，我们有今天的幸福生活，都要感激你。"

我说："老同嫂，礼太重了，不敢当呀！你们的幸福生活，是党中央、国务院给的，你们有住房，是县委政府的英明决策，我只是牵牵线，做了一些力所能及的事情，帮助你们用好用足党的扶贫政策。你们要感谢，就应该感谢这个时代，感谢你们生活在一个好的社会环境里……"说着说着，酒气上来，我的舌头也不听使唤了，说话语无伦次。

我在几位老同的协助下，摇摇晃晃着套上还散发着粘膏清香的瑶服，好像回到了小时候一样，提前过了一个有新衣的幸福年。今天晚上，我把自己装扮成了一个地地道道的瑶老同。

我们喝着说着，黎大妹和何老三都喝得有点忘我了，他们夫妻俩自己碰杯自己喝，头挨着头唱起细话歌来，喝着唱着，唱着哭着，哭着笑着，像一对幸福的疯子。莫林他们也被何老三夫妇的歌声感染，跟着和声，温婉、低沉的细话歌，如涓涓溪流，在尚王的夜空里流淌。我虽然一句也没听懂，但是从何老三他们的脸上，我看到了幸福在荡漾。

乡里

◎文／梁勇

一、阿剩

反正，这世道真是变得紧要了。

有事没事，阿剩就唠叨这句话。

阿剩觉得这句话无可辩驳。不信，举例吧。比如单车，从前的单车能上山岭能蹚溪河，搭上两大袋的稻谷或木薯，蹬起来也像飞机一样快；现在的单车，只是有钱有闲的人的玩具或健身器材罢了。从前的月饼，油纸包不住那份金黄的浓香，五仁叉烧月饼的饼馅货真价实，吃得人直想舔手指；现在的月饼躲在包装盒里当“王子”和“公主”，掏出来吃吧，味道跟那盒里的保鲜剂差不远，乏味。又例如衣衫，从前是量布条来做的，个子越高大，用的布料就越多，价钱也就越贵；现在啊，你看看女人的短裙和内衣，并不能包住多少嫩白嫩白的肉，可一打听那价钱，吓得阿剩的眼镜都掉了下来——不就是等同于一块围巾的布料吗，竟然要卖等同于一台缝纫机的价钱，白菜当白金卖呢。还有，以前乡下的孩子对“知识”（自然包括代表“知识”的戴眼镜的老师）多少还有一点怵；现在呢，竟然敢当面嘲笑老师——什么年代了，还骑个土里土气的破单车，“笑死鹅”了。

——“笑死鹅”是与阿剩有关的一个旧故事。

那时候，阿剩还年轻，阿剩还叫阿胜或阿胜老师——是的，胜利的胜。阿胜是碗峒小学的老师，教小学低年级的语文和算术。有一回，一位乡里的领导来小学检查工作，阿胜正督促孩子们背书，背骆宾王的《咏鹅》，几十个孩子敞开了嗓子喊：鹅、鹅、鹅，曲项向天歌。白毛浮绿水，红掌拨清波。因为有乡领导来了，孩子们卖力地表现、卖力地号喊，有的霞光满面，有的青筋毕露，有的汗流浃背。因此乡领导大受鼓舞，一鼓舞就乱了“阵形”，乡领导决定要在大家面前露一手。乡领导做了个手势，让大家停下，教室很快就安静下来，静得打个闷屁也如同打雷那么响——要是真有人打屁的话。领导咳了几下，嗓子舒畅了，笑眯眯地说：我不但能背出来，还能默写出来，你们信吗？乡领导并没等老师和孩子们回答，就转过身子，在黑板上画起来：我、我、我，曲项向天歌……到底是乡领导的普通话不普通，还是他学识渊博，写的是“通假字”？大家也不敢去问领导，于是，就只好取笑阿胜，见面就问：鹅呢，鹅、鹅、鹅呢？阿胜没好气地回应，笑死鹅了，鹅被笑死了！

等到我也去碗峒小学上学，阿胜还是碗峒小学的老师，却已被喊作“阿剩”了。先前跟他一起做事的几位老师，有的已调走，有的当了校长或教导主任，就剩下他“原地踏步”——阿胜，还是改叫阿剩吧。这时的阿剩个子依然高大，可有点驼背了，白白胖胖的圆脸，乱糟糟地长着些胡子，因为时常喝酒，鼻子有点发红，耳朵也粗大，可就是眼睛极小，“埋伏”在宽广的眼镜框里，笑起来眯成一条线，就像动画片的人物。总之，阿剩没有什么“煞气”，孩子们也不大听他的话。

起初，阿剩教我们数学（他曾详细地讲解过，这科目先前叫“算术”），但成绩很差，及格以上的人都很少。后来，他被迫“下野”，专职教一到五年级的音乐和体育。上音乐课，阿剩捧着抄歌本进来，宣布这节课唱什么歌，然后慢悠悠地把歌名、歌词抄在黑板上，接着就翻开歌本唱：八月十五月儿圆哟，爷爷为我打月饼哟，月饼圆圆甜又大啊……那声音确实动听，婉转悠扬，还有点甜美。有一回，有一位家长来找小孩回去喝喜酒，来到教室门口一看，忍不住叫喊起来：“哎哟，唱得这样尖细的声音，还以为是个女老师教的咧！”教室里的学生集体哄笑起来，阿剩满脸通红，就像初升的红日。有时教着歌，阿剩忽然冒出一句“不得重用哪”，学生也像鱼仔冒泡似的跟着哼唱，他赶紧解释，这个不是歌词，底下的学生又大笑大喊大闹起来。

乡下孩子到底没有多少音乐细胞，唱唱就腻了。腻了，我们就求阿剩。求他求他，他就答应了，剩下的半节课就转为体育课——反正体育课也是他教的。体育课，集队，拉开，前后左右转转，然后阿剩喊着拍子，大家做一遍第七套广播操（那时，我总在想，第一套到第六套什么时候才学啊，第七套都做腻了），做完就自由活动了。阿剩做操的动作笨拙，像只大熊，时时引人发笑。若碰巧体育课是最后一节课，大半学生就跑路回家了。

阿剩一喊“解散”，打乒乓球的去打，爬竹竿的去爬，有的跑到葡萄架下乘凉，我和几个矮小或文静的伙伴，就吵着阿剩，让他讲故事。他先是推辞，说没得空闲。再求他，他才笑眯眼地说，那就讲一个吧，就讲一个。讲故事的阿剩表现出了上课时少有的“风范”，滔滔不绝，连绵不断，绘声绘色，惟妙惟肖，一个讲完接着又冒出一个，似乎肚子里有倒不完的“货”。武松打虎，蛇洞王子，吃孩子的豹母，诸葛亮借箭、三气周瑜，傻女婿拜年，等等。最让我惊奇的是阿剩讲的法术师系列故事：法术师能作法变出各种东西，但不轻易作法，真作法总要出点意外，而最终又能化险为夷；法术师懒惰散漫、不好斗，却老实聪明、善良助人；怕老婆、常讨骂，却又能忍，逍遥自在，总有自己的乐子……有时，我望着讲故事讲得陶醉了的阿剩，总在想，他是不是也是法术师队伍里的一员？

然而，阿剩在乡里的名声不大好，好多乡里人觉得他是一个怪人。还有人传说，他生活作风有问题，在玉桂县城包养了二奶。要是这传闻是真的，用阿剩自己的话来说，这世道真是变得紧要了。“阿剩就是废人一个，整日就懂喝酒，半个身都变成酒渣咯！”这话是黑十八讲的，他十分肯定他的判断。黑十八和阿剩是老对头，有机会“为难”阿剩，他从不肯放过、错过。

二、黑十八

黑十八实在很黑，黑得就像从赤道那里运回来的一样。大多乡里人也不记得他喊什么名字了，他在他们村里排行十八，就喊作黑十八或十八黑。不过，黑十八最突出的不是他的黑，而是他的嘴码[①]，犀利得要紧，能把猴子哄下水捞月，能把母猪哄上树晒日，能把小绒毛鸡哄进鸡蛋壳、再滚回母鸡肚里去，概而言之——翻云覆雨、死去活来！

就凭这一口的嘴码，黑十八左右逢源，得利不少啊。黑十八上小学那几年，考试成绩出来，拿回家一回就挨打一回。可到了期末，他却能拎回几张奖状“邀功”，除了“高大上”的三好学生，别的优秀少先队员、文娱积极分子等，想拿什么就拿什么，每一任班主任都被他哄得妥妥的，用其中一位班主任的话讲，黑十八就是蜂王投的胎，满嘴都是蜜。要是黑十八一直读书，读了小学读初中，一直读下去，任几届班干部来磨炼磨炼，日后当不上领导，做一个八卦资讯台的记者什么的，应该不成问题。然而，黑十八小学还没毕业就不读书了，学校太闷，安稳不了他那一颗狂野躁动的心。就这样，十几岁的黑十八就出去闯世界了。此

① 嘴码：嘴上功夫，调侃的本事。

后很长一段时间都没有了音信，也不记得隔了几多年，乡里人都快要把他忘掉了，黑十八却回乡了，还带了一个老婆、两个孩子（大儿子小黑，小女儿二妞）回来。黑十八的老婆个子娇巧，长得挺好看，起码很白嫩，跟黑十八站混一起就一名牌——白加黑。也不用怎么探究，黑十八老婆肯定是上了黑十八的“当”，就凭他的油嘴滑舌，活活地把他老婆那棵好白菜给“摘”了，被摘了还死心塌地跟他过日子——都有两个孩子咯。

黑十八的回乡算不上衣锦还乡，他是在外边混不下去，才溜回乡的。当然，他口头上不会认输：“外边的世界就那样，也没什么大稀奇的，哪里都不如乡里好、乡里人亲，真的，骗你们我把名字倒着写！”乡里人就笑话他，倒着写就是八十黑，还是一样。回乡也没几天，黑十八就“召集”两老及同堂的兄弟姐妹开“家长会”，要重新分家。这些年他在外头，田地让大家种了、收成了，过去就过去了，可现在人回乡了，该给什么就得给什么，是他的就是他的，一分一寸都不能少；反正是定了心留在乡里的，死也要死在乡里了。话说到这个份上，大家也不好躲藏什么，有意见没意见都得分，家产、田地统统都分吧。黑十八的大哥在乡里一中做老师，还担任团委书记的职务，觉悟到底不一样，发话把他那份田地给黑十八种，一家人里边他读书最多，黑十八读书最少，或许是他占去了黑十八的“福分”，田地就当作补偿吧。黑十八也没客气什么，收下了。就这样，黑十八实实在在地做回农民了，种稻谷植玉米，栽果树弄菜园，不比别人家差。空闲的时候，黑十八还捞点偏门、搞点副业，比如捉鱼、捕雀、挖蛇，照水蛤、烧蜂巢，还贩卖荔枝、龙眼、芒果、黑榄子等水果，日子倒也过得去，甚至算得上有点滋润了。

黑十八的脾气有点急，像只鞭炮，一点就着、着了就炸。有一回，他拎着半篓鱼仔去乡里一中探望他大哥，才到校门口，听到几个小混仔聚在一起嘀咕，要把他大哥怎么怎么的。黑十八凑上去听，听了一会儿，忽地咳了两下，就喝道：“你队①这几只契弟②，淡定点，我就是碗峒村的炸鱼王，一只玻璃瓶装火药，点燃、抛进河湾，嘭一声，大鱼细鱼全翻白肚——你队想动我大佬，淡定点哦，嘭一声，让你队立刻从地球上消失！”吓得那伙小混仔都不敢透大气了。

黑十八确实是捉鱼的高手，除了炸鱼，电鱼网鱼挖鱼掏鱼照鱼，样样精通。乡里人或邻近乡的人想吃古里古怪的鱼，别人弄不到就找黑十八，讲好斤两、交

① 队：方言谐音，相当于“们”。
② 契弟：方言，混蛋。

货日期，付钱给他，到时他就把鱼送到家里。黑十八跟人说话，说着说着，就又说到了鱼："前几日，电得五六条野生塘角鱼，大的有两斤多，小的也有一斤，送去给乡里派出所的副所长了——只契弟[①]，吃过就知道好味道，还讲日后捉到好鱼就打电话给他，有多少要多少。"黑十八还是个不错的厨子，尤其炖狗肉，他有秘方。邻近村屯有人宰狗烹肉，时常喊他来掌勺。乡里烹狗一般在地坪边或旷野上，用几只大泥砖支起圆窝的大锅，干柴烈火熬炖，炖得几里外都能闻到狗肉香。这时候的黑十八可神气了，举手跷腿，威风凛凛，俨然一位黑脸大将军。他有烹狗秘方，请他来掌勺，他就揣一包配料来；问他是什么配料，他总是不说。有一回，吃狗肉的人合伙灌他喝酒，灌了一两斤米酒，灌得他连爸妈都认不得了，又问他秘方的配料。黑十八的眼珠子转了一转，嘴巴动了，喃喃地说，在、在药材铺里呢。

黑十八有时挺仗义。捉到好鱼，他不吃都可以送别人；他驾铁牛犁田，时常先犁别人家的田，完了才犁自己家的。有一回，邻近村的一位兄弟向他借钱，黑十八二话不说，杀鸡留人吃饭，吃完就翻出几百块，借给了那位兄弟。但隔了半个多月，黑十八找上门去了："兄弟啊，你得去跟我老婆讲一讲，卖木薯的钱借你了，不然她老唠叨，小黑上学的学费呢，二妞的学费呢。"

当然，黑十八还是管不住自己的嘴，本性难移，广播筒似的，有信号有电就停不下来。有事想找他，就循他的喊声去找，没见他的人就听到他的声，闻到声去找人总错不了。而且他喜好辩斗，什么都要斗上一斗，辩斗起来又总要赢；用乡里人的话来讲，就是两个人一起拉肚子，黑十八拉出来的粑粑也比别人的"堆砌"得高那么一点点。

黑十八跟阿剩结下"梁子"是因为小黑，也不完全是因为小黑。小黑是黑十八的大儿子。小黑自然也在碗峒小学读的小学，而且这小黑很争气，一反他老爸当年的"囧境"，竟然成了老师眼中的红人，成绩一直名列年级前茅，属于实力派的尖子生；可就是有点傲气，这也是尖子生们时常携带着的"优越感"吧。有一回，阿剩老师看不惯小黑的"嚣张"，没忍住，就当面判定：小黑考不上邻近镇子的重点初中——麻垌镇一中。小黑一直都没把阿剩当回事，也就没有理睬他。而这事情传到黑十八的耳里，他竟然也没多大反应，并不辩驳（或许是不屑辩驳），只哼了一句"等着看"。不料小黑初考时感冒发烧，真就没能考上麻垌镇一中，只好到他大伯工作的乡里一中读初中。在那里，小黑也挺拔尖，仍是同

① 只契弟：方言，犹言"那家伙"。只，那个。

年级学生里的佼佼者。按乡里一中之前的中考情况，小黑考上玉桂县城的示范性高中是很有把握的。可也真够邪门的，小黑中考时又感冒发烧，也没有考好，没考上县城的示范性高中，只能去玉桂三中（比普通高中稍上一个档次的县城郊区高中），可只读了两年，小黑就犯蒙了，因与同班的一位女生早恋，被学校处分；后来，也不管黑十八的警告和教训，小黑就偷跑到外边闯世界去了。隔了两三年，小黑回乡了，很是风光，穿着光鲜，说话响叮当，见人就派发“万宝路”香烟——那个时候，两支“万宝路”香烟就顶得上乡里人抽的一包土烟了。小黑在村里“吆喝”，想带一伙人一同出去发财，后来就真带了一伙人出去……再后来，乡里人才知道，小黑在搞传销，也就是坑人骗钱，坑了不少父老乡亲、亲戚朋友——如此，小黑暂时也不敢回乡了。跑得了和尚搬不走庙，被坑的人就到黑十八家里来闹，狠毒咒骂，催债要钱，不给就搬东西，想怎么样就怎么样。

被弄得焦头烂额、狼狈不堪，村内村外都不好做人的黑十八就把怨气一起“爆破”，化作一条火龙，径直烧到阿剩那里，见一回大骂一回，骂阿剩的乌鸦嘴，骂小黑遇上阿剩是稻草遇蝗虫，想躲却逃不开、避不及。黑十八还觉得不解气，逢年过节，不时跑到阿剩家门口的老榄木下，点上蜡烛熏香，咒骂阿剩是黑鸦嘴、独眼龙、神汉胚子、神婆怪胎……

三、六叔公

在乡里，嘴码跟黑十八有得一比的是六叔公。

然而，六叔公的嘴码跟黑十八却大不相同。黑十八得力的是口齿伶俐，要紧的是哄捧，杀手锏是讲得多、讲得快、讲得乱，一顿乱拳就把人打蒙了。六叔公讲得简练，讲到点子上，有时一句顶别人十句、百句，好比飞刀，嗖一下飙过去，追魂夺命、拿下首级。这本事来自于六叔公的丰富阅历，他喝过的山泉比黑十八蹚过的河水还多，不服不行——人都年轻过，可不一定老过，也不一定能老去。

六叔公的脑子很灵转，因而时常以一匹“领头羊”的形象突兀出现、毅然存在。六叔公壮年的时候，一到农闲时节，大清早吃完早粥，就带上干粮和水壶，带领他的两个儿子与几个侄子，进大山林场去“围捕”竹咕鸡。竹咕鸡是躲在深山里的一种大鸟，全身毛羽花花点点，成年的竹咕鸡大多有七八两重，一只可卖到几十块甚至上百块钱。一伙人早出晚归，运气好的时候一个人能捉到两三只，那人就神气了，仿佛凯旋的大将军。竹咕鸡躲在茫茫阔阔的大山里，怎么捉得了？只能智取。在草丛林木间、竹咕鸡出没的地方插上套鸟杆，每杆套鸟杆都有三个打活结的绳圈（分上中下三路），疏密相间地摆好“套鸟阵”；接着，捧出装在鸟笼里的精心喂养的竹咕种鸡，安置于阵中，任由它啼叫，人就找地方躲藏，耐心等待“愿者上钩”的傻鸟。竹咕种鸡连绵叫唤，声音清脆悠扬，即便危机重重，也有动心的傻鸟赴约——“爱情”让鸟变得愚蠢不堪，最终就被套住了。

有时，被套住的竹咕鸡会拼死挣扎，把套鸟杆扯起，拖着套鸟杆逃命，这时候，捉鸟人就顾不得什么荒草棘刺，一旦追猎起来，就变得比猎狗还勇猛了。捉竹咕鸡要身手敏捷，还得有悟性，从喂养竹咕种鸡到围捕场地的观察到套鸟阵的布置等，都有不少的学问和奥妙，有的乡里人跟了六叔公好些年，却还是学不到窍门。脑子转不过来的人，六叔公肯定不会正式收他为徒，你给他送多少烟丝，他也不答应——可不能坏了他的名声。

不记得过了多少年，也不知道捉了多少鸟，六叔公也抵挡不住岁月的“侵蚀”，白发愉悦地占领了他的整个脑袋，人到底还是老了。有一回，六叔公又到山里捉鸟，没料碰上一个带枪打鸟的莽汉，听到竹咕种鸡的啼叫，举起火药砂枪就一炮打过去，“啊”一声惨叫，隐藏在一旁的六叔公也中了砂弹……六叔公的命救回来后，逐渐就不捉鸟了。六叔婆去问神，神婆就道是竹咕鸡回来索命了，然后花钱做了一场解厄的法事。再后来，六叔公的两个儿子和几个侄子也不捉了，也不是怕或信邪，是因山林面积日渐缩减，竹咕鸡也越来越少，有时几个人耗上一整日也捉不到一只，费功夫，不得劲，算了吧。于是，六叔公就领着大儿子（小儿子外出打工）和几个侄子合伙搞沙场，用大大的柴油机发动，抽取溪河里的沙子上来卖。夜里，六叔公就在沙场的木屋睡，看守机器；人老了，睡得着觉的时间越来越少，醒来了就在床上点烟丝、抽烟斗，抽着抽着天就亮了。

六叔公的嘴码让乡里人惊奇和赞叹。夏日的夜晚，乡里人聚集在地坪上闲聊，坐着板凳、矮椅、石头、木疙瘩，或干脆就垫只拖鞋在屁股下，轮流讲近来的新闻奇事：谁家大人睡觉打呼噜震得屋顶都摇动，谁家的孩子考试中了“头彩”，谁家的母鸡孵出一窝小鸡、没一只臭蛋，谁家的大猪生下十几只猪仔，谁家的荔枝被偷了半边树，谁家的竹笋长出几尺、玉米留须了……有时也讲点国事，喷涌些“义愤填膺”的牢骚。大伙热闹的时候，六叔公时常保持平静，点燃烟斗吧嗒吧嗒地抽，有时咳嗽一下或咂一咂嘴，等别个闹腾够了，他才开始总结、点评，或提出不同观点与例子。最精彩的时刻到来了，六叔公就像一位电台的主播，牢牢控制了整个地坪。六叔公评论完了，就说他所“掌控”的新闻逸闻，里边的“含金量”显然要比别人高出许多；他绘声绘色，模仿到位，滔滔不绝，让人听得大呼过瘾，直拍大腿，大笑难止。他把别人逗笑了，自己却很少发笑。这时候的六叔公真是快活得很，地坪主角的光辉罩着他，要不是六叔婆催他去看沙场，或嫌他太闹腾，命令他停止“八卦”，六叔公就会一直快活下去。

六叔公说罗播乡有个村的一位后生跟人家妹子相亲，谈了十几日，就请妹子到他家来“刺探”家境。妹子来到家一看，唔，挺不错的，有电视、单车、缝纫机（当时“中产阶级”的三件宝），还有组合柜、梳妆台配凳，屋檐下又挂满了腊肠腊肉，院子里也养有鸡鸭鹅，满意了。妹子愉悦地吃过午饭，拿着红包和礼品满意地回去，走到村头忽然想起花伞还留在后生家里，转回去一看，妈哟，闹哄哄、乱糟糟的，全村的人都在那位后生的家里认领各自的东西呢……

当然，也有不少是六叔公亲历的故事。有一回，六叔公在沙场看守机器，一对男女在河滩边的一棵木瓜树下约会。六叔公忽而想起，那棵木瓜树有两只（或者三只）木瓜熟得差不多，能摘下来生吃或腌酸料了——另外，也怕那一对沉迷在甜蜜中的男女顺手牵“瓜”捡了便宜。可那一对男女就是不走，还在木瓜树底亲热起来了。又等了许久，六叔公到底忍不住了，隔河传声：“阿弟，够卖力的了，再用力搓搓，那两只‘木瓜’都给搓下来咯！”听了这话，那一对男女就羞愧地溜走了。

说阿剩的作风有问题，可能还在玉桂县城包养二奶，这一传闻也是六叔公放出来的。六叔公见过阿剩和两个退休的老伙计结伴去含山风景区游玩，隔一段日子去一回。含山风景区有什么好玩的？光溜溜的一个水库，摆着些小破船，太寻常了；风景不怎样，那里的皮肉生意却很兴隆。另外，阿剩一旦去玉桂县城开会，就请假几日，别的去开会的老师都回来了，就他一人留在县城，能说没有问题吗？

总之，乡里乡外的许多新闻旧事很少瞒得了六叔公，许许多多的奇闻逸趣就从六叔公的嘴里滴滴答答地传开了。

四、鬼神

每逢北石圩圩日，黑十八就蹲在他家门口那块大石上，有时又搬出一把大木椅，像只蜷缩的老猫窝在上边；他眯上两眼，好像是睡着了。黑十八家的房子建在村头，他家门口的路是去北石圩的必经之路。

阿剩走过来，有点怕黑十八，就把拖鞋提离了地面、放轻脚步，怕惊醒他。可就要过去时，黑十八忽地跳跃、站立起来，望着阿剩嘿嘿发笑，笑完才说话：“阿剩，你站停！”

阿剩定了神，说：“我要去赶圩——你骂过几多回了，还不够？”

黑十八指着阿剩说：“你诅咒我家小黑考不上重点初中！”

阿剩说：“我只是预测、估计。”

黑十八说：“你怎么不估计我发大财？”

阿剩说：“我预测好的从来都不准。”

黑十八点点头，说：“你就是乌鸦嘴、独眼龙、神汉胚子、神婆怪胎——”

阿剩说：“你骂过几多回了——也不用全靠读书的呢，过得好就好，好比十八你，走了那么多世界，见了那么多世面，又赚了钱，在村头建房子，进出村里的路都归你管了，要紧啊；不像我，都快退休了，每月还领那少得可怜的几文工资，想买碗粉都难。”

黑十八摆摆手：“说什么你也不得走我家门口的路，想赶圩，你就从天上飞、就从河水穿，人过去不让我看见就得了。”

阿剩说：“我又不是雷震子或海龙王，怎么飞、怎么穿啊？”

黑十八说：“我懒得管你，你不是罗成投胎吗，你不是天上的什么什么星吗？我倒想看看，你有几厉害！”

黑十八提起阿剩投胎的事，也有来由。黑十八十二三岁时，有一回，他偷了乡里的富兴寺的香火钱，把功德箱也撬坏了。这事引起了村里人的恐慌和愤怒，就把他抓起来“公审”。阵势搞得有点大，几十个人坐在地坪上团团围着他，列举他从出生到今时今日所犯过的种种罪状；当然，也有一些是添油加醋或“想当然”生产的，总之，就是想“置之死地而后生”。这阵势确实让黑十八感到很惊惶。在“乱箭”奔袭似的讨伐声中，黑十八觉得自己的脑袋愈变愈小，手脚化作钩机的铁臂膀，屁股重得像大石头，沉重得他无法动弹，脑袋嗡嗡旋转，不停地扭曲翻滚……

村里人“批判”黑十八的同时，还把阿剩抬了出来。那时的阿剩还是小阿胜，人乖巧聪明，又听话，读书也厉害，为村里人争面子，不知是不是罗成转世投的胎，是不是天上的白虎星官。村里人大多并不明了罗成是一个什么样的人，也不知道白虎星带着晦气，就因听多了传奇，条件反射地觉得罗成是个极厉害的角色，因而，但凡不寻常的人，大概都跟罗成有些关系。读书好品行好的阿剩，也应当如此。阿剩当了正派，黑十八自然就成了反派，而且还是一个大反派，所以，村里人在“批判”黑十八的时候，也仍怀着一线的期望：让反派的黑十八向正派的阿剩学习，弃恶从善，浪子回头上岸，自己过好日子，也让村里人过好日子。

然而，黑十八并不领情，不吃这一套，也懒得理会村里人的那一线期望。没多久，黑十八干脆就辍学了，连书都不读了。那样就不用看见阿剩，懒得看他的脸面，特别是他受老师表扬时露出貌似女孩的瑟瑟的害羞样——用时下的行话说，真够娘炮的。但是，这场“审判”也给黑十八留下了一片很大的心理阴影，因为村里人（特别是老人们）大力地渲染所谓的鬼神世界，以及什么报应轮回的“学说”，让他觉得那是极其可怕的另一个世界，神秘而诡异的存在。人在有法力的鬼神面前，充其量不过是一只蚂蚁一条虫子，轻微得几乎可以忽略不计；要是鬼神想治你，你总没得法子，就像案板上的肥肉，爱怎么切就怎么切，并不由得你愿意切成方块或者肉丝。有一回，黑十八赶夜路，独自走过一道岭岗，忽然看见山岭窝里飘忽着一团白影。起初，黑十八以为自己眼花了，等他擦掉眼角的眼屎，定神再看，那确实是一团飘忽的白影。黑十八顿时被吓得失魂飞魄，真活见鬼了。黑十八两脚颤动，像筛米的米筛剧烈运动，却迈不出一个步子；这时候，那团白影又动了起来，慢悠悠地飘向黑十八……最后，白影来近了，黑十八才发现原来是邻村的一个酒鬼，已经有七八分醉了，刚才尿急在岭窝里撒尿呢。黑十八真想把他的白衫白裤扒扯下来，但估量了一下，自己不是酒鬼的对手，等他飘远了点，才向白影吐了几口大大的口水。

后来又有一回，鬼神让村里的一位婶娘遇上了。这位婶娘到圆筐岭去打柴，旁边是一大堆叠起的坟山，杂木荒草长得发疯，还夹有刺木和大藤蔓。地方是阴森了点，但是柴火好，婶娘就壮着胆在那里砍了。砍着砍着，快得一担木柴了，忽而从一个坟堆里传出“咕嗤咕嗤”的怪异响声，似乎还喷出一阵阵的白色烟雾。这位婶娘平日有点泼辣，也够大胆，就挥舞柴刀对那坟堆吼起来：“哈，冤有头债有主喔，我没有犯过你，你别来找我，你要找就找犯过你的人啊！”但坟堆里的鬼并不理睬她，仍旧咕嗤咕嗤地作响。这样子，婶娘被吓着了，慌神了，好好的一把柴刀“咻”一声就砸向坟堆，之后也顾不上柴火，叫喊着、咒骂着，一溜烟跑回村里了。当然，这位婶娘砸的柴刀不是小李飞刀，并没有伤到坟堆里的“鬼”。据这位婶娘的描述，当她拼命地往村里跑时，那怪异的响声也没有停下；这让村里人似乎也听见了那咕嗤咕嗤的鬼叫，看见了喷出来的一阵阵白烟。

经过一番商议、论证，村里人决定一起去“捉”了这“鬼”。鬼神要来是躲不开的，躲不开只能迎上去。人多阳气盛，阳盛阴自衰，那就不怕了。那日的正午时候，村里的几十人操着家伙，还带了些“法器”和蘸了鸡血的符咒，牛哄哄地奔赴圆筐岭……这种热闹自然少不了黑十八，他还打先锋，他也很想看看鬼神长的什么模样。结果却让人大失所望，这“鬼”原来是几只像乌鸡一样的怪鸟（村里的老人也不认得是什么鸟，叫什么鸟名）；而且羽翼还没有长全，难看就不说了，还不能飞起来。因此，当那位婶娘砍柴快端掉它们的窝时，只能发出怪叫来唬人。最后，擒拿回去，等到北石圩圩日，派人拿去卖给收蛇收蛤仔收竹咕鸡的老板，也只换得了二三十块钱。

这样子，黑十八仿佛顿悟了：鬼神或许不隐藏于深山野林间，也不在风高月黑夜出入，只是窝在有些人的心里罢了。要是把鬼神从心里赶出来，就没什么可怕的了。黑十八这般领悟后，就觉得这世上没什么可怕的了，不久，就到外面闯世界去了。

五、北石圩

北石圩之所以叫作北石圩，似乎没什么特别的来历，又或者有，可乡里人都不记得了。至于还有没有南石圩、东石圩、西石圩与其相呼应，也不得而知。北石圩和村子就隔着一条河。村子正对面是一座叫白马岭的大山岭，依稀可辨马头、马背、马尾、马脚；村子正对着马背，而北石圩就在马头下。站在白马岭上，能看见北石圩的全貌，以及北石圩邻近的村屯，蜿蜒的公路和乡路仿佛一根根的番薯藤，北石圩就像一只白胖的番薯。

北石圩也算一个热闹的圩集，除了卖“百货”，好吃的东西不少，价钱也地道，但要对头。“东门队烧鸭”最香最酥，金黄的皮连着肉，油而不腻；别的摊子卖的烧鸭就不好说，倒锅里热一热，就热出一碗水。“瘦弟肉丸子”很正宗，很有韧劲，有嚼头；别的摊子卖的，却近似无糖小汤圆，粉粉的。三岔路口的油炸小河鱼，出锅就卖完，来迟就没有了。市场东边有一摊水豆腐，口碑和口感一样的好，水滑白嫩，入口立化。街边卖水果的老板娘大多年轻，笑露小白牙，叫喊人买果子的声音很甜。小吃摊的馅卷热乎爽口，云吞大肉溢香，还有桥头的那几间粉店，猪脚粉、猪杂粉、扣肉粉、牛腩粉、狗肉粉等，吃得人打屁都要溅油星。

村里人就喜好赶圩，赶圩就赶北石圩。圩日一到，就是有天大的事也暂且搁一边放着，等赶圩回来再说。圩日要是不去一两趟北石圩，整个人都没有精神了。买菜买肉买日用品买化肥买农药买菜种买药片买风湿膏，买衫买裤子买鞋子买袜子买帽子，总之，去北石圩就得了。

一到圩日，黑十八就守着家门口的路，不让阿剩赶圩，确实踩到了阿剩的“痛脚”，阿剩就喜好去北石圩吃桥头粉店的猪杂粉（猪肝粉肠瘦肉煮米粉），一碗猪杂粉伴一杯米酒，日子就美滋滋的，谁当县长都不管了。黑十八很得意于自己对阿剩的这一番报复，他要是懂孙子兵法，估计忍不住要表扬自己这一招“上屋抽梯”用得巧妙、用得绝了。

可是，就在黑十八得意扬扬、暗自陶醉的时候，从北石圩传来一个吓人的大传闻：不用多久，北石圩就要被铲平了！

铲平十分要紧，就是一下子端掉的意思。好比娃娃在地坪上拉了一坨显眼的粑粑，不好看，难容忍，就拿铲子铲些泥沙铺上，猛地一铲，把粑粑连泥沙一并铲起、抛到荒地里，干净利索。

传闻说，要铲掉北石圩的是平山堡人。平山堡是玉桂县出了名的“暴脾气乡”，那地方开有大大小小的鞭炮厂，家家户户都藏有火药；平山堡人似乎用火药拌饭吃似的，要是不合心意，“一二三”就要爆就要炸，开口先来一段“长篇巨制”的“乡骂”，时常都挂着一副像要砍人的脸面。“文化大革命”的时候，平山堡的武斗十分踊跃，斗来斗去死了不少人，到底惊动了上头，不得不派军队下来维稳。但玉桂县的人都知道并相信，好多平山堡人还藏有自制的火药短枪或长炮，千真万确打得嘭嘭作响的“好家伙”啊。

出的事竟然跟黑十八有关系，或者可以说是由他引起的。那一日，有一个平山堡的粉仔[①]，来寻黑十八玩耍。好多年前，粉仔曾借过五十块钱给黑十八，不久，黑十八也把钱还了；但好多年后，粉仔忽然想起，利息还没有给呢，就想找黑十八再要五十块。粉仔搭车到了北石圩，肚子饿了，就在桥头一间粉店吃了一碗猪脚粉和一碗牛腩粉，吃完才发现身上只有一碗粉的钱。粉仔跟粉店老板说，赊着一碗猪脚粉或牛腩粉的钱，到黑十八家讨钱回来就补上；而且，你这粉的味道也不怎么够味。粉店老板有点火起，说，没钱你吃两碗，不够味你吃两碗？赊账你还不懂说话，你还赊什么账？粉仔也恼了，一拍粉店的方桌，你说我没钱，有五十块呢，只是在黑十八那里。老板说，没钱就不得走人，想走先把吃的粉吐出来。粉仔气得直喷火药（乡里人都觉着，平山堡人浑身都裹藏着火药），真就伸手挖喉咙，哇哇吐了一地，把吃粉的一大伙人都恶心得出了门，在门外看热闹了。老板气得直冒火，握着一把切菜的大刀，从米粉灶柜里边出来。粉仔不肯示

① 粉仔：指吸毒人员。

弱，从裤袋里掏出来一把手掌那么大的自制的火药枪，装上自制的“火药弹”，试扣一下扳钩，果真“嘭”的一声大响，一团青烟在粉店里闹腾起来，门外看热闹的被惊跑了一大半。原本平山堡粉仔只是试枪，粉店老板却惊了魂失了魄，仿佛见着了吃人的厉鬼，发疯一般扑过去，一顿胡砍乱剁，把正在装“火药弹”的粉仔砍倒了。

出事的时候，黑十八正在一个河湾里捕鱼，收成还不错，捉得了几条一两斤重的塘角鱼，还有一些小江鱼和虾子；卖掉这几条塘角鱼，至少也有五六十块收入了。

不管知不知道，这事黑十八都难脱干系，平山堡那边放出了狠话：粉店老板和黑十八都得负责！很快，传闻愈来愈“汹涌澎湃”。有人说，平山堡那边的人已筹够钱，大批采购汽油、炸药等东西；砍刀不用买，原本就备有。反正要把北石圩铲平、烧光、炸翻，往后就可直接在那个地方种木薯番薯，泥土不用翻耕，都松软透了。不久，又有人说，平山堡人已联系好包车，总共有一百多辆大班车、东风重卡，大班车运人，重卡汽车运东西；好多车都不敢走北石圩往来玉桂县城这条公路了。看过古惑仔的电影吧，可那都是演员演的假戏，假得很，这回可不一样，来真的了。

事情都这个样子了，黑十八纵然天不怕地不怕鬼神也不怕，也吓得魂魄脱体，不知所措了——有时候，人比天地和鬼神还要可怕百千万倍。黑十八早已让老婆带上孩子跑路，有多远躲多远。村里人也叫黑十八走人，固然带着同情怜悯，也包含有怕受牵连的怨气——从小到大，你黑十八除了会惹事还会什么？但黑十八决意不走，要死就死在乡里。夜晚，黑十八翻来覆去睡不着，稍稍合眼，又做起那个困扰他多年的噩梦：自己脑袋愈变愈小，手脚化作钩机的铁臂膀，屁股重得像块大石头，沉重得人无法动弹一下，脑袋嗡嗡乱响，颠倒旋转，扭曲翻滚……

一个傍晚，六叔公去看黑十八，黑十八像一块用残了的抹布，没有了一丝活气。六叔公说：“十八，你怎么不走人呢？马骝精[①]够厉害了吧，但打不过二郎神也照样跑路，你可以去别处躲一躲啊。”黑十八涌起满眼热泪，无力地应答：“叔，走不动了，还往哪里走呢？年轻的时候就总不想停，走啊走，走了好多年，人累了倦了，一回头就不想动了；我真走不动了，乡里就是尽头，是死是活都赖在乡里了。”如此，两叔侄也不说话了，只闷头抽水烟，屋里青烟袅袅，六

① 马骝精：指孙悟空。马骝，指猴子。

叔公要回去时，忽而想起来，就跟黑十八说：“不知是不是你捉鱼太多了，惹河神不高兴，被水鬼缠上了，赶紧请神婆作法，给河神水鬼们烧些钱，送些粽子发糕试试吧。”黑十八原本不信邪，这时候却已全无主意，也就照办了。但是夜里，黑十八终究还是睡不着，稍一闭眼，就连做噩梦。

另一个傍晚，阿剩也来看黑十八。黑十八很乏力，说：“你让我被村里人笑了大半辈子，这时候还要来笑话我？”阿剩摇摇头说：“哪个人逃得了别人笑话，人在别人眼里都是一个笑话，或大或小罢了；十八，我预测，也就是估计，你这回不会有什么事的。”黑十八听了阿剩的话，并不觉得有一丝宽心，脸上爬满了一藤苦瓜，摇头说：“你不是说，好的你都估计不准吗？”阿剩竟然难得地笑了一笑，说：“总会有一两回例外的吧。”阿剩这样一说，黑十八竟然也半疑半信了。

六、洞天旅社

2009年的国庆假期，我和几位老朋友重游白石山，经过白石镇，那里的变化真的很大，洞天旅社已不复存在了。洞天旅社曾是白石镇的一个标杆性建筑。

白石镇与玉桂县城的关系，可用唇齿相连来形容。玉桂县城在山窝里，三围是山，一面临江，人多地少，高低不等的楼房挤得像扎堆的茶树菇，密密丛丛，又甚是杂乱。也就是说，白石镇算是玉桂县城的郊区；郊区就得替县城“承担”一些不很要紧又缺不得的“摆设”，譬如我的母校玉桂三中。玉桂三中不是示范性高中，跟县城的重点高中不好靠太近，安排在郊区未尝不是好事。我在那里读的高中，很为母校的沧桑历史感到自豪。玉桂三中的前身是一个革命摇篮，战时培养打仗人才，是学生军的一个据点。后来，战争结束，又改为玉桂师范学校。培养过打仗的士兵，又培养教书育人的老师，能文能武，也算是文武学校的探索先锋了。再后来，师范没落，就改办高中。走在校园凹凸不平的青砖校道上，总能感觉到沉甸甸的历史分量，以致许多新生入学后，情绪都有点低落，或者心情特别沉重。

但对我而言，那是一个值得庆贺的九月，我从广东回来（初中提前毕业，去广东打了大半年的短工），在我的一位亲戚的帮助下，交了一大笔赞助费（大部分是借来的），才能踏进玉桂三中的校门。那一时刻，我几乎忍不住泪流满面。而且在白石镇，我又见到了几位初中同学或同乡（包括小黑），其中有一位喊作凌洱的同学，因家族有人，竟然进了白石镇的粮所当合同工。凌洱平日干什么活，我们不大了解，大概就是收稻谷、卖谷种、给粮仓撒防虫药什么的。凌洱分得一间房子和一个小厨房，在职工宿舍楼的一楼，房子前边就是洞天旅社。

周末，我们时常不回家，因为路有点远，车费并不便宜。这样，就去凌洱那里“过日子”。大家集钱采购，吃点荤菜，补补身板，有时还喝点酒。吃饱喝足，听录音机，播BEYOND的摇滚，有时则玩牌或打麻将，输了就蹲，运气不好或不会打牌的，脚都蹲麻蹲大了。离粮所不远的地方有条河，我们去游泳，还摸小石螺，小半日可得三五斤，配上酸笋、姜丝、辣椒来炒，炒得好吃的时候也挺好吃，吃得光盘。有时也钓鱼，收成却很少。尝过河味想山珍。粮所背靠山岭，山鼠横行，入夜就频繁出没。凌洱借得一只电猫，大家拉好铁线，入夜就通电，电老鼠。人守着电猫的灯泡（警示器），灯泡骤然大亮、警报器红闪，一伙人照着手电筒去寻找，就有山鼠触线被电倒了——有时也电到乱跳的青蛙或爬窜的花蛇。用烧滚的开水浇淋被电晕了的山鼠，然后拔干净鼠毛，开膛破肚，去掉内脏，用竹篾串起山鼠的躯壳，挂在走廊的晾衣竿上，风吹日晒，过一段日子就金灿灿、黄澄澄的了。

粮所职工的菜园在山脚，我们电老鼠或熬夜打牌时，总要煮一点夜宵，去厕所（在菜园旁）时就摸进菜园拔些葱蒜、偷点瓜菜——这比网上偷菜过瘾，习惯就胆大，自然得好像摘自己家的一样。菜园边有几株芭蕉树，季节到来总努力长出芭蕉。跑步如厕时没在意，轻松出来就生“邪念”了。那几株芭蕉喜好摆架子，不紧不忙地一两只、两三只地在树上成熟。这就影响我们团结了。大家都密切关注快熟了的芭蕉，谁都觉得那是自己的菜，再等等吧，等再熟一点就摘下来。可等等就不见了。这种事像放屁，一人两人还都明了，几个人就成了谜了。或许，那几株芭蕉树是妖精变的吧？

我每每回想起读高中的往事，总觉得“过日子”的愉悦盖过了读书的烦恼。我已记不得上高中学过什么东西，记不得班里许多同学的名字，甚至数不出有多少位老师教过我们，但因青春躁动搅起的种种糗事却时常涌上心头，点点滴滴，恍恍惚惚，让人啼笑皆非，继而热泪满眶。

洞天旅社就在凌洱房间的前边，相隔十几米，中间是砌成格子的围墙。在这边细看，也可看清那边的构架，高六层，一层七八个房，后门一律紧闭，窗户也拉起窗帘，就算是大热天也一样。这是白石镇（甚至玉桂县城）有名的旅社，一来旅社不小，二来里边确实有“特别”服务，而且“流莺”居多，新鲜感取之不竭。当然，全都是关门做事的，隔音效果很好；晚上偶尔能听闻些响声，那只是暂时空闲的“妹子”们在聊天说笑。不过得承认，瞎猫都能碰上有缘的老鼠，我们也有过一两回“偶遇”。有一个傍晚，吃过饭，我和一位同乡想去街上溜达溜达，从围墙边走过，也没什么预兆，看见洞天旅社一楼一个房间的后门开着（也就半开），忍不住往里边一瞄，老天！一位“妹子”就穿了短裤和胸罩，黑发披肩，身子雪白，丰满熟润，肚腩圆凹。她走到门边的桌子来舀饭，舀满一碗，又进里边去，看不到了。我和那位同乡目瞪口呆，你望我、我望你，一齐呵呵大笑起来。事后，我们把事情跟其他人一说，他们羡慕得口水直流，眼睛盯着洞天旅社，极力张望，恨不能看穿那边所有的门和窗。

夜晚到来，白石镇或玉桂县城的好些年轻人最喜欢“泡”桌球室和录像厅。打桌球，赌钱，两方商定一局打多少，五块十块或二十块，讲定就打，打到一方不愿打就停了，赢钱的交台租。录像厅播投影，投出一块比乒乓球桌大点的方块银幕，声响开得极大，打斗起来一片嘈杂。那时最热的是郑伊健、陈小春等主演的古惑仔系列电影。票价两块一场，讲价就收你一块五。也有通宵剧场，一个座位一晚上五块钱。有一回，凌洱得了几百元加班费，请我们去看通宵。我很来劲，据说午夜过后，有时会播一两部成人片。晚上八点开播，古惑仔、警匪片、功夫片、僵尸片、搞笑片……却还是没见成人片，我的劲头终于被磨尽，疲惫了，上下的眼皮合起、张开，又合起来，就倚靠着座位睡着了。青春的躁动往往伴随几多凶险，闹过了，结果实难预料，幸好大多有惊无险。

后来，我们的突然“散伙”也有点始料不及。先是小黑，为情所困，被迫退学，跑去广东闯荡了。接着，凌洱下岗，签了下岗“条约”：一下子多领三年工资，房间也保留三年，三年后，人就和粮所没有一点关系了。后来，又有一位同学的家里遭遇变故，也收拾东西回去了。就这样，只剩下我一个人。

我独自待在凌洱的房间里，总努力地在想些什么，脑子里却又觉得空白渺茫，仿佛整个人悬在半空，很难碰得着地，有时竟就默默地流下泪水来。于是，我逐渐热衷于阅读了，看武侠小说，金庸的古龙的梁羽生的卧龙生的，还有一些不是很出名的武侠小说家的。看腻了打斗，就看“正统”小说，看鲁迅、巴金、老舍、茅盾、冰心，也看孙犁、沈从文、路遥、贾平凹等，就这样，心逐渐安稳，人慢慢踩到地了。

如今，洞天旅社已不复存在，白石镇粮所那栋职工宿舍旧楼也不在了，包括那一间关起我们青春的房子，包括曾经的愉悦、躁动和寂寞都不在了，我们也逐渐成熟了。可是，洞天旅社和我们懵懂而躁动的青春记忆已密不可分，就像顽固的牛皮癣一样，胎记一般贴在了我们的身上，还有心里。

七、小黑

小黑的名字叫海汛。这名字有点“汹涌”，还让人有点联想，特别是那些想象力“泛滥”的女生。

我和小黑同乡同村，小学还一起在碗峒小学读书，当过六年的同学，但若不是在玉桂三中再遇见他，恐怕我们只能算是熟悉的陌生人。此前，我觉得小黑堪称完美，跟我不是同一世界的人，他不会理会我这样的俗人。在俗人眼里，有缺点的人才好做朋友；太完美的人，你敢靠近吗，那不是在“出卖”自己，让自己“献丑”吗？况且，愈完美的人可能愈有问题，有大问题。孔子是圣人，只是在他死了之后（还是死了很久之后），才受人敬仰膜拜；他活着的时候也很狼狈，除了他的门生，还有几个朋友？

上小学时，小黑就是我崇拜（夹杂嫉妒）的尖子生，常得老师青睐，但他时常不屑于这种礼遇。这让我感到诚惶诚恐，换作受青睐的人是我，怕是承受不来的了；可见，小黑和我就不是同一世界的人。我记得，三年级（也许是四年级）那年的“六一”，我们经过大半个月的操练后，准备好黑裤白衬衫、运动鞋、红领巾，去南香中心校（全乡第一大的小学）参加体操比赛，人多得真数不清，那场面、那氛围，炫得要命，炫得让人有点迷糊……虽然最终我们班连鼓励奖都没有捞到一个，但小黑已成为许多同学（包括我）的偶像。作为全班的领队，班长小黑和学习委员张小珍手拉着手出场，即使我们的汗水使劲落下，雨水似的滴答滴答，小黑和张小珍的动作和节奏还是能跟着广播声音走，游刃有余，从容不迫，让人惊叹。事后，许多同学暗地里用火花四溅的传闻“围攻”小黑和张小珍，说两人好上了，张小珍都快要给小黑生孩子了。然而，汹涌的围攻却遮掩不了我们自己内心的羡慕妒忌恨：怎么这样的好事就没落到自己头上呢，多好的张小珍啊！

总之，在我的印象里，虽然小黑也会偶尔碰鼻子，但更多时候他都是人生的赢家。就是到了玉桂三中，我仍然是他的“对照物”，就像他老爸黑十八是阿剩的对照物一样。每个学期期考结束，放假回家，得知期考成绩，我老妈就自怜而叹：要是你跟得上小黑的一半也不错了。但我和小黑还是成了兄弟。

小黑刚到玉桂三中时，也不大跟我们玩，但玉桂三中的学生，白石镇占了一大半，又较为排外，外乡来的只好“抱团”，不然被欺负也没个人照应。走近一些，我们才发觉小黑也是凡人（只是比我们聪明一点），他也吃老鼠肉，偷菜也很在行，爬树摘芭蕉也干得漂亮；小黑也是有缺点的，而且有一个大缺点简直不可原谅——他竟然不会游水。实在难以想象，大家都是在河边长大的，谁不会狗刨或青蛙撑啊，姿势难看点，浮水还是可以的。因此，我们到粮所附近的河里去洗澡，就时常逗他玩，向他泼水，引诱、拉扯他到水深一点的地方，让他好好喝点河水。吃了几次亏，小黑就长记性了，下水都握着一根木棒，谁惹他，他就用木棒揍谁：不会游水怎么了，不会游水就要被欺负？可是，高二第一个学期开学，我们又去河里洗澡，小黑不拿木棒了，我们正得意，又想“请”他喝水时，他竟然在水里跟我们对战了。小黑在暑假期间“速成”了游水高手，我们没得一点心理准备，囫囵吞枣地吃了他一记回马枪。

由此可见，小黑不简单，适应能力很强。我觉得，小黑的本事有黑十八的遗传，也少不了小黑老妈的“造就”，他老妈的适应能力也很强。我到小黑家吃过几回饭。小黑的老妈把家收拾得跟好多乡里人家不大一样。院子里种了几棵树，龙眼树、桂子树、大杧果、小石榴；院子也堆放农具、什物，但收拾得整整齐齐，错落有致的，让人看见觉得舒服。院子的角落摆着一些瓶罐或盆子，种了葱蒜、刀伤药草，还有几株茉莉花，白花点点，静悄悄地绽开。小黑的老妈做事很麻利，饭菜也弄得很好吃，我记得几道菜，豆豉焖排骨、泉水炖菇鸡、琵琶烧鸭、清蒸鲇鱼、丝瓜肉丸汤、枸杞木叶菜等，地道的粤桂菜，美味可口，清香怡人。有时吃完饭，小黑的老妈又捧上一大壶泡好的花茶，慢慢品喝，让人回味不止。

我曾私下问小黑：“你老妈是哪里人？做菜真好吃，算得上村里一等一的厨师了。”小黑说：“湖南，毛主席那里的。”我说：“湖南的怎么不吃辣椒，不是辣妹子吗？口音也听不出来。”小黑说：“入乡随俗，习惯了，她都会讲本地话了；我去过外婆家，要坐两天一夜的车，没想到还有比我们村还闭塞的地方。”小黑还跟我说了他不会游泳的原因。有一年，黑十八搭乘货船（顺路）去一个港口城市，眼看就要到码头了，竟然遭遇撞船，命都差点没了。不过还是活了下来，还顺便救了一个女子。后来，被救的女子就成了黑十八的老婆、小黑的老妈。小黑的老妈很白，黑十八挺黑，黑白配也很配。两人结婚的第二年就有了小黑，隔两年又有了小黑的妹妹二妞。这时候，黑十八终于像被驯好了的野马，心安了下来，好好待老婆和孩子了。黑十八回头看自己颠沛流离的闯荡，想起吃过的种种苦头，觉得大人可以熬，可为了孩子，还是决定回乡。小黑五六岁，黑十八就让他去读书：读好来，像阿剩一样读书；老子比不过，让儿子来，儿子再不行，让孙子来……因为撞船的旧事，黑十八对孩子玩水这一条管得很严，小黑或小黑的妹妹要是敢玩水，都逃不过他的一顿打；打着打着，小黑和妹妹都不敢靠近河边了。

小黑也黑，但比他老爸白一点，长得很精神，愈看愈耐看。从小到大，小黑的女人缘都很好。在玉桂三中，小黑终于早恋了。这和此前的那些传闻不一样，这回是来真的了，我几乎见证整个过程。是的，我就是小黑和他女友的“线人”（俗话说的“电灯泡”），我替他俩传纸条、来回“快递”礼物，做些事前的铺垫、断后的服务。我也认了，能成为曾经的“偶像”信任的人、身边的人，就好好干吧。小黑的女友叫田荷香，是我们同班的同学，白石镇本地人，很有县城人的范，人挺好看，就是有点泼辣，可温柔的时候也很体贴人。真要打比方，田荷香就像一只瓷瓷的小南瓜，色泽好，瓜结实，味道应该不错。

每逢我们班和别的班打篮球，小黑一上场，田荷香就扯我一起站到记录台旁边，她盯着场上的小黑，扯开嗓子叫喊“加油”，又不时让我看记分台的情况，看看小黑得了多少分。球赛暂停，她跑过去给小黑递水，记分员就对我说：“你女朋友是篮球啦啦队队长啊，管管呀，喊那么大声，震得我耳朵快聋了；不过，人挺漂亮的，小子你艳福不浅，艳福不浅啊……”

有时，小黑和田荷香会混出学校去吃夜宵；也时常带上我打掩护。有一回，田荷香发烧了，在门诊打吊针，小黑和我去看她，她左手的手背已被扎花了。没见人还好，一见小黑，田荷香就飙泪哭诉，护士刚刚毕业出来工作，拿她来练习呢，扎十字绣一样。小黑就帮田荷香擦泪，捂住她的手安慰她，说打完针请她吃东西，石头（我）请，说我发财了，领了几块钱的稿费（一篇唱颂歌的散文发表在校报上）。田荷香就高兴了，数着要吃什么什么，烤鸡翅、玉米棒、韭菜……真不把我当外人啊，我摇摇头，说：“吃得那么多，钱不够，你们两公婆就垫上。”两人呵呵笑起来，田荷香说：“那就改吃麻辣烫吧。”

有一回，田荷香代表班里参加学校组织的诗歌朗诵比赛，一大伙人去给她鼓劲。田荷香发挥得不错，观众反响也很好，可最后评委打分出来，只得了一个鼓励奖。大家都安慰田荷香，可她仍觉得委屈，当着那么多同学的面，就把头搭在小黑的肩膀上呜呜地哭了起来。我有点担心，这也太招摇了吧。这事过后不久，班集体组织同学去白石山游玩。小黑租了一个相机，让我帮他俩拍照，田荷香很大方，和小黑又搂又抱的，不觉得有一丝羞涩；小黑也很兴奋，摆出种种姿势，每个姿势都充满了阳光般的诗意。后来，他们终于发觉都没有拍到我，就拉我一起照了几张。等相片晒出来，我算是服了，我在他们的旁边并没有多大的存在感，“电灯泡”做到这份上，我都能提名“最佳配角奖”了。

白石山是道教三十六洞天的第二十一洞天（白石洞天），山状奇异，峰峦特立，极像男人的阳根。游圣徐霞客曾到此游览，考察漱玉泉。除了漱玉泉、云梯、一线天、会仙观等景点，更有趣的是蝙蝠岩：岩洞里住着上万只蝙蝠，傍晚出洞觅食，聚集成朵朵乌云，响声似阵阵浪涛，甚是壮观。在玉桂三中校园就看得见白石山，耸立在山岭间，仿佛几朵大蘑菇或一丛风帆，让人望而仰止。可我们爬上山顶时，不由吃了一惊，“风帆”上边宽阔平旷，长满一尺多高的绒草野花，仿佛进了世外桃源。我们要到正午时候，日头晒得灼人才下山去。下山时，白石山下的小屯已“醒”来，老人坐在门槛上，孩子们笑着打量我们。屋前屋后长满荔枝龙眼，蜜蜂多如花，热闹而宁静。我们在茅屋粥摊边吃粥，两角钱一碗，黄澄澄的甜萝卜干随意吃。这次游玩使我们很难忘，多年后，同学聚会也常提起。这次游玩也成了小黑和田荷香定情的游历，此后，两人私下就以“老公”“老婆”相称了。

第二年中秋节，小黑没有回乡里，他带田荷香去玉林看火车，还有烟火，那里正举行一个大型的庙会。他们看到了开动的火车，火车飞奔而过时，田荷香一手捂耳朵一手揽着小黑的臂膀，大喊大叫“真的是火车啊”！然后，他们还看了烟火，吃了夜宵，一直玩到深夜，就找了一个小旅馆过夜。小黑说，那个晚上，他和田荷香没做出格的事，只是看了对方的身子，抱在一起睡觉。

我不知道怎么去“判定”两人的情感和做法。但是，和许多的早恋相比，这是一个隐藏得较为“拙劣”的鸟巢，“感情的蛋蛋”直露在阳光下，随时可能变成覆巢之卵。开始很朦胧，发展着甜蜜，结局却难免悲剧。恋爱总让人分神，就算小黑和田荷香都很聪明，成绩也受到不小的影响。后来，老师把事情告诉小黑和田荷香的家人，还计划要处分两人。这时候，小黑表现得还像个男子汉，把责任揽下来，他退学离校，保住了田荷香。

八、离婚

如此说来，阿剩，也算是我和小黑的大师兄了。

阿剩在玉桂师范学校（玉桂三中的前身）读书时，我和小黑还没来到这世间。所以，我很难想象那是怎样的一番情形。我更难想象的是，阿剩也在校园里自由恋爱了，而且是和一位长他三岁的师姐。到底阿剩和他师姐怎么好上的，又做了些什么，敢不敢偷偷牵手亲嘴，学校晚会时，阿剩有没有唱歌、师姐有没有跳舞（从前的师范生才艺确实不凡），两人有没有给对方送花；又或者两人有没有做过一些比现在的小情侣所做的更疯狂的事情……这些事情，我统统不得而知；但我知道，这段恋情影响了阿剩大师兄的大半辈子，甚至一生（读师范之后的）。

直到过了好多年，阿剩的大儿子已经开始工作，在北石圩卖猪肉，生意挺好，顺便把自己也吃胖了。老师的儿女往往这样，读书要么好得一塌糊涂，要么差得不可救药。读书差，干脆做点别的吧，杀猪卖猪肉也不错，不费脑力，懂得捅刀、切肉、数钱就可以了。阿剩的小女儿也上初中了。可就在这个时候，阿剩竟然向他老婆提出离婚——在村里（甚至乡里），这可是一件很“不得了”的事。其实，乡里没有感情的夫妇多的是，大不了就吵架打架，或者分吃（分开来煮吃）分居分家，但要正式离婚，去办离婚手续、拿离婚证，倒是十分罕见。这事让阿剩的老婆觉得很委屈，更觉得丢脸面，当然不答应。老婆不答应离婚，阿剩就闹，炒菜淡了嫌没有味道，够味道了又嫌太咸，吃完得猛喝开水——烧开水不费柴火啊？败家婆娘！总之，为了离婚，平日谦让温和的阿剩简直就像换了一个人，疯癫起来莫名其妙，让人难摸着头脑。有时鸡叫狗吠，阿剩也说是老婆指派的，就是不让他好过、不许他安稳，急起来又翻桌椅又摔家伙，闹得鸡鸭鹅狗见了他都远远地躲开。阿剩还说，就是老婆拖他的后腿，他读书那么厉害，怎么到儿子女儿就不行了，从遗传学的角度来说，问题无疑出在她那里，傻子都想得明白了。

闹多了，阿剩的老婆也觉得难熬，顶不住了，赌气回娘家（乡里的妇人大多这样做，似乎也只有这么一个杀手锏）。阿剩的老婆回娘家住了一段日子，就出了事，吃了老鼠药，活生生的一个人就这么走了。也是被离婚的事缠得心绪不宁，阿剩的老婆在娘家做事时常犯蒙，给禾苗打农药打浓了，枯死了半亩田；给果树除草，做了两三日才发觉不是自己家的；挑水淋菜，走平坦的路，却把两只水桶全摔破了。这日碰上圩日，老妈子[①]让她捉两只阉鸡去圩集卖，鸡卖了，却收了一张百元的假钱。老妈子忍不住，就念叨了几句：老公认不准，钱也认不准，还过什么日子啊？说的人无心，听的人却禁不住胡思乱想，想来想去，阿剩的老婆觉得自己就是一个大包袱，丢哪里都拖累人，也拖累自己；想不累，干脆就来一个大的解脱吧。

丧事办完，阿剩娘家那边的亲戚来村里闹了一趟，好好“招呼”了阿剩一

① 老妈子：方言，指妈妈。

顿，打得他躺了一个多月才下得了床。阿剩被打的时候，村里人也觉得应该，电视剧里的驸马爷负心都遭到惩罚、吃了铡刀，何况是阿剩，这打得还轻了呢。这么一来，这个家也就不成家了。阿剩还受到一个诅咒，他老婆说死也不会让他好过的。大家这样传说，并且相信。儿女跟老妈亲，也认定是阿剩害死了他们的老妈，怨气重得很。小女儿书也读不下去了，跑到广东打工，过了几年，就嫁到那里了。儿子跟邻乡的一个女子结婚，倒插上门去，仍然杀猪卖猪肉；虽然两个乡相隔不远，却很少回来。于是，阿剩只能喝酒，天天喝，顿顿喝，喝得人都像一个梦。除了上课时清醒一点（有时上课也不大清醒），阿剩总是醉醺醺的，终于变成了“阿剩”。

有一回，一伙师生搞聚会，喝完酒，我送阿剩老师回去。路上，阿剩止不住地流泪，擦了又流，擦了又流。他问我，他们那一辈人离个婚怎么就那么难？我不知道。现在离婚的人多了，常见了，不奇怪了，但是离婚还难不难，我还是不知道。我只知道，在合适的时候遇上合适的人，从此过上琐细而有点幸福的日子确实很难，就像一位漫画家说的：开往幸福的车票人人都想买，但有的人能买到一次，有的人能买到两次，有的人则一辈子只能候位，有的人连车站都没找着。

那一回，阿剩跟我说了一个他藏在心里多年的秘密。他离婚是为了照顾他的师姐、他读师范时的恋人。当初，两人约定，师姐等阿剩两年，等阿剩毕业、参加工作就结婚，事业爱情双丰收（那时候很流行这个说法）。但师姐家里人不同意，白石镇怎么说也算是玉桂县城的郊区，白石镇的人也算大半个县城人，怎么能跟一乡里的结婚？于是就举棒打鸳鸯，硬是打散了，师姐被迫嫁给玉桂县教育局的一位干部（后来当了局里的中层领导）。为防死灰复燃，等到阿剩毕业分配时，师姐的老公就托关系找人，把阿剩分到乡里的碗峒小学做老师了，一做就是几十年，从来没有挪过窝。要是事情这样也就算了，可后来，师姐的老公遭遇车祸，意外地走了。因此，师姐的念想又燃了起来，下辈子太虚无缥缈，能抓紧的就在这辈子；毛主席都说了，一万年太久，只争朝夕。当然，师姐也估量过轻重，要是阿剩的老婆同意离婚，自然会报答她补偿她，就是养她下半辈子也不难；师姐有钱，也保养得好，她和她老公没有孩子。

原先，阿剩和他老婆的婚姻也算是“半包办”的，阿剩的爸妈替阿剩去相亲，看中阿剩的老婆，圆滚滚的，好生养。后来的事实也证实阿剩的爸妈没看走眼，若不是搞计划生育，真不知她还能生几个孩子。接着，两老又筹备婚礼，准备得差不多了，才让阿剩去看准新娘。阿剩一直乖巧，也不反对，就去看了，觉得也过得去。不久，就按乡里的习俗把婚事给办了。也许是这样，人总是听话听话，听了大半辈子，等到阿剩的爸妈都不在了，等到阿剩自己做主了，就想按自己的想愿做一回主，谁知道，一做主就搞成了这个样子。

阿剩的老婆走了之后，阿剩和师姐也断了“破镜重圆”的念想，师姐信了天主教，阿剩则藏在酒坛里做梦。阿剩偶尔进县城开会，也会去看看师姐，给她带点“山货”，竹笋干、花生、桂圆、糯米等。相见难，别离难，有缘无福事事难。

九、变化

北面南粉，北方的面食南方的米粉。八桂大地的米粉也有不少“派别”，南宁的老友粉、柳州的螺蛳粉、桂林的桂林米粉很要紧，各小地方的牛巴粉、牛腩粉、烧鸭粉、腊肠粉、狗肉粉等，也各具特色，不吃不知道，吃了常念叨。

玉桂县的猪脚粉也颇有名气。猪脚粉的主菜是猪脚，皮脆里酥，肥而不腻，补血益气，强健牙齿与骨骼；拌些酸菜、腌辣椒，好吃。猪脚粉在玉桂县城的小餐馆、粉店或街边小摊都可吃到，五六块钱一碗，分量足，吃得爽。

白石镇的猪脚手工粉，当属猪脚粉里的头牌。猪脚最好选猪的前脚（尤其是左脚，猪用右脚支撑左脚刨食，左脚常运动，脚筋粗、肉瘦，带劲），用火烧到焦黄，去毛溢脂，再用温水浸泡半个钟头，捞起刮干净；油锅烧火，至八九分热，猪脚下锅，油炸至金黄微焦又捞起，冷水浸泡两三个钟头，然后切成块，放入大锅的配料汤中，大火煮沸滚了，再小火焖炖半个钟头，好了。手工粉用大米做原料，洗干净大米，磨成粉，加水调制成糊状，上蒸笼蒸成片状，冷却，划成条状也就成了。手工制成的米粉，色白，质量有保证，口感有温度。但是，蒸米粉的火候很要紧，火少一把不熟，多一把则老了。猪脚和手工粉二合一，让你吃过想回头，尝过常寻味。

时代在变，食物也跟着变，现在的米粉可以用机器批量生产出来，样子差不多，味道也过得去，但吃惯了手工粉的人还是能吃出其中的不同。时代在变，事物在变，但人熟悉而习惯的口味却始终没有变，人总感觉以前的东西实在比现在的好吃得多，包括这么简单的一碗米粉，要是不花点功夫去做，始终难得从前那样的好味道。

那一年，在北石圩桥头粉店发生的砍人事件，让那间粉店关门倒闭了，粉店老板去自首，判了无期徒刑。但没过多久，那间店面又重新开张，卖起杂货来。

一两个月后，北石圩又恢复了往常的“平静”，秩序照旧，热闹如昔，米粉店的生意依然红火，这间粉店倒闭，那边又开张了几间；吃粉的人在，粉店就在。平山堡人并没有像传言的一样汹涌赶来，也没有铲平北石圩。于是，新的传言又如山洪泛滥，对这一事件进行“马后炮”似的修补。有人说，那匹粉仔就不是好货（废话，谁都明了），原本也让平山堡人不省心，作恶极多、危害一方，这下好了，人没了，眼不见为净。也有人说，平山堡人报复的七八辆车（并没有之前传说中那么多）已经开到半路，却被玉桂县公安局派出的民警拦截下来了。不管真相怎样，反正北石圩还在，一如屹立于海岸的坚硬的礁石，任凭风吹浪打，岿然不动。

因为阿剩成功预言黑十八没有事，黑十八也了结了与阿剩多年的恩怨，剪了一个小平头，发型不用梳理也自然整齐了。黑十八高兴，要请客，摆好五六桌饭菜，请阿剩，请六叔公，请做法送粽子给河神的神婆，请留守村里的村民（村人大多外出打工了），大家都来吃黑十八的“庆生饭”。黑十八把老婆叫回来，带女儿回来（那时小黑还流浪在外），北石圩保住了，家保住了，人不用躲了。原先黑十八的老婆就不愿意走，可为了孩子还是忍痛躲了起来，躲得心惊胆战，总悬在半空、够不着地，这下好了，收到消息，马上带女儿赶回来，在厨房里烧火炒菜，忙得团团转，却依然哼着听不大清楚的歌儿，仿佛湖南那边的民间小调，快活得不得了。

时代变，有的事却变得有些怪异，变得看不明了，好比读书。回想我读书的生活，有个人无法回避，那个人就是六叔公。从小学五六年级开始，我才逐渐发现我家挺穷的（或许之前也穷，但不懂事，没记性吧），上学要交学费，却拿不出钱来。我妈就带上我，去六叔公家借钱。带上我是说明借钱是为了交学费，不是别的什么用途，然后承诺等家里养的猪长大了，宰来卖得钱了就还上。等我读到初中，连伙食费也要借了，周日回校前，我又跟着老妈到沙场去找六叔公，听老妈说：再借五块十块钱，等孩娃他爸寄钱回来就还上。总是这样，借钱还钱，还了又借，又还又借；借着还着，还着借着，我初中毕业了，高中毕业了，大学也毕业了，借钱的数额愈来愈大，还钱需要的时间愈来愈久，直到后来，我在乡里初中当了老师，有的钱还没还上，而六叔公已变得苍老了。我常觉愧疚，对于六叔公的恩情，可同时那也是债务，仿佛是一只巨型的大锤，压得我喘气不畅通，压得我背都驼了。但即便如此，我和像我一样的同龄人，对读书都有一种敬畏，渴望读书，怀念学校的生活，时常想起老师同学，想起校园的花草树木，想起铃声响完后热闹的食堂或小卖部……

可后来变样了。日子好像好过了，辍学的孩娃却愈来愈多，借钱读书变得有点难找了。一来读书“无用”，好多人都相信了；二来没钱读书、须找钱读书，而读书出来还是得找钱，不如直接简单一点，直接找钱过日子就好了。读书是长期投资，风险也不小，还是得考虑好。于是，乡里读书的孩子还有，读到一半就不读的也很常见，而读书的热情确实消退许多了。倒是老人妇人中年人好学起来，隔两三日就各自手捧斑斓多彩的书本，聚集起来研究“学问”，闹腾的议论，激烈的争辩，解说、分析、研究、综合、判断，仿佛先秦时候的百家争鸣，学习认真得很，精神来劲得很，态度端正得很。他们确实在研究《易经》，但那只是为了“算计”所谓的“特码”：今晚有码开，大家来看码报吧！

六叔公就是乡里的一大“好学者”。六叔公的码报有几个纸箱那么多，他买码的数额很小，也不大中码，但他的热情从没减退。我问过他（我回乡时，他常拿码报来“请教”，让我解释码报上的诗句），十有八九不中的，怎么还要买？用那钱去北石吃碗粉不更实在一点？六叔公一拍大腿，说：“哈，不得说不中咯，中的、中特码的，一块得四十块、十块得四百块、一百块就得四千块，又不用做工，报个数就得了，你说好不好？”后来，同样的问题，我又问了阿剩——他就不买六合彩。阿剩想了想，说：“因为盼头，也就是你们说的信仰，有念想有盼头，日子才过得有味道啊；万一真中大了，还能请人吃饭、给人派发红包，你说好不好？”我觉得，我说好或不好，并没有什么用；那就随意吧，觉得好就买，觉得不好就不买，自由平等、心甘情愿地去追寻各自的念想吧。

还有一个，村里的“说话权”也发生奇妙的变化了。先前，黑十八和阿剩斗气，六叔公当和事佬；黑十八和六叔公斗嘴码，阿剩不大发言。现在，阿剩和黑十八和解了，不闹腾了，而六叔公也老了，黑十八觉得是时候“称王称霸”、成为村里的头牌了。但我以为，黑十八、六叔公和阿剩俨然构成了三足之鼎，并称村子的“三大名嘴”：黑十八翅翼坚硬了，欲鹰击长空；六叔公是减肥了的骆驼，可余威犹存；阿剩是鲤鱼跳龙门，崛起的新贵，“后生”可畏。

阿剩也变了。阿剩提前办了退休手续，专心在家里搞音乐（听红歌、唱山歌）、读书（看白话小说）。村里办喜事，大多请阿剩去当“柜收”（记账的先生），那小楷写得真不错，刚劲有力。有时，阿剩捣鼓一些土发明，比如剥玉米粒的摇柄，玉米棒塞进去摇几下，玉米粒就脱落在箩筐里，再取出玉米棒的骨杆来。有时，阿剩还做媒，不过大多看准了才做，成功率竟然不低，搞得大龄剩男剩女的爸妈都来找阿剩——媒公出马，马到功成。遇上头疼的纠缠，阿剩推辞不掉，就哼起民歌自嘲：正想收心不做媒，又见人家肉大堆；半夜三更睡不着，又想乜谁配乜谁……村里人觉得阿剩说话愈来愈高深莫测，且“出奇”（新颖而有理）得很。确实，阿剩仿佛悟道参禅了，说话不多，但话都在理，在理的话站得住、站得稳；“立言”大概就这个意思吧。

阿剩给两个孩子各存了一笔钱，原先孩子不愿要。后来，阿剩说，那是他的棺材钱，等人走了，是埋是烧都可随意，但不想要你们出钱了，记恨也好，忘却也好，人都没有下一辈子了。话说到这份上，也只好随缘了。阿剩七十岁生日时，办了酒席，他的儿子、女儿都带孩子回乡了；二十几年来，阿剩的家里头一回这么拥挤、热闹、暖和。

十、根

2011年的中秋节前几天，小黑回乡里办理户口迁移的手续。那时候，我还在乡里一中当语文老师，就是小黑的大伯之前待过好多年的那个学校；后来，他大伯调到另一个乡镇中学当校长了。

小黑开小轿车回村里，村里人围起来看，漆黑的轿车，看不到里面，却能当镜子，照见看的人的脑袋和身影，稀奇，真稀奇。小黑给村里的老人都买了礼品，一个个送到家里去。小黑给六叔公买了电热毯和简易按摩器，给阿剩老师买了几大包参茶，并劝他少喝点酒、多喝茶，喝什么都是喝，有东西入口进肚、满上空闲就行了。这时候，小黑已很尊重阿剩老师了；阿剩也当着小黑的面，承认自己对小黑看走眼了，虽然老话说三岁定六十，但世道在变，人也会变，未必就那么悲观。小黑发财了，发了财的小黑实在、低调多了。小黑在省城代理饮料和酒水，生意做得有点大了，省城五六个人里头就有一个人喝过他代理的饮料或酒水。小黑在省城买了房子，还娶了城里的女人当老婆。小黑的妹妹也在省城，开了一间糕饼店，生意很好，老板娘（其实是老板）很忙，小黑想请她吃顿饭都难，根本脱不了身。小黑还想把他爸妈接到省城去住，黑十八坚定地否决了，省城哪里有乡里的这条河（其实也不算是河了，每个河段都架起了抽沙机，抽得坑坑洼洼的，河水浑浊不堪，以前洁白细沙夹些石子的河滩也一去不返了，长满“外来入侵物种”一派的杂草），没有乡里这条河怎么捉鱼？小黑他妈也不去，就跟着黑十八。

小黑办完手续，叫我吃晚饭，在乡里的二妹大排档，吃竹板烤鱼；鱼是从村里带来的，他老爸捉的两斤多的罗非鱼。这时候，小黑不喝啤酒了，也不喝白酒，只上两三斤排档自酿的酒精度不高的冰糖梅子酒。小黑说：“石头你放心吃放心喝，虽然你是地主，但这一顿必须得我请，这些年，兄弟你帮我太多忙了。”我笑说，到底是长大了，懂得报恩了。小黑问我：“在学校混得怎么样？”我说：“都快变成怪物了，暗地里尝试什么素质教育，学生的成绩不大理想，三天两头挨领导‘教育’，有时走去教室上课，半路就被截留下来，跟领导回办公室受训，估计快要被踢出学校了；可不知为什么，我就是有点固执，不妥协不合作，或许以前太听话，现在听话的‘有效期’已经过了。”小黑点点头，说：“你原本就是有主见的人。”我又跟小黑说：“前两年国庆，和朋友去过一趟白石山，路过白石镇，那里的变化很大，母校（玉桂三中）扩大了两三倍，而且通过教育部门的审核，成了示范性高中；还有，洞天旅社已不在了，在那地方建起了一座商业广场，几十层的高楼；楼下的铺面很火爆，驻扎了不少世界五百强企业，譬如中国银行、中国移动、中国电信等。”小黑说：“这事我知道，洞天旅社快被推倒的时候，我还去过一回，那旧楼已十分破败了，像一只掉光羽毛的瘦鸟。”

我和小黑很久没见，想说的话很多，两人吃着菜，喝着冰糖梅子酒，想起什么就说什么，包括各自隐藏的一些秘密。在玉桂三中读书时，一起去河里游水，小黑常被我们欺负，暑假到来，小黑就偷偷拜师，让村里水性最好的同乡教他学游水，为此他给同乡买了好几包烟。同乡跟小黑说，想学会游水，就得先学会喝水。小黑很听话，真就一头扎进河湾去，半天上不来。等那位同乡把他拉拽上岸，他的肚子都变大了，猛地打嗝，咕嘟咕嘟吐水，仿佛还吐出一些鱼虾来……小黑现在已不大沾酒了，不是万不得已，白的啤的都不喝；此前为了打江山、拿市场，喝得都怕了，算是把这一辈子的酒都喝够了。小黑说，酒确实是好东西，但不能贪心，贪心是喝不下去的，喝下去还得吐出来。其实，也不只是喝酒如此了。

我跟小黑说，很喜欢跟刺头学生（专家们称之为“后进生”）逗趣，混在一起挺合拍的；有时倒是为除了读书别的事都不爱参与的学生担忧，怕他们读傻了。成绩一张纸，社会百千刀。可没想到，刺头们竟然会替我“出头”，偷偷把领导夫人们种在教职工菜园里最好的青菜“摘”来送我，其余的捋光了菜叶，只留下光秃的菜梗，迸发顽强的生命力。此外，还在长好的南瓜或葫芦上刻上“×××家的南瓜（葫芦）”字样。我把刺头们训了一顿，过后把青菜一炒，味道不错，绿色有机蔬菜。这让我想起我们在白石镇粮所偷菜的事。

喝着聊着，我和小黑都有了点“醉意”。终于，小黑问起了田荷香。我笑了笑，说：“田荷香挺好的，成了名人了（至少算是玉桂县的名人），绰号‘井塘幽莲’，刚好去了江浙那边学习培训，得半个月吧；不然，也喊她过来聚聚，我跟她还有联系。”小黑也笑笑，说：“没什么，随口问问，过得好就好。”然后，我又跟小黑说了好些往事，其实田荷香等过他，等了好几年，等累了才不等的。

我说田荷香的事，小黑只微笑地听着，不时点点头。我说完，小黑就跟我说：“石头，你出去走走吧，村子是我们的起点，乡里就像我们的根，但不好一辈子都待在这里，憋屈自己，好比一棵树，先长得枝繁叶茂，年纪大了再考虑落叶归根，如此生命才算丰盈圆满些。”后来，小黑真找人把我调上荷城了；再后来，老师也不做了。闲暇的时候，我喜好写点东西，还捣鼓一些话剧或小影视剧，逐渐“亮相”，后来，还加入了荷城文联的戏剧协会。人生如戏，当不上演员，就做编戏人吧。小黑鼓励我说，好好搞，要是往后他赚了大钱，就让我编个我们的影视剧本，他投资拍一个《我们的纪念》。我笑着应他：“好，很可行，你负责赚大钱，我帮忙糟蹋一点；你若不在乎，我就大胆花。”

道别的时候，小黑还跟我说了一个大秘密——其实，我早就知道了。那一年的中秋节，小黑和田荷香去玉林看火车看烟火，在一个小旅馆过夜，其实他挺想做那事了，但田荷香不同意，她说还没有准备好。更为关键的是，那时小黑还年轻，没有经验，根本找不着门道。要是那个晚上两人真做了那事，或许结局又是另一番情景了。

十一、井塘幽莲

2000年的高考结束，玉桂三中文科班的同学就各奔东西了，好多人从此就再也没见过一回面，好多人也从此失去了联系。同年的九月，我落寞地去了一座小城读师专，不料竟在那里遇见了田荷香，她在同城的师范大学读本科。自然，我们就在一起了——其实，只是我在陪她等小黑。我们见面说话没够三句，她必然就又要问：小黑去哪儿了？我不知道。那些年，小黑都没有联系过我，就算他在做传销、急着坑人时（尤其得找亲朋好友来坑），他都没联系过我；或许，他就知道田荷香一定会找我打听他的消息。

我就这样默默地陪田荷香等小黑，我当配角已好多年，功力相当厚实了。直到有一个晚上，田荷香喝醉了，让我去接她。我急忙赶去，好不容易找到地方，正好看到她的一位师兄要对她毛手毛脚，我顿时起无名火（事后我自己也觉得奇怪），当了那么多年配角的窝囊气压不住了，一下飙升到了顶，我愤怒地扑过去，跟她师兄激烈地“燃烧”起来……

我在医院里躺了一周，田荷香每天都来看我，有时来了就待一个上午或下午，不知她是逃课还是请了假。我出院后，她还来我的学校，帮忙打饭打开水；此前，都是我去师大找她的。这让我的好多同学都很觉意外：没想到，那么好的白菜竟然让你拱倒了，居然找了一位师大的美女做女朋友，没想到啊。田荷香笑笑，没有解释什么。我只有苦笑，只能苦笑。

后来，田荷香有一回喝醉酒（这回是我陪她去的）。我和她在夜宵摊吃麻辣烫，吃着吃着，她就有点不对了，想喝酒。我陪她喝，喝了几瓶，她又醉了。我扶她到湖畔的树底，让她吐了一番，然后，她坐在石凳上抱头痛哭，哭着说，她好苦，她等得好苦，等不下去了，实在等不下去了。我坐在一旁，轻轻拍她的肩膀，我说我知道。其实，我也不知道自己知不知道。后来，田荷香愈哭愈淋漓，扑到我怀里哭了，很快，泛滥的泪水就湿透了我的胸膛。我想，这泪水不知积攒了多久，好几年了吧。于是，我抱紧田荷香。尽管我把自己当成小黑，想替兄弟给她一点点温度，但我的心忐忑难安，像热锅里蹿跳的老鼠。

半年后，田荷香对外宣布我是她的男朋友。或许，她找不到比我更“像”小黑的人了。我知道，在她的眼里和心里，我就是小黑的影子，不管我愿不愿意、她愿不愿意。可是，后来我们真做了那事。一个周末的黄昏，我和田荷香去爬遛马山，在山顶看落日的晚霞，夕阳映照，天空斑斓，却也纯净，我能听见山间虫子爬行的微弱响声，犹如知了的弹唱，犹如我的心跳。晚霞的余晖照着田荷香，她恬静得像一位染了头发的外来仙子（我知道这比喻很糟糕，但我想不出别的什么来了），我看得有些痴呆了。不久，日头要完全落下西岭了，田荷香忽而问我，石头，你想要我吗？我望着她，一下愣住了。田荷香笑了笑，说，都没有人想要我，你也不想要我吗？我突然觉得很心酸，帮她捋齐刘海，顺手摸过她的额头，没有发烧，就跟她说，你很美，很多人想要你，我也想，真的。田荷香又笑笑，突然抓紧我的手，走，我们走！我有点吃惊，去哪儿？田荷香不再说话，拉着我飞奔下山，横过马路，穿过街道，进了小旅馆、房间，关门，拥抱，亲吻，倒床上，脱衣服……我像一头被惹恼火了的彻底抛弃了理智的公牛，丝毫也不怜惜田荷香的身子，不顾及她的心灵，奋力踢开她的大门，进入她的房子，肆意地奔袭、冲撞、破坏、迂回、摧垮……我把多年来的委屈和种种隐藏已久的情绪，包括对小黑的羡慕和嫉妒，统统都化作噼啪燃烧的烈火，炙热而霸道地烧烤着田荷香，要把她烤干，把她的眼泪烤干。做完了，我才知道，原来田荷香真的没有和小黑做过，也没有和别的人做过。完事后，田荷香背身对我，又哭了起来，起初抽泣，逐渐小声，逐渐大声，终于号啕痛哭，哭得天昏地暗，哭得痛彻寰宇，哭得不可阻挡。开始，我乱了手脚慌了神，后来想明白了，就默默地等待；等她哭完，哭了一个钟头，还是两个钟头，我把她翻转过来，抱紧在怀里。田荷香也紧紧抱住我，仿佛黑夜中渺茫大海上落水的人抱紧了一块模糊的浮板。此后，田荷香再也不在我的面前提起小黑了。

我师专毕业后，暂时在那小城的一个广告公司打短工，等田荷香。但等到她毕业时，我们还是分手了。田荷香说，对不起，我太自私了，让你为难了那么久，真不知那是怎么样的一种煎熬，对你而言。我也跟田荷香说，对不起，让你做了这么多年的梦，要不是这样，也许你早就走出这个泥潭了。后来，田荷香去了一个大都市，不久就在那里结了婚。但过了几年，田荷香又独自回来了，回白石街道办（原来的白石镇），回我们的母校玉桂三中当语文老师。田荷香表现很出色，很快就成了领导器重、同事敬畏、学生仰慕的骨干教师。可她有点冷傲，不大合群，被人称为“冰山雪莲”。事情还没有完，才刚刚开始。田荷香又向玉桂人展现了她的另一面，迅速成了本地一名新锐作家，她写诗写散文，还写小说，在县报纸的副刊开了个专栏，隔三岔五发一些针砭时弊的杂文、感悟生活的随笔或行走的游记。她给自己起了个笔名“井塘幽莲”，对抗着别人叫她的“冰山雪莲”。

井塘是玉桂三中的一口小水塘，躲在教师宿舍楼和学校食堂之间，水塘里有一口泉水井，有时泉涌得厉害，就会喷出一些水泡。我记得，语文老师讲老舍的作品时，提起过先前我们学过的散文《济南的冬天》和《趵突泉》，然后让我们去观察井塘，冒泡的时候就有点趵突泉的味道，看完每人写一篇作文。那一回，田荷香的作文又被当作范文读了出来——习惯了，她的作文十有七八会成为范文。田荷香写得确实很认真，我们看完井塘去食堂打饭，她还在那里看。等我们吃完饭去玩耍，又见她捧饭吃着看，把脸都吃“花”了——女生看重形象，她也不例外，但看得太入迷以致忘我，饭菜就喂到脸上了。

有的现实太过戏剧化，即便是了得、了不得、不得了的编剧，也想象不出那么绚丽灿烂的剧本。

十二、回乡

阿剩说得没错，这世道真是变得紧要了。

世道变得让人看不懂了。好多人都说自己做的事不是人能做的，不愿当人了。可事实是，我们想不想做人、能不能做人，也不是自己能说得准的。于是就暂且赖着、把自己当成人吧，即便只是一个病人。只是病久了，也得吃“药”，疗养疗养。

去年深秋，我疗病休养，回乡里住了一段日子。傍晚时候，看各家的炊烟升起，袅袅腾空，很觉闲适。晚上都睡得很沉，很久没有睡得这么沉了。乡里的夜晚十分安静，关了灯，再连手机都关掉，就跟电绝缘了。静静地听窗外演奏的乡间乐曲，仔细地听，静心地听，乡音如潮，清晰、悦耳、热闹，蛙声、虫鸣、蟋蟀叫，合奏大型的交响曲，潮水一般从田野那边扑过来，扑过来；隐约退回去一点，又再扑过来。那原汁原味的夜曲，实在让人陶醉！听着这样的夜曲，逐渐洗刷去脑子里刻着的小城笼子楼下喧哗的夜宵摊和呼啸的汽车的印记，逐渐入睡。

一个上午，我闲着无事，就到河边的桥头钓鱼。其实，河早已不像河了，就在一窝浑水里放钓，总感觉那浑水会把鱼钓连同渔线都溶掉。就这样遇见了阿剩。他要去北石圩买东西、吃东西，他早把北石圩的几家米粉店当成他的“御用厨房”了，一日三餐大多在那里吃，只是不再喝酒了。阿剩一心想办法把他每个月的退休金给用完，从而转为能量供给身子，让身子的大部分器官能继续运转，然后领取和享用更多的退休金。阿剩右手拄着拐杖，颤颤地走来，慢慢爬上不算陡的斜坡，就到了桥头。他左手缠挂着一只古董样式的微型录音机，用电池带动一盒满是红歌的磁带，远远就能听到歌声了，《东方红》《毛主席的著作像太阳》《南泥湾》《浏阳河》……等他走到桥头，就播《洪湖水浪打浪》了。他的头发和胡子全都花白了，五官躲在发白的脸上，眼镜不戴了，或许已起不了什么作用了吧。看到阿剩的形象，我忽而想起一种叫白头翁的鸟来，他变成一只老白头翁了。阿剩的耳朵也听不清了，我喊他几声“老师”，他都没反应，完全陶醉在录音机的歌声里。我掏出一包烟和打火机，上前“拦”住他。他停下，眼珠子和脑袋转了几转，忽而想起了，说：“哦，是阿石，现在去到哪里了？”

我大声应答，荷城。

阿剩说：“哦，听闻讲，你不做老师了？”

我说：“是的，不做好几年了。”

接着，他问我一些日常情况，然后拍拍我肩膀，嘱咐我好好干，是人才总会得到重用的……简短的对话使我很觉惊奇，阿剩的脑子清醒得很，思路有条不紊——他只是想待在自己愿意待的世界里，在里边沉醉快活、死去活来。当他抽着烟、拄着拐杖颤颤抖抖走过大桥，他的身影逐渐在我眼里消失，我忽而十分感慨：阿剩老了，老得都快成为回忆了。

我似乎明白了，人们怀念一个时代，不管那个时代好不好、那个时代里的自己辉煌不辉煌，人们依旧怀念；人们怀念的不单单是那个时代，也是在怀念自己的青春，属于那个时代一去不返的青春。我的脑子也逐渐涌现许多儿时的记忆，包括在碗峒小学上学时的许多情景。

我的乡里，在连绵大容山山脉之下，从前的河流穿山越岭而来，河水清澈，可见水中的沙子、石头和游鱼，河滩广阔洁白，不像河滩，似大海滩。河两岸种满“护卫树”（苦楝树、桐油树、黑榄树等）或大头竹、勒竹，树木、竹子并排生长，像防洪堤一样守护着稻田和菜地。大雨引发山洪，就可见它们对抗洪水的身影，即便浑浊洪水漫过稻田菜地，只要它们还在，就让人觉得有希望，洪水退了，又迸发生机。我们村就像一头老牛伏在河岸。

走过田垄，经过一棵榄木，旁边有间小卖部，里面有许多好吃的东西，酸甜苦辣咸香油炸全都有。出了小卖部，再绕过一口水塘就到了碗峒小学。校园方正，两廊瓦屋是教室和老师办公室，有两间小厨房，围墙有两面是绿色的，长着带刺的灌木和藤蔓；正对校门的操场中央立一杆国旗，东头有口井，西边有个葡萄架，四围有些花圃，种美人蕉、扶桑花、菊花或荔枝、龙眼、杧果。操场长草，开学除了交学费，其次就得除草。瘦小的校长集中训话：不除草，还像个学校吗？就一牛栏咯！我看过电视剧《封神榜》后，觉得一个土行孙加一个土行孙就等于我们校长。校园没什么运动器材，就两张用水泥板搭的乒乓球台和几根扎在一株老桐油树上的练攀爬用的竹竿。

我不记得上课学了什么知识，只记得阿剩老师讲的奇异法术师系列故事；记得教室外边的虫鸟很闹；记得班主任“贩卖”的馅卷喷香诱人（肉末头菜做馅的卷粉）；记得给同学喊绰号（有的形象极了，妙不可言）；记得晚自习装神弄鬼吓女同学；记得分派结伙、吵闹打架；记得捕风捉影搞“配对”，造谣漂亮的女生跟很丑的男生好上了；记得考试前准备了很久的作弊“神器”，考试时却胆小得不敢用；记得“六一”去南香中心校参加体操比赛（由小黑和张小珍领队）……

我还记得我们的勤工俭学。周三周四，全校师生集中，瘦小校长就胡同赶猪般宣布：又放假两三日搞勤工俭学，下周一回来“交公”！然后逐一宣布各年级学生的任务，以及完成或超额完成任务获得的奖励。勤工俭学“范围”很广：捡稻谷，摘茶油子，打石子，打柴，捞沙，砍扫把枝……“交公”那日，一个学生接一个学生排起长龙，颗粒归仓。不过，我们觉得勤工俭学比待在教室听老师“念经”有趣，在大山里、田野间，我们领略到了另一种课堂的魅力——大自然的魅力！有一回，我和几个伙伴步行到了一座深山砍扫把枝，看到漫山遍野的山芦苇随风飞絮，美如仙境，妙不可言。坐在山溪边的石头上，欣赏美景，就着泉水吃干粮，直想变成山里“野人”，快活自在地生活。后来，我把这些写进作文，获得老师大赞，选来当范文念，念得我美滋滋的。另一回，我们一小伙人去十几公里外的林场摘别人“摘漏”的茶油子。下午两点多，各人的竹篓得了三五斤茶油子，可肚子饿得唱歌，就吃干粮；吃完觉得口渴，大伙儿就爬上林场的果树，开“蟠桃宴”。正欢闹呢，冒出了一举着猎枪的汉子！我们被“押”回他住的木屋，那时天虽热，我们却冷汗流淌。最后有点哭笑不得，一个叫悠军的伙计平日就挺胆小，突遇这场面，更哆嗦得厉害，竟真就尿裤子并晕过去了。这突如其来的情况，让带枪的汉子慌了手脚，赶紧使唤他老婆弄粥和姜汤来“灌”悠军，我们也分得一碗粥。悠军醒过来后，汉子就打发我们走，并道以后再去学校找人算账。后来，并没见他到学校，不知是不是他不认路。

我还记着一个秘密，一个可以证明我们年少轻狂的大秘密。一日午后，我和阿燕、阿康、阿旺等几个伙伴捉了几只知了（一人一只），装进一个药瓶，接着轮流对瓶子讲出自己的愿望，然后把瓶子埋在小学旁边芭蕉园的第五棵芭蕉树下——那棵芭蕉树特别粗壮。我们约定十几二十年后，再把瓶子挖起来，问问知了，我们当初的愿望是什么——知了自然知道，它们整日整日在我们的教室外边叫嚷“知了”，而且我们还把愿望告诉它们了。我们的计划没能实现。我们毕业的第二年，芭蕉园的芭蕉被砍掉，种上了别的果树。再后来，那里就“种”上了房子。这很正常，乡里的人虽然越来越少，能跑的都跑到城市去了，打工的打工，蜗居的蜗居，就是不安居；但是乡里的房子却越来越多，多得建起来就晾在那里。至于我们的梦想，就像埋在第五棵芭蕉树下的那只药瓶子，最后不知所终了。

对于阿剩，乡里人逐渐不关注了，不再追踪和探寻有关他的种种传闻，因为他除了到北石圩的粉店吃米粉和听红歌，就没别的太大的动静了。阿剩跟乡里人不一样了，他仿佛变成了一个“外人”，就好比神仙或鬼怪，没什么好谈论的了；虚无的神鬼没什么好谈的，最多就在节日或紧要的关头点几支香、烧些纸吧。阿剩没有了“新闻”，就失掉了“主角”的光环。

六叔公呢？六叔公离奇地走了。

六叔公在走之前的很长一段时间已经讲不出话了，就像被人投毒，毒哑了一样，张开嘴巴却吐不出话语来。乡里人讲，或许他性子太急，此前讲的话太多，把活着时该讲的话提前讲完了。那个夜晚，天气很闷热，天上的星星仿佛得了太阳的“指引”，发愤地迸出丝丝缕缕的热量。六叔公仍在沙场守夜，木屋太热，他睡不着，他蹚过河去，想摘只木瓜吃。那两棵木瓜树结了好多木瓜，层层叠叠地拼命长出来，挤得有点“澎湃”；树上有好几只木瓜都熟了，散发诱人的风韵与甜香。六叔公借星光望着金黄的木瓜，仿佛一个熟透了的女人向他招手，他吞了吞口水，微微地笑，一迈步子，脚下就踩到了一盘银环蛇（木瓜的甜香吸引了众多的“食客”）……

有乡里人传说，六叔公被蛇咬了之后，虽喊不出话，却还能叫，像竹咕鸡一样叫唤，一声连着一声，清脆悠扬，好多人都听到了。然而，大家都没有想到是六叔公在叫唤，就觉得有点诧异——竹咕鸡怎么又出现了，还在离人居住那么近的地方出现，平日就是在深山大岭都很难寻它们的踪影了。还有乡里人说，黑十八应该知道这事，那个时候，他恰好在附近的河湾布网捉鱼，布了两张网，第二天清早去收网，网住了几条罗非鱼，还有一尾大水蛇。若是他发现，通知人来抢救，说不准六叔公还有救……这一事情的真相没有人能琢磨清楚。但黑十八并不觉得有什么愧疚，他虽然不反驳大伙儿的质疑，但也照例像往常一样忙碌度日，或许黑十八真的不知情吧。

六叔公被抬上山那一日，过河的桥头上站立着一个老女人，远远地眺望送葬的队伍。午间，阿剩去集市经过桥头时，望了几眼那个老女人——好像在哪里见过，但并没有上去搭问。过了几日，阿剩忽而想起来，是了，在含山风景区见过那老女人（那时他还没有那么老）；后来，那含山风景区被清查，她就到北石圩开了一间发廊……

扶贫故事

◎文/蒙福森

在县文联组织的平天山野外采风活动中，我认识了扶贫办的小杨，他给我讲述了一个感人的扶贫故事。

一年多前，小杨通过公招考试进了县扶贫办。去年开春，他接到了一个扶贫任务，扶贫对象是石岭村的吴志福。

一看到“石岭村”三个字，小杨的心里就发了毛——那是一个极其落后闭塞的小山村，路途遥远，坑坑洼洼，凹凸不平，一边是深沟，一边是大山。三年前，有两个干部开车去那里开展扶贫工作，在半路摔下山沟，一人重伤，一人当场殉职。

还好，小杨去的时候，路已经修好了。小杨到了石岭村，在村主任老赵的带领下，去见吴志福。

老赵一边走，一边喋喋不休地向小杨介绍三年前田副县长到石岭村扶贫的故事：就是在田副县长的多番努力下，修好了这条路，可惜，田副县长没有看到路通车的那一天，她倒在了扶贫路上……

她是一个好人啊！老赵感叹道，眼睛发红，声音哽咽。

这条路应该叫“玉清路”。老赵说，田副县长叫田玉清。可上面却说，不能用领导的名字来命名，他们起了另一个名——平安路，但是心里……

政府是对的。小杨打断了老赵的话，转换了话题，问，老吴家里到底有多困难？能吃上饭吗？

难！老赵说，田副县长第一次来的时候，就指定老吴是她的扶贫对象，她带领工作组来到老吴家，当时，一看老吴家徒四壁，几间破屋，漏风漏雨，里面黑咕隆咚的，田副县长几度落泪。她说，想不到还有这么困难的群众，是我们的工作做得不好啊！

当时在老吴家，要拍几张照片拿去存档，屋里黑，看不清楚，工作人员叫老吴开灯，老吴拉了一下电灯开关绳子，电灯闪了一下，灭了，再拉，怎么也不亮。田副县长叫他再开另外的灯，老吴说，没了，唯一的电灯。

说话间，就到了老吴的家。

那是怎样的一个家啊！老吴年近六十，面容苍老，穿着破旧；一个跛脚的老婆，头发蓬乱，像鸡窝里的草，还头脑不清醒，老吴年过五十才娶了她；一个半死不活的老娘，卧病在床，一年四季要打针吃药；两个孩子，一儿一女，去学校了，没在家，小杨没看见他们。

老赵说，老吴家比三年前好了一些；三年前，根本不成一个家，幸亏田副县长来扶贫，好多了。

老吴带老赵和小杨来到他家的砂糖桔种植地。三年前，田副县长带给老吴脱贫致富的第一个项目就是因地制宜种植砂糖桔。远远看去，十几亩砂糖桔在瑟瑟的冷风中一片翠绿。

可走近了一看，小杨心里一拨拨地凉，像大冬天雪水灌进骨子里去——这些砂糖桔，缺乏科学管理，一棵棵病恹恹的，像面黄肌瘦、缺乏营养的孩子。

老赵说，没办法，田副县长去世后，一直没有人来真正接替她的扶贫任务，上面来的人，走马看花一样，拍个照转个圈儿就走了。

小杨回到家后，翻箱倒柜找妈妈的书。

妈妈留下了种植砂糖桔的书，网购的。

在一个箱子里，小杨找到了厚厚的一沓书和笔记，还有一些复印资料，都是防治果树病虫方面的书。

周末，一大早，小杨骑摩托车朝石岭村出发了。

老爸问他，啥事那么急？

小杨说，看了老妈的书，我找到了老吴的砂糖桔问题所在了。

老爸说，啥问题啊？

小杨说，见了老吴再说。

那几晚小杨睡得很晚，辗转反侧，不能成眠，眼前老是晃动着老吴家病恹恹半死不活的砂糖桔——到底啥问题呢，不能茁壮成长？

突然，他灵光一现，有了！

那是一种严重的根腐病。小杨问过几个老种植户，他们也说是。

小杨买了药，一路长驱直入石岭村。

此后，小杨一有空就奔石岭村。

几个月后，老吴的砂糖桔像大病初愈的年轻人，终于重新吐出嫩芽，焕发出勃勃生机。

第二年，老吴的砂糖桔挂果了，成熟时像一串串小小的红灯笼挂满树上，甚是诱人。

小杨日夜翻看老妈的书，一丝不苟地照着做，吸取老种植户的经验，想方设法要让老吴的砂糖桔赶在春节时上市，挣一个好价钱。有了技术支撑，老吴的砂糖桔够甜够靓，摘一个来尝，甜入心肺。

这时，一场大寒潮来袭，很多果场即将成熟上市的砂糖桔被霜冻打得七零八落，老吴的因为盖上了塑料膜幸免于难。

寒潮来袭前，小杨带了几个好友，和老吴不分日夜地给果树盖塑料膜，跟寒潮争分夺秒抢时间……

年底，老吴的砂糖桔像光彩照人的新娘，闪亮登场，一摘下来，就被守候在田头的水果批发商抢购一空。

老吴平生第一次拿到这么多红艳艳的钞票，有十几万啊！那一刻，他哭了，扑通一下跪在小杨跟前，抱着他的腿，呜呜大哭。

小杨赶紧扶起老吴，跟着哭。

两个大男人，在柑桔地里抱头痛哭。

我以为他因感动而哭。

小杨说，我哭我妈。

你妈？

是，我哭她。那一刻我突然想起了我妈。她如果还在，多好啊。我想，她的在天之灵，也会在那一刻被感动的。

再问，小杨什么也不说了。

后来，我才知道，小杨的母亲就是田副县长，田玉清。

在县政府大院里，没人知道，小杨就是她的儿子。

守鱼

◎文/韦孟驰

我是从我哥哥那里学会放钩的。

当时我还小，在读小学。因为家里穷，逢年过节，家里难得吃上一顿肉。家里养有鸡鸭，可是我们从来不舍得拿来杀，因为要拿去卖钱。要是偶尔吃上鸡肉或者鸭肉，那一定是鸡鸭病死了。在集市上，卖鸡鸭得到的钱，我爸再拿去买猪肉，大多时候买肥猪肉，很少能吃到瘦肉。

买了肥猪肉，我爸就绑上鸡笼，吹着口哨，春风满面地按着自行车车铃回家。

回到家，我妈负责处理猪肉，先是用刀在清水里刮猪皮，接着整块肉放进滚水里，把它煮熟，然后拿去神台祭祖，十分钟后，燃了鞭炮，开始拿熟猪肉来切，之后再回锅，放点葱花，捞上来，就可以动筷子了。吃回锅肥肉片，最好的搭配是干饭，吃一口肉，扒一口饭，这样最能下饭。一般一顿饭能吃个三四片回锅肥肉，肚子就腻饱了。我的童年就是这样度过的。

那天，我哥跟我说，福星，我带你去玩。这是我哥第一次叫我跟他去玩，因为以前他都是和他的同龄人去玩，他不让我跟着他们玩。我说好啊。当时，我哥拿着一个猪饲料袋，里面放着什么东西，我不知道。他从外面回来后一个人在柴房里砍竹子，我不知道他弄什么，他叫我走开，别烦他做事。他忙完了这些，突然叫上我去玩，简直让我喜出望外。那天，临近傍晚，山头上的太阳减少了几分火热。我们走过晒场，走过连片的稻田，来到水潭边的草地上。我哥说，福星，过几天就要到端午了，你想不想吃一顿瘦肉？我说，想啊。瘦肉配上葱花，那是上好的美味，别说喝汤，就是闻味，也能闻饱。

那你就帮我找青蛙，我哥说。

怎么找？

翻石头找。

找多少只？

越多越好。

我们翻遍了草地上的石头，还有田埂上的石头，只抓到两只青蛙。我哥说这明显不够啊。我想起来了，现在池塘里到处是浮萍，浮萍上到处是青蛙，我们可以去钓青蛙。我哥赞成我的提议，回家拿了钓竿，往钓钩上挂一小点蚯蚓，然后在浮萍上钓青蛙。一会儿，我们就钓到了一个塑料瓶的青蛙。我哥说青蛙钓够了，我们收竿回家。到家后，我哥用尖锥子给塑料瓶钻了几个小洞，这样青蛙就不会缺氧了。

我问我哥，抓青蛙去做什么？

他说拿去放钩。

我不会放，你会放吗？

当然会了。

你怎么会呢？

别人教我的。

我们在水潭边的草地上和小伙伴们踢足球，二十几个小孩子，简直玩疯了。踢完足球，一群人又去水潭里游泳，在水里传足球，天色快暗下来的时候，小伙伴们呼朋引伴地抱足球回家。我和我哥下到路边的草丛里，拿出事先藏好的猪饲料袋。我哥叫我跟着他。我们重新走到水潭边，我哥拿出饲料袋里的东西，钓钩和一瓶青蛙。我们把青蛙钩到鱼钩上，鱼钩绑在钓竿上，再把钓竿拿到水潭里放，钩好青蛙的鱼钩一抛进水里，就沉下去了。再把钓竿插进硬土里，用草掩盖，就行了。那个晚上，我们摸黑放了十几根钓竿，遍布大大小小七个水潭。我和我哥踏着暮色回家，稻田里蛙声一片，回到家的时候，我爸妈和我姐已经吃过晚饭了，他们给我们留了饭菜，菜是一碗炒红薯叶。红薯叶，我们吃腻了。吃的过程中，我哥嚼着菜叶对我说，明天钓上鱼了，我们就有肉吃了。

去邻居家看电视回来，我和我哥用冷水洗身子和洗脚。晚上八点多钟，我们带上黄狗，打着手电筒去看钩。黄狗挣脱了狗链，蹦跳着跑出去。一会儿，它又跑回来看我们，我们跟上去了，它又跑进前面的黑暗里。它一路在前面开路，要是它带错路了，见我们没有跟上，它又会向我们跑来，然后超过我们，跑在前面。好像黑暗对它一点作用也没有。手电筒的光束，像一根大冰棍一样，照着我们往水潭方向走。我不知道世上有没有鬼，当时我是有点害怕，可一想到有我哥和黄狗在，我又镇定了许多。青蛙的叫声，一阵一阵传来。走到水潭边，我哥让我拿手电筒，他下到水边去看钩。我哥说，渔线要是拉直了，就说明有鱼上钩了。渔线要是松松垮垮，说明没有鱼上钩。不过还是要看钓饵还有没有，如果钓饵没了，还要再补上。我哥把猪饲料袋带来了，里面有鱼钩和一瓶青蛙。

我听到了哗哗的水声，我哥叫我走近一点，他叫我用手电筒照进水里。他用网兜把上钩的鱼捞了上来，倒进饲料袋里。我问他是什么鱼，他说晚上放钩，钓得的都是鲇鱼。我说大吗？他说半斤应该有。他小心翼翼地用指甲剪剪断了渔线，然后又重新接了鱼钩，装了青蛙，又把鱼钩抛进水潭里。那个晚上，我们收获了三条鲇鱼，加在一起，应该有一斤多一点。我们要回家的时候，黄狗神不知鬼不觉从后面跑上来，从家里出来到现在，它一直都很兴奋的样子。使人惊奇的是，鲇鱼直接放在饲料袋里，居然一点事也没有，到家后，把它们倒进水缸里，它们还探头探脑地游来游去。

那晚我沉沉睡去了，还做了一个稀奇古怪的梦，梦里，我在水草间追逐着一群鲇鱼。我是被我哥叫醒的。我起身时，他正在床上穿裤子。我问他，起这么早做什么？他说收钩，要不然去晚了，别人就把我们的鱼收走了。我极不情愿地起床，我们只用冷水漱口，就出了门。我哥还是让黄狗跟着我们。路面上沾着露水，草叶上沾着露珠。灰蒙蒙的雾气飘浮在水面上，远处的山也蒸腾起一团白雾。那天早上，我们又收获了三条鲇鱼。可是，担心的事还是发生了，一个水潭里的鱼钩被人拿走了，是拔了钓竿拿走的。事发的那个水潭，村里人经常来挑水。只有一种可能，那就是那个鱼钩有鱼，被人偷走了。可是谁比我们还早呢，一大早上就来挑水了？也不知道上钩的鱼大不大，我哥在水潭边徘徊，他说早上有人来这里挑水了，因为地上有水渍，从水潭进村方向的路上还有水洒过的痕迹。可是越近村，石卵子路越多，湿漉漉的石子路到处都有。

我说，万一不是挑水的人偷呢，偷鱼的另有其人呢？

也有这个可能。

那个水潭边有条小路，连通着两个屯落，往来的人不是没有，也许是某个闲汉，经过这里，恰巧看到绷紧的渔线，他就把它整个拔走了。但是绝对不是鱼把它拔起的，再大的鱼也不可能把钓竿拔起，我们把钓竿插入硬土里足足有十几厘米深，就算是一条六七斤重的鲇鱼也休想把它拔起来，何况我们村的水潭还从没见到谁钓到六七斤的大鱼呢。

我们回到家，我哥把鲇鱼放在水缸里，我打水洗鞋子上的湿泥。我哥把我爸的“二八”自行车拉了出来，然后找薄膜袋，把薄膜袋放在塑料篮子里，往里倒了五六瓢水，再用网兜把鲇鱼捞起来，放进盛满清水的薄膜袋里，鲇鱼张着嘴巴，生龙活虎的。他问我跟不跟他去大化街卖鱼。我说去啊。去就快点。就这样，我们出发的时候，时候还早得很，早上去做建筑的农民工还没出门。我哥踏着车，我坐在车后座上。没多久，我们就出了山，到了县城。我哥在车流里踏着单车，穿梭其间，我们的车拐进了一个农贸市场。在鱼摊附近，我们开始摆卖我们的鱼。早市上人来人往，那些城里人知道我们的鱼是野生的，抢着买我们的鱼，没过多长时间，鱼就卖完了。我不知道鱼卖贵了还是卖贱了，因为从头到尾都是我哥出的价。卖鱼得了六十多元，我哥问我想买点什么。我说，买苹果啊。还是先买两斤肉，再买苹果，我哥说。我们去猪肉行买了两斤瘦肉，再去水果摊买了两斤苹果。我们没舍得吃，说好到家了再和家人一起吃。回家的路上，凉风拂面，那个早晨是一个凉爽的早晨。回到家，我妈看见我们又是提肉又是提水果的，脸上笑开了花。我们坐在一起吃水果的时候，我妈说，福宝，福星，你们以后还去放钩的吧？我们说，去啊，我们卖鱼得钱了，可以买肉过端午，可以买学习文具。

你们去放钩，注意点安全。

我们说知道了。我哥说，要是别人不偷鱼，也许我们还多卖得点钱。我妈问，是谁这么缺德啊，偷鱼的事也干得出来？

我们去收钩晚了点，以后我们去早点。

以后你们要去收钩，我当你们的闹钟，叫你们起床，去早点。

中午去钓青蛙的时候，我和我哥说，我们放钩后，就潜在水里，像青蛙一样，等到那个小偷来偷鱼的时候，我们就把他拉进水潭里。

别说那么多，在水里你还能知道小偷来吗？

能的，在水里，也能看清岸上的一切。有一回，我潜进水里，躲在水下，还能看见太阳明亮亮的。

那守鱼的事交给你了，我哥说。

我们来早点，应该再也不会被偷了，我赞同我妈说的。

不过话说回来，并不一定是早上有人偷鱼，也许是晚上就有人偷了呢？晚上也有人走动，也不排除这种可能。

今天真是奇了怪了，池塘的浮萍上，一只青蛙也没有，青蛙都跑到哪里去了？好像知道我们来钓它们，它们全都躲了起来。我们一只也没钓到。

我们在稻田边钓得了几只，它们躲在荒废的老鼠洞里。可是这明显不够做放钩的饵料。我哥说他有办法，没有青蛙，我们就去捕蓝刀鱼来做饵料。

我哥把我爸的罾拿了出来，他说全靠它了。把米粉揉成团，然后包在有筛子洞的布袋里，把布袋拴在罾上，一起沉到水里。一天下来，我们捕到不少蓝刀鱼，也捕到了不少虾米。我哥决定继续放罾在水里，晚上我们再来打罾，那样，我们就可以一边打罾，一边守鱼。我们倒是要看看，是谁偷走我们的鱼。

傍晚，我们摸黑去放钩，回家后吃饭，再去邻居家看电视。之后去巡钩，那天晚上，我们收获了两条半斤重的鲇鱼。把鱼带回家，再出到村口，我和我哥爬到水泥砖堆上，从这一堆跳到那一堆，然后坐在水泥砖上，向水潭望去，看看有没有电筒在水潭边晃动。

夜越来越深了，越来越安静了，我们的眼睛越来越受不住了，我哥说去提罾，抓点鱼虾回去煎，我们打着手电筒，向水潭边迈进。不知道谁把我们家的狗放出来了，它一看见手电筒光，就向我们这边跑过来，它要给我们带路，好像这是它的使命一样，它冲在最前面，跑路的样子像一团黑东西似的。有时候，它要是嗅到野兽的气味，它就循着气味，到处乱窜，完全不知道它正在给别人带路。我们走远了，它才发现，一阵小跑，又跑到我们前面去了，把寻找野兽的事抛到一边。

那晚，提一次罾，我们就收获了一碗虾米，拿回家，洗锅，烧火，往锅里倒油，虾米过了清水，捞起来，放入锅中，不停翻炒，不一会儿，一盘金黄金黄的炒虾就炒好了，就着稀饭干饭吃都合适。晚上，没发现可疑人物去偷鱼。也许是我们多虑了。倒头睡去，太累了，一夜无梦。第二天，太阳亮起来的时候，我才醒过来。我起来的时候想起了，我妈不是说要当我们的闹钟叫醒我们吗？她怎么不叫我们呢？我责怪我妈，说她说到又不做到。我妈说，你再睡一会儿吧，你哥自己去收钩了，他推你起床，你像死猪一样赖着不起，他就一个人去了。我哥怎能这样子对我，我也要去收钩。我妈说，你哥出去有一阵子了。我穿上衣服，打水漱口，迫不及待地出门。

我急匆匆赶到村外，看见秦阿婆步履蹒跚地挑着水。

秦阿婆是一个独居的老人，她共有三个儿子四个女儿。自从她老伴病逝以后，由于各种原因，她的子女没一个愿意赡养她，有的说家里有病人，照顾都照顾不过来；有的说家里太穷，还要供几个孩子读书，有心无力；有的说没有工作，没钱孝敬老人。秦阿婆一个人住，她住的房子没有安装电线，所以她家没有电灯照明，晚上她都是靠煤油灯照明的。她平时就是去别人家串串门，聊聊天，在别人的屋檐下编织一些扫帚，逢街日就拿到街上卖，就靠那几个钱买点油盐过日子。我见她挑水困难，上前和她问好。我说，阿婆，挑水呢，你放下，我帮你挑吧。别以为我还小，挑水这样的事，我经常干，我家菜园子的菜，平时都是我和我姐挑水去浇的。挑水，对我来说，小菜一碟。

也不知道两个水桶里的水是洒掉了，还是原本就是半桶水，我挑起来一点也不费力。我挑着担，秦阿婆走在我后面，她一路夸我是一个好孩子。她说，要是我不帮她挑，她老人家不知道什么时候才能挑到家里呢。我有些脸红，我经不住别人的夸。秦阿婆打开木门上的铁锁，叫我挑水进去。她叫我把水倒进水缸里，我一口气倒完了水，刚盖好水缸的塑料盖子，一声“扑通”吓了我一跳。我说，里面怎么有响声啊？秦阿婆说，没事，里面我放了一条鲇鱼，我去挑水的时候，不知道哪个小孩放的钩，我看见有鱼，就拿回来了，端午的时候再煎它，到时候请你过来吃。我看了一眼水缸外面，看见了熟悉的渔线和钓竿。我说，不用了，阿婆，你自己留着吃吧，以后你没水了，记得叫我帮你去挑。

协警老五

◎文/黎建南

一

老五在阿兰螺蛳粉店吃完一碗大碗的螺蛳粉，带着一种给个皇帝都不干的满足感走了出去。刚走到巷子口，一个人从他身边匆匆走过，差点把他挤到路旁的紫荆树下，老五觉得这个人好像在哪儿见过。

老五名叫韦忠良，桂西人，壮族。在家排行老五，从小到大，哪怕在学校读书，所有的人都叫他老五。初中毕业后到部队当兵，才有人叫他的名字。从部队复员后，老五没有回到原籍桂西，那里地少。他有个堂哥在桂中市送快递，介绍他到快递公司。老五干了一段时间，挺辛苦，但收入还可以。如果没有去年那件事，老五可能就打算一直在快递公司干下去了。

去年三月，也是大街小巷开满紫荆花的时候，老五刚从一个小区送快递出来，看到人行道上有个女孩捂着肚子边跑边哭喊，路旁很多人驻足观看，指指点点，议论纷纷。老五停下车问旁边一个老头怎么回事。老头说有个狗古仔①抢走这个妹仔的手机，这个妹仔不停地追。老五赶紧加大油门往前开了一百米左右，看到一个黄头发的狗古仔边喘着粗气边往后看，手上还拿个粉红色的手机。“肯定是他！”老五停好车，跳过路旁的冬青，冲上去抓住那个狗古仔的手腕，一个掏裆动作把黄头发掀翻在地上。这时，110民警刚好赶到，把黄头发带上车。带队的警察是一个两杠一花。老五在部队当的是武警，经常接触警察，知道这个叫三级警督，简称“三督”。“三督”向老五了解相关情况后，对老五说，派出所正在招聘协警，像老五这种情况可以报名。

老五喜欢当警察，他有个表叔在乡派出所当所

① 狗古仔：方言，对青少年男子的俗称。

长，整天骑个边三轮到处办案，很威风。在老五乃至他们整个家族眼里，表叔比皇帝还威风，表叔就是他的偶像。上小学时，老师问起每个同学的理想，老五站起来回答的是当警察。可惜老五家里穷，只读到初中，考警校是绝对没有希望了。表叔就给他指条路，当兵！争取在部队提干，军官转业也可以安置到公安机关。他就抱着今后能在部队提干，转业后能安置到公安机关这个梦想当上了兵。在部队他干到一期士官，也有提干的机会，但可惜他只有初中文化，提干与他擦肩而过。老五只能两年义务兵三年一期士官连干五年后，带着遗憾退伍，警察梦也醒了。现在又有当协警的机会，老五又做起了警察梦。协警虽然是“临时工”，但好歹也带个“警”字，这不离警察又近一步了吗？

那天晚上送完快递后，堂哥和老五在两人合租的房子里喝酒。堂哥听了老五的想法后，把酒杯一放，食指差点指到老五的鼻尖上：“你这个卵仔癫啊？协警苦累不说，工资很低，一个月也就一千多，又很危险，你又没有执法权，现在有什么事情都拿协警去当替罪羊。你干快递苦点累点，一个月也挣个五六千。这不比你干协警好？你也快30岁的人了，还没个对象。你还是趁年轻多赚点钱，找个老婆成个家。别想那些没用的！”

老五想了两天，还是到派出所报名了。

刚进派出所，老五在公告栏上看到那天出警的带队“三督”的照片，上面写着“李涛，教导员”。老五就对报名的人说：“是李教导员介绍我来的。”

老五有当武警的经历，还有立功受嘉奖的证书，很快就被录用了。但他总觉得对不起堂哥。这一年，他从不寄快递，见到送快递的也总是避得远远的，他怕碰见堂哥。

这段时间是壮族“三月三”节庆，辖区活动多。忙了一整天，刚才一碗螺蛳粉就是晚餐。老五边用牙签剔牙边赶到所里备勤。

二

“老五，快点！我还正想打你电话呢。”刚走进所门口，他们这组带班的民警覃国强朝他大喊。

“我们不是八点才备勤吗？这才七点多。”老五边说边指着手机上的时间。

“少啰唆。赶紧换衣服，带装备。”覃国强边说边把“八大件”穿戴在身上。

老五赶紧换上警服。他的警服和覃国强的差不多，就是肩章没有警衔标志，胸前没有警号。人家的臂章写着“警察”，他臂章写着“协警”二字。

已经换好衣服的阿龙悄悄地对他说，今晚可能有大行动。

老五他们这一组共有三个人：民警覃国强、协警老五和阿龙。覃国强是民族师范学院中文系毕业，前两年考公务员进来的。阿龙原来是酒店保安，也是前两年招聘协警给招进来的。覃国强是正式民警，自然是这一组的负责人。平时出警都是覃国强带队，阿龙开车，老五负责看押嫌疑人。

老五刚要问阿龙有什么行动，覃国强叫他们赶紧到院子集合。

三十多个人的队伍在派出所院子里排成三行，第一行是民警，第二第三行是协警。所长外出办案，在家值班的所领导是教导员李涛。李涛二十多年前从自治区警校毕业，那时候警校是中专，毕业还包分配。李涛传达了上级的警情通报：自治区第三监狱一名叫于正金的服刑人员，今天下午越狱。据分析和研判，于正金极有可能已经潜入桂中市。上级要求今晚在重点区域统一开展巡查搜捕行动。

“于正金？”老五心里一紧。前几年他在武警桂北县中队当应急班班长时，曾参加抓捕一名故意伤害他人后劫持人质的犯罪嫌疑人。那年春节前，嫌疑人因为与邻居产生宅基地纠纷，将邻居砍伤后，用刀把邻居的妻子劫持到自家三楼楼顶上，任凭县公安局长在下面怎么喊话都不听，叫嚣着谁上来就杀死人质。在正面公安的配合下，武警桂北县中队的队长带领老五和一名战士从背后悄悄地攀上三楼，趁疑犯不注意，制服了疑犯。最后，队长立二等功，老五和那名战士立三等功。疑犯据说被判了重刑。对！那个家伙就叫于正金！而且刚才在巷子口看到那个人，也很像他！

于正金家在桂北，逃到桂中市来干什么？老五心里一阵猜想，连李涛后面布置什么任务都没有听清楚。

“快走！”覃国强推了老五一下。

老五一看，整个队伍已经解散，分几路登上警车，直奔辖区的娱乐场所、宾馆饭店进行布控。

在车上，老五很想告诉覃国强，傍晚他在巷子口看到那个人很像于正金。但他又担心看错，万一看错人，那可不是闹着玩的，整个搜捕部署都被打乱。但万一是他呢？自己不是变成知情不报了吗？那后果更严重了。

老五看到覃国强手里拿着一张照片，那是刚才李涛分发给各组的于正金照片。老五就和覃国强说：“覃组，给我看看照片。”

覃国强把照片往怀里猛地一收：“你看什么？你认识他？到时候我叫你抓你

就抓。”

老五挠了挠头说：“我前几年在桂北县中队当兵时，抓过一个也叫于正金的。刚才在巷子口，好像还看见他。”

覃国强吓得一跳：“屌你公龟的，刚才集合时你怎么不讲？”

老五说：“我不知道是不是一个人，也担心刚才认错人了。”

覃国强赶紧把照片往老五面前一亮：“你赶紧看看是不是他！”

老五凑近照片看了一下，没敢吱声。

“到底是不是啊？”覃国强急得大叫。

“有点像。但照片好像胖一点……”老五喃喃地说，一点底气都没有。

“李教李教，有重要情况。”还没等老五把话说完，覃国强已经通过对讲机向李涛报告了。

三

老五他们赶到巷子口时，已经有大批特警、武警、刑警在那里集结了，市局好几个领导也到了现场。李涛把老五带到市局钟副局长面前。

钟副局长和老五握了握手，对老五说：“你慢慢回忆，那个人是不是于正金？他朝哪个方向走的？”

“我我我，我看有点像他。他朝朝朝，朝巷子里面走的。”老五很紧张，说话磕磕巴巴。一是他从没有和这么大的领导交流过；二是担心认错人。

巷子很长，里面主要是卖吃的，桂中市的美食基本在里面。这里光螺蛳粉摊就有十多家，还有卖烧烤、卖馄饨、卖甜品、卖烧鸭的。晚上食客比白天都多。

市局组织警力，以这条巷子为中心，辐射到周边的宾馆饭店进行搜查摸排，紧张了几天，没有任何收获，估计于正金早已跑出桂中市了。

虽说上上下下都没有谁批评老五，但老五懊悔不已。刚进派出所当协警时，老五就问过覃国强，协警有没有可能转为正式民警。覃国强告诉他，桂中市公安系统没听说过，但是前几年火车站派出所有个协警，抓获一名杀人犯，被铁路公安局直接录用为正式民警。如果今晚自己亲手抓住于正金，说不定也有转为正式民警的可能。为这事，老五一连几天吃睡不香。

那边搜捕于正金的工作内紧外松，有序进行。这边所里的正常勤务也不能丢。这天晚上，老五这个组又接到110指挥中心出警指令，说临江路有人醉驾，被交警拦下后，阻挠交警执法，要他们赶到现场处置。

到临江路后，老五看到一个穿西装的胖子正指着两名交警大骂，骂来骂去就是那两句话："你一个破协警，我明天就命令你们局长叫你下岗。"这家伙看来是醉了。胖子旁边三个人也在帮腔，看来他们是坐一个车子的。老五看了一眼那两个交警，一个脸上被抓出几道抓痕，一个反光背心都被扯开了。两人背心后面都写着"协警"二字。

覃国强上去一把把胖子往后一推，厉声吼道："怎么回事？"老五和阿龙也掏出警棍围住这四个人。

四人中一个戴眼镜的中年人说话了："警察同志，不是我们不守法。这两个都是协警，你协警没有执法权对吧？没有执法权你上路执法本身就违法，我们肯定不服啊。"戴眼镜的边说边摊开双手，做出一副很无奈很委屈的样子。

"你们醉驾还有理是吗？你再乱喊就搞你！"阿龙朝戴眼镜的吼起来。老五也拿着警棍指着这四个人。

"你们看，又来两个协警。"戴眼镜的拿手朝阿龙和老五身上画了一圈，朝其他几个人笑道。

覃国强拿手指头朝着四个人点了点："协警是警察执法的辅助力量，可以依法协助警察执法。你们涉嫌酒后驾车和妨碍执法，现在全部跟我们回派出所。"

四个人看来全都喝酒了，怎么说都不上车。老五看出在四人中戴眼镜的说话管用，心想擒贼先擒王，一把上前拉住他，准备把他推上车。戴眼镜的突然倒在地上大喊："协警打人了！大家赶紧拍照发到网上啊！"其他三个人也倒地大喊大叫。旁边围观的人纷纷拿出手机拍照，场面一度混乱。

费了好大的周折，才把这四个人弄到所里。但"协警打人"的消息迅速在网上疯传，跟帖的很多，说什么的都有。大多数人除了对"协警打人"这一事件高度关注外，还对协警执法的合法性提出了质疑。听说市局领导很恼火，市局督察长亲自带领督察大队的人到了所里，专门调查这件事。督察大队的人分别找了覃国强和老五、阿龙问话，调看执法记录仪的执法记录和天网视频，同时也对那四个人进行问话。折腾了两天，结论是：没有证据表明协警殴打当事人，但协警现场处置存在不文明、不规范的现象。处理结果是给予所领导和带班民警通报，责成老五、阿龙两名协警写检查，同时给予经济处罚。

"屌你公龟的，这样下去还干个鸟！"听到分局领导到所里宣布这个处理决定后，老五、阿龙和一帮协警凑在一起骂起来。

所里共有二十多个协警，年龄多在三十岁上下，血气方刚。平时出警，当事人不配合甚至刁难、打骂他们的事常有发生，原因就是他们是协警。大家早就憋一肚子火了。年纪最大的阿贵说他干完这个月准备回老家种杧果。阿贵这么一说，其他人有的说准备上街摆摊，有的说准备到工地打工，有的说准备去送外卖。

阿龙见老五蹲在旁边不吭声，用手推了他一下："老五，你呢？走不走？"

老五说自己也不知道能干啥。其实老五心里还是想着转正的事情。

四

闹着要走的协警，每个人都被所长和教导员找去谈话。但最后还是有几个人走了，其中包括阿贵和阿龙。这让老五心里空荡荡的。

每天下班，老五都到巷子里的阿兰螺蛳粉店吃螺蛳粉。其他粉店他都吃遍了，但除了阿兰的螺蛳粉味道好，他还对阿兰有种说不出的感觉。

阿兰螺蛳粉店是租居民楼一楼开的，有七八张小桌。人多时桌子还摆到路面上。里面是煮粉间，再往里面好像还有个小间，不知道是放杂物还是住人。

老五以前都是七点多来吃粉，这样避免晚上饿了还得吃夜宵，可以省点钱。

阿兰看上去有二十七八岁的样子，中等身材，手脚很麻利。每次看到老五来了，她总是笑眯眯地招呼："阿哥来了？"有次老五边接过阿兰递上来的螺蛳粉边问阿兰："老板娘，怎么没见老板啊？"阿兰笑着说："没有老板，阿哥你帮介绍啊。"搞得老五心里痒痒的，边吃粉边偷偷瞄她几眼，有种朦胧的幸福感。

这天晚上老五出警回来，已经快12点了，走回出租屋的路上肚子咕咕直叫。"妈的，今晚就破个例，到阿兰那里吃碗粉。"老五转身朝巷子里走去。

"阿哥这么晚啊？"看来阿兰正准备打烊，里面只有两个年轻人在吃粉，看样子是情侣。

"肚子饿了。搞一碗粉。"老五一个大步坐在靠近门口的桌子旁。

"晓得了。"阿兰急忙转身走进煮粉间。

"老板娘是桂北人？"老五边接过螺蛳粉边说。其实他早就从阿兰的口音里听出她是桂北人，今天只是没话找话。

"是啊，阿哥怎么知道的？"阿兰还是笑眯眯的。

"我在桂北县中队当了五年兵，桂北话我都会说。"老五平时像闷头鸡，三脚踢不出一个闷屁来。但一说起他当兵的事，他就变成了一个话痨。

“阿哥还在桂北当过兵啊？骗人的吧？”阿兰脸上的笑容还没有收起来。

“骗人？那一年桂北有个年轻人砍伤邻居，并劫持邻居家的女人，就是我上去把他抓住的。呵呵，还说我骗人。”老五边笑边喝下一大口浓浓辣辣的螺蛳粉汤。接着继续讲他当兵的故事。

阿兰附和着走远了。

“老板娘，买单！”老五站起来拿出十块钱，装出很豪气的样子。

阿兰没应声。

“老板娘，买单啊。不要钱我就走了啵。”老五朝着煮粉间大喊。

“哦哦哦。”阿兰走出煮粉间，脸上的笑容没有了。

这时老五身上的手机响了，老五一听，是所里叫他马上回去。

老五回到所里时，会议室已经坐满人了。

廖所长传达了案情通报：于正金已经越狱潜逃一个星期了，公安机关开展了较大规模的追逃行动，并在他家和所有的亲戚朋友处安排布控。同时担心他出来后报复当年的被害人，也安排警力在受害人家里蹲守，一直没有发现他的踪迹。于正金从监狱潜逃出来，身上缺少现金，没有身份证，估计跑不远，从自治区第三监狱到桂中市距离最短，所以于正金目前在桂中市的可能性较大。市局决定，今晚继续安排搜捕，重点是偏僻的建筑工地、江滨地带、休闲公园等。教导员李涛接着分配各组的任务。

覃国强说：“辖区那条小巷子外来人也多，要不要也安排人蹲守排查？”

李涛说：“那天已经对在巷子里吃东西的所有顾客来回搜查了一遍。现在街上都是于犯的通缉令，他还敢到这么热闹的地方来？”

覃国强的话，让老五突然想起阿兰粉店煮粉间的里屋。但老五马上就骂自己一句：扯卵淡。不是说已经把于正金所有亲戚朋友的住处都监控了吗？如果阿兰是他的亲戚朋友，公安还不早就盯上她？

五

折腾了一夜，天快亮了老五才回到自己的出租屋。刚睡下，堂哥又打来电话，告诉他现在快递业务量越来越大，老板这里缺人手，问他愿不愿回来继续干。

想起这次出警被处罚的事，老五一股怨气又涌上心头。但他对堂哥说，再考虑考虑。其实他是在想这次于正金脱逃是个机会，如果能亲手把于正金抓住，估计转正的事情就有希望了。老五手拿着电话，在堂哥的骂声中睡着了。

不一会儿手机又响了，老五以为又是堂哥打来的，不愿接，用被子把头蒙上。手机一直在响，老五拿过来一看，是覃国强打来的："老五，怎么这么久不接电话？"

老五说："我刚睡着。"

"你赶紧到所里来，不，你直接到巷子里阿兰螺蛳粉店和我们会合。"覃国强声音很急。

老五赶到阿兰螺蛳粉店，覃国强他们已经到了。

平时老五来吃粉都是穿便服，阿兰看到穿协警服的老五，脸一下唰地白了。

覃国强拿出一张照片，问阿兰："见过这个人吗？"阿兰摇摇头。老五凑近照片一看，心里一紧：是于正金的照片。

覃国强一脸严肃：把你们店里的餐巾纸拿来看一下。

阿兰店里自己印了餐巾纸的包装，包装上有阿兰螺蛳粉店的地址、电话等广告信息，1块钱一包。

覃国强一看阿兰递过来的餐巾纸，又把手中的照片扬起来："这个人在你这里吃过粉，你还说没见过他？"

"哎哟，警察阿哥，每天都有这么多人在这里吃粉，我哪里记得那么多。像这位阿哥天天来吃粉，我肯定认识他。"阿兰指着老五说，一脸的冤枉样。

老五的脸顿时红到耳根，覃国强瞪着老五，也不知道说什么好。

回所里的路上，老五一言不发。覃国强告诉他，今天早上有晨练的群众给110打电话，说河边树丛中躺着一个人，样子有点像通缉令上的于正金。110赶到时，那个人已经不见了，在他躺过的地方，发现一包用了一半的餐巾纸，外包装上写着"阿兰螺蛳粉"。

老五说也许是别的人丢在那里的呢。

覃国强说从餐巾纸包装上提取生物检材，一查DNA就知道是不是他用过的了。

老五说就算是他用过的，也不一定和阿兰粉店有关吧？只能说明两种情况：一是他确实到过阿兰粉店吃过粉，但老板娘不知道他是逃犯，肯定要卖给他；二是他在路上捡到这包餐巾纸后拿来自己用。

覃国强说："你天天到阿兰那里吃粉，还吃出感情来了，这么肯定地为她说话？"

老五红着脸笑了笑没有说话。

沉默了一阵，老五说："我看你刚才吼她，看她样子挺可怜的。"

覃国强说："老板娘好像是桂北口音？"

老五说是的。

覃国强说："你去户籍警那里查一下她是桂北哪个地方的。"

老五说："于正金越狱后公安肯定排查过他所有的亲戚和社会关系。如果老板娘和他是亲戚或朋友，当时还不早就来调查她？"

覃国强说："那也是。"

六

回到所里，老五想起覃国强的话，心里不禁紧张起来。他希望阿兰和于正金没有任何关系，又希望能从阿兰这里打开突破口。他走到户籍警那里，调看了外来人口登记表，阿兰的户籍和于正金一个县，但不同一个乡。老五心里有点失望，又有点踏实。

傍晚，老五走到巷子口，看到阿兰螺蛳粉的牌子，他正犹豫是进去还是换另一家。

"阿哥来了？上次只知道你当过兵，没想到你还是个警察。"阿兰站在粉店门口笑着和他打招呼。

"什么警察，只是个协警。"老五不好意思地摸摸脑袋。

"协警也是警。"阿兰动作麻利地端上一大碗螺蛳粉。

老五狼吞虎咽地吃完一碗粉，满头大汗，一把扯过桌子上的卷筒纸擦汗。突然他想起什么，往四周看了一下，发现没有哪个来吃粉的人另买粉店的餐巾纸，因为每个桌面上都提供免费的卷筒纸，每个人吃完粉都直接在桌面上扯下卷筒纸擦脸抹嘴，交了钱就走了。

"难道阿兰认识于正金而且关系不一般？"老五刚擦过的汗又流了出来。

老五一直坐着，眼睛盯着煮粉间里面那间小屋的门，仿佛答案就要揭晓一样。

等阿兰出来收拾碗筷，老五说想进煮粉间洗个手，阿兰说水管在里面。

老五走进煮粉间的水池旁，把水龙头打开，边装着洗手边往外面观察阿兰，阿兰正在外面背对着他捡碗。老五用手悄悄地将水池旁小屋的门推开一条缝，往里瞄了一眼，里面好像就是一些杂物。突然，老五在门角落发现一个被踩扁的烟头。老五赶紧把门带上，走出煮粉间。

粉店里的客人都走光了，老五选靠近大门的桌子坐下。

阿兰见他还没走，给他递上一杯山楂茶。

“阿兰，我问你几个事。你要老实回答我。”老五脸红红的，不知道是被螺蛳粉辣的还是太紧张。

“哟，把我的粉店当成派出所了？”阿兰不生气，笑着说。

“你到底认不认识于正金？就是几年前劫持邻居女人被我们抓住那个。”老五说这话时，脸上的颜色恢复正常了。

“我上次不是说了吗？来我这里吃粉我就认识他吗？”轮到阿兰脸色变了。

“那我问你，你小屋子里的烟头是谁丢的？你不要和我说是别人丢的，警察一查DNA就知道是谁。”老五边说边用手指着煮粉间里的小屋，“于正金是个越狱逃犯。谁敢窝藏、包庇他，那是要坐牢的。你开个粉店好好的，他有什么值得你去窝藏包庇的？”老五说这话时，感觉自己很有预审干警的气势。

“我、我……”阿兰支支吾吾的，泪水开始在眼眶里打滚。

“你主动交代问题，带我们去找他，对你对他都有好处。”老五怕刺激阿兰，没说去抓他，只说去找他。

阿兰还是不说话。

“你不说，到时候警察追到他，如果他跑或者是顽抗，警察可以开枪打死他！”老五两眼睁得大大的，他再也不怕刺激阿兰了。

“哇！”阿兰大哭起来。

“你别哭啊。你说实话，算你主动交代，还可以弥补过错。”老五边说边朝门外看，几个路过的人停下脚步往粉店里看。老五朝他们挥挥手，叫他们走开。

“我和于正金是在广东打工时认识的。他出事那年，我们刚确定恋爱关系。我们的事情没有谁知道，连他家里人都不懂，他被抓后我们就没有联系了。上个星期，他突然跑到店子里，把我吓一跳。我问他是不是提前释放了，他说他是跑出来的。我把他带进里面的小屋，给他煮了一碗粉，又出去给他买了一包烟，叫他赶紧走。他走过柜台时顺手拿了一包餐巾纸。他走后不久，警察就在巷子里搜查了。我也不知道他现在躲在哪里。”阿兰说完，脸上变得铁青。

老五给所里打了电话，李涛马上带人到粉店把阿兰带走了。阿兰上车时，回头往身后的老五看了一眼。老五刚刚发烫的脸顿时好像被一盆冷水浇了一样。

于正金被别的派出所抓住了，全局上下都很高兴，老五心里却挺郁闷的。除了因为于正金不是自己亲手抓住的，失去一次立功转正的机会，他还为阿兰难过。他实在想不通，阿兰居然和于正金处过对象，这一次还因为包庇于正金被抓了，也不知道最后会不会被判刑，但这辈子肯定完了。

这天傍晚七点，老五还是走进了巷子里。阿兰的粉店被房屋的主人收回去后，又租给别人开狗肉店了。这个时间正是晚餐时间，狗肉店里坐满了人，有几桌都摆到路面上了。老五走进狗肉店对面的螺蛳粉店，点了一碗螺蛳粉。不知道是对面狗肉店里的狗肉味道熏的，还是吃惯了阿兰的螺蛳粉，老五总觉得这家螺蛳粉的味道有点怪。正要和老板聊几句，口袋里的手机响了……

宝根

◎文/赵先平

一、春天的闹心事

春天的闹心事都是冲着村主任李宝根而来的。在李宝根眼里，这几件事，已经是天大的事了。

安平村地处桂西南边陲，跨过一条河就可以出国去了。安平村有前后两条街，说是街，其实就是两段不到五百米的新旧马路，一条是旧马路，历代传下来的，叫旧街，路两边都是旧住户。旧街口有一棵大榕树，大到成了安平村的景点，外来的一些摄影家把这棵榕树叫成“独木成林”。以前村中有要事，大小爷们都在榕树下议事。一条新街叫朝阳街，是一条穿过村前的二级路，路边立着一块大石头，石头上刻着大大的“安平村”，沿着大石头往东，路两边新建一些楼房，三层的四层的五层的，高低错落，都是钢筋水泥的四方盒子。

安平村以前叫苦丁村，盛产苦丁茶。改名是在光绪年间，据说是村主任李宝根曾爷爷那一辈的事了。苦丁村有一个叫李明泰的人当过县里的辅官，据说文采和为人都十分了得。李明泰老爷子在县里做辅官时有根龙头手杖，那手杖相当于老爷子的命根了。据说省里巡抚大人有一次视察县里，喝了作为宫廷贡品的苦丁茶后，心情大好，出了个上联：苦丁茶，茶中多韵味。巡抚大人的对子其实也只是一般的对子，但当时在座的官员竟没一个对得上，只见李明泰老爷子长袖一甩，站起来对道：平安县，县里蕴患忧。以前这个地处边境的县叫平安县。要知道巡抚大人是因为匪患而巡视平安县，县里官员极尽讨好之能并不能令他满意，猛一听敢说真话的人对上了下联，并替他把责怪平安县下属官员的话说了出来，当即连说三声“好”，把手上的文明杖赠给了李明泰老爷子。李老爷子因此在平安县声名大振。那一年，李明泰把村名改为安平村。

苦丁村就变成了安平村。按读书人的讲究，像安平这样有根有据有历史的村子，方圆几十里是找不出第二个的。以前李明泰老爷子的手杖还作为文物放在村里的陈列室里，可惜后来在纷乱的年代中不知被谁抄走了。可见，李明泰老爷子在这一带的名气是相当大的。

也许安平村以前叫苦丁村的时候真的不止出现过一个李明泰这样的知书通文的高人，但到李宝根那一代，村里已经没有多少读书人了。到李宝根这一代，学历最高的只有两个人，一个是李宝根他自己，另一个是合昆。合昆有一张高中毕业证书，后来在村里当过几年的代课老师。合昆也只是教到小学三年级，四、五年级的学生就轮到一个叫黄学军的正式领国家工资的老师教。黄学军老师不是安平村人。这样一比较，合昆与大学问家距离就相去甚远了。

安平村的人当然理解前人李明泰老爷子改村名的用意。苦丁苦丁，“丁”都苦，何来发展啊。安平当然好了，改名后安平村经历了多少的战乱纷争，始终没有出现大的流血事件。村人说，有着安平的好名，就主宰和决定了村子的现在和未来。村人希望他们的这个村名能给他们带来好运和安康幸福的日子。

改革开放以后，满世界的人都在想各种办法弄钱。安平村南面的德天村，利用瀑布开发旅游赚大发了，每天来旅游的人成千上万，热闹极了，光是卖个玉米粥都能发大财。安平村的人受此启发，就怂恿他们的第二代领导人也就是李宝根的前任李朝东把村名改回苦丁村，说村里有两棵上千年树龄的苦丁茶，把它们圈围起来也像德天瀑布一样收门票，没准也火呢。二十世纪九十年代末，李朝东以村委的名义派劳力围了两棵千年苦丁茶树，结果来旅游的，鬼影都不见一个。倒是有几年苦丁茶风靡一时，一斤正宗苦丁茶叶卖到上千元，被县里广泛推广，村里也大种特种。但好景没几年，茶叶价格大跌，村人看着几块钱一斤都无人来购的苦丁茶叹气摇头，表示他们的失望和痛惜之情。李朝东后来因为苦丁茶被弄进监狱了——苦丁茶值钱那几年，他私自把两棵千年母树卖给了客商。

闲话少说，话题还是回到安平村的闹心事来吧。

以前，如果有人说祥福在县城里嫖了娼并且染上了性病，安平村的所有人都会说，呸呸，祥福又不是李宝贤，他有这个福分吗？！或者，他们把一口痰吐向天空，说，噢噢，这是好大的雨啊。如果你相信一口痰就是一场大雨的话，那他们就会相信祥福嫖了娼，染上了性病。因为，祥福那时候没有钱。

但是，现在在县城里做工程队小工头的黄景说出这话，人们就信了。他们紧张兮兮地说：

“是吗，真是这样吗？那得多少钱才治好呀。”

黄景咂了咂嘴说：“可惜不是梅毒。”

村民们说：“就怕是艾滋呀。”

黄景说：“你们以为艾滋病是容易患的吗？”

黄景又说：“不管怎样，反正祥福是患了性病了。我听黄朋说，他看见祥福和合昆两人一起进了县城的性病专科医院。”

村民们说：“也该祥福散点财哇，五十五万哪能都吞完啊。”

现在，祥福有钱了。祥福的钱是摸彩票摸来的，民政福利彩票。安平村最穷的人祥福用两块钱摸到了五十五万元，天和地翻了个个儿，眼红的人多着呢。黄景和祥福有点亲戚关系，在祥福揭不开锅的时候没少接济他。可黄景想把工程队搞大点，要借两万元做前期投入，费了不下两盅口水，硬是不能从祥福手上拿下一分。别的人更不用说了。

黄景传播祥福患性病消息的这天，安平村何泽林的两头黄牛失踪了，黄可石的女儿黄梅花在山弄里被人强奸了。这天的太阳和往常没有多大的区别，太阳光炫眼而暄软。这样的光线和温度是安平村春天的象征。

毫无疑问，发生了这两件大事，安平村的人们肯定忘记了那天的光线和太阳，同时也不会记得是谁发布了祥福患性病的信息。有史以来，安平村从来没有发生过偷盗耕牛的事件和强奸女人的案件。

很长的一段时间里，安平村旧街村头的大榕树根下，人们嚼的话头都是这两件大事。直到有一天，他们看见坐摩托车的合昆驮着祥福驶过村前的道路，才意识到安平村发生的不止两件大事，而是三件大事。他们想，祥福患了性病，村里是不是还有其他人被传染了？偷盗耕牛和强奸案是可以破的，破了抓人就是了，染上性病你抓谁去？这可是比偷牛和强奸的事大得多了。

春天就是容易出事。村主任李宝根感到自己的脑袋要被安平村的事搞炸了。耕牛被盗，派出所的人下来吃了他三只鸡，喝了三壶酒，还是没有把案子破掉，看这事态的发展，还得有三只鸡才能了结。按照这种势头，这个月的招待费肯定超支了。黄可石的女儿黄梅花被强奸，也让李宝根闹心。你想，年前自己的儿子从广东打工回来刚和黄梅花订了婚，水灵灵一个未来媳妇，没过门就被人给强奸了，就算她家主动提出了退婚，可你能落井下石让他黄可石退那一万元订金吗？遇上这种事，李宝根能不闹心吗？

因为这两件闹心事，加上还忙着村里的其他公务，村主任李宝根是安平村里知道祥福患性病的最后几个人之一。

二、李宝根的身世

李宝根的身世在安平村还算过得去，至少在他那一辈的人中，了解到他爷辈父辈的人都能给他一些尊重。新中国成立前安平村的李家在当地富有传奇色彩。这种传奇色彩并不是体现在李家有多么富足和殷实，而是体现在李家人物身上。李家在安平村是名副其实的大户人家，三排大瓦房，每排三间，红瓦青砖在村里首屈一指。李家不像其他富户把住宅围成大院，而是四处通路。按照李家老爷子的说法，李家要纳四方之和气、祥气、财气，不必故步自封。

李家老爷子其实就是李明泰。李老爷子每日闲着无事，拄着那杆乌亮光滑的文明杖在村中四处走走，先是到学堂，看看先生怎么教包括他的孙子李德民在内的村中孩童，聆听了一阵“之乎者也”之后，又踱到田间地角，与侍弄农田的老农聊些时令、收成的话题。在大榕树下，老爷子置有一桌一椅。阳光明媚天气晴朗的时候，老爷子从田头地角回来，会在那里坐上小半日，呷着家中唯一的仆人老宋为他备好的上好苦丁茶，看大榕树下的热闹。

那时安平村只有一条旧街。旧街村头的大榕树下确实热闹。安平村百来户人家，大榕树下是唯一的文化娱乐场所。外来的货郎在李老爷子的左边扎了个摊，右边是跛三丈的理发摊，依次过去是屠户五的猪肉摊、李二的牌桌、李能赢的象棋摊……

老爷子对眼前的热闹十分满意。在热闹中老爷子细眯着眼回忆着自己辉煌的历史。老爷子是清朝晚期的举人，也就是从他开始，李家在安平村，在雷江乡，乃至在平安县，扎下了脚跟，树立了威望。老爷子在县城做辅官的时候，为安平村做了许多让村民称道的善事：修了通往村里的栈道，在关隘山口建了防匪的村门，在权力范围内减免了村民部分税赋……老爷子更满意自己的儿子李敢，读书勤快，办事灵活，从龙州中学读书回来，在县衙门当差几年，竟得到县长器重，三十出头就当了乡长，前途不可限量啊。

父亲李德民告诉过李宝根，当他才是十来岁孩童的时候，还不知道老爷子的那些历史。李德民的淘气顽皮在安平村倒是很出名。李德民记得，十岁的时候，他把老爷子的文明杖偷了出来，与一帮平时看到文明杖都敬畏三分的小伙伴拿到黑水河去玩。文明杖高及李德民耳根，它该是用山中的老枧木做成的，乌黑的手柄似是润着一层油，有些冰冷，有些沉重，加上虎口上端雕着精巧的龙头，手杖就更显得威严深沉了。但威严是以往的，手杖不在老爷子手中，所有威严对于李德民和小伙伴们来说是不存在的，他们对待它就像对待一根普通柴木，或者一根能够击石砸土的木棍。手杖在他们手中轮番被舞弄，来到黑水河边，手杖被他们“扑通”扔进河里，然后他们又扎猛子到河底去打捞，捞上来之后他们用河边的红泥抹到龙头上。

老爷子的手杖很快被李德民他们遗忘了。河里有比摆弄手杖更好玩的事情，他们游泳，打水仗，甚至捕鱼捞虾……所有这些都比那根木头好玩好耍。直至老爷子和仆人老宋出现在河边，他们才意识到闯了一个不大不小的祸。

在河里游泳的孩童，都被仆人老宋叫上了岸边。每人被老宋一巴掌打到屁股之后，老爷子还令老宋把他们的衣服尽数没收，让每个孩童叫家中大人前来领取。这样，每个玩弄老爷子手杖的孩童，都免不了受一顿皮肉之苦。

始作俑者李德民当然被一顿鞭打。安平村中，老爷子的宽容与大量是有口碑的，但唯独此事，老爷子动怒了。这是李德民童年时代遭受的最严厉的一次惩罚。最初，李德民还反抗地咬了一口老爷子的手，后来，就被绑起来打了。

老爷子边抽李德民的屁股，边骂道：

“竖子也，不可教，就要打！”

对于爷爷李敢，李宝根听父亲李德民说，印象里除了一张旧照片上的威武，其余的已经淡忘。那年头李德民一年能见到李敢一两回都算是不错的了。

但是，在雷江乡一带，李敢的故事要远远多于李老爷子。他是一个传奇的乡长，也是一个传奇的连长。

国民党的乡长投奔共产党，并且当上解放军的连长，这本身就是一个引人探究的谜。

乡长是有马骑的。乡长是有枪佩的。跨着枪骑着马，外加魁梧的身材，乡长李敢是有一副将军相的。李德民保留过一张父亲骑马佩枪的照片，但不知道什么原因，他把它弄丢了。也许是故意弄丢的，在漫长岁月里，尤其是在“文革”中，弄丢一张威武的国民党乡长的相片应该是一件值得庆幸的事情。

李敢乡长骑着马穿过不及一里长的雷江街道。他慢悠悠地将马的脚步控制在人行的速度上，嘚嘚踏踏，嘚嘚踏踏，有节奏，有响声，一条街的居民都向他行注目礼。雷江乡是有福气的，有李敢做乡长，最穷的穷人都有饭吃，有衣穿。

李敢作为乡长第一次走在雷江街上是一九四四年早春的一个上午。据李德民描述，那天太阳似乎特别亮，特别刺眼，飘着的几丝浮云更加衬托出天空蔚蓝色的纯正与地道。那天还应该是雷江的街圩日，不算宽阔的街道显得比平日拥挤一些，叫卖声、吆喝声、鸡鸭猪狗叫的声音此起彼伏，很有国泰民安升平世界的味道。突然，天空中传来嗡嗡的声音，那声音越来越响、越来越近，像群蜂涌到头顶，涌到耳膜。“日本飞机！”有人凄厉尖叫，“日本飞机来了！”

一时间，人们惊慌失措，朝着各自认为最安全的地方奔去。李敢乡长朝天上放了两枪，震住了惊乱的人们。“听我说，我是你们新到的乡长！”李敢声若洪钟，在雷江街比那嗡鸣的机声还要响亮，“这是日本的侦察机，大家尽量往屋檐下躲，飞行员见不到人影自然会飞走。”雷江街恢复了宁静，从上往下看，街道了无人影。日本飞机在雷江上空盘旋几周，也许是示威，也许想吓唬村民，它们扔下几枚轻型炸弹，然后飞走了。炸弹并未落在街上，而是落在离街区较远的田野上，炸伤了一头黄牛，炸出了几个粪坑般大小的坑。

日本飞机轰炸雷江乡，这一事件在平安县志上有记载，但一九四四年的日本在中国已经是强弩之末，是秋后的蚂蚱。除了侦察机，日本人并没有真正进入平安县，进入雷江乡的地盘。

但是新到任的乡长李敢那一天的沉着冷静的表现，让雷江人见证了他的勇敢与机智。雷江人一提起李敢乡长，都竖起了大拇指。

一九四四年至一九四九年，李敢做了五年的国民党乡长。李敢五年里致力乡政，把一个近两万人口的雷江乡治理得平平安安，无匪无灾。五年里李敢虽较少回安平村，但也还是给李德民增添了一弟一妹，使自己的子女凑够了一个吉利的六六大顺——四男二女。

雷江乡也闹共产党，地主富农也同样剥削贫下中农，李敢乡长是用何种法子处理好这些乡里的矛盾的，没人得知。总之，共产党对他不反感，农民崇敬他，地主富农也对他没有怨言。

外面的世界却是动荡的。日本投降了，国民党、共产党打起来了，县里换了两任县长。唯独雷江乡，波澜不起，水波不兴。但是，从事后的结果看，了解内幕的人清楚，一九四八年秋至一九四九年，李敢在酝酿一起不同寻常的事件。

从雷江乡府到老家安平村，相距十多里的山路。李老爷子做辅官时修下的山中栈道让李敢能够骑马回家。一九四八年农历八月二十，李老爷子七十五大寿，李敢早早就带着一干人马从乡里出发了。李敢一年有两个日子必定要回老家安平村：一个是李老爷子的生日——如果老爷子是在村里过生日的话；一个则是每一年的农历三月初三——扫墓祭祖日。

李敢抿了抿嘴唇。这是他的一个习惯动作。李敢抿了抿嘴唇，从腰间取下军用水壶，嘴对嘴嘟嘟喝了几口。壶里装的是米酒。“上路哇！”他的声音像一匹脱缰的马，气势磅礴，荡气回肠。多年后李德民从父亲的朋友和下属那里了解到，父亲李敢那一日带领的十几号人马有一半以上是共产党员。他们早早从乡政府出发，以回村给老爷子祝寿为名，在途中的山弄里召开了一个重要会议，这个会议促使了后来父亲李敢倒戈反击，为共产党一九四九年解放平安县城提供了有力的思想保证。

李敢骑着马嘚嘚踏踏走在山道上。他带领的一干人马中，有县里下来的照相师（共产党的联络员），有乡政府里的厨子，有村公所里的几个村长。山道弯弯，四周树木蓊郁，不知名的鸟儿被人的脚步声惊动，扑棱棱在树丛里扇动翅膀，起飞，咕咕咕地叫着往远处射去。这次山弄中的会议，平安县雷江乡乡长李敢加入了中国共产党。李敢是一个秘密的共产党员啊。

这一天安平村李家三排青砖红瓦房前热闹非凡。村中几乎每户都有一人前来给李老爷子祝寿。鞭炮声响彻安平村的上空。李敢抱拳在李家宅前恭候父老乡亲。

李德民保存的那张全家福照片应该是那一天拍的。李德民和大哥李德众那天特别兴奋，他们俩在人丛中上蹿下跳，有点人来疯。“德民、德众！照相照相。”母亲背着小妹李小毛在人丛里拽出他俩。

李德民告诉李宝根，相片中他的母亲也就是李宝根的奶奶，眉宇间总是蓄着淡淡的忧伤。对这个在李氏家族谱里只标上“赵氏”的母亲，李德民说他永远满怀敬意。在后来的岁月里，母亲赵氏磕磕绊绊把李德民他们六个培养成人。

李德民多次重复第一次照相的故事，李宝根很小的时候就听腻了。李德民说那天天气很好，正门前，李老爷子早早就端坐中央，还脱掉平时很少脱下的老花眼镜。乡长李敢也已经站到老爷子的左边。“快点快点！大娃二娃。”李敢催促道。李敢似乎记不起他六个子女的名字，大娃二娃三娃小娃是称呼他们四兄弟，大女小女是称呼两个女儿。“准备好啰——”照相师搭好架子冲着面部僵硬的李家人喊道。李德民因为刚才跑得疯，头上和脸上浸着汗水，听到照相师喊准备，禁不住用手抹了一下脸。“不要动！”父亲李敢从后面拍了拍他的头。声音严厉，李德民不禁抖动了一下，挺直了腰身。这时，照相师已经喊“三二一”，只见耀眼的镁光一闪，咔嚓一声，李家的全家福就此定格。

照完相后，李敢对全家宣布了一桩重要的事情。这件事改变了李家之后的命运。李敢在征得老爷子同意之后，宣布除前排房子之外，李家后两排六间房让给村中最贫穷、房子最破烂的林格子和王牛皮住。当然，仆人老宋也得了两间。李敢还把家中几十亩好田好地都分给了地少的农户，仅留下几亩保根田地，他把地契都改成了村中农户们的名。李敢宣布这件事的时候，安平村民无不震惊。“我们李家有两个人吃着皇粮，不需要那么多的地和房。”李敢是这样向村民解释的。他说这话的时候，两眼焕发出激情的光芒。

新中国成立后，安平村划分阶级成分，李家划为贫农。

由此来看，李宝根当村主任在安平村里是有基因的。

三、李宝根的公务

李宝根的公务忙吗？当然忙。至少，对于村民黄炳能来说，村主任的公务是忙得不得了。几年前的一个春天，黄炳能因为一件事找李宝根，而且已经找了不下十次。黄炳能对李宝根说：“主任，这是第十一次了，如果你再不给我解决，我要上法庭了。”黄炳能说这话的时候，李宝根正背着手在村小学的操场上踱步。春日正午的太阳照在李宝根“地方支援中央”的秃头上，闪出些许的汗光，就好像他的头上也有无数颗不太亮的小太阳。村小学的操场只有半个篮球场子，但就是这半个篮球场这两年也越来越小了。李宝根说：“黄炳能，你帮我解决村小学篮球场变小的事，我就帮你解决老婆的事。”

黄炳能肯定不能解决篮球场变小的事，要是能解决，黄炳能就当村主任了。上一次，黄炳能找李宝根的时候，他也是被李宝根的一句话给打发了，李宝根说：“黄炳能，你要是帮我把李老牛历年的电费收回来，我就帮你解决老婆的事。”

篮球场子变小的事，黄炳能不能解决，但可以干涉一下。黄炳能的堂叔黄可安，安平村有名的吝啬鬼和贪婪鬼，他家屋后有半畦菜地，这半畦菜地紧挨着村小学的篮球场子，这两年黄可安用了种种法子使半畦菜地逐渐变成一畦。黄炳能对村主任说：“百年大计教育为本，我对老家伙说道理去。”

“呃呃，这道理对牛说去。”李宝根打算不睬黄炳能了。黄炳能一看村主任不睬自己的事，就有些绝望。黄炳能拉着李宝根的衣服，带着哭腔道：“主任啊，我都近四十岁了，这张脸往哪儿搁啊！”

“呃呃，你这人真烦，真烦。”李宝根不耐烦地说，“都四十了，还离什么婚！”

“这婚我是离定的了，村主任，你就给我盖个章吧。”

“我不盖！”李宝根说。

“结婚自由，离婚也自由，”黄炳能委屈地说，“你不能因为害怕影响全村三个文明建设奖就不给我盖章。”

“嘿嘿，一桩离婚事儿会影响安平村的三个文明奖？”李宝根冷笑，“好歹咱是同村，我是可怜你啊黄炳能！”

黄炳能犟犟地回答：“我不要你可怜！”

李宝根指着黄炳能的脸，生气地说：“那好，你可想好了，我给盖了章，你千万别后悔！”

黄炳能挺直腰说：“不后悔！”

李宝根顿了一下，开始用一种公事公办的语气讲话：“黄炳能，你说说，你为什么要和老婆离婚？”

黄炳能忿忿道：“这婊子和别人搞男女关系！”

“和谁？多长时间了？”

“和合昆，上个月开始，我亲眼见三次。”

李宝根说：“还亲眼所见，这口气确实难咽下，是应该离婚。不过我问你，黄炳能，离婚后你还想结婚吗？”

黄炳能问：“这和离婚有关系吗？”

李宝根说：“你别管有没有关系，回答我的问题！”

黄炳能低声说：“想。”

李宝根问：“想和黄花闺女结还是和上了点年纪的结？”

黄炳能喃喃道：“我……我都上了这把年纪，哪还有黄花闺女跟啊，找个上了年纪的般配就成。”

“好，好。”李宝根点头，突然又换另一种语气说话，“和你般配的，那应该是有儿有女了。我问你，不是你生的人叫你爸，你和老婆亲生的叫别人妈，你舒服吗？”

“这……”黄炳能语塞。

李宝根继续道：“还有，你老婆只和合昆搞三次，你离婚要娶的人，别人和她，肯定不止三次，你自己算算看，百千次都不止了……你想想，你这离婚了再结婚合不合算？”

黄炳能被李宝根给说愣了。

趁着黄炳能发愣，李宝根离开了村小学的操场。临走时，李宝根扔下一句生硬的话语：“你想好想通后再与老婆到村委会找我。”

这就是李宝根办公务的一个缩影。安平村发展到现在，外出打工的，无丁户招女婿上门的，娶媳妇包括娶越南女人的，笼统算来，已经有三百多户人家近两千人口了，加上邻近屯归入村委管理的，大安平村有五千人口。作为村中最高管理者，李宝根当然不能像他太爷李明泰一样闲着拄一根文明杖走来走去，或者在村委看看报纸喝喝茶，他得处理各种街邻大小事情，忙得不得了。

四、李宝根组织召开村委会议

在安平村，李宝根还算个人物。可在雷江乡干部和乡领导眼里，李宝根只算个平庸的村主任，虽然有时他的正能量大于负能量。

高中补习了几年，考不上大学，通过一些关系当上村主任，这本身就是一个平庸的故事。

以前李敢当乡长有马骑，其威风程度相当于现在一个正科级干部有宝马车坐一样。现在李宝根只有一部烂摩托，因为排气管漏气了，开在路上啪啪啪地响。李宝根也算是身材魁梧的人，可头发稀少前额也有些油光，县乡干部怎么看都看不出他有与其身材相匹配的能力魄力。李宝根有一张和县委书记的合影，他还把它放大挂在村委的办公室里，每次乡里干部来安平检查指导工作，他都在那张相片下汇报工作。那张放大的合影里，县委书记的目光是威严的，每一次汇报，他都在书记威严的目光下低声下气——别说县长，哪怕是乡里刚刚参加工作的小毛头，都能给他训话。

李宝根骑着他那老土的大阳摩托穿过雷江乡街道。他急匆匆地将车开得飞快。他第一次开着摩托路过雷江街，应该是十多年前了，那时他的摩托还是新的，他有意开得慢一些，像多年前的爷爷李敢骑马一样，可是那一天整个雷江街没有人多看他一眼。

陈乡长火急火燎，电话里说：“李宝根你个狗娘养的，给我十分钟内来到乡政府开会！”

赶到乡政府会议室，各村的村主任还没有几个到。李宝根坐到最后一排，邻村的村主任陆续到了，他们都坐到该坐的位置上。陈乡长的出现往往是人没到声音先到的：“你们今年不完成甘蔗种植任务，我吃了你们！”

陈乡长点名：“李宝根你到前面来！”

李宝根有些慌，他第一次被乡长点名搞到主席台去。陈乡长说：“今天我要和你们签订责任状，种甘蔗的责任状。第一个要签的是安平村，因为安平村任务重，工作难度大！”

李宝根签字的手有些发抖。陈乡长说：“签完回去村委要开会研究研究，如何完成任务。明天我陈某就到安平村检查落实情况。”

李宝根回到村里就电话通知村委委员和屯长开会。这是他召开的无数次村委会议中的一次。人多吗？不多。十个人。五个村民小组长，一个副支书还兼村委副主任，一个团委书记，一个妇女主任，一个治保主任，还有一个就是李宝根自己。李宝根开了无数会，却很少有开会就办成事的。不像他的爷爷李敢，在山谷里开一次会，就完成一次策反，还载入平安县的史册。

以前村委开会只要管吃管喝，十个人都会准时到会。但现在不行了，现在每人还要发三十元的误工补贴，他们才来开会，而且常有几个人迟到。有一两个常说怪话，嫌三十元补贴太少，说拾荒的老头收入都比他们开会高。李宝根对付村民有一套办法，对付这些村干部有些吃力。

今天会议的议题是如何完成乡里下达的新增种植一千亩甘蔗任务的事宜。李宝根说，一千亩啊同志们，到现在我们刚刚完成三分之一不到，我们没办法交差啊。有一个屯长说，劳动力不够，难啊。另一个常说怪话的徐屯长说，屁话嘛，甘蔗入厂价翻倍收购看看，有没有人种？李宝根说好话，政府已经做到最好了，补贴蔗种，贴息帮买肥料，该做的都做了。

对于完成甘蔗种植任务，说实在话，李宝根是没有信心的。县里乡里动作很大，决心也大，标语口号满街满巷、村头村尾到处都有。可是，李宝根看到，扶持种蔗的肥料送到村口，竟然没有人主动卸车。甘蔗种苗都拉到田间地头了，因为这一段时间天气干旱，有一部分已经枯成柴火的样子，就是没人种到地里。

多年来，李宝根奔波在安平村的田间地头和邻里之间，牺牲了外出打工致富的机会，很努力地去处理村政，却还是没有更好的法子处理村里的各种矛盾。他的这个角色，领导不满意，村民大多反感，也多有怨言。

李宝根端起杯子大口喝水，重重地把茶杯放在桌上。每次开会之前，他都重复这一动作。他的这一个动作，和他爷爷李敢抿嘴唇的动作一样，都是习惯动作。可他爷爷李敢的声音像脱缰的马，他李宝根算起来只能算是脱轭的驴。李宝根喘了口气，说，同志们要帮帮忙啊，县里乡里这回可是要动真格的啦。

五、那天李宝根醉了

那天李宝根醉了。他是给下村指导农民种蔗的陈乡长搞醉的。李宝根醉得噢噢直吐。远远望去，龙眼树根下有一个黑影一抽一抽的，像一只弓着躯体撒尿的狗。这时的李宝根已经不是平时的李主任了。

李宝根醉是因为陈乡长对安平的甘蔗种植补贴有了更具体的要求。陈乡长说，你每多吃一大杯，我一亩就多奖你一包肥料。陈乡长是老滑头老油条了，他知道如何激发村干和村民的种植热情。李宝根每喝一杯，陈乡长都提醒一句："你个狗娘养的李宝根，既然多给你几包肥料，那你得按时完成任务！"

等到陈乡长离开安平村的时候，李宝根已经醉得一塌糊涂了。

在龙眼树下，手机"春天里花开春天里花开"地唱了半天，李宝根才吐完。手机响，李宝根当然知道，可在吐出污物的那段时间，他实在是无法接听。李宝根醉眼蒙眬地翻看未接来电，半天才翻到是派出所的李镇南打来的。又半天，李宝根才摁到拨号键。

李……李所长，有……有嘛事啊？李宝根对着手机问。他听到电话那头李所长说祝宝根主任新年好新年发财。李宝根呸了一声，说，都他妈的三……三月了还新年好，有……有嘛事直……直说。李镇南在那头哑了半天，才没头没脑地说，我吞了一只苍蝇。李宝根听得莫名其妙。

李宝根素来不喜欢跟李镇南打交道，这位像牛一样五大三粗的李所长是年前从县局下派来的，平时有些看不起村干部。可李镇南的工作又不得不依靠"土八路"出身的村干部们。李宝根刚刚被酒精折腾得浑身不舒服，这会儿听到李镇南不着边际的话语，便"啪"一声盖了手机。不……不说拉倒。李宝根心里说。

可是，说到底，李宝根还是个有责任心的"土八路"，夜里清醒的时候又一次想起李所长的电话。李宝根知道，李镇南给他打电话当然不是想问候他新年好新年发财，肯定另有他事。李宝根有些放不下心来了——果然，电话挂过去那头虽然哑了一阵，但还是说话了。

黄梅花的案子有眉目了。李镇南说，应该是李宝贤干的。

李宝根感觉有一只虫子钻到他的心里。李镇南在电话那头继续说，有人看见李宝贤中午带着老白干的女儿，下午她就被人强奸了，到我这报案的时候那地方还流着血。

老白干的女儿是村里一个痴呆女，在李宝根的印象里只有十三四岁的样子。

“我怀疑强奸黄梅花也是他干的好事。”李镇南说了这话就把电话给挂了。

李宝贤是李宝根的堂弟。这个在雷江乡里有着“种猪”之称号的乡村木匠没少给李宝根找麻烦。前些年乡村城镇酒店兴“小姐”的时候，他就因嫖娼被县里治安大队处罚过两千元——当然都找李宝根这个当村干部的堂哥“埋单”。李宝根气得当场扇了他两嘴巴，可又不能不理，谁叫他们是兄弟呢？

第二天是三月初三。三月三，扫墓祭祖上新坟。李宝贤的老爸也就是李宝根的伯父去年十月过世，三月三理所当然要给他上坟。李宝根早早起来，上街购置猪头做祭品，就听到整个农贸市场都流传着又一个特大新闻——老白干的女儿昨天在街头被人强奸了，派出所正四处搜捕罪犯。

那天早晨天气很冷，是春天里回寒的一个冷天，空中还飘着蒙蒙的雨丝。李宝根发觉街上的人似乎都拿一种异样的眼光看着他，令他十分恼火。他想骂人，却不知向谁发火，回到村里，发现自己已经满头大汗。雷江乡发生案件，李宝根不觉得有压力，杀人放火打架斗殴吸毒耍流氓，哪个地方一年不发生十起八起那才叫奇怪，这算不上什么新闻。令李宝根冒汗的是，昨天下午有人亲眼看见李宝贤带着老白干的女儿行走在雷江街上。光天化日，看见李宝贤拉着老白干女儿走的人估计不少。一股不祥之感顿时涌上李宝根的心头。

李宝根和李宝贤早些年是有着很深的兄弟情谊的。李宝根上初中那几年，李宝贤已经跟着老白干做学徒了，他的手艺在雷江乡的村村屯屯留下了很好的口碑，因此收入颇丰。因为经济拮据，李宝根没少向李宝贤借钱应急。李宝贤和李宝根其实年纪相仿，相差不到两个月，两家离得又近，从小到大两兄弟无话不说无事不谈。李宝根那时刚高中毕业，因为考不上大学，又不愿像村里的人那样面朝黄土背朝天，于是便借钱复读，第二年没到高考时间，就逢着县里头招村干部考试，李宝根没考上线，是李宝贤连送带请才让李宝根当上了村干部。那年头找点关系当个村干部也不是什么大不了的事情。

李宝根从当村干部开始，熬了几个秋，才在八年前熬出个村主任，个中酸甜苦辣只有他自己知道。

十几年间，李宝贤也从开初的殷实走向败落。李宝贤在村里开了个木器厂，可现在木器厂长满了杂草。他会在那个长满杂草的木器厂里强奸老白干的女儿吗？李宝根脑袋里突然冒出这样一个想法。近一两年来，李宝贤的三餐都成问题了——在村里，现在谁还在打家具啊，乡里家具店里有的是现成的，他的这门手艺已经找不到吃的了。前年，他儿子又考上了大学，刮完了全家的老底才够交学费；父亲刚死，母亲多病，花销就像流水一样，不穷那才是怪事啊。

李宝贤败落的最大原因还是风流成性，要是没那爱好，凭他那一手木匠绝活，可能没有那么落魄的。据说，李宝贤乡里有两个情妇，在县城里还有几个。李宝根想不通，李宝贤那个样子，竟然有那么多女人爱他。李宝贤虽然在村里开木器厂，却很少来找李宝根。虽然李宝根当上村主任有他一份功劳，但平时有什么事情也就通通电话而已。实际上像他这样的人大事小事还是不少的，实在没有办法，才会跟当村主任的堂兄弟说一声，这是李宝贤性格中最好的一面。——李宝根怎么也想不到，这新年刚过不久，有那么多情妇的堂兄弟，竟会去强奸老白干的痴呆女儿，弄出这等让整个雷江乡都震惊的案子！

三月初的日子实在是短得很，都七点多了房子里还是不见多少光亮。李宝根就在这没有光亮的早晨给李宝贤打电话，他得告诉李宝贤说李所长已将他列为怀疑对象，如果他真的强奸了老白干的女儿，现在去自首也许还有一线希望。

然而事情却完全地出乎李宝根的意料。李宝贤是在那天晚上十点多找上门来的，这时候李宝根差不多已经确认他是一个强奸犯了。从早上开始，这中间李宝根不知给他打了多少次电话，但得到的回答全都是“对不起，该用户已关机”。一个犯了罪的人当然不会蠢到这个时候还开机，当他的声音从门缝里传进来时，李宝根还不敢相信是他来了。

进门来的李宝贤一身的酒气，尽管屋外天气很冷，还悄无声息地落着雨，但仍挡不住他热烘烘的酒气。说实话，给他开门时李宝根还犹豫了一会儿，但闻到他身上的酒味便放下心来了：强奸犯还有心思喝这么多酒吗？

李宝根问：“你跟谁喝了那么多酒？”

李宝贤说：“跟李所长。”

李宝根说：“你知道李所长为什么要请你喝酒吗？”

李宝贤点点头，说：“知道，他这是在向我赔礼道歉！”

李宝根怔了一下，问：“赔礼？赔什么礼？”

听到这话，李宝贤的声音就突然极其夸张地变大，说：“你还不知道啊？又一起强奸案，老白干的女儿被人强奸了！”

李宝根当然知道雷江乡发生了强奸案，而且知道派出所怀疑李宝贤就是犯罪嫌疑人，不过现在看来他应该没有强奸老白干的女儿。

李宝根说：“你是让派出所抓住了是吧？他们怀疑是你干的。”

李宝贤惊了一下，说：“你怎么知道派出所怀疑我？”

李宝根说：“所长都打电话给我了，我不知道？白天不是你带着老白干的女儿走街吗？”

李宝贤摇摇头说："是我，可我没强奸她呀。"

李宝根说："那李所长为什么请你喝酒？"

李宝贤说："说出来你可能不相信——我帮派出所找到那个强奸犯了！"

李宝根惊问："谁？"

李宝贤说："合昆。"

六、合昆

合昆曾经是李宝根的死对头。早年，还在谈恋爱的年龄，李宝根和合昆一同瞄上了同村的范秋芳。

范秋芳告诉李宝根，合昆比他强多了。当年李宝根问，他哪儿比合昆差？范秋芳说，合昆比你有文化。

李宝根当时就糊涂了。开始时，他还以为范秋芳在开玩笑，村里好多人都跟他开过类似的玩笑，说合昆比他有文化。可李宝根知道，全村人都知道，合昆其实只有初中文化水平，而且初中还没有读完就被他老爸拉回村里养鱼了。之所以号称高中毕业生，是他在养鱼几年后，通过其他手段到县高中去弄了张高中毕业证。而李宝根则是堂堂正正的正规平安高中毕业啊。合昆跟老爸养鱼，觉得很辛苦，让老爸弄些手脚，走后门当了几年的村代课老师。后来国家清退代课老师，合昆又回来养鱼了，那时他已经成了家，就死心塌地干了这一行。不承想，合昆养鱼养出了文化，这在安平村可是不争的事实，唯独李宝根不承认这个事实。合昆现在已经在县城郊外有了两口鱼塘，专营鱼苗生意。合昆卖鱼苗也卖出了"文化"，比如，他能说出"大鱼小鱼，放塘里就是鱼"；比如，你要买两百尾鱼苗，他会帮你数出口诀：三十少五，二十多三，十五加六……最后得出两百尾总数，然后多匀出十尾八尾，对你说："多送你十尾鱼苗，今年保你大丰收。"合昆的数鱼苗口诀念得天花乱坠，常弄得买主云里雾里，不知真实数字。合昆送鱼苗给买主，还会告诉没有养鱼经验的买主一些养鱼的基本知识，如水质管理、轮捕轮放、"五定"投饲以及一些鱼病防治方法等。

但是懂底细的人知道，他合昆卖鱼苗，坑了你你还得反过来感谢他。鱼苗是动的，而且在水里，那些数鱼苗的口诀最终都没落实到实数，口诀里的两百尾实际上最多给了一百五六十尾。鱼不像鸡鸭，养一只见一只，不活的死了也会见尸，这鱼苗放塘里，被鸭鹅叼走的，雨水大时趁水逃走的，养个半大不大被人偷钓偷摸走的，年底能收个百八十尾算是丰收了。

短斤缺两也是合昆所擅长的。有些买主怕论尾买鱼苗被卖主欺诈，数得不够数，就让卖主称重，可殊不知在把鱼苗放进氧气袋的时候，有部分鱼苗又回到了合昆的鱼塘里，看过他表演的人直称奇，说和耍魔术一样。

还有一招是表演，合昆和老婆表演，两个人在鱼塘边为鱼苗的卖价吵架。吵架的内容无非是，昨天某某人给那么高的价钱都不卖，今天倒好了，你合昆这么低价卖，这么亏本的生意只有你这个傻帽合昆做得出，这日子没法过了，等等。最后哄得买主花高价买了鱼苗还觉得自己赚了。凭这些，合昆起了楼房，还买了套房，富得流油。

虽然在县城里有楼房、有套房，但合昆却常常回村。按理他可以只是偶尔回的，李宝根认为他是惦念着村里的女人们。合昆的父亲已经半瘫在床，他专门请一个人帮着护理，有必要常常回来吗？

七、赘述

赘述如此繁杂，无非是说，安平村的闹心事太多太杂，大事小事不断，安平村委主任李宝根是个多么不容易的人。没有错，是这么个意思。可哪个村没有闹心事？哪个村主任容易当呢？都不容易啊。

可要说村主任有多么难当，那也不见得，只不过在安平村，闹心事大多是冲着李宝根来罢了。李宝根记得，在他刚接任村主任的时候，乡里就让他把村名改回安平村。乡长说："好好的安平，改叫苦丁，这不，把自己村主任改进监狱了！"

乡长说："李宝根，你得把村名改回安平。"

李宝根用了足足半年的时间，才办好改名事宜。为了预防以后有人再乱改村名，李宝根找了十来个支持他的壮劳力，上山找块平整的大石，用吊机搬到村头，刻上"安平村"三个大字。那时李宝根刚当上村主任，有干劲，也因为刚好二级公路修过村前，才有吊机运回那块大石头。李宝根选了个黄道吉日，在村牌石前搭了彩门，彩门两侧还请人写了一副对联：

好安平好世界力创安平世界；

新时代新生活喜迎时代生活。

这副对联并不合平仄，也没有叠韵、双声、谐音等修辞手法，文字方面和李明泰老爷子的对子不可能相提并论。但在李宝根看来却是简单明了，富有激情。

那时候村里还有青壮劳动力，不像现在都出去打工了。村中有大把土地种稻谷种玉米。国家提出农民要过上幸福生活，县里乡里让农民种这种那，提出一乡一支柱、一村一产业。李宝根汲取前任李朝东的教训，做什么事都听乡里县里的，今年种黄豆，明年种甘蔗，后年又种香蕉，几年下来新时代新生活并没有如期到来，反而村人外出的越来越多，田地越来越荒芜。那几年，李宝根的村主任当得比较窝囊。

因为修了路，外出务工的人就多了。出去的人多了，留在村里的人就少。有时候李宝根甚至恨起穿村而过的二级路。"狗屁的'要致富先修路'！"李宝根说，"搞得村里只剩下老人和小孩了。"村里有人说，怪只怪村头的那一块大石碑，弄得整个安平村头重脚轻。头重脚轻，村里还得出事。于是，半年以后，安平村的西北角就有了一座土地庙。说起这座庙，又勾起李宝根的另一桩闹心事了。

安平村这一带的村民管做道的人叫爷。"道"不是名山名寺里的"道"，而是指村民操办红白喜丧，包括入新屋迁旧坟等事，都必须请到的道公。十多年前，安平有两位爷。那时，安平的爷远近闻名。两位爷都有过让村民信服的历史："破四旧"时被红卫兵揪出来游斗过。"四旧"之一——这也是爷的资本：不是真爷，能把你揪出来？还有，两位爷都有一套师传的货真价实的"道具"：道服（有点儿像袈裟）、鼓、镲、惊木等。这些都是他们在那个年代冒着生命危险藏起来的。

有一段时间，爷的威信高于村主任。有两个例子可以说明。一次是李宝根发动群众捐资办学，磨破嘴皮也筹不到几个钱。爷站出来说，学校那地漏了灵气，得用钢筋水泥压。爷说，本应出文才武才的安平村因漏了灵气，近年来没有一个人考上大学。爷要求村民们有钱出钱有物出物有力出力，建一幢钢筋水泥楼把灵气封住。不到一年工夫，一幢教学楼就建了起来。另一次就是修这座土地庙了，爷号召村民们在村前修土地庙，说，安平安平，没土地爷，村民就不能安宁。李宝根反对，说，上面不许搞迷信活动。群众根本不理睬李宝根，说，倘若有什么天灾人祸，你担当得起？于是，土地庙照建不误。

两位爷，一位住新街，一位住旧街，原本相处得不错，经常来往。迷信这东西不能相互拆台，两位爷心中分明。所以，凡村中有人要出道的，这一次是旧街爷，下一次必定是新街爷。有不明就里的外村人来请的，爷就说，去找旧街爷，或，去找新街爷。该谁出道就是谁出道，不伤和气。

事情出在爷的徒弟上。开初，爷不收徒弟，做道也从来不敢光明正大地做。可是世俗迷信的风气越吹越紧，爷的那套东西越来越时髦，书记、乡长家中的喜丧事也请爷出道。于是，爷的酬金越来越高，由几十到几百，甚至上千几千元。就有很多人纷纷拜爷为师。爷逐渐认识到收徒弟的好处了：出入拿道具、写阴文、画鬼符，很方便。再说，平时有几个徒儿跟在身后，单那气派，就让人觉得很不一般。于是便收徒，每位爷收四人。

首先挑出事端来的是旧街爷的一个姓何的徒弟。何徒弟原先是做生意的，脑子活泛。一次刘村来了个人，来请爷。那人死了父亲，要出丧。也许是为了标榜自己的孝心，也许是为了显富，那人一开口就给爷两千元的酬金，他只要求爷做道时把排场做大些，镲鼓敲得比别人响点儿。他找的是新街的爷。按排的顺序，这次也该是新街爷做的道。何徒弟一得到这个消息，马上截住那人的回路，对他说，新街爷不是真爷，还举了例子说明：某年某月某日，新街爷为某人的父亲出丧做道，因某项顺序做得不对头，几日后，那人的母亲跟着死，再几日，那人的儿子突然暴病身亡。说得那人面色变白，急忙回来退了新街爷。然后何徒弟劝自己的师爷把这笔“生意”拿下来。旧街爷先是不想坏了多年的规矩，后来在徒弟的怂恿下，在钱的诱惑下，终于动了心。便派何徒弟出面，把“生意”抢了下来。

新街爷是有些气量的人，眼见到手的两千元丢了，气是有些气，但还不至于气到要和旧街爷闹翻的地步。新街爷忍不得的是，别人损自己做爷的名声。当他得知何徒弟说他不是真爷时，他按捺不住了，暗中对旧街爷那徒弟搞了三天咒（搞咒是安平爷做的损人的道法，据说被搞咒的人，在今后的三五年内，养猪猪死，养鸡鸡死，倒尽霉）。新街爷还搜罗了各种证据，让自己的徒弟传出去，说旧街爷是阴爷，谁找他出道谁遭灾。

两位爷在安平村都有些根基，关系一搞僵，村中便也分了两派，旧街一派，新街一派。于是，有些本该属于喜事的事，因为爷的矛盾，做起来便不怎么愉快了。如，旧街有人做新屋，请爷（请的自然是旧街的爷）看风水选吉日，刚落基，新街的人便传来话，说今日是忌日，谁动土近段时间谁就有血灾降临。旧街的人虽然信旧街爷是真爷，但对那边的爷大多还是持着“宁信其有，不信其无”的态度，所以，在一段时间里，日子总过得不是滋味，生怕真有什么灾祸降临。又如，正月初一接神初二送神，往年，整个安平村是在同一时间进行的，那一刻，安平村爆竹齐鸣，烟花齐放，震了整个夜空。村民们都默默向各路天神、祖宗亡灵祷告，祈求保佑自己来年家庭幸福、生活如意。

在雷江乡一带的乡村中，接神送神是一件很庄重的事情。接神送神一般是由村中主要人物找爷要个时辰，回去后，主事人在那时辰先放几个“二踢脚”，以示接神送神的时辰已到，这时，村人方能紧随其后，这规矩是乱不得的，谁乱了不但意味着他本人不利，还被认为会殃及全村。因此，谁乱了规矩必遭村人唾骂，倘若村中谁家有个大灾小祸，村人都会把账算到他头上。

安平村中，主事人自然是两位爷。往年，接神送神的时辰，两位爷都是事先商定的。现在闹矛盾了，这时辰便乱了套。大年初一，鸡鸣头遍，旧街还没动静，新街爷的二踢脚就响了起来，接着，便有人跟着噼噼啪啪放了千头鞭炮——接神开始了。而旧街的接神活动却是在天将亮未亮的时候进行，旧街人是听旧街爷的，旧街爷说过，今年是玉皇大帝亿亿岁大寿，各路神明都上玉帝那儿去祝寿去了，早接神没有用。恰好，初一那天，诸路神明还在安平村的每家每户里吃着供品，新街一户人家突然死了一头牛，旧街一户人家的一堆禾秆无缘无故起了火，很奇怪。新街人便说，是旧街爷乱了规矩才出了这等事，说哪有天亮才接神的？玉帝亿亿岁大寿是你旧街爷算得出来的？旧街人却说，是新街乱了规矩，说新街早早接神，其实接进来的是鬼，接鬼进村，村中恐怕难有安宁之日了。说着说着，声音便粗了，便骂起来（骂的时候，谁也没想到往年的大年初一好像也是有牛死猪瘟类似的事情发生的，而往年并没有怀疑谁乱了接神的时辰）。

总之，爷一闹矛盾，安平村再也不是原来的安平村了。直到弄出旧街爷去蹲班房的事，风波才略有平息。这是去年春节过后发生的事情。

那年动土建土地庙，请了爷来选址和择日动工。李宝根是旧街人，请的却是新街的爷，为的是想把两位爷的关系恢复到原先的那种状态。旧街爷却在背后骂李宝根，说李宝根真是瞎了眼，不知谁是真爷。还说，新街爷选的址、择的日，忌火，土地庙迟早会完蛋。

果然，土地庙建成不久，一天夜里，突然起了火。火光惊醒了一村人。那火，燃得烈烈的，映红了整个安平村的夜空。旧街爷说，看看，是不是？旧街的人说，见了吧，不听真爷的话。

这场火不仅烧了庙，还烧了土地庙后的公益林，让村里损失了十多万元。李宝根觉得这火起得蹊跷，就到派出所报案，派出所上报到县公安局，县公安民警下来了几天，把旧街爷和他的徒弟铐了去。

土地庙起火，是旧街爷派徒弟点的。村人哗然。村人说，还是村主任李宝根代表政府来得实在。

八、现在

现在该说说强奸案的事了。在李宝根的所有闹心事里，强奸案比烧掉一座土地庙更闹心。

应该说，李镇南所长只是一个身着公安制服的平常人。虽然李所长很想破获一起真正的大案要案，但安平村的强奸案确实有些难办。李所长刚从县里下来的时候，雄心勃勃血气方刚，恨不得把全乡所有的陈案旧案连同新案全部破获。可现实与他的想法根本不在一个调上。

一个月后，李镇南所长把合昆和李宝贤两个人拘到派出所。但是，两天之后，合昆和李宝贤因为证据不足都被放了出来。

李宝贤是在傍晚时分来找李宝根的。那时李宝根刚从乡里开会回来，还来不及打开电灯。当李宝根拉亮电灯打开门时，当即吓了一跳。站在门外的那个人，一身血迹，一张脸紫一块青一块的像一只让人遗忘在草丛里的冬瓜，鼻子眼睛也肿成了个隔夜的肉包子，不是他发出声来，李宝根还真不敢相信眼前的这个人就是李宝贤。李宝根让他进房，说："你这是怎么啦？是不是让火吹筒给烫了？"李宝贤说不是，是让人给打的。李宝根说："乱来！谁敢打你呢？"李宝贤摇了摇头，说："我也不知道。"

李宝贤说，从派出所出来的那天，他整个人就像中了邪似的，四肢软绵绵的没有一点力气。他照照镜子，也就两天时间，自己消瘦了许多，眼珠也像是凹进了三尺。第二天李宝贤就去了医院。但一连转了几个科室，内科、外科甚至是神经科都转到了，检查的结果都说是一切正常，没什么病。李宝贤怀疑这些医生出了问题，就找到院长，要院长开张证明给他住院。

院长是个五十多岁的精干老头，人虽长得难看，可脑瓜却精明得很，那双眼睛像过电一样好像随时都能电你一身鸡皮疙瘩。院长的眼睛在李宝贤身上电了好长一阵，问他："检查了没有？如果没有，那就先去检查，没有医生的鉴定我是不能让你住院的！"

李宝贤说："我检查过了，他们都说我没病。"

院长又问："那你有钱吗？"

李宝贤说没有。

院长说："没钱就算了，不给你住院了。"

李宝贤只得快快走回来，走回来时头又有点痛了。李宝贤本来想回家好好休息休息，但走到半路顿觉天旋地转眼冒金星，双脚哆嗦得再也迈不动了，缓过神来，人已靠到路边的一根电线杆上。这时候，就有两个年轻人从路边蹿了过来，也没说什么话，一阵拳脚就将他打成了这副样子。

李宝根觉得有些奇怪，像李宝贤这样的人，怎么无缘无故就挨了打呢？李宝根说：“我不太相信，你哪时候得罪了这些街上崽呢？”李宝贤摇摇头，说：“我也不知道，后来我还报告给了乡里的李镇南所长，李所长说也许是什么地方得罪了他们吧。你说我一个做家具的，会得罪那些街崽吗？”

李宝根说：“那会不会是合昆干的呢？”

李宝贤说：“我和他都是嫌疑犯，他找人打我有什么理由呢？”

李宝根没想到李宝贤还会有这样严谨的逻辑推理，而作为村主任的他还在怀疑合昆是嫌疑犯。突然李宝根灵光一闪，对李宝贤说：“你快去跟李镇南所长报案，强奸犯肯定是那两个街崽！”

李宝根的预感没错，李所长刚一审，那两个王八街崽就承认是他们干的。其实李宝根只是胡乱猜测，没想到瞎猫撞上死老鼠，真给李镇南所长贡献了一份破案成绩。

合昆觉得李宝根救了他。合昆在县城餐厅摆了一桌酒菜请李宝根。合昆说：“我过去对你有成见，没想到你却救了我。”李宝根说：“不是我救你们，而是你们根本没有犯罪。”

李宝根现在已明白合昆其实没有那么奸商。那句“救了我”的话语表达了合昆的感恩之心，听起来是那么真诚，但李宝根一想起当年范秋芳说的话，心头还是有着隐隐的不快。为了显示大度，李宝根还是和合昆狠狠地醉了一场。

九、李宝根的分析

李宝根通过对这几件闹心事的处理，对安平村的特殊人群做了认真分析，得出的结果是：安平人都不简单。当然，这也包括他自己。

李宝根的分析是从王老头开始的。

安平有许多人属于半劳力的，那些人半老不老，都是五十几六十岁的人。旧街的王老头就是这样的一个人。王老头有三个儿子分别叫王德、王财、王小柱。

王老头的三个儿子个个精明能干，赚钱的正门正道、歪门邪道，全给学会了。安平有句顺口溜，说的就是王老头的儿子：安平四大富，老黑王德王财王小柱。四大富里，王家兄弟占了仨。

王老头有这么能干的三个儿子，按说他晚年该享清福了。可事实上，王老头自食其力，一个人天天早出晚归，耕他自己的那份责任田，住的也是当年王老头他爹留下的老房子。李宝根问王老头："不会是你的儿子们不让你吃住吧？要是他们有这么不孝，我想法儿治治这几个兔崽子。"王老头说："哪儿的话呢，三个儿子起了四幢楼房，有一幢是专门给我建的。"李宝根问："那你为什么不愿住进去？"王老头回答说："几个兔崽子的钱来路不明。"李宝根暗想，哪有人这样说自己的儿子呢，真是一个怪人。

和王老头相比，林头却是另一个性子的人。安平村中有户姓林的人家，两个儿子，老妈子没了，老子叫林头。最初分家时，林头穷得叮当响。李宝根拿着村里的公章在他家门口办公，给林头的两个儿子立了个协定：林头在两家轮流住，每家半年。其实李宝根知道，不是林头已经老到病到不能动弹，而是因为当初还穷，两个儿子都怕承担老人今后的养老。现在，两个儿子吃的穿的不愁了，还盖起了青砖大瓦房，在村中，也算是小康人家了，都争着把林头往家里接。林头的那个乐呀，不消说了，逢人就说，儿子变了，变孝变好了。其实，有一点，李宝根知道，林头自己也清楚，那就是，两个儿子都有了小孩，两个儿子都争着往外边跑，做生意，还带着媳妇儿做帮手，林头就成了免费的保姆。李宝根不用脑子想都知道，林头的乐，并不是真的乐。

像王老头和林头家这样的事，在李宝根看来，都不属于安平村的闹心事。李宝根在村中真正担心的是刘飞。

这么说吧，安平村中，刘飞就是一坨屎。刘飞的父亲，村中人称刘头。刘头自小宠着娇着惯着刘飞，就差没把天上的星星给摘下来了。长大了，儿子刘飞经常在外面惹是生非，偷、嫖、赌博什么都干。回到家里，也从来没给刘头好脸色，出口就是骂娘的话；还经常打刘头，把刘头给赶出门外。虽如此，刘头在外人面前仍说儿子的好话，护着宝贝儿子。儿子在外面调戏妇女，犯流氓罪，被派出所拘留，很不光彩，刘头却说："啥咧，都是她们勾引刘飞呢。"儿子偷了鸡，杀了，在家里和几个哥们喝酒，失主找到家里来，刘头虽未曾沾点鸡汤味，可仍会把人阻在门外，说："偷？没有的事，没有的事，刘飞可是个好人。"后来，儿子偷出了大事，被判了刑，刘头很急，变卖家产去拉关系走后门，想替儿子减刑减罪。要知道，出事之前刘飞还因一件小事把刘头打伤，害他去医院治疗了几天。李宝根问他："儿子不孝，干吗还替他着想？"刘头不语。

一次酒后，刘头吐了真言："儿子就是儿子，养老靠他，死了还是他来替我披麻戴孝。"

李宝根损刘头："这样的儿子，还不如没有。"

刘头回击说："王老头的儿子，你以为就是好人啦？"

李宝根回想起来，也觉得刘头说得对。多年前，王老头的大儿子王德，就是屠猪。他嗒嗒嗒地开着拖拉机到各村收购生猪，回来杀了弄到城里去卖。李宝根目睹过王德杀猪的情景：白刀子进去，红刀子出来，鲜血喷涌，场面很是壮观。然后煺毛，然后剖肚，整个过程熟练而又有条不紊。如果你只是看王德杀猪的过程，不会觉得他有什么见不得人的事。只不过后来王老头告诉李宝根说："你以为王德这小子取出全部内脏之后就把猪拿到乡里县里去卖吗？错！他还有一道工序：给猪肉打水。"王德还告诉王老头说，一头打水的猪可以多出五到十公斤，净赚一百多元呢。

王老头的二儿子王财好多年前就在村里开桌球馆了，王财的桌球馆又称安平村新新俱乐部，热闹得很，一天几乎二十四小时都营业。除了桌球，王财还经营麻将。白天是村中小青年去玩，玩一盘一块两块的，夜晚则有外面人来玩，那真是赌的世界了，有邻村来的，有县城来的，踩自行车的骑摩托车的，人不多，却玩通宵，收费较高，十几块几十块一盘。开始，王老头不明白老二是怎么样赚钱的，按正常收入，老二满打满算，每天的收入也就是七八十元，还不扣除烟茶钱。可事实上，老二每天的收入远远不止这个数。后来他发现了诀窍：那些玩桌球玩麻将的，出了俱乐部，在树下，在茅坑边，两个人一起，一个伸手说拿来，另一个就掏出一沓子票子给对方，然后回到俱乐部，抽几张给老二，道，辛苦辛苦。老二就把他们送出门外，说，下次再来。王老头恍然大悟：他们赌博还有内幕交易呢，老二不仅是开赌场，还有黑社会性质了。王老头劝老二说，这是要蹲大狱的呀，别干了。老二振振有词：出了馆他们才交易，赌博是他们的事，再说我开桌球馆是经过批准的。硬是把王老头的话当耳边风。

老三王小柱的钱，王老头也觉得来路不正。老三干的是剥削劳动力的活，即，从最穷的山村拉一些劳力，挂着安平建筑队的名，当工头。王老头老对村里人说，想想吧，带着建筑队外出半年一年，回来就是几万几万地甩，国家大干部也没这甩法，这钱用着总觉得不安。村里人都觉得王老头傻，说，还怕钱咬手不成？王老头说，是不咬手，可也得讲究个来路分明。村人说，那怎么不问问小柱怎么个挣钱法。王老头就问王小柱，王小柱坦诚的回答让王老头恨不得一脚踹过去。王小柱说："偷工减料挣的。"

按照王老头的说法，李宝根也觉得，他那三个儿子所挣的钱，都是脏的。

记得当初盖好四幢楼房的时候，王家三兄弟扬言要把老屋烧掉，逼王老头住进去，王老头脖子一梗说，烧吧，最好把我这副老骨头也给烧了。

最终没烧。

李宝根总结，在安平村中，有刘头、林头等许多这样年纪的人，属于半个劳力的人。可是，最有骨气的，就是王老头。

十、老黑的狗

老黑的狗死了。老黑和李宝根是邻居。李宝根虽然是村主任，但并不是安平村中最富有的人。

老黑才是安平村中最富的人。老黑能用三千多元钱买一只狗。老黑是村中第一个有汽车的人。现在，老黑从城里买回的哈巴狗，被人打死了。

哈巴狗死得极惨。狗的头部被钝器砸得皮毛不分，血肉模糊。身上的毛被剃刀刨个精光，凶手还别出心裁，在狗的身上用刀划上“×老黑”。一条狗尾巴却还毛茸茸的，完好无损。

死狗就吊在村前的一棵龙眼树上。初冬的风，在空中，低低地沉沉地吹来吹去，吹得苍绿色的龙眼树叶和苍白色的狗尾巴微微地颤动，也吹得在树下的老黑脑门一跳一跳的。

第一个看到哈巴狗在树上随风摆晃的人是黄保祥。算起来，黄保祥也是老黑多年的老朋友、好朋友了。黄保祥是在早上七点钟左右的时候看到狗的惨样的。黄保祥多年来一直没有改掉早上早起在村头村尾捡猪屎牛粪的习惯。很多年以前，黄保祥是县里有名的积肥大王，风光过一阵子。拾粪的习惯就是那时候养成的。天刚蒙蒙亮，黄保祥正在龙眼树下捡一泡狗屎，一抬头，就看见了狗的惨样了。黄保祥看见死狗，顿时感到有一股寒气从树上直压到他的头顶。黄保祥缩了缩瘦削的肩头，急忙朝自家的方向走，走了几步，又走了几步，突然觉得不安起来，就放下粪筐，转身朝李宝根家走去。

李宝根刚打开家门就看到黄保祥缩着脖子向他走来。黄保祥对他说：“不好了不好了，老黑的狗儿被人搞死了。”这一说，李宝根就觉得又一件闹心事来了。李宝根说：“你看见你就告诉老黑好了，不要来报告我，你不是他老友鬼鬼吗？”黄保祥挠挠头，走到老黑家门。李宝根看着黄保祥嘭嘭拍打着老黑的铁门。李宝根指着门柱上一红纽扣样的东西，提示黄保祥说，有门铃。黄保祥就用食指按，按响了里面柔和的音乐。好一会儿，老黑才开门。老黑说：“早，李宝根。”李宝根说：“早”。李宝根对老黑说：“平时你不是早起锻炼搞太极吗？怎么今天不练太极拳？”老黑说昨晚找那只哈巴狗，找了半夜，没有找到，就睡迟了。老黑又问黄保祥：“这么早敲门找我有事吧？”李宝根看到黄保祥在老黑面前犹豫了一下，脸上酝酿了一阵子悲苦的表情，才把看见死狗的事告诉老黑。“我操！”老黑听了，暗着脸说了一句。说完转身到院子里，找了一根木棍儿。

黄保祥带着老黑和李宝根来到龙眼树下，那里已经围了一圈人。这么早在村前围成一圈人，在安平村，已是很少出现的事了。一圈人在那里嗡嗡地说话，有笑声，有擤鼻涕声。大家见老黑和李宝根来，就静了下来，自动让出了一条路。老黑的脑门子一跳一跳。“狗日的我操他娘！”老黑骂一句。“操他祖宗三十六代！”老黑又骂了一句。老黑用阴恶的眼光看周围的人，看了一遍，又看了一遍，看不出谁是凶犯。李宝根在老黑的后面说：“造孽哟，谁做这缺德事。”

李宝根看到老黑用木棍儿动了动死狗，想把它弄下来。可它在树上荡来荡去。又捅一捅，还是下不来。老黑心燥了，一棍子打上去，“嘭”一声，死狗更大幅度地摆，就是下不来。老黑说：“黄保祥，你爬上去把它解下来！”黄保祥不作声，看看粗大的龙眼树。周围有人说，黄保祥恁大年纪，腰都弓成了虾，能上？老黑盯黄保祥一眼，黄保祥慌慌地把头垂下。老黑说：“谁上，我给一百块钱！”话音刚落，早就有个后生猫腰上树，三下五除二把死狗解下来。老黑给那后生扔了一张票子，提起死狗，走了。头都不回。

待得老黑走远，人群里有人朝黄保祥说：“黄保祥你说，老黑的哈巴狗该死吗？”李宝根看见黄保祥呆呆地站在那儿，好像还在想刚才老黑离去的表情。有人已替黄保祥回答，说：“该死该死，我们刚够温饱线，他老黑凭什么就成暴发户买汽车筑高楼还买洋狗玩？他娘的该死。”李宝根看到黄保祥刚回过神来的样子，在听到“他娘的该死”的时候，黄保祥说：“不能这么损地骂人。”那人说：“老黑才损呢。”那人说老黑损，大家也跟着说老黑损。黄保祥说：“你们都得红眼病了。”大家说：“你不得红眼病，可你这么护着老黑，是老黑的什么人？”刚才上树的后生冷不丁冒出一句：“黄保祥是老黑家的土狗哩。”大家都笑起来。黄保祥涨红脸，说：“你小子才是狗，老黑唤上树就上树！”说罢恼恼地离去。

李宝根后来在坡北见到老黑，他正在地里埋他的死狗。老黑的气已经消了，脸上显出少见的哀色。老黑说："唉，现在的人呀，唉，现在的人呀。"说着对李宝根摊了摊双手，"你说说，在村里，我得罪谁呀？"老黑说，现在的人，良心都喂狗了。老黑说："我先富起来，可没忘他们这些不富的人呀。"李宝根说："怪也只能怪他们没有发财的运气。"

老黑埋了死狗，在狗坟旁边撒了泡尿。撒了尿，老黑说："李宝根哇，你是村主任，你帮我催催黄保祥和建国建华兄弟俩，要他们快些还我那笔钱。"李宝根说他们还真是穷。老黑又说："要不是看在你的面上，我哪会借给他们？"

中午，李宝根路过黄保祥家，看见黄保祥的儿子在他家水井边洗一把锤子。锤子上沾着污血和狗毛。李宝根问："这毛和血哪儿来的？"黄保祥儿子说："狗。"李宝根一听，惊讶地问："你为什么打死他的狗？"黄保祥也从里屋走出来，说："什么什么，老黑叔的狗是你打死的？"黄保祥儿子站起来说："我还想杀他人呢！"黄保祥说："你怎么能杀老黑叔的狗，他对我们有恩呀。"儿子哼了一声，说："老黑为富不仁！"黄保祥说："看你看你，越说越离谱，你忘了是他借钱给咱们投资办鸡场了？"儿子说："借了钱，就能不讲人味？"黄保祥说："说哪儿去了，老黑叔是我多年的老朋友。"儿子冷笑，说："朋友？怕人家早已把你当狗耍了。"黄保祥气了，说："你胡说！"儿子说："胡说？老黑把我们的那窝猪崽和母猪药死，他赔钱了吗？"老黑说："只怪咱们没把猪圈好。"黄保祥的儿子愤愤地说："老黑那巴掌大的菜地，就种几棵茶树，不围篱，撒了那么多鼠药，不是专门整治我们是什么！"黄保祥一下子说不出话来。

黄保祥的儿子拉过李宝根，声音愈加变大变粗："主任你去问问别人，谁不说老黑阴损？建国建华他们承包的鱼塘，有人见他在塘边洗手，第二天就有鱼翻白肚。我们鸡场那次鸡瘟，我怀疑也是他老黑捣的鬼……"

那天晚上，李宝根想着黄保祥儿子说的话，睡不着。

后半夜，李宝根又想一个问题。李宝根想，老黑的狗真的该死吗？

十一、关于文化素养

有一段时间，李宝根觉得安平村最大的闹心事就是，安平人文化水平低，好赌。平时除了在王财的桌球馆赌之外，每年春节，那些外出打工的年轻人都回村过节，年初一到十五，村头的大榕树成了聚赌的地方。李宝根在村中发了许多禁赌的传单，可从没有奏效。李宝根甚至向派出所报案，可乡里李镇南所长说："大过年的，小赌不犯法。只要不是命案，你别给我惹那些闹心事！"

距春节还有两个月，李宝根就谋划在村里搞个什么活动，让榕树下赌钱的热闹景况不再发生。李宝根想到一个招数：在村里醒目的墙上画一些宣传画。李宝根一下就想到一个画家，他的初中同学陈鸿。于是李宝根就给陈鸿发了一个信息。在李宝根有限的经常联系的同学中，也就陈鸿最有出息了。陈鸿是李宝根在雷江乡上初中时的同学。画家陈鸿收到家乡人李宝根请他回乡画宣传画的信息，信息上说，事关安平村的生死存亡，请他这个同学里独一无二的画家一定要抽空来一趟安平村。

陈鸿看了，笑笑，没当一回事。可第二天他又收到李宝根的信息，看看，不理。第三天，还是收到信息，后面多了一行字：你不来，我到省城接你。陈鸿想想，就答应了。他坐火车到县城。李宝根亲自到车站接，并且租了一辆出租车到安平村。

陈鸿是一个实在的画家。如果没有李宝根的邀请，陈鸿是不坐出租车的。在城里时，想坐，可是觉得没必要。他的底子就是小画家一个，收入很有限。再说，上班下班，从家里到办公室，也很近，走几分钟的路就到。

从县城到村里，李宝根听陈鸿发感慨，说农村发生天翻地覆的变化，他一看到乡村发展这么快就有三十年河东三十年河西的感觉。李宝根就给陈鸿介绍安平村的情况，还把那些闹心事也给说了。司机把车开得很慢，对李宝根和陈鸿说的闹心事似乎兴趣深厚。司机插话说："你们村这些哪算闹心事？我们那村，整村吸毒，那才是真正的闹心事！"司机说罢点支烟，问李宝根和陈鸿他们要不要来一支。李宝根和陈鸿连连摇头说"不抽不抽"。司机说："难得难得，像你们这样不抽烟的人是越来越少了……"司机说着话，李宝根和陈鸿并不搭话。后来司机就专心开他的车了。

李宝根记得，三十多年前，高中毕业后，陈鸿坐着牛车从乡里到县城去学画，一个月两次。陈鸿说："四十多公里的路，早上七点要赶到，凌晨四点就起来摸黑上路，现在回忆当时那股献身艺术的精神，自己依然感动不已。”李宝根说：“闻鸡起舞是你的励志故事啊，记得那时，学了半年，你的绘画水平就进步神速。人物肖像是你的绝活，连县城里真正练画画多年的人都比不上你。几年之后，你就成了县文化馆的画画儿干部，后来都调到省城了。那时你画得最多的人物是领袖人物，毛周朱刘等，很受人们的欢迎。”

一听李宝根提到那些历史，陈鸿的脸一下就暗下来了。接下来的历史是，在省城里，陈鸿被人给揪下来了，就因为他画了裸体画。造反派在抄他家时，发现他床底下还有大量的裸体画。于是，一顶帽子扣下来，那就是蓄意把资本主义的毒草种在社会主义的土壤上。那年代没有人读懂人体艺术，裸体画当然就成了毒草，成了阶级敌人的定时炸弹。事实上，在很早的一段时间里，陈鸿已暗地里寻求真正的人体艺术。画里的人，有他临摹名画家的，有他亲眼看见的——他曾多次和一个叫大狼的流氓一起爬过县招待所的女澡房，回到家里根据澡房里的人体，回忆着画下来。当时，他并没有认为这是可耻的行径，倒觉得自己每次爬墙都是一次高尚的偷窃。一年之后，他被送进牛棚，与此同时，大狼因为强奸未遂被判刑。他们牛棚里相见，竟觉亲切，“大狼”很有意思地说：“这叫殊途同归。”

陈鸿这一趟到安平村画宣传画的报酬是五千元，比他卖出的画的最高价还多。李宝根抱歉地说：“村里经济还困难，给少了点，请多包涵。”

陈鸿给安平村画出了一道风景线。

春节一到，南边德天瀑布的旅游旺季也到了。

画家陈鸿用油漆在安平村画了这些人物：鲁迅、布什、克林顿、普京、本·拉登、雷锋、乔丹、乔布斯、李小龙、刘晓庆、巩俐、史泰龙、施瓦辛格、李连杰……他还画了这些动物：马、牛、羊、骆驼、大象、老虎、狼、鹰……他画一沓叠起来比人还高的美元和人民币；他画一堆摞起来的书籍；他还画了一只只飞龙在天……

他用油漆画了整整一座村庄。一幅油漆画也许不稀罕，两幅三幅也不稀罕，而在安平村，整整一个安平村，不论新街旧街，凡是能画画的外墙，都画上油漆画，想想看吧，那是什么样的阵势呢。游客听说有这么一个村庄，到了南边的德天村，再一踩油门，就来到了安平村。

无意中，安平村成了一个奇妙的人文景观。

这个春节，安平村的人不在“独木成林”的榕树下要钱了，而是都守在自家外墙下，等着收游客在画下留影的钱。

安平村成了一个热闹的地方，乡里的乡长、书记来了，县里的县长、书记也来了。李宝根想接待这些领导，可领导们现在都很客气了，都不吃饭。领导们说，我们是人民公仆，不吃村委的饭，看到安平村旅游事业突飞猛进，我们做公仆的就高兴了。

月亮的守候

◎文/盘文波

一

红军长征，是二十世纪的世界奇迹和重要事件，写下了无比悲壮的英雄史诗。诚然所有历史书上都能读到那段历史，但是留在民间的小故事，您并不一定能看到。许多重走长征路的有心人，喜欢深入桂北乡村走访在世的老红军或者红军的后代、见证过红军过桂北的山民及其后辈。

南宁行帝影视公司的黄仲天黄总到桂北采风，被蒋家山村失散红军谌天来、民间中医蒋德述、痴情女子邓月亮的故事感动，决定把他们的故事拍成电视连续剧。故事内容是这样的：

部队朝湘江方向突击。红军战士谌天来在战斗中负伤昏迷，蒋德述带领村民将谌天来抬回家救治。在战场上同时还有一个国民党军连长吴之顺昏死，蒋德述将他一同救了下来。经过一个冬天的治疗，国共两个军人都基本痊愈，但他们分别有一只腿瘸了。谌天来坚持要去寻找部队，一次次失败。残疾的吴之顺与当地民团追捕谌天来，给蒋德述制造许多麻烦和伤害，蒋德述冒着生命危险拼死保护谌天来。后来吴之顺被国民党军抛弃。蒋德述再度将谌天来救回家中，安顿下来。走投无路的吴之顺回到蒋家山村，蒋德述力排众议，收留了吴之顺。谌天来以及红军精神像一颗种子在桂北大地生根发芽。他与蒋德述一家同甘共苦，数十年来饱受岁月风霜，无论身处多大的困境，他们都能勇敢面对。经过生活磨难的吴之顺与谌天来成为朋友，与蒋家山村村民们和平友好相处……

邓月亮的故事是一个动人的爱情故事，一次意外，担任先遣部队红军连长的李华连救了她。她对他一见钟情。紧接着国民党军扑来，李华连带领战士阻击，敌强我弱，虽然完成了阻击任务，但李华连的部队全军覆没，国民党军把所有牺牲的、受伤的红军丢下附近的深井。躲在高处的邓月亮亲眼看到了这一切。她悲痛欲绝，从此守着这口杂树丛生的野井，任何人说媒都不为所动。差不多三十年后，李华连突然出现在这口井边——当年他被甩在树枝上没死，醒过来后爬出了深井，继续革命。1956年李华连转业到桂林的某单位，结婚生子。之前他并不知道邓月亮深爱着他……

公司开会时，有人提出两个故事应分别拍成电视剧和电影。谌天来、吴之顺、蒋德述三方构成了很好的人物关系，具备电视连续剧的原始要素；邓月亮的故事线索相对单一，适合拍成很文艺的电影。黄总本人趋向于把两个故事糅合一起，弄个新故事，要让邓月亮与谌天来、吴之顺有纠葛有缠绕，这样的话拍个五十集都没问题。否则，邓月亮的故事是好，但肯定不好上院线，拿不到票房，成本都难收回。

黄总说的是实话，现在的影视剧多如牛毛，能上院线的，能在院线上个好时段的，靠的是著名导演著名演员的号召力，且不说票房的真实性，至少能刮起一股风，只要风刮起来，就有观众上当。还有许多许多的电影上不了院线，许多电视剧卖不出去。拍影视剧就是做产品，不考虑市场是不行的。文艺良心不能丢，经济效益也不能不考虑——大部分情况下考虑的还是经济效益。观众看到的只是热播的那部分电视剧，而且一个新电视剧一出来，十几个上星的省电视台在同一时段播出，观众根本看不过来。更多的地方台因为买不起热播剧，只能播几年前过气了的电视剧。电视剧制作一窝蜂，要抗战剧都是抗战剧，要家庭伦理剧就满银屏都是，为了出奇，神剧层出不穷。行帝影视公司在国内没名气，但对影视界的事清清楚楚。近些年，他们主要为各地各级政府部门拍些宣传片，拍些质量不高的电视剧在地方小台播放一下，没有明显的成绩。

谌天来、邓月亮他们走出了人生的好故事，行帝影视公司指望能靠他们打出名气。两个三流编剧应邀来到公司，大家一起商量怎么编故事。爱情、友情、亲情是不可少的元素，还要歌颂人性最美丽的一面。经过三四天激烈的争论，他们把电视剧暂定名为《月亮的守候》，将两个真实的故事改编成这样：月亮在井边守候李华连，深爱月亮的谌天来在家里守候月亮；吴之顺多次试图占有月亮，被月亮狠狠教训，结果吴之顺也爱上了月亮。这还没完，村里的姑娘蒋桂英爱着谌天来，文秀兰则喜欢有点匪气但不是很坏的吴之顺。几条爱情线索纠缠在一起，有对英雄的崇敬，也有爱情的缠绕心灵的挣扎。故事情节定下来后，就由编剧写分集提纲，然后交剧组讨论，通过后再由编剧填写剧本。

两个编剧互相掐架，每次开会都讽刺否定对方。“一山不能容二虎。”黄总私下说，他与这两个编剧以前都合作过，还算愉快，两人编的剧都获过省部级行业奖。人们说他俩是三流编剧，他们不服，硬说自己是著名编剧。人们问他俩属几流，他们不回答。编剧不合作不团结，先别说高质量，甚至很难写出一个顺畅的剧本。公司董事长、黄总找两个编剧开会，做他俩的思想工作。编剧分别叫南典、华宇峰，性格上都有狂妄的一面。狂妄的人虽然令人讨厌，但这些人往往是有点才华的，只要用好了就能出成果。黄总当初就是这么考虑的，因为时间紧，黄总就把两人都请来。

四个人坐在董事长办公室喝茶，南典、华宇峰对剧本争论不休，表面上是在争论业务，实际上在挖苦否认对方。董事长头大，就借故出去，把摊子交给黄总。找编剧的事情是黄总揽来的，黄总只能面对。

"你们俩都是我的兄弟，你们能答应来是看得起我。现在我们是一条船上的，如果力量不往一块使，船就会翻。"黄总用低沉的声音说。

"我是为剧本负责，"南典说，"为了质量，我不怕得罪人。"

"好像我就不为剧本负责似的，"华宇峰说，"我是视质量为生命的有良知的剧作家。"

"我就喜欢你们这样子，"黄总说，"艺术上有争论是好事，但是达成统一才是关键。我希望通过这个剧，行帝能打出名气，二位也能获得著名编剧的称号。"

"我就是著名编剧，还需要再打名气吗？"南典反应强烈。

"哼。著名不著名谁知道。"华宇峰说，"著名这个词吧，是个虚词，著名不著名要看圈子里怎么说。我现在是平台低，虎落平阳罢了。"

黄总骨子里就是没把他们看成著名编剧，哪家影视公司不想请真正的著名编剧来写本子，可钱呢？一线编剧要价太高，口都不敢给人开。虽然好些著名编剧也是找的枪手，但是光是名气就值了大钱。现在观众难伺候，他们盲目地相信名编剧名导演名演员，男演员要帅或者丑到极致，女演员要漂亮要妖邪，至于故事如何演技如何倒是第二位的。行帝影视公司只能找三四流的编剧，就是二流编剧都请不起。虽然流不流的没有绝对之分，但一流的，人家名气在呀。

"我们双方是相互帮衬关系，你们通过我们公司的电视剧名利双收，我们公司通过你们的智慧名利双收。"黄总说。

南典和华宇峰平时也难得接到好的影视公司的编剧活，行帝在全国无名，但在全省范围内还是多少有点名气的，能与这样的公司合作机会也是难得的。两人分别表示要拿出最好的状态来写这个本子，拿出最高质量的剧本。

黄总送别两位编剧回到办公室后，接到南典邀请中午吃茶点的信息。黄总说不用了，中午得午休。南典说：“我有重要事情向黄总汇报。”黄总说：“那你来我办公室吧。”

南典立即来到。

“华宇峰最近在干另一个活，”南典开门见山地说，“那是个大而烂的活，他根本没有精力和心思编这个剧。”

黄总请南典仔细说说。南典闪烁其词，说：“我不能在背后坏他的好事。这个事情黄总你知道就行了。”

“那南典老师你的意思是？”

“编剧这个事吧，还是一人负责的好，两人总有不顺畅的地方。”南典说。

“你的意思是只留你一个人写这个本子？”

“黄总高明，我是这个意思。”

“南典老师，这个，我怎么开口呢？除非他主动提出来。都是朋友，都是我亲自请的。”

“这个是大矛盾，如果你现在不解决，后面的矛盾更大。”南典说。

“就这事？”

“就这事。”

“我知道了。中午茶点取消吧。”黄总说。

南典告辞不久，华宇峰打来电话：“黄总你有时间吗？没有？那我在电话里跟你汇报汇报，耽误你几分钟。”

黄总有些反感，但还是耐着性子听下去。

“我怀疑以前南典那两个获奖作品根本就不是他写的，他肯定找的枪手。通过这次合作我才发现南典的水平很臭，不是一般的臭。我都跟他交代得那么清楚了，包括细节对话都跟他说了，还是写不到位。这个剧本有他参与，质量会大打折扣。他这个人又特别固执，听不进人家意见。他还不尊重集体意见，随意加人物加场景。”华宇峰放鞭炮一样说着。

黄总好不容易才打断他的话：“你的意见是辞退他呗。”

“对对对。他不配当行帝影视公司的编剧。”

黄总说：“我知道了。你们都先别激动。”

“南典是不是又在背后说我坏话？我就知道他会使阴的。”

“没有没有，华老师你别误会也别瞎猜，他对我说你的好呢。”

“不可能。现在他恨不得掐死我。”

这两个编剧让黄总恶心。以前合作因为都是由他们其中一个人任编剧，还没出现过这种情况，而且那时候黄总总是很相信他们，不过多地干涉他们写剧本。公司穷，请不到好编剧，买不了好本子，只能恶性循环。公司要死不活地生存着——当然比起省里众多影视公司要好得多，只要不与国内一流公司比较，在地方上也算有点地位。

公司宣传策划部的人把方案交过来，让黄总过目。第一次发布会三天后就将举行。黄总草草看了一下方案，没提出异议，就签了字。

两个编剧给他提出的难题，黄总没有汇报给董事长，他想冷处理一下，想一个办法平衡。

隔天黄总就收到他们分别发来的信息："他怎么还在？"黄总回信息说："还在，希望你们精诚合作，写出旷世奇作。"

黄总让他们分别写不同的线索，比如南典写月亮守候李华连，华宇峰写谌天来守候月亮，等写完这两条线，再一起写交集戏；然后再写别的线索。但在人物性格塑造上一定要遵循集体讨论结果，如果想改变，必须两人事先沟通好，交剧组讨论商定。

电视剧《月亮的守候》第一次新闻发布会在省艺术馆举行，大大小小传统媒体新媒体请来了二十几家。有关领导对这部戏给予高度赞扬，希望剧组尽快拍出来，为纪念红军长征胜利80周年献礼。

新闻发布会上，南典和华宇峰争相抢话筒发言，表达自己的重要性。场面有一点点乱，抢到话筒的就霸着话筒。记者们对这个故事感兴趣，问了不少问题。

"主演呢？导演呢？"

记者们提问说。

"那是下一场新闻发布会。"黄总笑着解释说。

发布会一结束，各路记者就回去写报道去了。接连两天，多家媒体上都刊登了启动拍摄电视剧《月亮的守候》的消息。读者对这类新闻见怪不怪。很多剧本还没写，或者写到一半，或者刚写完，就有这样的影视发布会，有的是剧作家自己组织的，有的是公司为了找投资商搞的。有两三个剧作家年年发布剧本发布会消息，二十几年过去了，他们的剧本没拍成过一部。这次是行帝影视公司的发布会，估计会靠谱一点。新闻发布会背景海报男女主角头像都是宣传策划部的美术人员臆想出来的，他们参考了好几个明星的脸。男主角帅气，女主角漂亮，光看脸，就有收看的欲望。

二

选演员的工作已经开始。采取海选、十进六、六进三、三进一的套路。有演员及明星梦的年轻人不少，报名者除了广西本土的，外省也来了不少。场面大、热闹是好事，动静越大，投资商越好找。影视公司嘛，就像房地产公司，宣传策划可以聘人，设计可以聘人，建筑可以聘人，销售可以聘人，公司只需要拿到好地块就成。影视公司在策划营销聘演员上跟房地产公司没区别。严格地说，当下的《月亮的守候》剧组还算不上剧组，因为导演、演员都还没到位，只是公司里的几个人撑着，但对外都称剧组了。“解释权在剧组”“这是剧组的规定”，他们这样对别人说。

黄总手机打爆了，不得不关手机，启用临时手机号。但这个号码也在一两天后泄露出去。打他手机的都是亲戚、朋友打招呼的。

参与选秀的什么职业的都有。选秀现场请来几个过气明星坐镇，黄总、某电视台副台长都坐上了专家座席。由电视台的美女主播主持选秀活动。海选阶段，选手水平参差不齐，出现好多笑料。一连搞了三场海选才搞完，一个月就过去了。越到后面，选手素质的确越高一些。

时间过得慢，但慢也有慢的好处，可以慢慢消化这个故事。黄总经历了一个多月的选秀后心就没那么急了，他还说服了董事会。选秀到最后越来越激烈，六进三时，打招呼的太多，黄总招架不住。董事长给他压力，各位董事给他压力，亲戚朋友、某些官员都给他压力。六进三，男女主角选拔同时进行。剧组设计了许多文化知识考题，其中有红军长征的历史知识。开会时，黄总说：“别的条件我可以商量答应，长征知识考题必须设置，演员必须过关。”考长征知识是从十进六开始的，之前通知过每位入围的选手。这就逼迫那些平时不了解这段历史或者了解不深的选手去补课。

如果严格按照程序走，黄总不担心，但是后面的手太多，就被撕扯得焦头烂额。

在各种压力以及多种手段攻势下，苗苗进入到三进一环节。苗苗长得还行，化妆后也算个美人儿，就是演技差一点，五道长征知识题答错了两道，答对的题中有两道还是评审专家中的“叛徒”暗示才答上的。苗苗晋级得比较勉强，但她是一位有来头的人打过招呼的，预期是苗苗演女一号，底线是女二号。只要苗苗演上女一号，这位有来头者可以给该剧注入一部分资金。爽爽是富二代，刚从戏剧学院表演系毕业，如她能演女一号月亮，她父亲肯定成为最大投资方。另一个是普通人家的女儿，叫旦旦，她是靠演技和良好的综合素质一路晋级的。有良心的艺术家都清楚，旦旦才是担任女主角月亮的最佳人选。苗苗、爽爽比好些淘汰的选手都差。私下沟通时，旦旦表态说，要是演不了月亮，她什么角色也不演，宁可待业。

三进一，善良的人们都认为非旦旦胜出不可。每个环节，旦旦都表现出色，虽然比起大明星还有点距离，但是已经显露出未来的明星气质。但已经被做过工作的评审专家就是不给旦旦高分，按照事先拟好的程序，爽爽胜出。苗苗当场就发飙了。好在那个有来头者给了宽松的条件，可以让苗苗演女二号。女二号是谁？就是爱上了红军连长李华连的蒋桂英。剧组试着问旦旦演不演文秀兰（一个爱上国民党军连长的桂北姑娘），想不到旦旦竟然答应了。“角色无大小，我试试。”旦旦的回答使人感动。黄总私下表态说，给她另加报酬。“增加报酬，我会演得更好。哈哈哈。”旦旦笑起来。

那个有来头者虽然有话在先，但苗苗真正落到只能演二号时，还是很不高兴。黄总不怕得罪他，他得罪的人多了去了。跟这种提条件的人交往，不仅没意思，也别想得到什么真正的好处。人一旦没了欲求，别人也卡你不住，只要正直挺胸到底，你谁也不用怕。

苗苗老打黄总的电话，黄总说他决定不了，集体定下的，结果是不可能随便改的。而且，换主角也必须得到董事会、导演的同意。

“你不就是导演吗？”苗苗的消息很灵通，董事会里一定又出了叛徒，刚开会研究决定的事，苗苗就知道了内情。黄总当过几回导演，他认为自己并不具备优秀导演的素质，导演选好了，即使本子差点演员差点，也能拯救一部分质量。可是，董事会上说了，目前经费这么紧张，外聘导演做不到。言下之意黄总这个三流导演的报酬公司负得起，经济又实惠。这个故事真正打动过黄总，他有过导这部戏的野心，但又担心不能胜任，从公司总体利益出发，他希望聘来一个一流的导演。董事长找他聊过，虽然黄总是为公司考虑，但综合来讲黄总担任导演相对理想。

“你就导不出一流电视剧？”董事长说，“你就对自己这么没信心？！”

董事长说得他无话可说。搞艺术的大都有野心，想做出自己满意全世界满意的大作品。但是，成为“大家”是需要条件的，最主要的就是天赋，没有真正的天赋，后天再努力也达不到最理想状态。黄总自认为资质平平，中不溜秋，在地方上干一下还行，要是放在全国全世界平台上比，就黯然失色。

有个电话进来，黄总立即掐断苗苗的电话。想不到还是那个有来头者，他用了另一个号码。“苗苗是个有潜质的孩子，给她机会，她一定能成功。你都没试过，怎么知道她不行呢？光靠选秀那几场表演不能看出来的，就像考试一样，考试成绩能代替实际能力吗？”有来头者口气硬，带着责备。

“剧组已定下人选，无法改了。下次有机会我一定让苗苗演主角，她是个好苗子。”黄总应付说。

“我知道你们这行有许多潜规则，你可以随便开条件。”对方放下了电话。

黄总大致猜到对方的意思。被人明说到潜规则，很不好意思的。

有来头者给黄总发来一个信息，说他在秦朝国际大酒店811房等他，有重要事情，黄总必须去。去那里干什么呢？黄总没问，但还是去了。推开门，见到的是苗苗。苗苗已经赤身裸体。黄总仰天大笑，转身而去。

董事会任命黄总当导演，他就行使导演的权力。他在会上提出更换女主角：“让旦旦演女一号，她能成就这部电视剧。”会场骚动了一下。“作为老总，必须抓质量，我们是到了拍一部具有广泛影响力、留得下来的电视剧的时候了！”黄总决心大，董事会就同意了。爽爽的父亲要撤资由他，资金问题边拍边解决。

旦旦得到演女一号的消息，特别意外，她打电话给黄总说：“你是想睡我吗？要我的钱财吗？都不是？那要干什么呢？”

“我要你把这个电视剧演好，把月亮演成经典！”

男主角选秀也是同样的套路，黄总费好大劲总算摆平了。

三

剧本的事卡壳了。南典、华宇峰顶牛，各干一套。出来的剧本不忍卒读。黄总在剧本研究会上当着众人的面把剧本甩在地上。南典和华宇峰相互指责，黄总气愤地说：“你们俩都给我滚，老子把你俩全开了！”

“请鬼容易送鬼难，就这么轻易开掉我，你算什么东西！”南典说。

“我什么也不算，但我有权力辞掉你。”黄总走出会场，到财务部把总监叫来，说，“给南典、华宇峰他们一点稿费，请他们走人。”财务总监说：“你这也太草率了吧，董事长知道吗？”黄总说：“董事长不知道，我也不想向董事会申请，这是我作为导演的权力。出了事我承担。这笔支出算我账上，我日后还。”

财务总监了解了一下情况后，就同意开支，长痛不如短痛，开了这两个鬼怪，事情更顺畅。财务自作主张地准备给南典、华宇峰每人一万元补偿，也可以说是稿费。

华宇峰冷静得多，他一句话也没跟黄总说，站在那里一动不动，观察情况。他希望南典立即走人，然后他再求求黄总把他留下来。财务总监叫人拿来两个纸袋，里面各装一万元。

“就这么简单？说开就开？还尊重著名编剧的人格不？”南典将钞票打落在地上。

“你不要理他，”黄总对财务人员说，“钱已经递给他了，他爱怎么弄是他的事。被人捡走、他拿去烧掉都是他的事，均与你无关，你走吧。”

钱袋子掉在地上，张了一个口，露出百元大钞的一小点。

站在一边的华宇峰却接过钱不吱声。

“我们干了一两个月，就这么点儿？”南典说。

“你们干的都是废活，按理，一文不值。”黄总说，“给你们稿费，都是看在以前的交情上。这笔钱，还是我私人开出来的。”

黄总宣布剧本研究会不开了，转身走了。大家散后，南典弯下腰去拾钱袋子。

华宇峰尾随黄总到办公室。“我想留下来，一定好好干。”华宇峰说。黄总不答应，要么一个不留，要么都留下，现在他已决定一个不留了。华宇峰虽然看上去成熟稳重，却也是满肚子的花花肠子。黄总说：“事情结束了，你请吧。”

“我的这个本子，你一定满意，要不你看看？”华宇峰并不想离开，他从包里掏出一沓稿子。

黄总看着他，他微微笑。华宇峰早就留了一手。华宇峰写作是个快手，在应付分线索之余，他另外写了全剧，写了三十几集了。黄总想接稿子，手又缩回来：“我不能这么做，你俩都是我合作过的朋友。”

“你可以不再聘请我写本子，但我可以卖给你们，出价高点，我不要署名权。”

黄总还是狠心地拒绝了。

华宇峰见事情已经无法挽回，脸色大变，破口大骂。公司保安把华宇峰架出去。黄总不愿看到这样的事，但是两个编剧逼他这样的。他的脑子正乱着，董事长来电话说：“你一家伙开了两个编剧，本子怎么办？”黄总说：“等我安静下来，我再想办法。办法总是有的。”

黄总脑子里闪出好些个编剧，有的打过交道，有的只是听说。大编剧有大编剧的难请，小编剧有小编剧的难缠。想了差不多一夜，清晨时候，他老婆说："不就一个本子吗？你连一个本子都写不了？白干这么多年影视了。"

黄总吃了一惊，后来想，老婆的提议不是没有道理。他立即起床，打开电脑，编写第一集。分集提纲原来就有，都在他脑子中，按照提纲填空就是了。写作时，他脑子里闪出蒋德述、月亮、谌天来的光辉形象，想着桂北那个山区。到中午时，他竟然写出了一集。他被自己吓住了。吃了午饭，接着干，干到晚上，写了三集。这大出他的意外。第二天接着干，一连干了一个星期。董事长从外面出差回来了，叫黄总去见他。

黄总赶到公司。他整整一周没去公司，关在屋子里写本子。这几天发生了些事，具体说来就是被开掉的编剧南典、华宇峰联手向新闻媒体报料，说行帝影视公司欺诈编剧，发布假新闻，把编剧当牛做马；男女主角选秀大搞黑幕等。当时本子要得急，黄总私下请南典、华宇峰来帮忙，双方没签合同，就是编剧费也没议过。因为曾经合作过，都彼此信任，稿费大家都心知肚明的。南典拿不出合同，对他来说是好事，他可以信口开河。个别娱乐记者正愁没本地娱乐新闻可写，有人报料，不管真假，都往自家媒体上写、播。娱乐新闻这个东西，向来就是"罗生门"，真真假假，追究到最后都是不了了之。娱记们根本不怕，对也好错也罢，有读者有观众就好。

公司办公室工作人员将能收集到的报纸、网页、视频都送到了董事长办公室，董事长看后没说什么，他问黄总怎么看。黄总平静地说："让他们玩好了。"

董事长笑着说："你这个电视剧真好，影子还没有就火了。"

黄总跟着笑起来："娱乐圈就是搞娱乐的嘛。"

"这个剧看来注定命运坎坷，"董事长说，"男主角那边出事了。据说前天被人打破了头。"

"为什么？"

"不好瞎猜。选秀有选秀的好，但也有许多后遗症。"

黄总打开话匣子，说："再大的困难我也要拍好这个剧。月亮震撼了我的灵魂。还有那个民间医生蒋德述。抛开失散红军谌天来不说，我更喜欢民间的蒋德述。什么是人性之美？月亮是，蒋德述是。什么是红军精神？谌天来是，李华连是。红军精神是人类共同的财富。"

"人家拍战争大场面，你拍民间小角度，也算是另辟蹊径吧。"董事长说，"对了，你找到编剧了吗？"

“找到了。是我。”

“我一点也不吃惊不奇怪。是你，很好。编导一起干，要不再来演个角色？那就是集编、导、演于一身了。哈哈。”

黄总花半个月写出了四十集的剧本，这个速度超出正常人范围。看了初稿，大家都满意。时间紧，黄总决定边拍边写边找资金。剧组正式成立，男女主角、配角、摄像师、灯光师、跑龙套的全都到位了。

剧组开会，正式分配角色。分配角色前，黄总给大家讲了这个故事，要大家以红军精神各司其职高质量地完成工作。“什么是红军精神？”有个小伙子提问，他是个小配角。

“心里装着信念，不怕流血不怕牺牲。通俗说就是有理想，有实现理想的决心、信心，还有实现理想的办法。”黄总简单地解释说。

刚分配完角色，下发分集剧本，苗苗站起来说：“我要罢演！”苗苗把稿子丢在地上，“这个烂剧演得再好也没人看，红军红军，都什么时候的事了，谁还看红军题材的电视剧？”

“如果不喜欢演红军题材，苗苗你请便。”黄总说。黄总现在特别不怕谁，谁要跟他干，他都应战。

“我演的是女三号，我他妈的落到了演女三号，也就是爱上国民党军连长的文秀兰。这怎么可能？美女爱兵匪，天下荒唐事。”苗苗说。

“现在不是在讨论剧本，而且那是剧情的需要。如果你坚持不演，我立即换人。”黄总说。

“凭什么？我选秀排第二，全天下都知道。”

“那你吵吵什么？”

“我要演青春偶像剧。”

“现在我们在拍红军题材的电视剧。你又不是刚来，事情从头到尾都知道。苗苗你坐下！”

苗苗扭扭身子坐下来，现在每次见到她，黄总后背都发麻。

“哈哈，我老爸决定放弃投资了！”爽爽旁若无人地大笑，她摇动手中的手机，大约刚接到她父亲的短信。

“爽爽，你什么意思？”黄总说。

“没什么意思。选秀第一的演女二号，第三名演女一号，不是黑幕就是行帝影视公司高层脑子进水。”爽爽说。

“你也要罢演吗？”

“我真想罢演。”

“可以，有好多人排着队想挤进剧组。”黄总说，“我正头痛。女二号、女三号走掉，就可以解决心头最大的问题了。”

“黄仲天，你好没良心！”苗苗边说边抽泣。

没人理她，没几个人瞧得上她。

黄总说：“要哭你出去哭，不要影响大家。”

旦旦在玩手机，也没玩进去，心在现场。她这两天在想月亮这个角色，她真找不到感觉。月亮爱上了恩人李华连，可李华连负重伤被国民党军丢下了深井。一个姑娘怎么能为一个死去的人在井边守候一生？而且她与李华连才接触三次，感情火花就那么容易产生而且这么深？她怀疑这个故事是编造出来的。月亮可以感恩，但嫁给别人并不意味着背叛，人生短暂，为什么要跟自己过不去？对于这个主要角色的拿捏，旦旦忐忑不安。在苗苗、爽爽不满意角色时，她很想站起来说她也要罢演，回头去演文秀兰，文秀兰这样错位的角色好把握，容易找到感觉。

“旦旦，”黄总说，“别玩手机了！你们都不要玩手机，注意开会纪律。”

会场刚安静一会儿，男演员那边就乱起来了。饰演男一号谌天来的古一鸣头上还包着纱布，前几天被暗中打破了头。坐在他旁边的是演男二号蒋德述的马晓元。说起来男一号、男二号没有严格的区分，都有许多戏份，说谁是一号都成。但是对外宣传时，谌天来是主角。古一鸣、马晓元两人都来头不小，演技上也不分上下，古一鸣夺得主角权，马晓元不服，两人那天就起了冲突，要不是拦着，就要打起来了。古一鸣遭暗算，他怀疑是马晓元搞的。开会时两人就互相仇视，趁着女演员闹事，古一鸣来了脾气，他一脚踢翻马晓元的板凳，马晓元跌倒在地。

马晓元爬起来举板凳，古一鸣的板凳也已经举起来了。两人都不怕把戏搞砸，只要将对方打倒出口气，蹲班房都不在乎。

“快拦住，拦住！”

“拦什么拦，打起来才好玩。”

有人着急有人幸灾乐祸，大都是血气方刚的年轻人，就喜欢这样子的突发场面。好几个人起哄吹口哨。

黄总带着人拉开双方。两人够不着对方，就打嘴巴仗，什么难听的话都骂了出来，像街头小流氓。

斗殴场面是控制住了，现场又恢复了平静。但看来这些年轻的演员并不喜欢演这种电视剧，也不想投入进去演，将来拍成了在电视上播放，能在观众面前露个脸就完事。他们想的是混脸熟，便于接到下一部电视角色，所以他们边开会边随意地翻阅本子，还不时玩手机。

过了一会儿，工作人员将一些红军长征的书籍资料发给他们，黄总要求他们近期专心阅读，深刻领会红军长征的起因、路线和重大事件。红军过桂北，湘江战役是重要的节点，为后来的通道转兵打下了牢固的基础。这些年轻人学过长征历史，小时候课本上有“长征是宣言书，长征是播种机”，但他们没有深刻领会过。他们认为长征不过是共产党的事，而不明白长征的意义和精神已经超越了党派，成为人类永恒的精神。

四

剧组在桂北山区选定了拍摄地点，月亮井、蒋家山的寨山岭等当年的战场都是重要外景地。租来的大巴停在白沙河镇后，分成若干小车向山区进发。现在还没正式开拍，只是演员体验生活阶段。对于体验生活，演员们普遍都有看法，抵触情绪很大。

前两天黄总去找雷傲，雷傲是爽爽的爸。雷傲公司开得大，全国好多城市都有分公司。雷傲五十多岁，比黄总大好几岁。“我们即将去桂北山区采风，亲密接触当年红军的足迹。我希望你能跟我们一起去。”那天黄总开门见山。雷傲说：“我以前动过去重走长征路的念头，可是我哪有时间？”黄总说：“走了长征路，闻了当年红军的气息，你生意会更加顺。不，你的精神世界更加透亮。”

雷傲被说服了。黄总坐在雷傲的小车里，小车跟在大巴后面。爽爽坐大巴，她爸不让她坐小车。副导演和好几个工作人员管着这群野马一样的年轻演员。黄总和雷傲的话题一直围绕着红军。雷傲对红军长征只知道个大概，他基本没有专门读过红军长征的资料。“红军长征就是逃跑瞎窜呗。”雷傲对长征的意图、路线一知半解，他的观点跟社会上许多人一样，偏颇又固执。好多人都在说红军长征，但他们并不想深入阅读，只会道听途说，喜欢信那些猎奇的歪曲事实的故事。黄总说：“一个周末，我从书架上取来一本全面描写长征的书，一读就是两天两夜。这本书不知道什么时候从什么渠道得来的，搁在书架上从来就没翻过。看了这本书，我很意外，原来我对长征根本不了解。后来又看了外国人写的长征，一下子丰富了我的长征知识，改变了我许多看法，拓宽了我的精神视野。我得出一个结论：长征，是人一生中必读的一本书。这不仅仅是励志。”

黄总成了“长征迷”，他在那段精神最困惑时间里走进桂北山区采访当地老红军或者老红军的后代，拜访红军老人及其后人。他采访了二十来个当事人，积累了不少原始素材。说红军是种子，一点没错，当年那种军民鱼水情远远超越后人的想象和虚构。

“黄总，你能给我讲一个故事吗？”雷傲拍拍黄总的肩。

“我脑子里装满了与红军有关的故事，我捋捋。”黄总想了想，说，“还是叫老邓说吧。”老邓叫邓成日，老家就是桂北山区的，他从小就听红军的故事，见过很多红军。邓成日对红军过桂北的历史研究得很透彻，是个民间专家。黄总因偶然机会认识了邓成日，也是在邓成日的建议下黄总才去桂北采风的。这次拍电视剧黄总聘邓成日为历史顾问。现在，邓成日应邀陪同采访。有邓成日当向导，黄总就轻松了。一路上黄总跟雷傲聊长征，邓成日一句话也没插，因为雷傲从上车起就没把邓成日当一回事。黄总给雷傲介绍说这是邓老师，民间红军历史专家时，雷傲根本没听进去。邓成日戴副深度近视眼镜，穿着质朴，不太爱说话。他在二十世纪八十年代初以非常优异的成绩考入北师大中文系，还是个知名作家，为人却低调谦和，平常不太参加社会活动，都说桂北人能喝酒，偏偏他滴酒不沾。

雷傲勉强地说：“邓老师，那你说一个故事。”

邓成日说：“我讲一个最近回老家采访到的故事吧。参加采访的不止我一个人，我们有一个采访小组。当地文化人唐源志、戴琮、陆仕臣、李彩如、唐文等都参加了采访。”

邓成日讲了一个很长的故事。

五月，我们在广西灌阳县新圩镇政府周晓莉女士的陪同下，采访到新圩镇龙桥村杨柳井屯百岁老人黄正武。他家堂屋中的百岁生日大红对联依然鲜艳，书写着人生的感慨和儿孙满堂的幸福。他的小儿子黄荣德退休前是县广播电视局的副局长。

尽管黄正武老人年纪大了，眼睛有一点不方便，但说话时，吐字还是很清晰，他的记忆也不错。遇上一些地方语言，一时听不懂的，他儿子黄荣德在旁边负责解释和说明，为我们解除了听力上的障碍。

黄正武老人说：“那时，我们家是一个大家庭。祖辈留下了两座大房子，那是祖辈省吃俭用积攒下来的，也算有个窝。家里有几亩薄田，也没有多少家产，平时，大人外出做点生意，也是过日子而已，紧巴巴的，没想过发什么大财。

“1934年我已经是十八九岁的人了，已经成年。经历的事，还是记得清楚的。

“红军在我们家住了大概一个排，三十多人。红军到达之后，叫我们老百姓躲起来，不要随便出门，以免受到伤害，说子弹不会长眼睛。打枪的时候，红军叫我们躲到地窖里，不要出来。

“往南边去，就是排埠江村的枫树脚，开始在那边打仗。红军的伤员很多，都是从前线下来的。有的伤员伤得不轻，只做简单的处理，就送到救护所去了。红军要吃的，也没得吃，饿着肚子。他们不强抢强要，老百姓说没有粮食，也不强迫征粮。从未见过那么好的军队。

“那时的‘李军’（当时国民党桂系部队为首的是李宗仁，他的部队，当地老百姓习惯称‘李军’）和民团有令，要老百姓把粮食收藏起来，不要给红军。违者，以通共匪论处，是要罚款甚至坐牢的。

“看到红军无粮这种情况，我家二爷，也就是二伯父——他叫才治，他年纪大一点，也有见识——过意不去，就组织我们家庭把收藏的米和红薯拿出来，煮给红军吃。我当时年轻，也跟着去做。一家人，有的帮着搂柴火烧火、挑水煮饭，有的帮着磨米，有的帮助伤员包扎，反正也是见事做事，也顾不得李军和民团那么多了。

“我们还在大堂屋里烧起两堆大火，给红军烤衣服，又烧水给红军洗伤口。红军战士忍饥挨饿，抵挡李军。幸好我们帮他们蒸了红薯，把自己藏匿的粮食都拿来给他们吃了。虽然没有好酒好肉，红军还是能勉勉强强填饱肚子。红军给钱，我家大人说钱就免了，又不是什么大餐。但红军硬要给，最后我家只好收下。”

我们采访组后来查到相关资料，那几天，这一带正好下了一场雨。天很冷，真的让人不好受。

“在我们家住的红军一天天减少。后来红军抵不住了，就往北撤。北面是龙塘村和新圩村。李军的人多，枪支也好一些。我对红军的枪很好奇，摆弄了半天，才上好膛。”黄正武说。

采访组问：“你怎么知道枪支上膛？”

老人说：“我是后来当兵后回想起来才明白什么叫上膛的。抗日的时候，因为要去打日本鬼子，我当了国民党兵。我们在全县（州）集合，我的手臂上还有刺青。”黄正武老人说着把衣袖扯开，露出手臂，上面刺着“永远爱国家，不投降”。看着百岁老人一脸的沧桑，我们不知道应该说一些什么。

黄正武老人说：“红军刚撤走，李军就到了。李军进村后，发现了好多墙上都有红军写的标语，又发现我们有红军给的边币，就认定我们帮红军做了事，不仅收走了我们的红军边币，还以通共匪论处，一把火将我们的房屋烧掉，烧得只剩下天井的石料。从那时起，我们的房子再也没有恢复原貌。后来虽然修修补补，也是几年积攒几个钱，一次修补一点，到1949年，修补的房子也还是不成个样子。”

我们采访组参观了他家老房子。老房子已经多年未住人，只堆放杂七杂八的东西，但立的香火还在。这是一个比较传统的大家庭。后来修补房子，只是小砌墙，与原来的老砖墙大石料一点也不般配，像一件衣服打上几个补丁，看着就不是滋味。

我们问：“新中国成立后，未向政府提过什么补偿的要求？”

对方回答说：“那些年，国家也那么困难，怎么好提？再说，事情过去那么多年了，好多事情，也说不清楚了。我们帮红军，也不图什么，红军又是为老百姓的，他们对我们那么好，又不强人所难，总是客客气气，天下哪还有那么好的军队？家里人总认为我们做的是应该的。我们只想平平安安地过日子。现在国家的政策越来越好，我们又建了新房子，虽然没有进行很好的装修，但我们知足。”

黄正武老人又说：“在平头岭上，牺牲的红军有很多。事后，村里喊人去掩埋，一般是成年才去。我也参加了安葬行动。在平头岭上，都是就地掩埋，挖一个坑，把死者放进去，掩上土，就是那样简简单单，也没有什么仪式。有一个地方一个坑就埋了三个，过去一点，又埋了一个。那时也没有那么多棺材，都是就地掩埋。牺牲的红军好可怜，我们一些人边埋边流眼泪，但又没有别的办法。现在山上长满了杂草树木，也很难找得到那些坟墓了。”

听了这个故事，雷傲还想听一个。离目的地还远，邓成曰就又讲了一个收留失散红军的故事。

我们采访组在水车乡官庄村下村屯采访了87岁的吴光兆老人。

吴光兆老人告诉我们：

“红军走长征那年的12月中旬，我父亲吴佑祥傍晚外出办事时，看到两个衣着破烂的人从山里摇摇晃晃地走过来，当时把我父亲吓了一跳，等我父亲缓过神来，就听见来的人说：‘老乡莫怕，我们是红军，是老百姓的队伍，专门打土豪劣绅的。’我父亲见他俩又饿又累、全身颤抖的样子，心想，即使你俩是坏人，就凭你俩现在这个样子，量你们也奈何不了我。于是，我父亲就大着胆子问他俩：‘你们是什么人？干什么的？’他俩回答道：‘我们是工农红军，是为穷人打天下的。我们的大部队已经走远了，我俩未能追上部队，走在这里掉队了。为了躲避敌人的围捕，我们就躲进山里，拣地里的红薯根充饥，有好几天未吃饭了。饿得实在难受，我们才冒着危险进你们村讨点吃的，不然哪敢出来。’我父亲看到他俩实在可怜，二话没说，就扶着那个走路特别吃力的红军，带着他俩回到家。父亲叫我母亲给他们做饭吃，叫我在门口望风。当时我也不知道是怎么回事，父亲当时告诉我说是远房亲戚，路上遭到强盗抢劫，才变成这个模样的。那时我才6岁，什么也不懂。饭后，我父亲就叫他俩在我家住下，一住就是两个多月。当时看得出我父亲有些担心，生怕被国民党的人发现。父母小心翼翼把这两个红军战士保护起来，藏到我家楼上。从那以后，全家天天提心吊胆过日子。有一天，那两个红军对我讲，他们两人都来自江西，被扶进我家的那个红军姓李，年纪有十七八岁，另一个红军姓邓，年纪有20来岁。看得出来，他俩对我们心存疑虑，有防备之心。有关他们的家庭和在红军队伍里做些什么事情，当时都没敢告诉我父亲。幸好，躲在我家两个多月的时间里，他们未被国民党的人发现。在担惊受怕中熬过一段时间后，为了不连累我们，那个姓邓的红军，在他身体稍微恢复的时候，就跟我父亲说，他要出去找红军大部队，继续参加红军闹革命。我父亲担心他出去又被抓住，还有可能会被国民党杀害，本想等风声完全过去以后，形势稳定下来才送他走。没想到，他还是不辞而别，悄悄走了，连这个姓李的红军战士都不知道他去了哪里。从此，我们就再也没有他的音信。

“又熬过了一段日子。一天，住在拐口屯的一个叫何昌贵的人将李姓红军接走了。何昌贵四十来岁，是我村的一个师公，法号叫德清。他心地善良，乐善好施，在本地人中很有地位和威信。他得知我家藏有红军的消息后，忙赶到我家，跟我父亲和李姓红军战士商量，最后征得李姓红军同意，以收弟子为名，先把他带出官庄上村，以后再想办法。后来在何昌贵和我父亲两人精心策划下，把红军战士安全转移到了较为偏僻的拐口村。”

采访组得到这一信息，立即驱车赶往拐口村。正巧在地里头遇到了何昌贵的堂亲曾孙，63岁的何江保老支书。何江保丢下手头的活，带我们走进林子里，来到一个小山丘，找到了何昌贵的墓。

何江保说：“你们要找的这个失散红军叫何来顺，何昌贵的墓碑就是何来顺立的，所以墓碑上落有何来顺的名字、籍贯和其他情况。”

何来顺，原名叫李金保，江西省绿宁县南门前村人。绿宁县这个名称是何昌贵墓碑上刻记的，立碑时间是民国三十六年。现查无此行政县名称。我们推论，在刻碑时，是否刻碑者误解了何来顺的口语，把武宁县的“武”字刻成了发音相近的“绿”字呢？

何江保老支书告诉我们：听他父亲讲，民国二十三年（1934年），官庄下村有一个叫吴佑祥的人，在他家收留了两个掉队的红军。何昌贵是我三叔爹，他是村里的一个巫师，为人耿直，敢作敢为，知道情况后很着急。他知道红军是好人，觉得有责任帮助吴佑祥，一起来保护红军。所以，三叔爹顶着“通匪、窝匪”而被杀头的危险，从吴佑祥家悄悄把红军接回到自己的家里保护起来。

三叔爹没儿没女，很少有人会注意到他。于是，他以收弟子的名义，把李金保带在身边。为安全起见，也为了更好地掩护他的红军身份，便让李金保改名何来顺，并认作儿子。后来，三叔爹又把他带到外地做事，从而躲过了国民党的追捕。

何来顺自从做了三叔爹的儿子后，就一直跟在三叔爹身边干活，一起生活到民国三十六年三叔爹去世。为了报答三叔爹的恩情，何来顺独自一人在家守孝三年，一直在这里生活到新中国成立。

何江保老支书还告诉我们：“听家里长辈们讲，由于我家人口多，生活很困难，而且房屋少，住宿蛮成问题。基于这些缘故，加上我叔何来顺独自一人生活，他返回江西老家的欲望就更加强烈。”

“一九五二年八月的一天，我叔何来顺踏上了回江西老家的路，后回到南门前村老家定居。”说到这里，老支书深深叹了口气，心里有点过意不去。

老支书心里缓和一下后，又接着对我们说："听我父亲讲，何来顺回去两个多月后，写来了一封信。他在信中说：'家里还好，兄弟姊妹们都长大了，有的成了家。妻子也仍在家等候着。'并且感叹，他们只做了一年的夫妻，妻子一直坚守着20年前的那份情缘！"

"又过了一年，"老支书说，"听我父亲讲，第二年的10月，何来顺又来信说：他走长征掉队到我们这里时，多亏了他养父何昌贵的收留，才使他活到今天。那时随部队长征到灌阳，在官庄村掉了队，当时被收留下来。由于国民党天天围捕红军，当时不敢说出实情，现在可以讲了。他14岁在原籍老家与本村的一位姑娘结了婚，婚后的第二年（1931年10月），就在中央苏区大扩红时，参加了红军。在中央苏区根据地对敌斗争中，他参加过第三、第四、第五次反'围剿'斗争。由于王明'左'倾机会主义路线的错误指挥，红军第五次反'围剿'失败，中央红军被迫长征。他所在的红军二十一师，以及红军二十三师，就是由原来在赣南赤卫队组建的几个独立团扩编而来的。在1934年10月，中央红军长征前不久，他被编入红八军团第二十一师担任战士。

"长征开始时，走得还蛮顺利，可是到进入广西灌阳时，情况就大不相同了。部队行军困难，慢吞吞地在路上行走，尤其在水车（乡）的一段路程，还时不时有敌机在头上盘旋，恫吓红军，冷不防还丢下几颗炸弹轰炸，搞得大家人心惶惶。红五军团三十四师还在水车的夏云等地，遭到了敌机的狂轰滥炸，牺牲了两百多名红军。他们第八军团是要从水车赶往文市，准备在11月30日赶到青龙山地域宿营的，由于全军拥挤在狭长的通道里，寸步难行，严重影响了行军速度，耽误了渡过湘江的宝贵时机。由于时间紧，任务重，他所在的师奉军团电令，绕道往官庄村方向前进。

"在进入广西前，部队在永明攻打三峰山，准备从那里进入广西。由于在路上耽误的时间太久，大家又饿又累，又没得到休息，在极度疲乏的情况下行军，一歪倒在路边，就地睡着爬不起来了，这样掉队的红军战士不在少数。那时他也一样，为此而未能追上大部队，走到官庄村时，他因为又饿又累，天气又冷，已经是到了精疲力竭、疲惫不堪的地步，只好到地里拣红薯根充饥。所幸的是，遇上了村里这些好心人，收留了他，保护了他，所以才有今天的他。他要感谢他的恩人，尤其是他的养父何昌贵。信中还表示，他想回家看看，在养父何昌贵的坟头上再烧一叠纸钱，再磕上一个头，再送去一丝思念，守着父子那份情缘……

“听我父亲说，叔叔何来顺自写来这封信后，就再也没有来信了，不知何故。家里人都想到叔叔的江西老家走一趟，打听一下情况，因那时全国都在搞政治运动，加上家里经济困难，凑不足那么多钱，这件事就不了了之。之后谁也没有再提起此事了。”

采访结束时，我们问何支书：“你父亲收到的那些信件还在不在你手里？”

何支书答道：“不晓得被我父亲丢到哪里去了，我还找了几回，都未找着。”

雷傲听得入迷，大发感慨。他说：“有红军的故事吗？我是说，没有当地老百姓在里面的那种纯红军故事。”

黄总说：“当然有啦，很多。可是我们马上就要到目的地了。”雷傲的手机“异响”了一下，黄总发现他偷偷地录了音。

五

正是秋收季节，桂北山区稻谷金黄，瓜果飘香。这群年轻的城里演员，对山区很好奇，纷纷扑到田间地头拍照，随意采摘果实。苗苗好吃辣椒，见到地里鲜红的辣椒，忍不住采下塞到包里，她还动员身边的男生帮她采摘。工作人员拦都拦不住。

“采几个辣椒怎么了？”苗苗不服气。

“采摘人家东西，问人家了吗？”工作人员说。

这些年轻人逗乐着吃着采来的水果，还打包，准备明天返回时要采回许多蔬菜。黄总的车停下后，对他们大吼大叫，叫他们把钱掏出来给老百姓。

被逼无奈，他们便掏钱。

“你们不像演红军的，倒像是土匪！”

当地老百姓来了，他们表示，摘了就摘了，钱不要。年轻人就更得意了，对黄总说三道四。

他们到达的这个村叫蒋家山，也就是谌天来、蒋德述他们村。谌天来、蒋德述的孙子村支部书记谌若锋、村委主任蒋秘剑带领村里干部过来迎接。工作人员打过前站，他们听说要把他们爷爷搬上电视，非常高兴。蒋家山的经济搞得好，他们不怕招待，而且又是这么大的好事。谌若锋、蒋秘剑领着剧组去参观红军纪念碑、纪念馆，纪念馆里全是实物，无一仿品。说到谌天来，谌若锋重点介绍了那根油光发亮的铁梨木棍——这是当年团长送给他的武器。

“这哪里叫战争，冷兵器时代吗？”古一鸣大声说。年轻演员们哄笑，说当时的人技术水平太低，连支好枪都造不出来。他们对村里开会前向红军纪念碑鞠躬也表示不理解，认为是走形式。

寨山岭上的红军墓与国民党军墓相望，红军墓已划进了红色旅游圈。有几群外来旅游者正在游玩拍照。村里有训练有素的讲解员，专门接待大团队和领导，她被安排来为剧组讲解。剧组三四十个人，队伍大，年轻的演员们又不听指挥，随意拍照留念，对讲解员的话爱听不听。

雷傲过了五十，不再喜欢到处留影，而且他对红军故事开始有了兴趣，他就紧随着讲解员，不时询问身边的民间专家邓成日。爽爽时不时过来拉雷傲，要跟老爸合影，雷傲不答应。

按照安排，下午，剧组在蒋家山村举行红军长征历史知识讲座。地点是谌若锋他们村里提供的，是个会议室，平时用作红色旅游的红色课堂。从桂林请来的专家黄利明走上讲台。他老家也是桂北的，毕业于北京大学历史系，对红军长征有权威研究，出版过许多学术专著。他因为出差，刚转机飞回到桂林，又马不停蹄地赶过来。

黄利明做了课件，他已经数十次用两三个小时讲述红军长征史了，经验十分丰富，能以最短的时间将红军长征的历史呈现给听众，既有大事件，也有小细节，有血有肉，立体丰满。因为备课扎实，极具吸引力，剧组里谁想开小差都难。

下午六点左右，黄利明的讲座讲完，几分钟内课堂鸦雀无声。剧组的人都被镇住了。大家坐在原地，还想等一场讲座。黄总突然想到，今天上午雷傲录了邓成日讲的故事，趁机建议他放出来给大家听听。

建议得到一致掌声。

“邓老师人就在这里，干吗还听录音呢？上去讲一个得了呗。”雷傲说。

“对对对，”黄总拍拍前额，高声说，“让我们以热烈的掌声请邓成日老师上台给我们讲红军故事。”

邓成日上去给大家鞠躬后说：“这次拍的主要是红军与当地老百姓的电视剧，我就讲讲百姓营救保护失散红军的故事吧。”

老邓一口气讲了两个故事，老邓口才好，像念一篇文章，没有废话，也没有“啊”“这个”“嗯”这类的“助词”，讲得深情、起伏，效果极佳。天黑了，这才作罢。

晚上，剧组就住在蒋家山的旅馆里。“现在的路不错，如果能通大巴就好了。”聊到村里的事，黄总对谌若锋说。“这是我们正在考虑的问题，我们山区山高林密，开辟大道代价很大。但这已经在我们的计划当中了。”谌若锋说，“在我任期内，我一定要解决，也一定能解决。”

因为兴奋，都喝了不少酒，不胜酒力的黄利明喝多了。邓成日也被强迫喝了一小杯，就那一小杯酒，邓成日醉了，但很开心。

剧组里的年轻人向雷傲讨要上午的录音，人人都把手机掏出来，转录过去。睡前，每个房间都在听邓成日的录音。邓成日普通话说得好，这得益于他在北师大上学，又一辈子当大学老师。剧组人员听起来毫不费劲。

第二天上午，剧组去枫木林村，去看月亮井，去听村里人讲邓月亮的故事。月亮井边有一些建筑，一个红军纪念碑，一个是月亮屋。纪念碑不大，月亮屋也不大。月亮屋就是月亮生前住的屋子扒掉后重建的，里面是砖混结构，外面则仿茅草房，具有明显的历史印记。邓月亮舅舅的孙辈们给大家讲述月亮的故事，人没有了，但山还在，井还在，英魂还在。

苗苗蹲下去，放声哭起来：“我好难受。”她的哭声传染给了爽爽、旦旦，就连古一鸣、马晓元也哭出声来。

午饭后，剧组分成几个组，分别在邓成日、黄利明、蒋廷松、唐源志、戴琮等专家带领下采访红军或者红军后人。谌天来、蒋德述还有吴之顺都已作古，采访谌天来、蒋德述后人是重点。

黄总要求三天后再集中开会，每组至少讲述一个采访到的故事。

古一鸣随蒋廷松老师去采访老红军毛八连。但是毛八连老人已经去世，好在，蒋廷松十年前采访过他，留下了视频文字资料。路上，蒋廷松给古一鸣他们介绍说：“1934年发生在桂北的湘江战役，损失了三四万红军，其中仅在全州地域就损失了两三万人。红军过全县（现叫全州）后，当时失散的红军有很多，但在民团的追杀下，当时牺牲不少，所余的人又因病、因年纪过大而相继离世，2006年时该县只有91岁的失散老红军毛八连还健在。2006年，我曾陪同外地记者们采访了他。留下了视频和文字资料。”蒋廷松带大家采访了毛八连的后人后，调出毛八连的影像资料。

我原名刘八连，是江西赣县白石乡人。1932年4月参加中国工农红军，我被分配到红五军团，在后方总医院当看护员，后来又到军团政治部宣传科代理两个月公差兵，再后来调到军团卫生部当护理兵。同时参加红军的还有我的两个兄长，他们分配在红一军团。中央红军长征时我属红五军团十三师三十八团卫生班长。我随部队走到全县石塘开阔地域时，由于抢时间渡湘江，没地方隐蔽，也没有时间隐蔽，途中不幸遭到桂军飞机轰炸。当时一路都是死伤的红军，非常惨烈！我当时就是在这条红军的死亡公路上左眼被炸瞎，腰骨被炸断，脚骨被炸伤，但我仍忍着剧痛跟随队伍跨过湘江。过湘江后，我实在无力跟上快速行进的队伍，便掉了队。我路过一些村子，一些老百姓知道我这个身负重任的年轻娃是红军，都很同情我，但因担心“窝藏共匪”被杀头，都不敢收留。我只好沿着红军走过的路继续前行，走到全县咸水乡黄沙村毛家自然村一条小河的柳树下时，昏迷过去。

我昏倒后，被毛家自然村到河边牧牛的村妇陈玉秀发现了。她见我虽然昏迷，但还有一丝气息，便冒着被国民党抓去砍头的风险，把我背回家，给我找药治伤（吃了三年药才得以康复）。没料到，陈玉秀刚把我背回家不久，民团便闻风尾随而来。陈玉秀与丈夫毛兴泰连忙用晒谷棚把我卷起来。民团的人问：“你们是不是收养了一个受重伤的红军？”陈玉秀说：“俺自己都穷得活不下去了，哪里还有能力收养带重伤的红军？再说，藏红军是要杀头的，我们才没有那么傻！”民团气势汹汹地说：“你们知道就好，搜查出来，全家杀光！”

民团走后，陈玉秀夫妇料到民团的人不会善罢甘休，忙将谷库的粮食拿出来，把我放进谷仓。刚将我藏好，民团果然又回来搜查了。陈玉秀夫妇就这么藏着我，接连躲过民团白天黑夜多次搜查，直到一二十天后，才敢让我从谷仓里出来。

后来，我改叫毛八连，给毛兴泰夫妇做了儿子。我成家后，见一个7岁、一个8岁的一对兄弟从湖南流浪到这里，非常同情，尽管家里当时经济上也很困难，还是与妻子毫不犹豫地将他们收养做儿子，如今两个被我收养的儿子也已经成家立业。我们家也因此被人们誉为

"三省居一家（一家人分别来自广西、江西、湖南）"。

1981年，江西老家的人与我联系上了，想接我回去养老，但我不忍心离开收养我的毛兴泰、陈玉秀父母，只是跟着前来接我的亲人回了一趟老家看望了一下，便毅然回全州了。

2001年，我作为失散老红军被发现后，县纪委、监察局、土地局、建设局，咸水乡党委和政府，还有湘山酒厂共同捐资为我建了房子，取名为"红军楼"。

2006年时，政府每月给我240元生活费让我安享晚年。我非常感谢党和政府对我的关照。

苗苗、爽爽和旦旦分在一组，原本她们不在一组的，黄总为了让她们更好地相处，加深彼此了解而刻意放在一起。她们仨在邓成日引领下，采访了好几个当事人。在共同的采访中，三个人开始说话交流，在走向下一家采访的路途中，三人的手时不时牵在一起。采访中，她们听着故事不断流泪，三人相互递纸巾擦泪。

采访组在共耕村村主任陆俊旺和大龙村的陆昌盛、陆顺华的陪同下，采访了新圩镇大龙村的老红军陆献兑的两个儿子——陆英明、陆英华兄弟。在陆英明居住的老房子的墙上，镶着一个红色的五角星，在阳光照射下，五角星更加鲜艳夺目，意味深长。它展现了主人一心不忘红军长征时艰苦而辉煌的历史。

陆英明仍旧住在老房子里，旁边有他家近年新修的房子，政府给了了一定的补助。陆英华在县外贸公司退休，儿女都在外地工作，比起哥哥的生活，似乎过得更加滋润。

陆英明说："我父亲原名钟国邦，江西于都人。1913年出生，1930年参加了工农红军，虚岁十八。当时，他们沙心乡参加红军的，有120人。他认识的吴谟富、钟辉本后来加入到打土豪劣绅的行列，跟随部队去打仗。我父亲后来到建宁学习了一个月，就到团部去当通信员。多次参加了反'围剿'的战斗。"

问："你父亲是什么时候到灌阳的？你给我们谈谈他的经历。"

陆英华说："我父亲经常给我们谈到过去的一些事情，念念不忘过去的经历。到红军长征时候，他已经是红五军团三十四师一〇二团二连的膳食管理员（司务长）。他们从兴国出发，当时的口号是北上抗日。部队开到于都，每人只带了一点口粮，就仓促出发。在经过广东、湖南的路上，突破了敌人的围追堵截。一路行走，没有得到很好的修整。初期，红三十四师一直是先头部队，是前锋，到了湖南的宁远，才改为后卫部队。到达湖南道县，在蒋家岭住了一夜。第二天，进入广西，到达水车（乡），在水车街上宿营。之后，经大塘、苗源，到了洪水箐，在那里住了一夜。”

随行的邓成日插话说：“我查阅过陆献兑等人的相关回忆录。三十四师在水车村确实受到了敌机的轰炸。陆献兑在回忆录中说：次日清早出发，过灌江浮桥，到修睦村山燕头陶器厂时，太阳蛮高，突然来了3架敌机，向我们丢下3颗炸弹，18个同志牺牲。我们掩埋好战友的尸体，继续前进。三十四师在洪水箐住了一夜，第二天爬过观音山，傍晚到达板桥铺，在田间地头露宿。后来，经过湛水、乌石江、流溪源，翻过宝界山，往兴安界首方向前进。在兴安县的九块田时，听说国民党军队已经在那里防守，于是部队北上，到桐木江，在建乡（今全州县安和镇）遭到民团的堵截，打了一仗，无法通过。按最初的打算，部队退回湘南打游击。三十四师，三个团分开走，师部随一〇二团走，进入深浦源（现在新圩镇解放村），师部设在鱼岩（鱼湾）。”

陆英华接着说：“我父亲从全县的蕉江乡万板桥，往灌阳方向撤退，翻山越岭，进入灌阳，他所在的连队，住在温水塘。住下不久，就听到群众说房子起火了，我父亲他们就赶去救火。火是救了下来，但团部传达师部的命令说，叫他们赶快走，不然，国民党的军队快要把他们包围了。当时，我父亲正生着病，怕跟不上部队，心里非常着急。连长安慰他，叫他跟在队伍的后面走。到了跳塘的时候，我父亲和其他几个人实在是走不动了，就在群众家的门口休息。天亮的时候，队伍已经走远了，我父亲他们几个人，不顾伤痛和饥饿，坚持追赶部队。

“天擦黑的时候，我父亲他们才走到黄泥田（现在的解放村村委会），倒在陆仲新的家门前。陆仲新把他们接到家里，招呼他们吃了饭。他们在那里养了三天伤，身体稍微好一点。但是，因为国民党搜查得很紧，谁要是窝藏红军，要以‘通共’处理，家庭的财产全部充公。陆仲新感到很为难，不得不把他们送走，那是没有办法的事。走的时候，叫他们化装成叫花子，为他们准备了路上吃的干粮。到达下棚村时候，遇到了一伙人，问他们要枪。实际上，他们是伤病号，他们的枪早交给队伍带走了。那伙人放了一枪，想吓唬我父亲他们。后来又来了一伙亡命之徒，一顿拳脚，把我父亲他们打倒在地，并横蛮地剥去了他们的衣服。从他们身上搜去了仅有的三个银毫和十几个铜板。他们只剩下一条内裤，正值寒霜天，冷得全身发抖。他们逃过小江，躲进山里。

“他们到了擂鼓岭，我父亲被一个叫陆德辉的群众收留，将本名钟国邦改为陆献兑。另外两战友让一个叫陆一坤的群众带回家。本以为相安无事的，大龙村一个叫鲤鱼婆的人，带着一帮地痞，硬要拉他们走，那两个战友被带了出去。我父亲也准备去，正要起身，被坐在同一条板凳上的陆德辉扯住了衣服。陆德辉借口说：‘我这几天事多，留下帮我做几天事再说。’

“陆德辉在村里可能是一个甲长，说话有一定威望。这样，我父亲以留下做事、搞生产为名，才留了下来。那两个红军被带到擂鼓岭背后一个叫白歧的地方，被地痞杀害了。

“经过七个月的治疗，我父亲的病才治好。但是无路可走，我父亲就在陆德辉家里住了下来。

“1944年3月，本村一个叫陆伯豪的大伯，他的大儿子去世，陆伯豪就把我父亲要去当儿子，并把他的大儿媳许配给我父亲。我父亲就这样在擂鼓岭安家落户，后来生下我们兄弟姊妹六人。

1947年，我父亲被国民党抓了壮丁，想到国民党杀害那么多红军，决不能为国民党卖命。到了半路上，我父亲就想办法逃离了国民党的军队。1949年，灌阳获得了解放，后来实现了分田分地，进行了土改。我父亲积极参加土地改革和生产，1958年，我父亲加入了中国共产党。他一直认为入党是他一生中最幸福的事情。我父亲常说：如果没有陆德辉的相救，没有村里人的相容，他也不会活下来。如果没有陆伯豪的收留，他的命运就是别样的，最大可能是早没了性命。”

问：“你父亲后来回过江西老家吗？村里人还认得他吗？”

陆英华说：“回去过一次，那是1979年11月，我陪父亲回去的。回到久别的老家——于都县沙心乡沙塘背村。家中还有同祖公的侄儿。四十多年了，村里的人大都不认得了。只有两个人认得他，一个是父亲的满婶，她已经93岁了。她认出了父亲。她说：那不是水生吗？我父亲一听，眼泪就掉了下来。另一个是父亲的堂姐，她比我父亲大14岁，她还认得我父亲。他们见面后，说了许多过去的事情，父亲也讲了自己的经历。她们听了，感叹不已。

“从那以后，我父亲再也没回过老家，也没出过远门。1987年9月仙逝，享年74岁。”

六

剧组用了一周时间来让年轻的演员们与桂北山区紧密接触，让他们亲临现场，聆听红军的故事，聆听红军与当地百姓鱼水情的故事。活动即将结束时，邓成日碰上了党史专家刘继元老人。刘老八十多岁了，退休后回到桂北农村老家，生活在青山绿水中，日子过得安然幸福。他身体健康，精神状态很好。

“刘老是个有故事的人。”邓成日向黄总介绍说。

“与红军长征有关吗？”

“对。”

“能让他给我们上一课吗？”

“刘老是个热心人，我想，他会答应的。”

邓成日急忙去征求刘继元的意见，刘老爽快地答应了。他要给剧组讲述陪同别人重走长征路的故事。黄总改变计划，临时加了一课。剧组人员一致赞成。

他讲座的题目是“我陪他们重走长征”。下面就是刘老的讲座节选。

为缅怀先烈，继承和发扬红军光荣革命传统；也为总结历史经验教训，便于进行新的长征，很多人重走长征路，慕名来到桂北。他们中有新闻媒体，也有专家学者；有老红军战士，也有热血青年；有中国人，也有外国人……我在党史部门工作多年，且自始至终参与了党史资料丛书《红军长征过广西》和《湘江战役》的史料征集、研究、编写和出版工作，对红军在桂北的情况比较了解。因此，多次受命接待和陪同他们。三十多年过去了，很多过程仍历历在目，现择几起追忆与大家分享。

罗记者徒步二万五千里不走样

在我接待和陪同的人员中，《经济日报》记者罗开富是徒步二万五千里唯一不走样的人。

1984年11月24日，我奉命在湘桂交界的永安关与罗开富接头。接上头后他说一定要走当年红军走过的老关口。于是我陪他退回道县的下坝洞，拐弯从老关口进入灌阳。

罗记者告诉我，1984年是红军长征开始五十周年纪念，他受上级的派遣，要踏着当年红军长征的脚印，从江西出发，徒步二万五千里，到达陕北延安。他的行程安排，是按照中央红军长征日记的记载进行，红军当天在哪里行军作战或休息，他就得在哪里。五十年前的今天红军由此进入灌阳，五十年后的今天他也要由此进入灌阳。他还说，上级对他的行程很重视，国务院机关报《经济日报》在第一版的右下角专门为他开辟了一个专栏，叫作“来自长征路上的报告”。我问他需要哪方面的内容。他说，选精彩的讲，只要是有关红军长征路上的事，他都想知道。好的，在《经济日报》上公开发表；不便公开发表的，在内参上发表，供中央领导参考。他举了个例子，在湖南他采访了当年曾帮助红四团抢渡潇水的船工，问他有什么困难需要向上反映的。他说“文革”期间县里扣了他十年工资至今未给。像这样的事，即使不登报，也要报告当年红四团的团长耿飙和政委杨成武。

我陪同罗记者从永安关开始，沿着当年红军在灌阳的主要行军路线，一边走，一边看，一边介绍，还不时停下来与群众座谈。到达文市附近，他得知，当年中央驻红五军团的代表陈云曾在水车乡的宾家桥村住过，立即加快步伐，边走边说：“陈云同志最讲实事求是，今天我们就在陈云同志住过的地方住。”离开水车后，我们陪同罗记者前往当年红军新圩阻击战的主战场察看。当我们到了新卫村时，罗记者问我们当年红军是不是从这里到战场。我们告诉他，倒回三四里的地方有条岔路，红军是从那里赶往新圩打阻击的。罗记者马上说：“你们走累了，在前边等我，我倒回去走小路。”他那种“君子死而冠不免”的执着精神，令人叹服。我们于是陪着他倒回平田村，踏上当年红军走过的小路去新圩战场。

在新圩战场，我们向他介绍了五十年前红三军团在军团长彭德怀指挥下，为掩护中央领导机关及红军主力抢渡湘江，突破敌人第四道封锁线所进行的惊天地、泣鬼神的恶战，成百上千红军战士长眠在山上时，罗记者表情肃穆，面对高山，深深地鞠了一躬。

在枫树脚村祖孙三代保红旗的黄和林家，罗记者久久地握住黄和林孙子的手说，你们对革命的坚强信念，对红军的支持和爱护，永远值得我们学习。为了表达对党和红军的热爱，临别时黄和林的孙媳端出一大盘红枣，请罗记者带到北京，送给当年在这里战斗过的红军老战士吃。罗记者说，他还要走很远的路，不能带那么多，于是只拿了两颗。黄和林的孙子黄光文想了想说，红军临别时交给我爹爹（祖父）的红旗上面有个五角星，那你就带五颗吧！于是他们选了最好的五颗灌阳红枣交给罗记者。罗记者恭恭敬敬地将它收下。当晚，罗记者以“三代人，共护军旗传佳话；一颗枣，遥寄前辈寓深情”为题的稿件发往北京，深情地描述了红军与灌阳群众的军民鱼水情。1986年，庆祝红军长征胜利五十周年之际，黄和林的孙媳李清鸾代表全家应邀到北京，出席了中央举办的纪念红军长征胜利五十周年晚会。

罗记者徒步二万五千里，一路上历尽了艰辛，吃尽了苦头。在兴安过老山界时，饿了用感冒冲剂充饥；在过雪山草地时跌伤了脚，由民工抬着走。他一边走，一边听，一边看，一边写。不管刮风下雨，不管酷暑严寒，硬是一天不落地准时到达陕北。一年内在《经济日报》上发表了三百多篇“来自长征路上的报告”，反映了今日长征路上很多动人事迹和存在的问题。他充沛的精力、坚强的毅力、执着的精神，令人叹服。

北京电视台帮圆重逢梦

在我陪同过的重走长征路的多家电视台中，一年两次来到灌阳的只有北京电视台。

1986年5月，时值红军长征胜利五十周年，他们来到灌阳，准备拍一部反映红军长征的电视片。他们衣着朴实，为人谦和，工作踏实，给我留下了很深的印象。他们到过红军在县内走过的山山水水，爬上了新圩阻击战的最高山峰平头岭，察看了五十多年前红军挖的战壕，每天下午都是天黑了才回到驻地吃饭，非常敬业。

红军长征时，有一个小战士叫曾广贵，在湖南脚受了伤。战友们抬着他走了一天一夜，到达水车。因战事紧张，最后只好将他安置在水车两个翟姓群众的家里。后来，红军留下的钱用完了，那两个群众也就无力照顾曾广贵了。当时王桂清在水车做木工，看到这个小红军很可怜，虽然自己也很穷，但决心要救他。于是，他叫徒弟将曾广贵悄悄背到自己住的地方藏起来。

后来被村长发现了，将曾广贵抓去关了十多天，逼着他把枪交出来。曾广贵否认自己有枪。于是，村长又将王桂清抓到村公所，威胁说，不把枪交出来，就把曾广贵杀了。王桂清理直气壮地说："要枪没有，要命有一条。你们如果要杀曾广贵，连我一起杀，先杀我，后杀他。"威逼无果，村长以"通匪"和赔偿伙食费为由，罚了王桂清九块光洋，派人将曾广贵抬到外县，丢到荒山野岭了事。

王桂清知道，现在国民党到处都在搜捕红军，且曾广贵的脚伤未好，丢弃到外县去，必死无疑。于是，他叫他的徒弟悄悄跟在后面，等押送的人走了，又把曾广贵背回来，藏到牛栏楼上的稻草堆里。

王桂清秘密给曾广贵送饭、送药。经过半年多的精心护理，曾广贵的伤慢慢好了。然而，由于当时的信息闭塞，这时红军的大队伍早已不知去向，归队已不可能。曾广贵决定返回福建老家去，再想办法。曾广贵的家人来接他的时候，本想好好感谢王桂清，但到处找不到王桂清，他们只好匆匆走了。

曾广贵回到老家又参加了革命，可他始终没有忘记王桂清这个救命恩人。新中国成立后，他一直在打听王桂清的下落，但杳无音信。因为这时的王桂清已不在水车，而是到了另一个乡镇——文市集全五里坪村居住。1971年两人终于联系上了。此后，曾广贵经常来信问长问短，口口声声称王桂清为"恩公"。每到逢年过节，还给王桂清寄点钱来，表示"谢恩"。在王桂清堂屋的墙壁上显眼的地方挂着前两年曾广贵送给他的一块匾，上书是"送王桂清恩公存阅"，落款是"受恩晚生曾广贵，1984年春节"。

北京电视台的同志听了王桂清的讲诉，感动不已。他们问王桂清，曾广贵离开灌阳后两人见过几次面。王桂清说，一次也没有。电视台的同志又问王桂清想不想见见曾广贵。王桂清连连点头说："想见，想见。"接着又叹了口气说，"我们都年纪大了，想见面恐怕也没有机会了。”

是年8月，我接到北京电视台的电话，说他们又到了文市，叫我去一下。我匆忙赶到文市。北京电视台的同志告诉我，他们把王桂清老人五十多年前救护过的红军伤员从福建请过来了，让他们见见面，了却他们的心愿。昨天从福建乘飞机到桂林，今天在桂林租了个专车来文市。考虑到他们年事已高，不便久留，两个老人见面后，他们还要及时把曾广贵送回去，总共要花两万多元。

北京电视台的善举，引起了不少人的关注，特别是新闻媒体，多家媒体记者闻讯赶来。

曾广贵与王桂清一见面，双方热泪盈眶，紧紧地抱在一起，半天说不出话来，只听到屋里照相机、摄影机沙沙作响，镁光灯一闪一闪。曾广贵哽咽着：“恩公，五十年来，我做梦都在想您。”王桂清接着说：“兄弟，我也想你呀！”曾广贵的儿子在一旁说：“恩公，没有您就没有我父亲，也就没有我们全家。我们真心感谢您，敬祝您老人家长命百岁。”

随后，两位老人手拉着手，紧挨着坐在一起。曾广贵从包里拿出几袋东西，说：“我们从家乡带来了点土特产，是来孝敬您老人家的，请务必收下。”曾广贵卷起裤脚，露出脚上几十年前留下的伤疤，回忆起那段艰难的岁月，无限感激地说，“那时我们素不相识，您冒着杀头的危险救我，我一辈子也忘不了。我经常教育自己的子女，永远记住恩公的大恩大德。”王桂清连忙说：“没有什么。我知道红军是好人，打土豪分田地，舍命为穷人。我们为你们做点事也是应该的。现在太平了，来了就多住几天，再也没有人敢来抓你了。”

两位老人促膝长谈，共同回顾那段不寻常的经历，相互倾诉别后的思念之情。转眼到了吃午饭的时间，王桂清堂屋的大圆桌上早已摆满了丰盛的家乡菜。两家人频频举杯，相互祝愿。

饭后，北京电视台的同志就要送曾广贵返回原籍福建，王桂清依依不舍地将他们送到门口。临别，两个老人又紧紧抱在一起，久久不愿分开。

车开动了，王桂清挥着手，用湿润的眼睛目送着远去的亲人，哽咽着：“以后再来，我们两兄弟的话还没说完呢。”

日本人也取“长征经”

1991年11月，我们又迎来了一批重走长征路的人群，他们是日本星火产业株式会社“学习中国人民革命战争访华团”的成员，团长小松朝彦。他们是应中日友好协会邀请来的。陪同来的有桂林地委党史办和桂林地区外事处的领导。另外，还有从北京和桂林来的翻译。

星火公司的创始人石川先生，1944年，日本侵华时曾在东北的一军用机场做材料检验工作，时年18岁。1945年在深山中被流弹击中，一个人留在那里。绝望中一个过路的中国车夫救了他，并帮他治了伤。后来，他又作为俘虏在苏联待了三年，亲身感受到中苏人民的友善。回到日本，他进入大学学习，1954年大学毕业。因在大学时积极参加国内的学生运动，日本大公司都不接纳他，他只好投奔小公司。因中日关系原因，几个小公司一个个倒闭，他也一次次失业。无奈，他只好自己创业。

他租了一个6平方米的房间，白天一个人干，晚上靠朋友帮忙。几年后，他建起了属于自己的现代化的办公楼，当时对苏联的贸易已达一亿多美元。他看准了中国的中成药，且在日本很少有人做这方面的生意。很多日本人不了解中国的中成药。他创办自己的学校，培养中医药人才，积极宣传和研究中医药。他们公司从二十世纪六十年代一家中成药店，发展到八十年代一千多家中成药店，将三十多种中成药销往日本全国。

他们深深知道，要长期和中国做生意，必须了解中国。要了解中国，必须了解中国共产党，要了解中国共产党，必须了解中国共产党领导的红军长征。了解红军在艰难险恶的环境里，怎样百折不挠，克服一个个困难，从小到大，从弱到强，最后夺取全国胜利。他们从1987年起，每年都派人到中国，计划用十三年时间完成长征考察活动。到1999年，中华人民共和国成立五十周年之际，他们最后一批考察人员先到延安，后到北京。公司要求职工在考察中体验长征生活，学习长征精神，广交中国朋友，发展贸易往来。凡来考察长征的人员，回去后必须向全公司职工做报告，汇报自己的心得体会。

来访人员认真听取了县党办关于红军在灌阳的介绍，查阅了红军在灌阳的文字、图片，察看了新圩阻击战战场、酒海井红军伤病员殉难处和文市红军标语等。当他们在文市墙上看到红军留下的标语“中国有力抗日，只有国民党卖国贼才说中国无力抗日”时，似乎感触很深，相互交换眼色，窃窃私语。他们到底说了些什么，我自然听不懂。

临别，县里设晚宴招待他们。可能是因为两国政治制度不同吧，县委林副书记是以县长的名义出面的。双方代表在宴会上讲了话，日本朋友还唱了日本歌曲。通过翻译我们知道了藤原（女）代表“访华团”讲话的内容。大意是，他们一直为中日友好而努力。他们来这里的目的，一是学习红军长征精神；二是了解日本侵华历史及罪行，以教育后代；三是促进与中国的贸易往来。他们学习了《人民日报》社论《前事不忘，后事之师》。他们谴责侵华日军的暴行，批评国内右翼势力不承认侵华历史。他们对日本当局篡改教科书，将日军“侵入”中国篡改成“进入”中国，感到很气愤。

晚宴后，中日双方互赠了礼品。记得我们县赠给日本朋友的是每人两包蜜枣。

日本朋友回国后，专门给灌阳县县长写了信，感谢县里的热情接待，谈了在这里的学习体会，对红军精神深表敬佩，并祝愿中日友好世代相传。

刘继元老人一口气讲了三个小时，虽然桂北口音比较重，但经过这些天采访接触，剧组人对这一带的桂北方言有所了解，能猜个八九不离十。刘老掌握的材料多，所列举的例子生动活泼，剧组人员听得入了迷。晚上七点多，大家才意犹未尽地结束讲座。

剧组采风结束前夜的晚餐是在蒋家山吃的，附近枫木林、仙牛脚等村的主任应谌若锋的邀请前来参加晚宴。蒋家山人非常感激剧组，以桂北山区最高礼仪招待。

男一号、二号扮演者古一鸣、马晓元，不计前嫌，成为朋友。他俩相互敬酒，相互鼓励，发誓要把戏演好。这几天，听到各种红军与当地老百姓的故事，古一鸣感慨地说：通过这几天深入的采访，红军以及红军精神颠覆了我固有的思想。马晓元也深有感触地说：我人生观上有了很大改变。两人表示对演好各自的角色充满了信心。

七

剧组返回城里，连开两天会，主要是各采访小组汇报采访成果，全剧组上下学习消化红军长征精神，再次体悟红军与百姓故事。百姓为什么会对红军好？红军是怎么样的一支队伍？作为当代年轻人应该怎么样看待红军精神？会上提出了许多问题，交由大家讨论思考。

每个人都发了言，不许说套话说空话，要用灵魂说话。只有触及灵魂的语言才是真实可信的，才能为演好每一个角色打下牢固的基础。

雷傲要求参加会议，黄总热烈欢迎。他也跟大家一样参与学习讨论。会议总结时，他又发了言：

“我们公司决定，全资投资拍摄电视连续剧《月亮的守候》。希望这部剧能包含我们所有采访到的感人故事，向红军和当地百姓致敬。我不求该剧有多少回报，哪怕一分成本收不回，我也愿意。电视剧卖不出去，我就免费送给全世界的电视台播放。”

黄总发言说：“通过这一次深入的采访，我发现我以前仍然是较肤浅的，我们之前编写的故事提纲很俗气很老套，我想丢弃那个故事，推倒重来。写一个有新意、有深度、不做作的故事。只是，离红军胜利80周年纪念时间不多了，我们时间特别紧。”黄总侧脸看看雷傲。

“我们拍这个电视剧，不只是为了纪念80周年而拍，是为了永远的纪念。赶得上就赶，赶不上，哪时拍成哪时发行。”雷傲说。

会场响起经久不息的掌声。

注：本文引用了邓成日采访组以及刘继元、蒋廷松的采访资料。

报告文学编

开满鲜花的土地

豚跃三娘湾

◎文／吴世林

我一定要动员整个社会的力量，把地球上最后一群年轻健康的中华白海豚保护下来。钦州湾、北部湾的经济发展和自然保护一定要取得双赢。这就是我最终的目标。

——潘文石

天弯弯地弯弯／一弯弯到钦州湾／湾里有个三娘湾／神奇故事天下传／湾湾里边沙滩美／湾湾里边海蓝蓝……

这《湾湾歌》，是一首伴随着三娘湾开发而唱响的歌，一首常唱不衰的歌。

《湾湾歌》中的三娘湾，位于北部湾的顶端，距离广西钦州市区大约40千米。2004年以前，三娘湾只是一个小渔村，现在已是国家AAAA级旅游风景区。这里碧海蓝天，树影婆娑，沙滩金黄，海石奇异，每一块石头都有一个迷人的传说，是一个令人神往的旅游胜地。但这些还不是景区的最大优势。三娘湾无与伦比的美景，在于这个海湾有一群野生中华白海豚。

中华白海豚属世界濒危物种，现存数量远远少于大熊猫，故有“海上大熊猫”之称。

它们经常在海面上跳跃戏水，纵情起舞，与海鸥相伴，令人魂牵梦绕。

据科学家考证，这是世界上最后一群年轻健康的中华白海豚，三娘湾因而有了世界奇观，钦州因而成了“中华白海豚之乡”。

站在三娘湾金黄色的沙滩上，看着那轻轻荡起的白浪一排一排地向沙滩涌来，听着那有节奏的轻轻的涛声好像从远洋传来，又好像是从岸边向外传。三娘湾海湾，是一个安详的海湾，我仿佛听到了来自白海豚灵动的呼唤，白海豚跳跃嬉戏的身影又浮现在我的眼前。

一、欣 喜

（一）媒体报道

2004年1月10日，《钦州日报》首次对三娘湾白海豚作了报道：

> 1月7日、8日、9日，连续三日来，一群海豚出现在大庙墩至三娘湾渔村的海面上戏水，与人和睦相处，成为新年伊始三娘湾旅游景区最大的新闻。
>
> 海豚是目前我国重要的海洋一级保护动物之一。据目击者介绍，连续三天来，出现在三娘湾海域里的海豚达20多只，有白豚、红豚、灰豚、黄豚。最大的为白豚，长约1.5米，重约150公斤。这些海豚成双结对跃出水面，与海鸥追逐嬉戏，捕鱼捉虾，特别是灰豚专门绕着渔船转来转去，很受游客的欢迎。船上的人不时抛下食物喂它们，它们游得更欢。
>
> 有关人士认为，在三娘湾海域里出现如此大规模的海豚群，第一，说明这一带海域水质优良，无污染；第二，三娘湾海区一直以来就是天然渔场，鱼虾蟹和微生物丰富，为海豚提供了良好的食物链；另外，自古以来，三娘湾一带的渔民把海豚看作是吉祥物，认为渔船出海捕鱼遇到海豚是个好兆头，都有自觉保护海豚的意识，为海豚在这里栖息提供了人与自然和谐共处的环境。

三娘湾有中华白海豚的消息通过各种途径广泛传播，迅速引起了社会各界的关注。2004年3月就引来了一位科学家。

（二）教授欣喜

眼前这位头发花白、天庭饱满，像佛祖一样慈祥睿智的科学家，就是潘文石教授。

2004年3月12日，一个阳光明媚的日子。在三娘湾旅游景区苏主任的陪同下，潘教授和他的助手登上了三娘湾景区渔家乐的双拖渔船，离岸而去。

三娘湾鱼类丰富，双拖船在海上拖上一小段距离，起网时，网里的大鱼小鱼不断地往下掉。海豚纷纷游过来，抢吃掉回海里的鱼，任凭船工怎么大声驱赶，它们就是不游走，飞来蹿去，吃得极为痛快。其实，船工并不是真赶，都笑着说，等它们吃剩了才是他们的。“那时我就想，这是怎样一幅人与自然和谐共处的图画啊！”潘教授说。

第一次出海，就看到这么多可爱的海豚，教授的心都醉了。当他看到海豚快乐地跳跃，当他的目光与海豚那温柔、充满灵性的目光相遇时，他想起了年少时的往事，高兴地对助手说：“我们就在这里研究和保护它们吧！”

船往回走，从碧波万顷的大海往回看，潘文石发现，三娘湾实在是太迷人了。你看，岸边那条黄色的带子愈来愈清晰，沙滩给三娘湾镶就了一道美丽的金腰带。腰带外侧，出海归来的船只随浪轻摇，夕阳下占满了半个海湾。而腰带内侧，沙滩后面静静伫立着葱茏的黄槿、高大的木麻黄，树后是错落有致的渔家小楼房。近了，看得越来越真切，一个个茅草凉亭匀称地分布在沙滩上，悠闲的人们或坐在椅子上，或卧在树间的吊床里，电影《海霞》的插曲《渔家姑娘在海边》的音乐弥漫了整个傍晚的沙滩。他想，这么美丽安详的海湾，这么充满生机的海湾，如果让它步其他海湾的后尘，变成一个死海湾，多么可惜啊！

晚上，老教授依然沉浸在往事的回忆之中。当晚的日记，他是这样写的：

> 初中时，我最喜欢做的事就是坐在汕头海边的巨石上，等待两只海豚的出现，当看到它们从远处向我游来时，我就会忘掉周围的一切，也不知道时光在悄悄地流逝。过了许多年，我读完了北京大学的生物学系，后来便在中国西部寒冷的群山中年复一年地与大熊猫为伍；再后来，我进入热带丛林，在喀斯特石山中又是年复一年地研究“土地—人口—白头叶猴”相互依存的生命之网，今日，我居然在碧波万顷的北部湾海面寻找这种神奇的生物（海豚），我一辈子都为它们的善举所感动，并怀着报恩的心，希望能为它们的生存尽一分力量。

教授后来把这段日记印在了他领衔著述的《钦州的白海豚》一书里。这本60万字的书，是他和他的科研团队研究三娘湾中华白海豚的结晶。这本书是2013年出版的，离2004年已是整整十个年头了。可谓十年磨一剑啊！

透过这段日记，我们知道了小时候的潘文石还有一段鲜为人知的“人豚情缘”。那又是一段怎样的故事呢？

原来，潘文石随父母从泰国回国后，童年就在广东汕头海边度过。念小学五年级的时候，因为喜欢游泳，每天一放学就往海边跑。有一天在海里游泳时碰到台风，浪特别大，怎么游也游不到岸边，当时他觉得精疲力尽，想着自己可能要死掉了。当他绝望地撑开双臂平躺在海面上时，他的脚碰到了一样东西，他觉得很奇怪，怎么会踩到东西呢？过了一段时间，忽然有一个人拉着他的手，那是他的一个同学。同学用力把他拉了上去。上岸后，他回头一看，有两只海豚在他上岸的地方不断地游啊游。原来，他踩到的东西是海豚。

“到我念大学时，我才知道，海豚是会救人的。”老教授如此回忆。

此后，他每次到海里游泳，都会有一只粉色的海豚陪伴在他的左右，直到他考上大学。后来他从事野生大熊猫、白头叶猴等珍稀动物的研究工作，但心里总有一个想法：“如果有一天能研究海豚就好了。”这次他来到三娘湾，终于有机会遂了多年的心愿，延续了自己与“海上精灵”——海豚之间的不解之缘。

（三）成立研究基地

潘文石，世界上著名的珍稀动物研究和保护专家，1937年出生在泰国曼谷的一个华侨家庭，太平洋战争爆发前，随父母回到广州。少年时酷爱杰克·伦敦的小说《野性的呼唤》，渴望到遥远和神秘的地方去。43岁后，他真的实现了孩童时代的梦想，去了那些荒野之地，把他的年华、学识和正义感，都留给了野生动物。30多年来，他领导着北京大学一支年轻的队伍，从大熊猫生活的高寒山区到白头叶猴栖息的热带丛林地区，再到酷热的南海边研究白海豚。他们集中研究三种中国独有濒危动物的求生策略，并根据它们所在地的自然历史和人类社区的不同情况，制订保护它们及其栖息地生物多样性的方案，使它们得以逐渐走出困境，逐步恢复正常的生存状态。

没有来到三娘湾之前，潘文石在四川卧龙、陕西秦岭、广西崇左大石山区研究野生大熊猫、白头叶猴，已经20多年，取得了一个又一个重大科学发现，获得了“熊猫之父”“熊猫爸爸”“白头叶猴教授”等称誉，成为世界著名的科学家。

2004年4月，即那次出海后的第二个月，潘文石便把野外工作站设在了三娘湾，决心把这片海域当作一个自然保护的“实验室”，研究在全球生态负荷超载的情况下，该如何坚持可持续发展的原则，才能改善人们的生活质量，又保留住这片浅海的自然野性。

2005年1月8日，北京大学钦州湾中华白海豚研究基地成立了。成立大会上，潘教授向三娘湾村民们郑重宣布：研究基地就设立在这里了，希望与全体村民合作，共同把这片海域的自然美景和生物多样性保留下来，留给三娘湾的子子孙孙。

随后，一支主要由北京大学的教师和学生组成的科研队伍组建起来了，后来又有来自社会各界的很多志愿者不断加入到这个行列中。

二、探　究

（一）石头的传说

不恋天堂恋三娘，这是一个关于三娘湾的美丽传说。

话说远古的时候，这个美丽的海湾还不叫三娘湾。虽然这里一弯又一弯的沙滩金黄透亮，绵长如一条腰带，树木翠绿满山，满坡的野花飘香引来蜂蝶飞舞，海里鱼虾成群，海碧天蓝，景色宜人，物产丰富，但不足的是，人烟稀少，只有苏、杨、李姓三个男青年。他们共同生活在一条渔船上，共用一网，同住一舱，情同手足。三个年轻人非常勤劳，每天天没亮就出海打鱼，所到之处歌声、欢笑声不断，直到天黑才收网休息，每天都会满载而归。他们就这样过着平静而快乐的生活。

这平静的生活，在一个阳光明媚的午后被打破了。那天上午，有三个仙女飞落凡间。她们飞啊飞，终于被这个海湾的美景吸引住了，决定留在这个美丽安宁的地方。她们每天都同三个男青年一起出海打鱼，一起收网做饭。日久生情，渐渐地，他们相爱了，山盟海誓，结为三对夫妻。玉帝得知，一开始并不同意他们在一起，但经不住仙女们的苦苦哀求，也被他们的爱情所感动，就应允三个仙女在人间住三年，三年后必须返回天庭，否则就会惩罚他们。六个年轻人答应了玉帝，过起恩爱的小日子。

六个人同住一条船，生活很不方便，于是，他们就在海边建起了房子。每天早上，丈夫出海打鱼，妻子在家织网，恩恩爱爱，生儿育女，日子过得和和美美。经过三年时光的相亲相爱，三个年轻小伙子越来越不舍自己的妻子了，三个仙女更不愿离开自己的丈夫和儿女，不顾玉帝的旨意，继续留在人间。

三年后，玉帝见仙女还未回来，就派天兵天将去催促她们，但是她们拒绝返回天庭，还把天兵天将赶走了。玉帝知道后非常生气，决定要惩罚他们。于是，玉帝趁着三个青年出海打鱼的时候，命令海龙王在海上掀起滔天巨浪。三个青年勇敢地撑着小船，但最后渔船还是被恶浪打翻了。三人不幸遇难。三位娘子看着这不寻常的风浪，知道肯定是玉帝所为。她们非常担心，就顶着狂风恶浪，站立在岸边等候丈夫。几天几夜过去了，任凭风吹浪打，她们不吃不喝不眠，天天以泪洗面，后来得知丈夫已遇难，她们更加不愿意返回天庭了，就化身为三块花岗岩石，并排站立在沙滩上。这就是我们今天所看到的“三婆石”，也叫“三娘石”。“三娘湾”之名便由此而来。也因为这个神奇的传说和这三块不寻常的石头，越来越多的人慕名来到三娘湾生活，渐渐就形成了一个百家姓聚居的渔村。

在三娘湾，有灵魂的石头还有很多。天涯石、双石、定风珠、风流石、母猪石、石狗……遇见每一块石头，当地渔民都可以同你讲一个神奇的传说。

（二）“自然庇护所”

中华白海豚，在过去是常见之物。在中国沿海，有两个国家级的中华白海豚自然保护区，一个在厦门，一个在珠江口，但是，随着海洋环境的恶化，现在这两个保护区已很难看到白海豚了。为什么不是保护区的三娘湾，反而有这么多海豚呢？这是潘文石首先要探究的问题。

海豚有个生活习性，它们不喜欢往水深的地方游，超过10米深的水里，它们一般就不会去了。那是因为，海豚喜欢生活在咸、淡水交汇的地方，没有盐度的内河，或盐度过高的深水海域，都不适合它们生存。有海豚跃起的海域，一般水深都在10米以内。也就是说，海豚只生活在浅海沿岸的地方。它们不会同鲸鱼一样从遥远的大海彼岸畅游过来，它们的交流、迁徙，都是在浅海进行的。

通过走访和查资料，潘文石掌握了很多客观的事实。20世纪90年代以前，三娘湾、钦州湾，包括合浦、北海、防城港海域，都是海豚的天堂，都有它们跳跃的倩影。钦州港海域、茅尾海都有海豚出没，海豚甚至跟随渔船从犀牛脚渔港，一直沿着钦江游到钦州，茅岭江、大风江也经常能见到白海豚。而现在，白海豚在这些地方都难得一见了。2004年，从三娘湾沙滩上，还可以看到海豚在海上跳跃，靠近乌雷村委的大庙墩海域最多，现在，那里也很少见了。如今，白海豚都游到三娘湾东边的大风江河口，那个叫黑水鼓的海域去了。

为什么会发生这样的变化呢?

从地理上看，三娘湾处于北海港和钦州港之间。北海、合浦自古就已经开发成为港口，钦州港近二十年的建设也如火如荼。有港口、有工业、有人类的活动，自然就会有污染。这是客观的现实。为什么处于两个港口之间的三娘湾海域能独善其身，成为白海豚的乐园呢？这是偶然还是必然？两边的污水有可能汇流到这里来吗？这个海域有可能成为海豚的庇护所吗？这些问题萦绕在潘教授心中。

一天中午，潘教授来到位于三娘湾最东边的沙督岛实地考察。沙督名为岛，但实际上是大风江河口右侧的一条大沙坝。退潮时，沙督岛活像一条平躺在海里的长龙，露出金黄色的胴体，秋阳下，连绵起伏，若隐若现，见首不见尾。初次登岛的老教授，一问同行的几位渔民，得知这条“长龙”长达十多公里，宽度也不小，最窄处也有一两公里，最宽达五公里。当地人常抱怨这条又粗又长的拦河沙坝阻碍了渔船的出入，坝内的船只如要出航到北海去，需要绕道很远，极不方便。但是潘教授走到这个沙坝上，却有另外的感想。老科学家的思绪乘上了直升机，从三娘湾海域的上空俯视着这片蔚蓝的大海。他惊喜地发现，东边这片金黄色的沙坝一直伸向深海，西边三墩公路也一直伸向深海，如两条柔美的长臂，把来自北海港和钦州港的垃圾和污水都挡在了三娘湾海域的两头。三娘湾，犹如爱的臂弯。他心里咯噔一下，终于找到了海豚喜欢在三娘湾海域特别是大风江河口生活的原因了。这不正是他苦苦寻找的白海豚的“自然庇护所”吗?

“自然庇护所”的概念，是潘教授在秦岭研究大熊猫时首次提出来了。1988年，他发现秦岭中段南坡海拔1350米的等高线，是“森林生态系统”与“山区农业生态系统”的分界线。山区农业开发几乎都在此等高线之下进行，因此，他提出了在1350米等高线之上的宽广地区是大熊猫等数十种野生动物的“自然庇护所”的观点。

2002年以前，北部湾白海豚的活动范围可以散布至廉州湾、大风江口和钦州湾等较为广泛的海域，随着时间的推移，白海豚的活动越来越向大风江口至三娘湾海域集中，钦州湾和廉州湾的海豚则越来越少。原因只有一个，那就是三娘湾海域已经成为中华白海豚的自然庇护所。

海豚自然庇护所的确定，是潘教授研究团队的一个重大研究成果。

这一成果，是这个团队对拥有1998平方千米的大风江流域的自然历史及人类社会背景、三娘湾海域生态系统进行长达10年科学考察的结晶。

北部湾中华白海豚的这个自然庇护所，东起大风江，西抵金鼓江的三墩沙，北依海岸线，向南至10米等深线，海域面积约350平方千米。潘教授认为，这一海域能成为中华白海豚的自然庇护所，至少有四个方面原因。

一是独特的地貌屏障。这里形成自然庇护所，缘于这个海域有两条天然的护栏。一条是三墩路，另一条就是大风江口湾外的沙督岛。

二是相对稳定的湿热气候。北部湾地处热带和亚热带的交界处，三娘湾—大风江口区域位于北回归线以南，属亚热带季风性湿润气候。

三是较少的陆源污染。通过对影响水体健康的溶氧量、酸碱度、重金属含量等指数进行分析，潘文石得出的结论是：整个北部湾沉积物中重金属含量的总体水平较低。从综合污染指数去分析，廉州湾为5.54，钦州湾为4.62，均属中等偏低的污染水平。而大风江口至三娘湾一带为1.11，则属轻度污染。这就有力地解释了为什么白海豚喜欢在大风江口至三娘湾一带活动了。从综合生态风险指数去分析，如果小于150，则被认为属于低潜在生态风险区。目前，廉州湾为88.18，钦州湾为60.63，属中度风险至低风险范畴。大风江口至三娘湾海域则为25.89，表明目前不存在生态风险。

四是稳定、健康、高生产力的生态系统。大风江口至三娘湾海域养育着大量的生物物种，包括人类肉眼看得到的海藻、鱼群、海鸥、水母、牡蛎、白海豚等，肉眼看不到的各种细菌、原生生物、水生真菌等。在一个生态系统中，物种越多，这个生态系统就越稳定，并且具有更高的生产能力。这就为白海豚的长盛不衰提供了条件。

（三）身世之谜

> 9月2日，北京大学生命与科学学院教授、著名动物学家潘文石新作《钦州的白海豚》在南宁正式发行。发布会上，潘文石透露了其科研团队最新的科研成果——钦州白海豚不仅与其他中华白海豚外形有区别，科研人员还在一只海豚身上发现了一种特殊的基因型。可以确定，钦州白海豚是一个独特的地理种群……

这是2013年9月3日《南国早报》刊发的报道，标题为“钦州白海豚身世之谜揭晓：独特的地理种群”。这个消息犹如一颗重磅炸弹，震惊了海豚研究界。这一重大发现，使潘教授及其团队的研究，自大熊猫和白头叶猴之后，再次引起了世人极大的关注。

“这一重大发现是如何取得的？三娘湾白海豚，与其他地方的白海豚相比，其区别在哪里？为什么说，三娘湾白海豚是6000年前到来的，而不同于相距不远的珠江口白海豚？”作为一个采访者，我永远对事物充满了好奇。

潘教授打开了《钦州的白海豚》，也打开了话匣子：“自由地游弋在蔚蓝的三娘湾里的白海豚，到底从何处而来？我们花了十年时间跟踪、探寻，终于发现了它们在形态上与其他中华白海豚有一些差别。所以，我们一直坚持三娘湾白海豚可能拥有独特的白海豚地理种群。”

那么，它们真的与中国沿海其他白海豚有着不同的身世吗？中华白海豚从哪里来？三娘湾白海豚又从哪里来？在这里生活了多久？揭示钦州白海豚的身世之谜成了潘文石工作的一部分。

要回答这些问题，首先让我们来认识一下中华白海豚的命名和由来。

白海豚自古就生活在中国漫长海岸线的浅海区域，但遗憾的是，在中国并没有人对此进行专门的观察和细致的描述。直到1757年，瑞典的一位牧师彼得·奥斯贝克在他撰写的《中国和东印度群岛旅行记》中才首次描述道：“1751年11月27日，在中国广州附近的一个河口看到了一条雪白色的海豚从我乘坐的船边游过，从所处的距离判断，除了体色白，其他与普通海豚相当。”因此，奥斯贝克牧师给它取名“中国白海豚”。这是关于中华白海豚的最早记载。这位牧师所说的河口，就是现在的珠江口。

而中华白海豚的命名，则在100多年后。1866年，大英博物馆动物科学部门负责人J.E.Gray先生，首先提出在海豚科中另立一新的亚属Sousa。后来，科学界把中华白海豚正式定名为Sousa chinensis（中华白海豚）。

“那中华白海豚从哪里来？是怎么来的呢？”

教授告诉我，中华白海豚的祖先生活在澳大利亚北部的浅海区域，那是1200万—1000万年前发生的事情了。它们兴盛于距今1000万—800万年前，它们的后代在本土存活至今，就是现在的澳大利亚白海豚。

根据科学家利用溯祖理论进行分析、推测，802万年前，部分白海豚离开澳大利亚本土，踏上了不同的演化道路。它们向西北进入印度尼西亚巽他群岛后，在此地分为两支，其中一支在原地定居，而另一支则继续向北进入南中国海，并不断沿海岸扩散至珠江口等地。在更新世多次冰期—间冰期的冷暖循环之间，它们可能也多次往返于中国沿海和东南亚地区，使得种群间的基因相互融合。它们后代中的一部分已经适应了中国东南部沿海的环境并生活至今，成为现在分布于珠江口—香港—厦门一带的中华白海豚。

那么，三娘湾白海豚与它们是同一种海豚吗？它们是不是三娘湾白海豚的祖先呢？

十年，三千六百五十个日日夜夜，潘教授和他的团队，为了找寻这一个特殊的答案，频频奔忙于四海茫茫的科学征程上。

终如古言，“功夫不负有心人”，经过长期的跟踪和不懈的求索，他们终于有了回报：成功地发现了三娘湾白海豚与其他地区的白海豚存在差异，尽管这种差异微乎其微，但就此发现，他们有理由做出结论：三娘湾白海豚可能拥有独特的地理种群。

在发现三娘湾白海豚之前，中国有两个国家级的中华白海豚自然保护区，一个在福建厦门，一个在广东珠江口。

那么，三娘湾白海豚与这两个海区的白海豚有何区别呢？

潘教授与他的团队为此付出了常人难以想象的心血和汗水。漫漫求索路上，在长达10年与三娘湾白海豚“零距离接触”的科学之旅中，他抓拍到30多万张的海豚照片。

30多万张，这是一个怎样的概念？对于潘教授来说，这就是他的至宝，甚至等同于他的生命。每天，他和年轻的助手们都要坐在电脑前，反反复复地查看，津津有味地品赏。对于普通人来说，单一的重复是最枯燥、最乏味的事，但对于潘教授来说，单一和重复，却是一种享受，他很享受这个“枯燥乏味”的过程。

人世间，很多事情的结果看似远在天边，却近在咫尺。潘教授经过千千万万次反反复复的比较后，终于惊喜地发现：在三娘湾的白海豚种群中，约有4%的个体，呈现“上颌长于下颌”的特征。

4%，连小学生都知道，如果将4%换算成小数，只有0.04，若将0.04用于计时，这样一个小数，连短跑巨人博尔特也不当回事，但作为进行“马拉松”式的“长跑”的科学家，潘教授对这微小的数据却表现出极其浓厚的兴趣。因为，“上颌长于下颌”的个体特征，只出现于三娘湾白海豚种群，而在厦门和珠江口从未出现过。更有甚者，在香港地区的海豚种群中，所有的个体都是“上颌短于下颌”。潘教授是北京大学遗传学专家，这样一个极为敏感的信息一旦摄入他的大脑，便不停地在脑海里旋转，在完成了一个个“分析—思考—研究”的推理过程后，他便果敢地做出结论：北部湾的白海豚，曾经历过一个种群数量较低的瓶颈阶段。

这个睡梦中都能把他笑醒的科学发现，着实让他“陶醉”了好一阵子，但是，在他的人生词典里，只能查到“勇往直前”“永无止境”这样的词，从未出现过“见好就收”“到此为止”的字眼。在完成了白海豚个体特征的研究之后，他便马不停蹄地对白海豚的体色变化，进行了更深层次的探究。

潘教授说，海豚也像人类一样，一生经历幼年、少年、青年、壮年和老年几个不同的生长期。幼年时期的海豚，身体多呈深灰色；进入少年期后，深灰色渐渐变成浅灰色；随着体色不断变浅，逐渐出现白色的斑点，这些海豚便步入青春期；成年海豚在经历了一段较长的生长期后，随着斑点的不断扩大和变深，最后变成纯白色，这就说明，海豚即将完成从壮年到老年的生命蜕变。可以说，白色，是海豚生命中的终点。

至此，局外人可能以为，潘教授可以美美地饱睡一顿，然后轻轻松松地过上一段舒心的日子了。

错，甜美的梦倒是做过几个，但梦醒之后，他又犯愁了！为了证实三娘湾白海豚是世界上最年轻最健康的海豚种群，他又睡不着了。于是，他又重新踏上那条永无止境的求索之路！

同是千千万万次探寻，同是千千万万次求索，终于，一组足以让业界震惊的数据，再一次重重地摆到了世人的面前：

在北部湾的白海豚群体中，皮肤呈深灰色的年轻个体和呈灰色或者灰色带白斑的中年个体占群体总数的66%，白色带斑点和纯白的老年个体占全群总数的34%。而在香港等地区，前后两组数据则是对调的。至此，任何溢美之词都显得苍白乏力，数据才是最有力的说明：三娘湾的海豚，青壮年个体居多，是地球上最年轻最健康的中华白海豚种群。

因为，科学界早已找到了一个规律：一个种群的年老与年轻个体的比例达到1∶3左右时，就表明这一种群是个健康有希望的种群。所以，潘教授的成果令多少人为之兴奋不已啊！

“它们的形体上有所不同，是否意味着它们可能来自不同的种群呢？”

为了获得更权威的数据，潘教授和他的研究团队先后从三娘湾的三只死亡的白海豚身上取下一小块皮肤，送回北京大学的研究中心进行DNA比较分析。他们发现，其中两个样本与珠江口、厦门和北部湾发现过的单倍型相同。2013年7月28日，从北京传来了一个令人振奋的消息：科研人员在三娘湾白海豚的一个样本身上发现了一个特殊的、古老的基因型。迄今为止，这一基因型在中国沿海其他地区的白海豚身上都没有出现过。潘教授兴奋地说："这个发现极大地满足了我的好奇心，我始终认为钦州三娘湾拥有独特的白海豚地理种群。"

"我也为您的发现而高兴。"我说，"还有个问题，北部湾的海豚从哪里来？"

"要解释清楚北部湾白海豚的由来，我们需要从北部湾的地质历史讲起。"教授接着说，距今230万年前的早更新世，雷琼—北部湾一带断块下降，发生海进。知道什么是海进吗？海进就是陆地下沉、海水侵入陆地的过程。海进使北部湾成为一个半封闭的海湾。这是北部湾的首次出现。

"距今25 000年的晚更新世晚期——也就是紧接我们现在所处时期之前的一个地质历史时代，随着第四纪末次冰期的到来，全球气温急剧降低，大量的水被冻结在冰河里，导致海平面大幅下降。南海北部及巽他海峡的海平面下降了160—165米，大陆架裸露，当时南海面积仅为今日的一半，马六甲、加斯帕和卡里马塔等海峡都消失了，同时巴拉巴克、民都洛、塔布拉斯及巴士海峡的宽度缩小、深度变浅。由于海水交换不通畅，南海处于封闭状态。广大的北部湾地区成为陆地，海南岛与大陆相连。在这一过程中，原本栖居于雷州半岛以西的北部湾白海豚与雷州半岛以东的中华白海豚，可能会走上不同的演化道路。中华白海豚可能会沿着珠江水系退缩到西太平洋略南的海域，而北部湾的白海豚则可能被迫向南退缩，残存于越南东部和东南部沿海的河口环境中，或存在于加里曼丹岛西北的浅海—河口海域之中。"

距今11 000年前，最后一轮冰期结束，海平面上升造成了全球性的海进。在距今6000—5000年的时候，今日的北部湾终于形成了，海南岛也同大陆脱离，隔着琼州海峡。当一切有碍迁移的屏障都被淹没在海水之下的时候，原先被"囚禁"在巽他群岛四周的一部分白海豚，便会冲出"避难所"，随着温热的洋流由西南向东北奔涌，经过马来西亚、暹罗湾、柬埔寨、越南附近海域，于6000年前到达北部湾，成为北部湾最早的移民。

听了教授的述说，我又想起了《钦州志》关于海豚的记载。据明朝嘉靖年间编成的《钦州志》卷二《物产·鱼属》中记载："拜风，无鳞，大似海猪。望东跃则东风起，南跃由南风起。故名。"一直以来，当地渔民把海豚称为"拜风鱼"。因此，钦州人认识海豚，至少可以追溯到明朝。

三娘湾一带老阿婆哄小孩子入睡时，用当地方言唱的童谣又响在我们的耳边：

拜风鱼，拜上坡，
疍家渔，冇米煮。

歌词的大意是：大风来了，只要看见拜风鱼（海豚）在海面上不断跳跃，甚至跳上沙滩，恶劣天气就快到了，疍家渔民啊，就不能出海打鱼了，没有米下锅了。所以，古时的人认为见到海豚拜风，是不吉祥的。现在的人，更多地把它当作吉祥物，只要见到海豚在海面上不断地跳跃、摆动，就会提防恶劣天气到来。所以说，它是天气预报员，是“气象学家”，是渔民的吉星。

这歌谣从哪个年代开始传唱，已无从考证，但当地渔民告诉我，每当恶劣台风、强北风、冷空气等反常的、恶劣的天气到来之前，海豚都能提前三天预告。

潘教授动情地说：“发源于千万年前的北部湾，几经沧海桑田，终于在大约6000年前变成现在的模样。那些浑黄的泥沙，酷暑和暴雨、沟壑与浅滩，那些川流不息的河流和反反复复的海浪，那些或美丽或怪异或坚忍或脆弱的生命，那些我们知道或不知道的一切自然力量，共同构成了现在这片让我们魂牵梦萦的蓝色海洋。其实，它一直在这里，比任何一个人来得都早，一直在这里守护着白海豚和其他千万种相生共存的生命，也同样守护着我们这些从远古流传的血脉……”

是啊！北部湾的白海豚，就是一个活生生存在着的独特的地理种群。它们是距今6000—5000年前北部湾年轻的拓荒者，与我们的祖先在此交会。

“所以，我们应该把北部湾白海豚作为一个特殊的进化显著性单元加以研究和保护。只有这样，才能最大限度保全白海豚的遗传多样性和继续演化的潜力。”潘文石说。

这是潘文石研究中华白海豚的又一个重要成果。

（四）数量之谜

知道我要写三娘湾白海豚的报告文学，经常关注白海豚的钦州市外宣办曾主任对我说，若要看白海豚，就去找潘教授。教授年年都数，最清楚，例如，2010年有184只。

生活在茫茫大海里的海豚，又不是家里圈养的鸡鸭，真能数得过来吗？

三娘湾的海豚，究竟有多少只？在三娘湾走访，我就这个问题问过观豚快艇的驾驶员、经常在浅海打鱼的渔民，还有管理区的干部。真的是184只吗？真有这么准确吗？他们都肯定地说，教授数过了，肯定是。钦州学院鲸豚专家吴海萍副教授也有个研究团队常年在三娘湾海域观测白海豚，发微信朋友圈，晒了很多海豚的照片，说拍海豚拍到手都软了，看得出她兴奋得很。她也认为200只左右是会有的。

184只海豚是怎样数出来的？

2015年5月的一天，在北京大学北部湾白海豚保护与研究中心的办公室里，潘教授的得力助手龙博士接受我的采访，讲述了他们的研究工作。

吴：您是什么时候来到三娘湾研究白海豚的？

龙：2004年4月，教授把第一个野外工作站设在钦州三娘湾村，决心把这片海域当作一个自然保护的“实验室”。我就是从那个时候开始参与白海豚研究的。

吴：当初是如何收集白海豚的数据并进行研究的？

龙：在研究的初期，要弄清楚白海豚的分布格局及种群数量是非常不容易，但又极其重要的。我们采用最直接的办法，就是乘坐渔船和快艇到海上去寻找白海豚的踪影；利用照相机、摄像机和GPS记录它们的形态、行为和活动地点。海豚和我们人类一样，都是哺乳动物，需要用肺进行呼吸，所以，它们每隔一段时间，就跃出水面呼吸一次。当它们露出水面呼吸的时候，通常都可以看见它们身体的一部分，多数是背鳍。因此，背鳍上的标记成为最常用的识别特征。野外工作的重要内容是拍摄海豚。我们科研人员出海寻找海豚，拍摄到足够多的照片再返航，每次出海少则两三个小时，多则六七个小时，并保证每个月出海3天以上。2012年购置了自己的快艇之后，即使是我们的主要研究团队不在三娘湾的时候，我们的三娘湾驻地工作团队也会以每周3次的频率出海收集数据。他们收集的数据主要包括：GPS数据、海豚的数量和体色信息、肉眼可以分辨的特征、个体信息、特殊行为信息及环境信息等。他们也会利用高清数码望远镜进行视频采集。

从2004年至今，我们共收集到了30多万张海豚照片、上千段视频及数千个GPS定位点。从这些资料中，我们渐渐了解北部湾白海豚的活动范围、种群数量、季节性迁移、发情、交配、产仔、觅食等方面的初步情况，逐步揭示出白海豚的海上神秘生活。我们特别关注白海豚所在的浅海—近岸—河口生态系统的生物多样性，以及这里的入海河流的流域状况，期望通过系统整理北部湾的每一个生态学大事件和白海豚种群数量及行为变化间的关系，来明晰维持这个地理种群生存的保护策略。

收集了足够多的数据之后，我们接着对数据进行科学分析。我们从中国沿岸所有白海豚种群的分布情况，归纳、总结出白海豚分布的自然特征，认为热带和亚热带的河口、内湾等水深不足10米的浅水区，以及洁净且水量充沛的淡水河口，是白海豚赖以生存的重要环境。2004年至2012年的1080个野外调查定位点数据，揭示了北部湾的白海豚主要分布范围在钦州的三娘湾至大风江口，生存于人类活动狭缝中的白海豚种群正面临着前所未有的危机。

吴：你们是如何估算白海豚的种群数量的？

龙：种群的数量是开展保护工作需要的最基本信息之一，它可以定量地告诉我们保护的目标和保护的效果，帮助我们了解自然灾害、某些保护措施或人类活动对海豚的种群会有什么影响；数量也可以反映种群的健康状况，告诉我们每年是否有足够数量的幼体出生以满足种群的平衡和发展。下面我就来说说，我们是如何估算白海豚的种群数量的。

科学研究，就要有科学的方法，不能空口讲大话。我们先来弄懂几个概念，一个是全部计数法，一个是标记-重捕法。

大家还记得外出郊游时，老师让大家挨个儿报数吗？一个一个计数，是统计一定范围内个体数量的最精确方法。这种方法叫全部计数法。这种方法，在一辆车上，或一个教室里，容易做得到。但是，在多数实际情况下，计数野生种群中的每个个体是不可能的。海豚生活在海里，个体数量多，分布范围大，且不断移动，不能进行一个一个报数的精确计算。这样，我们就得选用其他的办法来计算。我们的计算方法，叫标记-重捕法。基于照片识别的标记-重捕法，是当前在三娘湾及附近海域进行白海豚数量调查的最适宜的方法。

吴：请您说说标记-重捕法，以及如何基于照片识别运用标记-重捕法来统计三娘湾海豚的数量。

龙：我们举个简单的例子来说明吧。假设在一个池塘里有50条鱼，实验者想要确定这个种群的数量。他第一次取样，取了10条鱼，并给它们逐一做了标记。然后，他把这10条被标记过的鱼放回池塘，并等待几个小时，使被标记的鱼和没被标记的鱼混匀。几个小时之后，实验者进行第二次取样，这次捕获了15条鱼，其中，4条是被标记过的，就意味着它们被重捕了，另外11条是没有被标记过的。通过这样的标记和记录，再通过一定的数学公式进行计算，就可以估算出池塘里的鱼的总数。这种方法，就是传统意义的标记-重捕法。以前，科学家们曾用这种方法来估算鱼的种群数量、水鸟的种群数量等。但是，有一些物种，例如，三娘湾的白海豚，由于以下的原因，不适用传统的标记-重捕法。第一，在捕捉和标记的过程中，总会有受伤和死亡的危险存在，这是濒危物种所不能承受的。第二，由于它们的体形、速度、智力和生活环境，要捕获它们并进行身体上的标记，需要投入大量的物力、财力，并具备丰富的工作经验。

幸运的是，很多白海豚身上具有独特的可辨认的个体特征可以作为天然标记。它们身上的斑纹、缺刻、伤口等标记可以保留较长的时间，可以作为个体识别的依据。这样，我们通过为它们拍照片，辨认出不同的个体。这种基于照片识别的标记-重捕法，简称照片重捕法。在照片重捕法中，动物身体上的天然标记替代了人工标记，拍摄照片替代了真正的捕捉。近年来，很多研究都利用这一方法，并取得了很好的效果。

通过照片识别，我们从二三十万张照片里，辨认出每一只海豚并建立了一个可识别的个体数据库。通过野外观察和照片分析，我们计数了可识别个体被观察到的总只数占观察到的全部只次数的百分比，再利用这个百分比，就可以估算出海豚种群的总数量了。

2004年至2006年，我们以绘制发现曲线的方法得到当时的白海豚种群数量约为96只。我们又以MARK软件的POPAN模型分析了2010年的重捕数据，结果显示：2010年，有184只海豚个体留居或曾访问过三娘湾。根据每个个体的重捕次数，我们推断可能有部分个体是常年生活在三娘湾的，而部分个体只是偶然到达或经过此地。这些数量说明，在钦州的三娘湾，存留着一个有一定数量的、健康的、极具保护意义的白海豚种群。

三、担 忧

潘文石教授常说：“我一定要动员整个社会的力量，把地球上最后一群年轻健康的中华白海豚保护下来。”从中不难看出他的担心与忧虑。

（一）最后一群

三娘湾的白海豚，真的是地球上“最后一群”年轻健康的中华白海豚吗？

谈起这个问题，我不得不先说说顾大哥。

身材高大的顾大哥，是基地志愿者、摄影师、纪录片导演。他跟踪记录教授的科研足迹长达十年。他以他的所见所闻，给出了令人信服的答案，解决了我心头的疑虑。

以下是我同他的采访录音中的一段。

顾：从东海、台湾海峡，然后再到南海、珠江口、雷州半岛、北部湾、越南、马六甲海峡、安达曼海湾，一直到斯里兰卡、印度洋，我都走过，那是我在央视时拍纪录片《海之梦》所走过的路线。我认为，中国与东盟的关系，是通过海洋来实现的，以前有过丝绸之路的贸易史，它同时也是一部情感的交流史。现在新的历史时期里，又有了新的发展，重启“海上丝绸之路”，中国和相关国家通过海洋进行互联互通，最终会连通到整个世界。我们在拍摄过程中了解到各地老百姓的生存状况，我们了解最多的应该就是渔民。走了2万多千米的海岸线，用了三个多月，但像三娘湾这样神奇的地方，从来没有看到过。

吴：意思是说，你走过那么多地方，像三娘湾这么原始的地方已经不多了？或者说没有了？

顾：没有了。什么意思呢？也就是说，在浅海的地区，没有哪个地方能够像三娘湾这样，老百姓造一条小小的船——以前是一个橹，现在装上了发动机，但也没有多大马力，也就几十匹，要到深海捕捞，则需要250匹马力以上——小小的渔船，夫妻俩乘着它在凌晨的时候出去，在家门口的浅海里转一圈，撒一个网，等三五个小时就有收获。多神奇啊！在其他海岸线，用这么悠闲的方式去捕鱼，那是不可能的事情。就算是资源丰富的缅甸安德拉那样的地方，老天爷也不会提供那么多资源给你。而三娘湾在这种过度的捕捞、非法的养殖、出现各种各样危机的情况下，还能够有那么多鱼虾，这真的很神奇。我每次坐快艇出去看到那些小鱼，像手指那么大，一群一群地飞起来，就非常舒心。

吴：那是黄鱼，船儿一经过，它们就会哇啦啦地一群一群地在前面飞起来，像一群引航员。

顾：这是白海豚的食物。所以说，这种地方怎么可能没有海豚呢？在珠江口、台湾海峡、厦门、小金门，我几乎看不到这样的情景了。那些地方我们都做了大量的考察。最近我们又去台湾海峡，也没见到白海豚。珠江口，我和潘教授去调查过两回。每次坐船出海，走了好几个小时，远远地才看到一个白色的个体。珠江口曾经是白海豚出没最多的地方。现在看到的通常是一两个孤单的花白的个体，都已经很老了。你再看看那些地方，哪里还有渔民？没有渔民在劳作，证明这片海已经死了。从国外到国内，沿海都没有适合海豚生长的地方了，所以说，三娘湾的中华白海豚已经无路可退了。现在它们活动的海域，主要的点是大风江口，往东往西都走不了了，所以说，潘教授坚持到三娘湾搞科研，他的所作所为、所思所想，就是为了把中华白海豚生活的最后区域保护起来。（我们）每次出去都会看到很多灰黑色的身影，这些都是年轻年幼的个体，它们就是这个种群希望的象征。

吴：这么说来，厦门没有了，珠江口也差不多了，剩下的只有三娘湾了。

顾：所以说，问题已经非常严重了。我是个记录者，走得比较多，看得也比较多。我与渔民也有过比较多的交流，比如有个杨师傅，就是麦姐的老公。我对他的感情比较深。他是造船师傅。麦姐是三娘湾村的妇女主任。我对他造船很感兴趣。他通常一两个月就能造一艘“三娘船”。我曾经问过他，你怎么到现在还造船呢？他说，因为现在的年轻人都不愿意造船了。造船对杨叔来说，可能收入并不多，他总感觉他承袭的是祖辈的一种生活方式，它是一种希望的象征，估计现在还有人找他造船。这说明什么？至少能说明一个问题：这浅海还有鱼可捕，渔民对船还有需求。这说明了这片海域生物多样性是多么丰富。可以说从远古走到了今天，它都是这样一种状态。但接下来就不好说了，我个人还是觉得很担心的，非常非常担心。我之所以对杨师傅造船有很大兴趣，就是因为只要他有船造，就说明大家还有机会继续在浅海里捕捞，就说明海豚还在。如果说有一天，他不造船了，海豚也就不存在了。

其实，潘教授每次出海，消耗的钱是很多的。从崇左基地到三娘湾基地，没有钦崇高速公路之前，要先到南宁再转钦州，一个来回四五百公里，现在走钦崇高速也有两三百公里。开车要钱，出海也要钱，还要吃要住，一次就得花一两千块，全都是教授自掏腰包，或基地自己筹的钱。他之所以一直坚持，并不是说保护这片海域对他个人来说有什么好处，而是因为这是（中华白海豚）世界上最后一片（家园）了，再不保护好，是非常可惜的。其实，我们每到一个地方，最简单的办法，就是看有没有渔民在捕捞。每到一个地方，我们都跟渔民聊起来，有些渔民已经转行做旅游生意了，做些农家乐、渔家乐，他们根本不出海打鱼。三娘湾、北部湾这一带，还有渔民出海打鱼，在其他地方哪里有啊，都没有啦。包括越南海域4000多公里，都没有像三娘湾这样的，从北部的芒街，然后到下龙湾，一直到它的中部，再到岘港、会安那一带，再往下走到芽庄，到头顿、胡志明港一带，即使再到柬埔寨海域、泰国湾、马六甲海峡、安达曼海湾、印度洋、斯里兰卡……都没有啊。因为这段路都是丝绸之路的航线，我都走过。这段路都很难看到像三娘湾这样的近海渔业了。所以说，两个人的“三娘船”，是很美丽的一个传说。三娘湾，多么有诗意的一个地方啊。哦，你有空，也去采访一下杨师傅，他造的船真是很好的。

我们对包括30多万张照片和200多小时视频的中华白海豚研究资料进行了个体识别和行为分析之后，采用国际通用的“标记-重捕法”及种群增长率的估算，都得到相同的结论：三娘湾中华白海豚种群个体数量的年增长率为4.24%—4.51％；从2006年的96只，增至2010年的184只，现在已经超过200只了。我们认为，这是地球上最后一群正在复苏的年轻健康的中华白海豚，只要给予足够的时间和空间，种群将继续壮大。

（二）教授担忧

“我欣慰海豚有这么一个家园，但欣慰之余，又有些许担忧，左右都是大工业，海洋都已中度污染了。而海水，不同于陆地，在陆上，你画条线，或建堵墙，可能相互之间就能相安无事。而海水是流动的，一条三墩路，一个沙督岛，能拦挡得了多少污染呢？如果有个意想不到的生态事件发生，我们怎么办？这个世外桃源，实在是太小太小了。”这是潘教授接受笔者的采访，在介绍了三娘湾白海豚“自然庇护所”后说的一番话，流露出深深的忧虑。

2011年5月的一个晚上，中央电视台播出“面对面”专访《潘文石：守望家园》。专访里讲述的是潘教授研究和保护大熊猫、白头叶猴、中华白海豚等珍稀濒危物种的动人故事。20多年间，潘教授坚持行走于荒郊野外，行走在生态危机的最前线，守望人类和万物众生的家园，从中年教授变成了老年教授，朴实无华，感人至深，令人敬佩。

这个片子，给我印象最深的是，专访即将结束的时候，潘教授说了这么一段话："我一定要动员整个社会的力量，把地球上最后一群年轻健康的中华白海豚保护下来。钦州湾、北部湾的经济发展和自然保护一定要取得双赢。这就是我最终的目标。"作为一个一直关注着中华白海豚的钦州文化人，那天晚上，我的脑海里一直重播着老教授说这番话的画面，挥也挥不去。看着他紧握的双拳，看着他倔强的眼神，我分明感受到，这位站在三娘湾宽阔的沙滩上久久地凝望着蔚蓝的海面上海豚欢跃的老人，虽然神情略带忧虑，但他的目光是如此坚定，情感是如此真挚。他要把一个美丽的生生不息的地球留给子孙后代。他愿意为保护它们而奋斗不息。

教授的担忧绝不是杞人忧天。下面的数据足以让我们不敢掉以轻心。

广西壮族自治区环保厅[①]2015年提供的信息显示，广西沿海的钦州、北海和防城港三市仍然存在大量生活污水直排口，每年约有3000万吨污水未经处理直接排到海里。三市的污水处理厂基本没有除磷工艺，出水中磷浓度普遍超标，广西近岸海域环境形势日益严峻。

广西海洋环境监测中心站综合室的负责人也承认，围填海等涉海项目降低了海洋水体的自净能力；海洋运输和石化产业发展增加了海洋溢油等海洋环境损害风险；沿海三市煤电项目排出的温排水，对海洋生态造成了影响；鱼类资源衰退明显。

因此，作为一名科学家，潘文石不断呼吁，要保护白海豚，就要先保护好白海豚所赖以生存的这片海域。

（三）保护策略

"人类不能孤独地行走于天地之间，而应该与万物众生同生共存。自然保护事业是全人类的共同事业，所以，要整合政治的、经济的、科学的、宗教的、伦理道德的、美学的……社会一切力量，真诚合作，才能把伟大的理想付诸实

① 已于2018年11月12日挂牌为广西壮族自治区生态环境厅。

施。”这是潘文石常说的话。

那么，具体到三娘湾的白海豚，又该如何去保护呢？

潘文石教授坚定地说：“钦州经济发展和自然保护一定要取得双赢！”

他说：“如果因为工业的发展，把环境全给污染了，沿海的渔民怎么生活？其实，它不仅仅是沿海渔民的问题，也涉及咱们钦州所有的百姓，还关系到子孙后代有没有一个干净的地方，能不能有安全的环境等问题。一个社会，如果不发展经济，这个社会也不完善。我们不能永远停留在很艰难、很贫苦、没有发展的早期社会里。钦州作为我国与东盟国家往来的前沿城市，它的发展是大势所趋，也是钦州自身所需要的。而钦州的百姓要过上好的生活，更是需要经济的发展。在这个地方，土地有限，环境要保护，经济要发展，怎么办？我们唯有想办法取得双赢。所以，在某个会议上，我就说到了三墩沙。三墩沙是陆地的山脉向海里延伸所形成的三个沙堆，其实底下都是岩石。以前叫三墩沙，现在都给三墩公路盖在底下了。它是钦州港跟三娘湾的一个天然的边界。当时那儿正在建设三墩路，张晓钦那会是钦州的市委书记，他是一个很能干的领导，他跟我说，建三墩路行不行？我说行啊，三墩路就是一条明确的边界嘛，工业发展在西边，而自然保护留在东边。东边三娘湾这一片海域，不能再给它毁掉了。这样，双赢就可以看得见。”

研究只是手段，保护才是目的。十年来，潘教授对白海豚的研究始终围绕着保护工作去展开。他高屋建瓴，一开始就把科研课题定调为“现代化工业化浪潮下中华白海豚的生存之路的研究”，他要从“海洋、海豚和人类社会的复杂关系”入手，研究中华白海豚的保护策略，从而寻找中华白海豚的最佳保护方法。

对于一个在野外开展30多年科学研究的科学家来说，问题的设计早已轻车熟路，难的是寻找答案的过程，但是，潘教授以他艰苦卓绝的努力和过人的智慧，战胜了一个又一个困难，完成了一个又一个成功的案例。

老教授说：“30多年来，我领导北京大学的科研小组，集中研究三种中国独有濒危动物的求生策略，并根据它们所在地的自然历史和人类社区的不同情况，制订保护它们及其栖息地生物多样性的方案，使它们得以逐渐走出困境，逐步恢复正常的生存状态。”

对这三种动物的保护，老教授为它们量身定做了切实可行的保护策略。例如，研究大熊猫时，他提出了“只有保住秦岭的森林，才能保住秦岭的大熊猫”。又如，研究白头叶猴时，他又制订了“先让老百姓过上温饱的生活，白头叶猴种群才会有希望”的策略。

有了这两个成功案例，说到三娘湾海豚的保护策略时，潘教授充满信心地说："力争经济发展与环境保护取得双赢！"

在历史上，中华白海豚曾一度主宰着中国东南部沿海的大片浅海海域，但是，仅仅在最近的30多年间，它们就被世界自然保护同盟红皮书列为"极危物种"。综观已经发表的关于这个物种的生物学信息，目前生活在广西钦州三娘湾的中华白海豚是最后一个健康的、有希望的地理种群，同时它们也正面临着残酷的现实。

潘教授认为，对保护中华白海豚及其赖以为生的三娘湾浅海生态系统最重要的，就是政府、科学家、企业的真诚合作。一个在可持续文明指导下发展起来的新钦州应当满足三方面的需求：有经济增长的社会才是完善的社会；有渔业生产的渔村生活才会是幸福的生活；还有能够激发人们智慧和灵感的中华白海豚自由地巡游在蔚蓝的海面上，北部湾才能成为一个安全的海湾。

他说，有三种相互关联的因素决定着这个中华白海豚种群及其所代表的生物多样性的命运。首先，大风江及三娘湾自然生态系统的健康就是此海区中华白海豚的健康。其次，北部湾经济发展所带来的环境压力就是此海区中华白海豚的压力。不能因为这群海豚，就不在这个地方发展工业，因为中国的工业发展仍然是需要的。欧洲和北美已经有200年的工业发展史，老百姓的生活水平也因此得到保障。中国是一个发展中国家，可是发展中国家也要过上像样的生活。自然保护要取得胜利，经济发展要取得双赢。做好了，钦州的经验，会是一个典范。

保护策略定下了，保护行动就有了明确的方向和目标。

四、众志成城

（一）书记抉择

2009年初春。一家实力雄厚的造船企业，欲将一个38亿元的项目投向钦州。市委书记张晓钦却因此发起愁来。

对于钦州来说，38个亿不是一个小数目了，高兴都来不及呢，何愁之有？

问题不是出在项目的规模上，而是出在项目背后附加的那个严苛条件上：厂址必须选在大风江河口处。

作为市委书记，张晓钦何尝不知重大项目带来的利好之处。如果换成其他平庸之辈，这个事情也不难办，可以先定了再说，最后再把“皮球”踢给下一届。

然而，这样的做派不符合这位年轻书记的性格。一贯以来，他为官的信条是：有权须有责，有责就要有担当！

但是，38亿啊，就这样否了吗？

在拍板之前，他决定会一会潘文石教授。

潘教授得知张书记为了办厂的事征求自己的意见，心里非常高兴。他非常乐意毫无保留地将自己的真实想法和盘托出。因为他看到，钦州的党政领导不但尊重知识、尊重科学，更尊重有知识、懂科学的人。

潘教授用不着一秒钟的思考，就可以得出结论：在大风江口建厂，不论是什么厂，都是不妥的。但他心里非常明白，向他征询意见的是堂堂的市委书记，哪怕不是书记而是一个普通人，他也不能将一个硬邦邦的结论甩给人家——你的结论必须让人听起来很在理，并且，这个“理”必须让人口服心服。

话题，先从非常专业的“大道理”开始。潘教授用平静的语调对张书记说：“每年每月每日，大风江口都在不断地积聚大量的淡水，这是我目前见到的最洁净的生态资源。千百年来，三娘湾浅海湿地生态系统，正是依靠这种优质的生态资源，拥有丰富度极高的生态多样性，从而形成了极为稳固的良好生态秩序。如果在这片区域造船，说重了就是‘在太岁头上动土’，势必会对白海豚赖以生存的环境造成严重影响，最终会给中华白海豚这种珍稀物种带来不可逆转的毁灭！”

说者言恳恳，听者心切切。

有理不在嗓门高，潘教授一直都在心平气和地讲。张书记呢，一直都在默默地听，不时还点头认同，脸上还不断地变换着表情。凭经验，潘教授知道，自己的话没有白说，每一言、每一语，都被听进心里去了。

很好。感觉已经找到。

激情涌动。话题继续。

“白海豚为什么能成为三娘湾的长期住户？因为这里是一片洁净的海域。因为大风江每天都向三娘湾注入大量无污染的淡水，经过天长日久的日积月累，从而形成白海豚赖以繁衍的‘自然庇护所’……”

潘教授为人耿直，处事顺直，说话率直。他一直和风细雨地述说自己的观点，但说到动情处，语调便不由自主地往上提了一个“八度”！

“北部湾的经济建设不断向前发展，这是不可抗拒的时代需求。但是，建设强度必须有封顶，自然保护才会有保底。书记啊，这个造船厂的建设，一定会破坏千百年来建立起来的大风江的生态系统……”

对潘教授这番肺腑之言，张书记与其说是被感动了，不如说是被撼动了。但是，38个亿的项目对钦州发展何其有利，哪怕还有头发丝那么小的可能，他都不敢轻言放弃。他心存忐忑地问：“如果办了这个厂，能准确测算一下它将带来多大的影响吗？”

潘教授很理解张书记的心情，但理解归理解，作为一个科学家，他也有自己不可触碰的底线，他接着坦言道：“在厂未建成之前，我实在不能给你一个准确的答案，我们也不该去探究这样一个准确的答案，因为现实中根本不存在这样一个准确的答案。关于环境保护方面的问题，是一损俱损、一荣俱荣的大问题，万一有所闪失，它所带来的后果，就不能用秤去称，也不能用尺来量，只能从全局的角度去通盘考量。俗话常说，一粒老鼠屎搞坏一锅汤，由此可见，建不建厂，结果绝对不一样。所以，我强调两点：第一点，造船厂建成后，必然造成有害污染；第二点，建厂后航道必经三娘湾，白海豚安静的栖息地必遭破坏。综合两点，我提出三个意见：第一个意见，不要在大风江口建厂；第二个意见，不要在大风江口建厂；第三个意见，不要在大风江口建厂！”

明白了，张书记全明白了，潘教授说了这么多，归根结底就是最后的“三点意见”。

其实，张书记早已把这道题做好了，来找老教授，只不过是来对答案而已。

临别时，四只大手紧紧握在一起，除了“谢谢”，张书记没说什么，但他的脸上分明写着：放心吧教授，谢谢您的真知灼见！

张书记和潘教授一直走到车前，潘教授再次握住张书记的手，诚恳地提出自己的最后一个建议：“书记啊，我反对在大风江口建厂，但我不反对建厂，我们可以选一个更合适的地方建。”

张书记没有当场表态，再次点头话别。这一别后，眨眼间就是大半年。待两人再次重逢，已是秋实累累时，张书记告诉潘教授：“那个38亿元的大项目已经取消了。”

一向口若悬河的老教授竟然一时语塞，只好频频点头，表示赞许和钦佩！是啊！一切，似乎是在意料之外；一切，似乎又在情理之中！

然而，他的内心一直默默地想：不容易啊！38亿的项目和三娘湾白海豚，是张书记手心手背上的两块肉，割哪一块都痛啊！

世间上，抉择是最难的，幸好钦州择对了！

世间上，割肉是最痛的，幸好书记割对了！

一个“对”字，只有五画，很简单，如果给人一支笔、一张纸，哪怕这个人是个小学生，五秒钟便可写出。

然而，假若要你用“灵魂”去书，用“尊严”去写，用“责任”去描，用“担当”去画，恐怕，就会有人交白卷了。

历史，就是这么玄妙！天注定张书记和潘教授是最佳的搭档，两人用不了多长的时间，一个书“又”，一个写“寸”，转瞬间，一个斗大的“对”字便跃然纸上，再将之放大十万倍百万倍，平平地铺在三娘湾的海面上……

从此，一段历史佳话便在三娘湾上空回荡！

从此，一个科学家与政府成功合作的典范故事，便在北部湾畔广为传播！

（二）企业环保情

吴总经理是中国石油广西石化千万吨炼油项目的第一任掌门人。

2005年8月，吴总的女儿放暑假后从北京来钦州看望他。第二天，他带女儿去三娘湾看白海豚。乘船出海不久，小吴看到了白海豚在大海上嬉戏。刚开始她很兴奋，这可是在电视里才能看到的可爱的动物啊！可看着看着，这位从小跟着爸爸在石油炼化企业生活的小姑娘情绪却低落下去了。她忧虑地问：“炼油厂建起来后，白海豚还会在这里生活吗？”

“中华白海豚是钦州生态环保的象征。白海豚决不会因为炼油厂的建设而离开三娘湾！”吴总告诉女儿，炼油厂还没开工，已经确立了“环保优先”的建设理念，所以他有决心，而且有信心在钦州建设一个技术和管理先进、对生态环境影响最小、最清洁环保的世界一流石油炼化厂。

这不只是父亲对女儿的回答，也是中石油对钦州百姓的庄严承诺，对这片海的庄严承诺。

总投资153亿元的广西石化千万吨炼油工程在钦州港破土动工后，经过30个月的紧张建设，于2010年9月竣工投产。几年过去了，广西石化又是如何实现自己“环保优先”的绿色承诺的呢？

前两年，我组织一个作家采风团走进了炼油厂生产区。穿行在纵横交错的管线下和鳞次栉比的炼塔间，作家们闻不到一丝传统石化企业常有的刺鼻的异味；而一墙之隔的办公区，各种鲜花竞相开放，空气里弥漫着缕缕芳香。

“要实现建设世界一流炼油厂的目标，就要特别注重在环保技术和设施上的投入。炼油厂选择世界一流的环保技术，投入超过了10亿元。”陪同的公司领导边走边讲，现场向我们详细地介绍了炼油厂众多的环保技术，例如，采用美国UOP公司最新的氯吸收技术回收氯，消除了废碱液并大幅度降低氯化物的生成；硫黄回收装置采用两级克劳斯工艺和还原–吸收尾气处理工艺，总硫回收率可达99.8%；污水处理引进法国得利满公司先进工艺技术和自动控制系统，达到国家一级排放标准……

他们介绍得那么好，实际情况又是如何呢？会不会是王婆卖瓜，自卖自夸？他们说，去看看对水质要求极高的大蚝养殖情况就有答案了。于是，我们乘船来到茅尾海，渔民老张指着海里的一道道竹排告诉我们，他是当地大蚝养殖户，炼油厂不仅没对大蚝养殖造成影响，反而带动了当地经济发展，他的大蚝更好卖了。

2015年9月，我在钦州市环保局采访时，工作人员介绍说，目前，环保部门对全市大企业实现24小时在线监控，一有异常警报，立即处理。“炼油厂处理后的水质完全达到可以养鱼的标准。”

炼油厂的排污口，的确是一个养满金鱼的鱼池。池里的金鱼结队畅游，互相抢食，生龙活虎，好不热闹。

（三）众志成城

如今的海豚保护工作，正如潘教授所愿，已经动员了社会上众多的力量来参与，取得了非凡的成绩。下面，我来说说钦州是如何众志成城去保护白海豚的。

先说说女博士的研究团队。

吴海萍是年轻的鲸豚博士，钦州学院副教授。2011年博士毕业后，只因为生活在三娘湾海域里那群自由自在的野生中华白海豚吸引了她，所以钦州学院海洋学院成了她最终的选择。作为国内为数不多的鲸豚博士，刚放下行李，吴海萍马上组建研究团队，对三娘湾白海豚进行跟踪研究。

作为本土的研究力量，他们积极参与广西海洋局科技兴海计划项目。他们目前的研究主要有两大块，一是种群研究，二是观光游对海豚的影响研究。他们每月坚持出海3次左右，每次5—6个小时。他们的研究不只局限于三娘湾，而是整个广西沿岸。单是2013年2月到2014年4月，他们就出海26次，共获得照片14 750张，其中可用于识别的照片4892张，共识别中华白海豚个体159只，从而估算出广西沿海大约有400只中华白海豚。他们对广西北部湾沿海中华白海豚历史分布情况、三娘湾中华白海豚分布范围及核心分布区、三娘湾中华白海豚观光游发展现状等进行了深入的考察和调查，对三娘湾海域中华白海豚种群数量进行估算，对三娘湾海域观光船影响中华白海豚的情况进行研究，完成了《广西沿海中华白海豚相关研究进展报告》《钦州三娘湾海豚观光游对中华白海豚分布格局影响研究报告》，为广西沿海中华白海豚保护及三娘湾中华白海豚观光游可持续发展提供了很好的建议，为景区制定了《三娘湾中华白海豚观光游细则》，发表了《钦州三娘湾中华白海豚观光游现状调查及分析》等学术论文。

像吴海萍这样的研究人员，与这片海域相关的，还有很多很多，限于篇幅，这里略去。

再说说海洋局的保护红线。

2004年，三娘湾发现白海豚的消息刚发布不久，钦州市海洋局就组织发布了《关于保护三娘湾中华白海豚的通告》。

同年，钦州又颁布实施了《钦州市海洋功能区划》，成为全国最早颁布实施海洋功能区划的沿海地级市，2006年又进行了编修，根据钦州市海洋资源状况以及海洋重点保护目标，科学地将钦州市海洋经济发展和海洋环境保护规划为“开发中间，保护两边”，即工业产业布局在钦州港，保护以海岛红树林生态系统、近海牡蛎种质资源区为特色的茅尾海海域，保护以中华白海豚为保护目标的三娘湾海域，也就是说茅尾海和三娘湾都不布局工业。正是得益于科学的规划，钦州市在临海经济快速发展的同时，海洋环境连年保持优良状态，为实现“大工业与白海豚同在”目标，提供了政策保证。

2011年5月，“茅尾海国家级海洋公园”申建报告获国家海洋局批复，成为全国首批七个国家级海洋公园之一，为钦州的海洋环境保护又添上了浓墨重彩的一笔。

至此，钦州沿海的茅尾海海域、钦州港海域和三娘湾海域3个区中，茅尾海海域为国家级海洋公园，三娘湾海域为不布局工业的保护区，主要原因就是为了保护中华白海豚，让白海豚这一国家级珍稀物种继续健康地生存下去，与大工业同在。严守生态保护红线，保护工作得以进一步落实。

2012年，钦州市海洋环境保护基础性工作又迈出了重要的一步。这一年，钦州顺利完成了三娘湾海域和茅尾海生态环境本底调查评估并取得初步成果，获得了三娘湾中华白海豚生存环境本底现状和基础数据，为实现“白海豚与大工业同在”的目标提供了更多的科学依据。同时还完成了茅尾海的水质、底质、生物和鱼类资源等项目的采样、调查评估工作，为茅尾海的规划和综合利用提供充足的环境本底资料。

如今钦州的临海工业经济处于高速发展期，三娘湾一带的中华白海豚数量也在增多，这是钦州市海洋局的成绩，也是钦州市坚持“让白海豚与大工业同在”战略的重要成果。

第三，讲一下渔政执法。

大风江淡水流量大，无污染，这使得大风江口饵料丰富，成为中华白海豚的主要生活场所，但是，这里也成了不法渔民的竞技场。

为了保护中华白海豚，钦州市水产畜牧兽医局成立了海豚保护处，渔政中心站设立了三娘湾渔政分站。这几年，每年9月—11月，他们都要派出专门的执法队伍，严厉打击非法养殖花蛤螺行为，确保海域环境安全。

2015年11月6日，我随钦州市渔政管理中心站吴副站长赴三娘湾采访。一路上，吴副给我科普了使用高压水枪捕捞沙虫、螺的过程及危害，以及他们是如何打击的，讲了电鱼、毒鱼的过程、危害及如何整治，讲了为什么说抽沙是危害最大的，等等。上午九点半，我们到达犀牛脚渔港。在码头，吴副指着岸上几艘锈迹斑斑的船只说，这些都是他们执法时没收的电鱼船。2015年又没收了6艘。

我们登上渔政快艇，向三娘湾海域螃蟹档海面前进。快艇约走了半个小时，终于见到了碧海蓝天中银白色的一艘大船。茫茫大海里，它显得特别威武。“中国渔政45021”是中心站唯一的渔政船，再加上两艘快艇——中心站就靠它们来管理560多公里海岸线。

船上是市渔政检查大队的队员们，共9人。负责人是叶副大队长，1991年参加工作，常年受海风抽打，黝黑的脸上，多了几分刚毅。

在简陋的会议室里，叶副大队长讲起了他们与不法分子斗智斗勇的精彩故事。他们的主要任务是监视这片海域，打击花蛤螺的非法养殖行为。他充满信心地说：“9月至11月，是花蛤螺下苗的季节，再坚持两三个星期，在这场战斗中，我们就取得胜利了。”

在采访中，我看到了一份《钦州市人民政府关于开展非法用海养殖花蛤螺、电炸毒鱼等违法行为专项整治行动的通告》。通告是2013年3月8日发布的。从这份通告中，我读出了一些信息。一是前几年，由于有人在三娘湾至大风江口一带海域引进外地品种花蛤螺进行非法养殖，投放农药灭杀花蛤螺天敌，以及利用大功率电鱼器械肆意电鱼，导致所在海域的海洋生态环境遭到破坏，鱼类及其他海洋生物大量死亡，危及该海域海洋生态环境安全，也对中华白海豚的生存造成严重威胁。二是他们的整治行动已经进行了3个年头，取得了很大的成效，从现场看，局面得到了控制。

“9月至11月中旬是花蛤螺最佳育苗期，11月后海水变冷了，苗就基本上投不下去了，所以，把控好这两三个月，花蛤螺养殖的高潮就过去了。”吴副站长解释说，为巩固打击成果，钦州市海洋、水产畜牧兽医部门制订方案，组成定点值班组、码头监控组、机动巡查组、海上巡查组、流动监控组等，对各自所在地村委管辖范围内的非法养殖花蛤螺情况进行监控查处。

为了更灵活有力地打击三娘湾、犀牛脚海域的违规捕捞行为，保护海洋渔业资源，尤其是保护中华白海豚，中心站将所属渔政检查大队从龙门港调至犀牛脚渔港驻扎，并强化对三娘湾、犀牛脚海域的巡查执法，组织人员加大对渔业捕捞许可和禁用渔具渔法的宣传，采取“海上抓、港口堵、陆上查”等各种方法，加强对海上作业渔船和海域的监控。加大出海巡海执法力度，进行24小时不间断检查执法，对非法养殖花蛤螺、电炸毒鱼等违法行为，一经查出，将从重处罚。

经过清理整治，三娘湾海域的海洋生态环境明显好转。

最后，来说说管理区的管理。

三娘湾旅游管理区对白海豚日常管理内容非常多。这里讲一讲观豚游和救护中心。

三娘湾的中华白海豚观光游始于2004年。当年，随着三娘湾景区开放营业，便有渔民开始使用自家渔船搭载游客出海观赏，后来发展为用快艇、泡沫艇及小型观光船（渔船改造）搭载游客，经营模式也由原先的分散经营发展为由当地村民组成的快艇队承包。经过10多年的发展，三娘湾的中华白海豚观光游有了相对固定的运营模式及游客资源，这项旅游项目得到越来越多游客的关注和青睐。2015年全年出海观赏海豚的人数达到5万人次。观豚游成为世人认识三娘湾的重要名片。

在景区观豚路北面，三娘湾中华白海豚救护中心已经建成开放。这个总投资4000多万元的项目，占地23亩，总建筑面积5000多平方米，有研究中心、科普馆、保护中心等设施。

保护中心是救护中心的核心区域，主要由治疗池、恢复池、暂养池组成，各种救护设施齐全，好比一家海豚医院。当海上有海豚受伤时，救护人员就会把海豚运送到治疗池进行治疗，治疗结束后送到恢复池进行观察、恢复，等到康复后再送到暂养池以帮助它们度过回归大海的适应期，待它完全能够适应大海生活后，再让它回归大海。

这里不但成为受伤海豚的救护场所，也是游客参观、了解海豚，接受科普的重要场所。根据潘教授的建议，这里建设了一个世界上独一无二的钦州的白海豚展览馆，一个以生命的未来、人类的未来为主题的展览。

走进大门，首先呈现在你眼前的是一个立体海洋馆，左侧是大型的白海豚模型，右侧是高大的三娘石，大厅天花板上吊挂着各类海豚装饰模型，在暗色调灯光的照射下，投影出水、海洋、海豚等画面，结合声音、灯光、电子投影打造出一个四维立体空间，让游客在身临其境中认识海豚，喜欢海豚。

进入三娘湾生态展示区，三娘船、贝壳等道具组成的画面，帮助你理解为什么白海豚喜欢在这片海域生活。

往下走，是白海豚的起源区、全球白海豚展示区、中华白海豚展示区，最后是关于海豚出路的沉思，走到这里，你不得不深深地思考起生命的未来、人类的未来在哪里。这让参观者认识了解海豚，培养他们保护海豚的意识。

五、开　心

深秋的正午，潘文石教授行驶在三墩公路上。放眼望去，一幅幅别样的水墨画不断地刷过车窗，令这位老科学家心情特别舒畅。左边，碧海如镜，渔帆点点，海鸟翻飞，鱼虾肥美，远处麻蓝岛上，金黄色的沙带后绿树成林。右边，巨轮远航，汽笛声声，吊车高耸，码头繁忙，工厂林立，一片如火如荼，热火朝天。

行驶至这条18公里长的新修筑的海上公路的中段，车停了下来。教授走下车，回望着身后长长的公路，如一条海上长城，向前看，它又笔直地往深海里延伸，看不见尽头。教授兴奋地对身边的助手说："三墩路的意义不仅仅在于让汽车跑起来，它还有一个重要的功能，就是把钦州港和三娘湾分为两个海区。它的西边已被现代工业所包围，环境污染导致生物多样性的丧失将不可避免；有了这条海上长城，它的东边直至大风江口，这片海区仍有望成为白海豚继续栖息的地区。"

他深情地说："子孙后代想要过上幸福的生活，我们不能不发展工业。这一点我从来都不反对。但是，要想留给子孙后代一个好的环境，就必须时时注重生态环境保护。在这里，我欣喜地看到了白海豚和大工业共存的希望，看到了钦州人民的智慧。"

（一）西边：港口繁忙，工厂林立

顺着老教授向西的目光，我的思绪飘进了风生水起的南方第二大港。

从20世纪90年代开始，钦州人民以开发建设钦州港为“龙头”，顺应时代发展潮流，发扬“钦州精神”，勇于探索，开拓创新，全民创业，艰苦奋斗，不等不靠，自强实干，融和共赢，终于找到了一条符合钦州实际的发展之路、腾飞之路。

这条路，就是大港之路。

站在世界最大的孙中山铜像前，我看到了眼前的港区街道宽敞、商业繁荣，一座座高大的楼房如雨后春笋般拔地而起，很多高新企业纷纷进驻：中国石油、国投电力、中船集团、印尼金光集团、新加坡来宝集团等国内外大型企业看好这块风水宝地，抢先占有一席之地。这里不仅仅是货运的中转站，更是产业加工基地，形成了石油、造纸、能源、冶金、粮油、装备制造等产业链，使钦州的经济增长势头迅猛。

正前方的起步码头，依然是那么繁忙。码头的远方，是国家重点电力建设工程项目——2007年建成投产的国投钦州电厂。

再远一点，是横空出世的保税港区。当年，一片荒滩申请一个保税港区，一天吹填40亩陆域，七天建设一层楼……书写了“精卫填海”“愚公移山”的现代神话。如今的保税港区，一艘艘高大船舶载着满满的货物，浩浩荡荡驶来。橘红色的码头门吊一排展开，一个个长长的吊杆就像一只只有力的手臂高高举起，正在等待那远道而来的船只。这港口连通香港、台湾等国内各大港口以及泰国曼谷、新加坡，是祖国南方繁忙航线的重要枢纽。这是一条黄金水道，国际货物源源不断地运来这里，又源源不断地分流到各地；国内货物源源不断地集中到这里，又被这些高大的巨轮运往世界各地，让你深切地感受到什么是南方深水大港。

目光继续左转，你看到的是中马钦州产业园。

中马钦州产业园区是继中新苏州工业园区、中新天津生态城之后，中外政府合作建设的第三个园区，与马中关丹产业园区共同开创“两国双园”合作新模式，成为我国推进“一带一路”倡议落实的先行探索。

中马产业园2012年4月1日开园，时任国务院总理温家宝和马来西亚总理纳吉布亲临钦州为园区开园奠基。2013年10月，习近平、李克强先后会见纳吉布总理时提出：建设好钦州、关丹产业园区，将其打造成两国投资合作的旗舰项目，带动两国产业集群式发展。

目光继续左移，从铜像的背面看，是中国石油化工城。

当我们俯瞰着这个千万吨级炼油厂时，但见银白色的炼油罐塔错落有致，纵横交错的输油管线蜿蜒如蛇……一座全新的现代化炼油厂在大海边拔地而起，正在开足马力，带动着钦州经济展翅腾飞。

转回到铜像的右侧，眼下是万亩红树林。这些生命力极强的翠绿矮树连片生长，在海面上铺成了一幅巨大的墨绿色地毯。你可别小看这些不起眼的小树，它们可是海岸的卫士啊！不但可以净化和淡化海水，而且可以防风搏浪、抵御海潮、护岸护堤、保护环境等。你看，树下一群群海鸭在快乐地觅食。远眺，则是星罗棋布的龙门群岛，是茅尾海。钦州茅尾海有10个杭州西湖那么大，是中国第七个国家级海洋公园。这些小岛青葱翠绿，宛如钦江、茅岭江两条巨龙吐出的颗颗珍珠，镶嵌在海湾蔚蓝的大玉盘中。岛与岛之间水径蜿蜒曲折，宛如玉带环绕着颗颗碧绿璀璨的明珠。泛舟徜徉其间，又令你仿佛置身于世外桃源，让你不得不赞叹经济发展和环境保护是如此和谐共进。

（二）东边：碧海蓝天，海豚欢跃

顺着老教授往东的目光，我看到了三娘湾的碧海蓝天、游人悠闲，看到了黑水鼓的海豚欢跃、游船轻荡，看到了人与自然和谐相处的一幅幅美景图画。

2004年，三娘湾开发之初，作为《钦州日报》的记者，接受任务要去写几篇散文式的报道，我赶赴当时还是渔村的三娘湾，夜宿渔民家，用眼睛去察看，用心灵去感受，写了《晚安，三娘湾》《你早，三娘湾》两篇小文。

当年很多朋友看了这两篇报道后，纷纷打电话问，三娘湾真的有这么美吗？他们都迫不及待地赶去三娘湾，说要去感受钦州海湾的自然风光，不然等到开发成旅游景区了，那种自然的野性美就不复存在了。

如今漫步三娘湾，当年的美景还依旧。不同的是海鸭已经不是原来的那群海鸭，景也更美了，人也更多了。

渔村还是原来的渔村，一样的小楼房，一样靠近海边，渔村风情依旧浓，只是村道是水泥路了，村容更干净了，村貌更美丽了，生意更红火了。

树林还是原来的树林，一样的黄槿一样的木麻黄，只是这几年不断种植不断生长，更高大更茂密了。

沙滩还是原来的沙滩，一样的金黄一样的洁净，只是多了些许头戴竹斗笠手持铁丝耙和垃圾袋的保洁员，多了如织的游人在拍照，多了火车驿站，多了滨海浴场，多了海豚馆。

船还是原来的三娘船，一样的出海一样的丰收，只是多了一些观豚快艇。哪几艘是杨六哥亲手造的？有空我一定要再去看看六哥造船，并记得问他，究竟造了多少船？

石头还是原来的石头，一样的神奇一样的传说。石头可是三娘湾的灵魂哦。这千年不变的石头，我有时间可要同你细细地数一数了。三娘湾的村民反复同我讲："我们三娘湾的石头啊，以前仙境一样哦，很多长在海里，海上蓬莱一般，比越南下龙湾还漂亮不知多少倍呢。"可惜"破四旧"时，不少被炸掉了。在我看来，就是剩下的这些石头，也已经美不胜收，难怪村民们那么惋惜了。

陪我同游的三娘湾管理区管委会谢副主任说："我们十分注重原生态的建设，所以，你看到这么多原始的景色美，一点也不奇怪。而我要告诉你，最能说明三娘湾野性的自然美的，还是那片海，和海里那些可爱的中华白海豚。"

2018年刚开春，成群结队的中华白海豚就戏闹三娘湾海域，比往年更多，每天都吸引着一茬又一茬的游客来到三娘湾。快艇上游客的欢叫声、惊叹声此起彼伏。据保守估算，如今三娘湾海域的白海豚，已经达到了230只以上。

站在沙滩上，看着那轻轻荡起的白浪一排一排地向沙滩涌来，听着那有节奏的涛声好像从远洋传来，又好像是从岸边向外传。三娘湾海湾，是一个安详的海湾。我仿佛听到来自白海豚灵动的呼唤，白海豚跳跃嬉戏的身影又浮现在我的眼前。

此时，习近平总书记视察广西时做出的重要指示也重重地响在我的耳边。2017年4月19日，习近平总书记踏着晚霞，考察了广西金海湾红树林生态保护区。夕阳辉映下的红树林美丽迷人，总书记听介绍、看实景，详细了解了红树林生长习性以及对海洋生态的调节作用后，做出了重要指示：保护珍稀动植物是保护生态环境的重要内容，一定要尊重科学、落实责任，把素有"海上森林""海洋卫士"之称的红树林保护好，把北部湾海洋生态环境保护好。我在想，如果有一天，总书记来到三娘湾，乘坐快艇出海，看到白海豚与大工业同在的和谐景象，他一定会更开心！

挺进大石山

◎文／朱千华

【作者手记】我去过上林县数次，却没有去过塘红乡的古春村，此前也没听说过这个地方，所以，当我和摄影师驱车前往古春村时，数次迷路。我们在喀斯特峰丛中的一条小路上绕来绕去，始终找不到古春村的村委会。

而在山中绕来绕去的这条小路，实在令人担心，一边是石壁，一边是长满灌木丛的悬崖。更要命的是，这是一条单车道，只容一辆小车单向行驶，如果行至半途，前面来了一辆车，则必须要有一辆车后退。所以司机行驶在这条山路上最担心的事，并不是身边的悬崖峭壁，而是怕前面突然来一辆车，狭路相逢，无法会车，然后双方司机犹豫，不知谁进谁退。

后来才知道，我们在山上绕来绕去，古春村委会其实就在山下。这就是喀斯特山区的特殊地形，村民的房屋建在峰丛之间，常常是车到山前疑无路，峰回路转又一村。

古春村的村委会很简陋，一幢两层小楼。初次见黄立温时，他刚从村里走访回来。他的个子并不高，脸上显出热情与温和。他的身上总是挎着一个包，放着手机、笔、本子等。

在古春村委会的会议室，我们进行了一个简单的座谈会。除了黄立温，还有自治区委派的第一书记禤浚波、古春村的村支书樊保坚参加。我对古春村的采访，就是从村委会的这次座谈会开始的。

一、古春村的喜悦与疑惑

上林县塘红乡古春村的村头。

一直渴望带领村民脱贫致富的古春村党支部书记韦俊勤，忽然接到来自上林县委组织部的电话，说有个叫黄立温的干部，即将前往古春村，担任扶贫攻坚的专职干部。明天就去村里报到，正式上任，请村里做好黄立温工作和生活上的相关安排。

接到电话之后，韦支书老泪纵横。他一遍一遍念叨着，党和政府没有忘记我们这个山旮旯。他立即召开村委会议，为这位即将前来担任驻村干部的黄立温准备好宿舍、办公桌，当然，也没忘记准备烧饭用的小电炉。此外，韦支书为了表达古春村人民的喜悦之情，精心准备了第二天的欢迎仪式。因为他知道，一个城里干部，能够来古春村所在的偏远、艰苦、闭塞的大石山区工作，一定是很不一般的人。古春村，真是枯木逢春，这下有希望了！为此，韦支书特地制作了大红的横幅，写下了欢迎黄立温的标语。

第二天，2015年10月16日上午。韦支书率领古春村的村委们站在村头，迎接即将到来的扶贫干部。可这位干部咋没听说过呢？他是县里哪个部门的？

没等多久，一辆摩托车由远而近，停在韦支书的面前。摩托车上的人双手握住带有护套的车把，并没有下车，对韦支书说："我是黄立温。您是韦支书吧？"

韦支书有点吃惊，这个黄立温平平常常，身上斜背一只挎包，骑了个破旧的摩托车，怎么看都不像个干部啊。韦支书虽然有点失望，可一想到黄立温是县里派下来的干部，还是连忙向黄立温伸出手来："我是村支书韦俊勤，欢迎来到古春村。"

韦支书本想和对方握一下手。可他的手伸出来半天，黄立温似乎没有看到，还是把手藏在摩托车的护套里，不肯拿出来。

韦支书很纳闷，怎么回事，这位黄干部派头不小嘛，不肯下车不说，连握个手也不肯吗？难道我们贫困村的人，手很脏吗？

那一刻，韦支书的脸上挂不住了，因为他的手一直伸在那里，在场的村干部都看着，场面有些尴尬。.

韦支书很不愉快，很尴尬地把手收了回来。一时间，气氛有点凝重。

这位县里派来的干部黄立温，看到大家都僵在那里，对韦支书微微笑了笑，说："非常抱歉！"

韦支书更不高兴了，心想，太不给面子了。握个手就能降低你的身份吗？不至于吧？你虽是县里来的干部，我好歹也是村支书，你不至于这样摆架子吧？论年龄，我都快退休了，在这么多古春村干部面前，我这老脸往哪儿搁？如此傲慢无礼，还怎么扶贫？以后的工作还怎么开展？

看到韦支书的脸上有些愤怒的样子，黄立温从摩托车的车把护套里抽出双手，举在众人面前。

在场所有的人都愣住了。他们无论如何也没有想到，黄立温是一个没有双手的人。

黄立温说："我是上林县残联办公室主任。真的很抱歉。走吧，我们回村里去。"

黄立温没有多说话，启动摩托车，如同骑士一般，一溜烟开往村委会。

韦支书和几个列队欢迎的村委会干部，在后面看得目瞪口呆，半天说不出话来。

韦支书站在那里。他为自己的主观臆断感到后悔，责备自己为什么不把人家往好的地方想。

可是，在一般人的心目中，一个没有双手的残疾人，本来是需要由别人来照顾的。县委县政府怎么会派一个无手干部来扶贫呢？他能做什么？他能行吗？没有双手的黄立温，又是如何成为贫困村的扶贫干部的呢？

千万个问号在韦支书的脑海里萦绕，就像那些不知名的鸟儿在这大石山里不停地盘旋。

二、主动请缨

初夏的一天。上林县委组织部基层办主任蒙绍峰的办公室里，来了一个特殊人物，他就是上林县残联办公室主任黄立温。蒙绍锋和黄立温都是上林县的机关干部，县里开会时经常碰面，也算是老熟人了。但是，蒙绍峰实在想不出，黄立温来此有何贵干。两人寒暄之后，蒙绍峰问："黄主任，残联那边有什么事需要我们帮忙吗？"

黄立温听了这话，心里不是滋味：残联也好，残疾人也好，在别人心目中，都是需要别人帮忙的。我们虽然是弱势群体，可我们也有自己的梦想，也有追求"中国梦"的愿望。黄立温说："蒙主任，一直以来，都是党和政府给我们残联送温暖，社会各界也给予我们关怀和帮助。现在，我也想为社会做点事。"

蒙绍峰说："好啊，自强不息，努力实现人生价值，我支持。想做什么，你先说说。"

黄立温说："我想到基层最艰苦的乡村，去参加精准扶贫工作。"

蒙绍峰吃了一惊，心想，我没听错吧？一个无手残联干部，到乡下去扶贫，这不要说在上林县，就是放眼全国，恐怕也是绝无仅有的。

黄立温看出了蒙绍峰的疑惑，解释道："下乡扶贫这事，我不是一时冲动，而是经过深思熟虑的，我已经做好了家属的思想工作。我爱人很支持我的想法。所以，这才来向你们请求，希望组织部的领导们能批准。"说着，黄立温从包里掏出申请书，用两只残肢夹住，放在蒙绍峰的办公桌上。

干部下乡扶贫，向来都是由党政部门按照实际情况，挑选合适的人员进行派驻。主动请缨到农村进行扶贫工作的干部比较少见。更不用说是一个没有双手的残疾人。

黄立温又说："我们残联和残疾人士，一旦遇到困难，社会各界都能伸出援手给予救助。我是残联干部，我愿意用自己的智慧，去帮助那些还没有摆脱贫困的乡亲。我虽然没有双手，但我有心，有一腔热血，至少，我的双臂还在，我愿意为脱贫工作助上一臂之力。"

蒙绍峰问："你申请下乡去扶贫，有什么优势？"

黄立温说："虽然没有双手，但我的生活质量不比一些有手的人差。生活、工作方面难不倒我，我在残联工作18个年头，积累了不少帮扶残疾人融入社会的成功经验。我想把这些成功的经验，用在扶贫工作上。恳请组织给我这个机会。"

那一刻，蒙绍峰很感动。因为他从黄立温身上，看到了上林残障人士自强不息的优秀品质。关于黄立温主动请缨下乡扶贫的事，蒙绍峰觉得非同小可，他需要和组织部的领导们讨论一下，于是让黄立温回去等候答复。

三、命运与抗争

黄立温，1971年11月生，壮族，上林镇圩瑶族乡东罗村人，现任广西上林县残疾人联合会办公室主任。

上林县镇圩瑶族乡东罗村，那里是上林县滑石矿主要产区，素有"滑石之乡"的称号。那里矿产资源非常丰富，采矿活动没有规范前，村民们往往在自家储备一些雷管和炸药，以便炸山采矿。

1986年寒假，15岁的黄立温和几个小伙伴走在放牛路上。黄立温手上拿着一根雷管和一截香肠大小的炸药，准备到河里炸鱼。“轰——”一声巨响，一道强烈的火光在眼前闪过，雷管爆炸了。

当黄立温醒来的时候，已经躺在了医院的病床上。经过抢救，黄立温虽然保住了两臂，但从此失去了两只手，被鉴定为二级肢残。

我们无法想象，一个人失去双手之后所面临的种种困难。生活如何自理？如何吃饭？黄立温自幼聪颖，在学校里，学习成绩一直名列前茅，家里的墙壁上挂满了奖状。他曾经暗下决心，一定要好好学习，考上大学，做一个对社会有用的人。可现在没了双手，别说考大学，就是一天三顿饭，也很难解决啊。

黄立温曾经消极过一段时间，他觉得一切都完了。在人生的旅途上，黄立温经历了苦闷、彷徨的过程。

在黄立温最困难的时候，他读到了当代著名作家张海迪的作品。张海迪在书中说：“在人生的道路上，谁都会遇到困难和挫折，就看你能不能战胜它。战胜了，你就是英雄，就是生活的强者。”

黄立温被张海迪的事迹感动了，他要像张海迪一样做生活的强者。他决定改变命运，不向命运屈服。黄立温首先要学会的是生活自理，经过不停摸索，他克服常人难以想象的困难，已经掌握了在无手状态下独立吃饭穿衣等生活技能。他决定重新拿起书本，把梦想再次点燃。

学习需要书写。为了能够写字，黄立温想尽了所有办法，他试过用嘴写字，用脚写字，还曾经想办法把笔绑在残肢上书写，但时间一长，血管被压迫，只得放弃。后来，他请人制作了一种书写工具，把残肢伸进套子，套子前面安装笔，这样就可以书写了。但是，这种书写方式很不方便，因为总不可能随身带着这种工具。在试尽了各种书写的办法之后，黄立温还是琢磨出了双肢法书写。就是把两只残肢合在一起，笔放中间，这样比较方便。

有了信心之后，黄立温中断很久的学业得以继续。由于家在农村，平常还得帮助家里干活。为了挤出时间，黄立温独自带着课本到山上学习。在山路上，在草丛里，在山洞口，在悬崖边，只要有机会，黄立温就会打开书本复习。经过七年时间的奋斗，终于圆了少年时代的大学梦。1993年，经过刻苦努力，黄立温考入广西民族学院（今广西民族大学），就读于政治学专业，同学们称他为“牛背上的大学生”。

黄立温在大学里也不甘命运的安排，他每年都报名参加学院的运动会，曾在男子五公里竞走比赛中获得二等奖。我们可以想象，一个没有双手的学生，在跑道上奋勇向前，这样强劲的正能量，激励着在场的每一个学子。后来有同学问他，为什么要参加运动会，黄立温说，不为别的，就为了找回自信。学校运动会是一个难得的锻炼机会，毕业之后，还要走上社会，需要面对各种挑战。

黄立温毕业之后，被分配到上林县残联，后来升为办公室主任，并加入了中国共产党。在残联的工作中，黄立温恪尽职守，兢兢业业，为解决上林县广大残障人士遇到的困难，不辞劳苦，勤勉工作，先后获得“全区自强先进个人”“全区残联系统先进个人”“南宁市优秀新农村建设指导员”“南宁市优秀党员”“南宁市党员先锋示范岗”等称号。

黄立温到最艰苦乡村扶贫的申请书，摆在了上林县组织部门的办公桌上。最初，组织部门也有所顾虑。但从黄立温的人生经历，以及对残联工作认真细致的表现，更重要的是他对人生价值的不断追求，组织部门看到了黄立温身残志坚、顽强不屈的可贵精神，而这种精神，完全可以成为全县扶贫攻坚战役中一个强有力的榜样，无论是扶贫干部，还是贫困乡村的农民，都可以从黄立温的身上汲取一股顽强拼搏、积极向上的精神力量。

组织部门最终同意了黄立温的申请，首先派他到上林县的一个叫石逢村的贫困村去进行扶贫工作。

四、石逢村，石缝里的村庄

上林组织部门同意黄立温驻村扶贫之后，黄立温就开始了紧张的准备工作。首先，他要准备好交通工具。经过打听，上林县石逢村并不通车，往来车辆只能到塘红乡。黄立温有一辆摩托车，他决定让这辆摩托车跟随自己下乡。可石逢村位于大石山中，基本上都是简易的山道。为安全起见，黄立温决定对这辆摩托车进行改造。改造的基本要求就是要让自己骑起来平稳。他请车行的师傅在摩托车的车把上系上布带，装了个扣套，骑车时，可以把手固定在车把上。

2015年4月，黄立温告别家人，离开上林县城，开赴50多公里外的塘红乡石逢村进行扶贫工作。

石逢村，这个名字看起来就那么怪异，让人想到石缝村，夹在石头的缝隙里。事实上还真是这样。石逢村位于上林县西北端大石山区，这里晴天闹旱、雨天遭涝，村民人均耕地面积不到0.7亩，人均收入约3500元，属于上林县32个贫困村之一。

黄立温来到石逢村之前，这里有一位村支书，叫覃佳昌，已经在这里与贫困决斗了二十多年。石逢村是个闭塞的大石山区，干旱缺水。覃佳昌永远记得，1994年，他刚来到石逢上任，第一年就从乡里领取了四十多万公斤的救济粮。石逢村的贫困触目惊心。从此，覃佳昌扎根石逢村，决心带领村民改变石逢落后的状况。

二十多年来，覃佳昌为了让石逢村摆脱贫困，可谓费尽心思，耗尽心血。他在石逢村种过桑树，养过蚕，使石逢村成为上林县第一个种桑养蚕村。后来，覃佳昌又带领百姓种核桃，村里有了经济支柱，很多村民开始建造楼房，石逢村百姓看到了脱贫致富的希望。

黄立温来到石逢村之后，与覃佳昌商量如何改变村里的贫困面貌。黄立温说："你在这里二十多年，现在石逢村的发展，已经很有起色了，我这次来，就是配合你的工作，看看我能帮你做点什么。"

覃支书说："你来得正好。村里除了种桑养蚕，现在也种了核桃。可村里还有几户特困户，我们得先解决他们的危房问题。"

黄立温说："这个我知道，县里面有特困户危房改造的项目，你带我到村里看一下，我想了解村民的危房情况。"

两人来到石逢村的来历庄，看到了一户人家，房屋破旧，几欲坍塌。房主叫蓝仕球，属于特困户。黄立温随即用笔记下了房屋破损情况，以及拟建面积。

黄立温对覃支书说："危房改造是一项惠民的好政策。我立即将这家特困户的危房情况上报相关部门，希望县里能早点解决。"

在黄立温的关心之下，蓝仕球家的危房改造有了眉目，并且很快进入了公示阶段。

黄立温后来发现，村中还有几户村民的房屋属于危房，他决定把解决石逢村的危房改造问题，作为自己的主要工作。黄立温走遍了石逢村，把属于危房的逐一登记造册，然后上报上林县农村危房改造办公室。

当黄立温正准备在石逢村进行下一步的工作时，县委组织部对基层扶贫干部进行了调整。考虑到石逢村在覃支书的带领下，脱贫工作已走上正轨，县委组织部重新对黄立温的工作进行了安排，派他前往更加边远的一个乡村进行扶贫。那个地方叫古春村。

五、挺进古春村

在塘红乡石逢村工作了将近半年之久，黄立温接到县里组织部门重新安排的任务，前往古春村担任扶贫专职干部。黄立温与石逢村的覃佳昌支书道别，直接骑着摩托车前往塘红乡古春村。

让黄立温没有想到的是，去往古春村的道路比想象中的还要艰难。平常，黄立温骑摩托车，在普通的村道上还能平稳行驶，可现在是盘山小道，山高坡长，弯多路陡。在这样的山道上开摩托，对正常人来说都要小心翼翼，对于没有双手的黄立温，这一路骑行，要承受多大的考验，可想而知。

面对如此危险的山路，面对如此严峻的挑战，黄立温没有退却。他心里很清楚，古春村的生活条件，要比石逢村艰苦多了，与即将到来的各种困难相比，路上那点危险不算什么。

这样想着，黄立温加大油门，向更加遥远的大石山挺进。

黄立温到达古春村的时候，看到村头拉着欢迎的横幅，村支书韦俊勤正带着几个村委干部立在村头迎接。

虽然有点形式主义，但可以看出古春村人对于新来扶贫干部的渴望与期待。当韦俊勤的手伸过来时，黄立温没能理会，他知道，韦支书很生气。这样尴尬的场面，黄立温见得多了。他也理解当他伸出手臂时，所有人吃惊的眼光，那是一种疑惑。没关系，好好干，他们会改变想法的。所以，他打了招呼之后，直接骑着摩托车来到了村委会。

韦支书和村委的干部们很快就到了。黄立温说：“先开个会吧，大家认识一下，我想先了解一下古春村，韦支书，你来讲讲古[①]，古春，古木逢春，这名字好啊！”

韦支书说：“黄主任，还古木逢春呢，我们这个村，就差一点旱死了。”韦支书开始对古春村进行介绍。

古春村的贫困，首先表现在干旱缺水方面。这里是大石山区，除了雨季，一年中大部分时间属于旱季。老百姓吃水用水，主要是靠降雨，用水窖贮水，常常一水两用，洗涮之后的水用来喂猪或者浇地。

除了饮水困难，古春村的贫困原因基本上和其他贫困村一样，土地贫瘠。村民的收入来源，仅仅是每年两造玉米。村里的年轻人都在外面打工，即使成

① 讲讲古：南宁方言，说说历史。

家了，宁愿在外面租房生活，也不愿回到村里来。留守村中的，只剩下老人和儿童。

韦支书说：“我们古春村位于塘红乡最边远的地区。自古以来，这里交通闭塞，乡里有一条连接县城的沙石路，就是通常所说的简易乡村路，路面坑坑洼洼，一到旱季，路上尘土飞扬，汽车一过，后面就卷起漫天黄尘。一到雨天，又会变成烂泥路。山路十八弯，弯弯见险滩。这是对古春村历史上交通不便的最好形容。

“崎岖的山路，低矮的茅屋，破烂的衣衫，碗里可照人影的稀汤，让古春村百姓脸上多了愁苦，心上多了悲凉。

“但是，我们古春村也不是一无是处。古春村曾经是抗日游击队根据地，山势险要，易守难攻。

“1944年10月，爱国青年、国民党政府军见习排长韦广培，带了两个班的兵力，联合塘红自卫队，先后于古春村等地，利用有利地形与日军进行游击战，打死打伤日军多人，并多次夜袭驻扎在塘红的日军碉堡。

“如今的古春村，生活着326户村民，人口1130多。分为10个自然屯，13个村民小组。现在的贫困人口还没有完全统计，哪些是贫困户，哪些是特困户，有时界定比较困难。”

听完村里的情况介绍，黄立温知道，他的第一步工作，就是对全村贫困户进行精准识别。黄立温当即就要进村工作。韦支书说：“老黄，你刚来，总得先把家安顿下来吧。走，我带你去宿舍看看。”

黄立温说：“不住村民家里？”

韦支书说：“本来想让你住村小学里的。可那里除了教室里的课桌，啥也没有。不方便。现在，我给你找了个‘大别墅’，单门独院，让你一个人住。”

黄立温说：“不漏风漏雨，我就谢天谢地了。”

韦支书带着黄立温前往“大别墅”，安排住宿。黄立温感觉不对劲，怎么一路走去，都是坟地呢？他心里有些发毛，心想，这韦支书要把我带哪儿去？

韦支书所说的“大别墅”，真的出现在黄立温的眼前了。四周荒草地，一幢两层小楼房，门窗破落，久无人迹。

韦支书抱歉地说：“老黄，真对不起，这是我们的‘五保新村’，虽然破旧了点，但房子大，上下有十间房，一个人也没有，就你一个人住，想住哪间，你随便挑。”

这是古春村为村里五保户起的小楼，取名为“五保新村”，但至今没有一个五保户来住。主要是因为设施不全，周围很空旷，不方便，万一有个事，没人帮得了忙。五保新村就这样一直空着。

黄立温看到这孤零零的破房子，也没觉得有多奇怪。因为来的时候就知道，贫困村里是个什么样子。现在能有这样一幢房子，还是一个人独住，虽然荒野，已经不错了。他告诉老支书："那就这样，我先把房间整理一下，明天开始，我去村里摸底，调查一下贫困户的情况。"

黄立温送走了老支书，自己把"大别墅"的楼上楼下检查了一遍，只有二楼有间房窗户完好，但门却没有锁。黄立温想，反正也没什么值钱的物件，有没有锁，问题不大。老支书也早料到他会选这间，已把房间打扫干净。黄立温又看到老支书买来的小电炉，煮饭泡面已不成问题。一拉开关，灯亮了。还好，能用上电。老支书还在桌上放了一个手电筒，这些小细节，让黄立温很感动。

夜里，屋外一片漆黑。古春村里连狗吠声都没有，都沉睡了。黄立温躺在床上，没想到一进村，就做了"五保户"。忽然，外面有什么响声。他仔细一听，是风声。那风很冷，呼啸而过，令人不安。

但是，黄立温还是听到了门外有某种轻微的、听起来很怪异的声音，鬼鬼祟祟的样子，那声音一会儿嘈杂，一会儿慌乱。黄立温从来没遇到这样的怪事。他想到白天路过的坟地，墓草有半人高。现在这声音很蹊跷，是人是鬼？怎么那样瘆人呢？

突然，"砰"的一声，有什么东西砸在了黄立温的房门上。那扇没法关闭的房门，居然被打开了。

黄立温跳起来，大喝一声："你是谁？"

没有应答。如果是一般人，估计魂都吓飞了。黄立温不信邪。他是党员，一个唯物主义者，如果真是什么鬼，他也愿意见识见识。想到这里，他起身下床，打开电灯，冲出门外，大吼一声："你是谁？出来！"

仍然没有应答。漆黑的古春村除了呼呼的风声，什么也看不见。黄立温用手电筒四处照了照，发现地上有个玉米棒。黄立温找了半天，四周没有一点动静。这才进屋，把门关上，然后用椅子顶住门后，他试了试，没有一定的力气，门是推不开了。

风声渐息。可黄立温心里却没法平静：我刚到古春村，一个人也不认识，平常与人也无怨仇。会是谁深更半夜来砸我的门呢？

黄立温怎么也想不明白。当他醒来的时候，天已亮了。

六、古春村的“抢粮风波”

黄立温用没有手的双肢洗脸刷牙，在别人看来不可思议的事，在他那里早就习以为常。他带着满脑子的疑问，来到了古春村委上班。村委会就一幢两层楼房，也没有围墙，办公室就楼下一个大房间，中间并排放着六张办公桌，两两相对。村委的干部们围桌而坐，有点像圆桌会议的样子。

韦支书说：“黄主任昨夜睡得好吗？”

黄立温听了这话，心里很郁闷，说：“也不知是谁，半夜用玉米棒子砸我的门。”

韦支书很惊讶地说：“这不可能啊。”

有一个村干部说：“这还用说吗，‘游击队’抢粮来了。”

韦支书说：“哦，是‘游击队’来了。”

黄立温越听越糊涂，说：“你们说什么，我怎么一点都听不懂呢？这年头，哪来的游击队？”

大家都笑了起来。这时，办公室门外来了几个村民。他们吵吵嚷嚷，用当地话说着什么“抢粮”的事。

黄立温更加糊涂了。一大早哪来的这么多抢粮的事？改革开放几十年，社会经济快速发展，再怎么贫穷，也不至于抢粮吧？

韦支书看到黄立温一脸疑惑，笑着说：“所谓‘游击队’，就是我们山上的猕猴，现在玉米成熟，它们就下山抢粮来了。”

黄立温恍然大悟，原来是这样。不用说，夜里用玉米砸门的，一定就是这群猕猴了。

由于国家加大生态环境保护力度，古春村这一带的猕猴数量增加了许多。眼看玉米成熟了，这群“山大王”白天不敢下山抢粮，就在夜里行动。古春村本来就是个贫困村，成熟后的玉米、花生等，还要被猴子们抢走一半。

黄立温与村民们来到玉米地里，一片狼藉，有的玉米秆拦腰折断，地上的玉米，有的只啃了几口。村民们说，也想过各种办法，比如扎稻草人、放鞭炮等，试图驱赶猴子，但效果不佳。

猕猴是国家保护动物，它们下山与村民抢粮，遇到这种情况怎么办？

黄立温立即与县林业局取得联系。原来，分布在古春这一带的猕猴有五百多只。全县每季度被猕猴破坏的玉米等农作物，达一百多亩。面对村民们辛苦种植的粮食被抢，县林业部门正在制定相关政策，对村民进行补偿。

但在补偿政策出台之前，村民们的损失怎么办？由于当时没有相应的补偿办法，黄立温向村民们建议，根据石逢村的经验，可以大力发展种桑养蚕产业，这样既可以避免猴子抢粮，也是一条能增加收入的好路子。

很多村民没见过黄立温，大家见此人虽然没有双手，但谈吐不俗。当明白此人就是新来的扶贫专干时，都围拢过来，希望能从他那里得到一些脱贫致富的信息。

村民们说，古春村也有不少人养蚕，但没有上规模，没有形成产业。特别是养蚕技术还不成熟。黄立温了解到，村民们对种桑养蚕很有信心，他建议村民们扩大养蚕规模，同时要注意桑树品种的选择。至于种桑养蚕的技术问题，由他来进行协调解决。

七、艰难地前行

黄立温制订了一个初步计划，在对贫困户进行精准识别的同时，对古春村的种桑养蚕情况进行调查，两件事可以同时做。他把这个想法向上林县领导进行了汇报。县领导认为，这样做工作量非常大，鉴于黄立温的特殊情况，县里决定给予关照，在电话中，县领导对黄立温说："贫困户的调查工作，我们会派人去完成，你就不用进村入户了，等相关工作人员做好入户评估底册，再交给你，你有空时负责输入电脑即可。"

县领导的一番话，让黄立温心里感到温暖。有党和政府做后盾，古春村的扶贫工作就有了保障。但是，黄立温婉言拒绝了这样的帮助，因为他觉得自己完全有能力完成这两件事。如果连这两件基础工作都做不好，后面的立项目、做基建、扩产业、拉资金还怎么谈？

此后，黄立温骑着他的那辆摩托车，开始了扶贫之路。他每天从村委会出发，沿着山间小道，走村串户，访贫问苦。

古春村的山间小道，鲜少有人经过，路边的杂灌丛长得很高，几乎遮住了半个路面。黄立温以前在县城上班，骑摩托车都是行驶在平整的街道上，即使没有双手，也不用过多地使劲，骑起来很轻松。可现在，如此坑洼不平的山道，要使上比平时多几倍的力气。一天下来，他用来支撑车把的手臂，磨出了血泡，疼痛难忍。

这点疼痛还不算什么，忍一忍也就过去了。最怕的就是下雨天，或者半路上遇到暴雨，那才是麻烦。有一次，车子行至半途，忽然下雨，当时天气预报也没说要下雨啊。黄立温并不知道，以前在县城，天气预报非常精准，可现在，是在偏远的大石山区，常常是“东边日出西边雨”，这就是喀斯特地区特殊的气候，大石山区里天气没个准头。

下雨，没带雨衣，前不靠村，后不着店，怎么办？那就看运气了。喀斯特地貌的一个特点，就是山多洞多。运气好，前面不远处有个山洞，可以躲避风雨。如果没有山洞呢，停下来是淋雨，不停下来也是淋雨，那就一个字：冲。冒着大雨前进。

有一次，黄立温去古春村的下俭庄，那里有六个残疾人贫困户，无论是从残联领导，还是从扶贫干部的角度，他都要去一下。刚至半途，遇到了下雨，他一时很着急，不知该怎么办。也许，老天也知道一个残障人员在雨天为基层百姓奔波是多么不容易。于是，就在黄立温的前面，安排了一个山洞。黄立温看见山洞，说了句，天助我也，有个避雨的地方，再也不用担心会淋湿身子。

黄立温把摩托车推进山洞，看着洞外暴雨如注，想到自己不是路上淋雨的那个人，心里就有了一种幸福感。

洞外暴雨下得很猛。可是，黄立温很快发现，有点不对劲。因为他感到了一阵阴冷的气息，心里有一种不祥之感。他隐隐觉得，这个山洞里，好像不太平，而且，好像不止他一个人在此避雨。

黄立温一下子就僵在那里，他不敢动，连头也不敢转过来看一下，除了怦怦的心跳，只剩下眼睛在活动了。

黄立温感到奇怪，是什么东西让自己如此恐惧呢？

在南方喀斯特山区生活过的人都知道，黄立温为什么会感到恐惧了。喀斯特山洞，多阴冷潮湿，是蝙蝠和蛇类天然的栖息地。通常来说，蝙蝠晚上才活跃，那么，白天活动的，只有蛇类。黄立温之所以僵在那里，是因为他曾看过《动物世界》，知道蛇不会轻易攻击人类，只有当蛇感到自身处于危险时，才会发起进攻，所以，他僵在那里，一动不动。

黄立温的判断是十分正确的。他感到脚边有东西在游动。他不敢向下看。外面暴雨何时停歇，他都不知道。反正，后来感觉脚边安静，再也听不到什么声响了。这时，他知道，自己可能安全了。

黄立温悄悄推着摩托车走到洞外，他头也不回，一口气推出好远，长长地松了一口气。

雨停了，可不知道什么时候还会再下。现在正在半道，下俭庄去还是不去？

扶贫工作时间紧，任务重，今天的工作没完成，怎么好回去呢？黄立温决定，不完成工作，今天就不回去。按原定计划行动，继续前进。

黄立温立即骑上摩托车，向下俭庄驶去。还没开出多远，车子一滑，人和车子都倒下了。他才明白，这里的山道，下雨天是不能骑摩托车的。

黄立温趴在地上，浑身都是泥水，此刻，他多么希望有个路人帮他一下、扶他一下。等了半天，没一个人经过。他知道，一切还得靠自己。他咬咬牙，以全身力气，用两只残肢硬是把摩托车扶了起来。

他知道，再大的困难，他也要面对。

【作者手记】黄立温讲述这些事的时候，很平静，仿佛在说他人的故事。我问他，骑摩托车摔跟头的次数多吗？黄立温说，不计其数。在上林县城，没跌过一个跟头，来到古春村，跌跟头是常事。几年下来，摩托车坏了两辆。现在是第三辆了，好在买的是二手货，不怕摔。他告诉我，那天去下俭庄摔得很惨，后来老天照顾，再也没有下雨，顺利到达下俭庄。

黄立温明白了山区多变的天气，此后每次到村里，他都会备一件雨衣。

用了一个多月，黄立温走遍了古春村下辖的10个自然村屯、13个村民小组，对246户人家进行了识别登记，并做好评估工作。在填写评估登记表、录入精准识别信息时，黄立温一丝不苟，认认真真用两只残肢夹着笔书写，再用残肢敲击键盘录入电脑。

我问黄立温："你来古春村，跌那么多跟头，有没有想过，换一个山道平坦些的村庄去扶贫？在那里也可以扶贫啊。"

黄立温说："我为什么要换地方呢？一个干部只要用心去扶贫，真心实意去帮助村民摆脱贫困，无论他置身何处，再大的困难，都能够去克服。如果责任心不强，就是给他再平坦的地方，他也会跌跟头。"

八、古春村的"苦水"与"甘泉"

来到古春村之后，黄立温通过一个多月的走访与调查，基本上摸清了古春村13个村民小组贫困人口的状况。每到一个村寨，他都成为最受当地村民欢迎的人，因为他的到来，村民们感觉有了盼头，觉得政府没有忘记他们，心中又燃起希望。

黄立温一到村民家中，再贫困的村民，都要端碗开水给他。黄立温记得，有个村民，看见他的手不方便，倒了开水之后，反复叮嘱他，不要烫着，凉一凉再喝。黄立温端起碗，喝了一口，感觉味道很苦，就问："你们日常用水是哪里来的？"

这一问不要紧，问出了古春村一直都没有解决的饮水难题。村民的饮用水，有两个来源，一个是到几公里外的大龙湖取水，路途远，山道弯弯，无法通车，只能肩挑。有时挑一担水，一路摇晃，到家只剩半桶水了。

古春村日常用水的另一个来源，就是最普遍的水窖，收集雨水，贮存起来。黄立温这才想起，村中有个很大的水柜，是用水泥砌起来的，圆形。附近村民都使用这个水柜，包括黄立温自己。他一直以为，这水柜里的水，是从山上引来的山泉，其实不是，他到现在才明白，来古春村之后，吃喝的水都来自这个水柜。

难怪怎么吃都是苦涩的味道。黄立温一直没说，因为他看到别的干部、村民都是饮用同样的水。他不能让人觉得特殊，刚到农村，就这也不习惯那也不习惯。黄立温虽然很纳闷，却没想到原来是这么回事。

黄立温来到村中巨大的水柜旁边，这是一个露天的水泥池子，直径有五六米，有个下池取水的台阶。水柜周围，都是玉米地。黄立温问来水池取水的村民："这水能喝吗？"村民告诉他："不能喝又能怎样？我们村哪个不是喝这水柜的水长大的？我们这个地方，是上林县最干旱的地区，雨水贵如油，一点都不假。黄主任，您刚来，先想办法解决我们吃水的问题吧。"

黄立温说："没想到村民们吃水如此困难。"他回到村委会，准备和大家协商一下，先解决古春村的吃水问题。

真是说什么事来什么事。刚回到村委会，韦支书就拿出一沓材料交给黄立温："刚才县里来电话，我们村的村民，因为吃水难的问题，正在向各级政府部门反映，希望我们能把村民饮水问题解决。"

黄立温说："我刚才去看了村里的水柜，正打算回来与大家商量一下，怎么解决。"

黄立温接过材料一看，是一封投诉信，上面写着：

"××书记，您好，我是广西上林县塘红乡古春村刁盘庄的村民，我们村上有几十户人家，一直以来，我们村里的饮水都很紧张，平常都是靠着下雨，然后各家蓄水，就这点水，还得节约使用。衣服成堆才洗一次，洗过的水用来喂猪、喂鸡、浇菜等，几天才洗一次澡。家里就只有老人在家，年轻人都在外面上班打工，因缺水的缘故，小孩部分被送到外地上学，放假才回来。……我们村上还有百岁老人，希望您能安排人下基层去视察，解决一直都困扰我们的难题。我们村快没有水喝了，每次打电话回家，家里人都这么紧张地说，没有水喝了，真的不知道怎么办。没有水，我们老百姓的生活不好过啊，愿你们能尽快帮我们解决处理。谢谢！”

黄立温看完信，对韦支书说：“村民吃水难，这个问题必须解决。都什么时代了，我们的村民还在喝水窖的雨水？！”黄立温又问，“村民没有想过打井取水吗？”

韦支书说：“我们大石山地区，地表水很少，下点雨都流到地下，至今没有找到水源。几十年来，也有村民试图打井取水，但钻机打到地下几十米也不见水。为喝到干净的水，村民只能跋涉数公里到大龙湖去挑水。饮水供应一直是村里的老大难问题。”

黄立温并不知道，古春村由于地理环境特殊，饮水难的问题由来已久，村民们意见很大，不停地向上级领导写信，反映情况。可是，村民饮水困难到底该谁来解决？也不是村委几个干部能做主的，一无资金，二无技术，村委的干部们自己也喝着水柜里苦涩的“天落水”，他们心里比谁都着急。

黄立温说：“我这次来驻村，先把古春村的饮水问题解决。饮水问题都解决不了的话，我还待在这里扶什么贫！我卷铺盖走人。”

黄立温立即与县水利局取得联系，询问有没有农村饮水工程的相关政策。这一问，还真的问出了名堂。县水利局答复，目前的政策是，由村民自己寻找水源，水利部门负责相关的管道布置等配套设施供应。

这就是说，群众只要拿出很少的一点钱，余下的大部分由政府补助。有了这个政策，黄立温心里有底了。

九、踏遍山野，寻找水源

既然政府有相应的政策，那就尽快想办法用起来。接下来要做的事，就是寻找水源。

为了尽快找到水源地，黄立温和村委的干部们走遍古春村的山寨，前后花了两个月时间，也曾找到几处水源地，但出水量不大，怎么办？

韦支书说："我们这里都是石灰岩地貌，只要有点水，都流到地下去了，地表根本不可能找到水。"

韦支书的话，一下子点醒了黄立温，他说："对啊，地表水源找不到，那就想办法找地下水。"黄立温和村委们商量之后，决定召开村民大会，讲明国家相关政策：村民负责找到水源，政府负责出水后的配套设置，铺管到家。

由于饮水工程关系到村里每个人的利益，村民们一大早就赶来了。祖祖辈辈吃"天落水"，又苦又涩，这样艰苦的地方，村里的姑娘小伙，早就远走他乡，人口越来越少。现在政府帮助解决饮水问题，这是全村的大事，所以大家都赶到村委会，想听听政府到底怎么个解决法。

黄立温对村民们说："现在国家有了相应的政策，我们只要找到水源，政府就可以进行后期的配套设施建设，这么好的政策，我们为什么不用起来呢？"

有村民问："我们又不是地质工程师，到哪儿去找水源啊？"

黄立温说："我了解了一下，目前城里的打井队，可以帮找到水源。打井队有两个方案可以选择：一是只打井，不包出水，价格三万元；第二个方案，就是打井包出水，价格六万元。所以，大家讨论一下，我们村选哪种方案。"

村民们立即展开了讨论。最好的办法，当然是六万元，又打井又出水，这多好。可是六万块钱，摊到每个人头上，就是50多元，一家四口人，就是两百多元，这对一个贫困村来说，是个不小的数目。可是，如果选三万元，找不到水源，这钱就白花了。

就在村民两难之际，黄立温忽然想起，来古春村之前，他在石逢村生活了半年时间，有一次为村民找水，发现了一条地下河，那条地下河应该是流向古春村的。也就是说，在古春村的地下，有一条暗河。

地下暗河，是喀斯特地区的地貌特征之一。石逢村的地下暗河流向古春村，这只是黄立温的猜测。因为地下河也有可能在地下改道流向其他地方。为了让村民们能够早日用上清洁的水源，黄立温决定把他的想法告诉大家。他说："我在石逢村的时候，找到了一条地下暗河，这条暗河的流向，就是我们的古春村。我觉得这条线索可以用起来。大家都知道，我们这个村子从来都是旱区，无论下多大的雨，都留不住，雨水到哪儿去了？很明显，流入了地下。这就很能说明问题，说明我们村的地下有暗河。所以，我建议花三万元就可以了，我们找地方，打井队只管钻井。"

有村民问："黄主任，万一打井下去，没出水怎么办？"

是啊，不怕一万，就怕万一。万一没出水，那三万元不就打水漂了吗？

会场上，所有村民的目光，都集中在了黄立温身上。

望着古春村饱受饮水困扰的村民们，黄立温做出了一个让所有人都感到意外的决定："我很清楚，大家凑足三万元多么不容易。为了让大家放心，我向大家保证，万一不出水，这三万元钱，由我负责支付。"

会场上，响起了热烈的掌声。大家纷纷掏出钱来。没几天工夫，三万元打井费凑齐了。

黄立温也没闲着，他原本想请县里或市里的地质队来勘探一下，这样地下河很快就能找到，但那又是一笔费用。所以，他带领古春村的几个老年人，在村里的各个地方，用最土的办法来进行"勘探"，想找出地下河位于村庄何处。

确定了具体位置后，黄立温从县里请来了打井队。因为不包出水，所以，打井队的钻井位置，由村里来决定。黄立温为打井队画了一个地方。至于能不能出水，他心里也没有数。

打井队搭好钻架，开始钻井。黄立温从一开始就盯着钻机，眼看着钻杆一节节往下去，他的心也紧张起来。二十米、三十米，四十米，还是没有水。钻井工地的周围，站满了围观的村民。所有的人都在等待，可是，到四十米还没有水，村民们开始议论起来。五十米，没有水。六十米，还是没有水。

钻井队的钻机停了下来。因为按照合同，钻井队收了三万块钱，不管出没出水，只打到六十米。

一时间，钻井的工地上，一片沉默。

黄立温站在那里，脑海中一片空白。钻井队的师傅开始收工。

"且慢！"黄立温不信邪，他对钻井队队长说，"再下十米，工钱由我来付。"钻井队队长看了看黄立温，一个无手的干部，为了古春村人的饮水问题，愿意牺牲个人的利益，令人敬佩！队长说："黄主任，您为百姓办实事，是个好干部，我们不能无动于衷。这样，不管有水没水，我们换钻头，再下十米，分文不取。"

队长的话音刚落，周围的群众爆发出热烈的掌声。隆隆的钻井机又开动了。62米，63米，64米，65米，出水了！

找到水源的消息，很快传遍古春村的每一个角落，大家都来看水源，没想到，从石逢村来的地下河，正如黄立温预测的那样，确实从古春村的地下经过。古春村人祖祖辈辈梦寐以求的清洁水源，现在终于找到了。

黄立温立即把找到水源的消息告诉了县水利局，让他们做好准备，为古春村铺设配套设施。

古春村的饮水问题，在黄立温的努力下，终于得到了圆满的解决。古春村的百姓从此用上了源源不断的地下河水。

十、古春村的“牛棚”与“网店”

古春村下康庄村民蓝喜民患有视力残疾，妻子患有大脖子病，全家从山顶上搬下来，只有三间政府帮助改造的房子，周围都是别人的土地，想发展生产非常困难。这是古春村的特困户，真正的家徒四壁。很多干部遇到这样的家庭，基本上是放弃了，就是说，过年过节，扛点大米、油盐，再送些慰问金，这已成为多数干部对蓝喜民这样的特困户的帮扶办法，并没有真正去想过，如何为这样的特困家庭造血。

蓝喜民这样的特困户能够脱贫吗？一开始，当黄立温了解到蓝喜民家的状况时，心里也是没底的。蓝喜民说，命运好像专门和他作对似的。他曾经养过鸡，不知为什么，鸡还没长大，就得了鸡瘟，赔了一大笔钱。他想养牛，但周围连放牛的地都没有，因为土地是别人家的。种玉米呢，一到成熟季节，基本上都被猕猴抢光了。蓝喜民问：“黄主任，你说这个世界是不是没有我的活路了？”

黄立温听了蓝喜民的一席话，认真告诉他：“你看我，没有手也都活过来了，你有手有脚，还怕什么？我这次来古春村，就是来帮助你的。”

黄立温以拉家常的方式，首先了解了蓝喜民家的基本状况。黄立温找到村里的几名老党员一起想办法。下康庄人少、山多、草多，最适合养牛。几个人商量之后，觉得蓝喜民家的情况比较适合养牛脱贫。至于养牛的场地，由黄立温和村委的干部一起，找到附近的村民协商，腾出一块空地作为蓝喜民家的养牛场。

村民都是通情达理的人，又是左右邻居，对于蓝喜民这样的特困家庭，都表示同情，愿意让出一块空地。在黄立温与古春村村委的帮助下，全村的党员干部一起出动，帮蓝喜民盖了一间牛棚，并集体捐款，为他买了一头公牛，黄立温又利用残联相关的扶贫政策，为蓝喜民争取到残疾人精准扶贫资金3000元，用来购买母牛。

在大家的帮助之下，蓝喜民精心照顾这两头牛。如今，两头牛已经长大，其中母牛已经受孕。一头小牛仔可以卖到五六千元，要是养到商品牛标准再出售，则可以卖到上万元。这样，蓝喜民一家脱贫，也就有希望了。

古春村中，有个残疾贫困户叫韦永贞。这是黄立温重点关注的贫困对象。黄立温考察时发现，韦永贞平时喜欢上网，就鼓励他学习开网店。韦永贞因患有腿部残疾，一直没有工作能力，对于开网店一窍不通，甚至不会打字。

黄立温就用自己的经历来鼓励他："我没有双手，自己想办法学会打字，你一个指头都不少，一定能学会打字的。"

黄立温的生动事例，激励了韦永贞，他决定自强起来，从头学起。

黄立温打电话给自己所在的残联办公室，让他们联系一所电脑学校。黄立温把韦永贞送到县城里学电脑。韦永贞不负厚望，花了大半年的时间，学会了打字，以及如何网上开店、如何销售农产品。

【作者手记】我在韦永贞家里，看到韦永贞正在上网，将古春村的绿色土特产品放到了网上销售。这是古春村的第一家网店。黄立温说，古春村有很多土特产，在今后的扶贫工作中，将会加大对网店的帮扶力度。从一贫如洗的蓝喜民养牛，到不会打字的韦永贞从事网店销售，这样生动的扶贫事例，多少给我们广大扶贫工作者一个启示：那就是扶贫先扶志，用心去扶贫，而不是敷衍了事。事实上，在扶贫工作中做出成绩的那些模范人物，都有一个共同特点，那就是用心去扶贫，认真去扶贫，再贫困的家庭，总能找到脱贫致富的出路。

十一、古春村的"天路"

要致富，先修路。这句话太熟了，人人都知道。没有路，就根本谈不上脱贫致富。很多贫困村，就是因为交通的制约，一直没有得到发展。山村道路的改造或修建，是所有扶贫工作者首先要面临的问题。实际上，很多到农村扶贫的干部，都是把修路作为扶贫工作的首要任务来完成。道路修通了，汽车才能开进村子，山里的绿色产品才能够运到外面的世界。这个道理，大家都懂。

此外，让黄立温决心修路还有一个重要的原因。

古春村有两个村庄，一个叫古春庄，一个叫花干庄。这两个小村庄被一座小山相隔。有一次，黄立温召开村民代表大会，却发现，古春庄的人与花干庄的人互不相识。

“请问你是哪个庄的？”

“我是花干庄的，你是哪个庄的？”

“我是古春庄的啊，我怎么没见过你呢？”

“我也没见过你啊！”

对话的是两个年长的干部。黄立温觉得奇怪。这两个小村庄相距并不远，直线距离也就500米的样子，一座小山隔开了，除了上山砍柴偶有相见，两个村终年生活于此的村民之间竟如此陌生。

黄立温决定先把村里的这条路修起来，主要目的是让全村10个自然屯连在一起，让大家不再有隔膜。

可是当黄立温提出修这条路时，大家都觉得他是异想天开。且不说修路的钱是谁来出，各种手续，种种审批，就够麻烦的了。黄立温说，我不怕麻烦。如果这样能批下来的话，我愿意天天写申请，天天上报。问题是，就算打了报告，都不知道交给哪个部门。

尽管如此，黄立温还是下决心要把这条村道修起来。他和古春村村委的两个干部一起，以最普通的三十米卷尺，一步步丈量。村委干部负责测量，黄立温在后面进行记录。最后确定，需要修建的村道长度为1.5公里。

1.5公里，在城里就是一条小巷的长度。可在偏僻的乡村，修1.5公里路的难度，比城里修15公里路还要艰难。除了地质方面的原因，主要是没有哪个部门肯出钱。为了这条村道，黄立温开始到上林县各个部门进行游说。每到一个单位，首先是打听有没有相应的政策扶持。

为此，黄立温走访完了哪怕与修路只有一点关系的部门。扶贫办、旅发委、交通厅、财政厅、发改委等。尽管这些单位最后都表示无能为力，因为没有相应的政策，但黄立温并没有放弃，他相信，国家正在进行扶贫攻坚战役，一定会有相关政策出台。所以，他先把所有的申请报告、各种数据都落实清楚了，做好了各项准备工作。只要相关政策一出台，他就“抢得头香”了。

黄立温的预感是没错的。2016年底，国家相关的扶贫政策果真出台了，有了扶贫专项资金，最后这条村道由扶贫办来落实修建，而且一直修到了大龙湖。这是黄立温在古春村办理的第二件实事。他有个打算，古春村与上林著名的旅游名胜大龙湖只有两公里左右的距离，等通往大龙湖的这条路修通了，那么古春村开展“农家乐”项目，就很有可能实现。黄立温的计划是，先把村里的道路、环境整理好，然后在大龙湖边设一个码头，让旅游带动古春村民脱贫致富。

黄立温在古春村修的这条路，被称为“天路”。

【作者手记】我在古春村采访的时候，这条“天路”正在修建之中，路面已经铺好了碎石，工程车正隆隆驶过。这条路全长1.3公里。之所以称为“天路”，是因为这条路很陡，一直通往山顶，故名。

为什么要修这条路？黄立温告诉我，现在国家连续出台了相关的扶贫政策。比如说，农民如果有一定规模的产业项目，那么国家就会为此修通一定长度的道路。

黄立温在古春村考察时，发现了几处荒山。他一直在盘算，这么多荒山空在那里，未能派上用场，太可惜。能不能把这些荒山开发起来做点什么呢？一个新的想法，渐渐在黄立温的脑海中形成。

十二、荒山上的野猪场

黄立温看到那片荒山时就觉得是一块好地方，上山的一段路有点陡，可山顶上却很平缓。这么好的地方，荒着怪可惜的。黄立温觉得可以在这片山顶做文章。他想过种果树、名木，也想过养殖，一时拿不定主意。他忽然想到县里的林业局、县养殖协会等单位，那里有的是专家行家，而且都是县里的熟人，完全可以请来考察一下，看看在荒山上能做点什么。

黄立温请来了林业和养殖方面的专家。考察了山地的气候环境和地质特点，林业部门不建议种名贵树种。因为技术、管理要求比较高，而且周期长，几年内都不可能见到效益。

黄立温请来的专家当中，有一人站出来，他说：“这块地，我看行，非常适宜搞养殖，这事交给我吧。”

黄立温一看，说话的这位正是老朋友，县养殖协会会长、上林县赫赫有名的养猪大王覃文全。

覃文全是上林县明亮镇溯浪村丰庚庄党支部书记，他靠养猪成为当地先富起来的人。覃文全致富之后，不忘乡亲，他在家中自办“农家课堂”，把自己多年摸索出来的养猪技术，无偿传授给村民，并以最低价向其他养殖户提供猪苗，引领一方群众走上致富道路。

有了覃文全的支持，黄立温心里就有底了。

这片山地，属于弄矿庄，原来住有三个一贫如洗的困难户，因为太穷，政府帮助他们搬到山下居住。蓝子也家是其中之一。这些年，蓝子也一直在外打工，东飘西荡，没赚到什么钱。他觉得在外打工也不是办法，很多打工仔都回家创业，他也想走这条路。回到古春村之后，却不知道该做什么。

这时，黄立温来到他家走访，看到这个小伙子想创业，却又找不到门路，就决定帮他一把。现在机会来了。黄立温决定，把当初住在山上的这三个贫困户召集起来，成立养殖专业合作社。

筹备合作社却没有启动资金。黄立温了解到，政府为解决扶贫工作中的资金问题，有贴息贷款的相关政策。在黄立温不断的奔波之下，蓝子也等3个贫困户，每户获得了5万元的政府贴息贷款，合作社的第一笔资金有了着落。

同时，曾经答应帮忙的县养殖协会会长覃文全，无偿送给他们价值3万余元的一公二母三头大野猪作为种猪，并答应他们，经常上门给予养殖技术指导。

在地方政府和古春村扶贫工作组的共同努力下，“上林县塘红乡古春村养殖专业合作社”终于成立了。

这是古春村弄矿庄的三户贫困家庭做梦都没有想到的事，他们从此也有了自己的产业，养野猪、养香猪、养牛、养土鸡，这么好的事，现在真实地出现在自己的眼前。

合作社成立那天，热烈的鞭炮声在昔日的荒山上爆响了很长时间。塘红乡的党政部门、古春村的扶贫干部们、古春村的村民们都来到了弄矿庄，他们看到了，三个贫困户代表的脸上挂着激动的泪花。

古道热肠的养猪大王老覃，以老支书的身份，促成了他所在的明亮镇溯浪村委，与古春村委结为帮扶对子，古春村的村民们从心底生出感激。那天，老覃无偿赠送的三头大野猪来到古春村后，需要抬到弄矿庄的山顶。村民们都自觉赶来帮忙，把三只野猪分别装入铁猪笼，一边固定一根长木棍，人工抬上山顶。

那时上山的途径就是一条陡峭的山道，说是山道，实则没有道，只有当年弄矿庄的村民自己踩出的弯弯曲曲的石阶。

古春村的村民们喊着号子，一步一步走过那段危险的石阶，好不容易把三只野猪抬上了弄矿庄的山顶。古春村的村民们看到，昔日荒凉的山顶上，忽然有了几只野猪，这情景就像家园一下子生动起来。根据老覃的预测，不出三个月，这两只母野猪就会下仔，到那时，这片山顶上就会看到野猪成群的景象。

【作者手记】2017年10月24日。在塘红乡古春村弄矿庄的山顶上，我来到蓝子也当年居住的老家，这是三间石屋，政府帮他们三家贫困户搬下山之后，蓝子也没舍得拆掉这几间老房子。我问他为什么不拆？他说，这房子结实，冬暖夏凉，山上的空气非常好，这么好的山坡，我一直想着，总有一天会利用起来的。现在黄主任帮我做到了。

覃文全赠送的两只母野猪，三个月不到，就开始下仔。如今已产下30多头活蹦乱跳的小野猪。合作社的规模也在不断扩大，其中有香猪60余头、本地黄牛20头、本地土鸡1000多只。

蓝子也每天都扛一袋玉米粒上山作为野猪的饲料。他告诉我，合作社从一开始就约定要发展绿色产业，养猪时拒绝使用添加剂。

那天，我在蓝子也的房前屋后参观，到处都是散养的土鸡，野猪也是放养。我问："野猪会不会窜到林子里，找不回来？"

蓝子也说："这片山坡，是我出生的地方，是我的乐园，一棵树，一块石头，就像地图一样印在我脑子里。它们走不远。我已经和乡政府协商，把附近的几个山头都包下来，扩大养猪场的规模。"

蓝子也翻开账本，告诉我目前合作社的状况："眼下产值不低于36万元。按这样的势头，年底时销售收入肯定可以翻一番，扣掉成本50多万元，合作社三个贫困户22口人，人均纯收入就有1万元左右。"

这人均一万元的纯收入，对于三个贫困家庭来说，是笔不小的财富。相比之下，以养蚕为业的桑农，年人均收入只有7000元左右。

黄立温告诉我，养蚕业仍是当地村民的主要经济来源。但养蚕同样存在较大的风险，一旦遇到蚕病，对于蚕农来说损失就会很大。黄立温说，他准备请来专家，对村里的养蚕户进行技能培训。

十三、南方"桑基鱼塘"的重现

桑基鱼塘，这是古代岭南农村特有的生产方式。古籍中记载，岭南地区的一些易生水患的地方，村民取泥覆盖四周为基，凹处为塘。基上种桑，塘中养鱼；桑叶喂蚕，蚕沙喂鱼。这是古老的蚕桑业和养殖业互相依托，具有生态和经济效益的人工农业生态系统。

塘红乡古春村是上林县主要的桑蚕基地，几乎每户村民都在养蚕。这也是当地村民最主要的经济来源。但是，种桑养蚕是门技术活，需要技术人员对蚕农进行专业培训。稍有疏忽，一年的辛勤汗水就可能付诸东流。

黄立温讲述了当地一个蚕农的遭遇。有位覃老汉，种桑10亩，投资上万元（还是全部积蓄），修建蚕室，购买蚕网、消毒用品等，眼看到了蚕吐丝的时候，蚕病了，蚕丝的品质严重下降。本来一箱优质蚕茧可卖两千元，而覃老汉家的蚕茧因质量问题，只能卖五六百元。投入的一万元，能收回的不到一半。

在养蚕过程中，各种问题不断出现。黄立温说，通过仔细观察，他发现了一个很容易产生蚕病的现象，那就是“人蚕同室”，人的日常活动，容易给蚕带来病毒。他向养蚕技术员咨询后，得知这种人蚕混居的现象，确实很容易产生蚕病。为此，黄立温利用一切场合，反复告诫蚕农，要人蚕分离。

蚕农们明白这个道理，可有的家庭房间很小，人蚕混居的情况一时无法得到改变。黄立温很着急：“不改变，蚕生了病怎么办？”

为了减少蚕农损失，黄立温向上级主管部门提出几点建议：第一，更新桑树苗品种，以优质桑树苗替代现有的陈年旧桑；第二，针对村民住房不宽裕的情况，建议没有条件人蚕分离的农户，加入合作社，即由合作社集中经营管理，这样既能做到人蚕分离，也可以由技术员统一指导。

相关部门认真听取了黄立温提出的建议，觉得切实可行。现在古春村的合作社蚕房已经破土动工。届时，村民们就可以把蚕送到合作社统一管理了。

古春村每天都可以收集到数量可观的蚕沙，这是养鱼的极好饲料。可是村中没有鱼塘，大量的蚕沙作为垃圾被扔掉。

黄立温找到了村里的致富能手黄天军，请他看看怎么将大量的蚕沙利用起来。53岁的黄天军是老党员，他说：“我家门口有个旱塘，只要有水，我负责养鱼，全村的蚕沙由我收购。”

黄立温来到黄天军家的房前一看，是个不小的旱塘，但是经常没有水。如果养鱼，水的问题怎么解决？黄天军说，那就用地下水养鱼。很快，古春村第一个鱼塘出现了，黄天军投入一万多元，买了鱼苗，当年就把本收回来了。

【作者后记】关于黄立温精准扶贫的故事，在古春村还有很多。黄立温在日记中记下了这样一段话：

“在山区搞扶贫工作将近一年了，我觉得山区群众非常勤劳热情，村委班子也很团结，很为群众着想。只要党员干部真正为群众着想，真心带领群众脱贫，就有巨大的感召力！在这样的地方投身扶贫工作是很好的人生历练，也将是人生最宝贵的精神财富。”

其实也没有什么惊天动地的业绩，黄立温只是作为一个扶贫干部，一个普通党员，竭尽所能，时刻把人民的疾苦放在心上，做了作为扶贫干部应该做的事。可这些基层农村最常见的贫困问题，经过黄立温的“双手”就有了不同。因为他是二级肢残人士，一个没有双手的扶贫干部。

这是一般人无法想象的。就是这样一位特殊的扶贫干部，想方设法带领古春村的村民摆脱贫困，创造了全国扶贫工作中的一个传奇，充分体现了一名优秀共产党员的政治品格、爱民情怀和责任担当。

这又是一个励志故事，黄立温身体力行，让古春村那些饱受贫困折磨的人们看到了希望，让他们信穷根可挖，知未来可期，从而激发大家脱贫致富的热情与积极性。这是黄立温驻村扶贫带给我们的启示。

红日端端照瑶乡

——南丹县成功实施『千家瑶寨·万户瑶乡』易地扶贫搬迁旅游开发项目纪实

◎文/何正文

2017年的5月，在桂西北的南丹不是电闪雷鸣、大雨倾盆，就是阴云漠漠、细雨连绵，面对这异常的天气，一个个肩负着使命的人如热锅之蚁，焦急着、企盼着，渴望天空尽快露出通红的笑脸，好去进行一场掀天揭地的革命……

这是一场不流血的革命，这场革命的主要任务和终极目标，就是彻底驱散千百年来笼罩着瑶山的贫困雾霾，用197天的时间把13 500个白裤瑶胞从危旧房和茅草屋中搬迁出来，让他们远离一方水土养不活一方人的几百个石山峒场，集中安置到生存环境较好的八圩社区片区、八圩瑶寨片区和里湖王尚片区，让所有的白裤瑶贫困人口都住上牢固崭新的钢混楼房。

197天，搬迁13 500人，这一惊世之举令人谈之色变，头皮发麻。而南丹县委、县人民政府则胸有成竹，以过人的胆识、超常的思维，用斩关夺隘、攻坚拔寨的精神，大胆地接受了自治区党委、自治区人民政府交给的这一艰巨任务。

一

2017年5月17日上午，老天突然收敛起肆意的淫威，南丹县委、县人民政府抓住这一短暂晴朗的机会，在县政府院内举行“千家瑶寨·万户瑶乡”易地扶贫搬迁旅游开发项目工作队出征仪式。主席台战旗猎猎，“参战者”整装待发，县委书记、项目总指挥在致辞结束后分别向八圩社区片区、八圩瑶寨片区和里湖王尚片区项目指挥长授旗，当覃康平县长下达出征命令时，所有“参战”的18个处级干部和110多个科级干部迈着豪迈的步伐跟着领旗的指挥长向项目工地奔去，当晚便在工地搭棚吃住。

在和平年代，用打仗相似的组织形式和组织手段去完成一项工程任务是极其罕见的。韦永山坦言，这次向贫困宣战不亚于血与火的战斗，需要智慧、勇气和坚忍不拔的毅力。鲁迅曾说过，震撼一时的牺牲，不如韧性的战斗。如果不抓住机遇，提前将贫困的白裤瑶胞挪离穷窝，斩断穷根，就无法实现党中央、习总书记提出的“一户一人也不落下”，白裤瑶胞就无法在2020年与其他兄弟民族一道步入小康社会。

在精准脱贫工作伊始，自治区一位领导在视察白裤瑶地区时说：“只要白裤瑶脱贫了，广西就算脱贫了。”这短短的一句话可谓一针见血、一语中的，充分反映了白裤瑶的贫困程度。

新中国成立以来，党和政府对白裤瑶的关怀和照顾可谓是无微不至，给吃的、给穿的，还在种养上大力扶持，但年年扶持年年穷，其主要原因是自然环境非常恶劣。70%的白裤瑶胞散居在600多个石山峒场里，有的村屯人均只有不足0.4亩贫瘠的耕地，碗一块、瓢一块，一个石窝一株苗，全靠人畜耕作，在石缝里种玉米，一年产不出半年粮。枯水季节，劳力全部用在吃水上，有的村屯一天只能取回一担水，改革开放以来，虽然政府出资修建了许多人工集雨池，但到了枯水季节仍解决不了人畜饮水安全问题。2016年，在精准识别贫困人口时，将56分作为建档立卡贫困户的标准，而白裤瑶贫困户得分均在负28分以下，这在全区乃至全国当属个例。

生活上无法保障，更遑论住房条件的改善了。1998年至1999年，政府对白裤瑶胞居住的茅草房进行改造，因当时政府财力有限，只将东倒西歪、摇摇欲坠的房子加固，茅草顶换成水泥瓦，十多年后，因无钱更新屋面，又恢复了旧貌。2008年以来，政府又拨给每户1.5万—3.3万元不等的危旧房改造经费，但许多贫困户根本拿不出自筹资金，结果改造危旧房变成了纸上谈兵。懂甲村的烂棚、冷灶，岜地村的拉家塘，磨岩村的山架、骂赖等自然屯的白裤瑶村民居住的全是篱笆房，房顶上盖的是清一色不规则的油毛毡和彩条塑料布，有的油毛毡和彩条塑料布还不是从市面上购买的，而是从圩镇上、公路旁和废弃的厂房里东一块西一张捡来拼凑到屋顶上的，每当刮风下雨，屋顶就漏水，整个屋子很难找到一块干燥的立足之地。

要彻底改变白裤瑶的居住条件，多年来的实践证明，单靠他们的自身努力是不可能实现的，必须靠政府买单，确切地说，由政府全额买单，无偿地为他们起房子。

二

“十三五”期间，自治区安排给南丹的第一批易地扶贫搬迁安置指标为7694人，这个指标只能满足白裤瑶贫困人口搬迁安置的二分之一需求，还不包括全县面上零星的贫困户安置。为了争取更多的扶贫资金，从2016年下半年起，县委书记、县长亲自率队，三番五次跑南宁，向自治区领导和有关部门领导面对面地反映白裤瑶的贫困状况，谈思路，要项目。2016年10月31日，自治区副主席黄世勇委托自治区人民政府副秘书长、自治区扶贫开发办主任蒋家柏召开了17个部、委、办、厅、局领导会议，专题讨论研究白裤瑶的脱贫发展问题。会议一致同意，全区的扶贫政策向白裤瑶倾斜，2017年下达给南丹的扶贫资金在2016年的基础上增加20%，按高于一般县市10%—20%的额度拨付。

2017年4月，一个大好的机会来了！南丹县委、县政府通过自治区药监局在南丹挂职的县委常委、副县长林国梅了解到，自治区还有2017年度富余的易地扶贫搬迁安置指标，县委书记韦永山、县长覃康平马上赶往南宁，请求把这些富余指标集中拨给南丹县白裤瑶。这是一个非常冒险的请求，因为这些指标是一些县市主动放弃的，原因是指标落实的时间太晚，2017年度完不成搬迁任务的话，会受到上级部门的追责。南丹县却迎难而上，非把这些富余的指标争到不可。南丹的勇气与执着感动了自治区领导。自治区决定以每个贫困人口5.7万元的搬迁安置标准拨给南丹7.7亿元人民币，前提是，南丹要在2017年12月底前全部完成13 500人的白裤瑶贫困人口搬迁安置任务，绝不能拖延到2018年。

历史告诉人们，机遇与挑战同在，成功与失败共生，往往是非此即彼。动作越大，潜在的风险越大，南丹的决策者们为了极度贫困的白裤瑶早日脱离贫困交加的深渊，只好仗着胆、冒着险，不但向自治区递交了承诺书，还在自治区领导面前把胸膛拍得像鼓一样响。

当县委书记和县长满怀喜悦地召开会议，把获得指标的情况向与会的四大班子领导通报时，在座的一些领导顿时哑言失色，无语相视。多年来南丹实施项目的情况使他们深刻体会到，每个重大项目的征地拆迁不要两年三年也要一年半载，在7个月的时间内搬迁13 500人，完成7.7亿元的投资任务，谈何容易！

众所周知，白裤瑶虽然贫困面最广，贫困程度最深，但民俗文化丰富多彩，积淀深厚，如何让他们搬得出、住得下，有门路、能致富，只有充分利用他们的自身优势，把扶贫搬迁同旅游开发有机地结合起来，才能使他们摆脱贫困，与其他地区一道走向共同富裕。这一构想，是南丹决策者们一个重大创举。

白裤瑶是中国乃至世界最为稀有的族群之一，早在20多年前就被世界教科文组织官员认定为“人类文明的活化石”，他们保留有非常原始的服饰文化、寨居文化、铜鼓文化、农耕文化、古歌文化、饮食文化、婚恋文化、丧葬文化、宗教巫术文化，每一种文化都原汁原味、神秘古朴，凡是来过瑶乡的人无不为之震撼。有个研究少数民族历史与文化的美国学者名叫倪威亮，白裤瑶称之为威廉先生，他连续10年深入瑶山体验白裤瑶生活，有时还同白裤瑶人民同吃同住，2012年—2014年，每次到瑶山都住上半年时间，对白裤瑶文化到了痴迷的地步。改革开放以来，白裤瑶风情表演队不但多次到北京、上海、香港、成都等城市演出，还到过英国、德国、美国等多个国家和地区。由于各种客观原因，他们独具特色的传统文化开发不够，张显不力，白裤瑶文化至今仍像一个待字闺中、琵琶遮面、风情万种的少女，鲜为人知。

把分散在各个山寨里的白裤瑶族群文化集中起来，向世人展示，这是把易地扶贫搬迁集中安置与旅游扶贫开发相结合的一次历史性尝试，这种尝试尚无先例。

三

三个片区安置点共需要项目用地1778.6亩，八圩社区、瑶寨片区为了节约耕地，70%的建筑用地由县人民政府用车河铁路货运站附近的土地与南宁铁路局置换，里湖王尚片区把安置房全部规划建在不能种植农作物的坡地上，占用农田的比例不到千分之一。

2017年5月18日，八圩社区片区的村民眼看一台台推土机、挖掘机开进自己家的责任地时，没有一个人前来阻拦。先丈量、后补偿、再进场，这历来是重大工程项目不可逾越的规范，而在八圩，这一规范被村民的高度自觉所打破。八圩社区四队队长、共产党员农利丰在政府补偿标准尚未明确之前，就把规划范围的耕地空置，不播种、不插秧，不要政府的青苗补偿费，在他的影响下，许多村民把种在废弃铁路两旁的玉米、红薯、青菜等农作物统统铲除，把尚未成熟的农作物割来喂猪喂牛，主动为工程清场。对于征地补偿，被征户历来寸土必争，分文必较，八圩片区指挥部工作人员从丈量土地到兑现补偿款，没有跟村民红过一次脸，所有补偿都是在和风细雨中进行，采取张榜公布和召开群众会的方式一次性搞定，几百亩的征地任务只用一个星期的时间就全部完成。

三个片区的项目规划区内共有坟墓248座，为了不影响工程进度，县委、县政府要求用1个月的时间全部迁完，并明确每座坟的迁移补偿标准，根据其规模分别给予3000、4000、5000、8000元不等的补偿。在乡亲们看来，钱多钱少是小事，吉不吉利是大事。八圩、里湖都属于偏远落后的山区，封建意识根深蒂固，壮、汉族迁坟历来要请风水师看日子，查找吉年吉月吉日吉时，有的家要迁一座坟三年五载也找不到一个自己中意的日子。为了不影响“千家瑶寨·万户瑶乡”易地扶贫搬迁旅游开发项目的实施，各片区指挥部的工作人员到各家各户做耐心细致的思想工作，并与当地在市、县各部门工作的人员联系，要他们回家带头迁坟。八圩社区四队队长、共产党员农利丰得到指挥部的迁坟通知后，立即响应，率先迁坟，不但以身作则，还带领本队的群众到南丹县城、金城江选购装骨的“金坛”，副指挥长、县政协副主席莫少敏不怕脏、不怕累，主动下到坟地和群众一起迁坟。八圩片区应迁坟116座，只用13天时间全部迁移完毕。

白裤瑶历来有不迁坟的传统习俗，他们认为惊动了死人，活着的人就会遭殃，有灾难，招祸报。而里湖王尚项目规划区内共有坟132座，全部是白裤瑶的坟。县指挥部组织所有的白裤瑶县干、乡干、村干到村民家做说服工作，让村民自己动员自己的族人。里湖王尚片区迁坟工作虽然进展有些缓慢，但也只用了一个月时间就完成了99%的迁坟任务，没有影响项目的如期推进。

四

有史以来，沉寂的瑶山从未出现过如此规模宏大的施工场面，在1778.6亩的土地上，在连绵15.3公里的作业区内尘土飞扬，机器轰鸣，灯火彻夜，人如梭织，群情激荡，一台台吊车的手臂伸向蓝天，酷似秀丽的瑶山峰峦忽然伸出一只只巨大的手臂将蓝天托起，许多先进的施工机械引来无数白裤瑶胞的围观。

八圩社区片区指挥部标牌显示：征地523亩，建安置房177栋13.8 649万平方米，安置白裤瑶1225户7099人，施工时间193天，2017年11月30日前完成向贫困户交钥匙任务。

八圩瑶寨片区指挥部标牌显示：征地130亩，建安置房49栋26 878平方米，安置229户1371人，施工时间195天，2017年12月3日前完成向贫困户交钥匙任务。

里湖王尚片区指挥部标牌显示：征地1200亩，建安置房332栋12.8 633万平方米，安置1227户6840人，施工时间203天，2017年12月10日前完成向贫困户交钥匙任务。

里湖王尚片区作为重点打造的白裤瑶民俗文化旅游区，所建的332栋安置房全部建成独立式或连体独立式2层至2层半的具有民族传统特色的别墅式楼房。

为了保质保量如期完成标牌显示的目标和任务，指挥部采取招投标的方式组成强大的施工力量，担负承建任务的广西兴华建设集团有限公司利用35年来办企业的人脉，广泛汇集优质的施工队伍，三个片区的施工队分别来自黑龙江、新疆、辽宁、广东、福建、四川、重庆、贵州、河南、河北、湖南、湖北等12个省区市以及桂林、玉林、柳州、百色、河池、都安等区内县市，形成五湖四海汇集的施工场面。八圩社区片区和八圩瑶寨片区正常施工人员约4500人，高峰期约7100人；里湖王尚片区正常施工人员约6800人，高峰期约10 500人。八圩社区片区和瑶寨社区片区正常作业的挖掘机、铲车、吊车、运料卡车、灌浆机、混凝土泵车108台，高峰期128台；里湖王尚片区建设高峰期正常作业吊车30台，带炮锤的挖掘机78台，泵车10台，铲车10台，灌浆车40辆，各种运料车305辆，当地农用运输车辆90%被征用。

作为项目协作单位的梦之瑶旅游投资公司在3个片区共投放管理人员182人。县里派到工地的机关干部与施工人员一同在工地吃住。

从项目的开工到竣工，三个片区都采取“5+2”和“白+黑”的施工模式，指挥部挂牌作业，倒排工期，实行工程进度的倒逼机制，并要求所有管理人员的手机昼夜畅通，机不离人，人不离机。八圩挂职副书记莫仁东为了搞好各方面的协调工作平均每天打80多个电话，昼夜铃声不断。挂职副乡长王永国为收集、汇报工作进度情况，每个月手机话费高达2000多元，均是自己垫支，毫无怨言。八圩瑶寨片区工作组副组长、县人大农业农村环保工委主任刘信君，是指挥部唯一的女干部，她为了加班加点搞好项目的协调工作，要求在工地吃住，指挥部的领导认为工地不具备女同志夜宿条件，她只好早出晚归，经常是做完工作时，已经是夜深人静，独自开着私家车行驶在荒凉崎岖的山路上。里湖王尚片区的何湘杰，是年近半百的党史办主任科员，他为了跟踪工作进度和检查施工质量，每天和梦之瑶公司的岑国江一道，不论白天黑夜、刮风下雨，一直行走在工地上，常常是一身汗水一身泥。有时因事赶回县城，第二天清早6点多钟又赶回工地，工作中使用的私家车全部是自付油钱，不闹半点情绪。梦之瑶公司八圩瑶寨片区负责人吴华堂从项目开工到竣工只回家3次，他的孩子在南宁读大二，秋季开学时，孩子和爱人要求他开车送行，他为了不影响工作，让爱人和孩子背着行李乘坐班车赶往学校。梦之瑶公司八圩社区片区施工指挥长胥陵琪，虽然家在八圩街，距离工地不足300米，但从项目开工以来，每天三餐都和工人一道在工地用餐，节假日都难能跟父母吃上一顿团圆饭，年迈的父母常常为他早出晚归和不规律的生活吃不香、睡不好。每天早上天蒙蒙亮就起床直奔工地，六七公里的施工战线，每天坚持走3趟，从不间断。八圩社区片区177栋楼，每栋楼每浇注一层楼面他都亲自到场。县委派去各片区指导工作的卢文华、邓德强、花明金、莫少敏、缪芝龙、明环智等四大班子领导常常是“两点一线”，不是在县里开会，就是到工地工作，经常是县里的会一散，就立即驱车赶往工地，从工程开工以来，几乎没有过一个节假日。

五

古人云：“天将降大任于斯人也，必先苦其心志，劳其筋骨……行拂乱其所为，所以动心忍性，曾益其所不能。”白裤瑶脱贫的重任无疑是“大任”，是新时代赋予的神圣使命。向来天高难问，所有的人都意料不到，在这与贫困决战的关键时刻，老天故意用它所掌控的力量来考验这些迎难而上、脱贫心切的人。从2017年5月中旬起，南丹出现了有史以来很少出现的极端自然现象。“千家瑶寨·万户瑶乡”易地扶贫搬迁旅游开发项目从开工到竣工，几乎有一半的时间为雨季，打好一个基坑准备灌浆时，突然一场大雨，泥水把基坑灌满，有时抽了又下，下了又抽，反复多次都无法把混凝土灌进去。里湖王尚片区所遇到的问题更为严重，因为基坑都打在陡坡上，一遇大雨，泥石俱下，把所有的基坑全部填埋，不仅要抽水，还要重新开挖基坑。为了不因为下雨而影响工程进度，指挥部调动了100多台抽水机轮番抽水，还购买了大批塑料棚布给基坑“穿衣戴帽”。每打好一个基坑就在基坑上搭架盖上塑料布，还在陡坡基坑的旁边砌墙堵水，保证灌浆时不受下雨的影响。八圩片区还采取错时施工的办法，下雨时一些工人织筋、置模，一些工人休息待命，不管是白天黑夜，只要雨一停就立即入场浇注楼面，浇注完后马上铺上塑料布。为了不使灌车里的混凝土凝固，影响建筑结构和出现浪费现象，每运一车混凝土必须按时使用干净，为此，指挥部规定，运浆司机和泵机人员必须保持24小时手机畅通并与机、车一道在指定地点休息待命，只要天一放晴，立即出发到搅拌站运料，保证每个基桩、每根梁柱、每块楼面一次性灌浆成型。

广西兴华建筑公司八圩社区片区项目负责人唐高升是地道的湖南人，有三湘子弟敢为天下先的血性，他所承包的建筑面积占整个项目的60%。签订合同时，他就一次性交了50万元的保证金，他意想不到的是，项目启动后连番降雨，如果到11月底完不成交房任务，他将付出沉重的代价。他曾向指挥部提出，宁可不要这50万元的保证金，也不愿再干这份活，指挥部不同意他退出，因为他手下有2000多号农民工，是整个片区建设的主力军。在进退维谷之际，唐高升只好硬着头皮顶下去，为了积极应对雨季，避免农民工无事可做而解散，他精心编制施工方案，把晴天做什么、雨天做什么安排得一清二楚，并细化到组到人。对于一些雨天暂时没有事做的员工，他照样发给生活费。对于家庭有困难的员工，他提前支付劳务费。每次发放劳务费，他都把各人所得列单张榜贴到各个班组的施工场地，谨防过程中出现挪用、克扣现象。由于他管理得当、措施到位，在雨水阶段，没有出现任何员工流失现象，他所承包的工程进度快、质量好，没有因为下雨而拖延交房时间。

三个片区为了抢晴天、战雨天、保质量、赶进度，一律采取挂牌作业，图表上墙，在指挥部墙上显眼处有倒计时示意图、各栋楼房施工进度表、施工力量分布图、质量承诺书、工程材料调度表、施工安全细则、工程应急方案等。

雨季施工，不仅直接影响工程进度，也间接影响到所需材料的调运。“千家瑶寨·万户瑶乡”易地扶贫搬迁旅游开发项目所需的材料来自全国各地，为了不影响施工进度，各项目组提前做好用料方案；材料外调人员要确保24小时与指挥部保持正常联系，每天汇报一次材料的采购情况；调进的材料规格、数量、质量指派专人全程把关；材料运到工地，哪怕是深更半夜或遇狂风暴雨，也必须全部清点入库。

六

回顾南丹重大项目的建设历史，从来没有哪个项目像“千家瑶寨·万户瑶乡”易地扶贫搬迁旅游开发项目这样，受到县委、县政府的高度重视，从项目启动以来，几乎天天对项目进行决策跟踪，把问题解决在前沿阵地。7个多月的时间，共召开了31次专题会议，县委书记主持召开的会议就多达25次。县委书记和县长不但在帷幄中运筹，还亲临现场指挥，多次深入工地与指挥部成员和梦之瑶旅游开发公司以及广西兴华建筑公司负责人共同进行现场办公，解决施工中遇到的各种矛盾和问题，精准把握工程的进度情况。县人大常委会主任覃建军不但督促指导征地拆迁工作，而且经常走村串寨，把工作做到各家各户。工程项目常务副指挥长、县政协主席梁瀚文在里湖王尚片区工地上坐镇指挥，两三天就需要召开一次研判会和协调会，有时一天开好几次会，有些会议一开就是10多个小时，离开餐桌就立即进入会议室，放下筷子就立即拿起笔杆子。为了执行县委、县政府的决策不偏差、不走样、不缩水、不打折扣，作为常务副指挥长的他不仅把会议开到各个项目负责人层面，而且开到施工队，开到各班组。为了稳定施工队伍，加快工程进度，他亲自督促和协调南丹县国投公司及梦之瑶旅游开发公司做好农民工劳务费的及时拨付和按时发放工作。县四大班子领导莫晓明、龙照国、卢文华、黄幸乐、唐熠、蓝江、梁彩艳、林长智、林国强、李文丹、莫少波等人都分别承担着项目协调、工地维稳、资金安全等方面重要工作，为了一个共同的目标，大家都心往一处想、劲往一处使，同心同德唱响脱贫攻坚的主旋律。在大家的共同努力下，“千家瑶寨·万户瑶乡”易地扶贫搬迁旅游开发项目工程既出现了千军万马的动人场面，又呈现出稳定和谐的施工氛围。在你追我赶的施工进程中，车似穿梭、人流如潮的工地上，没有出现过一次重大安全生产事故，附近村民也没有因为征地拆迁和施工带来的生产生活不便而出现上访、闹访、缠访的情况。

广西丹泉集团实业有限责任公司、广西梦之瑶旅游开发公司董事长吴荣全非常理解县委和县政府的部署，每开一次会、每做一次决策都契合了党委和政府的工作思路，为了赶工期，确保县委、县政府实现许下的诺言，他主动承担经济风险，舍本让利，制定了一系列行之有效的激励机制，设立安全生产奖、施工进度奖、赶工加班加点奖等多个奖项，奖金以实际面积核付，按时完成施工任务的，每个建筑平方米增加45元；提前完成施工任务的，每个平方米增加55元。砌墙从每平方米130元增加到180元，墙面抹灰和外墙装修从每平方米16元增加到25元。

七

“有志者，事竟成，破釜沉舟，百二秦关终属楚；苦心人，天不负，卧薪尝胆，三千越甲可吞吴”，这是两千年凝聚于中华文化的英勇无畏、不屈不挠的精神，如今这精神不知不觉地体现在南丹人的身上，体现在“千家瑶寨·万户瑶乡”易地扶贫搬迁旅游开发项目的决策者和建设者的身上。197天建成558栋29.416万平方米的钢混安置楼房，这在常人看来是不可能的事，南丹人终于将它变成了可能。20世纪80年代曾到深圳打工的一些南丹人说，过去我们非常惊讶于深圳速度，如今更加惊讶于家乡速度，当年，深圳速度是因为有来自国家层面的支持，有特殊的政策，有雄厚的外资和先进的设备。而南丹的速度全靠自己的内在动力，靠“背水一战”和“不克楼兰誓不还”的精神和勇气。南丹的速度概括起来就是在极端的天气和恶劣的自然环境下成功实现了“3天一层楼10天一栋房”。南丹速度的形成，不仅是因为人们有效地应对了恶劣的天气，更重要的是把每个“参战者”的精力和体力发挥到了极致，从项目开工以来，每个片区实行三班倒，把197天变为351个工作日，在所有“参战者”的脑海里几乎没有白天黑夜的概念，每当夜幕降临，高悬在各个山头、各个片区工地上的100多盏工矿灯一齐打开，把漆黑的夜晚照得像白天一样明亮，工地上24小时都有人轮流施工，机械设备24小时不停运转，施工人员上下班实行无缝对接，项目竣工时，统计表上显示，三个片区工程量约55%是在夜间加班加点完成的。

里湖王尚片区的项目施工难度让人咋舌，指挥部为保护项目工地上原有的树木，规划时，对每棵树都进行勾图，所有的安置房全部在石缝中修建，施工人员从始至终都在成丛的乱石中挖基坑、筑梁柱，在石头上架楼面。指挥部规定，开挖进场道路时尽量避开原有树木——哪怕是一根小树，做到应保尽保。在开挖基坑时一律不准放炮，不准使用重型机械，只能用锄挖、用肩挑，332栋楼房的基础工程不知磨破了几多施工者的肩膀，磨出了几多施工者手中的血泡，淌下了几多施工者的汗水，人们无法想象，只有那一栋栋漂亮的安置房默默地见证着。

如今天地复苏，万物吐绿，里湖王尚片区的各个山头一栋栋精美的安置别墅重重叠叠、整整齐齐，掩隐在一派绿色之中。绿色环保的施工理念得到凸显，“绿色”已成为“千家瑶寨·万户瑶乡”的亮丽名片。在南丹历史上，不论从任何角度去书写，“千家瑶寨·万户瑶乡”易地扶贫搬迁旅游开发项目，必将留下浓墨重彩的一笔。

八

13 500个白裤瑶胞能够顺利搬迁安置，在壮、汉民族世代生息的土地上与壮、汉民族同居一地、相邻相亲，是党的民族团结政策落实的结果。千百年来，白裤瑶与壮、汉民族情感隔阂较深，过去一些白裤瑶总是借酒发泄，每当喝高后便疾言狂呼“先有瑶，后有朝”，意思是壮、汉民族居住和耕耘的土地是瑶族先人开垦的，白裤瑶妇女上衣背面那块四四方方的图案也寓意着这一沉重的历史。据说在很久以前，壮族土司为了霸占白裤瑶的土地，便与瑶王结朋合亲，求娶瑶王的女儿为媳，为谋取瑶王印，利用儿子陪媳妇给瑶王拜年的机会，唆使儿子在瑶王面前将孙子弄哭，瑶王找了许多东西来哄都不奏效，反而越哭越凶，瑶王便问土司的儿子，到底外孙想要什么？土司的儿子说：“他想要外公的大印玩。”瑶王出于对外孙的疼爱，便把大印递给外孙，土司的儿子见大印到手，又趁机恳求瑶王，希望把大印拿回家给儿子玩几天，憨厚的瑶王不知是计便随口应允。大印到手的土司便仔细模仿大印图形并用南瓜刻成一个相似的瑶王印，用原来装瑶王印的盒子装好，几天后仍然由儿子登门将瑶王印归还给瑶王，粗心的瑶王也不开盒验证。不久，当瑶王用印时，才发现印盒内的“大印”是一坨腐烂的南瓜。于是，获印的土司便把无印的白裤瑶赶进深山老林，从此，所有的白裤瑶一直生活在贫瘠的大石山区。新中国成立后，实行土改时，也有一些白裤瑶搬到有水有田的平缓地带，但只是极少的一部分。“千家瑶寨·万户瑶乡”易地扶贫搬迁旅游开发项目的成功实施，充分表明，民族之间的隔阂已彻底消除，一切矛盾已经成为远去的历史，否则，征地拆迁就不会那么顺利。被称为“南丹小平原”的八圩，人口稠密，人多地少，村民惜土如金，2009年兰海高速公路八圩段动工征地时，有的村民漫天要价，为了补偿问题公然上路阻工，还多次到南宁、北京上访。这次白裤瑶搬迁项目征地，没有一个壮、汉族群众出来干扰，征地补偿一切听从政府的安排，征地工作顺顺利利。白裤瑶搬迁入住时，许多壮、汉族群众还登门恭贺，相互拥席而坐，推杯换盏，历史的阴影化成一杯杯甘甜的美酒，吞到肚里、甜在嘴里、醉在心里。

九

2017年12月28日，是南丹县委、县政府为白裤瑶搬迁入住择定的“黄道吉日”，当天晴空万里，持续已久的蔽日浮云终于散去，连续一个多月的时间，不知疲倦的太阳天天高挂在瑶山顶上，把寒冬的瑶乡照得格外温暖、格外明亮。一个个帮扶工作队队员趁着这晴朗的天气，引领着自己的帮扶户，肩挑一担担的生活用品走进政府为之量身定制的安置房，搬迁入住工作持续了30多天。2018年2月6日，县扶贫指挥部在八圩瑶寨片区举行“千家瑶寨·万户瑶乡”易地扶贫搬迁集中安置庆典仪式，家家灯笼高挂，数十面铜鼓奏出铿锵之音，白裤瑶群众以独具特色的长席宴庆贺这幸福的一刻，市、县领导，帮扶干部与搬迁安置户一道频频举杯。常言道，酒醉吐真言。一些微醉后的白裤瑶同胞动情地说：“过去我们的祖先被赶进山去，今天是共产党把我们请出山来，没有共产党，就不会有我们白裤瑶人的今天。”宴会从始至终，感恩之声不绝于耳。当天，不知是太阳的照晒还是酒的作用，每个入住新居的白裤瑶胞脸庞格外通红，好像一朵朵粉红的玫瑰。夕阳衔山、华灯初上，大家还在说说笑笑，迟迟不肯离席。2017年以来，白裤瑶乡喜事连连，自治区旅游发展委员会和河池市人民政府于2018年4月18日，在刚刚建成的“千家瑶寨·万户瑶乡”易地扶贫搬迁旅游开发项目实施点——里湖王尚片区，隆重举行了2018年“壮族三月三 相约游广西”广西文化旅游节河池旅游嘉年华活动启动仪式，新华社、中国国际广播电台、广西电视台新闻频道等区内外多家媒体现场报道，广西电视台新闻频道、中央电视台新闻频道当晚播放了活动实况。快捷的电视信号，使国内外观众了解到在桂西北的偏远山区有支神秘古朴的白裤瑶，而且了解到这个极度贫困的族群，在脱贫攻坚的初始阶段，生存条件得到彻底改善，生活质量空前提高，居住面貌焕然一新。

房屋，是人们赖以生存的基本条件，居者有其屋，是普天之下人人为之奔忙的生存目标，千百年来白裤瑶民与这一目标距离甚远，他们居住的房子严格说来不能叫房子，只能叫棚，是用竹子、木头、茅草搭建而成的窝棚，根本不能满足一家人挡风遮雨的需求。早在唐肃宗上元二年（761年），贫困潦倒的杜甫就在为秋风所破的草堂里仰天疾呼“安得广厦千万间，大庇天下寒士俱欢颜，风雨不动安如山”。诗人当年的希冀与梦想，经过共产党人的不懈努力，终于在一千多年后的今天，变成了现实。

筑梦工匠

◎文/唐玉兰（唐女）

一

对于土地，对于时间，对于一个省份，60年，是什么？

一座树林在风雨中摇摆，在晨曦和夕照里来回行走，离天空更近了；一座山的颜色绚丽过也质朴过，枯枯荣荣，最后又回到了绿；江河盈亏，稻香鱼肥……大自然十分淡定，看起来慎终如初，而人间已是沧海桑田。

且不去看人心之内的东西如何变化，光看与人依存的村庄和城市，跟60年前比对，便形同换了个世界。

村庄都是新的了，新地方，新楼房，新村道，新厕所，新厨房，当然，里面住着的，也大都是些新人了。城市也一样，街道大，楼房大，地盘大，像一颗掉在生宣上的水墨，慢慢氤氲，慢慢扩张，慢慢变得饱满。村庄跟城市都变得洁净、美观、舒适，没有人愿意再回到那些低矮潮湿的瓦房里生活，大家拼着命赚钱，就是为了摆脱那老房子，住进楼房。好了，都摆脱了，舒适了，时间一久，又怀念起这些旧物来。

念旧，并不是想真的回到原来的日子里重新过，它是一种本能、一种情感，与社会的发展并不相悖，跟幸福的体验却息息相关。

皮肉细嫩的鲑鱼，凭借嗅觉的记忆，穿越浩瀚的江河湖海，回到出生地，产卵，并且死去。人在子宫里游弋，一旦降生在某座旧屋，在那里度过懵懂的童年，那里就成了他的故乡，也不管他将来住着多舒适的高楼大厦，只要他一回首，看到自己的故乡，自己的旧屋，便会潸然泪下。在相当长的时期，或者终其一生，都会做相似的梦，在那个褪了色的故乡奔跑玩耍，经历各种愉快的事、悲伤的事，不由人的意志控制。那里，有一种致命的温馨，诱人的安定，和生命的归属感。

我们不需要太费劲就能站在物换星移的故土，可是面对消失殆尽的旧屋，又能上哪儿去寻找心灵的慰藉？

有一个叫唐以金的老头，13岁学做瓦，今年73岁，干了整整60年的建筑活。在65岁那年，他毅然回到故乡，做起了“筑梦”工程。他要把我们丢失的故乡捡回来，把断裂的鸿沟填满，打通我们的情感通道和文化通道，让我们，和我们的后代，能够顺着时光的河流逆溯，回到源头，回到人类的故乡，像一条条鲑鱼，幸福产子，完成圆满的一生。

二

最早听闻这个事是在2010年8月，他们说有个古怪的大老板，在桂林市全州县枧塘镇与全州镇相交的白地头把别人不要的老房子买下，复建起来。当时就好奇了，谁都赶着去修建更高更漂亮的新楼，还会有人逆时针转动？他图什么？

8月3日，天气晴好，终于来到了这个叫白地头的荒郊野地。

这地方并不开阔，背靠龟山，前临灌阳河，河对面是邓家埠村的稻田，稻田之后是连绵起伏的都庞岭。龟山山脚，是一座在建的三层的民国碉楼，几间猪栏牛舍、古酒坊、古粮仓、民工宿舍，其余的便是一大片荒草地。地上堆放着很多建筑材料，一方方旧瓦，一墙墙青砖，一堆堆黑色横料（楞条），还有一些柱础、石狮等。荒地南边有一个建筑群，竖立着很多木框架，都是些被年岁包浆了的黑色木头。

一个身穿白背心、白休闲短裤，趿着一双湛蓝胶拖鞋的老头，从那片建筑群走出来，穿过建筑材料，来到我们跟前。看他这身装束，这身古铜色的皮肤，我在肚子里打稿子：农民？工人？帮唐老板守材料的？

我说，我们想找唐以金，唐老板。

他看着我说，我就是。

我吃了一惊，再仔细瞧他，发现他古铜色的脸上，布满深壑，眉毛凌乱，支出来很长，那双藏在睫毛里的眼睛很有神，左顾右盼之间，眼神如刀子一样锋利。光溜溜的脑袋也是古铜色的，后脑勺还剩着些零零碎碎的黑白相间的头发，胡须茬还有四成是黑色的，手臂上的肌肉一股一股，充满力量，抓着个巴掌大的诺基亚老人机。怎么不是大腹便便，西装革履，手持最新款的智能手机，油光满面的男人呢？好吧，这位腿上沾着泥巴的老头就是那位传说中的古怪老板了。

他说，我刚从房上下来。

你还亲自干活啊？我瞅他这么大把岁数了，有点不敢相信，他还站在那么高的架子上做事，况且，他是老板啊。

做，怎么不做？很多技术活只有我才能做得了。

我们坐在用水泥灌成的他的临时住房里，一起聊天。

唐老板，你为什么要建这些老房子？你的后代也不会来住吧？

走，一言两语说不清，我带你们去看看这座房子的构件，你们就知道了。

我们跟他去旁边的那几间瓦房，经过一组石碓，石臼被野菊花包围，舂米棒很粗壮。我踩到木棒上，人家纹丝不动，跳了几跳，才勉强在石碓里舂了两下，完全是体力活。

他看着我笑说，现在的人体力劳动干少了，劳动是很有力量的，所以才说劳动美嘛。

也是，面对这个石碓，却失去了劳动能力，我承认自己已经不具备体力劳动的力量美了。

他打开房门，里面堆满了老房子的构件，那些雀替、花板、花窗、隔扇门上布满了灰尘，木头颜色也是灰暗的，上面的木雕透过尘灰发出异样的光芒，一下就把我迷倒了。门口的阳光里，一只撅着屁股，伸直前腿，准备起跳的兔子，还歪过头来望着你咧嘴笑。他拿出另一只并在一起说，这是一对雀替。花板上的石榴花，拙朴可爱，花中的山雀探出个脑袋来呼朋引伴。有结满石榴的，山雀看看这个看看那个，在挑选果实。还有挂满皂荚的树，皂荚飘来荡去，十分悠闲，种子胀鼓鼓的，马上就要蹦出来，鸟儿耐心十足地候在枝上。

关键要看做工，他说，看看这扇隔扇门上的麒麟，雕刻圆润细腻，技艺炉火纯青。看这对蝙蝠，翅膀的动态多生动，线条多流畅，那么丑的动物经过他们的手艺，变得这么好看，寓意又好，蝙蝠就是“福”嘛。再看这对龙头，造型和动态都不相同，一个憨厚沉稳，一个灵巧活泼，仔细看，它们手工也不同，我猜是两个工匠在比技艺。

我凑上去端详，经过人间烟火的熏染、岁月的浸泡，这些木头，木头上的鸟虫神兽、本地花木，都泛着神的幽光，传达给我们的，就远非眼前的那点美观——你的目光可以透过它们，抵达祖先的灵魂，心灵的故乡，生出愉悦和自豪。

这些都是艺术品呀。我说。

是的。这几间房子里堆的全是这样的构件。

都是那座老房子里原有的构件?

是的。

这么零散，搞混了，怎么原封不动地装上去呢?

不会弄错，拆的时候，我是按文物部门的技术标准和要求，进行实物摄影后编码下架，用大卡车运了140车，历时近两个月，才将那座老房子整体拆迁并保管。

这座老房子这么好，它的主人为什么要卖?

我去迟一步，这座房子就没了。这座老房子是蒋仁禄开始建造的，我就叫它“蒋仁禄古宅”。它是全州县永岁乡沙子湾村委和好铺村的民居，以前此地是南来北往商贾贸易的集散地，很繁华的地段。2009年10月，我听帮我运沙的司机说，他们和好铺村因湘桂高速铁路扩建，全村都要搬迁。说有一座房子比较大，拆了可惜了。说者无心，听者有意，我马上坐他的车去了和好铺，我们赶到的时候，挖机已经拆掉了大门右边的一角。蒋仁禄古宅当初分给了几十户人家居住，房子都是隔断的，我走南闯北时，很留意古建筑，有古建筑修建经验，一眼就看清了它的全貌，十分震惊。眼看着这么好的古建筑即将被毁，我马上叫停挖机，想都没想，就花了20万将这座房子买了下来。那些住户见我出这么高的价买他们的房子，以为我是文物贩子，有些人不愿意了，藏起了一些重要构件，我心知肚明，也没办法。

你花20万买下来，还要按照它原来的样子复建起来，这个工程量是很大的，也很考验人，毕竟不是玩拼图游戏。修建老房子比建造新大楼技术含量高得多，投入的资金也要多很多。

是的，这点你讲对了。没有几千万，是完成不了的。没有本领过硬的古建筑团队，也完成不了。我们过去看看这座房子。

我心里嘀咕，动不动几千万，这老头怎么赚来的那么多钱?

这座房子太大了，应该算是建筑群吧?我看着矗立在荒草里的框架说。

对，这个古建筑群包括了蒋仁禄宅、和好铺学馆和蒋子麟宅三座建筑，蒋仁禄宅是核心建筑，坐西朝东偏南10°，现在这个坐向也是一点未变，丝毫不差。东西长46.50米，南北宽40.50米，建筑面积1883.25平方米。由正房和厢房组成，以正房为中轴线，厢房一座坐北朝南，一座坐南朝北，分布在正房两侧。正房和厢房之间有宽2.10米（为方便消防设施通过，现拉到了4米），长45.50米，青石板铺设的通道。正房是一门楼三进式院落，大门设前院，之间基本用排扇门隔断，只有第一进和第二进院落之间用蜈蚣形隔断墙，中开月亮门。第三进为上厅，每进天井两侧都设厢房。

蒋仁禄古宅建筑宏大，雕刻精美，是桂北地区传统建筑中的精品，在选址布局、建筑风格、文化情感上，深刻体现了中国建筑集实用、审美、情感三位一体的建筑美学观，是中国传统民居建筑的典范，是先辈留给后人的一笔丰厚的物质文化遗产，是古代文明与现代文明的传承点，也是一笔难得的精神财富。

我干了一辈子建筑，不能眼睁睁地看着这么精美的建筑毁在我们这代人的手上。当社会需要你挺身而出的时候，不做，愧对先辈，于我也是一种遗憾。我投进所有家当，就是想把这笔社会财富抢救下来，然后交还社会，达到文化共享的目的。这也是我的梦想，我积累了一辈子的财富和建筑技术，是时候实现它了。

他滔滔不绝讲这番话的时候，总爱仰着脑袋，眯缝着眼睛，像一个读私塾的小学生在背课文，就差摇头晃脑了，样子严肃认真，又有些滑稽。这些话一点都不口语，不随意，好像是在他肚子里炼了60年，只剩下些精华了。听他说完，一股热血直往上冒，眼睛也有些发潮。是啊，梦想可能人人有，几个人有能力去实现它？这是一个活生生的“筑梦”工程，梦想这么近，触手可及，真是激动人心。我也想了想自己的梦想，相距何其遥远，只能一天天努力，去试图接近。他积累了60年，我也要积累60年。

再看他古铜色的皮肤，里面好像储满了阳光。60年后，当我也仰起储满阳光的脸，会是个什么样子？

不过，是不是真像他说的那样哦？

后来我特意去问了全州文物管理所所长王辉：知不知道有这么一座有文物价值的建筑。他说，他们是知道的，也知道这座古宅在全州古建筑史上的价值，按照常理，应当由政府出资，将这座古建筑异地搬迁，但是政府拿不出这笔钱来，也就不了了之了。

如果不是碰上唐以金，还真是文物界的一大损失了。我暗自唏嘘。后来听他女儿东姣说，他的这个决定像个手榴弹撂进了家里，惊得全家人目瞪口呆。

她说，我们强烈反对，一是说他累了一辈子，该回家过个安定的晚年，还折腾，想把自己累死呀；一是说辛苦一辈子赚的养老金，全部拿来买旧房子，建旧房子，只赔不赚，是个烧钱的无底洞，到时候骑虎难下，莫害死后人。他横直要做这件事，我们横直不同意。他一气之下离家出走了，说谁也不要管他，他去做个野和尚，走到哪算哪。他离家出走没几天，老娘心就软了，把他找回来说，你爱做就做，我支持你。我们也都缴械投降，随他去了。

一个木工师傅正站在梯子上，将一块木塞敲进横料的耳洞，把一根横料拴在木柱上。

不用钉子的吗？我有些好奇。

唐老板说，不用，整座建筑不用一口钉子，全部是用木栓套在一起的。这个木工师傅叫袁鼎贵，60多岁了。现在的木工师傅已经相当稀少。懂得修建古建筑最年轻的一拨，到如今也有60多岁了。古建筑的构件不是千篇一律的，都是手工制作，经过精雕细琢的，出活相当缓慢，工效不高。在场的工匠，技艺也很不全面，所以我只能以身示范，边教边做，每一个细节都要监控检验才能合格。

这些技艺本身就是一笔非物质文化遗产。中国社会科学院傅宪国教授来参观之后说，他跑遍了全国，还没遇到一个当地的老头做过这么一件大事，外国学者嘲讽中国，说偌大的一个国家，竟然没有一个民间人士来保护自己的文化遗产。现在有了，你帮我们中国争了一口气。傅教授说，我捐三千元给你买一台摄像机，把施工全过程拍摄下来，作为资料保存。

三

2010年9月17日，蒋仁禄古宅上梁，上梁时辰定在凌晨五点半，我接到了邀请。凌晨四点半还有水车渔火节目。我得半夜三更到达白地头。同时接到邀请的还有很多摄影师，我跟他们联系，搭了个便车，晚上三点出发，总算顺利到达。

蒋仁禄古宅，九根大梁同时上。这样浩大的上梁仪式，据70多岁的木工师傅梁师傅说，他这一辈子也就见过一次，而这次却由他亲自主持，多少让他有些激动。其实，我也挺激动的，我们村的那座古宅结构跟这座古宅相似，也是九根梁同时上。听长辈说，当时鞭炮打到天亮。我是在那座古宅玩耍长大的，而今，那座古宅只剩断墙残垣，被野藤野树霸占，进不去了。亲历这样盛大的上梁仪式，也是我梦寐以求的。

这个仪式也是非物质文化遗产，是重要的建筑过程和文化风俗，不能简化省略。

一辈子连生日都不曾做过的唐以金，面对这个不能简化的建筑大事却犹疑不决了。为了非物质文化的传承，他必须把上梁这事办起来，但他又怕别人指着他的脊梁骨说，你看你看，我说过，他就是捡来这些破砖破瓦盖座破房子来向亲朋好友讨礼了。他是最怕亏欠别人的，最听不得这样的闲话，但是作为习俗，人家来喝上梁酒，必定要上礼，怎么办呢？他睡觉想，吃饭想，最后豁然开朗，他完全可以不收礼，只请大家来热闹热闹，高兴高兴。这事可以在上梁典礼上把话说清，想必不会再得罪乡亲。

古宅里灯火通明，人头攒动，贺礼他都一一退还，只有蒋仁禄古宅原来的居民捧来的几封大炮仗，他实在不好意思退给他们，就在当晚上梁的时候打了。

我爬上架子，站在山墙上，望着古宅里的人在灯光里穿梭，鲜红的对联把灰黑的木头衬得喜气洋洋，有人在灯泡下打牌。正房和厢房，九座房子下面都有一根大梁，一头支在木马上。人是不能从这些大梁上跨过的。

天微微亮，上梁时辰到，外面鞭炮震天响，九根大梁的上梁师傅开始包梁。摄影师们都围在上厅，拍梁师傅包主梁的每一个动作每一个程序：把一斛白米摆在主横梁左上方，在供桌上摆了水果、祭品，在香炉里燃了香拜了神；横梁地上一头也架上木马，丈量中心位置，摆放铜钱、上梁书、两支毛笔、一根墨条，还有五谷等，用红绸包梁；拿尖利的新毛笔尖点晕开公鸡冠血，梁上铺满鸡毛，淋血迹；梁两头用几条背孩子用的背带捆扎；每进行一个动作都要先吟一首上梁诗。

梁师傅一声喊，屋顶上的四个木工师傅开始拉背带，右边的拉得快，整根梁斜了，梁师傅又高声指挥，昂着脑袋，神情紧张地盯着这条大梁。唐以金也紧紧盯着梁的两头。大家都昂着脑袋屏住呼吸紧盯着。

右边的先拉上去，左边的也用梯子撑着慢慢拉了上去，大梁终于摆正。梁师傅表情松弛下来，唐以金也露出了笑脸。梁师傅双手打拱，对唐以金说，恭喜恭喜；唐以金也合抱双拳笑容可掬地回礼，同喜同喜。

然后就是抛上梁粑粑。半箩筐的印盒粑粑、粽粑、糯米粑粑、糖果、饼干、花生（以前还有硬币的）等，从房梁上抛下来，下面的男女老少举手接，落到地上，大家弯腰去抢，还有粑粑砸到人头的。我小时候去抢的时候，就遭一个糯米粑粑砸在头上，眼冒金光，粑粑也被人抢了。大家抢得笑声四起，快乐极了。这个场景，唤醒了我温暖的童年记忆，险些将我融化；也必将留在那些抢上梁粑粑的孩子心里，温暖他们的童年。

抛完上梁粑粑，屋顶上只留下两只鸡，一公一母，在大梁上踱来踱去，悠闲自在，公鸡抻着脖子打个鸣，太阳就蹦出来了。接着是上梁典礼，唐以金把这次活动的目的进行说明，对贺礼的回绝做了解释。

他杀了那头健壮的黄牛，一头养了一年的猪，还有那些黏人的鸡、鸭、鹅。

这些都是他老伴黄让英的爱物，她都舍不得杀的。早餐，我们吃的就是它们。

上梁活动结束后，唐以金意外发现，当初那些被和好铺村民藏起来的重要构件，完好地摆在了他的工地。那些原居民都来参加了上梁仪式，看到自己的老屋还在，且比他们住着的时候更完整更漂亮，他们心情复杂。有个老人上来握住唐以金的手不放，老泪纵横地说着“谢谢”。

原广西区文化厅副厅长、文物局局长覃溥参观之后说：“老同志，谢谢你，你帮我们做了一件实事。”她不断重复这句话。

四

2012年10月2日，天气晴好，我选择这个假日去白地头，是想拍几张唐以金的工作照，配个文章给《桂林日报》。

早晨八点半，我到了白地头。最先迎接我的，还是那群狗，已经长大的狗，它们见到我就使劲摇尾巴。

蒋仁禄古宅已经盖了瓦，铺好了地砖，唐以金正站在照墙的架子上塑马头墙，穿着一件有吉祥图的便服，里面穿件白T恤，一条黑色休闲裤，白袜子套双黑布鞋，一身工匠打扮。阳光刚好出来，温柔地打在他身上，他那身古铜色的皮肤，与阳光混为一色。他见我来了，准备下来。我说，不用下来，我想上去拍几张你工作的照片。他说好，让袁师傅扛把梯子架在我指定的位置——我已经看好，想要拍他，只能站在他对面山墙的架子上。

我什么也没想，脖子上挂着沉重的相机爬上竹片架子，爬上去想站起来，糟了，旁边除了一面光秃秃的墙，什么也没有。我的手摸不到任何可以借力的东西，梯子也被搬走了，离着地面五六米，架子那么逼仄，不能腾挪，仿佛我稍一动弹，就会摔下去，顿时一阵恐慌，胃里翻腾，想吐，头脑犯晕，眼冒星光，吓得我大喊起来——我怕。一看下面，整个人都打旋，像片风中的叶子，竟然吓哭了。此生只吓哭过两次，一次是抱起一把花生藤，一条黑色大蛇朝我冲来；一次差点被河里的漩涡带走。

唐以金在对面轻描淡写地说，没事的，你站起来嘛，很安全的。

还安全？鬼才信。我说，不行，我要下去。那台单反相机吊在脖子上像个大铁锤，感觉很不好。

袁师傅搬着梯子停下来回头望着我，说，下来吗？

我都不敢再看下面，也不敢再说话。整个人在急速旋转，头晕，反胃，浑身冒冷汗。只要睁开眼，恐怕就会一头栽下去。

唐以金说，不用下去，平静下来就好了，有什么怕的，我都在架子上跑的。

没办法了，我把心一横，豁出去了。我跟自己说，平静，平静，过了一会儿，我试着靠着墙壁站起来，扭头看着他，他沐浴在晨光里，笑着塑马头墙，我觉得很美，然后托起了那个沉沉的相机。注意力转移到他身上之后，竟然忘了自己站在那么高的架子上，忘了怕。不停抓拍，还走到更前面，斜着身体变换角度去拍，终于拍到想要的片子，才下来。然后抬头看了看那高高的架子，头皮一阵发麻。

不过，我算是彻底懂了他的工作性质。

我说，木雕、石雕工艺品还算保留完整，组装上去就好了，但是泥塑在拆房的时候已经全部破坏，要按原貌修复，是这个工程最大的难点吧？

他说，拆房之前，那些泥塑我都拍了照片，但要恢复原貌，确实很难，因为懂得山墙马头墙修筑技艺的只有两位工匠，他们也做不好，如果达不到原貌的80%，就得重新做，不然做了没意义。现在由我一个人做，做好一个马头墙要花5天的工。光蒋仁禄古宅建筑群就有120多个马头墙，光做完这个就得花600工，还不包括门楼、中墙等其他泥塑。

这个工程如此庞大，我看你就拿他的原材料复建，都已经花了两年多的时间，大约还要多久才能完工？

我们20多个工匠，花了800天，只完成了主体结构。这还只是组装，免了制作流程，制作的工程量是组装的三倍。这座古宅要全部完工，估计还要两年。

也快了，今年你68岁，等到70岁，就可以享福啦。

还早呢，我带你去看看我的规划图。

规划图摆在那座民国碉楼的二楼。这还是一期工程，还有二期工程、三期工程。除了这个古民居建筑群、民国碉楼、粮仓、酒坊、磨坊、猪栏牛栏鸡舍鸭舍，还有文物展示厅、古戏台、农家四合院，临河还有吊脚楼、古街铺面……

他说，我有个小目标，就是想把那些慢慢消失的物质文化遗产集中起来，以这个古民居建筑群为中心，建立一个全州县桂北传统建筑文化博物馆，把先人的生活场景重现，作为教育后辈的文化基地。在适当的时候，我会把博物馆无偿捐献给国家。

再去看看蒋仁禄古宅。蒋仁禄古宅始建于清嘉庆三年（1798年），正值当地建筑修建的鼎盛时期。当时全州人口从清初的1.7万上升到了17万，大量的湖南人、江西人涌入全州，社会空前繁荣，具备了文化和经济实力，加上当时政府的大建设基本完成，能工巧匠处于闲置状态，英雄无用武之地，便大量地向民间转移，把他们的技艺发挥得淋漓尽致。那些雀替上的木雕，连皇宫也没有——皇宫讲究大气，雀替都是平雕，没有蒋仁禄古宅里这样的透雕、镂空雕，这些工艺以前一般都用在桌椅等器具上。

这些精美的雀替复归原位后，已经高高在上，我这个近视眼要想看清它们，就不那么容易了。不过，它们也只有回到月梁上，靠近瓦当、滴水，承接天井里的辉光，才能显出活力和灵性。

唐以金带着我穿过一个又一个天井，天井都铺着青石板，摆放一个大水缸。

他说，这座古宅的规划合理，布局协调，墙体稳定。墙壁下层是青石料，上层是青砖上顶（一般民居都是青砖挂角），经久耐用。木结构构件用料厚重，具有较强负荷能力，一般的风霜雨雪都不在话下。它的正房是三进式加门楼，总建筑群由56个柱子支撑。木雕、石雕都是当时工匠大师留下的精品。这些作品整体协调，立体感较强。宅子的每个部位都由不同的构件组成，和好铺学馆里左长房的窗花，仅花心，就有向日葵、梅花、桃花、芙蓉等各种形状，花瓣里那些精细的图案，非常精微，技艺精湛，寓意丰富。再看左厢房和屏门的木雕，阴面阳面区分明显，立体感强。再看右厢房的木雕图案，有跨马坐轿的，还有人打伞，那时已经有了舞童；还有老鼠，象征着强盛的繁殖力。有浮雕，有镂空雕。没有一个重复的图案，仅整理这些构件的艺术价值和文化内涵，就是一个浩大的工程。

后来，古建筑技艺走向了滑坡。右边那座正房子，是清道光年间武进士的后人蒋子麟修建的。廊前柱础的石雕做工很粗浅，月梁梁枋的木雕线条虽然流畅，但非常单一，泥塑工艺也大步萎缩。尽管后来的房子宽大，但手艺已不再经典了，已经处于后继无人的局面。

古建筑比现代建筑复杂多了，换个人，拆下就还原不起了。你还真有本事。我说。

当时我一边叫人拆，一边自己绘图，在文物部门的指导下，只花了两天时间，便把整座古建筑群安全下架。建筑博士韦臻来参观后感慨地说，要是我来绘制这座古宅的图纸，最快要花上两个月的时间。

唐以金凭着一条中轴线，完全靠记忆，就能如此完美地修复古宅，真是让人吃惊。古代建筑师靠的都是口传心授，没有宏伟的理论，却能把庞大繁杂的结构修建得如此精密，这就是古代建筑的魅力。

我再带你去看看“孔明水车”。

我看过啊，这是我们全州唯一的古代留下来的水车。

古代留下来的水车早没有了。二十世纪六十年代，水车所有的木头构件都已经被村民拆回去当柴烧了，就连拦河坝上的石料子也搬回去修了房子。只有垒在河土里拿不走的那部分构件还幸存着。

那这架水车是怎么回事？

七十年代，得了国家的扶持项目，在白地头建了个水泵。八十年代的时候，盗贼兴起，水泵的马达被偷，后来变压器又被偷。况且这片土地又是邓家埠、白地头、六十丈三个村子的插花地，没人管理，电费收缴经常产生矛盾，大家就没心思再种这片田了。只剩下白地头的几户人家买来抽水机，勉强维持着几亩田。十多年后，这120亩水田就慢慢变成了看牛坪。2006年，我回村看到这片荒田，觉得可惜，就想修复那架“孔明水车”。

你修复的啊？

嗯。水车和堤坝都要重新设计施工，起码要几十万才能扫尾。老百姓不信，水利部门也不信。

我掏出五千元让村里的人去买做水车的材料，然后埋头搜集古水车的工作原理等资料，结合对这架水车的记忆，把图纸绘制出来了。制图很关键，如果有一点问题，修复的水车就不能使用，投入的资金就会泡汤。当时在村里组了个工程队，会开了一个又一个，他们一下被鼓动起来，一下又泄了气，他们跟着我去现场看过，一切都说好了的，等到施工的那天，人却跑了，说是外面有了工程做。说白了，就是对我不信任，怕不成功，拿不到工钱。这还是为他们做事呢！我只好请来小舅子，他带领一帮亲朋好友来帮我干活。

我请了几个工人帮忙，先把水车给造了出来。样子摆在那儿，村里人不得不服。

可是那堤坝在流动的河水里，混凝土一倒下去，不就被河水冲走了？如何作业呢？我想了个办法，把那些模板做成一个个大护桶，外面布满尼龙纸，把它罩在河水里，护桶里的水不流动了，变成了静水，这时候，再把混合好的干混凝土倒进去，很快就结构好了。我把这个叫静水作业。唐以金说。

这个他也懂。村民背地里议论，有些相信我了，干事也有劲了。

我采用先易后难的方式，从浅水位置，河坝两头做起，河水深急的地段后做。三米一段，逐一做下去。当时我在村里没房，我回来就住在全州县城，中午回县城吃饭很耽误工，就干脆不回了。田里种了萝卜，拔几个萝卜充饥，就顶过去了。那些做事的工人见我老在工地上，也不得不勤快一点，跟着我干。工作效率提高了，工程开展速度相当快，不到两个月，堤坝也搞好了。上面的领导来了，他们看到眼前的景象，非常吃惊。在回去的路上，水电局的一个副局长问我，你是采用什么办法这么快就把堤坝筑好的？我只回答了一句，“静水作业”。那位局长一听，向我举了举大拇指说，了不起。我心里说，我这一辈子做了很多艰难的事，但没有一件能阻拦到我，只要动脑筋、想办法，所有困难都能克服。

大家看这个工程搞得差不多了，都来支持，募捐也容易了许多。总共募捐到十一万五千元，基本达到收支平衡。整个工程只花了三个月时间，这么高的工作效率，为工程节省了两成成本。就在最后校正水车的时候，我踩到的横木突然断了，我的左手用力过猛，嘣的一声拉断了。当时痛得冒冷汗，打了电话，叫黄让英从八里街赶回来，陪我去县医院。县医院的医生看了看我的手臂，再碰了碰，见我痛得冷汗直滴，摇了摇头说，这个需要牵引，我们没有这个技术，还是转院吧。后来转到了桂林地区医院，医生看了看，再摸了摸，猛地拉了一下手臂，嘣的一声，好像又回到了原位，疼痛感才减轻。在医院一住就是三个月。后来自己寻中草药吃，才慢慢好起来。不过，现在每逢变天，都要痛上一阵。回来看着那架水车日夜不停地运转，河水倒入水槽，流进水田，120亩水田被救活，禾苗又长起来，我就高兴了。

这架部分构件有七百多年历史的古水车，是我国现存的直径最大、水量程最高，至今还没退役的古水车。

以前，河这边，我只有一块水田，后来为了修复蒋仁禄古宅，把自己河那边的熟田换给了别人，所以，我家的全部水田都到了白地头。

唐老板，我真是服了你，什么事都能做成（这是心里话，我最佩服的就是具有实干精神的人）。

反正，在传承历史文化这一条线上，我能做的，就是把它们保留下来，以后怎么发扬光大，就是后人的事了。他说完之后，转身往回走。

我站在“孔明水车”旁边的堤岸上，看河水被一勺勺舀进水槽，流进水田，禾苗吱吱地饮水，欢快地摇摆。再看那个走在禾苗当中，有点古怪的背影，心里竟然充满了感激。

五

2012年10月25日，旅游部门的领导来调研。唐以金邀请我来，说陪我们走走灌阳河。

从白地头下船，漂在蓝莹莹的河面上（很奇怪，河水是绿的），吹着含有水草香味的清风，观赏两岸原生态的自然风光，真是赏心悦目。这条宽阔美丽的灌阳河，是古时接通全州县和灌阳县的水路主航道。邓家埠村，是船只赶了一趟路（5公里）之后的歇脚地。河岸有13个古码头，第一个码头前蹲着两个鬼崽头（石雕），是测水位的，水淹了鬼崽头，便歇船不开。我们经过这些沐浴在晨光里的古码头，已有妇女蹲在码头上洗衣服，她们的背影很好看，她们身后的青石台阶很好看，台阶旁高大的银杏树金黄金黄的，也好看；还有很多垂向河面的青竹，倒映水中的苦楝树、枫杨等原始植被，都好看。邓家埠村有1200人，以前靠开商铺、火铺生活，水路废弃后，又回归到了农耕时代，一部分人外出打工，一部分人靠打鱼过活。

顺水往下，右边过了邓家埠村，就是一片水田；左边是石山，岸边全是形状奇特的石头，有的像乌龟，伸长脖子看着我们；有的像大象，鼻子深入水中掏什么宝贝，那个深不可测的水臼，是它的眼睛；还有的像鳄鱼，把阔嘴伸出水面，眼睛滴溜溜转，在寻找猎物还是警惕我们这些不速之客？

这边的山上曾经建了九个烽火台，有战事就点狼烟。还有与日本人作战时挖的战壕。唐以金指着左边的山说。

溯水而上，经过还在使用的码头，渡口停着一艘渡船，偶有村民上船渡河。在江面上仰望“孔明水车”，更觉其高大、古朴，还能通过它想象当时这河岸上的百辆水车，咯吱咯吱的，多动听，多好看。

水车上游有一个大栖丘、几个小栖丘，上面的柳树、枫杨都长得丰茂。邓家埠自然村地处低洼，之前洪水淹到过屋檐，大栖丘是这个村的自然防洪堤，村民知道它的重要，所以就是把水车拆回去烧了，都从未动过栖丘上面的树木。

远处的都庞岭、近处的龟山，倒映在江面，影影绰绰，迷迷茫茫。偶尔从河湾里撑出一只小船，再回头看见西岸，靠山临水坐落着那么一个“老村”，阡陌交通，鸡犬相闻，让人恍然进入桃花源，感受到了与世隔绝的恬静。这份恬静很治愈人，很养人，让人似乎回到了拙朴天真的初始世界。

唐以金说，这里距离县城只有5公里，可以开辟一条水上旅游通道。这一条河，周围的山，这一片田园，就是古建筑展示园的环境依托，是自然生态与文化生态同生共存的一个共同体。

我扭过头来看这个眯着眼睛自顾自说话的老头，怎么能说出这么有水平的话来呢？真不像个农民，或者，土豪。

2013年5月26日，接到文物管理所廖文丽的电话，她说：我们一起去看看唐以金吧。

我说，他怎么了？

他从架子上摔下来受了重伤。

啊？

我想起那么高的架子，摔下来可不是闹着玩的。他不是在架子上如履平地，能够跑动的吗？是不是年龄大了？我有些惶恐。

那日下着毛毛细雨，我们来到白地头。前来迎接我们的，还是那群狗，这些长大了的狗还跟狗宝宝一样甩尾巴，嗅我们的腿。我瞟了一眼，感觉有些不对，再点了点数，一只黑狗，一只黑灰相杂有白眉的狗，数量少了很多，而且，那只领头的大黄狗呢？

我们走到蒋仁禄古宅，发现唐以金仍旧蹲在高高的架子上塑马头墙。白纱衣套件蓝色短袖衬衣，用一支毛笔仔细地描画，神情专注，非常沉迷。漫天的细雨围着他飘扬。咦，不是受了重伤的吗？

我们去他那里，向来不带东西，这次提了点水果。

廖文丽也经常来指导他们的修复工作，都是很熟悉的人。

他见了我们，只淡淡说了句：来啦。

黄让英把我们让进新住房：和好铺学馆。煮姜茶给我们喝。

过了一会儿，他进来坐在长板凳上，愁眉苦脸，眉头紧锁，背更加古怪了。

那群狗见我们坐下，也趴在地上休息。为了缓解气氛，我笑着说，这些狗真好，每次都去迎接我们。

唐以金把目光投向它们，目光里有很多疼惜，说，它们不是一般的狗，是大功臣呢。

大功臣？

夜晚全靠它们帮我守材料，是我的左膀右臂。你去看看躺在门槛边的黄狗。

怎么了？

被人砍了。

我惊愕得下巴都要掉下来，过去看，大黄狗的左后腿一块肉被砍开了，能看见里面的白骨。它躺在地上喘气，痛苦地扭头看了看我。我一下沉默了，跟唐以金一样，再也高兴不起来。

他说，前段时间，被药死了六只狗，三只死在家里，三只被他们提走了。

说完，他不再说话，蹙紧眉头，侧耳倾听外面巨大的响声。

这是什么声音？我站起来，循着声响望去，灌阳河上游，大栖丘上有好几艘挖沙船，正在疯狂淘沙，河面上已经东一堆西一堆，堆着很高的沙石。

我说，这个栖丘不是保护邓家埠村的吗？村民怎么同意他们挖沙？

唐以金说，没谁同意，他们强行挖的。开始有一艘在“孔明水车”大坝上挖，河道被挖空，整个堰坝就会溃败，“孔明水车”就保不住。我们向上级领导反映了情况，大坝上这艘被叫停。挖沙老板怀恨在心，多次对邓家埠村民进行报复，六个人两次来恐吓我：如果我们挖不成沙，你也休想修得成房子。工人师傅都停下工作过来，他们才不敢动手，后来对狗下了手。

他们这是杀狗给我们老头子看。黄让英说，老头子有个病，遇到想不通的事就头痛。这段时间，挖沙船日也挖夜也挖，老头子听到这些声音，整夜唉声叹气。狗没了，又要起来看材料，更不敢睡。饭也不吃，还上架子做事，不跌下来才怪。

工人把他抬回房间，他有十多分钟都不省人事，醒来额上就滚着黄豆大的汗。后来检查出来是腰部韧带受伤，要慢慢调养。从医院回来后他闲不住，可是，腰杆直不起来，腰一路弯下去，又疼，也走不了路。他就叫东姣去医院帮他买来一条护腰带，扎在腰上助力，勉强能直起来走路，他闲不住，又上架子做事了。

女婿唐键端来一碗姜茶递给他说，用姜茶泡点饭吃吧。

他接过姜茶，放在旁边的四方凳上说，不吃，没胃口。说完深深吸了一口烟，很少见他吸烟的，淡淡的烟雾在他脸上稍作逗留，随风而去。他好像刚从噩梦里醒来，喃喃地说，没办法，年纪大了，记忆力和精力大不如前。我在抢时间，让难做的事在我手上做完，容易做的，留给下一个管理者去做了。

六

他到底是个怎样的人？是什么样的底子支撑着他，能如此执着，如此沉迷于他的建筑事业？而且，他还要把这一切无偿交给国家，他当真舍得？这么大一份家产，用一辈子的辛劳换来的，换了你，舍得吗？换了我，舍得吗？当然，像周润发，他舍得，将价值56亿港币的资产全部捐出去，成立一个慈善基金；13岁开始编写电脑程序的微软创始人比尔·盖茨，将580亿美元捐给慈善基金会，“希望把它回馈社会，确保它产生最积极效应”，他舍得；社交平台创始人扎克伯格在2015年就捐出了自己所持有的大部分股份用于慈善事业，他也舍得。很多这样的先例，这跟他们的人生价值观、境界格局和对生命终极意义的理解相关。他，一个土生土长的中国工匠，生活在“为后人积累财产”的人文环境当中，真有这样的境界吗？我很想挖一下他的“老底”。

好奇心浮起来了，跟水里的皮球一样，按都按不住。

他说，我啊，就是一工一商一农民。等哪天落雨你再来，我有空了，慢慢讲给你听。

后来一连几个周日，只要下雨，我就去白地头。

第一个雨天，到白地头雨就停了。唐以金九十八岁高龄的母亲坐在之前的住房门口，嗨嗤嗨嗤地用拐杖赶一堆鸡。

这些鸡真漂亮，白毛红冠黑尾巴的骚公鸡，昂首挺胸的，守护这边的黑母鸡，又随着拐杖赶过去护着那边的麻花母鸡，一大群母鸡需要它保护，忙得不亦乐乎。门口闲着的那对石狮子湿漉漉的，闪着幽暗的光。

老人家说唐以金在那边干活。我去找他，剩下的那几只狗又来了，它们甩着尾巴跟着我，那只大黄狗伏在和好铺门槛上，远远地看着我。一头黄牛站在收割后的水田旁，扭过头来看我。我看着它水田里的倒影发了会儿呆。

唐以金说，他母亲今天刚好来了，可以让她讲讲他小时候的事。

老人家的背有些驼，不过精神很好，目力听力也都好。特别是她的记忆力，听她说了一段之后，我惊叹，都快一百年前的事情了，她记得那么清楚，是怎么做到的？

她说，唐以金啊，造了很多孽，我怀唐以金三个多月的时候，正好碰上“走日本”。1944年9月，日本人进村，我们进东山躲日本。靠帮地主做工活命，怀着他做不了重活，没有盐吃，又吃不下东西。家公留守家里，被日本人打死丢在田里，我心里又难过。1945年3月，日本人退到了邓家埠两里外的邻村，我们才回到村里。后来他们退到了县城，我们就出来搞生产。

田地抛荒，家里什么吃的也没有，我们挖了梧桐树根，剥了梧桐树内皮，舂成粑粑煮了吃。满山满岭找野果子野菜，苦蒿、白头公、禾噶菜这些平时喂猪的成了我们的救命粮。当时我怀唐以金九个月，很想吃点盐，就回娘家——县城河对岸的水南村去打捞。回到家里，还没找到盐，日本人来了，我怕得要死，赶紧跑进牛栏，找了个箩筐把自己的头罩住，肚子大，罩不住，像只鸭婆蹲在那里发抖。有个大个子过来掀开箩筐，将我抓住，我想，完了。母亲从外面跑了进来，拿着“良民证”给他看，他把我放下来，接过本子看的时候，我从他的腋下冲了出去，逢山过山，逢水过水，有多远跑多远，跑得头昏眼花，天旋地转。

受了这惊吓，回来的当天夜晚，就生下了唐以金。经过一段时间的逃难，我已经饿得皮包骨，哪里还有一滴奶水。当时稻子遭虫，很不满仓，谷子也还没转黄。什么吃的都没有，我看着皱巴巴的孩子发呆，担心他挺不过来。

后来，我叫他父亲去捋一把禾线的风头谷子。

这怎么能吃？米都舂不出来。他说。

我说，我有办法，叫你去你就去。

孩子一直不哭，也不睁眼，很揪我的心。他捋了一碗青谷子回来递给我。我架了锅，将青谷子倒进锅里炒，炒干之后，用米筒慢慢滚碾，壳开了，绿色的米粒子碎了，然后把它捣成粉，熬成粥水，一点点地喂进他的嘴里。这孩子，他竟然熬过了“鬼打七”（头七天），活了。

1944年8月17日，国民军收复全州。

日本人走了，日子也没好过，接着还是打仗。

这孩子瘦得跟根豆角一样，风吹两边摇，总是生病，好几次，差点救不活他。到了6岁还不讲话。为了好带，想给他取个贱命。取什么名呢？我思来想去，最贱最苦的就是小媳妇。我给他取了个“小媳妇”的小名。

雨又下了起来。

一口气说了这么多，她累了，看着那些鸡，不再说话。

大难不死必有后福。我也盯着那些在木料下躲雨的鸡，找不到别的话来接茬。

第二次，下雨的周日来，听唐以金自己说。

他说，我的第一个梦想就是住大瓦房。

我的爷爷是老实巴交的农民，我父亲也是。我们祖祖辈辈住着茅屋。茅屋是用虾公草盖的，屋顶很陡，四面倒水。只要把茅灰浇到屋顶上，生出青苔，把水引下来，就可以保持百年以上。茅屋致命的弱点就是怕火。

我6岁那年，有人半夜三更点了一把火，茅屋烧了起来。母亲正跟邻居奶奶纺棉花。她纺着纺着，发现外面天空有了红光，心想这么快就出太阳了吗？后来感觉不对，那光是她家那边映出来的，她跑到屋外去看，妈呀，她大喊一声，嘴巴就哆嗦得说不出话来。邻居奶奶出来见了，大喊“救火”。她才反应过来边跑边喊“救火”。全村的人都惊醒了，他们提了水桶摸黑去灌阳河打水，谁家水缸里有水，都先打去浇火。三间茅屋，烧的是中间那间。火势在风里一路往上蹿，噼里啪啦乱响。等村民打来河水，茅屋已经烧了一半。火势终于得到控制。当最后一点火苗被浇灭，母亲才突然想起，我还在屋里睡觉。她把我扛了出来，哆哆嗦嗦地说，我把自己的儿子忘记了。把我放下来，她双腿发软，一屁股坐在地上，风吹过她的裤裆，凉凉的，一摸，尿湿了。邻居奶奶也在她身边坐了下来，说，吓得我裤子都尿湿了。我揉揉惺忪的眼，望着被烧掉的茅屋，再望望星光下的大瓦房，突然开口说话：别人有大瓦房住，为什么我们没有？母亲听了，一把搂住我，伏在我的小肩膀上放声大哭。

1952年，我7岁，要读书了。别人背着斜背的书包，我用方巾包书；别人用砚台磨墨，我捡来一个破碗，用碗屁股研磨。全班二十多个学生，我虽然瘦弱，成绩总在前五名之内。一年级下学期，接近暑假，天气热，我穿着一条小短裤，坐在桌前认真写作业。同桌起了顽皮心，背着讲台上的老师挤我。挤了又挤，我让了又让，最后本子掉在地上。我捡起来想挤过去一点，但挤不动他。这样没办法写字了，我一时火起，顺手摸了那磨墨的碗屁股朝他腿上扬过去，碗边的尖角擦到了他的膝盖，刮破了皮，出血了。他一见血，就哇地哭开了。老师很生气地过来问情况。同桌说是唐以金用碗屁股把他打出血了。老师一看，果然有血，这还了得，说，这是流血事件，唐以金你怎么能打同学呢？看你这么瘦弱，还这么硬邦！老师把双方家长叫来一起处理。同桌家长心疼得又哭又闹，横竖要我家陪一元钱的医药费。我母亲好说歹说，差点给对方跪下了。对方得理不饶人，经过老师协调，母亲最后含泪赔偿了他们八毛钱。这是两个工日的钱啦。

晚上，我没吃晚饭，父亲把我叫到房里罚站，他说，你以后不能打别人，家里没有钱赔。自那以后，别人再怎么欺负我，我也不动手。我没有当浪仔的资本，只有认真读书，老实做人。

也就是高小的时候，开始搞“大跃进”。在学校也是大搞生产，开荒种地，念书的时间越来越少。吃饭不要钱，“粮食归大队，按时拨食堂”。母亲突然跑到学校去，跟我说，你别读书了，你父亲在灌江上修水利，病重，快不行了，你得马上去把他换下来。

那时候，妇女在家里搞生产，男人都上都庞岭修水渠。

我们邓家埠村就在都庞岭山脚，村里住满了民工。实行的是军事化管理，军号和广播响彻日夜。参与修水利工程的人，要修好才能回家过年。一般要干到深夜才能回去休息四个小时。纪律是铁的，谁也不许请假，包括生了重病的我的父亲。他的脸跟一张黄纸一样，浑身疼痛发热，还咳出一口口鲜血，浑身发抖，站都站不起来了。母亲得知这个消息，就跑到学校去叫我去替下他。我当时12岁半，是年龄最小的民工。挑不动土石，只能在渠道上帮他们挂土。大家喊着劳动号子，一刻不休息，日干夜也干，我累得不行了，挂完一畚箕土石，趁着空当，架了锄头扁担，靠在上面，望了一眼满天的星星，就睡着了。梦里，我一失脚掉进了黑洞洞的悬崖，猛地坐起来，一摸脸，发现头发眉毛都起了“狗牙齿”。灰蒙蒙的早晨，到处是冰冷的霜冻。身边的干茅草上也有灰白的一层，摸着手掌上的血泡，觉得这霜也锋利伤人。

故事讲到了这一段落，半个世纪之后，这个70岁的娃娃兵站在我的身边，指着都庞岭上那条灌江渠说，“灌江灌江，又弯又长。头在白水，尾在湖南”，从全州县两河乡的白水村开始，人们在都庞岭的腰上凿出一条渠道，把灌阳河的水引到了靠近湖南的庙头乡，后流进湖南。都庞岭上，两个乡镇的人挑着土上悬崖垒渠道，仅劳工就有十多万个。在渠道没修之前，灌阳河岸拥有上百辆水车，灌溉着两岸的水田。修好之后，水车全部拆毁，只留下白地头那辆“孔明水车”。修水利的时候，隔不久就传来死人的消息，弄得人们心惊肉跳。他要在这里建一个纪念馆，已经收集了石磙机等劳动工具，再为那些死者竖立一块纪念碑，纪念那段历史，和为此献身的死难者。

我愣愣地看着都庞岭，灌江渠看不见，只见一条巨大的瀑布挂在半山腰，像挂着一条顽皮的大舌头，山腰沉着白云，这些天上的轻灵物，紧紧挨着这座山，就像靠在恋人的胸膛，白云之下，大概就是那条破天荒的人工水渠。

他说，它让那些高旱地忽然就变成了水浇田。我考上初中，还在大搞生产，早上基本是开荒种地，种了菜带回村去补给。到下午有点时间才上课，一学期的课程，到结束的时候，还剩下一大半没教。

父亲的病一直不见好，干不了粗活重活，虽然是吃集体食堂的饭，但因家里劳力少，所欠的口粮钱越来越多，母亲出了工，还要养鸡养鸭养猪，卖了还口粮钱，也抵不住了。母亲跟我讲，反正在学校也学不到什么知识，不如回家来打个替脚吧。我觉得母亲的话有道理，背着书包回家了。回家后，负责给大食堂打柴。不到两个月，大食堂取消了，开始记工分，我便跟着大人出工，一天只挣四个工分。

土地改革之后，我家分到了两间地主的小屋。虽然破烂不堪，总算是住进了大瓦房。

母亲整天叨唠，家庭条件不好，因为“走日本”，你这年龄段的女孩，不是被抛进了灌阳河，就是遗弃在路边饿死了，你怕是娶不上媳妇了。

晚上，我躺在床上想，此路不通那路通，要改善家庭收入，挑起这个门户，还有一条路，就是学手艺。我经常听大人们聊天，说谁家孩子有了一门手艺，讨了一房好亲。我知道，我的出路就在手艺上。当时，在外做一天的工钱相当于在生产队出两天的工。

我找到村里做瓦的师傅，说要给他当学徒工。

瓦匠师傅对我说，三年徒弟四年帮，要想学手艺，就不要想着赚钱，况且你身体这么单薄，还是个童工。

我说，我能把事情做好。

于是，13岁，我成了一个烧制小青瓦的学徒工。每天往小青瓦制作台边一站就是好几个小时。因为制作瓦片时必须斜着腰站，右手用劲割瓦，左手斜下去接瓦，正值发育期，长期这个姿势，这样不均匀用力，导致长成了一个右边骨骼高高鼓出、左边骨骼萎缩变形的畸背。

哦，原来如此，难怪我觉得他的背有些古怪。

他又说，我想要做的事，一定要做成。这么一站就是十多年，到24岁，我终于出师，成为一个最年轻的看火师傅。这期间，我顺利地讨上了一个比我小5岁的老婆。制作小青瓦的全部工序：挖泥、踩泥、泥胎半干半生时整成坯、上桶、割瓦、晾干、晒瓦、收制成线、晒干、进窑，我都熟练地掌握了。最难的是拱窑，不用任何模具，能把瓦窑拱平整，需要非常高的技艺，我边做边想，技术难题也拿下了。最后一道技术，就是看火。看火师傅决定着一窑小青瓦的质量，我通过炉门看窑里的情况，看着温度自上而下地热回来，小青瓦也是从上面往下面熟。整个窑红彤彤的，变成了待熔的金子，没有阴暗的角落，通窑亮堂，火候就到了，再不能烧火。再烧瓦就会炸，变成一窑碎瓦。火候不到，就是一窑的红瓦。这样都是不合格的，从盖房主人那里拿不到半分钱。最好的是白瓦。

结婚之后，我还是过着野人一样的生活。带着妻子开始走南闯北，走到哪里做到哪里，没有房子住，一般都是在瓦窑旁边的坡地上墁三根树，打个茅厂，架块板子当床铺。在野外煮饭。有时候，我要管三个窑的火，经常奔走在外，茅厂就单住着妻子，她不能害怕荒山野岭，因为她还肩负着守材料的重任，一有风吹草动，她就要起床出去走一圈。她成了我得力的助手。原本，我是想好好干一番事业，早点回家修座好房子，安居乐业，没料到，这样风餐露宿，一干就干到了70岁。我的妻子跟着我，没逛过一次街，没穿过一件像样的衣服，甚至连吃，也是吃不饱的。两人都在工地上忙，没时间买菜，到了吃饭的时候，只好到山上去掐点竹笋来当饭吃。有时候碰上竹笋开山老了，实在找不到吃的，我就把那些嫩枝掐来炒了吃。也有吃得好的时候，那就是罢火封窑之前，大队的叫花子远远地见瓦窑冒黑烟了，就带一挂两分钱的小炮仗，到窑边来贺喜。我就要杀鸡好生款待他们，再配一点水豆腐，那真是人间美味。叫花子酒足饭饱之后，不忘赞我一声，这个师傅不仅年轻，还懂规矩。据说泥瓦匠的师祖就是个叫花子，或者跟叫花子是近亲，总之，封窑的时候，总要接待一群叫花子，这成了行规。

封窑之后，要在窑顶上弄出一块窑田，把水挑上去，放六根气管进窑里，水通过管子进入火窑就变成了水蒸气，然后再从窑门流出来，就在这些水蒸气的流通里，红彤彤的小青瓦开始冷却变色，最后变成美丽的白瓦，才算大功告成。在这个过程中，千万不能走气，窑一走气，瓦就变成了小红瓦，嫩坯，易碎。所以，起瓦窑的时候，窑一定要平整，才能保证不走气。

1968年，开始大搞建设。我去庙头、湖南枣木铺等地帮生产队做瓦，那里的瓦匠见我把窑拱得那么平整，自愧不如，悄悄走了。我的生意越来越多，一个接一个做，直到后来红砖兴起，代替了小青瓦和青砖，这门手艺便逐渐淡出了历史舞台。

我现在准备把烧制小青瓦和青砖的工艺过程写成一个小册子，作为非物质文化遗产保留下来。他点了一根劣质烟吸了一口，吐出白烟后，说。

做学徒工那时候，小青瓦只能在少雨的冬季烧制，剩下来的时间，我便用来学习泥工和木工。

我跟母亲说，想要一把泥刀。母亲见我还是个孩子，砌房子是大人做的事，就说，买那东西干什么？家里还没那闲钱。没有工具，就根本没办法学艺，我想，自己懂做瓦了，还得懂砌房，懂砌房了，还得懂木工，窗户、门之类的总得会做吧。一个机会来了，灌江水渠每年都要派队里的人去维修，我得到了一套泥工工具，维修回来本来是要上交的，我把它们藏了起来，没上交。这是我这一辈子干的唯一不光彩的事。

为了赢得学习的机会，我到处领事做，生产队要修仓库了，我自告奋勇，免费去做；要修牛栏了，我还是自告奋勇，免费去做。在做的过程中，我仔细摸索泥工技术。爱去泥匠堆里坐着，听他们闲聊，偶尔透露出一两句技术方面的机密，我便捡到了金子，得到极大的启示。木工方面呢，我利用落雨天，帮邻居做桌椅板凳，还做床、犁、耙、棉花车之类的，活络了筋骨，也摸索了技术。三五年之后，我基本掌握了泥工和木工技艺。

18岁那年，家里有了点积蓄，我摩拳擦掌，想盖座大瓦房，把原来的茅屋拆了，地盘太窄，不能修一座正房子，只能修一座两开间的瓦房。家里请来了两个师傅，木工师傅是湖南的，中途，他们都有事回去了一趟。我觉得千载难逢的机会来了，可以大展身手。于是摸起泥刀就砌墙，砌到窗户边，就利用木工师傅那套工具做起了窗户。

木工师傅回来，一走进屋，看了一眼窗户，什么话也不说，收拾自己的行当转身就走。却被母亲拖住说，师傅莫生气，这是我那不懂事的儿子干的，您大人不计小人过，原谅他一次，我再也不许他动您的工具了。

有句行话说，鹭鸶不食鹭鸶肉（同行不吃同行）。他看见窗户都做好了，以为我家另外又请来了一个师傅抢夺他的饭碗，这是犯大忌的，所以很生气，二话不说要走人。最后，木工师傅盯着我看了半天，才勉强同意留下来。自此，我深受刺激，发誓要自备一套木工工具。

26岁时，楼房兴起，乡里把散工组织起来，组建“城郊建筑工程队”。我进了工程队。

因为我善于动脑，吃苦耐劳，责任心强，很快在建筑工程队得到重用，成为带班师傅。当时的工程队提取工人总工资18%的管理费，带班师傅提取其中的3%。这样就有了比一般工人一天多六毛钱的工钱。

时代迅猛发展，楼房越建越高，技术要求更高。我们被建筑队派去广西五建公司桂林总部学习现代楼房建筑。回来后带队建了水厂的楼房。之后，全州也兴起了建新楼，全州科委和建设局共同举办了三期土木建筑学习班，我边学习边施工，学习班结束时，一般学员都被评为技术员，只有我被评为土木建筑助理工程师。有了这个头衔，三层以上的楼房就有资格去做了。三年后，全区统一考试，区科委、区建设局举办业务培训，之后进行职称考试，我取得了土木建筑工程师的职称。一个48岁的小学生跟一大群年轻的大学生坐在一起听课，一本书七天讲完，上课的速度跟流水一样，哗啦就过去了。我眼冒金星，晕头转向。这不行，我定下心来，把一个个不懂的问题积攒着，去问那个只有32岁的老师。老师很敬业，当天解答不了的，第二天给我解答，然后问我懂了没有，只要我说懂了，课程就往下推。建筑这门科学，来不得半点马虎和模糊，我牢牢把握住这次难得的学习机会，像干棉花挨着了水，拼命学习。这是我的大学梦呢，虽然只是拿个职称，也换不来国家粮，而且此时，我的事业做得蒸蒸日上，已经成为一个远近闻名的房地产商，吃不吃国家粮已经不重要了。我拼命地学习，就是为了技艺上的精益求精。学到了这些理论知识，我把理论和实践结合起来，形成了自己独特的制图方法。我深知那些建筑工人都是些没多少文化的农村孩子，他们看不懂专业的制图符号，我就把那些古怪的符号变成文字，在边上加个脚注，比如：M0926，我就在底下注明：门宽0.9米，窗宽2.6米含气窗；C1516，我则注明：窗宽1.5米，高1.6米，单开。建筑工人拿着我绘制的图纸，一目了然，可以放胆去做，而不是拿着图纸皱着眉头，一筹莫展。

机遇总是给那些准备好了的人。

1978年，中共十一届三中全会召开，改革的春风吹遍了大江南北。想干事业的人蠢蠢欲动，摩拳擦掌，喜上眉梢。上面提出“先让一部分人富起来”的口号，谁都想去做那一部分人。

建筑行业也是风生水起，为加快城市旧城改造、城市建设的现代建筑步伐，全州县政府举办了一系列的建筑培训，把现代建筑知识教给了二十多人，这些人就成了建筑行业的中坚力量。并且把包工不包料的政策改为包工包料，全部放权给建筑商，建筑商取得了管理整个工程的主动权。

我有丰富的建筑经验，关键是，每一个工程我都参与建设，与工人打成一片。手艺与时俱进，日益精深，出现新的技术，我都能攻克下来，做出样子，让工人仿照着做。工人们刚从农村进入城市，非常珍惜这个学习实践的平台，对我毕恭毕敬，如果我发现质量不合格，要求工人返工，他们会毫不犹豫地推翻重来。我有了新技术，他们总是竖起耳朵，专心致志地向我学习请教。他们想在城里立稳脚跟，要靠质量和诚信。建筑单位的领导大部分都很正直，不愿收受贿赂，对我也很热情。

我很享受那段美好时光，那时候，做实事的人，有才干的人，正义的人，真正得到了社会的认可，有了发展的平台。

1984年，我接了教育局的职工住宅楼的建筑工程。过完年，到1985年的正月，准备开工。我买了两瓶酒、一封白糖，去敲教育局主管该工程领导家的门。敲开门，先是碰上领导一脸的笑容，因为大年正月，来者都是客，都是要好彩头的。进去谈了事之后，感觉领导的脸色越来越难看，我抓紧时间把要说的话都说完，就告辞出来。还没等我走远，嘭的一声，有什么东西重重地摔在地上。我回头一看，一股凉意直冲脑门，是我刚提进去的东西，扔在我身后，像一堆狗屎。那种羞辱感让我窒息。我硬着头皮去把东西收拾起来，带了回去。黄让英见我又把东西提了回来，瞪着一双大眼睛望着我，一个大大的问号就挂在她的脸上。我把东西扔给她，进了厂棚，倒在木板床上，用被子蒙住脑袋，什么话也不说。黄让英见势不妙，也猜到了十之八九，就悄悄地把东西捡了，坐在厂棚外，看着新修好的楼房发呆。

工人都回家过年去了。在这难得的空闲里，一切都慵懒起来，两条狗蜷缩在太阳下半眯着眼睛，周边炮仗声一发作，它们就抬起头来东张张西望望，发现没事，又把脑袋伏在前脚上，眯上了眼睛。

别人的年过得热热闹闹，我们只在家里吃了团圆饭，把孩子丢在家里，又赶过来守材料了。这样过年，黄让英已经习以为常了。这边已经完工，那边开工日期一定，就要去那边搭厂棚住了。她见我碰了钉子回来，也不知道下一步该怎么做，她已经把所有的东西都收拾好，准备走人了。

我躺在木板上，彻夜难眠。那位领导根本不了解我，我把厂棚里的铁铲想象成那位领导，我要向他解释，我不是他想象中的那种人，做的不是大家嘲笑和谴责的那种事。他不知道我是怎样一个人，怎么说呢……

本来，我就不是一个容易腐蚀的人。

记得有一个饮水工程，要从一个山头上引水下来，供应几个村村民的日常生活用水。这是国家的一个惠民工程，材料都是国家提供的，乡政府的领导当指挥长，银行的人当出纳，中心校的人当会计，供销社的人管施工，我承包这个工程的施工。为了提高效率，我带领民工在山上吃住，好几天都没下过山，在很短的时间内高质量高效率完成了施工。结账的时候，会计很快把账算好了，付给我钱的时候，他顿了一下，说，你就这样结账走人了？我摸了摸后脑勺，半天没想起有什么地方没完工的，我对自己的记性相当自信，被他当头一问，还真懵了一阵。他见我不够机灵，就摊开来说，还有那么多材料，不用浪费了，给我做个组合柜吧。我一听，当即说不出话，我省工省料，就是要为国家节约开支和材料，怎么能把省下来的材料私吞了呢？国家资助了你，你应该知恩图报，不能得寸进尺。当着他的面，我把这些话咕噜一声咽进了肚子，只含含糊糊地“哦”了一声，接了钱就回去整理行李了。按理，我完全可以一走了之，反正钱也结了，那些不是我的工作任务，但思来想去，这个人情迈不过去，就给他留了一张字条——还有两百块钱，当时两百块完全可以买一组上好的组合柜了。两年之后，在街上碰到了他，他悄悄地跟我说，还有一笔账没结完，叫我赶紧去他那里结。我一听就明白了，他们又把剩余的钱给分了。我对他说，我的账已经清楚明白地结清了，做了多少事，就领多少钱，这是我的办事原则。我也叫他们最好别动那笔钱。他垮下脸，转身走了。我知道，我的话是多余的，但我能保证自己清白做人，不沾污水。

喂，领导，你说我这样的人会动那样的歪点子吗？

说到贿赂，那是有辱人格的。

我对自己的身份定位很低，一个叫花子，我可以跟他称兄道弟，蹲在路边聊上一阵；衣着可以随便，经常是一脚泥土一脚尘。你可以对着我高喊“唐以金老板在哪里”，问我是不是帮他守材料的亲戚，我都不在意；别人玩高级车、时尚手机，抽名牌烟，喝茅台酒，我不羡慕，这些代表不了身份，我就不买车，捡旧手机用，抽两元一包的烟，不喝酒。我父母一生贫穷，他们没给我留下什么财产，但给了我两个宝贵的字：勤俭。我一直不忘自己的身份：一工一商一农民，不管你事业做得多大，你要承认自己是农民，不要竭尽全力去拉开这个距离。我就是要保持农民的朴实和真诚。

但是，我对自己的人格定位很高。我做事，就是本着为人民服务、为社会服务的宗旨。

那年是在五里坪电站包工，工人们都回去过年了，我们还在工地守材料。大年初一那天，电站里一栋宿舍楼下水道堵塞，三、四、五、六层的粪便从二楼喷涌出来。大家本在欢欢喜喜请客吃饭，见了这个，大倒胃口，一栋楼的住户急得团团转。“过了二十四，长工不管事”，要到出了元宵工人才出工上班。这个时候，到哪里去找工人来修这下水道？他们突然想到了我，我又不是做这行的，再说，初一是一年“出人”的日子，都讲个吉利，特别是生意人讲究这个，这么肮脏的事，他们也不好意思叫我。后来实在憋不住，跑来叫我，我听了，二话不说，丢下饭碗，就跟他们去了。这活真不在行，我捣鼓这里，捣鼓那里，一连干了三个小时，才把那管道修好排通。他们家家户户都摆了花生瓜子来让我吃，留我吃晚饭，还要开给我翻倍的工钱，我都婉拒了。他们高兴了，我也高兴。应该赚的钱才去赚，不该赚的，绝不多要半分。

做了这么久的建筑，我从没拖欠国家的税款，也从未搞以少报多、弄虚作假的手段去套税、套地皮、套钱。我对得起国家和社会，对得起自己的良心。有一次背着一编织袋现金去交税，走进办公大厅，被工作人员轰赶，“去去去，这里不是饭店，没东西打发你，这里不是你来的地方”。我站着不动说，我是来上税的。他们听了“上税”二字，从头到脚打量了我一通，笑着说，你上税？你能上什么税？我说，没骗你们，我真是来上税的。他们见我说得诚恳，就耐着性子问我叫什么名字，我说叫唐以金。记账的那位女同志眼镜掉了，赶紧扶住，她说，你就叫唐以金？我把编织袋放下来，拍着胸脯说，我坐不改姓行不改名，唐以金是我，我是唐以金。他们的态度来了个急转弯，堆满了笑容说，以前只见名字不见人，原来大名鼎鼎的唐以金就是您。我交的税款多，又从来没要他们操过一点心，都是按时打进账户，所以名声很好。这些都是误会，不伤及自尊和人格，我都会一笑置之。

有辱人格的事，我是坚决不做的。

认识我的人都知道，我是一块硬骨头。谁要是想从我身上捞不义之财，他休想捞到半分钱。有一年秋天，派出所的一队人马突然出现在我的厂棚，气势汹汹，一副来者不善善者不来的样子，似乎是来抓逃犯的。我端茶倒水，问他们有什么事。其中一个眯着眼，居高临下地说，唐以金，你好生想想你犯了什么法！我当时迅速在脑子里过了一圈，除了修灌江的那套泥工工具没上交之外，实在找不出什么违法行为。但是，那事过去那么久了，而且，也不至于兴师动众来抓人呀，都什么年代了！于是，我就理直气壮地说，我什么坏事都没做。咦——骨头这么硬邦，敢拿你的身份证来吗？拿就拿。我毫不犹豫地从布袋子里翻出身份证，交给他们。他们很奇怪地盯着我看了一阵，走了。后来才知道，他们这一句话基本没有失灵过，只要走进某位包工头的家里，把这句话一撂出来，人家就会乖乖地拿出两千元来息事宁人，他们从来没有空手回去过。那时候还讲“万元户”的，两千元已经是个大数目了。他们在我这里碰了钉子很不服气，就拿着我的身份证去那些“路边店”让小姐们认，他们说，就不相信有不偷腥的猫。三个月过去了，到了年尾，刮着寒风，落着米雪，我去菜市场购买年货，正在称萝卜，一个人重重地拍了一下我的肩，回头一看，是派出所的同志，他面无表情地从口袋里掏出我的身份证还给了我。没做亏心事，不怕半夜鬼敲门。

领导，你先别笑，我今天是自取其辱？你好好想想，现在是什么日子？正月上年头，本地习俗，谁敢空手进别人的屋呢？这是基本的礼仪，要的是彩头，是吉利，是喜气，我要进你的屋，当然要提点东西。跟进邻居的屋一样，也不能空着手，就是这么回事。这是传统文化，礼尚往来，我都这把岁数了，不能不懂礼仪吧？我理解你，正是风口浪尖，我又是你的承包商，你的敏感有道理，但请你理解我。不然，我再进不了你家的门，今后还怎么合作？这个工程还要不要搞下去？

不行，天微微亮了，我还睁着眼睛跟那个铁铲影子解释，这样不行。我得给他写封信，把自己的委屈和事情原委说明白，这个障碍必须扫除。于是，我起来亮灯，拉来两张小板凳，叠起来，蹲在地上写信。

把信寄出去之后，我还是阴沉沉的，一连好几天寝食难安。

后来，那领导竟然亲自到我厂棚里来了，他笑呵呵地跟我握手，说一切都是误会。后来因住宿楼的地基打得很深，超出了预算，在结账的时候，我不多报，那位领导也不设疑，合作得相当愉快。这位老领导如今在街上碰上，都要拉住我聊上一阵。

故事听到这里，我偷偷舒了口气，我最担心的“无商不奸”，在他这里绕了道。他的钱来得正当，完全是靠勤劳智慧诚信节俭攒下的。对他的崇敬油然而生。接下来跟他聊天，我不再叫他唐老板，改口叫他唐叔叔。

第三个下雨天去，已经是2014年的春天了。继续听他说以前的事。

1986年之后，社会管理逐渐进入规范化，调整了一些不良的做法，比如，以前买房只有房产证，没有土地证，后来地皮越来越紧张，便实行土地拍卖政策，卖房要具备土地证。当初也有急功近利者，为了赢得更多利润偷工减料，出现了质量问题，业主没地方投诉，后来设立了质量监督站，修好的房子要通过质监站的检验，才能交付业主。质监站除了对施工建筑过程进行规范化管理，还参与投标管理。于是，便有了底标知情权，再加上还具有管理权，权力比较集中，就给那些投机取巧的人提供了机会。他们集中火力攻坚，通过质监站间接透露的消息靠近底标这条隐蔽的鲢鱼，从而取得入围权。正直的建筑商在投标过程中节节败退，败给了那些要套路的人。大家似乎也都眼红起来，见了钱就心动了，社会舆论对这些人越来越宽容，政府对他们的处理也越来越宽容，要处理，也只处理20%，留下80%的空当，“姐姐做鞋子，妹妹捡样子”，大家都去模仿，贿赂风气开始盛行。随着新生代的参与，不道德的手段层出不穷，公开跟要害部门的人勾肩搭背、称兄道弟。头一拨正义感比较强的建筑商屡屡投标不中，被挤出了建筑行列。

唐以金虽然是资深建筑商，建立了良好的商业信誉，很多业主愿意请他做工程，他也学精了预算学，尽量让利，但在腐败行为从隐蔽到心安理得地公开的环境中，他的公司连续与工程失之交臂，慢慢地，有些力不从心。

正当这些获得了第一桶金的建筑商处于低迷期的时候，社会上兴起了令人眼花缭乱的骗局，专门来套这些失意的建筑商。全州60%的建筑商的资金被套。他的同学，那些再也投不中标的人，基本上被套住了，绳索一拉，所有家当就被勒了出来，被卷走了，这些人垮了下去，再没爬起来。

唐以金也未能逃过这一劫。

20世纪90年代以后，楼堂馆所和各单位的住宅楼基本饱和，地皮紧缺，建筑行业遇到了瓶颈，没有了发展空间。那些没有能力修建住宅楼的单位，以与建筑商合资的形式，兴建了新楼，一部分楼层留给单位，一部分楼层让建筑商去卖，以抵销付不起的那部分资金。给建筑商的这部分房子变成了商品房，房地产悄然兴起。当时很多人从农村涌进城市购置房产。为了改造城市旧貌，满足日益暴涨的居住要求，政府扩大了城市框架，大批征用土地，然后招标做盘，整治了商品房市场的凌乱局面，引导为一个个整体开发项目。

为了不再受骗，唐以金把目标定位在本地。他瞄准了全州县城城南，这个地区还没开发意向，是县城边上的一块寂寞之地，他想，如果城市向外围发展，这里迟早是块宝地，于是买下一块地皮，自己做楼盘。

他做这个楼盘的时候，资金已经严重不足。他凭借以往良好的商业信誉，硬是把这楼盘给建了起来。然后把一部分卖出去，还清了债务。

房地产做到这个时候，风险越来越大。有的楼盘因为地皮价格过高，居住环境差，开发商的经济实力不够，原来砌了两层就可以预售，现在一定要建好之后才能交易，各种因素综合作用，很多房地产商折腾不起，半途而废，负债累累。这个时候，要想在这个行业里站稳脚跟，并开步向前，则需要更大的勇气和魄力，需要洞察力、凝聚力和决断力。要具备很强的综合分析能力，地皮评估、项目选址、购买能力、市场走向等，都要准确把握。

这时候，做导游的二女儿告诉他，灵川八里街有块地皮，问他要不要。他正想着在桂林建一座房，两个女儿都在桂林，以后有个歇脚的地儿。桂林的发展潜力大，将来扩大城市建设，八里街也迟早会成为主城区。他立即跟女儿去看地。一切都是缘分，他一下就看上了那块地，立即买了。这里的地皮早在十年前就征了，本来是想搞摩托车部件厂的，后来摩托车市场衰败，这地皮就闲置在那儿，再没动过。这一片地如果还不卖出去，马上就要到回收的时间了。开发区的办事效率特别高，不吃你的饭，手续也一天就给办清楚了。水、电、路也早就通了。因为唐以金自己就能把一座楼盖起来，连请人的环节也省略了，说干就干，一个星期，他就把地脚给下好了。一座占地300平方米，建筑面积1700多平方米的七层高楼很快就高耸在眼前。他从来没感到这么顺利过，通过这座房子的修筑，他看到巨大的商机，这里是做实事的地方，有宽松的环境，万事俱备，只等着人来建房。又正是八里街最低潮、最被冷落的时期，地价都是按原来的购买价转卖的，很划算，桂林又在扩建街道，很多人没地挪，市场应该不是问题。于是，他邀来三人，一起拍下了八里街的第一块地皮，投资5000多万，做成了“九龙家园”楼盘。这个楼盘完成之后，带动了很多建筑商前来投资做盘，几年下来，这地段成了轰动桂林的繁华房地产街。他们接着又拍了一块地，投资1个亿，建了第二个楼盘“九龙花园”，2009年完工，目前已经全部卖完。房价从每平方米300元涨到每平方米800元，再到1000元，最后上升到每平方米2000多元。他们第一个楼盘在800元一平方米抛售，第二个楼盘1900元一平方米抛售，后来被炒房者炒至2000多元。

后来，房地产市场基本饱和，很多房地产商都改了行，投资能源开发，开矿去了。

他则机缘巧合，回到家乡来，干起了修复古民居的事。

七

从2009年10月抢救下蒋仁禄古宅，用他自家的6亩责任田置换下白地头这块荒地，投资120万元修通白地头与外地相连的村级公路，到现在已经历时9年，唐以金投入7200多万元，将蒋仁禄古宅异地搬迁、原貌修复，并以它为中心，共修复明清古民居14座，新建民俗文物陈列展示馆10座，楼台粮厂11座，民国碉楼3座，古戏台1座，孔子学堂1座，总建筑面积8400平方米，收集民俗文物2000余件，在建中的灌江纪念馆已经收集了部分文物。广西师范大学、南宁学院、桂林旅游学院与他合作，建立了相应的科研基地。“全州县思源民俗博物馆”已初具规模，并已经免费对社会开放。

2015年，唐以金被评为“桂林市级非物质文化遗产代表性项目（上梁仪式）代表性传承人”；2016年5月28日至2021年5月27日止，唐以金受聘为南宁学院土木与建筑工程学院名誉教授；2017年，在“广西公民楷模新闻人物”评选中，他荣获“新闻人物奖”；2017年，被评为全州县道德模范。

2017年4月30日，“全州县思源民俗博物馆”正式挂牌。

我再次来到白地头，这里已经是一个村庄了。那只骄傲的白毛黑尾骚公鸡，被一只红毛黑尾的年轻公鸡追赶，屁颠屁颠地从我面前逃奔，最后没入蒋仁禄古宅门口的刺蓬，才得救。那只怒气未消的红毛公鸡回到古宅南边的草坪里，咯咯几声，便围上来一二十只母鸡。这边的白毛公鸡身边只有一只黑母鸡，尾随着它，爬上土坡，到稻田旁觅食去了。

那些小狗不再认得我，那只大黄狗已经消失不见，在这方小天地，我竟然看见了哗啦啦流逝的时光。

走进展示馆，大多是楼阁，那些雕梁画栋，那些雕花门窗，那些月亮门和梅瓶门，那些马头墙，无不生出熠熠光辉。其他建筑都是原貌恢复，这10座展示馆是唐以金建筑理想的呈现，凝结了他这一生对生命的理解，对人生价值的理解，对传统建筑和现代建筑艺术的理解。

和好铺学馆改成孔子学堂之后，唐以金老两口又把厨房移到了左厢房，住房移到了蒋子麟房。9年来，唐以金讲话眯眼的习惯还保持着，他的胡须白了八成，他的背更古怪了，他的眼神虽有忧虑，但更坚韧、更沉静。他低头绘图的时候，我竟然被他古铜色的脑袋闪了眼，呀，我还以为是个发光的东西呢。那储满阳光的肤色大概是最美的。我还闻到了一种香，不是深巷的酒，不是春天的花，不是热喷喷的饭菜，是融合了木头和阳光、汗水和泪水、悲伤和快乐的香，一个工匠的香，触动了他生命之核的香。他的生命之核就是古建筑。

唐以金说，今年实在到了绝境，我已经卖了电站。2014年立项批下来。土地也在2015年解决。自治区批复下来，可以用地，但是要上交70多万元。交不起这钱，博物馆的土地证还是没下来。

有人想乘虚而入，来到他的工地，找到他说，这个项目成了规模，前来观光游览的人也不少，完全可以做农家乐生意了，他愿意融资合股。

唐以金说，他做这个项目不是为了做农家乐，他从来没想过要做这个生意。

那人悻悻走后，又来一人，找到他说，既然你放着这个好项目在这里不懂赚钱，就把它承包给我来做，你老了，可以休息了。

他更是气愤，他做这个事的目的不是为了赚钱，如果想赚钱，都这把年纪了，把这些钱存进银行，慢慢吃利息也够养老的了。

好吧，又有人说，你一个人的力量太小，我跟你合作。

他说，这个欢迎，但是有一个条件你要答应，等项目建好之后，我要把它交给国家，到时候你必须尊重我的选择。

听他这么说，那人转身就走。

这些人都是抱着赚钱的心态来的，跟我的志向不一致。如果跟他们一起做，将来这个项目会败坏在他们手里。他皱着眉头说。

你不是说自己势单力薄，资金也不够吗？他们来帮你融资你又不答应。有人逼问他。

如果你能把这个工程的桂北文化底蕴体现出来，我立即立字据给你，我们卷铺盖走人。他们老是要我去融资，目的不同，走不到一起的。我目前最大的困难，就是项目还是没有得到支持，认为（项目）是我个人的。这是社会财富，我只是个管理者，等我做得差不多了，终究会回归社会。

尽管他在抓紧时间做事，尽管他的腰旧伤未好仍扎着护腰带，尽管有这样那样的困难和阻拦，在一队队人来参观的时候，他总是尽量抽出时间来为大家免费讲解，为的就是，他要把这些古建筑的文化内涵告诉大家，把它们跟天地自然相生相融的大美告诉大家，把我国精美的建筑文化精髓传承下去。这是他复建古宅的目的。

中国工程院院士、中国民党军事科学院院士、我国著名军事专家胡思远被他的精神感动，提笔挥毫，给他留下了“当代愚公”的墨宝。

广西师范大学文学院教授、博士生导师莫道才带着博士生来研生态文明与民族文化课题时说，这种具有代表性的桂北民间建筑正在消失，而唐以金以这么大的投入，保住了这个承载了很多民间文化信息、体现了湘桂文化融合性的古建筑群，功德无量，他已经成为全州文化遗产传承保护的代言人。他的文化功底很好，悟性很高，是真正懂得古建筑的意义和价值，真正能够跟古建筑对话的人。这个古建筑群是他带着敬畏心、带着对古建筑的热爱，用心做出来的，他做得这么精细，没有一点商业气味，每个建筑材料和语言都不一样，在他这里都具有了神性。他做好了物理复原，下一步就要把建筑所蕴含的文化艺术信息挖掘整理出来。这个建筑也体现了他的生命，他的精神也会随着这个古建筑群流传下去，留给这片土地上的子子孙孙。

爬上后面的龟山，俯视下来，博物馆飞檐斗角，光马头墙就有300多个，这些从各个历史水域冒出来的马头，昂扬着，嘶鸣着，向着东方奔跑，带起一股飓风。前面是蓝莹莹的灌阳河，河边是缓慢转动的“孔明水车”，两岸是芬芳的水稻，对面是巍峨的都庞岭，和藏在山腰的人工水渠“灌江”。在山岭的那头，是太阳每天行走的道路，忽然光芒万丈，忽然霞光满天。它也每天经过博物馆，低头看着这些马头墙，含着笑意，忽然，它就变成了中国的太阳。

我们中国的建筑这么辉煌美丽，我们中国的文化这么博大精深，我们的人民这么勤劳质朴，肩上担着道义，心里住着“感恩担当，责任良心”，不由得你不被激励，不被感动。

我喜欢这些建筑，喜欢它们的马头墙，喜欢它们的雕梁画栋，喜欢青砖黛瓦，喜欢小天井里的阳光和雨水。阳光铺在它们身上，并不显得陈旧，而是透出一种温馨与自信；我的目光铺在它们身上，并不只是怀旧，也透出一种温馨与自信。

我也喜欢古宅前面那条清澈的灌阳河，河里的栖丘；喜欢对面的都庞岭，岭下的村庄；喜欢背后怪石嶙峋的龟山，和头上的这片阴晴雨雪的天空。

搬张凳子往门口一坐，体内滋滋长出树木和花草，眼里淙淙流出温暖和喜悦，时光在身体里找到了道路，不再碰得遍体鳞伤，像一只温顺的猫，悠闲踱步，安身立命。

面朝大海，玉铁花开

◎文/梁晓阳

引 子

小时候妈妈对我讲，
大海就是我故乡，
海边出生，海里成长。
大海啊大海，
是我生活的地方，
海风吹，海浪涌，
随我漂流四方。
……

大海的歌，几乎浸透了我的童年时代，那时，每当收音机或者学校广播响起大海的歌，我的心里都会悄悄地涌起一种悠然向海的情怀。还有《军港之夜》："海风你轻轻地吹，海浪你轻轻地摇。"诗一般的歌词演绎着梦一般的意境，勾起多少少男少女对海军士兵的向往乃至爱慕。世人都有一个蓝色心结。而今一直在传唱的《大海啊，故乡》，把我们的向海情怀引领到了一个酣梦的深度。

在北海银滩。一位身穿比基尼的姑娘正从沙滩上起步，跑向浪花阵阵的海水里，一位茁壮的男子正张开双臂等待……

这就是海的风度，也是海的诱惑。

向海，出海，畅游大海，我们渴望魅力的抵达。

一、面朝大海

从明天起，做一个幸福的人
喂马、劈柴，周游世界

从明天起，关心粮食和蔬菜
我有一所房子，面朝大海，春暖花开
——海子《面朝大海，春暖花开》节选

（一）最大的感受

11月26日。秋风送爽，阳光明媚。我参加了“玉铁高速公路作家采风团”活动。

我们的中巴车在玉林东收费站上高速。在收费口，我们享受了自动发卡的便捷服务，按钮，出卡，取卡，起杆，过收费口。汽车开始加速，左转越过交流道进入行车道。前方青山纵横，天空辽阔。秋日的田野刚刚收割完毕，一片恬静，如怀孕的妇女静静地等候临盆的一刻。少了农作物的遮掩，沿途崭新的小洋楼和农家新居毫无遮蔽地映入眼帘。

乌黑的沥青路面在阳光下放射着油亮亮的光彩。玉林高速公路运营公司党委副书记、纪委书记刘犇陪同我们采风，他告诉我，玉铁高速公路全长174.46公里，全线按沥青混凝土双向四车道标准建设，路基宽28米，设计行车速度120公里/小时。

“我们按计划安排，先全程走一趟玉林至铁山港，回来再逐个站点参观采访。今天就按120公里的限速跑向铁山港，不打算超速。”刘书记笑着说。随后大家边看边讨论，大家都认同，随着通往北部湾的玉铁高速公路全线贯通，北部湾这片蓝色海洋已经被“拉”到玉林的家门口。玉林已从一个不沿海、不沿江、不沿边的“三不沿”城市，向一个新兴的临海城市蜕变。

向前，向前，我们面朝大海。

车行在玉铁高速公路上，最大的感受就是平稳。玉铁高速公路路面全部是沥青路面，车子行驶在上面非常平稳舒适。

这次采风之前，我们在玉林高速公路运营公司会议室开了一个双方的见面会，玉林高速公路运营公司的领导参与座谈，总经理陈华梁为我们介绍了玉铁高速公路建设创造的“十个第一”：第一条采用沥青混合料动态质量监控系统的高速公路，第一条采用彩色镀塑钢护栏板的高速公路，第一条全线采用石英秤进行计重收费的高速公路，第一条通车运营时服务区和加油站同步投入使用的高速公路，第一条通车运营时中分带和边坡绿化成型的高速公路，第一条工程建安费投资控制在预算的95%以内的高速公路，第一条在开工建设前完成征地批复手续的高速公路，第一条实现安全“零责任事故”的高速公路，第一条打造客家文化景观的高速公路，第一条实现建管一体化顺利衔接的高速公路。

听到这里，采风团中的美女评论家陈莉不禁惊呼：“这么说，玉铁路堪称广西高速公路建设的品牌项目了嘛！”话音一落，大家报以雷鸣般的掌声。

两旁的田野、石峰和村庄不停向后疾退、疾退。玉林东—塘岸—玉林南—沙田—博白—旺茂—东平—松旺—公馆……我们的中巴车以超过100公里的时速一路向前。

二十三位作家大都是在机关、学校上班，且工作不与文学沾边，外出采风的机会不多，不少人还是第一回走玉铁高速，故而大家非常欢悦，觉得新奇、刺激，对前路充满期待。大家不停地问安排我们采风的玉林高速公路运营公司党委副书记、纪委书记刘犇和公司党群人事部副主任李志勇。“都是沥青路面吗？”“通车后，你们常去北海游泳吗？”“收费员都是年轻貌美的女孩子吗？”似乎，高速公路就是一部传奇，里面全是缤纷华丽的篇章。他们一边从路面这些特殊的书页上开始畅快地阅读，一边按捺不住想从“作者”嘴里提前知道一些动人的细节。

我坐在车窗边，看风景的流动，看窗外的山川一点一滴地变化，看忽闪而过的村庄和无缘相识的人群，怎样绘就了这片大地上真实的生活图画。在玉铁高速通车之前，我有一次载着全家人去北海，尽管取道玉林到博白的二级路，然后经山口上高速，但到达北海也要将近五个小时，开车时那种腰酸颈累的感受犹在昨日。

俱往矣，弹指一挥间，玉林北海一线连。在这次采风前的8月份，我利用两天时间，又载着家人在这条高速路上走了一个来回。那是一个晴朗的日子，我驾上自己的爱车，从玉林东上高速后，行驶在平坦的玉铁高速公路上，道路修葺得如此整洁、美观，路边的景色更是美不胜收，或是花树繁密，或是青山叠翠，或是一望无际的农田，空气中带着鲜花的芬芳扑面而来，使人心醉神迷、意兴盎然。孩子们把脸贴在车窗上不停地欢呼：“真美啊，我要创作一幅画！”“我要写一首诗！”我的女儿和侄子侄女们或学国画，或会写诗，他们嚷嚷着要创作作品。

“写吧写吧，”我说，“我给你们一个主题：面朝大海，玉铁花开！”

他们又一次欢呼起来。

一路风景一路赏，两个小时就到了银滩，那两天，我们在海里畅游，到饭馆吃海鲜，满足了孩子们平日对海的渴望。

（二）战略大决策

从玉林东到玉林南，十多公里，一路上近处是收获的田野，远处是喀斯特地貌的石山，有的地方甚至是一马平川。过了博白，感觉山峦重叠，纵横起伏，偶尔在山梁闪过的客家围楼、红砖小楼，增添了这条高速公路的神秘。沥青路面与轮胎摩擦发出的沙沙声，提示着我们正在向大海的怀抱飞奔。

在车上，我闭目沉思。我们广西号称沿海沿边，海岸线有1595公里。广东有4114公里，浙江有2200公里，辽宁有2292公里，而江苏只有954公里，但是广东省2013年经济总量达到62 163.97亿元，位居全国第一；浙江省为37 568.50亿元，居全国第四；辽宁为27 077.7亿元，居全国第七；而海岸线比广西少了641公里的江苏省为59 162亿元，居全国第二；我们广西号称西南地区最便捷的出海通道，在中国与东南亚其他国家的经济交往中占有重要地位，但经济总量才14 378亿元，位居全国第十八位。这些有利条件与落后现实的鲜明对比，让人们不禁追问，为什么？

广西地处祖国南疆，属亚热带季风气候区，区位优势明显，是我国华南、西南地区和东盟三个经济区的结合部，是我国西部既沿海又沿边的地区，与东盟国家既有陆地接壤，又有海上通道。因战略地位突出，得到了国家高度重视，2008年，国务院把广西北部湾经济区开放开发战略规划上升为国家战略。2009年，国务院出台《国务院关于进一步促进广西经济社会发展的若干意见》，明确提出要把广西建设成为区域性现代商贸物流基地、先进制造业基地、特色农业基地和信息交流中心，打造成为国际区域经济合作的新高地和我国沿海经济发展的新地区。

广西的发展靠沿海经济带动的时代终于来临。

2008年11月18日上午，陆川北部工业园区，冬日明媚，一片欢腾，玉林至铁山港高速公路开工庆典仪式在此间隆重举行。时任自治区主席马飚出席庆典仪式并宣布项目开工，正式拉开了玉林至铁山港高速公路工程建设序幕。

在开工仪式上，时任自治区副主席杨道喜说：“玉林至铁山港高速公路，是我区‘四纵六横’骨架公路网中‘纵二’荔浦至铁山港的重要组成部分，是广州至昆明横线和兰州至海口纵线两条国家高速公路的连接线，是国家高速公路网在我区东部地区的重要补充，是中国东盟合作区‘一轴两翼’向外辐射、‘泛珠三角’经济区由东南向西北辐射的重要通道。玉林至铁山港高速公路的建成，对推进北部湾经济区和中国—东盟自由贸易区的建设以及我区科学发展三年计划的实施，实现把我区建设成为连接多区域国际通道、交流桥梁、合作平台和推动我区的经济社会建设具有重要意义。”

资料显示，玉铁高速公路直奔出海口，这是一个战略大决策，将大大减少能源消耗，降低物流成本和人工成本，使桂东南地区出海更加节能、低碳，加快沿线经济社会发展和旅游等资源的开发，促进北部湾沿海港口运输和建设，加快北部湾经济区开放开发和中国—东盟自由贸易区建设，促进广西与东盟国家的合作，促进东盟国家与我国北部湾沿海地区实现交通一体化、港口一体化和旅游一体化。

2013年，广西结合实际提出了新的发展战略——优先发展“两区一带”，而北部湾经济区就是带动广西发展的一个龙头。率先发展北部湾地区，使其成为广西未来发展的重要增长极，进而带动其他地区发展。

在2013年的高速公路建设工作会议上，时任广西交通投资集团董事长余昌文畅谈自己的观点：“北部湾这几年发展迅猛，但跟发达地区相比还有不小的差距，原因之一就是基础设施建设滞后。没有发达的高速公路网，各种优势产业就难以串连，形不成辐射带动效应。而玉林至铁山港高速公路则是桂东南最便捷的出海大通道，它不仅将海峡两岸（广西玉林）农业合作试验区、玉林龙潭产业园区、铁山港东岸临海产业园区、铁山港临海工业区等重点园区连接起来，还使得泛珠江三角洲经济区与中国—东盟自由贸易区实现高速对接。”

从玉铁高速公路通车至今，转眼已经五年有余。当我在网上搜集资料的时候，另外一个画面也出现在我的脑海中：2013年4月9日，时任自治区副主席陈刚率队到六景至钦州港高速公路检查指导工作，在听取了六景至钦州港、玉林至铁山港、兴安至桂林高速公路工程建设及通车准备情况汇报后，陈刚副主席在钦州宣布这三条高速公路正式建成通车。

而在玉铁高速公路的玉林东收费站，玉林高速公路运营公司员工和许多等待过路的司机见证了通车的瞬间，那天，路口车辆齐声鸣笛，大家一起倒计时，鞭炮声中道路通行。

收费部的韦勇经理说：“‘八项规定’后，我们一切从简，通车仪式也许不是很隆重，但是我感觉到莫名的感动。”

“玉铁高速公路的建成通车，不仅将改写玉林与北海的交通史，改写广西交通史，更将改写广西经济的发展史！”这是陈刚副主席在钦州庆典会上的铿锵话语。

胜利的欢呼声让到场的玉铁高速公路建设者们激动得热泪盈眶。四年零九个月，1700多个日日夜夜的奋战啊，如今总算没有让人失望。

司机王师傅拧开车上的音响，惊醒了我的沉思，车内立刻回荡着略带嘶哑却充满张力的歌声：

好大的脚步，高速公路
风儿你可累了
云儿就要迟到
远方正在等待
让我来为你开路
迈开脚步向前跑
天涯海角在眼前
……

（三）标志性工程

“噢，沙毛岭隧道！”车上的作家们欢呼雀跃。果然，一个非常漂亮且有气势的隧道出现在眼前。“沙毛岭隧道”几个橘黄大字被书写在隧道顶上。

中巴车载着我们进入隧道，最大的感受就是灯光设计理念的人性化。洞口是强光，亮度与洞外差不多，驾驶员进入洞内时不用担心明暗的突然变化。过了强光带，就是缓冲区，光线柔和。再往前，扑面而来的是淡蓝淡蓝的柔光，这能有效地缓解驾驶员的视觉疲劳。

中巴车在隧道前方靠边停靠。玉林高速公路运营公司为我们考虑得很周到，也很专业，他们在隧道前设置了临时隔离线，还为我们每人准备了一件印有“玉铁高速”的荧光背心，有了这些防护措施，我们放心泊车路边，观赏这座玉铁高速公路唯一的隧道。

沙毛岭隧道位于北流市塘岸镇境内，这是玉铁高速公路最大的关键控制性工程，长155米。虽然整个地形较为平缓，但此处山峰林立，山体高大、陡峭，为典型的喀斯特岩溶峰林地貌类型，地表多有底座相连的孤峰。沙毛岭为典型的石灰岩独山，山腰至山顶均为裸露的风化石灰岩，山体覆盖灌木。山体表面多孔洞，为自然界风化水蚀而成；山脚有残积土堆积在岩石表面，主要为含角砾碎石的黄褐色黏土。地表布满植被，多为乔木、凤尾竹。测区史上经过多期次地质构造运动，构造形迹错综复杂。路线走廊带位于玉林凹陷区和沙田盆地内，部分路段穿越云开隆起区和玉林凹陷边缘接触带，地质构造对路线影响较大。南流江断裂带和博白—北流褶断带仍有轻度升降和透发地震活动，稳定性较差，其影响范围内属相对稳定地区中相对不稳定地带。受地质构造运动的影响，岩层多受挤压，岩层产状多变，节理裂隙较发育，基岩完整性差，破碎的岩体给该隧道施工带来一定的不利因素。公路采用全封闭、全立交控制出入四车道的高速公路标准设计，隧道内设计行车速度为每小时120公里，整体式路基宽度28米，分离式路基宽度13.75米。隧道净宽11米，隧道净高5米。公路建设时，在开挖、凿孔、爆破、应急组织等方面做足了安全文章。

刘书记说，这是一个标志性工程，隧道上面有客家文化的图腾呢。我们仰头观望，但见耕耘种植、梯田壮美、蓑衣斗笠、田间起舞等图案雕刻其上，客家文化的精华在这里展示与传递。

站立在隧道边，我遥望通向远方大海的路，流线这样美，车流这样快，多少年前，这里曾是荒山野岭，猿啼鸟鸣，而今，玉铁人满怀斗志，开山修路，穿过巍巍沙毛岭，将我们的梦想，也将客家人的梦想带向美丽的前方。

于是我们合影留念。

（四）养眼之路

车过旺茂，视野更加开阔，我们的汽车一会儿跨一座桥梁，一会儿腾云驾雾，一会儿钻到大山里。

今天的高速公路已被称为绿色之路、养眼之路。看玉铁高速路，最赏心悦目的就是路旁的一排排绿树、一丛丛灌木林。在玉铁高速路旁，沿着公路展开的绿色林带，有些地方宽至10米以上，蔚为壮观。这面被称作生态样板的高护坡以绿色植物来装饰，坡面植草，平台植塔柏、垂叶榕等树种，形成一道翠屏一般的绿色景观。它如同镶嵌在玉铁高速路上的一颗绿色宝石，熠熠闪光。

记忆中，在许多高速公路上，我们可以看到因“逢山开路，遇水架桥”而导致的山体裸露以及长长的水泥护坡，但是驰骋在玉铁高速公路上，这种大煞风景的现象全部看不到，更多的是错落有致的灌木群。一路往前，唯见青山绿水、鸟语花香，汽车如同驶入了一幅灵秀而大气的美丽画卷中，犹如“车在路上走，人在画中游”，让人心旷神怡、耳目一新。

“我们在建设过程中，一直努力把玉铁高速打造成公路的‘绿色长廊’，将玉铁高速‘织’成绿色通道。”刘犇告诉我们，“在选择建设路线之初，我们就最大限度地考虑到环保及耕地保护原则，尽量不占用农田，减少大面积高填和深挖。根据地形条件，采用以曲线为主的线形，路线沿山脚或山腰布线，随势就弯，避免了路线两侧均为高边坡，减少了开挖山体，保护了自然环境，使路线与自然环境更为和谐。”

这便是值得称道的现代生态理念，决策者的前瞻意识非常强。这也是建设美丽中国在地方的体现。玉铁高速公路在施工过程中，注重收集、利用表土，充分利用原生植物进行边坡绿化。对于石头边坡，采取了先挂三维铁网，然后再在泥浆中加入草籽、灌木种子喷到边坡上，让其生长出绿草、灌木和鲜花。就是在取土场和弃土场，建设者们在项目完成后也迅速进行了绿化，不留任何后遗症给地方。于是，青山绿水依旧蓬勃。

“公路两边的绿化是与公路建设同期实施的，这些植被和灌木至今已经生长两年多了。”与刘犇书记一起陪同我们的党群人事部副主任李志勇介绍说。

正是实行了这一系列的绿色生态化建设，才有了“原生态”的高速公路绿化景观。

在高速公路的隔离带上，植物的种植也十分讲究，采用的是垂叶榕和塔柏相结合的方法，既美观又实用。特别是垂叶榕，由于是垂直生长，长成后高度可达2—2.5米，既可在晚上挡住对向车射过来的炫目光，又不妨碍行驶安全。这既是一种面向生态的选择，也是一种尊重人性与注意安全的考量。

李志勇告诉我们，为了减少高速公路建成后行车噪声和汽车尾气等对沿线群众的污染和干扰，玉铁高速公路还将在途经的居民集中区建设隔音墙，为沿线群众筑起美观的“绿色屏障”。

仿佛是与绿色的植被呼应，玉铁高速公路两边的钢护栏板也是绿色的，钢护栏柱则是白色的。据介绍，玉铁高速公路是目前为止广西唯一使用绿色钢护栏板的高速公路，这些钢护栏板和钢护栏柱全部镀塑，美观，醒目，安全。白天的时候，绿色护栏板非常醒目；晚上的时候，白色护栏柱非常明显。

到了松旺，我看了一下时间，才走了一小时多一点。高速公路真是神奇，一小时以前我还在玉林，一晃我就到了一百公里外的博白、合浦交界处了。

这里，一向以民风淳朴而又略带彪悍出名。回想车过博白，路边的田园就像一组风格各异的民歌，在冬日暖暖的阳光下为我吟唱；又像一组凝固的田园诗，押着汽车呼呼前进的韵脚，一同谱下一阙浪漫的诗篇。

（五）大海不再遥远

汽车继续向前。我看着车窗外——我在努力寻找玉林与北海的分界线。路边的景物在逐渐发生变化，在公馆淡水井村到闸口新村的路上，小山边，池塘畔，树林中，农家建的两三层高的楼房随处可见。将到劳联，楼房渐渐少了，取而代之的是具有海边特色的红树林。

我们继续前行，下午5时许抵达铁山港收费站。我看了一下时间，全程走了两小时三十分。如果不是中途在沙毛岭隧道停留，可能还要快。“啊，原来这么快就可以到达，这下子周末下班后驾车到银滩天还没黑，吃了海鲜，畅游大海后想住夜就住，不住还可以赶在十二点前回到北流，真是方便！”同行的北流作家潘雄杰这样惊叹。他是一位海鲜大王，在他的人生中有过无数次海边吃海鲜喝啤酒的畅快经历，他刚刚买了一辆日产汽车，当即夸下海口，要每月自驾车去一次北海，为的是与那里的文友举办海鲜会。

在铁山港收费站，一位声音圆润、嗓门响亮的高个女子为我们介绍站况。听她的口音，我们猜测她是桂柳地区或者湖南人，一问，果然就是桂林女子，姓蒋名爽，从精气神上给我们一个爽朗干练的印象，刘犇书记介绍说，她是铁山港收费站的站长。

2006年大学毕业至今，蒋爽一直在基层一线岗位工作，曾任过收费班长、监控员、票证员，多次荣获“先进个人”称号。她于2012年10月从票证员的岗位竞聘走上收费站长岗位，虽然从事时间不长，但是她勤奋学习，爱岗敬业，敢于负责，开拓创新，圆满地完成了本职工作和领导交办的各项任务，得到了领导及同事的一致认可，起到了很好的带头作用。她大胆实践、勇于探索、精益求精，专业技能和工作成绩毫不逊色于男同志，最近在公司举办的“我是冠军”业务比赛中带领队伍获得团队第一名。

收费工作没有星期天、没有节假日，每年的“五一”、春节等重大节假日，她总是让别的同事回家过节，自己坚守工作岗位，为行车安全畅通和收费员工的后勤保障忙碌着。在站里，她被尊称为“大姐大”，她也的确像关心自己的弟弟妹妹一般关心站里的收费员同事，每逢他们生日，她总是变戏法一般捧出一个生日蛋糕，令过生日的员工满心欢喜。她还别出心裁地创建了爱心超市和爱心书屋，使员工们在工作之余有了一个购物和消遣的好去处。

她的家乡桂林，离海比离玉林要远了五百多公里。她说，自己很小的时候就在故乡听到山歌，常常就唱到大海，就有一个关于海的梦，是区别于桂林秀美山水的大海扬波，是“大海啊故乡”的童谣。如今，到底看了多少次海上日出日落，在银滩畅游奔跑了多少次，她已经记不清，但是，她爱海看海的梦一直都在，而她实现这个梦想，却又是那么轻而易举。

她爱海，更是一个爱美的女子，在她的闺房里，墙上贴了美丽的画，有“一帘幽梦”，寄寓了自己甜蜜的梦想。在她的影响下，有一位男收费员也在自己房间里贴上了“爱莲说”，他说是以画明志。

一切都因为这条玉铁高速路。面朝大海，既是蒋爽的梦想，也是玉铁人为玉林人托起的愿望，更是我们这些久居城市之人的长久盼望。如今，玉铁路连接玉林和铁山港，大海离我们不再遥远。

二、气吞山河

> 又北二百里，曰发鸠之山，其上多柘木，有鸟焉，其状如乌，文首，白喙，赤足，名曰“精卫”，其鸣自詨。是炎帝之少女，名曰女娃。女娃游于东海，溺而不返，故为精卫，常衔西山之木石，以堙于东海。漳水出焉，东流注于河。
>
> ——《山海经》

（一）决策者与老经验

精卫填海，是明知不可为而为之，有一种悲壮的气概。元人金仁杰在剧本《追韩信》里写道：“背楚投汉，气吞山河，知音未遇，弹琴空歌。”我们的前辈为此创造了另一个成语：气吞山河。

玉铁高速公路建设，是知其可为而为之，是积极利用主观能动性，所以是现代意义上的气吞山河。

在国家交通运输部的全力支持下，广西交通运输厅按照区党委、区政府的部署，多方筹集资金，玉铁高速公路建设规划应运而生。

2008年11月18日，马飚主席一声令下宣布开工。建设者们从全国各地汇聚到桂东南，整条路170多公里就有32家单位近万名员工同时施工，他们在玉林—铁山港高速公路沿线奏响了一曲曲雄浑的工地交响乐！

“当初自治区高层决定上马这个项目，基于这样一种战略眼光，那就是玉铁高速是广西‘六纵七横八支线’中‘纵二’资源（梅溪）至铁山港公路的重要路段，是广州至昆明横线和兰州至海口纵线两条国家高速公路的连接线，是国家高速公路网在广西东部地区的重要补充，是中国—东盟合作区‘一轴两翼’向外辐射、‘泛珠三角’经济区由东南向西北辐射的重要通道。”玉林高速公路运营公司的办公室里，陈总经理一边给我们泡茶，一边回忆历史。

2009年，担负起这条大通道建设的，是玉港高速公路有限公司。2008年，才32岁的陈华梁担任了玉铁路建设指挥部常务副指挥长，是广西交投集团里最年轻也很有工地建设经验的副处级领导。作为一个来自桂林全州、毕业于湖南交通学院路桥专业、讲着桂柳话的工科研究生，他一毕业就到了柳州至王灵高速公路任工程师，此后从桂柳高速公路基层工作人员做起，一直做到了养护公司的副总，又先后在南宁至百色、南宁至友谊关高速公路管理部门任职，在高速公路建设中已经摸爬滚打了十七年。专业对口的他，干劲十足，决心不辜负集团对他的重托，带领设计人员和施工人员，早出晚归，几乎可以用披星戴月来形容。

但是，沿途的征地工作让他很揪心，玉铁高速公路百分之九十的路段经过陆川、博白，沿途都是乡镇企业，拆迁一个小厂就要很多钱，一个小小的养猪场都喊出七八百万的拆迁费，何况那些正在养活几百号人的工厂。

“刚来的时候，当时的那个焦虑啊，现在是没法形容了。任务重、工程大、施工条件艰苦、安全问题突出、环保问题众多，就像五把尖刀横在我面前。说实话，当时我确实很不安，怕辜负组织对我的期望。不过我想了，再苦再难，只要我们肯努力，总有解决的办法。”陈华梁笑着说。

他年轻，不怕熬夜，经常对着线路的重要节点彻夜沉思，考虑办法，对疑难工程做日记式的记录，留下感悟。多次在天将破晓时想到解决办法，一下子兴奋了，打开酒瓶喝上两杯，为自己庆祝。有时在深夜，也会叫上几个兄弟整上几个菜喝几杯。真是酸甜苦辣在心头。

“路修好后你说我们有没有自豪感？有！修了这样一条连通岭南都会与铁山港的路，就是造福百姓，多少玉林人对我说，现在去北海朝发夕归，你们玉铁人做了大好事，我们确实感到很自豪。为了修这条高速公路，多少人远离家乡，把家人放在一边。多少次我们指挥部的同志站在服务区旁，看到我们修的高速公路上汽车来回奔跑，觉得没有白干。有时候还无比自豪地说，这是我们修的路！”

“玉铁高速是广西目前高速公路中，第一个采用沥青混合料动态质量监控系统的高速公路项目。”在玉林高速公路运营公司总经理办公室，年轻的陈华梁告诉我们。

据了解，玉铁高速公路项目在建设之前，从意大利引进了两个广西目前最先进的拌和站——玛莲尼沥青拌和站，动态质量监控系统就是在进行沥青混合的机器上装了一个“黑匣子”，它可以全程监控改性沥青是否按要求进行配比，有了这个监控系统，可以在玉铁高速公路工程建设指挥部的电脑上随时监控，如果出现配比不合要求的情况，还可以将信息迅速反馈到管理者的手机上，有效防止偷工减料的发生，确保改性沥青的质量。

“玉铁高速首次采用了新加坡进口的沥青，路面面层的沥青碎石全部采用从海南运输回来的玄武岩。用这种沥青铺成的双层改性沥青路面，软化点高达80℃，行驶起来噪声更小，在防车辙、抗高温方面性能更强，舒适度和安全度更高，也将大大提高高速公路的使用寿命。”陈总经理这样说。

（二）质量就是生命

2008年11月，开山炮唤醒了客家山野。

整个工地上，或卡车搬运，或肩扛人抬，用沙石填高路基、拓宽路面，使坎坷成为坦途。

小推车来回飞奔，铁锤声叮叮当当，钻孔机嗡嗡轰鸣着。

很多地方山高路陡，运输的汽车开不进去，他们租用人力车，甚至有的路段钢筋和水泥就全靠人们肩扛手抬。

穿过高山，跨过河流沟壑，踏平坎坷，英勇的建设大军像猛虎下山。他们喊着雄壮的号子，一步一步地朝前路挪动。既有现代的设备在轰鸣，也有近乎原始的劳动在配合。一步一步，一铲一锤，从原始走向现代高速！

质量是高速公路的生命。项目开工之初，公司就确定“安全、优质、廉洁、生态、文化、和谐”的总体建设管理目标，按照“政府监督、法人管理、社会监理、企业自检”四级质量保证体系要求，通过建立健全监理及承包人质量管理组织机构及控制体系以及确保体系运转有效，使各项施工活动严格按照设计及施工规范进行。

质量安全，是工程建设头上悬着的一把利剑。由于玉铁高速公路都是按段招标的，整条路170多公里就有32家单位同时施工。公司加强日常监督管理，严格质量检查考核与质量处罚，确保工程质量处于受控状态。项目公司始终加强施工质量的检查与考核，动态进行质量检查，除日常的工程质量巡检外，按工程进度，项目公司每月至少进行一次有针对性的工程质量专项检查，每季度进行一次工程质量综合检查。公路施工期间，累计开展了37项（次）工程质量专项检查、13次工程质量综合检查。通过检查并及时整改存在问题，将施工存在问题和质量隐患消除在萌芽状态，有效确保了施工质量。2012年，项目公司开展了11次全线的质量专项检查，配合广西高速公路投资有限公司开展了3次质量综合检查，配合自治区交通工程安全质量监督站开展了2次质量综合检查，年度开具工程质量违约处罚单62份，合计课以质量违约金100多万元。因路面№B合同段及№Ⅱ总监办存在严重的违规施工行为，№II总监办存在严重的监督管理失职行为，对该路段已铺筑的沥青混凝土下面层作推除返工处理，重新施作封层后方允许进行下道工序施工，并课以质量违约金10万元。

我看到了这样一些数字——玉铁高速公路全长174.46公里，按全封闭、全立交、双向四车道高速公路标准建设，路基宽28米，设计行车速度120公里/小时。同期建设一、二级公路连接线35.18公里，其中玉林连接线（16.416公里）、博白连接线（1.5公里）采用一级公路标准，路基宽24.5米，设计行车速度80公里/小时；沙河连接线（14.193公里）、南康连接线（3.07公里）采用二级公路标准，设计行车速度60公里/小时。桥涵设计汽车荷载采用公路–Ⅰ级。

玉铁高速公路广大参建单位和员工完成了总价72.406亿元的工程项目，其中包括3000万立方米路基土石方，444.6万平方米沥青混凝土面层，1082道涵洞通道，159座桥梁、隧道，3个服务区11个收费站的施工建设。

一系列的质量控制措施收获了成果，已完成的工程实体，质量状况良好，各项指标符合设计要求或相关规范要求，从2008年11月开工到2013年4月通车，玉铁高速公路成为广西区内的安全施工无事故之路。

我们要到玉铁高速公路上走走看看。

车行玉铁高速公路，依然是平稳的旅程，依然是轮胎和路面和谐合奏的美妙音乐。我悠然地闭目遐想。

海鸥飞，海水蓝，
海浪跑步上沙滩，
大海大海我问你，
你有多深有多宽，
怀里藏着多少鱼？
……

童年时代的海之歌谣渐渐在耳畔回响。

沙沙——沙沙——那是海浪，翻滚起洁白的浪花，一浪又一浪地打在银色沙滩上。我是一个很早就学会游泳的人，走在直达大海的通途上，心里自然而然地想到了海浪和嬉戏……

“现在各界人士都认为，玉铁高速的建成，有力地提升了北部湾的道路通行能力，有效缓解广西出海、出边运输通道不足的状况，有利于玉林等地区与北海、湛江等沿海港口便捷连接，使玉林更好更快地融入北部湾经济区的开放开发和接受东部产业转移，也为湖南、贵州等省提供又一条出海、出边陆路通道。”

（三）找到了解决征拆问题的“法宝”

在高速公路的建设中，我们不得不提到一个词——拆迁。在众多城市建设、高速公路建设中，常有人抱怨：拆迁难，难于上青天。

玉铁高速公路途经的博白、合浦等县区客家人居多，宗族观念特别强烈，无处不在的“风水宝地”“地理龙脉”给征迁工作增加了许多困难和成本。

征地之初，曾经有不少村民以项目建设破坏了“风水”和“龙脉”为由阻止施工，甚至无理取闹，索取巨额补偿，工程施工有时会遭到整村甚至整个宗族的抵抗。

暴力行为严重地威胁着征迁工作者的生命安全，同时，也考验每个征迁工作者的毅力和勇气。玉铁路施工高峰期，每天都有拦路阻工情况发生，使得协调工作顾此失彼，异常艰辛。他们面对的问题主要有：

——沿途乡镇密集。玉铁高速公路途经八个县（市、区）和24个乡（镇、街道），密集的乡镇，众多的人口，使征迁工作更为复杂和困难，在有的乡镇交界处，经常会出现“两不管”或“都要管”的区域，征迁协调难度极大。

——沿途人口密集。玉铁路途经的陆川县是全区人口最密集的县区，而博白县是全区人口最多的县区（2010年官方统计人口为174万），沿途都是房屋。众多的房屋和人口，极大地增加了征迁工作的难度。项目建设不仅要面对大量的房屋拆迁工作，还要面对大量的所谓因“压路机震动引起房屋震裂”要求补偿的问题，给正常施工增加了重重的困难。同时，由于人口密集，人均耕地少，地块小而分散，征地工作要同时面向多名征迁户开展，沟通协调尤显困难，征迁工作量及困难十分巨大。

——沿途乡镇企业发达。玉林和北海属于广西东南经济区，毗邻广东省，经济发展受广东影响很大，乡镇企业非常发达，沿途厂矿众多，如红砖厂、石灰厂、养猪场、碎石场、水泥厂、烟花爆竹厂等随处可见。发达的乡镇企业为地方经济社会发展贡献了巨大的力量，每一处厂矿拆迁都涉及当地的民生问题。如何说服这些乡镇企业拆迁，考验着征迁人员的智慧和魄力，往往要历经千辛万苦才能啃下一块“硬骨头”，达成拆迁协议，工程推进十分艰难。

如何做好征地拆迁工作，打响项目建设的第一炮，是玉铁项目建设顺利进行的“核心问题”。从玉铁高速公路拉开建设帷幕的第一天起，项目业主以及项目沿线地方各级党委、政府就意识到，解决“核心问题”，破解征迁难题，关键是实施“阳光工程”。在征地拆迁过程中，他们紧紧围绕“阳光、文明、和谐”六字做文章。玉林市和北海市政府以“依法、依规、依政策、公开、规范、透明”原则为指导，相继制定和实施“阳光政策”：在丈量、登记过程中实施“阳光操作”，在补偿费兑付中实施“阳光兑付”，项目业主则履行“阳光业主”的职责，规范管理和支付好征地补偿费，实施“阳光投诉”，畅通民意诉求渠道，在拆迁过程中实行文明拆迁、和谐拆迁，营造了良好的路地关系。

面对时间紧、任务重、矛盾多等困难，指挥部领导经常和员工一起深入基层，战斗在一线。他们紧紧围绕找准重点难点、扩大突破点、把握全方位的“三点一面”工作方法，进村入户，不惜踏破铁鞋，不惜磨破嘴皮，讲政策、讲法规、讲意义，用政策法规、用建设前景说服农民克服小农经济的思想。他们创造了“四干”精神，即“晚上当作白天干、假日当作上班干、两天当作一天干、一人当作两人干”。同时，请财务专业的大学实习生参与征迁补偿费的审核工作，加快审核进度。为了取得拆迁户的信任，他们采取现场丈量登记表、计算补偿表齐全后，先预付70%的款项的做法。实施“阳光作业”，做到“三公开”，即征地搬迁面积、等级和补偿标准公开，村、组、户拆迁数目公开，村、组、户应得补偿费公开，增强政策的透明度，让群众真正理解政策、接受政策；做到“四个讲清楚”，即征地用途讲清楚、征地意义讲清楚、补偿标准讲清楚、补偿款支付办法讲清楚。

在漫长而艰巨的征地拆迁过程中，他们找到了“五多”这个法宝，使问题基本可以迎刃而解。

多协调。由项目建设指挥部牵头，协调各级政府召开会议，形成坚强合力，集中解决问题。据不完全统计，项目建设过程中，共召开自治区、市、县（区）和乡镇四级政府各种工作协调会21 000多次，深入现场协调解决问题45 000多次。在会上及时研究征迁问题，做到件件有着落、事事有结果，解决征迁问题

5600多个，确保了玉铁高速公路建设有效推进。

多汇报。项目的推进，必须取得地方（市、县、区）主要领导的大力支持和帮助。通过采取定期、不定期书面汇报，经常打电话、发短信汇报等方式向地方县委书记、县长等主要领导汇报征地拆迁的进展情况及遇到的困难，以争取地方党委、政府领导的理解和支持，有效推进征迁工作。

博白、合浦两县被认为是全线乃至广西征地拆迁工作难度最大，情况最为复杂的地段之一。为了完成这艰巨的任务，当地政府做了大量的工作。两县县委书记、县长和指挥部领导亲自挂帅督战，并派出骨干力量进驻现场，全程跟踪指导督察。

合浦县公馆镇境内的烟花爆竹厂是征迁难点。5亩地的厂子要搬迁，里面已经没有什么设备和货物，但该厂提出巨额赔偿，不答应就不让施工，工厂的人员和设备都在那儿堵着。施工方与当地党委、政府做负责人的工作，他就是不答应，从2009年到2013年，前后花费差不多四年，最后惊动了北海市委常委、合浦县委书记和玉林市委常委、博白县委书记一起来协调，最终工程才得以施工。

此外，项目建设指挥部还与沿线其他县（市、区）如北流市、玉东新区、陆川、铁山港区等主要领导都建立起了各种顺畅的沟通汇报渠道，及时汇报有关情况，必要时邀请他们到高速公路现场解决征迁难题，为各种征迁问题顺利解决打下了坚实的基础。

多形式。征迁协调工作，既要切实维护和保障被征地拆迁群众的切身利益，又要坚决打击无理取闹阻挠施工的不法行为；既要坚持有理有节，争取上级领导支持和重视，避免不法分子提出更多无理要求，又要具体情况具体分析，对矛盾突出、困难较多、情况复杂地方的群众在一定程度上给予合理的让利，以避免矛盾的激化。正是因为采取的形式灵活，项目建设指挥部有效地化解了矛盾，保护了群众利益，维护了公平、正义，为项目的施工创造了良好的环境。

多联动。征迁协调工作是一个非常复杂的系统工作，牵涉到施工、监理和业主等多方。在项目推进到合浦等特殊路段时，公司要求作为业主的工程部、协调部、总监办等派人入住项目经理部，与施工单位形成“四方联动”局面，破解征迁难题。凡涉及群众反映的实际问题和施工单位反映的困难问题，都要按照“多方联动”的方式工作，并要求每一位协调工作人员做到“有求必应，有事必出，出必有果”，确保项目顺利推进。

多保障。针对沿线治安现状和不法分子拦路阻工事件频繁发生的特殊情况，项目指挥部积极争取到玉林、北海市人民政府的大力支持，促成沿线县（市、区）组建施工治安巡逻队，在项目建设进入冲刺阶段入驻项目经理部，加强巡防，及时疏导阻工的人员，为工程建设特别是水稳基层和沥青路面正常施工提供保障，避免因阻工而导致材料报废等重大损失发生。

“五多”这个法宝，最终顺利化解各种棘手矛盾，克服了各种困难，施工得以正常推进。2013年4月3日，玉铁高速公路正式通车，一条“优质、环保、文化、高速、高效、廉洁”的绿色长龙在桂东南大地上舞动，成为沿线群众热切欢迎的幸福路和致富路。

（四）心在路上，路在心上

几个月前，我在高速路驾车见过这样一幕：安全警示灯一路闪烁，醒目的安全锥形桶规范摆放。我不禁纳闷，公路一路畅通，在路上晃什么晃呢？这次采风问了玉铁人才知道，这是他们的养护人在辛勤养护公路。

就在玉铁高速公路刚刚通车运营的2013年，交投集团就做出了“玉林运营公司运营、养护创全国一流管理品牌”的指示，提出了“畅、安、舒、美”的行车环境目标。朝着这个方向，玉林运营公司迅速建立、完善了有关养护基础管理工作制度，提出了“建管养一体化”的管理模式要求。

高速路建设由于牵涉面广，遗留的问题也多，这会给行车安全留下隐患。玉林运营公司非常重视遗留问题的及时解决，在即将通车之际，他们对路上及各房建工程的遗留问题，采取“三确定、一落实”模式，即由项目公司及监理单位确定施工方案、确定施工单位（原施工单位或养护施工单位）、确定项目的费用出处（属于质量缺陷的由原施工单位承担，是新增项目的由项目业主承担），然后由项目公司工程部及运营公司养护部共同监督限时落实完成。针对各种涉农的遗留问题，采取“深入现场分析，共同协调解决”方式，站在农民的立场上合理地解决建设期遗留的问题，确保农民的合法权益，确保高速公路沿线的安全稳定，有效地推动了遗留缺陷工程的处置完善。

“建管养一体化”实施之初，他们就把这一举措落实到建设的每一个环节，在工程施工、全线绿化、边坡防护、房建及机电工程等实体的建设过程中，严抓工程建设质量管理，着重在工程质量控制方面下功夫，从源头上最大限度地降低项目的后期运营成本。他们秉着工程建设服务于运营管理的理念，从建成使用的角度对施工方案进行探讨、优化。2012年初，玉铁路将路基的边坡绿化规划、建设及管养职能统一调整到一个部门行使，形成“建、管、养”一体化作业，建立并完善了绿化养护作业规范及标准流程细则。在倡导全寿命周期成本理念过程中，他们通过过硬的工程质量来提高工程的使用寿命，进而达到降低运营成本的目的。

K4+015～K4+110路段原设计水泥搅拌桩+土工格栅处理软土地基，按照设计方案实施路基施工至填土8米的时候，发现该段左侧坡脚隆起，路堤距离边沿线5米的位置出现50米长裂缝。如果从项目建设方去考虑，路面施工合同段已经进场，在该路段的前后已经施工完成路面结构的三层，迫于工期的压力，完全可以不采取处理措施。但是玉港公司从运营管养的角度去考虑，采取了变更修复，挖除离边沿线5米裂缝位置的填土，在路基边利用辅道设置5米高反压护道，在坡脚及反压护道范围内采用松木桩加固地基，桩顶设0.6米沙砾垫层后铺3米片石，其上再填土，使路左侧坡脚的向外侧隆起的趋势得到平衡，提高路堤在施工中的稳定性安全系数，达到稳定路堤的目标。

路基工后沉降是路面下沉的主要原因之一。玉铁路正式动工后，除个别标段因征迁原因建设滞后外，在2011年3月前大部分标段的高填方路堤基本完成，大部分填方段在路面施工前经过了1个甚至2个雨季的自然沉降，提高了路基的稳定性。玉铁路通车后，因路基工后沉降导致的路面下沉仅3处。玉铁路走的是提高路面的行车舒适性，降低运营阶段的养护成本的路子。

采用新型柔性挡土构筑物进行边坡固脚和护坡，可以避免上边坡滑塌造成反复清理维护，这也是降低运营成本的好办法。边坡使用新型的格宾挡墙柔性构筑物进行边坡固脚和护坡，每个格宾钢丝网箱内填充8—30厘米块径的无风化石料，格宾钢丝网箱之间用钢丝绞合逐层砌筑。形成有较大的孔隙率（20%—30%）的天然泄水孔，可尽快排出坡面流水，形成保护屏障，又具有加固坡脚作用。这一工程设置在K85+460～K85+580左侧上边坡脚，原设计只是浆砌片石矮挡墙，由于开挖后山体滑坡，其间施工完成的片石挡土墙及混凝土挡墙都因滑坡而移位、垮塌。经设计院对现场情况再三勘察，该路段变更为柔性挡土构筑物格宾挡土墙。这样，工程完全与周边山体自然环境相协调，既减少运营养护成本，也提升了周边的环保质量。

玉铁路通车运营前，他们就及时成立了养护部，开展员工培训。正式通车后，他们又迅速让养护工作正常化。目前，公司管理着一支16人的专业队伍，专门负责业务工作，建立了公路基础数据库系统、公路GPS数据维护系统和公路桥梁管理系统，养护工作初步实现信息化。

“一巡二查三清”是他们的经常性工作，查护栏是否损坏、边沟是否通畅、标志牌是否醒目、路面是否有垃圾障碍物，利用路面清扫车对沿途公路实行“地毯式”路面清扫养护，是他们提高保洁效率、降低安全隐患的主要办法。

“机械仅仅是辅助工具，最主要的是要有一颗爱路护路的心。”铁山港养护站站长王定洪这样告诉我，“不爱这项工作，就没有责任心，工作就容易马马虎虎，而这正是高速公路安全的大忌。”

“他率领一支只有4人的团队，管护着近百公里长的路段，工作量很大。”随行的刘犇书记告诉我，“巡视边坡，修补坑槽裂缝，更换护栏立柱，更新标志标牌，抢险救灾，甚至路基下沉注浆，都是他们的工作。”

我相信，大家只要看到这个中等身材、一脸黧黑但很壮实的小伙子，就知道养路护路的辛苦。2014年9月，强烈台风“海鸥”先后肆虐北海段，王定洪带着他的队伍巡逻，时值风雨交加，夜色如墨，他们的巡逻车在K705+200处发现了险情：几根1万伏高压电线被风刮断，其中两根电线断落在路肩处，另一根电线离路面不到三米，简直就是给过往车辆埋下了一枚地雷，他赶紧报告公司，由公司协调交警和供电部门人员赶来排险，他们则在原地顶风冒雨摆放标志牌，抢险人员来后，他们又陪着警戒，足足熬了一夜，天亮了才疲倦地回到站里。

“主要是人员少，一个人要完成两个人的工作量。”王定洪说。他接管高速路之时，养护团队除了他都是新手，他不得不采取一对多的方式来开展工作。他是负责人，又是老护工，就主动挑重担，短短一个月就完成养护站各项制度的建设和人员岗前培训等工作。在他的培训示范下，新队员很快就进入了角色。

自治区“美丽广西·清洁乡村”活动开展后，王定洪的养护队伍抓住契机，联合博白县东平镇政府、东平收费站联合创造性地开展了“美丽广西·清洁乡村打造最美高速”活动。活动一：共给沙河连接线附近村民发放宣传单500份，讲述了“美丽广西·清洁乡村”与村民切身利益关系及如何从身边的小事做起，培养良好的生活习惯等；活动二：全体参与活动人员以身作则，共同清扫沙河连接线5公里，清理沿线垃圾2.5吨，为沿线村民起到一个良好的示范和带头作用；活动三：在经常有村民倒垃圾的地方，立起“请把垃圾带走，把文明留下”的温馨提示语，时刻提示人们不要乱扔垃圾。他们还跨界工作，无私为司乘人员提供帮助，如协助司机更换轮胎，提供信息咨询服务、反光路锥等。

“每当走在高速路上，我们时刻都能感受到过往车辆高速行驶带来的压迫感，有时为捡一个路中间的饮料瓶子，要站在路边等十几分钟。但是我们有耐心，我们所做的，是为了保障玉铁路的安全畅通。”王定洪这样淡淡地说。我却从话里感受到了一颗敬业的心在强烈跳动。

看着眼前这位小伙子，听着他淡定的话语，我想象着，每天傍晚，养护工们看着一辆辆疾驰而过的车辆，疲惫的脸上露出一丝欣慰的笑容，月黑风高之际，他们收拾着各自的养护工具，拍拍身上的尘土，上车回站，他们互相安慰说，今天又是一个平安畅通的日子。

“玉铁路上的养护人员，几乎都是这样敬业，心在路上，路在心上。”这是刘犇书记对他们的评价。

说得太对了！“心在路上，路在心上”，日复一日，年复一年，从不懈怠，从不远离。

（五）一条优质廉洁阳光路

玉铁高速公路预算批复建设资金为72.406亿元，项目点多线长，投资规模大，社会关注度高，作为国家重点建设工程项目，切实加强工程建设过程中的廉政建设意义重大。作为项目实施方，玉港公司以实施廉政保障工程为抓手，对工程实行全程跟踪审计制度，采取事前、事中和事后审计相结合的办法，全力构筑工程廉政防控网。

建设之初，他们就十分重视建设资金的管理。为做好各项建设资金的拨付，加大资金的监管力度，确保后期工程结算资金专款专用，他们要求施工单位每次申请款项时都做好资金计划，并由指挥部相关部门联合分析其款项支付的重要性及合理性，部门间沟通一致，才给予付款。这项工作的实施，有效地控制了收尾工程结算款项的支付，达到及时兑付农民工工资，预防拖欠劳务队工程款和农民工工资的效果。

在资金计划的科学执行方面，坚持了“统筹兼顾、量入为出、保证重点、公平合理、科学考核、奖惩分明”的原则，完成各年度公司预算的编制及年度预算调整，每月针对建管费执行情况做详细分析，合理预测预算执行数，使管理得到加强，运作得到规范，风险得到控制，保障了公司的日常投资经营顺利运行以及效益的提高。同时，适时调整资金使用计划，科学合理筹划资金，配合工程进度，完成工程投资任务，做好资金支持和管理服务，科学节俭地花好每一块钱，力求降低各项成本费用。

庞大资金的使用离不开审计，在工程招标中，玉港公司引入了跟踪审计制度，审计单位对各个标段的投标过程逐一进行审计，体现了整个招标过程公开、公平、公正的原则。审计单位对每期工程计量支付和变更进行审计，便于及时发现问题，做到及时纠正。这样，既可以达到严格工程计量结算支付审核把关，合理控制造价之目的，又能防止建设资金被挤占挪用、贪污浪费等违纪违规现象的发生。同时对每项工程变更提出审计咨询意见，以便监理单位和工程指挥部更合法地审批变更。跟踪审计从源头上监管重点工程财务管理情况，及时发现存在的问题，有效防控了工程财务管理风险，杜绝漏洞，使工程管理成本大大降低，确保了工程建设高效运转。

2013年4月的玉林高速路运营公司，鲜花盛放，彩旗飘舞，玉铁路顺利通车，公司上下庆祝联欢，一片欢腾。

通车后，公路开始运营收益，怎样抓好廉政建设？这是上级和社会都关心的问题。作为公司领导，陈华梁等公司一班人十分清醒。他们以“廉政教育学堂”为平台，积极开展以廉洁从业为主题的思想教育和业务学习活动，组织公司和项目从业单位管理人员参观玉林市看守所、廉政教育基地，组织领导干部、员工观看廉政警示教育专题片，使公司员工从警示案例中吸取教训，增强廉洁自律意识，做到警钟长鸣。同时，他们全面开展廉洁风险防控体系建设，制订下发了工作实施方案，在全公司范围内认真查找所有岗位及权力行使所有环节中容易产生不廉洁或影响工作绩效的风险点，针对重点岗位进行认真分析、排查，并对防控体系建设进行改进完善，再次开展了全面查找风险点活动，补充完善了风险防控措施，提高了后勤接待、公务用车、工程变更、计量收费等方面的风险点预警等级。

“一直以来，我们都围绕项目保通车和提高运营管理水平的中心任务狠抓党风廉政建设，以‘打造一张反腐倡廉工作网、筑牢一个思想教育阵地、完善一套风险防控体系、深化一项实践活动、搭建一个监督平台’的‘五个一’重点措施，改进工作作风，坚持廉洁自律，自觉遵纪守法，认真履行职责，促进各项工作任务的完成。”陈华梁说。

“我们有‘一岗双责’制，形成‘一把手’负总责，分管领导分工负责，部门负责人直接抓落实，专兼职干部具体负责开展工作和横向到边、纵向到底的工作网，确保党风廉政建设责任制执行有效、落实到位。”刘犇书记在一边补充。

正是因为执行了严格的资金使用制度和科学的质量控制方法，玉铁路人，无论是在建设还是管理养护中，都着力于从源头上加大预防和治理腐败的力度，使廉洁的阳光普照高速公路的每一个角落。也正是这股强劲的清廉之风，促进了工程质量、进度、安全、管护整体受控，使玉铁高速成为一条优质廉洁的阳光之路。

三、春暖花开

从明天起，和每一个亲人通信
告诉他们我的幸福
那幸福的闪电告诉我的
我将告诉每一个人
给每一条河每一座山取一个温暖的名字
陌生人，我也为你祝福
愿你有一个灿烂的前程
愿你有情人终成眷属
愿你在尘世获得幸福

——海子《面朝大海，春暖花开》节选

（一）客家文化在这里升华

“玉林历史悠久，人杰地灵。一直以来，广西客家人艰苦奋斗、勤劳实干、寻根崇祖、耕读传家，创造了别具桂东南地域特色的客家文化风情。玉铁高速公路从设计开始，就把打造客家文化高速公路作为项目目标之一，我们对岭南文化、客家文化进行挖掘、萃取、升华，打造‘广西客家风情第一路’。”陈华梁这样说。他对展示客家文化有自己的一套理念，认为玉铁高速公路沿线是客家人的聚居地，沿线的博白、陆川、北流、玉东新区都有客家人，其中博白县是世界最大的客家人聚居县，全线有许多纯客家人村镇。

“我们玉铁高速公路在规划建设时，就充分考虑了这一重要因素，因地制宜，突出客家文化特色，打造文化高速公路，全线收费站、管理区、服务区的设计采用‘灰瓦、白墙、木构、绿草’的外在表现形式，结合客家土楼、围龙屋、殿堂式围屋等客家建筑文化特色，融入农耕文化、教育文化、服饰文化等典型客家文化元素，建筑风格别致，特色鲜明，充满浓郁的客家风情。”他这样侃侃而谈。

灰瓦、白墙、木构、绿草……我们继续驱车行驶在玉铁高速公路上，季节虽然已是深冬，但沿途依然鲜花绽放，绿色满坡，春天总是最眷恋南国，一直没有走开。

伴随着春景映入眼帘的，是不时出现的“客家风情”，那楼、那房、那田间走过的村民，甚至那些早已完成收割的田野和时令菜园，都带着一种客家的韵味风情。

我们一路细心观察，发现玉铁高速公路全线的收费站、管理区、服务区建设都充满了独具特色的客家文化元素。玉铁高速公路的开通，改变了玉林市不沿边、不沿江、不沿海的历史。服务区和收费站的建设，为许多客家人带来了就业的福音，也因此拉近了公司与当地客家乡村的距离。温良恭俭让、仁义礼智信的客家美德，传承并影响了一代代的客家人，也深深地融入了玉林高速公路运营公司企业文化建设当中。

锐意创新的玉林高速公路运营公司乘势而上。2013年，公司决心打造“最周到、最放心、最卫生”的优质“星级驿站”——服务区，除了在硬件设施方面狠下功夫，还特意从博白县亚山镇、三滩镇、松旺镇等客家人聚居区，通过竞聘、培训，招聘了近30名遵纪守法、思想品行优良、热爱公路事业、勤劳朴实的客家籍村民加入到服务区员工队伍中。平日里，他们身穿统一制服，来到服务区内从事服务工作，为来自国内不同地区的司乘人员尤其是客家人提供购物指导、停车服务等，独具特色的客家话，让过往司乘人员尤其是客家人欣慰不已。从农民到单位员工的身份演变，使得他们既是高速公路的一名员工，同时又是向村民宣传爱路护路的代表。

玉林南服务区坐落于陆川县马坡镇，出口通往客家大县陆川县城，一出去就是客家村朱砂村。作为“客家和韵风情第一站”，玉林南服务区以农耕生活为主线，采用农耕工具、生活用具和具有山地客家特色的梯田景观等实物和图片作为载体，建设展示客家女雕塑、客家迁徙图、客家农具及生活用具的休息区，使过往旅客深刻地感受到客家的农耕文化。

在生活区二楼的“客家文化学堂”，我们看到了墙上悬挂的缤纷各异的体现客家文化的诗画，书柜里琳琅满目的是关于客家历史文化习俗的书籍，随手拿出一本翻看，都能感受到厚重的客家人文历史扑面而来。

那天，头挽高髻、端庄秀丽、一身玫瑰红职业装的收费站站长谢玉璇接受了我们的采访。小谢是南宁人，在玉林南收费站工作已经近三年了，刚当上站长不久，她给我们的最深印象就是说话温柔，但条理清晰，表达能力很强，她管理着这个有13名收费员的收费站。

谈到怎样适应客家文化环境，小谢说得很专业：“我们公司在玉林南收费站设立了'客家文化学堂'，让我们深入了解客家历史，吸收客家传统文化的精髓，收费员学习了客家方言后，更加有利于与司乘人员的沟通和交流，消除隔阂，更好地服务。"

"你是南宁人，现在也会客家话了吗？"诗人吉小吉想考一考她，故意说了一句平日听客家朋友说的日常用语，小谢立马用客家话回了一句，吉小吉和我都一愣。"想考我，你也不懂吧？告诉你，我的老师可多了，站里的姑娘有一半是我的老师！"小谢调皮地说。

"我们规定，定期组织所有收费人员学习客家方言，通过加深对客家语言文化的了解，增强各收费员工的服务意识以及与过往司乘人员的交流，以进一步提升服务质量，踏出传承客家和韵风情的第一步。"一直在旁边微笑着看我们交流的刘犇书记插话道。

"老乡见老乡，两眼泪汪汪。"天下客家是老乡。面对客家人，尽管见面说客家话，但是规定必须遵守，该收的通行费还是要收，不能因为是客家人就放他一马。这一点，博白姑娘周文凤深有体会。姐妹们都说，她最厉害的本事就是能快速地识别各种车型，曾经有一辆挂广东牌跑陆川的卧铺大巴车长期在这一路段走，司机为了少缴费，采取大车小标的手段，每次过收费站都提供一个三类证。周文凤指出他的错误，帮他改正为大车，司机是客家人，周文凤也是客家人，司机又是嬉皮笑脸，又是好说歹说，但她不为所动，坚持指出司机的不妥，让司机知道，友好善良的客家老乡，工作之余可以与你唠家常，但是工作之中却会坚持原则。司机想野蛮地冲卡，小周向站长报告，站长请求前方出口路政和交警支援，一查，这辆车前后欠费超过三万元。这个漂亮的客家妹子为此被评为公司的"十大征收能手"。

在玉林南工作了三年，感情生活解决了没有，这也是我们想了解的。作为站长，年轻的小谢面对这个问题笑了起来，她说："我在这个方面还是一片空白。"刘书记补充说："感情很空白，但是她们的生活很丰富。"小谢和小周都笑起来。这话不假，下班后，她们的活动丰富多彩，与路政人员打篮球，一是锻炼了身体，化解了枯坐收费亭的疲劳；二是建立了友情，为工作配合培养了默契，还有一点，可以让年轻的姑娘寻找到自己的爱情。据悉，2014年就有一位姑娘与一位路政人员喜结连理。

我们要赶往下一站了。当我和吉小吉带着试试看的心理请漂亮的周文凤为我们唱一首歌时，没想到，一脸妩媚、身材高挑的客家姑娘落落大方地答应了，她用清脆甜润的嗓音，为我们唱了那首《梦里客家》：

常常想起那山下
圆圆的土楼围龙的家
雁鸣湖上雁南飞
采茶的阿妹美如花

长长相依月光下
甜甜的娘酒清香的茶
客天下迎天下客
多情的山歌醉天涯
那是一幅山水画
是我心中最美的图画
那是一首田园诗
是我亲亲梦里客家
……

客家文化博大精深，重伦理、敦亲族，热爱家乡、勤劳善良是最突出的。玉铁人正是撷取了这些要义，应用于高速路的建设管理中，终于升华为一面旗帜。

（二）正副站长的故事

来到博白收费站的时候，刘书记首先向我们介绍，站长张鹏是北流人，那么就是我们的老乡了。作为“80后”的他，中专毕业后在广西交投集团下属的高速公路收费岗位上干了十七年，是一位名副其实的老员工。谈起他的工作经验，刘书记用“身经百战”来形容他。当年在南宁公司，他凭着丰富的经验，识破了许多弄虚作假意欲逃费的司机，为公司挽回二十几万的收费损失，被誉为“追逃能手”。

中午在收费站里吃饭，客家风味，有清凉的汤，不过我更喜辣椒，张鹏就用小碗给我盛来一点，我一尝，辣！“客家人也吃辣啊？”旁边有作家说。“对，要吃辣。”张鹏说，吃辣才能干革命，毛主席说的。大家笑起来。刘书记说：“不光辣椒辣，这里也有辣的工作。”我问是什么。他笑看张鹏。我转过头来，张鹏说：“吃完饭喝茶再聊。”于是就知道了这样一件事。

2013年来到博白收费站后，公司任命张鹏为玉铁路上规模和车流量都是最大的博白服务区收费站站长，他一来就协调联合当地镇村解决了一件棘手事件。那时，收费员看见距离收费站几十米的路边山坡上有几个人在挖土，连挖了两天。收费员当时不知道他们在干什么，下雨了，挖土的人架起了顶棚，收费员觉得奇怪，等他们走后过去一看，惊得眼睛都大了，原来他们在挖坑准备安葬去世的人，尽管地方有土葬的风俗，但也不能把坟墓选在收费站附近呀！这叫年纪才十几二十岁的姑娘如何敢在晚上进出收费站上下班？听到消息的张站长赶紧联系所在地的村委会，出面找去世者家属协商，他们不接受，并且说安葬要准时进行。张鹏和当地镇村领导晓之以理，动之以情。既尊重他们的风俗习惯，又让他们换位思考，设身处地想一想，还请当地领导讲清楚有关制度，终于在最后关头摆平了事件。年轻的姑娘们对她们的站长竖起了大拇指，觉得张站长卸下了她们心中的一块恐怖的巨石。

作为“广西客家风情第一路”的标杆路段，博白收费站车流量每天接近3000辆，每月征费接近2000万元。不用说，过往的司机以客家人居多，玉林南收费站那套以客家话问候客家人的做法全用得上，也收到很好的效果，毕竟客家人以友好善良著称。但是，也不能说每个司机的素质都那样高，有时候他们嚣张起来真是匪夷所思。

有一位开卧铺客车的司机，每次经过收费站都要耍赖皮，不肯按大巴车的类别交费，收费员用客家话礼貌地解释，他用最难听的客家话骂回去，收费员说得口干舌燥，他用吐口水回敬收费员。眼看堵塞车道十几分钟了，站长张鹏和副站长颜明敏都出来与他交涉，后面的司机也十分不满他这种开霸王车的行为，在后面按喇叭声讨他。眼看没有便宜可占，他十分不情愿地交了费，没想到令人惊愕的一幕出现了，他把车开过收费道口时，故意按下开关，把车载卫生间的屎尿倾洒在过道口，顿时臭气熏天。张鹏呼叫路政和交警把他拦下来，他假意道歉，说是不小心按下的，并且拒绝清理。面对这样的狡辩和无赖，自然不能轻易放过，执法人员勒令他靠边停车打扫收拾，还进行了严肃的教育，直到他认识错误为止。

谈到在收费站工作的烦恼，张鹏说，最烦恼的是自己四地分居。我吃惊了，两地分居就够受了，还有四地分居的？他解释说，他的妻子是南宁的一家瑜伽艺术学校教练，常驻南宁，孩子小无人带，留在五百公里外的南丹跟了外婆，自己的母亲身体不好，住玉林城区的房子，自己一到休息日就轮流往三地跑。至于真正的老家北流民乐罗政村，他说：“只在三年前回过一次，至今很想念那里的山水和叔伯邻居。”

副站长颜明敏看模样是个追求潮流的女孩子，打扮得很漂亮。据说，站里的女收费员最喜欢和她聊天，一起探讨美容、护肤等，她总是毫无保留地传授自己的美容秘诀。小颜还是收费站的“心理专家”，女同志有了难解的心事，或者怀孕的女同志工作中有困难，总喜欢找她诉说。她也体贴人，站里有刚生育的女员工，她总是第一时间组织大家进行看望慰问。从事收费工作十年，她从一线收费员、收费班长、监控员、监控班长做到今天的收费站副站长，一步一个脚印，对收费政策法规及操作流程相当熟悉，还善于指导收费员处理各项疑难业务，对突发事件能把握大局、灵活处理。

去年春节，轮到小颜值班。大年初一的清晨，刚好碰上大雾，能见度不到2米。辖区交警通知客服中心，为了司乘人员的安全起见，要求收费站封道，禁止车辆上高速。颜明敏接到客服中心的电话，立即将情况汇报给收费部领导，并迅速赶往收费现场。此时，等着回家的许多司机对收费站的封道不理解，将小颜“包围”起来要求给说法，发现她不是客家人后，一些司乘人员你一言我一语骂起来：“大过年的，你是不是不想在博白混啦？”“为什么阻止我们上高速？高速是你开的吗？你说不开就不开吗？”听了司乘人员不理解的话，她心里也很难受，但还是耐心地跟大家解释：“各位，请安静地听我讲几句，好吗？今天是大年初一，正好碰上大雾的天气，现在路上的能见度还很低，这个大家是看得见的，我们暂时封道是为了大家行车安全，欢欢喜喜回家，请大家耐心等待，你们请看，太阳准备出来了，等雾散了再上高速，你们安全，我们也高兴，一路顺利到家吃团圆饭多好啊！”大家听了她的解释，觉得很有人情味，有的司乘人员主动向她道歉：“不好意思，是我们没有考虑周全，错怪你了，你们过年都不能和家里人团聚，辛苦了！”一场误会顿时解开了，大家耐心地等待，最终大雾散了，大家愉快地和小颜打声招呼，驶上团圆之路。

（三）“三个微笑”显魅力

经过玉铁高速路收费站的司机都爱说收费员漂亮端庄、迷人可爱。有个五大三粗的司机跟我说：“她们美若天仙！”

其实，美女也来自民间，只是她们经历了严格的筛选，在众多的年轻女孩中脱颖而出。玉林高速公路运营公司有规定，要以高标准、严要求作为收费员招聘的准则，严格按照形象、年龄、身高等硬指标招人，不达标者坚决不录取。2012年招收收费员时，共收到2000多份简历，近800人参加面试，实际录取177

人，其中具备文体特长的有60多名，真正做到了精挑细选。

走过玉铁高速的人都知道，收费员的微笑，已成了玉铁高速公路的品牌，成为人们熟知的一张美丽名片。

从通车的2013年4月开始，玉铁高速公路运营公司就策划开展了“看得见的微笑”“听得到的微笑”“干得好的微笑”的“三个微笑”服务，目的是为了展现高速公路的“视觉美”“声音美”“行为美”，使之成为展示良好发展环境的示范窗口、服务人民群众的便民窗口、企业精神风貌的形象窗口。

许多司机见证了“三个微笑”的魅力和威力。

卢敏，松旺收费站的一名普通收费员，一个活泼爱笑、亲切热情、乐观自信的19岁女孩。中专毕业从事高速公路收费工作时她还未满18岁，但她人小志向大，工作不娇气、服务态度好，始终坚持为司乘人员献上亲切、甜美、自然的微笑，成了玉铁路上一名极具代表性的“微笑使者”。

2013年8月15日，卢敏在接待一辆回乡过节的车辆时，该车司机以中秋属于国家假日为由要求免费通行，卢敏始终保持亲切的笑容，耐心地跟他解释国家高速公路收费政策，但该司机态度蛮横地说，就算国家不免费，但收费站就在他家门口，一年就回来几次，在自己家门口不该给钱。不但大声辱骂卢敏，还威胁说要叫人来闹事。卢敏不为所动，在上报情况的同时，始终保持微笑应对，并用客家话好言解说。最后，闹事司机见耍赖不成，只能老实交费。走的时候他感慨地说：“小姑娘，我算是服了，骂你那么久你还笑得出来，你虽然说客家话，但是我也听得出你不是客家人，你能学习我们客家话，就说明你对我们客家人有好感，要是我女儿，老早就跟我杠上了。我跟你说声对不起。”

在卢敏的记忆中，类似的经历不少。有一次，她早班，有一辆小轿车快速驶入车道，卢敏以往常接待车辆的状态，在该车刚进入车道时便微笑等待着该车的到来，该车在驶过收费窗口时没有停，而是在驶到栏杆前才急刹车停下来，接着把车倒回收费窗口前验卡交钱，同时司机笑着对卢敏说：“姑娘，要不是看到你从我进来时就一直对我笑，我是准备冲卡的。见你笑得这么好，我整个人都舒服了，想想还是把钱给你吧。”

这些经历，让卢敏声名大振。如今，常年出入这条道的司机都知道，松旺收费站有一位叫卢敏的收费姑娘。而小卢也在2014年被评为公司的“微笑之星”。

如今，“三个微笑”活动已经坚持开展了近两年，玉铁路上涌现出了诸多事迹：玉林南收费站原站长李洁冰苦寻失主，将4000元现金、身份证和数张银行卡归还失主；旺茂站收费员梁嘉欢、公馆站收费员张济真被司机吐口水、谩骂仍坚持文明服务；南康站收费班长陈小凤面对十几名强悍司机威慑强行冲卡，仍坚持原则、不畏暴力，组织人员稳定司机情绪，维护收费现场秩序等。这些柔弱的姑娘显示了中国劳动妇女另一种迷人的魅力。

铁山港收费站的姑娘们在坚持“三个微笑”的同时，结合工作和天气、路况实际，在收费时非常人性化地添加了诸如“请您系好安全带”“今天有雾，开车慢点”“路上湿滑，注意安全”等内容，让过路的司机心里涌起一股暖流。

（四）高速女子民兵连

“兵者，国之大事。”这是中国古代军事家孙子说的话。历代统治者都要有兵，历代国家也要有兵，具体到一个地方、一家公司，也需要自己的“兵”。国家需要用兵保卫祖国，公司也要“用兵”整肃员工作风，缔造坚强向上的灵魂。玉林高速公路运营公司考虑到了这一点。

2013年8月，公司欲成立玉铁高速女子民兵连。消息一传出，公司众多花样年华的女子们沸腾了，其中那些一直梦想着能穿上绿军装的女子更是喜出望外，报名时争先恐后。

2013年11月，女子民兵连正式成立，这是桂东南出海大通道首支女子民兵连。民兵连下辖4个排、8个班，编制63人，其中连排干部7人、民兵56人。

成立之初，玉林军分区领导出席启动活动，并为“军民共建单位”和“玉铁高速女子民兵连”揭牌。玉铁高速女子民兵连的组建，开创了玉林市民兵预备役工作的先例。

这也是玉林高速公路运营公司管理的创新。公司总经理陈华梁说：“我们按军地共管原则，民兵连隶属玉林军分区军动办管辖，每年按照规定完成军事训练、国防教育等任务，根据军分区命令遂行应急应战任务，还担负着玉林运营公司收费运营、协同巡防、保障交通、维护治安等任务。成立玉铁高速女子民兵连，既创新了军民共建载体，又打造了一支作风优良、勇于奉献、敢打硬仗和胜仗的高速公路运营团队。”

令我惊异的是，这支民兵连的连长竟然是我的老乡，一个北流籍的未婚姑娘，她叫李洁冰，老家就在北流市区的水浸社街，那地方，我自然是相当熟悉。

提起李洁冰，公司的领导无不熟悉，也无不跷指赞叹。2013年，玉林运营公司正式通车运营的第一年，李洁冰参加了玉林公司11个收费站中最大的收费站玉林南收费站站长的竞聘，此前，她是广西交通投资集团下属的百色公司一个边境收费站的站长，她在那里一待就是七年，积累了丰富的收费站管理经验，培养了严谨细致的工作作风，得到公司领导的集体信任，竞聘成功。在收费站开通前期，她带领玉林南站前期筹备组员工在生活、工作设施设备尚未完善的情况下入驻收费站并开展前期筹备工作。正值新春佳节之时，且收费站不通水不通电，她带领6名收费员毫无怨言，积极投身于工作中，值守出入口、看管设备、与施工方处理各种施工问题，每日自行买菜做饭，清洁站区，一切工作亲力亲为，为收费站顺利开通打下扎实基础。李洁冰无私奉献、爱岗敬业和关爱员工的工作作风得到收费站员工的一致认可，在收费站开通后，很好地凝聚了全站员工的力量，共同克服了许多工作、生活上的困难，成为员工的良师益友，也使得收费站各项工作很快步入正轨。

一年后，富有竞争力的她又竞聘成功，成为客服部副经理，并且被领导任命为女子民兵连连长。

李洁冰告诉我们："我一直想当兵，但当初由于身体条件的原因没有如愿。看到电视、电影中穿着绿色军装、扛着枪的女民兵总是格外兴奋，也梦想着有天能像她们一样。"如今，女子民兵连成立，她如愿成为女民兵，圆了那个美好的军装梦，她曾经激动得久久不能平静。

她爱这份工作，从北流到玉林运营公司上班，自己开车要走半个小时。她是孝女，当年为了分担家里的负担，让妹妹和弟弟上学，她主动放弃了升大学，改上中专，为的是早些工作，减轻家里经济压力。现在，她每周都回来做家务，亲手给爸妈做几顿饭菜，和爸妈说说话，两老自然十分欣慰。但也有纠结的时候，李洁冰快满三十岁了，还没找到结婚对象。"都是家里拖累了她，她要照顾弟妹，又要照顾我们。"两个老人歉疚地说。

但是李洁冰无悔。有一次我知道她回北流，就请她一起去了作词家梁伟凡、作曲家李庆武经常举办活动的女儿红酒庄喝茶，这里也是北流原创音乐协会挂牌地，我们一起欣赏应玉林运营公司领导要求创作的《幸福玉铁路》，她一听就喜欢上了，睁大眼睛说："原来这里也有人会写歌，而且这么好听，我非常喜欢。"她对唱歌的年轻女歌手颇感兴趣，那是北流的音乐老师吴茜莎，她给她拍了录像。回去后她又打电话向我了解吴茜莎的情况，我开玩笑说，北流不放人啊。她说："我们公司正招人，要十个有文艺专长的年轻女生，待遇很好。"我说："为什么不招男的？男生也有文艺专长。"李洁冰嘻嘻一笑："公司内部已经有许多年轻的男光棍了，我们要为性别平衡着想。"

这其实也可看出公司对人才的重视。在女子民兵连里，擅长吹拉弹唱的女子本就很多，她们平时是收费员、监控员、客服员，一旦搞活动就是文艺兵，真是既爱红装，也爱武装。这帮鲜花一般的女兵，已赢得公司男同胞的青睐，她们集训时，操场周边都是为她们喝彩的男员工。

时任广西交投集团党委副书记罗斯卡在观看了女子民兵连的集训后，欣然赋词《浪淘沙·玉铁路女子民兵连赞》：

千里路绵延，
亮丽空前，
最美玉铁女兵连。
微笑天使枪炮见，
佩剑红颜。
豆蔻正当年，
迷彩尤鲜，
崇文尚武勇当先。
卫国建家真奉献，
高速侠仙。

这首词，寄托了集团对玉林运营公司军民共建工作和女子民兵连的厚望，自然，她们的美名也传遍了公司内外。

（五）高速路连通了致富路

“面朝大海，春暖花开。”著名诗人海子给后人留下了一种仿佛春天般温暖的信念。在这首诗里，我还读出了胸襟、奉献以及自信的情怀。是的，我在这条高速路上采访和采风时，一直想着“情怀”的内涵。修路的根本目的是什么？光是为了经济效益，还是为了扬名？

“我们不光要建设高速路，还要为当地铺致富路、幸福路。”陈华梁总经理这样说。这话不假。在进行高速公路建设的同时，他们还修建了多条高速公路连接线，这些连接线的延伸，让沿线更多的群众享受到高速公路的福祉。这些连接线总里程达35.18公里。二环南路连接线东接玉林市经济开发区，跨南流江，途经南江街道镇忠社区、岭塘村、七一村，南接大南路，按一级公路标准建设，设计时速80公里/小时。二环南路通车后，使二环路全长达到22.5公里，连接了玉林市经济开发区、玉林铁路货场、玉柴集团、玉柴工业园、岭塘工业集中区等玉林市主要经济园区，使玉林城区通过二环路和岑兴高速公路、玉铁高速公路、324国道、玉林至陆川二级公路、玉林至博白二级公路形成便捷连接。

玉铁高速公路玉林南连接线按一级公路标准建设，设计时速80公里/小时。通车后，市民从民主南路、二环南路经连接线进入玉林至铁山港高速公路，快捷抵达博白、北海、湛江、广州等地。前往陆川的车辆也可以通过该连接线到达玉林南收费站后，再从珊罗镇路口进入马盘二级公路，大大缩短行车时间，极大地方便群众出行。

“这些连接线的修建，不仅方便了沿线乡村老百姓的出行，拉动当地的经济发展，也促进了玉林市政设施和道路交通的完善。”玉林高速公路运营公司党委副书记刘犇说，“玉铁高速公路共设置了11处出入口，平均15.8公里设置一个出入口，这在区内的高速公路中不多见。”

认清了高速公路带来的经济效应，村民们终于全力支持。

博白县博白镇富石村的村民陆宗海在谈到高速公路带给农民的好处时说：“玉铁高速公路开通以来，方便了我们出行，节省了时间，还省了不少钱，降低了成本，我是由衷地感到高兴。”陆宗海是当地的养猪大户，玉铁高速公路开通后，不仅解决了他的运输难问题，而且运输生猪还可以享受免通行费的绿色通道政策，这让他感到兴奋幸福。

我们从博白出口经县城去三滩镇良茂村，见到了村民黎光彩的妻子谢大姐，她告诉我们，老黎现在忙得不可开交，本来约好等我们采访，但是那边一定要他过去，不得已，他一大早就去了南宁，要下午才回来，留下谢大姐接待我们一行。

谢大姐告诉我们，玉铁高速公路正好经过良茂村，给村民带来了极大的便利，她家里已经种植了2000平方米的食用蘑菇，每平方米产量可达20公斤。种植的蘑菇全部销往广州、南宁方向，目前这种蘑菇每公斤可以卖到16元，按此计算，2000平方米蘑菇产值可达64万元。这是这条路带给她家最现实的利益。

“我们村现在已经有7户人表示要跟着我种植蘑菇，相信玉铁高速公路一定会成为我们沿线农民的致富路。”谢大姐高兴地说道。

谢大姐请我们吃甘蔗，水足糖多的甘蔗驱除了我们一路的饥渴，我们坐在她家的院子里交谈。地面上晒着一大片红薯，谢大姐说，有了这条高速公路，他们准备放开手脚做大做强，把收购的红薯做成薯片，平南那边有一家工厂专门负责收购包装。“我们已经收购了三千斤红薯，等晒干以后就加工，我们的设备都准备好了，春节前后就可以干活。我们希望除了种植蘑菇，再利用红薯打开一条致富路、幸福路！”谢大姐充满信心地说。

（六）“幸福工程”是为了打造员工的幸福

我们来到博白收费站的时候，副站长颜明敏刚刚参加了公司举办的相亲活动回来，她施了脂粉的脸十分洁白娇嫩，惹得大家都在看，她有些不好意思。

“与小伙子对上了吧？”作为公司的分管领导，刘书记一脸关切地询问。

“算不上，有联系了，但是人家嫌我年龄比他大，我们只能做朋友。”颜明敏落落大方，莞尔一笑，端了一个椅子坐过来，为我们泡茶。

茶是熟普，味道稍浓，用的是一次性杯子，我一口气喝了三杯，很解渴。

据说，相亲活动是公司创建幸福企业“520工程”最具魅力的活动之一，每年搞一次，联系的企业包括了岑兴高速公司等三家，都是高速人，有共同的话题和理想，且大家的房子大多数在南宁，真是“牛郎配织女”，门当户对。每次参加活动的人数都超过100人，年轻人大胆率真，不用像孟非那样很会引导的主持人召唤就勇敢上台表现自己，一样有才艺表演、视频播放、爱情宣言环节，整个活动现场热烈而有实效，据说这一次就牵手了26对。

颜明敏26岁了，用她的话说，该找一个伴了。

这次公司搞的相亲活动，她和南宁公司的一位小伙子聊得比较多，其实在活动前他们就已经通过微信认识，谈得很好，这次活动两人都参加了。

“我们没戏，有年龄差距，我们都不想姐弟恋，我更希望找一个比我大的，有依赖感。”她说。

据说，像她这样年龄没有结婚的女孩，站里已经没有了，也难怪她急。

“会找到的。”刘书记安慰她，“别急，成家要讲缘分，更要找准人，机会还很多。”

颜明敏带我们参观收费亭时，刘书记顺便介绍，小颜是一个对工作高度负责、细致认真的同志，在2013年，她纠正入口发卡错误10多次，这种工作，有的是保护了司机的利益，有的是挽回了公司的经济损失。2014年，她被评为公司的纠错能手。这样的好姑娘，公司觉得有义务为她们的幸福创造有利条件。

“520工程”范围很广，大到企业价值观的缔造，小到婚姻感情和日常生活，公司都有一套拿得出说得上的规定。公司坚持“以人为本”的核心思想，围绕“为社会提供最优的服务，为企业创造最佳的效益，为员工谋求最大的幸福”这一企业价值观，实施“520”幸福工程，为的是提高一线员工的生活品质和幸福指数，打造“幸福玉林高速”，用强烈的“幸福感”增强员工对公司的认同感和归属感，激发广大员工的创业热情和干劲。

“我们搞‘幸福工程’，归根结底是为了帮员工打造幸福。”刘书记这样说。

他们先后在玉铁高速公路7个收费站管理区开辟了菜地，让员工在工作之余自己动手体验种植和摘菜的乐趣，吃上绿色环保的菜，释放工作压力，丰富业余生活，种出独特的“家”的味道。

在实施“520”幸福工程中，广西交通投资集团玉林高速公路运营有限公司大力实施“123”人才工程，组织员工参加入职教育、职业生涯规划等培训，该公司还为各基层站点建设了篮球场，配置了乒乓球桌、卡拉OK室等体育设施和娱乐设备，为每个一线员工宿舍配备了洗衣机、电风扇，在各收费站开通了无线网络，为员工过集体生日。通过工作上、生活上的人文关怀，让员工感受到“玉林高速”这个幸福大家庭的温暖。

“愿你有情人终成眷属。”离开博白服务区前，我引用海子的诗句这样祝福颜明敏。“愿你在尘世获得幸福。”诗人吉小吉反应很快，也随即吟出了下一句。刘犇、颜明敏、张鹏和我们都心领神会，开怀大笑。

（七）会唱《幸福玉铁路》的客家姑娘

2018年元旦假期，我和几位北流作家专门驱车走了一趟玉铁路，从博白出口去了博白镇富石村，看望我的朋友陆国强。这里上高速也就十几分钟时间，村民们百分之八十的人坐过班车去北海，许多家里有车的经常开车去银滩。村民陆宗宝的女儿在北海一家银行上班，每到周末他就要和老伴在博白买了大巴车票去北海看女儿。“方便得很，一个多小时就到了北海，以前差不多要四个小时。”陆宗宝说。玉铁路通车，给他们带来了团圆的希望。

陆小路是我的朋友陆国强的侄女，是这个村里读初二的小姑娘，据国强兄说，小路还是一位校园歌手，学校每有活动她必获老师钦点上台演唱。她对我说，她从小在电视上看到大海那么壮美，于是心中就产生了强烈的愿望——一定要到有大海的地方去生活，有时甚至连做梦都梦到大海。北海的空气、环境、气候、美食、自然风光和人文，都非常有特色。她想通车后去北海游泳，在大海边唱歌。

2013年8月，这个客家小姑娘和她的姑姑坐上了博白到北海的班车，走玉铁高速，实现了这个梦想。那次，她和姑姑在北海银滩畅游了两个多小时。“看见大海就想喊，进了大海就想跑。”她说。那天，她和姑姑住银滩旁边的宾馆，吃海鲜，听了一夜的海潮涛声，感觉童年关于大海的歌曲全来了，她一首一首在心里唱，夜里起床，站在窗前看黑黢黢的大海，看远方闪烁的灯塔和航船，她就低低地清唱《大海啊，故乡》。

适逢狗年元旦假期，陆国强带着她的侄女和堂妹陆红，一起坐我们的车去北海。

就像往常一样，车流量不是很多，我们以时速100公里行驶。还可以放下一点儿车窗，阵阵凉风吹进来，也吹来了隔离带和右边护路植物的阵阵芬芳。怡然的心情容易让人歌唱，我拿出手机，点出了一首崭新的歌曲，这是由我的朋友——作词家梁伟凡、作曲家李庆武最新创作的《幸福玉铁路》。玉林运营公司的领导觉得这首歌诗意盎然、意象优美，渗透了客家人的情感和韵味，概括了玉铁路的内涵把它作为玉铁路的路歌，专门组织了自己的乐队，在他们的文化下基层演出活动上演唱。

歌声在响着，车上的人都在专心听。我又放了几次。小陆听得入了迷，每次都要跟唱，我们也含笑倾听着。快到合浦公馆镇的时候，小陆大声说："我可以唱出来了，我可以唱得比她还要好听！"大家都期待着，她果然非常投入地为我们唱了起来：

绕过绿色的田野，
绕过欢乐的村庄，
穿过金色的河流，
穿过美丽的山岗。

你是五彩的丝路，
你是多情的走廊，
连着繁华的都会，
连着迷人的铁山港。

友好善良的客家老乡，
一路与我唠家常，
幸福微笑的客家妹子，
送我一片灿烂阳光。
……

大家热烈鼓掌，为这位具有唱歌才华的女孩。

在清脆嘹亮的歌声中，我望着窗外，看见了隔离带和路边的绿树、正在盛开的鲜花，在沙沙的轮胎与地面摩擦声中，沿路边铺排而来。

玉铁路通向迢迢远方，远方是烟波微茫的大海。

巴兰土地的褐色秘语

◎文/覃秋林

巴兰坡的土地，不喧嚣、不鲜艳、不张扬、不媚俗，是深沉、内敛、含蓄与厚重的。她平日里隐埋在四季更迭的庄稼里，埋藏在并不茂盛的植被下，淹没在除草剂喷过的秃头草窝底，只待季节更换，农民翻耕土地换种庄稼，或者噙着泪水，将山坡上的速生桉彻底铲除了根，怀着忏悔之情将板结受损的土地耘耕了，她这才露出久违的笑靥，轻松地舒展其健美的胴体。

2017年2月17日，受南宁市青秀区副区长、宣传部部长李永耀同志的委派，由城区后勤部主任退伍军人阮征驾车，城区摄影家协会主席刘绵尧和雷时稳负责航拍，在青秀区长塘镇文化体育和广播影视站站长黎开昶同志的陪同下，我们一行五人，在午后明媚阳光的指引下，一同走进巴兰。巴兰土地在我们面前完全揭开羞涩的面纱，袒露其原汁原味的色泽。

是褐色。

秘语之一：欢腾的土地

当我一件褐色的挡尘旧风衣、一条民俗图案花样防风围巾、一顶赭红色冬帽，一副民族范儿，楚楚走进南宁市青秀区长塘镇天堂乡巴兰坡时，正值巴兰坡一带大片土地沸腾热火的时刻，挖土机、运泥机、混凝土水泥大卡车组成的“隆隆”团队，正在这片土地上推挖、翻转、碾压。它们共同摘除了庄稼与草丛，卸下了微弱的春意，让土地袒露一身褐色铠甲，欢腾地裸露其一览无余的面容。

按捺不住的，是土地的欢欣与鼓舞。

这片贫瘠而焦渴的土地沉寂了太久。

继长塘镇团岩坡、南阳镇古岳坡两个示范村建设之后，巴兰坡被列入南宁市综合示范村建设项目，将建成青秀区第三个示范村。从2016年11月份开始，巴兰坡正在大刀阔斧地进行村坡大改造，除了保留一些古宅，巴兰坡将以“金花小镇，美丽巴兰”为主题，建设成农业生态、旅游景观、森林风光和发展多种经济作物相结合的综合性现代化旅游基地。

6公里环巴兰石山国际自行车比赛车道，也正在如火如荼向前延伸。

接踵而来的：附近的刘圩镇“自治区级青龙江湿地公园”重大项目的建设；刘圩镇刘圩村罗坡示范村的建设；南宁伶俐通用飞机场重大项目的建设；连接桂北高速公路、南阳、伶俐、长塘、刘圩、蒲庙、良庆、五象新区、江南，直达吴圩飞机场的高速公路的建设。

巴兰建设之跫音，铿锵有力。

巴兰奏响的新时代交响乐，亘古未有。

巴兰坡有一个古老的传说，表达了善良淳朴的巴兰一带人民建设美好家园的强烈愿望。在远古时代，一位仙人从很远的地方挑来两块大石头，准备用来塞河，好让人过河。天色太黑，伸手不见五指，路又滑，仙人一脚高一脚低地赶到河边时，因走得太急，肩上的扁担突然折为两段，两块大石头，一块掉落在巴兰村，成了巴兰石，即“飞来石”。“飞来石”因此得名。另一块掉落于布柳村，就在长塘圩布柳村头（布柳村头石山于1958年大炼钢铁时已被炸得面目全非），称为“罗翠山”。塞河当桥的夙愿没能实现。

时代走到今天，巴兰一带人民的夙愿是时候实现了。

这片沉寂已久的土地，苏醒了。

这是我的家乡啊！

正值初春，人们肉眼看不到的地方，土地在萌动，庄稼、果蔬的胚芽在植被底下悄悄发芽。土地只待春天来临，开花授粉，花蕾含苞欲放，“春风如贵客，一到便繁华”；只待夏天一到，雨水充沛孕育、浇灌，壮乡土地吮吸丰足水分养分，一片瓜果飘香，丰收满园的景象便如期而至；只待秋天，紫色的巨峰葡萄，丰腴欲坠的弓形香蕉丛，香飘四溢的百香果，枇杷初绽鲜亮色泽，柚子饱满诱人，田野换上金黄的外衣；冬天，再修整，等待新一年轮周而复始的辉煌……

不久的将来，巴兰的村庄会掩映在花树丛中，独具壮乡民族特色的独立别墅式楼房民居、通幽道路、曲径廊亭、壮乡歌台、清澈池塘……连接成一片美丽乡村大世界。到时，这里春天景观花果树木，一年四季长势蓊郁，或亭亭玉立，或繁茂粗壮。白墙黛瓦，掩映在茂盛的花树丛林中，以典型的壮族民居样式，与现代建筑材料的完美结合，与这里的自然山水融合在一起，构成一幅如幻如梦的山水画卷，尽显民族团结与和谐安宁主题。

这里将成为广西壮族民俗文化（非物质文化遗产）的灵动鲜活的博物馆、展示中心。广西壮族民俗文化的传承与保护，将在这里扎根落实：以附近古岳村已经建成开放的民俗文化展示厅（内设两个展馆：古岳村史馆、古笛纪念馆）为中心，向巴兰等地呈辐射状、立体化、全方位延伸，向每一位走进青秀区的游客展示其历史悠久又多姿多彩的壮族民俗文化。芭蕉乡火龙在这里的田间地头腾挪翻飞；八音律、壮族婚丧唢呐、平话山歌、傩歌等在村村屯屯的大榕树下回荡；军山庙会、斗竹马以及师公绝技含火犁头、过火链、踩火阵等民间技艺展示会在村头村尾的池塘边红红火火地上演；过年过节，“阿牛哥”“刘三姐”们会从四面八方赶来，各村各屯身穿民族盛装的男女老少倾巢出动，载歌载舞，阿哥阿妹对唱山歌，从日出唱到日落……

这是我的家乡啊！

这里，初春坡上的木棉花会红；夏季路旁的三角梅怒放；深秋村头的枫叶沉醉；暖冬村尾的朱瑾鲜艳。这片土地，曾经沐浴过镇南关大捷的刀光剑影；曾经树起了百色起义、龙州起义的红缨枪；曾经映照过昆仑关的炙热战火……这片土地饱含着壮族儿女英勇不屈的血和泪，饱含着壮乡人民的叹息与呐喊，饱含着壮族人民祖祖辈辈的期盼与欢腾！

可以告慰长眠于此的祖先和英烈了，当年他们驰骋疆场，浴血奋战，抵御外侵，进行血雨腥风的民族独立和解放斗争，不就是为了这片土地的和平安宁富足安康、欢声笑语亦歌亦舞吗？！

二、秘语之二：英雄的土地

采访巴兰乡之前，我带着任务，到广西壮族自治区图书馆四楼的史志室泡了三天，翻阅了《邕宁县志》《南宁市志（综合卷）》，初步认识巴兰。

这是一片英雄的土地。

解放战争。长塘镇于1949年12月4日（农历10月15日）获得解放，成立新的人民政权——长塘乡人民政府。1950年2月初，在国民党残余势力的操纵下，以地方恶霸黄建暖为首的匪帮150多人在长塘乡发动暴乱，攻打长塘乡政府，把县里派来的副乡长黄纪华同志拉到邕江边杀害，扔入邕江中，并盘踞于长塘街作乱了一段时间。后慑于我部队的威力，这股匪帮退到天堂村巴兰山上盘踞，妄图利用此山易守难攻的险恶山势，长期作乱。他们无恶不作，经常到附近村坡进行打、杀、抢，造成人心惶惶，严重危害群众的生产、生活。为了巩固来之不易的人民政权，上级机关命令驻扎在刘圩乡的人民解放军剿匪部队的一个连队来到长塘乡进行剿匪反霸工作。1950年9月23日凌晨，人民解放军包围了巴兰山上的土匪帮，对他们进行三天三夜的政策宣传攻心战，让土匪缴械投降，可匪帮在匪首黄建暖穷凶极恶的威胁下，仍负隅顽抗。至26日早晨，部队向山上的土匪发起攻击，由于地势险要，通往山上只有一条仅容一人通行的小道，给部队进攻造成了极大困难。副连长马更钱同志率领突击队向山上发起进攻，他身先士卒，冲上砦门，不幸被土匪恶霸的子弹击中胸部，英勇牺牲。剿匪部队在巴兰村广大村民的大力支援协助下，猛烈攻击匪帮，击毙了部分土匪，其余匪徒见势不妙，缴械投降，长塘乡的匪乱得到平息。后来，长塘人民为了纪念山东人民的优秀儿子马更钱副连长，建造了烈士墓和纪念碑，让子孙后代瞻仰。

抗日战争。蔡如柏（1898—1937），广西南宁市长塘镇人，广西陆军干部养成所毕业。1937年8月，他参加淞沪会战，负责第66军160师作战补给等工作。上海失守后，他调任160师956团团长，12月参加南京保卫战，曾随部队在汤山阻敌。12月8日，汤山失守，他随第66军奉命退到大水关休整。13日，随部队突围至汤山时遭遇日军第十六师团主力的攻击，在战斗中壮烈牺牲。国民政府追授他为少将。南京保卫战已然过去80年，而中国壮士的气节与不屈精神，至今仍让人肃然起敬，当时中国守军中以身殉国的17位中国将军的名录中，蔡如柏名列其中。

自卫还击战争。广西凭祥市匠止烈士陵园英烈名录记载：谭正民，广西南宁市邕宁县（今青秀区）长塘镇洞江村王村坡人，邕宁县支前民兵3营2连2排排长，中共党员，1979年2月17日参加对越自卫还击战。17日凌晨，他带领全排民兵，冒着枪林弹雨为10公里外的人民解放军某部阵地送去60箱弹药，并救下了32名伤员。他一人送了4箱，背下伤员4名。下午部队转移，他主动留下，协助两名战士撤离。撤离时，两名战士被敌炮弹炸伤，他为抢救伤员腰部也受了伤，仍忍着疼痛向受伤战友爬去。在接近受伤战友时，敌人的炮弹袭来，他奋不顾身向战友猛扑过去，用身体掩护战友，自己中弹壮烈牺牲。战后部队给他追记一等功。1979年5月16日，广州军区授予他“支前模范”荣誉称号。

谭正民出生在一个光荣的军人之家。1928年，其祖父谭玉蔼参军，并于1929年跟随张云逸、韦拔群带领的部队参加了百色起义。90年来，这个家族先后有22人参军，分别参加了抗日战争、解放战争、抗美援朝战争、自卫还击战争，用鲜血和生命践行“国家有难，匹夫有责”“保家卫国”的家族优良传统、高贵家国情怀。

站在剿匪英雄马更钱同志的墓碑前，我看到很多新旧祭品摆在墓前。“英雄的墓地一年四季都有当地人来拜祭。”随行的黎站长往英雄的墓碑前点了一根烟，神情凝重地解答了我的疑问。“英雄的山东亲人来看望过他吗？”我问。没有回答。

人可触及的地方倒很干净，没长杂草，清理修整过的痕迹明显。前几年新修的墓碑高处，外贴的瓷砖已脱落好几片，长出了杂草。杂草在空中飘舞，是英雄在向故乡山东的亲人召唤吗？旁边是一个约100平方米的墓园，整齐地种植了成排的松树，松树叶子被附近开发区扬起的泥土熏染，原本绿油油的叶子上沾染了一层褐色尘埃，增添了一种沉重的沧桑感。松树约有2米高，站在我身旁，如排列整齐、整装待发的战士，战旗猎猎迎风招展，青葱俊朗的脸庞上除了万丈豪情，还有视死如归的凝重与不舍……烈士在凝视着我这个和平年代的警察。他在嘱托我什么呢？

蔡如柏将军的墓地是自己的子孙后代修缮的，就在山岗上。在黎站长的带领下，我扒开灌木丛，艰难跋涉半天，这才气喘吁吁地站到这位将军与其夫人黄琼珍合葬的墓前。我联想起南京大屠杀纪念馆馆内的“滴水警示”，南京保卫战之惨烈，南京人民遭遇的惨绝人寰之场景历历在目。我从自己包里掏出女士烟（黎站长的烟抽完了），按照我们壮族的风俗，点了三根烟。黎站长接过烟，吸一口，以促进燃烧，然后恭恭敬敬地递到蔡将军坟前。我和黎站长蹲在墓碑左右，陪着抗战英烈吸了一支烟。我们都没有说话，烟雾在周围弥漫，很轻很薄，是和平的香烟，并不浓烈。本来，是应该敬上一支浓烈的烟，就像当年蔡将军和他的兄弟们，在古老的石头城墙果敢地跃出战壕前吸的那口烟一样。

“四面边声连角起，千嶂里，长烟落日孤城闭。”当年石头城的寒冬腊月是否下了雪？英雄寂寞，但不孤独。下一回，我带酒来。我想。

一个声音如雷贯耳，那是2015年9月3日，习近平主席在抗战胜利70周年阅兵仪式上的讲话：“向全国参加过抗日战争的老战士、老同志、爱国人士和抗日将领，向为中国人民抗日战争胜利作出重大贡献的海内外中华儿女，致以崇高的敬意！”

共产党员谭正民牺牲时25岁，在家排老二，未婚，他的家就是三弟谭明光的家，一个干净幽静的二层楼的农家小院。英雄的家在正厅堂最醒目的地方，依次排列着10位家族军人的相片，神态自然，豪迈而光荣。60多岁的谭明光搬出“军人世家”90年来荣获的各种勋章、牌匾、荣誉证书，还有刊载了英雄故事的报纸……一件件遗物，仿佛仍然携带着战争焦土硝烟味道的实物，一个个战场英勇画面，在农民行头的谭叔憨厚朴实的介绍中还原。这就是90年中有22人参军、四代情系国防的“军人世家”的优良家风、高贵血统；这就是广西壮族人民的优良家风、高贵血统；这就是我的祖先，在这片土地上繁衍生息的壮民族，世世代代留传下来的优良家风、高贵血统！

在《邕宁县志》和《南宁市志（综合卷）》的《革命烈士》卷里，我还读到以下的记录：“高国华，男，汉，1930年11月出生，伶俐乡长塘圩人，1951年4月参加革命，非党员，1953年4月牺牲在抗美援朝战场，中国人民志愿军115师炮兵团四连战士。”另外，牺牲在抗美援朝战场上的还有：伶俐乡洞江村冲么坡的黄瑞卷、伶俐乡德福村坛板坡的莫以康。牺牲在自卫还击战场上的有：谭正民、伶俐乡石塘村石塘坡的潘焕欢、伶俐乡王京村的党员黄锦光等烈士。

采访结束，走出巴兰坡，“飞来石”巴兰山在一片裸露着褐色的土地上，巍峨矗立，如一位士兵，像一位在这里土生土长的成年男儿，他有壮实的肌腱纹路、睿智坚定的目光、沉默刚强的信念。站在这片炽热的土地上，一种本民族的历史厚重感和责任感在我胸膛澎湃起来。

巴兰坡的土地，不喧嚣、不鲜艳、不张扬、不媚俗，是深沉、内敛、含蓄与厚重。

这片贫瘠的土地本来是憔悴的黄色，是因为诞生了很多保家卫国的英雄，所以才沉淀成深沉的褐红，又因为遇到当代绝好的发展机遇，而蜕变成了欢腾的褐色。

这是我的家乡啊！

这片土地经历了漫长的等待，终于等来了现在的新时代，这片土地正在发生着翻天覆地的变化，人们建设富足美好家园的愿望正在稳步实现。

驻足于这片褐色土地，我热泪盈眶！

我抑制不住激情，即兴写下一首小诗，在返城车上，先给刘主席、雷老师、阮主任深情朗读，同时发到李部长的微信上：

一缕长发如云乌黑 / 埋藏在赭红色帽子里 / 以晶亮的珠子盘绕 / 嫣然是你永恒的笑靥 / 融入这片炽热的土地 / 用一袭褐色的旧风衣 / 诠释本民族的文化图腾 / 对祖先与先烈的敬畏 / 傲然挂在脖子上 / 招

摇在火辣辣的建设中 / 与家乡这片土地欢腾的形式 / 你选择的 / 不是指点江山/而是激扬文字

与一堵旧墙的对话 / 斑驳在岁月的深巷里 / 粗糙的砖土墙 / 埋藏着远古的爱情故事与传说 / 在岁月更迭与世俗烟火中 / 镌刻着历史与时光的痕迹

巴兰山在壮乡的平原里矗立 / “飞来石”山顶依然孤独 / 缭绕着 / 曾经的烽火与硝烟 / 缕缕飘摇 / 清晰地记录着 / 这片土地的褐色秘语

附录：

广西壮族自治区成立60周年文学创作征集活动获奖作品名单

序号	类别	作品名称	作者	获奖情况
1	诗歌	《开满鲜花的土地（系列组诗）》	石才夫	一等奖
2		《山与水（组诗）》	陈科成	
3		《光照进来的地方（组诗）》	陆辉艳	
4		《在广西（组诗）》	胡　游	二等奖
5		《果壳里的村庄（组诗）》	吉广海（吉小吉）	
6		《站在修辞上的广西（组诗）》	姜　华	
7		《花山壮人》	覃　才	
8		《还有一个南方（组诗）》	卢悦宁	
9		《行走在浔郁大地上（组诗）》	赵绿杨	三等奖
10		《聆听一个壮家女儿对百亩菜田的叙述》	谢夷珊（天鸟）	
11		《桂林山水系列（组诗）》	刘发扬	
12		《红水河颂词》	韦汉权	
13		《大美广西壮族五帖（组诗）》	梁文奇	
14		《观耕记（组诗）》	韦斯元	
15		《春分，向我走来（组诗）》	邓成日	
16		《月光曲》	吴真谋	
17		《浪水庄园（组诗）》	杨美英	
18		《骑楼·年轮（组诗）》	卢　涛	
19		《大地的文身——献给花山岩画（组诗）》	黄神彪	优秀奖
20		《在崛起中说出赞美》	王忠民	
21		《左江花山的呼吸（外一首）》	赵日升	
22		《壶中乾坤大：我的柳州，我的诗（组诗）》	黄吉韬	
23		《其实，我想》（组诗）	王春艳	
24		《生命熔铸的桂西边关（组诗）》	刘伦富	
25		《八桂高铁（外二首）》	田　湘	
26		《元宝山》	廖运成	
27		《合浦（外三首）》	庞华坚	
28		《春天的密码》	蒙子奇	
29		《春风吹向八桂大地》	黄巍平	
30		《花山岩画——题同名奇石，为广西花山岩画申遗成功而作》	蓝树慧	

续表1

序号	类别	作品名称	作者	获奖情况
31	诗歌	《新时代的歌声》	廖超栋	优秀奖
32		《走在幸福路上》	陆　坚	
33		《岭上梅花俏寒冬（外一首）》	陆锡勇	
34		《甘蔗　我的甘蔗》	农陆权	
35		《壮锦里的壮乡》	张耀别	
36		《风起海丝路（组诗）》	苏韵芬	
37		《那片蓝靛，高调地爱着这世间》	谢　丽	
38		《矿山的女儿》	黎建南	
39	散文	《血脉里的村庄》	田代琳（东西）	一等奖
40		《群山苍茫》	侯志锋	
41		《奋斗者》	蒙　飞	
42		《站在路中央的牛》	莫景春	二等奖
43		《阿旦挂职》	何秀萍（透透）	
44		《从巴平到蛮坝》	宋先周	
45		《细歌绵绵》	颜晓丹	
46		《白鹭·野水·人家》	朱千华	
47		《能往前走便是幸福的》	杨　合	三等奖
48		《故乡山河》	杨　合	
49		《路·城市·母亲》	苏宇宁	
50		《三月三絮语》	梁一直	
51		《一座用桥丈量风云的城市》	廖超栋	
52		《古树承乡愁》	熊晓庆	
53		《“洞里人”的“越野梦”》	罗有彪	
54		《回家乡的路》	李成连	
55		《在广西》	庞华坚	
56		《壮乡三镇》	卢大任	
57		《走向蔚蓝》	蒋锦璐	优秀奖
58		《栀子花开》	杨怀宇	
59		《有狗的背影》	韦俊海	
60		《西江夜航船》	吴　烜	
61		《风情中的文化》	康乔华	
62		《了不得的广西文人》	周树宁	
63		《烟岚青山》	谭　漓	

续表2

序号	类别	作品名称	作者	获奖情况
64	散文	《桂花雨》	韦宁清	优秀奖
65		《矿山与童年》	潘琳静	
66		《飘过十八恋谷的“麦歌”》	蓝振林（瑶鹰）	
67		《留一半灵魂觅故乡》	赵传翔	
68		《美丽乡村——那蒙坡》	徐宝萍	
69		《西江缘》	黄祖松	
70		《西堤路的嬗变》	林细伟	
71		《荒山上建机场》	郑彬昌	
72		《悠悠古韵江头村》	刘　莹	
73		《祖母的私房钱》	杨彩菲	
74		《养一条江》	蒙　佳	
75		《老井记忆》	梁运义	
76		《玲珑小镇，温情如花》	韦宁清	
77	中短篇小说	《红枫女人“莫老爷”》	唐丽妮	一等奖
78		《越鸟》	刘俊昌（小昌）	
79		《她的山》	梁　勇	二等奖
80		《瑶老同的幸福生活》	宋先周	
81		《乡里》	梁　勇	
82		《扶贫故事》	蒙福森	三等奖
83		《守鱼》	韦孟驰	
84		《协警老五》	黎建南	
85		《宝根》	赵先平	
86		《月亮的守候》	盘文波	
87		《欠父亲一个军礼》	韦俊海	优秀奖
88		《粟儿》	麦荣校	
89		《高高的白云山》	杨汉光	
90		《老莫的奇异之旅》	廖远广	
91		《水玲的心事》	林永昆	
92		《贝江女人》	石　霜	
93		《荷花雨》	郭文忠	
94		《苞米花香》	潘国顺	
95		《一匹被扯开了线头的布》	卢　涛	
96		《我是韦富德》	蔡呈书	

续表3

序号	类别	作品名称	作者	获奖情况
97	报告文学	《豚跃三娘湾》	吴世林	一等奖
98		《挺进大石山》	朱千华	二等奖
99		《红日端端照瑶乡》	何正文	
100		《筑梦工匠》	唐玉兰（唐女）	三等奖
101		《面朝大海，玉铁花开》	梁晓阳	
102		《巴兰土地的褐色秘语》	覃秋林	